山河破碎黑土魂

——东北十四年抗日纪实文学

王同良◎著

SHANHE POSUI HEITUHUN

DONGBEI SHISINIAN KANGRI JISHI WENXUE

黑龙江人民出版社

图书在版编目(CIP)数据

山河破碎黑土魂 :东北十四年抗日纪实文学 / 王同良著.
— 哈尔滨 : 黑龙江人民出版社, 2017.10
ISBN 978 - 7 - 207 - 11187 - 6

Ⅰ. ①山… Ⅱ. ①王… Ⅲ. ①纪实文学—中国—当代
Ⅳ. ①I25

中国版本图书馆 CIP 数据核字(2017)第 270734 号

责任编辑:朱佳新
封面设计:鲲　鹏　张雅男

山河破碎黑土魂——东北十四年抗日纪实文学
王同良　著

出版发行　黑龙江人民出版社
地　　址　哈尔滨市南岗区宣庆小区 1 号楼
邮　　编　150008
网　　址　www. longpress. com
电子邮箱　hljrmcbs@ yeah. net
印　　刷　北京一鑫印务有限责任公司
开　　本　787 × 1092　1/16
印　　张　24
字　　数　470 千字
版　　次　2018 年 1 月第 1 版　2020 年 7 月第 2 次印刷
书　　号　ISBN 978 - 7 - 207 - 11187 - 6
定　　价　68. 00 元

山河破碎黑土魂
值得一读
李敏书
二〇一七年四月二十六日

东北抗联老战士、黑龙江省政协原副主席李敏女士与作者合影

东北抗联老战士、哈尔滨市公安局道外分局离休老干部王济堂先生与作者合影

东北抗日史专家、国家一级作家曹志勃先生（右）和妻子申丽华女士（左，国家一级作家）与作者合影

序 一

中华民族有着五千余年的辉煌发展历史，曾为人类文明进步做出了巨大贡献。可是，进入近代，中华大地却多次饱受东西方列强的侵略、欺辱，其中日本军国主义首当其冲。可以说，日本军国主义对中国的侵略，在近代史上是对中华民族最凶恶、最残暴、最荼毒的侵略，中国人民遭受的是最漫长、最血腥、最残忍的欺凌与蹂躏，而抗日战争则是近代史上中华民族最坚决、最英勇、最壮烈的反抗和斗争，也是抵抗外侮取得最辉煌、最彻底、最伟大的胜利。所以，这场前所未有的侵略与反侵略战争永远值得我们铭记，这场史无前例的伟大胜利更值得我们永远讴歌。

从1931年九一八日本入侵东北开始，不愿做奴隶的东北人民、东北义勇军，特别是在中国共产党的领导下，东北抗日联军表现出了同仇敌忾、威武不屈的爱国主义和英雄主义气概，同日本侵略者进行了长达14年浴血奋战与殊死搏斗，付出了巨大的牺牲，终于赢得了1945年“九三”胜利。

中国作为第二次世界大战的东方主战场，在世界反法西斯战争中具有特殊的历史地位。东北作为中国抗日战争的发起地和终结地，在中华民族最危险时刻，东北抗日联军经历了人类反法西斯战争持续时间最为漫长、自然环境最为恶劣、敌我力量最为悬殊、战斗场面最为惨烈的艰难岁月，其以爱国主义为核心的丰功伟绩和抗联精神永远值得继承和颂扬。

“九三”胜利的历史和现实意义，正如习近平总书记在“中国人民抗日战争暨世界反法西斯战争胜利70周年讲话”指出的“这一伟大胜利，重新确立了中国在世界上的大国地位，使中国人民赢得了世界爱好和平人民的尊敬。这一伟大胜利，开辟了中华民族伟大复兴的光明前景，开启了古老中国涅槃、浴火重生的新征程”。

历史是一面镜子，它是正义与邪恶、光明与黑暗、进步与反动的真实写照。值此21世纪，在世界已进入全球化和平与发展的大格局下，日本右翼势力仍然逆历史潮流而动，篡改否定二战侵略历史，持续扩军备战，妄图改变二战以来的国际秩序，尤其出现军国主义复活迹象，要修改“和平宪法”，甚至扬言实施先发制人打击。特别是近些年，随着中国的日益崛起，日本右翼势力嫉妒偏执“心病”爆发，穷兵黩武、借尸还魂，不断发出军事挑衅叫嚣。这一切，不能不引起世界爱好和平国家和人民的关注和警惕。

以史为鉴，缅怀先烈，珍爱和平，开创未来，是中华民族几代人发出的庄严声明和共同心愿。因此，弘扬伟大的爱国主义精神，实现先烈们独立强盛的美好遗愿，是所有中华儿女义不容辞的责任。不断深刻总结历史教训，颂扬反法西斯战争的壮举，树立强烈的民族自尊和奋进意识，深化改革开放，实现中华民族伟大复兴，中华民族那段屈辱的历史绝对不会重演。

东北的抗日战争已载入历史史册，但是对于它的深度发掘、研究和宣传，仍是一项永恒的课题，这不仅是理论、宣传、教育工作者的责任，更要激发社会各界广泛参与的积极性。《中华人民共和国公共文化服务保障法》规定：“国家鼓励和支持公民、法人和其他组织参与公共文化服务。对在公共文化服务中做出突出贡献的公民、法人和其他组织，依法给予表彰和奖励。”这方面，同良同志作为一名非专业历史工作者做了大胆而有益的尝试。因为，多年来同良同志一直在省政府机关从事经济工作，调查研究、文字综合、政策起草是其长项。其为人正直，工作认真，勤奋敬业，理论联系实际的工作作风和思想方法也广为认可。我曾一度与同良同志并肩工作，可贵的是，同良同志退休后仍不甘寂寞，奋发有为，不辞辛苦，跨越专业，笔耕不辍，拟就《山河破碎黑土魂》一书，并即将付梓，邀我作序，甚感欣然。

拿到清样，细细品读，不免有所震撼。总体上感到，主题精准、结构严谨、实例鲜明、文笔流畅、声情并茂、可读性强。具体讲，剖析九一八事变内幕有理有据；反映“义勇军”抗战真实深入；解读日伪统治淋漓尽致；抒发抗日联军艰辛动人心弦；颂扬国际主义精神真情迸发；结束语更是概括分析得清晰透彻、入木三分。总之，通篇以爱国主义为主线，以史实为基础，以文学为形式，既严谨又活泼，揭示了那段永远不可忘却的历史。同良同志精诚所至，实为不易，当为点赞。

《山河破碎黑土魂》一书值得一读，尤其对广大青少年朋友们了解中国近代屈辱历史，增强爱国奋进意识大有裨益。特予以推荐。

孙启文

2017 年 12 月

序 二

2015 年，正值中国人民抗日战争胜利 70 周年之际，同良先生受某媒体邀请，撰写反映东北 14 年抗战的电视脚本。同良先生多年从事省市机关中层领导工作，在文笔方面自然得力从容，但对于反映东北抗日斗争的历史难免知之不详。为此，同良先生在虚心请教学者的同时，迈开双脚，往返于各大图书馆、档案馆以及教学研究机关之间，查阅了大量文档资料，并亲自到战争遗址调查，采访抗联老战士，体会当年东北抗战的情景情节，缅怀抗日先烈血染白山黑水的英雄壮举。就是这样二三年下来，同良先生硬是从一位非历史工作者转变成通晓东北抗日斗争历史的“新秀”。在此基础上，同良先生动笔写作，期间反复推敲，征求意见，几易其稿，终于完成 40 余万字纪实文学体的《山河破碎黑土魂》这部著作。

1931 年 9 月 18 日，日本关东军发动侵略中国东北的侵华战争，也揭开了中国人民 14 年抗战的序幕。但在中国革命史以及中国共产党党史的篇章中，从九一八事变到七七事变的局部抗战 6 年间，一直被纳入“十年内战”的历史阶段，所以才出现“八年抗战”的历史认识。尽管如此，翻开新中国成立前后所有反映抗日战争的历史著述，大多是从九一八事变、东北及各地民众抗战（包括淞沪抗战、长城抗战、察哈尔抗战、绥远抗战等）起始，这说明，局部抗战的 6 年时间一直被中华民族所承认和接受。而东北民众的抗战则是局部抗战乃至 14 年抗战的先驱。如果说，为了抵御强敌的入侵，中华民族用血肉筑起了新的长城，那么，东北民众的抗战则为这座新长城铺垫了第一块血肉基石！

鉴于此，真实反映东北民众抗日斗争的历史，更广泛地宣传东北抗日英烈战胜难以想象的艰难困苦，坚忍不拔、前仆后继、视死如归的大无畏精神，不仅是史学工作者的责任和义务，也是全国各阶层民众的共同心愿。同良先生作为一位非历史工作者做出了可贵的尝试，实在令人感佩之至。

同良先生在撰写过程中十分注重历史的真实，即使是一个小小的细节，也要反复查阅资料，对比认证，去伪存真，力争把一个真实的历史故事告诉所有的读者。此外，在结构设计、逻辑关系、重点中心等方面，同良先生也潜心琢磨，力求完美，再现了东北抗日联军第一、二、三路军在白山黑水之间，与日本侵略者殊死搏斗、坚忍不拔的战斗场面，尤其对每场重大战斗记载翔实、生动，有人物、有场景、有战果，使读者如临其境，加之配有历史插图，更对读者产生了强烈的感染力。

同时，同良先生吸收了国内专门从事抗日斗争研究许多大家的最新成果，站在东北抗日斗争研究的前沿，推出了资料新、体例新、文字新的作品，也符合学术界的惯例要求，具备出版的质量标准。因此可以说，这是一部主线清晰、历史翔实、文笔流畅，充满爱国主义精神，洋溢催人向上正能量，适合社会各界读者学习传播的好教材。

这部充满同良先生心血的著作，一定不会辜负读者的信赖。为此，本人斗胆向读者朋友们推荐，并忝为作序。

2017 年 12 月

目　录

东北抗日联军概述

1931年9月18日，日本帝国主义拉开了侵略中国东北的序幕。从此，东北军民历经了长达14年的漫长抵抗历程。最初，虽然有马占山、苏炳文、张殿九、李杜、冯占海等一批东北军爱国将士奋起抗击，并沉重打击了日本侵略者，但终因国民政府采取的不抵抗政策以及缺乏后援等原因而告终。

与此同时，不愿做亡国奴的东北人民，不顾国民党当局不抵抗政策，以各种自发的形式组建数百支抗日义勇军（各种名目抗日队伍统称），最多时达30余万人，遍及东北154个县中的102个县，如辽宁邓铁梅、吉林王德林领导的救国军，还有遍布东北各地的红枪会、大刀会、黄枪会等抗日组织均揭竿而起，他们以“捐躯赴国难，视死忽如归”的民族气节，同日本侵略者进行了若干次不屈不挠的战斗，抗日烽火在黑土地上遍地燃起，在自身付出沉重代价的同时，沉重地打击了日本侵略者的嚣张气焰。短短几个月，迫使日本关东军总兵力从1万余人迅速增加至近10万人。但是，这些义勇军由于缺乏明确的政治方向，缺乏统一指挥，缺乏后续支援，加之武器装备落后，作战素质低下等原因，一哄而起，一哄而散。1933年上半年基本解体或瓦解。白山黑水，大好河山，屈辱沦陷，东北3 000万同胞陷入水深火热之中。

值此山河破碎、民族危亡之际，中国共产党挺身而出，中共中央和中共满洲省委连续发表抗日宣言和决议，尤其是1932年4月，以中华苏维埃共和国临时中央政府主席毛泽东的名义发表文告，正式对日本宣战。同时，谴责国民党不抵抗政策和一味哀求国联“调停”的忍耐外交，并号召动员东北民众团结起来，发动游击战争，英勇抗倭，从此拉开了东北军民抗击日本法西斯侵略战争的新帷幕。整整14年，东北义勇军，尤其是东北抗日联军（共产党领导抗日武装的统称，亦有40余支“山林队”加入）在敌我力量悬殊，日寇穷凶极恶，自然环境恶劣，武器装备落后，缺乏任何给养的条件下，与日本侵略者进行了无数次殊死搏斗，并最终胜利，谱写了一篇篇从无到有、由小到大、由弱到强、百折不挠的英雄史诗，在人类历史上留下了气壮山河、可歌可泣的一页。

回顾东北抗日联军的战斗历程，大体经历了抗日游击队、人民革命军、抗日联军三个发展阶段。

创建抗日游击队

在抗日战争初期，中共满洲省委在东北虽然已发展了自己的组织力量，但是尚没有独立领导的武装队伍。于是，中共党组织在号召领导各阶层民众开展多种形式抗日斗争的同时，积极支持和参与蓬勃兴起的抗日义勇军，宣传中国共产党的抗日主张，团结抗日民众，发展党团组织，组建民间抗日武装等，从而在抗日义勇军和广大城乡增强了抗日救亡的影响力和感召力。

与此同时，中共满洲省委（满洲省委已由沈阳迁到哈尔滨）书记罗登贤经请示党中央批准，立即派遣多批共产党员、共青团员、反日会骨干奔赴东北，到1931年末就达100余人，如杨靖宇、李兆麟、魏拯民、张甲洲等，他们的主要任务是发动和领导东北民众开展抗日武装斗争。其中李延禄、周保中还担任了救国军王德林部参谋长、总参议。这些，均为中国共产党日后建立独自领导的抗日队伍奠定了广泛基础。

同时，中共满洲省委还十分注重组建党直接领导的抗日武装。从1932年初开始，先后创建了磐石、海龙、珲春、汪清、延吉、和龙、安图、巴彦、汤原、饶河、珠河（今尚志）、密山、海伦、宁安等十几支抗日游击队（各种抗日武装的统称），著名抗日英雄杨靖宇、魏拯民、赵尚志、周保中、张寿篯（李兆麟）、李延禄等都是创建者，从而结束了东北地区中国共产党没有独立领导抗日军事武装队伍的历史，扩大了中国共产党的政治影响，促进了抗日游击战争的深入发展。

东北抗日游击队创立初期，虽然兵力较少，作战经验缺乏，武器装备落后，但是这些抗日武装在中国共产党的领导下，信念坚定，作战勇敢，吃苦耐劳，活动在东北广大地区，沉重地打击了日伪军，开辟了东北抗日游击战争的新局面。期间，需要说明的是，在东北抗日游击队创建的初期，由于受到党内“左”倾错误的影响，曾经因贯彻1932年6月上海临时中央“北方会议”精神，不顾东北已沦为日本殖民地的事实，一味要求同关内一样，实行土地革命，创建苏维埃政权，结果使蓬勃发展的抗日游击队在一定程度上造成思想上、路线上、组织上的混乱，尤其是严重失去了民众支持，遭受到不同程度的损失。但是，共产党领导的抗日游击队，由于以崭新的思想面貌和勇敢的战斗作风与敌作战，特别是以抗日救国，匹夫有责为宗旨，也使东北人民看到了战胜日本帝国主义的前途和希望。

建立东北人民革命军

1933 年初，日本侵略军占领了山海关，战争开始向华北扩展。1933 年 1 月 17 日，中华苏维埃临时中央政府工农红军革命军事委员会发表《一・一七宣言》，表示愿同任何武装部队共同抗战。1 月 26 日，中共中央向中共满洲省委发出《一・二六指示》，核心内容是“要实现全民族的反帝国主义，首先要建立抗日民族统一战线，而且一定要保证无产阶级在这一战线中的绝对领导”。5 月，中共满洲省委召开扩大会议，克服“左”倾错误，决定成立抗日联合军指挥部，联合一切反日力量共同抗日。从此，东北地区共产党领导的抗日游击队走上了与义勇军联合抗日的道路。总之，从 1933 年 9 月到 1936 年 2 月，东北各地党组织不断扩大抗日队伍，呈“井喷”式发展态势，并相继组建了东北人民革命军。对此，1936 年 1 月 16 日，中共中央机关报第 263 期曾以“独立发展着的东北抗日战争”为题赞道：“东北抗日部队的组织最近亦有很好转变……满洲的抗日浪潮，现在是日甚一日发展着。”

1933 年 9 月 18 日，在磐石南满游击队的基础上，成立了东北人民革命军第一军独立师，1934 年 11 月正式成立东北人民革命军第一军，杨靖宇任军长兼政委，宋铁岩任政治部主任，朴宗翰任参谋长。下辖 2 个师，全军约 800 人。1935 年底发展到 1 600 多人。

1934 年 3 月，在东满各县游击队的基础上，成立了东北人民革命军第二军第一独立师。1935 年 5 月 30 日正式成立东北人民革命军第二军，军长王德泰，政委魏拯民，政治部主任李学忠。下辖 3 个师，全军约 1 200 人。

1935 年 1 月 28 日，在东北反日游击队哈东支队（原珠河反日游击队）的基础上，成立东北人民革命军第三军，赵尚志任军长，冯仲云任政治部主任。下辖 3 个团，9 月间扩编至 6 个团，全军约 700 余人。

1934 年 12 月，在东北人民抗日革命军和密山游击队的基础上，成立东北抗日同盟军第四军，李延禄任军长，何忠国任政治部主任，胡伦任参谋长。下辖 4 个团，全军约 230 余人，到 1935 年 9 月发展到 1 800 余人。

1935 年 2 月，在绥宁反日同盟军的基础上，成立东北反日联合军第五军，军长周保中，副军长柴世荣，政治部主任胡仁，参谋长张建东。下辖两个师，全军约 900 人。

1936 年 1 月 30 日，在汤原反日游击队总队的基础上，成立东北人民革命军第六军，军长夏云杰，代理政治部主任张寿篯（李兆麟），参谋长冯治纲。下辖 4 个团，一个保安连，全军近 1 000 人。

1936年初，东北人民革命军第八军成立，是由汪雅臣领导的反满抗日救国义勇军改编而成，军长汪雅臣，政治部主任侯启刚，参谋长王维宇。下设5个团和一个直属保安连，全军800余人。

东北人民革命军的成立，标志着东北反日武装统一战线的初步形成和发展壮大。1934年3月，由珠河游击队发起，召集“爱民”“北来”“好友”“七省”为名号的义勇军首脑会议，成立了东北反日联合军总司令部，推选赵尚志为总司令。1934年12月，第一军独立师司令部于临江县城墙砬子召集17支抗日义勇军首领参加的会议，通过了《东北抗日联军成立宣言》，并成立东北抗日联军总指挥部，与会代表一致推举杨靖宇为总指挥。1936年1月28日，东北抗日各部队在汤原县境内召开了东北反日联合军军政联席扩大会议，决定组建东北民众反日联军临时政府和东北民众反日联合军总司令部，并于2月1日发布《对日宣战通牒》，阐明“本政府为扩大反日斗争而成立，为彻底驱逐你们（日本侵略者）滚出中国而斗争……”在之后几年间，东北人民革命军以大无畏精神，采取机动灵活游击战术，攻克了日伪统治的数十个城镇，袭击了日伪军1 000余次，粉碎了日伪军多次“讨伐”，感召了各种抗日队伍纷纷向人民革命军靠拢。至1936年春，东北人民革命军已发展到1万余人，抗日游击区和根据地扩大到东北60余县，东北抗日游击战争呈现了迅猛发展的新局面。

成立东北抗日联军

1935年2月，中共上海中央局遭破坏，东北党组织（1936年1月中共满洲省委正式撤销）领导的抗日斗争改由中共驻共产国际代表团直接领导（驻苏联莫斯科）。1935年5月，日本帝国主义侵略华北，由于国民党政府的退让政策，致使中华民族陷入深重危机。8月1日，中共中央发表了《为抗日救国告全体同胞书》（即八一宣言），指出：“我国家我民族已处在千钧一发的生死关头。抗日则生，不抗日则死；抗日救国，已成为每个同胞的神圣天职！”同时呼吁全国停止内战，集中一切国力（人力、物力、财力、武力等）去为抗日救国的神圣事业而奋斗。并首次提出了组建抗日联军，建立抗日联军总司令部的主张。

从1935年冬开始，为了贯彻“八一宣言”精神，东北各地党组织开始着手组建抗日联军。1936年2月10日，中共驻共产国际代表团以中共中央名义拟定了《为建立全东北抗日联军总司令部决议草案》。2月20日，又以东北抗日联军第一至第六军军长杨靖宇、王德泰、赵尚志、李延禄、周保中、谢文东和汤原、海伦游击队具衔发出了《东北抗日联军统一军队建制宣言》，宣布将人民革命军、反日联合军、反日游击队一律改制组建东北抗日联军。从1935年冬到1937

年末，东北人民革命军第一、二、三军和东北抗日同盟军第四军、反日联合军第五军、东北人民革命军第六军相继改编为东北抗日联军第一、二、三、四、五、六军。1936 年 11 月 15 日，以抗联第四军第二师为基础，组建了抗日联军第七军；1936 年 9 月 18 日，以东北抗日民众救国军谢文东部改编为第八军；1937 年 1 月，原自卫军吉林混成旅第二支队李华堂部改编为第九军；1936 年 11 月，原反满抗日救国军汪雅臣部（1936 年 2 月曾改称人民革命军第八军）改编为第十军；1936 年 5 月，东北山林义勇军祁致中部改编为抗联独立师，1937 年 11 月组成抗联第十一军。

各军主要领导和建制为：第一军军长兼政委杨靖宇，政治部主任宋铁岩，参谋长安光勋，下辖 3 个师和一个教导团，全军共 3 000 余人。第二军军长王德泰，政委魏拯民，政治部主任李学忠，参谋长刘兴汉，下辖 3 个师、1 个教导团、1 个少年营，全军有 2 000 余人。第三军军长赵尚志，政治部主任张寿篯（后代理第六军政治部主任），下辖 6 个师，后陆续发展到 10 个师，全军共 6 000 余人。第四军军长李延禄（后为李延平），政治部主任黄玉清，参谋长胡伦，下辖 3 个师，后扩编到 4 个师、3 个游击团，全军共 2 000 余人。第五军军长周保中（后为柴世荣），副军长柴世荣，政治部主任胡仁，参谋长张建东，下辖 3 个师和直属警卫营、教导队、妇女团，全军共 3 000 余人。第六军军长夏云杰（后为戴鸿宾），代理政治部主任张寿篯，参谋长冯治纲，秘书长黄吟秋，下辖 4 个师，全军共 1 500 人。第七军军长陈荣久（后为李学福、景乐亭），参谋长崔石泉（即崔庸健），副军长毕玉民，下辖 3 个师，全军 700 余人。第八军军长谢文东（后叛变），副军长滕松柏（后叛变），政治部主任刘曙华，参谋长于光世，下辖 4 个团，后发展到 6 个师和 1 个教导队，全军近 1 000 人。第九军军长李华堂（后叛变），参谋长李向阳，副军长于祯，政治部主任李熙山（许亨植），下辖 3 个师，全军共 800 余人。第十军军长汪雅臣，副军长齐云禄（后叛变由张忠喜接任），政治部主任王维宇，下辖 10 个团，共 1 000 余人。第十一军军长祁致中，政治部主任金正国，副军长薛华，设 1 个师，辖 3 个旅，另有保安连和少年连，共 1 500 余人。

东北抗日联军的组建，标志着中华民族在生死存亡的关键时刻，东北抗日游击战争迎来了新的历史阶段。在这一时期，东北抗联在广袤的黑土地上开辟了南起长白山，北抵小兴安岭，东起乌苏里江，西到辽河东岸的东满、吉东、南满、北满四大游击区。在这一时期，东北抗联总共有 11 个军，最多时达 3 万余人，与日本关东军 8 个师团、2 个混成旅，以及各种守备部队，总兵力近 40 万人的日军交战数千次。在残酷的战争中，在敌强我弱、敌众我寡的形势下，他们在战争中学习战争，往往集中兵力，避实就虚，出其不意，灵活机动，运用游击战术，挫败了日伪上百次“讨伐”，消灭了敌人大批有生力量，抗日游击区扩大到东北70余县，威胁了敌人后方安全，牵制了大量日军兵力，延缓了日本发动全面侵华战争的进程。

在东北抗日联军相继组建和发展的过程中，1936年1月中共满洲省委被中共驻共产国际代表团撤销。之后，东北地区相继成立了中共南满、吉东和北满省委。1937年7月7日（七七事变），日本帝国主义大举侵华，中国抗日战争全面爆发。为适应斗争形势需要，东北抗日联军按照各军活动区域，先后组建了三个路军，分别归各省省委领导。7月25日，东北抗联第一路军总司令部发布《为响应中日大战告东北同胞书》（又称杨司令布告），揭露日寇鲸吞中国之野心，号召同胞为恢复中国人之东北而战。1938年1月10日，中共南满省委发出指示信（亦称《一·一〇指示信》），指出中日战争的长期性和复杂性，共产党领导的抗日联军要联合一切抗日爱国力量，配合关内战争，将日寇驱逐出中国。东北抗日救国战争再次掀起新高潮。

1936年7月，东北抗联第一路军成立，杨靖宇任总司令，副总司令王德泰，总政治部主任魏拯民，归中共南满省委领导，下辖第一、第二军6个师，共6 000余人。以长白山为依托，创建了南满抗日游击根据地。

1937年10月10日，东北抗联第二路军成立，周保中任总指挥，崔石泉任参谋长，归中共吉东省委领导，下辖四、五、七、八、十军，以及救世军王荫武部、义勇军姚振山部。以长白山和小兴安岭为依托，创建了吉东抗日游击根据地。

1939年5月，东北抗联第三路军成立，张寿篯任总指挥，冯仲云任总政委(1940年后)，许亨植任总参谋长，归中共北满临时省委领导，下辖三、六、九、十一军。以小兴安岭为依托，创建了北满抗日游击根据地。

东北抗联三路大军成立后，为配合关内抗战，于1940年4月发表了《为长期抗战争取最后胜利告人民书》，并向日本侵略者展开了积极进攻，如第一路军攻占日伪据点，攻克重镇，奇袭铁路隧道，破坏公路交通，伏击运输车队等。第二路军打乱了敌人“围剿”计划，留下了“八女投江”的英雄事迹，留守部队进行了小孤山战斗和饶河西风嘴子伏击战等。第三路军袭击了铁骊伪警察所，攻克了3处伪警察署，频繁袭击日伪军事据点，攻克讷河、克山、肇源县城等。

总之，抗联三路大军在若干次战斗中击毙了大量日伪军，被日伪称为“心腹之患”，惶惶不可终日。于是，从1936年开始，日本关东军制定了《“满洲国”三年治安肃正计划》，倾注重兵剿灭抗日联军，并不断地、大量地向东北增兵，对“三江地区”“东南满地区”“吉林、间岛、通化地区”用“篦梳山林”战法，以数十倍以上兵力对抗联进行不间断的联合军事“大讨伐”。同时，极力强化法西斯统治，在农村实行“集团部落”，在城乡实行“保甲连坐”，收缴民间武器，禁止火药生产，并实施惨无人道的烧光、杀光、抢光的“三光政策”，制造“无人区”，收买汉奸叛徒，断绝抗联给养。一句话，一切法西斯残酷手段无所不用其极。如此几年，东北抗联三路大军面临的斗争形势越加险恶，迫切需要研究决断新的战略战术。1936 年上半年，东北抗联将士得到中央红军抗日先锋军东渡黄河，进入山西，发表了《东征宣言》，准备进入绥远，与日军作战的消息，倍受鼓舞。据此，东北抗联三路大军（即杨靖宇率领的第一路军；周保中率领的第二路军；李兆麟率领的第三路军）在不同时间、不同地点，采取了同一个战略选择，即放弃旧根据地，向西突围，跳出包围圈，与红一方面军东征部队会师，打通与中共中央的联系，寻求新转机。

从此，东北抗联开始了史上最为惨烈、最为悲壮的西征之路。途中虽在“反围剿”中也取得一些胜利，但总体上大批指战员战死疆场，抗日游击根据地大部分被破坏，抗日游击区被大量压缩。抗联部队为保存实力，被迫化整为零，分散突围，人员从 3 万余众锐减到不足 2 000 人，其中第一路军杨靖宇将军牺牲后，部队仅剩 300 余人坚持战斗，二路军的第四军主力几乎全军覆没。抗日斗争进入极端艰苦时期。

1940 年 1 月底至 2 月初，中共东北党组织和抗联领导人周保中、冯仲云、赵尚志等先后越界入苏，在伯力（哈巴罗夫斯克）举行了吉东、北满省委代表联席会议（亦称第一次伯力会议），根据斗争形势，决定对东北抗联部队实行整编，即各路军以下实行支队建制，下设“支队—大队—中队—小队”，开展机动灵活的分散的游击战争。会后，相继将第一路军改编成第一、四、七支队；第二路军改编为第二、五、八支队；第三路军改编为三、六、九、十二支队。同时，与苏联远东军建立了相互援助与合作关系。

1940 年以后，日伪军对东北抗日联军继续进行更加残酷的“讨伐”，东北抗日斗争形势更加恶化。中共吉东、北满、南满省委决定保存实力，培养干部，越界整训。之后，东北抗联大部相继越界，并在苏境内建立了南、北野营，进行整训。东北境内只留少数部队坚持游击战。

1942 年 8 月 1 日，东北抗联在苏联伯力正式组成东北抗日联军教导旅（简称八十八旅），周保中任旅长，李兆麟任政治副旅长。下辖 4 个教导营、2 个直属连，总计 1 000 余人，其中苏联红军 300 余人，抗联官兵 700 余人，潜伏东北各地的侦察人员 200 余人，故又称国际八十八旅。

1945 年 7 月，根据全国抗日战场在华北、华中、华南取得辉煌胜利的新形势，组成新的中共东北党委员会，书记周保中，成员有冯仲云、张寿篯、彭施鲁等 13 人，党委设在长春，下设 12 个地区委员会。

1945年8月8日，苏联对日宣战。9日毛泽东主席在延安发出《对日寇的最后一战》。从8月10日开始，朱德总司令连续发布7次大反攻命令。八十八旅为配合苏军解放东北，一部分抗联战士被派到空降小分队、突击队，一部分到苏联部队做向导，还有一部分朝鲜籍战士在金日成率领下返回朝鲜作战，其余大部分战士随苏军主力部队行动。在苏军强大攻势下，日本关东军很快土崩瓦解。1945年8月15日日本天皇宣布无条件投降，9月2日在投降书上签字。“满洲国”也瞬间瓦解，伪国军、伪警察和一些反动组织也得以清除。

同时，中共中央迅速恢复和发展各级党组织，将东北抗日联军改名为东北人民自卫军并积极扩军，到10月下旬已发展到4万人以上。1945年9月15日，中共中央东北局成立，彭真为书记。中共东北党委会即行撤销。11月3日，中共中央决定：东北人民自卫军与挺进东北的八路军、新四军合并，改编为东北人民自治军，林彪为总司令，彭真为第一政委，罗荣桓为第二政委，吕正操、李运昌、周保中、萧劲光任副司令，程子华为副政委。至此，东北抗日联军胜利地完成了抗日战争的历史使命。

第 一 章

不忘九一八

“我的家在东北松花江上……九一八，九一八，从那个悲惨的时候……”

这凄惨悲愤且耳熟能详的歌曲，再一次把我们带到了86年前中华民族那个苦难屈辱的岁月……那一天，中华儿女永远不会忘记。

沈阳九一八历史博物馆

日历翻到1931年9月18日。那一天，日本帝国主义拉开了侵略中国东北的序幕。那一天，由于执行蒋介石不抵抗政策，东北军不战自退，日军在一夜之间占领了沈阳城。之后，日军一路狂扫，仅用了12个小时先后占领了丹东、营口、抚顺、海城、辽阳、本溪、四平等南满铁路和安奉铁路沿线的18座城镇，一路上攻城略地，烧杀抢掠，次日攻陷长春。不到一星期，辽吉两省沦于日军铁蹄之下。

日本帝国主义的“大陆政策”和“满蒙政策”

历史行至此时，呼唤抗日救亡、共赴国难，迫在眉睫。从1931年9月19日开始，中共中央、中共满洲省委随即发表了一系列《为日本帝国主义武装占领满洲宣言》和决议，旗帜鲜明地痛斥了日本帝国主义侵略中国东北的罪恶行径，驳斥了日本帝国主义所谓的“柳条湖爆炸”案，批驳了国民政府不抵抗和“忍耐”外交政策，号召广大工农兵劳苦群众罢工、罢市、罢课，武装起来，把日本侵略者驱逐出中国。同时指出，这一事件的发生，不是偶然的，是日本帝国主义一手蓄谋策划的，是实现其“大陆政策”“满蒙政策”，所采取的必然行动。为什么呢?

纵观日本近代侵华史，有着深刻的历史渊源，可以用24个字加以概括，即蓄谋已久，分步实施，舆论造势，伺机“事变”（突然袭击），嫁祸于人，诉诸武力。这一点，无论是从以往的甲午战争、日俄战争，还是从当下的九一八事变，或不久的一·二八事变、七七事变，以至后来的偷袭珍珠港、突袭东南亚诸国来看，都是不争之实。下面，我们具体剖析一下。

中日两国本是一衣带水的邻邦，自古以来就有着经济、文化、宗教等方面的友好往来。但是，日本一直不甘于居住在狭小贫瘠的海岛之上，于是忌妒、偏执、畸形、极端思想油然而生，很早就觊觎亚洲诸国辽阔富饶的土地，尤其是朝鲜半岛和中国东北。反映到统治阶层，日本军国主义分子在激进尚武思潮指导下，一直预谋策划着通过战争手段吞并隔海相望的大陆国家，同时不惜从孩子抓起，灌输武力扩张理念，若干年一以贯之。

中國共產黨爲日本帝國主義强暴佔領東三省事件宣言

中國工農兵勞苦羣衆們！

萬寶山與朝鮮之血跡未乾，日本帝國主義又公開進兵中國，强暴佔領奉天安東營口，更大規模的屠殺中國民衆了！

各國帝國主義，尤其是日本帝國主義是壓迫中國，屠殺中國民衆的萬惡强盜，年年以來從萬寶山朝鮮一直殺到青島，現在又殺到奉天安東營口，中國勞苦民衆被犧牲已經累萬盈千，過去五卅，濟南慘案更殘殺無數，現在他更公開更强暴的佔領中國土地，其顯明的目的顯然是掠奪中國，壓迫中國工農革命，使中國完全變成他的殖民地，同時更積極更直接的實行進攻蘇聯，企圖消滅全世界第一個無產階級的祖國，世界革命的大本營，及實行第二次世界大戰，特別是太平洋帝國主義戰爭，實行更大規模的屠殺政策以瓜分中國。

帝國主義强盜看得很明白：蘇聯無產階級專政日益强固，社會主義建設得到空前的

1931年9月20日，中国共产党为日本帝国主义强暴占领东三省事件宣言

“大陆政策”的战略构想，源于幕府末期日本早期改革政治家吉田松阴，早在1855年他就提出：“一旦军舰大炮稍微充实，便可开拓虾夷，晓喻琉球，使之会同朝觐见，责难朝鲜，使之纳币进贡；割南满之地，收台湾、吕宋之岛，占领整个中国。”可见，这种侵略阴谋早已有之。

从历史沿革看，早在19世纪前半叶，日本还是一个闭关自守的封建落后国家。19世纪中期，曾一度沦为欧美列强的半殖民地。1868年，日本推翻了封建王朝——德川幕府，剥夺了诸侯和武士的特权，建立了资本主义制度，但封建专制体制仍旧残留。新登基的睦仁天皇定年号为明治，天皇成为被“神化”的至高无上的君主，尤其是日本实行明治维新以后，取得了原始资本积累，国力日强。日本政府曾以天皇名义发布施政纲领《五条誓文》和《浪翰》（即《御笔信》），其中扬言“开万里之波涛，布国威于四方”，从而确立了“强兵为富国之本，向大陆扩张”的基本国策。同时，建立了代表新兴资产阶级和封建地主阶级利益的奴隶制军国主义政权，天皇直接操纵军队，成立参谋本部。这种政治军事

体制的显著特征是：对内实行法西斯独裁统治，对外推行穷兵黩武侵略。

西乡隆盛、板垣退助等“征韩论”者，就竭力主张尽快用武力征服朝鲜。日本外务大丞柳原说：“朝鲜北连满洲，西接鞑清之地，绥服此地，实为保全皇国之基础，成为今后经略万国之基石……”于是，日本军部提出“以抢先沙俄侵略朝鲜为借口，进而把朝鲜作为侵略中国的桥头堡”。这就是近代日本崛起后逐渐形成的先吞并朝鲜，再灭亡中国，进而称霸亚洲的“大陆政策”。于是，明治政府选择侵略的第一个目标就是与中国山水相连、唇齿相依的朝鲜。

从 1875 年开始，日本炮舰突然肆无忌惮地炮轰朝鲜沿海城市，屠杀朝鲜军民，终于迫使朝鲜政府签订了《江华条约》，取得三港开放、货币流通、领事裁判等特权。但是，这仅仅是日本军国主义实施“大陆政策”的第一步。

这小小的“得手”，远远没有满足日本军国主义者的“胃口”。他们深知要吞并朝鲜，必先征服它的保护国中国，于是头脑膨胀的日本军国主义分子，就把目光瞄向中国（大清），并做了一系列准备。

在这一时期，日本军国主义大体上做了四件阴谋准备。一是情报准备。1872 年 8 月间，日本陆军大将西乡隆威即派陆军少佐池上四郎、陆军大尉武市正千，以及外务省官员彭城卫平等伪装成商人，秘密潜入中国东北刺探边防、财政、地理、风俗等方面的情报。第二年春天回到日本详细汇报，连辽河何时解冻，何时可行人马都一一提及，最后结论是“满洲的常备军积弊日久，士兵怯懦，以今日之状态不数之年中国将土崩瓦解”。此后，日本对中国东北的各种情报搜集从未间断过。二是理论准备。1890 年 3 月，日本首相山县有朋在上奏明治天皇《外交政论略》中提出“二线说”，即把日本疆土称为“主权线”，把朝鲜、中国等疆土称为“利益线”，并反复强调其重要性和对外扩张思想，这毫无疑问地成为日本军国主义对外侵略扩张的思想理论基础。三是教育准备。1890 年 10 月 30 日，明治天皇颁布“教育敕语”（诏书、命令），教导国民造就“义勇奉公”，做“忠良臣民”，以“扶翼”天皇，暗含军国主义思想，并强迫学生背诵。之后，“教育敕语”成为日本军国主义教典，二战前连日本兵都要晨起背诵，并要求各学校在各种仪式上必须“奉读敕语”，悬挂天皇“御影”，向“御影”敬礼。尤其在体育课上全面实练刺杀术，学生边嗷嗷叫边武装训练。四是扩军备战。1889 年 2 月 11 日，日本天皇颁布大日本帝国宪法，规定天皇是至高无上的君主，进一步强化了文武官僚在天皇名义下的专制政治。1890 年日本军国主义将国家总预算的 30% 用于军费开支，此后两年又将这一比例提高到 41%，1894 年又比上年猛增 4 倍，同时实行兵役快速扩张体制，穷兵黩武的特征十分明显。综上可见，当时的日本国已经在政治、经济、文教等方面，完全转为了军国主义体制。

而这一时期的清王朝，经过了 1840 年鸦片战争，割地赔款，经济脆弱，政治腐败，饱受欺凌，这又为日本战争狂人的军事冒险增添了侥幸心理。于是，当1894年2月朝鲜爆发农民起义时，清政府应李王朝之请出兵镇压之际，日本陆海军突然侵占朝鲜王宫，又在牙山击败入朝清军。随后，甲午海战爆发，北洋舰队全军覆没，日清签署了丧权辱国的《马关条约》，割让了辽东半岛、台湾、澎湖列岛，开辟了沙市、重庆、苏州、杭州等通商口岸，还赔上了两亿三千万两白银。李鸿章就断言：“日本人野心膨胀，将是大清国最凶恶的敌人。”

甲午战争后，日本不仅控制了朝鲜，还吞并了中国台湾，踏足了中国部分内陆，使朝、中两国套上了一道殖民主义枷锁，日本经济、军事实力也得到前所未有的加强。1900年，日本派一万余兵力参加八国联军，侵入中国天津、北京，强迫清政府签订《辛丑条约》，获得在北京设使馆区及北京至山海关沿线的驻军权。这一切愈发刺激了日本战争狂人的扩张野心，同时也加快了天皇专制下的军国主义进程。

可是，事情往往不尽如人意。当时，由于俄、德、法三国干涉，而依日本国力又不能与俄国匹敌的情况下，故不得已又把辽东半岛的权益吐了出来，而这块“肥肉”又恰恰被俄国吃掉，日俄结下宿怨。于是，日本耿耿于怀，只好咽下这颗“苦果”，“卧薪尝胆”，疯狂军备，伺机报复“千古大辱”。

到了1904年，日本自以为兵强舰利，故锋芒毕露。而此时的沙俄政府国内却危机四伏。于是，日本孤注一掷，同俄在中国领土开战，再加上日本友邦英国从旁掣肘，终以沙俄惨败而告终。

1904年9月5日，俄日签订了《朴次茅斯条约》，沙俄放弃了长春至大连的铁路权，吐出辽宁半岛租借权，日本还将朝鲜正式纳入自己版图。日本屡屡得手，野心进一步膨胀，下一步就将矛头指向中国。

历史有时像小说一样，往往有前因后果，环环相扣。日俄战争后，由于朝鲜彻底变成了日本殖民地，日本有了侵华的桥头堡。于是，自然加快了侵略中国东北的步伐。首先设立“南满洲铁道株式会社”（简称“满铁”），并扩张“满铁”附属地，还在金州设立“南满铁道守备队军部”。1905年10月18日，在辽阳成立了“关东都督府”，由陆军大将大鸟义昌任总督，1919年将侵驻大连地区的“南满铁道守备队”更名为“关东军”，常驻守备队3万余人（驻扎有1个师团和6个铁道守备大队等兵力），司令部设在旅顺，受日本陆军中央部统辖，还建立了警察、宪兵、特务等殖民统治机关。这时的南满，几乎成为日本控制的势力范围，日本人俨然以“主人”自居。

从历史上讲，日本这个民族，由于国土狭小，仅37万多平方千米，且四面环海，资源匮乏，再加上地质灾害频发，总给人一种说不上什么时候就会沉入海底的担心，当弹丸之地容不下澎湃野心的时候，总会迸发出一种邪恶的危机感，再加上以“武士道”自居，从而导致对外武力扩张的野心念念不忘，尤其把矛头紧紧指向军阀混战、积贫积弱的中国，尤其是中国东北。那时，日本出于分裂中国的目的，称中国东北地区为“满洲”，还将东北与内蒙古东部合称为“满蒙”。1908 年 9 月，日本内阁声称：“帝国现今满洲拥有的地位不可轻易放弃，因此必须采取措施，使现在的状态永远保持下去。”1911 年，中国爆发辛亥革命，日本内阁又申明“为满洲问题的根本解决，帝国必须不懈地策划，倘遇可乘之机，自应采取果断措施加以利用”。于是，1915 年日本乘第一次世界大战欧美无暇东顾之机，向袁世凯政府提出了灭亡中国的“二十一条”。1921 年至 1924 年，日本政府还先后制定出笼了《对满政策》和《对华政策纲领》，其中反复强调日本在“满蒙的特殊地位和权力”，并声称为了“维持满蒙的秩序”，在认为“必要场合，必须采取适当措施”。可见，日本帝国主义不仅要侵略中国东北，而且要扩张至整个满蒙地区。这就是日本军国主义的“满蒙政策”。

光有政策还不够，日本军国主义还付诸一系列行动。在此阶段，日本特务、野心家，以及浪人之流大肆涌入中国东北，他们勾结清廷社党、蒙古王公、东北胡匪，先后策划了两起“满蒙独立运动”，妄图把东北和内蒙古从中国版图上分割出去。

从 1912 年 5 月开始，日本法西斯分子川岛浪速就勾结清廷逊恭亲王，密谋“满蒙独立运动”，并获得日本政府的军火支援和大仓财阀 150 万日元的巨额贷款，妄图在内蒙古和东北两地同时叛乱，实现日本独占东北的梦想。然而，很快被东北政权所粉碎。1916 年，川岛浪速之流不甘失败，又勾结蒙匪巴布扎布举兵南犯，妄图攻占奉天。日本驻军甚至公开出马，挑起了“郑家屯”事件，然而仍以失败告终。

日本侵略中国东北的舆论和军事准备

综上不难看出，从日本侵略者踏上中国东北的第一天起，就无时无刻地梦想把这块地域划入日本版图。因为，他们不仅把东北视作自己的“生命线”，而且把东北当作侵吞中国，进而独霸亚洲甚至侵略俄国的“大本营”，这已经成为历届日本政府毫无歧义的国策。日本军国主义分子甚至妖言惑众地说：日本付出“十万生灵，二十亿国币”的代价，才从俄国人手里夺得了这些“特殊利益”，如果不控制住满洲，“日本的生存和安全将受到威胁”。因此，头脑更加膨胀。

到了 1927 年，随着以“征服中国派”著称的田中义一上台组阁，这种国策则彻底公开化和表面化了。它的表现形式有二。一方面是法西斯势力甚嚣尘上。“国本社”“一夕社”等法西斯团体纷纷创立，其根基是以垄断财阀为后台的日本军部，许多军界高级将领均为重要成员，主张尽快强化法西斯独裁政权，实行“彻底的大日本主义”。尤其1923年日本关东地区大地震死亡14万多人后，他们感到国土狭小和人口稠密的不安全性，军国主义分子更加急切地要求向海外扩张殖民地，大肆叫嚷“要把满洲从支那的统治下解放出来”。矛头自然指向中国东北，也就是“满蒙之地”。

另一方面就是“东方会议”的召开及其决议。1927年6月27日至7月7日，“东方会议”在东京召开，会后形成八条《对华政策纲领》，抛出了所谓“解决满蒙问题的积极方针”。其主要内容有：1. 满蒙是日本的“生命线”，当日侨之生命财产有受侵害之虞时，帝国将断然采取自卫措施，以维护之。2. 满蒙对于日本是“在国防和国民的生存上有着重大利害关系的特殊地区”，因此“对支那本土和满蒙……必须加以区别”。3. “万一动乱波及满蒙而治安紊乱，我特殊地位和权益遭受侵害之时，不论来自何方……都必须抱定决心，不失时机地采取适当措施。”据此，日本还制造了旨在把东北和内蒙古从中国分割出去的“满蒙特殊论”，并以此作为侵略中国和亚洲的理论依据。

会后，便是引起世界瞩目的《田中奏折》，即日本首相田中义一在臭名昭著的《帝国对满蒙之积极根本政策》中提出“欲征服支那，必先征服满蒙，欲征服世界，必先征服支那，此乃我帝国之存立上必要之事也”。对这件野心加阴谋的奏折，日本当局怎敢对外披露，故将其列为绝密。

但是，没有不透风的墙。1929年12月中国南京出版的《时事日报》首次披露《田中奏折》及其侵略计划。1931年11月，英、美、苏各国报纸均披露《田中奏折》。尽管之后日本方面一直矢口否认这个文件的存在，然而“东方会议”后，日本帝国主义所发动的一连串的侵略战争，却无可争辩地说明，《田中奏折》的宗旨，已无一遗漏地渗透到具体策划对华战争军国主义者的骨子里，对华侵略基本上是按照这个思路和步骤进行的。

1927年至1931年间，田中窃取了“政友会”总裁，实行了政党军阀化，而且修改了“治安维持法”，竭力扶持右翼团队，先后出现“急进爱国党”“祖国同志会”“血盟会”等。

日本法西斯思想家大川周明极力鼓吹在中国东北建立一个“王道乐土”的新国家。当时，在日本流行的“八纮一宇”“皇道主义”经，其要义就是用武力征服中国，把中国置于日本天皇的统治之下，而第一步就是武力征服中国东北，并不断制造挑衅事端，发出战争叫嚣。

继1916年制造了“郑家屯事件”之后，1920年又制造了“珲春事件”，1928年又制造了“皇姑屯事件”并暗杀了奉系军阀张作霖。同时，日本右翼势力竭力向国民灌输“大日本帝国万古不易”“天皇万世一系”“日本为世界中心”

“武士道精神”等军国主义思想。1922年，石原抛出《战争史大观》等纲领性文件，公然提出“满蒙原非汉民族领土，而且支那人又无统治能力，莫如借助与当地人同种族的日本人之力，维持治安，施以善政，以期满洲的急速发展”。1929年石原莞尔、板垣征四郎出任关东军参谋，组织对东北进行了四次所谓的“参谋旅行”，实则刺探军事机密。回国后提供了一份《统治满蒙草案》，并拟订了《关东军占领满蒙计划》，即分为三步走：一是先占领满蒙；二是全面对华作战；三是对苏作战。同时提出：努力争取英国谅解，保持与苏联“亲善”，冷淡对待美国，如果受到世界封锁，届时实行法西斯体制。1930年5月29日，板垣征四郎“关于满蒙问题讲演”，狂呼“满蒙危机”，叫嚣“我们的最终目的在于求得领土，唯一办法是从根本上解决满蒙问题，打开现有局面”。

板垣在这次讲话中还依次分析了苏联、英国、美国，以及国际联盟可能采取的立场和态度。幕僚们讨论后认为：目前国际形势对日本有利，苏联正在实施第一个五年计划，医治第一次世界大战的创伤；英美等西方国家正在“医治”经济危机带来的“后遗症”，无力无暇东顾；中国蒋介石政府正在推行“攘外必先安内”政策，况且张学良虽然易帜，但国内“军阀”割据状态尚未松动，尤其国民党军中将领有许多在日受过训，是亲日派。幕僚们更是认为，日本在中国东北驻有“关东军”，还有驻朝日军，可相互协同，并早有准备。

1930年前后，日本国也正在实行战前总动员体制，新设内阁资源局（后改为企划院），京都、大阪、神户进行国家军事总动员演习，要求重工业、化工业24小时转为军工生产，同时追加军需储备和战略物资进口（占当年进口总额的41%）。至1931年上半年，钢铁产量已达到23万吨，并建立了机械化兵团，开始生产轰炸机，23万总兵力连续进行“闪电式”突袭和攻坚战演练。当年，日本军费开支已达4.5亿日元，占年度财政总支出30.8%，列世界之首。

1930年9月，在石原的授意下，日本关东军参谋部抛出《关于占领统治满蒙之计划》，该计划详尽设计了日本侵吞中国东北以后的政治、军事及民族对策，提出在东北设置类似朝鲜总督府的殖民统治机构，该计划还打着民族“共存共荣”的幌子，确立了日本民族统治的“中核地位”。尤其是提出了“以战养战”原则，即以东北1.2亿~1.3亿年收入的40%以上作为关东军军费，并掠夺中国东北的战略资源为其持续侵略扩张服务。该计划还指出：“必须发挥日本人创办大型企业及利用智慧、技能的事业”，而对于汉、朝民族，只不过陪衬而已。于是该计划便成为以后建立伪满傀儡政权及确立民族对策的第一雏形。

1931年1月，日本关东军委托“满铁”调查课长佐多弘治郎等人制定了《科学的认识满蒙对策》，其中大要是：1. 满洲在地理、历史、人种上均同支那本土有异，必须进行政治的分离。2. 如占领（“满蒙”）诸要地后，须委托日本军维持治安，并建立满蒙共和国。

1931年3月，日本关东军高级参谋板垣征四郎在对日本陆军步兵学校的讲话中说：“满蒙对于帝国的国防和国民经济生活有很深的特殊关系”，“满蒙的资源是很丰富，有着作为国防资源所必需的所有资源，是帝国自给自足所绝对必要的地区”，“单靠外交的和平手段，归根结底是不能达到目的的”。这时的日本，尤其受到了德国希特勒快速走上法西斯军事化道路的影响，更是野心倍增。

与此同时，日本即处心积虑地在中国东北制造了“龙井村事件”“万宝山事件”和“中村事件”等，其中“中村事件”成为日本军国主义对中国外交争端和军事挑衅的借口。

事情是这样的：1931年5月下旬，日本参谋本部部员陆军步兵大尉中村震太郎等侵入中国东北兴安屯垦区调查东北军军事情报，在证据确凿的情况下，中村傲慢自大，蛮横暴躁。兴安屯垦三团按照国际法将其就地正法，这本是中国边防军人守土卫边的一次爱国行动。

图为中村事件祸首中村震太郎（左）和日军退役骑兵曹长井杉延太郎

但是，日本方面却隐瞒中村身份，并将其作为挑起争端和报复的口实而大肆鼓噪，借题发挥，咄咄逼人。宣传所谓“满蒙危机”论，煽动战争狂热。9月上旬，面对日本所谓抗议，国民政府在中村从事间谍活动证据确凿的情况下，仍表示希望用和平外交手段解决，蒋介石甚至表示要对屯墾军第三团团长关玉衡进行军事审判，予以严惩。但是，日本军国

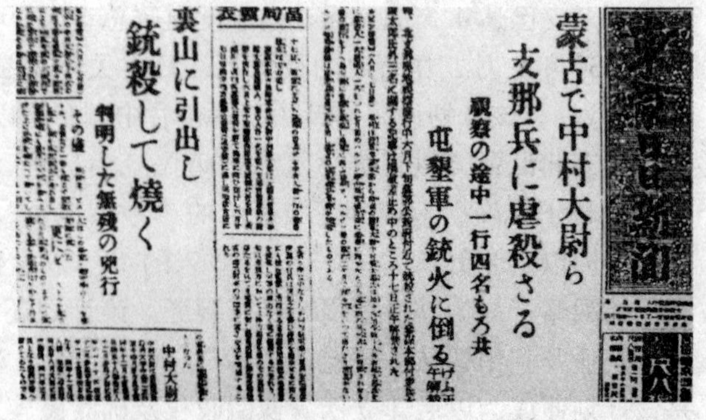

蒙古で中村大尉ら
支那兵に虐殺さる
観察の途中一行四名もろ共
屯墾軍の銃火に倒る

裏山に引出し
銃殺して燒く
判明した無残の兇行

《东京日日新闻》有关中村事件的报道

主义分子并不以此为满足，其真正目的是要利用“中村事件”诉诸武力。石原

还向日本参谋本部派往东北的森纠大尉煽动说：“这回用不着外务省插手，军部应该决心自行解决，这是日本向附属地以外出兵的天赐良机。”日本“满洲青年联盟”致电日本首相、外务大臣、陆军大臣、参谋总长、众议院和舆论界，疾呼关东军“坚决行使武力”。一些右翼分子鼓动青年军人举行中村慰灵祭，割破皮肉，用鲜血染成太阳旗挂在神庙前，剩下的血互相喝下去，并大喊“武力征服满蒙，保卫帝国生命线”。一时间，叫嚣战争的阴云笼罩着日本全国。

1931 年 7 月，关东军参谋部制定了《关于情势判断的意见》，更加明确了武装占领中国东北的时机切不可失。最后急切地认为，武装占领中国东北的时机即在眼前，最迟也“必须在 1936 年以前完成才有利”。

这时，在中国东北的日本法西斯分子也遥相呼应，站在浪尖上的是由“满铁”中上层骨干组成的“满洲青年联盟”和“大雄峰会”，更加助长了日本朝野各界的野心膨胀。此时的东北大地，已如同一座火药库，火花四溅，爆发在即，东北处于危亡在即的浊浪之中。于是，就发生了我们开头讲到的九一八事变。那么，日军为什么选择这个时机进攻东北军呢？当时世界形势、日本国内，以及中国国内，特别是东北情况怎样呢？

从世界和日本国内情况看，一方面自从 1927 年爆发了世界性经济危机，给日本以沉重打击，东京渡边银行凄惨停业，30 多家银行陆续倒闭，金融危机，工人失业，商人破产，农民饱受剥削，社会动荡不安。为了摆脱严重的经济危机，日本帝国主义在加强对国内工农劳苦大众剥削的同时，在中国由日本经营的企业也不顾工人死活，极尽盘剥压榨之能事；在南满铁路沿线和城市近郊强占民田；日本军警也不断制造枪杀、殴打中国民众的事件。日本帝国主义的野蛮暴行，激起东北民众的反抗，从 1925 年到 1931 年，仅在南满就发生 290 多次民众抗议和工人罢工，参加人数达 5 2481 人。广大中国民众的反日斗争形势日益高涨，引起日本帝国主义的不安，感到其在满蒙的利益受到了威胁，急于从武力侵略中寻找出路。另一方面经济上的动荡，必然导致政治上的不安，日本反对党乘机倒阁，3 月 20 日政友会总裁田中义一受命组阁，侵华的“积极政策”便应运而生。

从中国国内大形势看，虽然 1928 年东北张学良易帜，通电拥护蒋介石，并采取了抵制日本措施，但令人痛心的是，当时的国民党政府正忙于“安内”，把攻击矛头紧紧指向共产党领导的红军，而对日本平时猖狂挑衅和突然袭击估计不足，甚至无动于衷。

从中国东北的情况看，自从张学良就任陆海空副司令后，就坐镇北平，东北军主力也随之入关，东三省军事实力空虚。当时，沈阳只驻有北大营王以哲步兵第七旅的三个团和在山嘴子的炮兵教导团。至于城外，驻在沈榆线上的步兵、骑兵不过四个旅。另外，吉、黑方面总共大约十个旅，且都分散驻防，远水难救近火。再有，除张学良在北平外，其他边防司令都不在防区。于是东北处于“群龙无首”局面。何况事变当天，第七旅旅长和其部下三名团长只有王铁汉团长在营区。这些，早已被日本方面所洞悉。

辽吉两省相继沦陷

到了事变前夕，日本法西斯势力认为：英、法、美等西方大国由于忙于应付国内的经济危机，无暇顾及远东问题。中国正忙于内乱，加之国民政府腐败无能，对满洲问题尚无管控力量。即使进击北满，苏联也不会采取行动。国际联盟也没有实力干涉满洲事态。所以，侵略中国东北的客观条件已经基本成熟。

1931 年 6 月 19 日，日军参谋本部拟订了《解决满蒙问题方案大纲》，规定了日军侵占中国东北的步骤和具体措施，之后密令关东军参谋长三宅光治来中国传达给关东军司令官本庄繁。因此，这个大纲实际上成为日本侵略中国东北的行动纲领。但是，关东军内部的少壮派军官们嫌时间太久，决定提前到 9 月下旬在中国东北发起军事行动。期间，也进行了一系列的策划和准备，如侦察地形，拟订作战计划；调兵遣将，加紧军事部署；频繁挑衅，制造各种借口；利用万宝山事件和中村事件，狂热煽动侵华战争。

更为重要的是，板垣征四郎、石原莞尔、花谷正出于“武士道”豪赌的动机，早已制定了“下克上”具体侵略计划（日本军部历史上有下级越过上级并直接决策的先例和习俗），即在沈阳制造侵略借口，爆炸城北柳条湖边铁路，由沈阳特务机关的花谷正少佐负责；进攻北大营的东北军第七旅，占领沈阳、长春、吉林的军事行动，由关东军参谋石原莞尔中佐负责；在吉林市、哈尔滨挑起事端，造成日本占领的借口，由吉林市特务机关长大迫通贞中佐和日本浪人、原宪兵大尉甘粕正彦负责。

整个侵略计划的特点是：要求统一指挥，行动迅速，相互配合，必须在一夜之间，以迅雷不及掩耳之势，造成占领沈阳、长春的既成事实，以防本国政府干扰和外国干涉。

由此，九一八事变前，在关东军军事会议上，石原提出“应坚决致敌中枢的死命”要求，沉思 5 分钟后，用赌徒般的口气，急不可耐地大喊：“由本职负责，干吧”，终于下达了全面进攻的命令。

史料记载，日本关东军在伺机而动、周密部署前是有先兆的。就在“中村事件”闹得乌烟瘴气的时候，1931 年 8 月 20 日日本军部即派本庄繁接替菱刘隆关东军司令职务，建川美次为新任参谋本部作战部长。本庄繁曾当过张作霖的顾问，是个有名的中国通，上任后立即发出“满洲形势紧张，必须做好万全准备”指令，并调整兵力部署，将驻大连柳树屯的铁道守备队调至沈阳附近，还命令驻朝日军做好征兵准备，同时将军事演习推至北大营附近，还从东京运来两门 24 厘米口径的攻城重炮，炮口对准北大营、飞机场等东北军重要军事目标。

据原东北军杨安铭在《九一八之夜》一文记载：在九一八前夕，日本方面早有发动侵略的种种迹象，如指使朝鲜推进其驻屯师团，在南满增兵和检阅；在哈尔滨、长春、沈阳日本站召集其在乡军人，以及日侨编队点名，发枪练习打靶等。事变前，驻守在北大营身处最前沿的东北军第七旅，也明显感觉到日军的报复手段（报复中村事件）有一触即发之势。第七旅参谋长赵镇藩曾回忆说：当时东北的有识之士都预感到日寇对东北的侵略战争就要爆发了。大有“山雨欲来风满楼”之势。

对此，当时的中国媒体也有所反映。从九一八的前一个多月起，作为国民党喉舌的《中央日报》，就对东北即将发生惊天动地事变进行了连贯、持续的“预警”报道。其他各大报也有关于“中村事件”会引起日方武力解决之疾呼。特别是作为国民政府主流媒体的《中央日报》，通过情报已知道了日军的侵略行动实际上正在步步逼近，而不知情的国人大多却仍是浑然不觉。举两个例子，1931 年 8 月《中央日报》副刊的封面有一幅漫画，画的是“一个戴着日本军帽的恶狼，张牙舞爪，正欲扑向一个身穿长衫表情麻木且无动于衷的中国人”，漫画的下方还有这样几句话“醉生梦死的人们，难道要等到那恶兽咬到你们的头上才知道痛苦吗?”透过这句话，今天的人们分明可以觉察到，当年《中央日报》的“某些”人，在获取到日本的情报时，在不抵抗政策的压迫下，胸中有一种难言的焦灼。到了 9 月 17 日，《中央日报》刊载了《呜呼！日人所谓七字胜诀》副标题：“帝国主义者始终不忘武力，欲藉中村事件为出兵口实，飞机翱翔全国散布仇华传单”。

然而，东北军文武官吏由于执行蒋介石的不抵抗政策，对此完全不以为意，以致到九一八之夜，旅部只留下参谋长赵镇藩一人“看堆儿”。虽然王以哲和赵镇藩之前做了“衅不自我开，作有限度退让”的预案和以防万一的对策，并赴北平向张学良做了汇报，但是由于张学良忠实执行蒋不抵抗政策，故御敌方略并没有得到重视和批准。

沈阳位于东北平原南部、辽河平原中部、浑河北岸，是军事重镇。公元 713 年，唐朝设为沈洲，元朝初期改为沈阳，1644 年清军入关后改为“陪都”。1895 年日俄战争后，日本在沈阳设总领事馆。由于东北的政治、军事、经济等领导机关均在此，日本关东军认为占领沈阳就标志着占领了整个东北，况且柳条湖距东北军沈阳北大营很近，易于突然袭击。

于是，日本关东军军事阴谋行动是：在沈阳柳条湖自行炸毁铁轨一小段，贼喊捉贼，以制造侵略借口。实际情况是，9 月 18 日傍晚，秋风习习，夜暗星稀，关东军铁道守备队第二营第三连百余人，以巡视为名，乘夜黑离开虎石台兵营，沿南满铁路向南急进，至沈阳城西北郊柳条湖，散开警戒，禁止通行。中尉河本乘机统 6 名爆破手，各携黄色炸药(共计 42 包)，按预定方案，埋设在距东北军驻地北大营西南 800 米一处路轨接头处，10 时 20 分点燃引线，但听轰然一声巨响，划破夜空，立时火光熊熊，烈焰腾空。爆炸声中，一段铁轨被气浪推到路基以外。

日军破坏的南满铁路柳条湖段现场

日军进攻沈阳北大营

这时，沈阳城周边各处日军，本是枕戈待旦，闻听巨响，皆按预定作战方案，分作南北两支。南一支是关东军第二师步兵第二旅所属步兵第二十九团 3 个营约 1 500 人，由团长平田弘大佐统领，猛攻沈阳城。北一支是关东军铁道守备队步兵第二营，计 4 个连约 500 人，由营长岛本正一中佐统领，分从北西南三面合击中国军队核心阵地北大营。

夜半，早已做好准备的日军侵入市区，首先占领军械库、银行、电台、警察局、兵工厂等，致使全市商民惊恐莫名，闭门躲避，街市无形戒严。日军到处鸣枪示威，恣意杀人，除屠杀平民不下百名外，凡见着军服者格杀勿论。19 日 3 时 30 分，关东军司令官本庄繁率机关和步兵第三十联队进入沈阳，关东军司令部亦一并迁入。截至 8 月 19 日上午 10 时许，日军全部占领了北大营、东大营和张学良官邸，抢劫官邸 6 个金库。上午 10 时 20 分日军占领机场。沈阳就此陷落。

据史料记载：沈阳失陷后，日军到处张贴事先准备好的关东军司令官布告，诬蔑中国军队为“祸首”，为侵略行径造舆论。沈阳方面，在不抵抗的命令下，连续两天，东北军官兵如惊弓之鸟，有的投降，有的向东溃退，残兵和百姓，逃跑的队伍漫山遍野，长逾 10 里。官兵叹息，百姓哀号，惨不忍睹。再回望沈阳方向，烟尘滚滚，火光冲天，枪炮声仍在轰鸣。

日军占领张学良官邸

经济损失更加惨重，九一八之后，最引人注目的是日军占领沈阳兵工厂，损失大炮 668 门、机关枪 2 724 挺、步枪 10 万余支、各种弹药无数，及大批机械设备，还被劫走各种飞机 260 架和几百辆坦克。加上其他近 40 个部门损失，据东北官方统计财产损失为 50 亿美元之巨，这些数字，远未就此结束。

同日，日军还分兵占领了安东、营口、凤凰等地。那时，东北流传一首民谣：“高粱叶子青又青，九月十八来了日本兵。先占火药库，后占北大营，中国军队几十万，恭恭敬敬让出奉天城。”真让人痛心疾首。

1931 年 9 月 19 日上午 9 时，日军在沈阳城到处张贴事先准备好的日本关东军司令官布告

当时，北大营乃是东北边防军沈阳驻屯军军营，位于沈阳城北，距城区有七八里地。营区略呈长方形，东西长，南北宽，房舍可纳万人。北大营驻军是东北边防军第七步兵旅，乃是东北边防军王牌，计辖步兵 3 个团，连同特种兵、辅助勤务部队，约有万人，皆兵强马壮，装备齐整。第七旅旅长王以哲，字鼎方，吉林省宾县人，生于 1896 年，在东北军任职多年，久经战阵，深得张学良器重。

日军炮击北大营时，司令长官公署参谋长、代司令长官荣臻正在召集军事会议，但由于日军入侵，交通阻断，参加者只有副官处长杨正治、军衡处长朱光休、电政监督蒋斌和第七旅旅长王以哲等5~6人。

据杨安铭介绍：在九一八之夜，荣臻曾以电话向日本驻沈阳总领事交涉，日总领事推诿这是日本军部所为，自己也不知是怎么回事。荣又旋以电话与住在城内的省主席臧式毅联络，接着向北平张学良官邸打了长途电话。据张的侍卫谭海答称：张正偕、于凤至和赵媞在前门外中和戏园听梅兰芳唱《宇宙锋》，当告之日军侵占沈阳时，张始从戏园赶回来接电话。张重申了蒋介石“铣电”（同年八月十六日蒋拍给张的电报）的内容，大意是：如日军侵入，应避免冲突，一切忍让，勿逞一时之愤，以免事态扩大不好收拾，以待“国联”处理。

之后，荣臻又询问各国领事，回答均为不好表态。再之后，荣臻又一次打电话向张学良报告了各领事的答复。由于在九一八前夕，蒋介石曾电告张学良，以后无论日本军队如何在东北挑衅，“我方应不予抵抗，力避冲突”。于是，张指示说：“沈阳空虚，抵抗无益，只有忍辱负重，遵照蒋委员长的指示，等准备好了再打，等中央同日本交涉，听从‘国联’处理”云云。

据此，荣臻当即指示王以哲旅长打电话给北大营第七旅旅部参谋长赵镇藩彻底执行这一不抵抗的指示。这次会议的情形，事后国内各报纸均予登载，但对蒋介石的不抵抗命令，特别是“铣电”原文，均被删去，或开了“天窗”。就这样，东北军北大营在尚有万人驻守，十几倍日军的情况下，一张不抵抗的电文轻易地使日军长驱直入。此情此景，回忆起来，真让人耻辱至极。

但是，据史料记载，九一八事变后，日军进攻沈阳、长春时，东北军部分驻军还进行了一些自发性抵抗。

的确是这样。当时，驻扎在北大营第七旅总兵力八千人，装备精良，而进攻的日军不过六七百人，由于执行“不抵抗”这一荒唐的命令，十几倍于日军的东北军在日军炮击下伤亡惨重，大部分官兵未经战斗即撤出营地。但是在这一过程中，一些爱国官兵还是违背上峰命令，进行了一些有效的抵抗。

当时，沈阳北大营第六二〇团团长王铁汉和第七旅参谋长赵振藩指挥的一些爱国官兵，以及警察局黄显声局长领导的一些警察还是进行了一些迫不得已的自卫反击，毙伤日军数十人，官兵们冲出北大营后均失声痛哭。此外，东北讲武堂部分学员也对日军进行了有效抵抗，并阵亡了一名连长。9月19日凌晨4时，日军进攻东北军宽城子兵营时，遭到中国守军顽强抵抗，从4时50分至11时10分发生枪战，互有伤亡。之后，中国守军接到东北边防军司令部驻吉副司令长官公署参谋长熙洽“紧急传令，避免冲突”命令后放弃抵抗。9月19日5时，日军多门师团350余人向铁北二道沟中东铁路护军第二十三旅第六六四团第二营袭击时，该营立即自发反击，日军仓本大尉及以下 42 人被打死，东北军营长傅冠军重伤后牺牲，后因敌众我寡，并接到“避免冲突”命令后，守军官兵撤出防地。

与此同时，又有一部分日军向长春岭南驻军穆纯昌第十九炮兵团和任玉山步兵第五十团营房偷袭围攻时，部分官兵奋起激战数小时，敌我互有伤亡，之后接到熙洽命令撤出战斗，但 36 门大炮及大量弹药被日军“缴获”。8 月 19 日下午，长春陷落。

1931 年 9 月 19 日侵华日军占领长春

总之，从九一八日军攻打沈阳北大营到攻打长春，日军共伤亡 167 人，含 3 名将校级军官毙命，其中攻打沈阳伤亡 25 人，攻打长春伤亡 142 人。中国守军则伤亡 450 余人。

事变后，像王以哲旅长这样忠实执行不抵抗政策的东北军高级将领也从血的教训中产生了新的认识。他率领败退之师从锦州向关内清河镇转移时，谈起北大营遭受日军血洗的情景，以极其沉痛的心情，双目含泪说：“如果九一八事变的当天夜里，我们不理蒋介石的命令，全旅团结一心，坚决抗战，那么事情就不会是这样的结局！敌人侵略的野心必然遭到遏止，日军的阴谋诡计，就会彻底揭穿。我们犯了一个根本性的错误，成了千古罪人，这也是有口难辩的啊！古语不是有句名言吗，将在外君命有所不受！”可谓追悔莫及。

沈阳、长春等地失陷后，吉林副司令长官公署参谋长熙洽已有投敌之意，故以上峰有不抵抗政策，命令抵抗部队撤退，导致炮兵团 36 门大炮及库存械弹全部被日军掠去，炮兵团官兵仅带步枪退往市郊 40 公里以外，以后穆纯昌率全团官兵投敌。这时，日军骑兵第二联队和步兵第三十联队已进入长春。那么，熙洽何许人也，当日军进攻长春、吉林时，熙洽起到什么作用？

九一八事变时，吉林副司令兼省主席是张作相，因父亡回锦州治丧，由参谋长熙洽代理军政大权。熙洽这个人，是清朝皇族的近亲（爱新觉罗氏），曾留学日本士官学校，与日军师团长多门二郎有师生关系，素有亲日倾向，更暗藏恢复清朝思想，妄借日寇力量，恢复清朝政权。

所以，在日军侵占长春之后的第二天，熙洽即派张海卿（副司令长官公署秘书）携密函赴长春面见多门，表示甘心卖国投降。9月20日日军进攻吉林时，熙洽又借口遵从蒋介石的“绝对不抵抗”指示，以副司令长官名义下令：“为避免冲突，保存实力，中日事件由外交解决，各部队长应严约所部，不得擅自抗击，致使事件扩大，各部队即时一律开出城外数十里待命。”

之后，熙洽召集省各厅、处、科负责人会议，声称约谈日军和平交涉云云，曾遭多人反驳，认为是屈膝投降。当时，吉林省代理省长诚允怒斥熙洽“约日军到吉林交涉是引狼入室，非常危险，必须以兵力相抗”，并退出会场，以示抗议。当晚，秘密赶赴锦州向张作相面陈抗日主张。

然而，熙洽投日意愿已决，全然不顾，一面向日本驻吉林总领事石谢表示“保证日本侨民安全”，并开支吉大洋20万元作为投降费用。另一面又派人迎接日军多门师团长所带天野旅团部队。9月21日6时10分，多门二郎率2 000余日军向吉林进犯，占领吉长铁路。9月21日17时左右，日军抵达吉林市郊，熙洽亲率军乐队在吉林站迎候。日军到吉林后，多门二郎宣布四项通牒：一是限3日内吉林所有武装一律缴械；二是接收所有军政机关；三是撤销吉、长、哈、延四市市长；四是改编吉林省政府为长官公署。上述四项，熙洽全部屈从。接着，日军就分别占领省垣重要机关，并掠走大批库银和枪弹。熙洽彻底走上了投敌卖国之路。22日上午8时，吉林省城陷落，也标志着吉林全省沦陷了。

1931年9月21日日军占领吉林

这还不算完，熙洽投降后，接受多门指示，撤销原省政府和司令长官公署，9月26日合并成立伪吉林长官公署，自任伪长官。9月28日，在日军监督下抢先通电全国，脱离南京政府，宣告独立。同时四拼八凑，成立一支伪军。

史料记载，熙洽带头充当汉奸，出卖吉林，脱离民国，为日本关东军提供了一条很重要的经验，就是在进一步北侵过程中，充分利用汉奸、伪军打前站，可收到意想不到的战果。所以，在辽吉两省沦陷后，继而进攻齐齐哈尔（黑龙江省省会）。这次，日本侵略军还会收买汉奸，故伎重演吗？

是的，因为利用汉奸可一举三得。一是汉奸可以拱手相让，比如占领吉林，日军既得到伪军，又掠到武器弹药。二是即使诱降守城将士不成，也可利用伪军打前阵。三是对外找到“舆论”借口，继而顺理成章地走向前面发起进攻。

所以，辽吉两省陷落后，日军原想进攻哈尔滨，因哈尔滨是北满重镇，属苏联势力范围，为避免与苏联发生冲突，继而将进攻计划转向齐齐哈尔。而进攻齐齐哈尔，位于四洮铁路线上的洮南是必经之路。于是，关东军就打起了洮南镇守使张海鹏的主意。

当时，洮南镇守使是张海鹏，字仙涛，绰号张大麻子，辽宁省黑山县人，土匪出身，张作霖的结义兄弟，1925 年任洮辽镇守使，1927 年任东北陆军第三十二师师长。他认为这个职位有被冷落之感，再加上后来向张学良谋求黑龙江省主席未遂，更是内心气愤。

关东军得知这一消息后，就派“满铁”洮南公所所长河野互直和关东军特务大矢等人，到洮南去拉拢张海鹏。给张送去武器被服，承诺其出任黑龙江省主席，并为他出谋划策，鼓励他去攻打齐齐哈尔，张海鹏开始犹豫不定，但见利忘义，终于当了卖国贼，并于 10 月 1 日宣布脱离东北军，自封“边境保安司令”，在日本侵略者扶植下，将其所部由 4 个骑兵团扩充为相当旅建制的 8 个支队和 2 个独立团，兵力由 2 000 余人增至万人。这时，张自认为兵强马壮，遂决定拟于 15 日开始北上攻打齐齐哈尔。

抗日浪潮澎湃

九一八事变后，中共中央和中共满洲省委迅速发表了一系列宣言和决议，很快鼓舞和激励了广大民众抗日救亡的浪潮。沈阳兵工厂工人将机器零件隐藏起来，将库存粮食分光，3 万工人愤然离厂，1.5 万商店关门停业，学生离校回家。哈尔滨市成立反日总会，50 多个工厂组建工人“赤卫队”，20 余学校成立“学生义勇军”，铁路工人拒绝为运往日本的物资装卸。1931 年 9 月 21 日，哈尔滨成立各界联合会，积极组织示威游行等抗日活动。各界联合会发表宣言指出：“日本帝国主义是中国人民的死敌”；东北

九一八事变后，东北各界民众满腔义愤，纷纷以各种形式开展抗日救亡运动。图为沈阳商界罢市，抗议日军侵略暴行

“有 3 000 余万民众，200 余万健儿，各输其财，各捐其躯，誓与日本帝国主义者作最后决斗。宁教白山黑水尽化为赤血之区，不愿华胄倭奴同立于黄海之岸”。齐齐哈尔军械工厂加班加点，赶制武器，准备杀敌。农村红枪会、黄枪会、大刀会等抗日武装纷纷成立。

九一八之后上海街头刷写的“国难”标语

鲁迅在文章中愤怒地揭露日本帝国主义占领东北是要使中国民众和全世界的劳苦群众，“永受奴隶苦楚的方针的第一步”。孙中山夫人、著名的国民党民主人士宋庆龄和廖仲恺夫人何香凝等坚决反对蒋介石“攘外必先安内”的错误政策。宋庆龄于 1931 年 12 月 19 日发表宣言，抨击国民党镇压抗日爱国的学生运动，认为“只有以群众为基础并为群众服务的革命，才能粉碎军阀、政客的权力，才能摆脱帝国主义的枷锁”。何香凝举办《何香凝救济国难书画展览会》，各地方书画名家，捐赠了 700 多件精心杰作参加义卖。冯玉祥抨击蒋介石是九一八事变的祸首，提出“蒋要向大家认罪下野”。在关内的东北各界人士毅然投入救亡图存运动之中，高崇民、王化一、阎宝航在北平组建“东北民众抗日救国会”，创办《救国旬刊》，还购买武器，培养军事骨干。

图为阎宝航、卢广绩与东北民众抗日救国部分成员的合影

当时，华盛顿、纽约等地华侨发起组织全美洲反日大同盟，发表通电，声援国内抗战。旧金山华侨捐款 100 万美金汇到国内支援抗日。旅美华侨还集资购置飞机 31 架捐赠国内。仅据 1932 年 10 月、11 月两个月的不完全

统计，美国华侨为支援东北义勇军，救助东北难民的捐款总计达14万美元。加拿大雷城抗日救国会捐款5 000美元。古巴华侨抗日会捐款5万美元。

这时，全国抗日浪潮汹涌澎湃，南京召开10万人参加的反日救国大会，谴责国民政府不抵抗政策，反对一味哀求“国联”调停的忍耐外交，请求国民政府即刻对日宣战，向日本发出最后通牒。北平20万民众成立工商界抗日救国联合会，决定从速组建义勇军，发表对日作战宣言。上海23家日商纱厂一致休业，20万市民参加的救国会发表宣言，“当泣血枕戈，与暴日决一殊死战”。

芝加哥青年华侨为抗日纷纷寻机学习军事飞行，有人携子前来，表示自己看不到国家强盛的一天，也要孩子努力下去

此外，上海《申报》、天津《大公报》、邹韬奋主编的《生活周刊》、中国左翼作家联盟领导的《文艺新闻》，以及鲁迅、田汉、郁达夫、丁玲等作家，均以各种形式掀起抗日热潮。在欧、美、非、大洋、亚（尤其是新加坡）各洲抗日救亡团体达2 000多个。

当时，中国在日本陆军士官学校留学的士官生群情激愤，前往陆军省抗议，掷还战刀，表示从此与日本割袍断义，战场相见，绝不容情。之后，72名中国留学生几乎全部退学，其中就包括后来被国民党部分人士称为“最大共谍”的郭汝瑰。两个月内，留日学生及侨胞7 000余人愤然回国，并强烈要求国民政府对日宣战。

总之，中国人中，胆小怯懦者有之，内斗成性者有之，但每逢民族危亡时刻，总有一些人，无论党派，无论信仰，无论阶级，无论贫富，无论老少，无论男女，无论身在何方，无论这个国家待自己如何，无论相互间有何恩怨，总会迸发出一种

日本1931年12月出版的《满蒙事变大写真帖》中，刊出了一张在日中国军人来到日本陆军省进行抗议的照片

强烈的保家卫国的血性。因为，他们总不曾忘却自己是China's children（中国的儿女们）。也许，这就是中国在那个最黑暗屈辱的时刻，仍然不会亡国灭种的原因。

真相大白于天下

九一八事变之后一段时间，有几个疑问一直悬浮在人们心头。一是柳条湖爆炸案的真相到底怎样？二是张学良为何发出绝对不抵抗命令？三是国联调停的结果如何？

先说说柳条湖爆炸案。日本关东军自行炸毁柳条湖一段铁路，反诬中国东北军所为。由于这是一件绝密军事行动，所以谁也不知内在底细。从9月19日开始，日本各家报纸均刊出号外，在“奉天军爆破满铁线，日华两军起战端”大标题下，诬中国东北军首先袭击了日本铁道守备队，诬这是奉军有计划的行动，沈阳城大街小巷到处张贴着署名为“关东军司令本庄繁”的布告，宣称“必须惩治东北军”。一时间，日本舆论界占据了国内外“制高点”，再加上日本关东军在事变后做了大量的伪装掩盖工作，更是让世人真假难辨，一头“雾水”。那么，从事实胜于雄辩，黑白不可颠倒的角度讲，柳条湖爆炸案的真相能大白于天下吗？

尽管日本人“胆大心细，机关算尽，自觉万全”，但也有百密一疏之举。事变发生后，还是有人向全世界披露了内幕，揭发了阴谋。

1931年9月18日，日军在制造了所谓中国军人炸毁南满铁路的伪证后，在枕木、军帽、枪支等假证据前留影

这个人叫鲍威尔，他是美国记者，在上海英文刊物《密勒氏评论报》工作。九一八事变后，他立即同一批外国驻华记者赶赴奉天（沈阳）采访，在日军岛本少校陪同下来到爆炸现场，根据照片和观察记录，鲍威尔看出了日军伪造现场的破绽。回到上海后，鲍威尔在《密勒氏评论报》发表了“柳条湖爆炸是日本关东军自己一手策划的，其后果并不严

重，却成了日军攻占沈阳的借口”的报道，并配发了照片。

鲍威尔写道：在现场，我们和一些军事观察员看到三具中国士兵的尸体倒卧在铁路旁。岛本少校说：“他们就在这儿引爆了炸药，炸毁了三根枕木和一段铁轨。”还说：“从那三个中国士兵倒毙的地点可以看出，他们是在逃跑的时候被击毙的。”但是，岛本少校却忽略了一个很小的细节，即倒卧之处，居然没有血迹。所以鲍威尔认定日军在进攻沈阳的同时，还攻击了附近的中国驻军，弄三具中国士兵的尸体放在这“摆样”，显然是轻而易举的事。

鲍威尔在沈阳还采访了一些西方商人和日人开设的照相馆，得知九一八前几天，沈阳街上突然出现了许多身穿平民服装的日本士兵，有的还拍了照片，他们肩扛步枪，胳膊佩戴臂章。经采访当地百姓，都说：“以往这些场面很少见（反常的意思）。”

由此，鲍威尔判断：日本军方早已指令数千名伪装成平民的士兵偷偷潜入沈阳，当收到动手信号时，就立刻占领所有战略要地。果然，1931 年 9 月 18 日晚 10 时许，他们完全是这样行动的，并达到了预定目的。以上这些，鲍威尔在《密勒氏评论报》上都一一披露，并认为这是第二次世界大战的真正开始。

日本人恨透了鲍威尔。1941 年 12 月太平洋战争爆发，日军占领上海后就将鲍威尔投入监狱，使其受尽折磨，直到 1943 年作为战俘交换才回到美国。还有，当时担任关东军参谋长的三宅光治等一些战犯，在战后审判时也都承认“预先策划并实施了炸毁铁路”的事实。参与策划的花谷正还在《文献昭和史》中做了详细描述。《远东国际军事法庭判决书》也明确认定：柳条湖事件“是日本人有计划实行的”。

再说说不抵抗问题。一些人说，应将九一八定为中国“军耻日”，但也有很多人反对，理由是东北军不能代表所有的中国军队，再加上是上峰命令，军令如山嘛！那么，这个命令到底是谁下的，怎么下的呢？用现在的话说：“脑袋进水了。”

解释这个问题，我们不妨来个“倒算账”，也就是先从北大营基层官兵说起，接着说说东北军参谋长荣臻，再讲讲张学良，最后看看蒋介石怎么说的，就能看出一些细节和实质。

九一八事变时，北大营第七旅官兵已经熄灯就寝，柳条湖爆炸声将他们惊醒，紧接着炮声、枪声响成一片。李树桂等官兵迅速穿好衣服，拿起枪就往外冲，谁知日军仅一个小队就以猛烈炮火切断了第七旅的退路。当官兵们正待还击和组织突围之际，只见传令兵冒着炮火跑来跑去，传达不准开枪的命令：“赵参谋长（第七旅赵镇藩）有令，官兵一律不准轻举妄动，更不能还击，原地待命。”

当日军冲进营房时，第七旅值班军官给参谋部打电话请示如何办，荣臻参谋长（东北军总部参谋长）命令："不抵抗。即使勒令缴械，占入营房，均可听其自便。"于是，不抵抗命令一个接一个地传到北大营。正当官兵们"待命"时，又传来命令："参谋长让我回来报告总队长，旅长从城里来电话，总部荣参谋长指示，日军进入营房，任何人不准开枪还击，谁惹起事端，谁负责任！"

当官兵强烈要求还击时，旅参谋长赵镇藩打电话给总部参谋长荣臻，劝他收回成命，并说："打又不让打，走又不让走，眼看弟兄们让日军活活捅死在床上，这不是'原地待毙'吗？"但是，荣臻还执意坚持："不准抵抗，不准动，把枪放到库房里，大家挺着死，为国牺牲。"最后，荣臻总算说了句活话："必要时可以向东移动"。这样，才有了所属各团撤退的行动。同日，东北军总参谋长荣臻竟男扮女装，乘混乱之机溜出沈阳城。

当时，荣臻是东北军留在沈阳的最高长官，为什么这样坚决下达一连串的不抵抗命令呢？荣臻后来这样解释：9 月 18 日深夜，得知日军袭击北大营，当即向北平张副司令电话报告，并请示应付办法。张回答：当经奉示，尊重国联和平宗旨，避免冲突，故转告第七旅王以哲旅长，令不抵抗。彼时，又接报告，知工业区迫击炮厂、火药厂均被日军袭击。当时，朱光沐、王以哲又电话向张副司令报告，回复为：奉谕，仍不抵抗。

荣臻的话得到了张学良的印证。1990 年，张学良在接受日本某电视台记者采访时说：九一八事变后，我认为这是日本利用军事行动向我们挑衅，所以我下达了不抵抗命令。我希望这个事件能和平解决，我对九一八事变判断错了。……所以，我不能把九一八事变不抵抗的责任推卸给中央政府。

透过这些话，我们分明可以初步产生出一些思考：即作为东北血性男儿，就是到了临死之前，也要讲哥们义气，维护蒋委员长尊严，顾全"大局"。但是，张学良的命令不是无源之水。因为，蒋介石不抵抗的思想基础和政策走向无不深深地印映在张学良的头脑中。也可以说，张学良是蒋介石不抵抗政策的忠实执行者。这种愚忠真是中国军人的奇耻大辱。

张学良若干年后曾说：那个命令不是中央（蒋介石）下的，是我下的，因为过去对于日本的挑衅，一直都是大事化小，小事化了。是我判断错了，没想到日本人那么敢来（事情闹大）。

张学良这几句话，一半对，一半错。对在不抵抗令当然是你张学良下的，蒋介石绝对不可能直接指挥东北军。错在张学良的确判断失误。那么，张学良如此坚决的下达不抵抗命令，其思想根源在哪里呢？

可以肯定地说，源自蒋介石。关于 8 月 16 日蒋介石拍给张学良"铣电"的内容，前面我们已经提到，蒋介石都把抵抗日本挑衅提到"置国家民族于不顾"

的“高度”了，怎么能不渗透到张学良的骨髓里，张学良又怎能对局势判断不失误呢。很多人认为：不抵抗的直接命令的确是张学良下的（小命令），但是不抵抗的间接命令（大命令）肯定是蒋介石下的。还有些人认为，日本关东军为何如此嚣张，这与以往蒋介石的思想脉搏早就为日本所查析，蒋介石的软弱无能和卑躬屈膝也早被日本人看透有关，即内强外弱，有很多例子可以说明。

早在九一八事变发生前夕，蒋介石告诉张学良，要效法印度甘地对英国采取不合作的办法对付日本，遇事要退让，军事上要避免冲突，外交上要争取拖延。9月11日，蒋介石在石家庄约见张学良。他告诉张学良：“最近获得可靠情报，日军在东北马上要动手，我们的力量不足，不能打。我考虑到只有请国际联盟主持正义，和平解决。”蒋介石还直言不讳地说：“我这次同你会面，最主要的是要严令东北全军，凡遭日军进攻，一律不抵抗。”

1931年9月22日，蒋介石《在中国国民党南京市党部党员大会上演讲词》中的“先以公理对强权，以和平对野蛮，忍痛含愤，暂取逆来顺受的态度，以待国联公理之判断”。

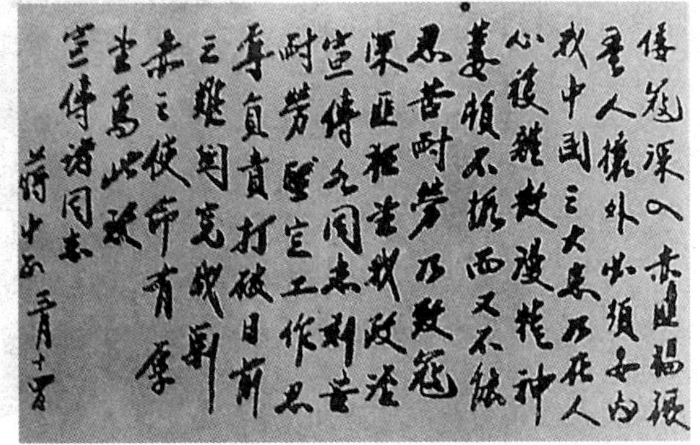

蒋介石下达的“攘外必须安内”的手令

据冯玉祥回忆九一八事变后的情景，说蒋介石和他亲信大唱“抗日三天亡国论”。蒋说：“枪不如人，炮不如人，教育训练不如人，机器不如人，工厂不如人，拿什么和日本打仗呢？若抵抗日本，顶多三天就亡国了。”因为蒋这样说，何应钦、汪精卫说得更厉害了，何应钦说：“日本有多少烟囱，日本有多少工厂，我们如何能比，不抵抗还可支持几天。”蒋介石和亲信们上述演讲谈话中，字里行间透露出的意思很明显。毫无疑问，这种嵌入了国民政府决策层骨子里的软弱和退缩，才是“不抵抗”最深层次的根源。

1946年8月24日，《东北日报》刊登一则报道，说几天前，曾任张学良机要秘书的郭维城发表广播演说称：九一八事变发生时，张学良将军在北平，一夜之间，十几次电南京蒋介石请示，而蒋介石若无其事地十几次复电不准抵抗，把枪架起来，把仓库锁起来，一律点交日军。这些电文一直到现在还保存着，蒋介石无法抵赖。

最后我们再说一说诉诸“国联”（联合国前身）问题。九一八事变后，南京政府将事变提交“国联”，并表示中国政府服从“国联”所作的任何决定。9月19日，“国联”在日内瓦召开第65次理事会，听取中日两国代表报告，日本代表芳泽谦吉把责任全部推给中方，并采取了“不容国联置喙，断然排除第三者干涉”的强硬立场。中国则反对双边单独交涉。9月21日，蒋介石返回南京后，在陵园召开党政会议并发表告全国民众书：希望国民沉着镇静，信任“国联”之公理处断。希望全国军队避免对日冲突。

9月30日，“国联”通过一项正式决议，不仅没有谴责日本的侵略，反而要求中日双方停止一切冲突，努力不扩大事件，立即撤退双方军队。这个决议，竟然要求中国军队在本国领土上撤军，公理何在，明显是替日本侵略行为开脱，明显是颠倒了侵略与被侵略的关系。但是，南京政府竟然对这个“决议”表示欢迎。

10月8日，日军轰炸锦州，威胁了英美在华利益，英美对日发出严重警告，国际舆论也激烈谴责。日本感到外交不利，决定与中国直接交涉，并提出具体措施。对此，南京政府态度一再变化，最终不了了之。

国际联盟调查团全体成员

1931年12月10日，“国联”决定派遣调查团来东北。1932年10月2日，由英国人李顿为首的调查团公布一份调查报告：一方面承认“满洲”的“军事冲突”是日本挑起；另一方面又说中国人抵制日货也是冲突的重要原因，还指责中国抗日会加剧远东局势。所以，提出在中国东北建“国际共管”，实行“门户开放”。

“国联”上述所作所为，说明了弱国无外交的定论是有依据的。中共中央坚决反对这个黑白不分、正义与非正义颠倒的决定，也说明蒋介石依靠“国联”主持公道的妄想破灭了，更说明中国人与日本侵略者的战争是不可调和的，是你死我活的。

1933年2月24日，国联大会以42∶1通过决议，要求日军撤出东北，日本代表退出会场。3月28日，日本宣布退出国联。可见，日本帝国主义狂妄到了极点。

第 二 章

江桥抗战

日军占领辽吉两省后，于1932年9月22日，沿四平至洮南路向北进犯，图谋侵占黑龙江省省会齐齐哈尔。当日，日军占领了郑家屯。由于洮南镇守使张海鹏投降，9月25日日军占领洮南。当时，由于黑龙江在日本势力范围之外，再加之与苏联接壤，故对直接进犯有所顾忌。因此，日军即以委任张海鹏为黑龙江省主席，以接济军火为诱饵，首先占领四洮、洮昂铁路，然后进犯齐齐哈尔。

九一八事变前后的黑龙江

九一八之后，黑龙江省听到辽吉两省很快沦陷，并张海鹏投敌攻黑的消息之后，可以说军政各界颇为恐慌，原因是群龙无首。当时，省主席万福麟远在北平，如何应对，莫衷一是。自9月下旬起，重要人员或家属有的移居哈尔滨，有的远走平津，市场交易几近断绝，不少市民迁往东荒（即黑龙江东部各县）；教育厅明令各校休假，学生各返原籍。总之，一片混乱。

据时任省警务处参谋长谢珂在“江桥抗战”一文中表述：1931年9月下旬，万福麟曾电令“黑省军事暂由警务处长窦联芳负责照料，参谋长谢珂副之”。但是，当时万福麟儿子万国宾身兼10余要职，军中人事等问题均与其有关系。当得到张海鹏宣布独立，企图进攻黑省时，万国宾曾派省府委员马景桂赴洮南打探，谎称黑省有欢迎张之意。张逆当谓：“本人年逾古稀，毫无野心，惟日人压迫太甚，部下主张分歧，暂赴黑省躲避亦无不可。”马闻之急速回省报告，黑省一些人士误认为可走上和平道路。但10月初张逆得到日寇两万支大盖枪，并允诺随时接济弹药后，随即讨论进袭黑省问题。消息传到黑省后，万国宾令全部铁路车辆集中昂昂溪，以防张逆使用。

当时黑龙江省的军事部署情况怎样呢？据《黑龙江省军事志》记载：九一八事变前，东北军在黑龙江省第二十九旅、第三十旅已调往关内讨伐石友三。事变后，黑龙江省还有陆军第一旅张殿九部，驻扎兰屯；第二旅苏炳文部，驻海拉尔；第三旅马占山部，驻黑河；骑兵第一旅驻拜泉。此外，还有介于吉、黑两省之间的兴安岭屯垦军苑崇谷部3个团，独立骑兵第二旅驻海拉尔。以上，总兵力约4万人。

9月下旬，为防备日军北进，东北边防军驻黑省副司令公署参谋长谢珂主持会议，商讨布防对策，并令各地驻军备战待命。同时，针对嫩江铁路桥战略地位重要的情况，急调骑兵第二旅朱凤阳团进驻泰来；派工兵一连和一个炮兵营2 000余人驻守嫩江桥；调第一骑兵旅赴齐齐哈尔布防。还电告马占山和张殿九、苏炳文各派一个团进驻昂昂溪。至此，江桥阻击战的各项准备工作基本就绪。

据谢珂“江桥抗战”一文记载：10月初，谢珂认为黑龙江省环境复杂，日寇在所必图，遂向万国宾建议：“应电请北平副司令行营选派大员来省坐镇，应付危局。”万初尚犹豫，后经谢珂说明：“洮南距省不远，一旦日寇援助张逆进犯，非常危险，为了镇定人心，统一指挥，此举极有必要。”

万国宾思量后才认为可行，当即决定由万、谢两人分电北平请示，即建议由马占山、苏炳文两人中选派一人担负黑龙江省责任。10月中旬得到回电，特任马占山代理黑龙江省政府主席，黑龙江省军事派马占山为总指挥，谢珂为副总指挥兼参谋长。

马占山

马占山，字秀芳，1885年生，吉林省怀德县毛家城镇人，1902年投身绿林。民国年间曾任中央骑兵第二旅三团团长，1925年升任陆军第十七师第五旅旅长，1926年升任第十七师师长，1927年升任骑兵第二军军长，1928年改任黑龙江省剿匪司令，1929年任黑龙江省骑兵总指挥，1931年九一八事变前正率部（第三旅）驻守在黑河。马占山在军中亦有胆大心细、骁勇善战之誉。

谢珂，1895年生，字韵卿，河北徐水人，17岁入陆军小学，后升入保定陆军军校，再后升入北京陆军大学，毕业后在奉军任职，1928年任黑龙江省国防处参谋长，在军中素有文韬武略、多谋善断之称。

谢珂

当时，在马占山尚未到位的情况下，张海鹏图黑的空气日益紧张。谢即电北平副司令行营报告日军援助张逆图黑的情形并请示方略。复电大意谓：“如张海鹏进军图黑，应予以讨伐，但对于日军务须避免直接冲突云云。”

10月15日上午，省政府讨论应付当前局势和对张海鹏进犯的对策，各人均以北平既有电指示，应遵照电令施行，最后决议准备即时迎击张海鹏。据此，谢珂令军需处发饷一个月，借支一个月，安置家眷。同时，命令部队全部出发，命工兵营将库存的99挺捷克式轻机枪发到卫队团使用。

10月中旬，当张海鹏听到张学良委任马占山为黑省代主席消息后，气愤异常，随即下令抄了兴安屯垦公署及二十旅留守处，强行在洮南东三省官银号、交通银行、边业银行提取若干现款，同时召集支队长会议布置进攻黑省事宜。10月13日，张海鹏命第一支队长徐景隆率3个团为先锋进犯黑龙江省。10月15日，张海鹏率伪司令部第二支队及骑兵独立团，并有20余名日军随行到达泰来时，有两架日军飞机在黑省上空侦察、示威。

这时，谢珂令驻泰来的朱凤阳骑兵团撤到泰康以西，掩护江桥守军左翼安全。10月16日拂晓，徐景隆指挥第一支队向嫩江守军发起攻击，江桥守军在徐宝珍团长指挥下开炮还击。伪支队长徐景隆误触地雷当场毙命，敌阵大乱，江桥守军乘胜出击，将敌部3个团击溃。同时，为防止日伪军再次进犯，谢珂令守桥工兵将江桥炸毁三孔。自此，反侵略、反投降的战斗，在这片黑土地上燃烧起来。

被黑龙江守军炸毁的江桥

伪军张海鹏进攻黑省大败，日方认为靠张海鹏伪军占领齐齐哈尔无望，必须增派日军进攻，方可成功。

马占山临危受命

1932年10月中旬，马占山在黑河接到代职电令后，深感局势危急、责任重大，对黑河军事防务稍事料理后，遂率步兵李青山团由黑河起身，同时电促逃到哈尔滨的黑省官员速回省城视事。马占山于10月19日下午抵达哈尔滨，当晚乘火车到达省会齐齐哈尔。10月21日上午马占山正式就任代理黑龙江省主席。他在就职演说中说："目前重要的问题，即维持地方治安，望各位群策群力，共相赞助，各司其事。倘有侵犯我之疆土及扰乱治安者，决心以全力铲除之，以尽我保卫地方之责。”同时，发布告示悬赏购买汉奸张海鹏的首级。

张海鹏初战失败，内部分崩离析，两团反正，一部蒙军溃逃，所部兵力大都逃亡。但张海鹏逆心不死，再次接受日军资助 10 万元，兵力又得到补充。为掩人耳目，争取时间，他致马占山信函要求合作。

马占山回函答曰：“日本人之目的，在亡我国家，奴役我民族。凡我同胞，在此存亡关头，均应大家合力抵抗，勿受日人欺骗。如你希望主黑，我将黑龙江省主席及军权让予，但必须待你声明抗日态度之后，始能实行。”

马占山就职的第二天，就发表抗日宣言：“与此国家多难之秋，三省已亡其二，稍有人心者，莫不卧薪尝胆，誓求危亡，虽我黑龙江一隅，尚称一片净土……尔后凡侵入我省者，誓必死一战”。10 月 24 日上午，日军见马占山就职抗日，于是派清水偕日本 2 名军官来见马占山，声称关东军司令官本庄繁命令，请马主席让出黑龙江省政权与张海鹏，并给马占山 5 万元美金出国费用。

马占山答曰：“主席不是私人之物，更不是随便可以让给这个人、那个人的东西，转告本庄繁要黑龙江省拿血来换！”言毕即起，清水面红耳赤退下。27 日，日军少佐林义秀声称：“洮昂路系用‘满铁’借款修筑，日方有权护桥，要求中国军队撤离江桥，并保证日方修桥人员安全。”也当即遭到马占山的拒绝，马答曰：“满铁对洮昂路仅有债权关系，路桥工程应如何兴修，债权者不能代办……”同时，为加强江桥一带的防御，调 1 个步兵旅、7 个骑兵团、3 个步兵团、1 个炮兵团，连同此前谢珂配置在江桥的兵力共 1.6 万人开赴江桥以北，布防在大兴、三间房、昂昂溪、富拉尔基一线。话说到这，我们要问，马占山为什么如此重视江桥布防呢？

当时，齐齐哈尔不仅是黑龙江省省会，还是战略重镇，位于东北大兴安岭南麓，松嫩平原北端，嫩江水域东畔。日军进攻齐齐哈尔，嫩江是一道天然屏障，特别是位于泰来县段的嫩江铁路桥是唯一通道。这座桥长 800 多米、高 30 多米，距齐市 80 多公里。因此，这座桥是阻扼日军的要塞，如果日军不攻破嫩江大桥，将无法占领省城。对于马占山的守军来讲，也舍此无险可守。

日军利用张海鹏侵占黑省的阴谋失败后，加紧了赤膊上阵进攻江桥的准备。10 月 24 日，关东军司令官本庄繁致书马占山，要求让出省城，由张海鹏代之。10 月 26 日，日军第二十九联队借口匪患，进占四洮路全线。10 月 27 日，日军步兵少佐、齐齐哈尔特务机关长林义秀以关东军司令官代表名义向马占山提出要求：“限黑省政府于 11 月 3 日以前将洮昂路嫩江桥修竣，否则日方以实力掩护自行修理。”对此，马占山以强硬措辞驳斥日方无理要求，指出：“日方要求修桥，意在进攻便利，而江桥系中国主权，如日军对我存敌意或入侵我军阵地，则采取正当防御，即以武力抵抗。”

在江桥前线视察的马占山（右侧第二人）

10 月 30 日，马占山赴江桥阵地视察后，对随行的 3 位旅、团长说：敌众我寡，当利用地形，以奇取胜。现值江水初退，江岸及铁路两旁多泥沼，须诱敌深入，突起攻击，见敌势挫或退败时，要拼死猛追，追至桥梁时即坚守。但我子弹缺乏，枪械不良，非等敌进至百米射程以内，绝对不准射击。马占山还鼓励他们说：“战斗开始时，我必亲临火线，与弟兄们同生死！”

1931 年 11 月 3 日上午，马占山、谢珂等召集会议讨论对策。对日军修桥和要求我方阵地后撤问题，在各方意见不一，且又有北平关于避免与日军直接冲突电令的情况下。马占山拍案而起，大声说：“我是一省长官，守土有责，决不能将黑龙江寸土寸地让于敌人。我的力量固然不够，他来欺负我，我已决定与日本拼命，保护我人民，如果我打错了，给国家惹出乱子来，请你们把我的头割下来，送到中央去领罪。今后，凡言和者格杀勿论！”

马占山激昂慷慨的陈词，深深感染了与会者，一致表示赞成。会议认为，侵略与被侵略的关系，只有生死决斗，没有其他出路。会议决定，“如果日军侵入我阵地，绝不犹豫，即行抵抗！”至此，中日军队将直接交战，震惊中外的江桥抗战正式爆发。

阻敌嫩江桥

1931 年 11 月 3 日 11 时，日军以武力强行修桥，伤我士兵 9 人。天黑时，百余名日军渡过江桥，对我阵地猛烈射击，并有飞机投弹伤我士兵 7 人。为避免与日军冲突，我方将少量守桥部队撤到本方阵地。至夜，日军始行退去。11 月 4 日拂晓，大雾弥漫，日军嫩江支队主力从泰来出发，5 时到达江桥站，准备向大兴站进攻。马占山命令卫队团长徐宝珍等“务要保持镇静，诱敌前进，敌到百米有效射程内，给以严重之打击，务将敌军全部歼灭。如无我之命令擅自退却，致失一寸土者，即以军法从事”。不多时，日军嫩江支队主力 3 个大队和南满铁道守备队一部共六七百人，从江桥站出发，正午时分接近大兴站我守军阵地。当敌军进至百米射程之内，我军一齐开火，日军伤亡甚重，纷纷退回南岸。

11月4日上午，日军少佐林义秀、日领事馆书记官早崎要求中日双方到江桥，各向本军讲话，避免冲突。马军派第三旅上校参谋长石兰斌和秘书韩树业，与日方同往大兴车站。此时，石兰斌向我驻军讲话，林义秀亦向越过江桥的日军讲话，彼此训诫士兵严守纪律，避免冲突。当石正在讲话之际，日军林义秀竟强迫石令马军撤退，并迫石立即下令，石谓本人是步三旅参谋长，无权下令。正交涉中，日军四五十人突进马军防地，并捕去我哨兵3名。此时，日军利用天气大雾弥漫之机，以步兵六七百名突然向马军阵地猛烈射击，后有5架飞机投弹，将大兴车站炸毁。是日午，日军向马军阵地猛攻。马占山果断下令还击，迅速将日军击溃，可谓首战告捷，也是中国军队抗战之先声。

11月4日中午，日军嫩江支队在大佐滨本指挥下，率主力3 000余人，以张海鹏伪军当先锋，在5架飞机及数门大炮和轻重机枪掩护下，向马军阵地进攻。当时，马占山卫队团徐宝珍部、张竞渡部共2 700人奋起迎击，并展开白刃战将敌击退。下午6时，日军4 000余人，在飞机、坦克和重炮掩护下向江桥进攻。日军先突入江桥左翼阵地，继而向江桥正面大兴线主阵地猛攻。中国守军奋起还击，日伪军死伤甚众。期间，日军一度突入马军阵地，双方展开白刃战，日军不支遂撤向江岸，但遭到预伏在芦苇丛中的中国守军截击，有的陷入泥沼，有的跳入江中。此时，日军援军赶到，在立足未稳之际，又被马军骑兵夹击，战到20时，日军被迫退回，遗尸400余具。是日夜，日军连续炮击后，乘船百只偷袭，待船近北岸时，潜伏在芦苇内的中国守军突然开火，日军死伤落水者众，余皆退回。此日中国军队伤亡300余人，日伪军伤亡1 000余人。日机低飞投弹的飞行员、中尉大针新一郎亦被击伤。

爱国官兵挖壕据守，誓歼来犯之敌

1931年11月5日6时，日军以数十门大炮对马军阵地炮击。7时，日伪军8 000余人在大炮和飞机掩护下，日军从中路、伪军从左右两路渡江。当船到江心时，中国军队猛烈还击，日伪军虽伤亡很大，但仍挣扎强渡。10时，日军占领江岸第一线阵地，中国守军分撤至左右两翼阵地，日军继而向第二道防线大兴阵地猛攻，遭到守军顽强抗击。中午，马占山赶到前线，指挥吴德霖团和徐宝珍团从正面反攻，还急调骑兵第一旅萨布力团从两翼包抄日军。从15时血战到日暮，日军被迫向后撤退，由进攻转为就地防御，其后方勤务分队大部被我迂回的骑兵所歼。后来，国联调查团在报告书中披露：此战，中国军队伤亡262余人，其中伤143人。日军死亡167人，伤600余人。张海鹏部死伤700余人。当日夜，日军第二十九联队的1个大队前来增援，但很快被马军包围。关东军司令本庄繁再急调第十六联队的1个步兵大队和3个炮兵中队来援。

1931年11月6日晨，日军4 000余人，重炮8门、飞机8架、铁甲车4列，向马军全线猛攻。在飞机轮番扫射、轰炸支援下试图解救被围日军。

当日，马占山亲临阵地督战，双方伤亡均众，日军攻击受挫。本庄繁当即又令第二师团多门二郎率在沈阳地区的第二十九联队、骑兵第二联队、野炮兵第二联队、临时野战重炮兵大队、工兵中队和混成第二十九旅团的1个大队急开江桥附近增援，对马军强攻并占领大兴主阵地。中国军队拼命冲杀，白刃格斗，杀声震天，几次夺回失去的阵地。此日中国军队伤亡1 850余人，毙伤日伪军2 000余人。日军滨本支队几乎被全歼，高波骑兵队伤亡殆尽。

但是，由于我军士兵连战三日两夜，无援军替换，异常疲困，加之大兴阵地已被摧毁，马占山下令将主力撤至距大兴站18公里的三间房第二道阵地，以骑兵第一旅与步兵第一旅重新组织防御。

激战三间房

三间房是洮南至昂昂溪铁路线上的一个车站，北距齐齐哈尔70里，南距嫩江桥60里，是中国军队保卫齐齐哈尔的重要防御阵地。日军必须占领三间房才能直达齐齐哈尔。因此，争夺三间房就成为江桥之战第二阶段的焦点。

1931年11月7日晨，大批日伪军在10架飞机掩护下，向三间房南汤池阵地猛攻。张殿九旅和苏炳文旅各1个混成团赶到反攻，战至午后将日伪军击退。

此战中国军队死伤300余人，毙伤日军600余人、伪军千余人。尤其值得称道的是，在敌机连续俯冲扫射，狂轰滥炸，而我方完全没有高射炮火拦击的被动局面下，智勇双全的马军将士们竟表现出了惊人的聪明才智，即以20人为一组，仰卧地上，用步枪向上射击，创造性地击落了日军机一架。

战后检查飞机残骸两翼有26个子弹洞，是中国对日作战史上所击落的第一架敌机。以此之故，在后来的战斗中，日本飞机再也不敢低飞。此后，本庄繁见日军损失惨重，遂下令多门二郎停止前进，返回原驻地。

日军为掩盖自己失败的真相，散布苏联向黑龙江守军提供弹药的谣言，还以各种谎言遮掩日军损伤数目，唯恐日本国内反战势力占上风。马占山也曾通电驳斥日军谣言。

日军在第一阶段作战中伤亡很大，关东军向日本陆军中央本部提出速增派一个师团的兵力。本庄繁亦下令第二师团全力向大兴方面集结。至11日，日军在嫩江北岸总兵力超过3万人。

被击落的日军飞机

针对日军的调兵遣将，马占山主持召开军事会议，研究应敌措施并重新设置三道防线。第一道防线在汤池、乌诺头、新立屯一带，由骑兵第一旅吴松林部两个团防守。第二道防线在英老坟、三间房、大兴屯、小兴屯、霍托气等地，是马军正面防御的主阵地，由暂编第一旅苑崇谷部4个团、步兵第二旅吴德林团、步兵第三旅李青山团、骑兵第一旅王克镇团、朴炳珊炮兵团，还有工程兵等保障分队防守。第三道防线在朱家坎、富拉尔基、昂昂溪、榆树屯等地，由步兵第一旅张殿九部2个团、骑兵第二旅全部和卫队团防守。以上总兵力1.3万余人。

1931年11月12日上午，日军步骑兵500余人向马军前沿阵地前官地、后官地、张花园进攻，守军吴松林部奋起抗击。战至13时，阵地被日军占领，守军600余人撤向第一线阵地。午后3时，日军长谷旅团攻马军左翼，满铁守备队攻右翼，并有飞机数架投弹助攻，经苑崇谷部竭力抵抗，至午后6时日军改为炮战，我军亦以炮兵还击，晚8时停战。是日，马占山通电全国云："占山守土有责，一息尚存，不敢寸土之地沦于异族。"同时，明令本省大小官员不论客籍省籍，一律不得擅离职守，以示抗日决心。

1931年11月13日晨5时，日军500余人在两架飞机配合下，向新立屯进攻，遭到守军反击，战到10时，被守军击退。当日中午，被炸坏的嫩江桥修复，为日军大规模进攻提供了有利条件。

中午，关东军司令本庄繁第三次下达增援令：将第二师团剩余部队及混成第三十九旅团的步兵3个大队，及救护班派往大兴附近，并令第二师团长多门中将一并指挥嫩江支队。日军大本营又急增3个飞行队至黑省，并把准备在大连登陆的第四混成旅团改在朝鲜釜山登陆，尽快进抵黑龙江省。下午，日军步骑兵3 000余人在炮火配合下向汤池、乌诺头、新立屯猛攻。守军奋起抵抗，战至午夜12时，日军占领乌诺头。

1931年11月14日晨，日军在两架飞机和重炮掩护下向汤池阵地猛攻，被马军击退。10时许，日军2 000余人在长谷指挥下，步、骑两支部队从左、右两个方向攻击汤池，马军且战且退，激战至15日晨，日军攻至拴马。

这时，马占山早已令两个骑兵团悄悄包抄敌两翼，一声令下，正面卫队团首先冲入日军阵地，骑兵团从两翼呼啸而至，日军惊慌撤退。马占山部缴获炮2门、马70匹，毙日军300人，俘获200人，伪军伤亡及携械逃亡者2 000余人。

同时，马占山将绥化保安大队2 000人编为独立团，加入正面阵地。15日，本庄繁再次向马占山提出撤出中东铁路以南等三项要求，均被马占山断然拒绝。

寡不敌众

1931年11月15日3时30分，日军第二师团司令、中将多门率主力到达大兴前线。此时，马占山乘载重汽车，带参谋、副官、卫士也赶赴前线督战，发现日军有大举进攻省城的迹象，遂令绥化独立团长王克镇部加入大兴正面战场。

1931年11月16日11时，日军在10架飞机和重炮、坦克支援下，步骑兵4 000人向新立屯、三家子等阵地猛攻。守军奋力抵抗，双方血肉横飞，伤亡惨重，战至15时，将日军击退。17日10时10分，日陆军参谋总长下达“向齐齐哈尔以北推进，尽力以果敢行动使敌陷于溃灭”的指令。本庄繁亦下令第二师团一举攻占齐齐哈尔，又令混成第三十九旅团除1个步兵中队和工兵中队外，将其余部队调集大兴，列于第二师团长指挥。13时，多门师团长向日军各部队下达了重点进攻三间房的命令。

1931年11月17日22时，得到补给增援的日军，兵分三路向马军阵地狂攻。右翼部队在天野指挥下，向新立屯一带左翼阵地进攻。守军吴松林旅虽连战数日，疲惫不堪，但仍竭力抵抗，打退日军十余次进攻。

战至次日凌晨，守军战壕多被毁坏，各团、营阵地亦被切断数十处，致使马军难以扼守，遂退往大兴屯一带第二道阵地。17日22时40分，日军左翼部队向马军汤池一带右翼阵地进攻，守军程志远旅与之殊死奋战。翌日2时，日军增加攻击力量，以坦克8辆、大炮30余门，猛烈攻击，守军难支，遂撤向三间房主阵地。

无奈陷落

1931年11月18日6时30分，日军飞机和炮兵先后向三间房一线阵地轰击1小时，守军以炮还击。那时日军重炮射程30公里，马军重炮射程15公里，吃亏不小。8时许，日军在坦克掩护下开始总攻。马军奋力抵抗，日军进攻受挫。9

时20分，多门下令预备队增援，战至10时，守军右翼部队虽浴血抵抗，却难固守，便退至昂昂溪。10时30分，守军左翼阵地小兴屯失守，部队且战且退至红旗营子、榆树屯一带。

此时，长谷指挥步、骑兵在飞机、坦克配合下向三间房主阵地进攻。守军苑崇谷旅及张殿九旅一个团顽强抗击。14时，日军第三十九混成旅团续到1个联队，从三间房西侧三家子加入战斗，并与正面进攻的长谷旅团全力夹击。

15时后，日军又增加飞机12架、坦克12辆、大炮30余门，以猛烈炮火将马军战壕全部摧毁。虽然马军粮食仓储地被日机炸毁，但是空腹苦战的中国守军面对数倍之敌毫无惧色，仍与敌拼死肉搏，喊杀之声，惊天动地，彻夜未停。

尽管马军同仇敌忾，奋勇异常，但连续鏖战，几日未眠，粮食断绝，得不到任何增援。又因当时使用的弹药系黑龙江守军长期库存，很多因发霉而不能用。在日军源源不断大量补充和增援的情况下，加之阵地被毁，“实在无力支持”下去。11月18日下午，马占山不得不痛苦地下令撤出战斗。19日，日军5 000余人占领齐齐哈尔，江桥之战结束。

整个江桥之战，日军先后投入兵力近30 000余人（不含伪军），伤亡6 000余人。马占山部参战的步、骑兵11 000余人，伤亡1 100余人。1931年11月19日，马占山率部向海伦方向撤退。日军在齐齐哈尔举行了骄横的入城式，自觉平定黑省已经不成问题，消灭遭受重创的马占山残部，不过是“铠袖一触”的问题。

日军攻占齐齐哈尔，但这毕竟是一座激烈战斗后才沦陷的城市

然而，就在此时，后撤中的中国军队，却杀出了一记漂亮的回马枪，即11月20日，齐齐哈尔陷落的第二天，日军独立山炮第一联队（高波）经理部与一部大行李队（即日军联队级单位所属的辎重部队，大多数为运输兵，战斗力较差）在向前线移动之中，突遭中国迂回部队袭击。在这场仓促的混战中，中国军队连续对日军发起猛攻，日军招架不住，大行李辎重部队率先烧毁物资逃走，而高波联队经理部在突围中被死死缠住。经理部部长高渊中佐一面向主力求援，一面指挥部队匆匆退入附近的乌诺头镇占据民房试图死守。中国军队看到以自身兵力全歼两路日军较为勉强，当即集中兵力突袭乌诺头镇。由于日军来不及构筑工

事，双方迅速陷入近距离格斗。结果，日军高渊经理部长以下 42 人除一人逃走外全部被歼灭，高波联队经理部也全军覆没。我军这支战斗力不俗的部队，即为马占山部下的原东北军黑省骑兵部队。

省城失陷之前，马占山向省城父老乡亲请罪，向张学良请罪后便率队北撤。19 日 4 时，马率军政两署人员退出省垣。20 日下午，日军 5 000 余骑兵沿齐克路追马到宁年站，经我骑兵迎击，日军退归省垣。11 月 20 日，日人委张景惠兼任伪省长，成立黑龙江省伪政权。21 日马占山等抵达克山，所部尚有二万余人。23 日，马占山到达海伦。是日，马占山电报北平及各地，略谓："占山率同军、政两署人员移驻海伦，部队分驻克山、拜泉等地，敬待后命"云云。

在历时半个月有余的江桥抗战中，当时的国民政府，还有身为东北军总司令的张学良都做了些什么呢?

也做了一些事情，但虚多实少。当时，马军孤军苦战，自始至终没有得到国民政府一枪一卒支援，南京政府只是多次致电马占山，对其奋勇抵抗行为予以嘉奖。如 1931 年 11 月 12 日，蒋介石致电马占山。原文是："此次日本借口修理江桥，忽复进寇黑省，我方采取自卫手段，其属正当。幸赖执事（指马占山），指挥若定，各将士奋勇效命，得以催败顽敌，保全疆土，虞电驰闻，何胜愤慨。执事等为党国洒耻（雪耻），为民族争存，振臂一呼，全华轰动，人心未死，公理难泯，莽莽前途，誓共努力。临风雪涕，不尽欲言。"另外，在国内一片"不抵抗将军"的指责下，张学良虽曾电令瑷珲（今黑河）驻军马占山任总指挥，前去阻击，死守勿退，但张驻东北的其他部队却"毫无增援准备"。

1931 年 11 月 23 日，《新闻报》刊登赞扬马占山抗战的香烟广告

江桥抗战的消息传出，举国上下，人心振奋，大力声援。同时，震撼世界，普遍支持，英伦《每日邮报》、上海《密勒氏评论报》采访了马将军，对其英勇抗日赞叹不已。东南亚华侨组织了援马抗日团前往东北直接参战，仅新加坡抗日铁血团就有 200 余人，大多牺牲在抗日战场。此外，古巴、苏门答腊、缅甸、印度、加拿大、巴拿马、智利、新加坡等爱国华侨团体也竞相捐助。

全国声援马军抗日电报、信件犹如雪片。上海南洋兄弟烟草公司和哈尔滨卷烟厂还特制"马占山牌"抗日香烟以示钦佩。时任中共哈尔滨道外区委书记的杨靖宇为阻止日军从哈齐铁路进攻马占山抗日部队，发动铁路员工连夜炸毁呼兰铁路桥。齐市兵工厂加班加点，生产武器弹药，送往前线。城乡军民、商家店铺、男女老少捐款捐物，送水送饭，组织担架队、医疗队。

中共北满特委动员哈尔滨各阶层民众组成“抗日援马团”奔赴抗日前线，赠送慰问品，甚至组织志愿兵参加抗战。哈尔滨铁路总工会工人积极参加爱国反日募捐活动，每人捐一至两天工资，共捐款4 000多元。哈尔滨法政大学和中小学生走上街头募捐，仅用三四天时间就募集哈大洋10 000多元，购买棉衣、皮帽、皮鞋、皮手套、手巾等物资，仅学校的慰问品就装了一节车皮，选派代表专程送到江桥前线。津浦路工人捐薪一日计1.5万元，支援马占山抗战。同时，哈尔滨有400多党团员、反日会员、青年学生或参加马占山抗日部队，或开赴前线，或后勤支援。

江桥战斗结束后，引起全国愤怒，舆论一片哗然，猛烈抨击张学良。《申报》1931年11月24日报道：“张学良坐视日寇侵略东北，辱国丧地，放弃职守。”全国学生抗日救国会亦电请政府“严惩张学良，克日出兵”。上海救国联合会说：“黑省马军，孤军抗日，效忠疆场，张学良未能拨援。”上海、南京4 000余请愿学生谴责国民政府依赖“国联调停”的哀求行为，捣毁南京政府外交部，痛打外交部部长王正延。上海80万工人派代表至南京请愿，期间各省省会及大城市的工人、学生，也相继举行了抗日游行示威，但遭政府阻止。12月1日，南京打伤抗日游行民众30多人、逮捕180余人。对外软弱，对内强硬的国民政府让民众失望至极。

上海援马抗日团中的青年表示抗日决心的誓词

1931年11月22日的《国际协报》评论说：“此次日军侵我东北，辽吉当局于不抵抗主义之下，未及一旬，将两省重镇完全放弃，仅一黑龙江省，赖军事当局数人之力，得以不坠，嗣马占山将军奉命守土，坚决御敌，迄至今日，幸得海伦一部……故马占山及黑省一般将领，将纵因力不能敌，终归失败，其丰功伟绩，在中国历史上，亦终有不能磨灭者也。”

江桥抗战虽然失败，但虽败犹荣。它的重要历史作用，应给予充分肯定。这是日本侵略者发动九一八事变以来，中国建制军队第一次大规模武装抵抗日本帝国主义侵略的壮举。史学家一致认为，江桥抗战，开我国抗日之先声，振全国抗日之精神，极大地鼓舞了全国人民，特别是东北人民的爱国热忱，推动了东北各地抗日义勇军的兴起和共产党抗日武装斗争的蓬勃发展。

上海市各民众团体联合邀请马占山演说

1945 年，毛泽东在《论联合政府》中指出：“中国人民的抗日战争，是在曲折的道路上发展起来的。这个战争，还是在一九三一年就开始了”。肯定了江桥抗战的历史地位。

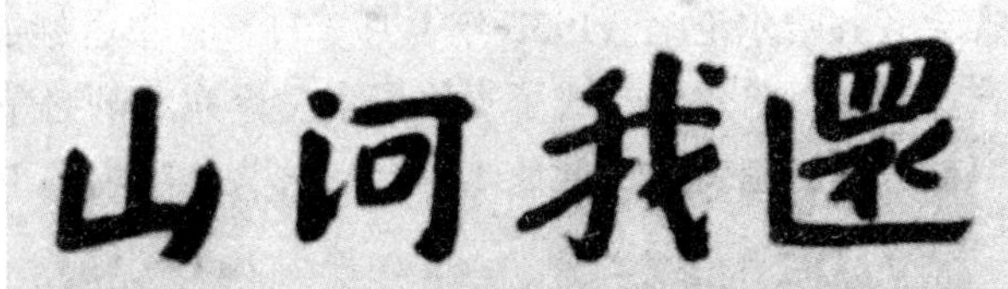

马占山手迹

马占山九一八事变后，临危受命，任黑龙江省代理省主席兼黑龙江省军事总指挥，在中华民族危亡的关头，不顾蒋介石的不抵抗命令和日军的恫吓、拉拢，指挥了震惊中外的江桥抗战，鏖战达半月之久。1950 年 11 月 29 日马占山在北京病逝。

第 三 章

哈尔滨抗日保卫战

1931 年九一八事变后，日本侵略者在短短数日，便侵吞了辽、吉两省大片土地，又继续北犯黑龙江省，爆发了震惊世界的江桥抗战。11 月 19 日黑龙江省省会齐齐哈尔沦陷。1932 年 1 月 3 日，日军占领锦州后，又欲夺取北满重镇哈尔滨。于是，哈尔滨便成了日军侵吞整个东北的必争之地。此时，哈埠已处在风雨飘摇、国土沦丧、民族危难的严峻关头。哈埠防卫已成当务之急。

九一八事变前后的哈尔滨

图为 20 世纪 30 年代哈尔滨中国大街（现中央大街）繁荣景象

哈尔滨是一座美丽的城市。19 世纪末，因修筑中东铁路而繁华兴盛起来，到了 20 世纪 30 年代，已成为北满政治、经济、文化中心，有 20 多个国家在哈埠设领事馆（处），欧式建筑林立，欧风欧韵浓郁，外商企业甚多，内外贸易繁盛，为时称“东方小巴黎”的国际都市。那么，从距离上看，吉林距哈埠很近，日军侵占吉林后为什么舍近求远，首先进攻齐齐哈尔，而没有进攻哈尔滨呢?

刚才讲了，哈尔滨是国际都市，许多欧洲国家，包括苏联都有利益所在。尤其哈埠地处中东“T”形铁路要冲，白俄势力一直比较兴盛。日俄战争以后，日本势力虽然也染指北满，并设立了领事、特务、协会、银行等机构，但尚未形成主流势力。因此，当时哈尔滨国际关系错综复杂。

另外，日军没有首先攻打哈尔滨的一个重要原因，就是害怕引起日苏冲突，担心苏联干涉。1931年9月20日，日本参谋本部作战部部长建川美次向关东军高级参谋板垣等人指出：“就目前形势而言，特别是从中东路的性质来说，长春以北可暂不派兵为宜。”9月24日，日军参谋总长金谷三大将发来不同意关东军占领哈尔滨的电报，并称：“进入与苏联权益有关系的哈尔滨和中东铁路地区，极易促使苏联公开支持中国或乘机参战，故此相作战必须停止。”据此，关东军确定了进犯黑龙江省省会齐齐哈尔的路线，避开与苏联有关的中东路，改沿吉林西部的四（平）洮（南）铁路向北进犯。那么，齐齐哈尔失陷后，日军又为何下决心进犯哈埠呢?

后来之所以下决心进犯哈埠，主要是日军攻陷齐齐哈尔以后，抵近苏联边境，内心发虚，日本政府急忙向苏联发照会，表达对苏没有敌对行为，后经驻哈日本领事大桥忠一多次打探白俄消息灵通人士，得知苏方持“严守中立”立场，加之苏外交人民委员会李维诺夫向日重申不干涉政策，因而助长了日军犯哈的气焰。那么，当时哈尔滨的情况怎样呢?

当时，哈尔滨不仅国际关系错综复杂，而且行政建制也相当混乱，可谓“一分为三”。一是哈尔滨自治市，辖道里、南岗；另外有哈尔滨市，辖马家沟、香坊、偏脸子、正阳河、顾乡屯。以上两市由东北政权直管。二是滨江道，辖道外、太平桥、四家子、圈河，由吉林省直辖。三是松浦市，辖松花江北岸松浦镇，属黑龙江省管辖。在这种行政体制下，哈尔滨成了“三不管”地区。这三个势力，各自为谋，互相猜忌，谁也不管谁。那么，当时哈尔滨地区的驻军情况又怎么样呢?

军队驻扎往往与行政区划相联系。当时，哈尔滨的驻军有国防军和省防军之别。国防军有二十二旅驻守双城及哈长线、老少沟，旅长苏德臣（事变后不久去职，赵毅担任）；还有国防军二十六旅驻守哈尔滨及哈绥线一面坡，旅长邢占清。此外，还有省防军二十八旅，驻哈尔滨阿城一带，旅长丁超。

除上述三个旅外，在宁安还驻有省防军二十一旅，旅长赵芷香兼宁安镇守使；在依兰驻有省防军二十四旅，旅长李杜兼依兰镇守使。此外，延寿地区还有一支省辖的山林警备队，统带宋希曾，全队不足一旅。哈近郊各县还设有地方武装，由吉林清乡办王之佑统辖。

以上军事力量，统归东北边防军驻吉副司令长官公署副司令长官张作相和参谋长熙洽统辖。九一八事变后，张作相委派李振声（原吉林省陆军整理处副监）代行东北边防副司令统辖哈尔滨及周边防务。

日本勾结沙俄残余势力兴乱哈埠

日军侵占辽、吉两省后，在日本关东军的谋划下，驻哈尔滨的日本法西斯分子立即行动起来，勾结收买一批白俄分子，制造事端，寻衅滋事，遥相呼应。1931 年 9 月 21 日夜，在朝鲜银行、哈尔滨日日新闻社（日人办）、驻哈尔滨日本总领事馆分别发现炸弹，除领事馆门前炸弹未爆外，其余都轰轰作响，虽未伤及人员，却引起全市震惊。日本总领事馆、居留民协会借机张扬："日本侨民的生命遭到威胁"，以制造关东军出兵哈尔滨的口实。

当天，日驻哈总领事大桥忠一发电给奉天总领事林久治郎，声称"我侨民因无力自卫而处境危急，根据形势发展，必要时将请求派兵……望告军司令官"。

9 月 25 日夜，南岗文化协会、日本居留民协会又发生炸弹爆炸事件，两机关的门槛、石阶被炸坏。当天下午和次日上午，日本飞机抵哈上空，散发传单，制造恐怖气氛。事后查明，这些所谓的"反日活动"，都是以哈尔滨特务机关长百武晴吉中佐为中心共同策划实施的。除此之外，日本在哈势力还制造了一系列挑衅事端。

1931 年 12 月 31 日，白俄分子金多维赤在哈埠中央大街和盛利商店行窃被擒，后经警务当局审讯准予保释，日人创办的俄文报纸《哈尔滨时报》借此大肆挑拨，声称金多维赤被殴身亡，挑唆白俄分子行衅暴乱。

1932 年 1 月 2 日晚，受挑唆的白俄分子聚众近千人，捣毁了和盛利商店，并抢夺治安警察的枪械，高呼："打倒中国警察，欢迎日本警察"的口号，骚乱队伍直至次日凌晨散去。1 月 3 日上午，又有 500 余名白俄分子拥上街头，在中央大街游行示威。下午 1 时，人数增至 1 000 余人，并携带武器寻衅，维持治安的警察被打死 1 人，伤 10 多人，警察被迫还击，击毙白俄分子 1 人，伤数人。尤其是暴乱队伍中还有数名日本人参与其内。

1 月 19 日，法西斯分子土肥原贤二出任哈尔滨特务机关长，并策划和操纵汉奸分子和沙俄残余势力，策应日本侵略军向哈埠进犯。可见，当时的哈埠阴谋重重，乱象丛生。

汉奸势力蠢动

情势到了如此地步，必须介绍一下大汉奸张景惠。张景惠 1871 年生于辽宁省台安县，绿林出身。1901 年与张作霖结为把兄弟，1917 年晋升为东北陆军五十三旅旅长，1926 年任军部总长。张学良主政东北后，任命他为东省特别区行政长官。

九一八事变之时，张景惠正在沈阳，在他干儿子义田（日本人）奔走串联之下，1931 年 9 月 22 日，关东军高级参谋板垣征四郎秘密会晤了张景惠，并请他出山助日，还给他提供30 万元金票和3 000 支枪械。对此，张景惠无耻地表示了投降之意，承诺返哈后宣布“独立”，得到日方许诺。

9 月 23 日晚，张景惠在寓所召集机关首脑会议，提出成立“东省特别行政区临时保安会”，统一“维持哈尔滨市区治安”，但因事出突然，与会人员莫衷一是，此提议未被通过。

9 月 26 日下午，张景惠再次召开会议，经半数以上通过，决定成立“东省特别行政区临时保安会”。当日晚，张景惠同日本驻哈尔滨总领事大桥忠一晤面，“纵谈治安维持会及其他各问题，直至夜分始散”。

9 月 27 日，张景惠宣布成立“东省特区治安维持会”，自任会长，并颁发布告。9 月 30 日，张景惠以维持会名义宣布招募临时警备队员 2 500 人，任命路警处副处长于镜涛为总队长，还接收了日方从沈阳拨来的 3 000 支步枪及部分重武器，很快编成 5 个警察总队，警察全部佩戴白袖标。张景惠还遵照土肥的旨意，撤换了“张学良派”的厅、局长。安插日方或张景惠信赖的人物。就这样，张景惠进行了一系列出卖民族利益的罪恶活动。

熙洽投敌后，为了把握哈埠的政治势力，先后派人赴哈游说，重点拉拢张景惠和丁超，结果张景惠当即表示与熙洽“同走一条路，绝对合作”，而丁超未表叛国附逆立场。驻榆树的吉军二十五旅旅长张作舟及省卫队团团长冯占海发表宣言，坚决反对熙洽“独立”，并整顿兵马准备抗日。

而熙洽在日本侵略者支持和怂恿下，启用已下野的原东北军骑兵师师长于琛徵（外号于大脑袋）为吉林“剿匪军”总司令，并整编附逆各部，编成 5 个旅伪军，大举进攻张作舟和冯占海部，榆树一战，由于张作舟部团长杨秉藻临阵反叛附逆，致张作舟被俘，二十五旅溃散。冯占海部亦遭重挫，兵撤阿城、蜚克图一带。

至此，熙洽自认为得逞，一面派亲信赴哈接收吉林省在哈机关，并安插亲信汉奸控制大权；一面向丁超、邢占清等未表态附逆的将领施压，胁迫驻哈部队服从伪吉林省长官公署调遣，遭丁超等拒绝。熙洽恼羞成怒，以伪吉林省长官公署名义，撤销邢占清、宋希曾职务。只保留丁超长哈路护路军司令之职，并限其三日移防阿城。同时，任命于琛澂为中东护路总司令。

1931 年末以来，日本侵略者为避免进攻哈尔滨引起国际纷争或苏联干涉，遂玩起了两面手法。一方面于 1932 年 1 月 1 日指使张景惠等汉奸宣布“独立”，张景惠任黑龙江省伪省长，并发表了与国民党脱离关系的《黑龙江省独立宣言》。1932年1月17日，成立伪东北行政委员会，张景惠为委员长。1月18日东北地区宣布“独立”。1月29日，日军命令张景惠下令在哈尔滨全市悬挂日本国旗。另一方面遂督促于琛徵率伪军进犯哈埠，还派东宫铁男、小野正雄以军事顾问身份监军，同时出动飞机为其助阵。此时，哈尔滨已面临沦陷在即的险境。

抗日势力崛起

据《黑龙江省志》记载：九一八事变初期，哈尔滨地区的各种势力对是否抵抗日军态度各异：东省特区行政长官张景惠早已投降日军，但由于力量不足，不敢公开打出投降的旗帜；滨江镇守使丁超和驻军旅长邢占清被伪吉林省长官熙洽“革职”，对是否抵抗日军举棋不定；事变后被东北保安副司令张作相委派到哈尔滨代行边防副司令长官职务的李振声，由于没有实权，根本无法节制张景惠、丁超和邢占清。因此，当时的哈尔滨在日军即将发动的进攻前面，毫无抵抗能力。

面临日伪军的进犯，为抗衡吉林省伪政权，张作相在北平任命原吉林省府委员、高等法院院长诚允为代理省主席，着令诚允和李振声二人在哈尔滨组建吉林省临时政府，与熙洽伪政权分庭抗礼。同时通电吉林省所辖各县不得同熙洽伪政权发生联系，所有税收款项不得上缴伪政权。

诚允，字执中，1881年生于辽宁省辽阳县西水泉，满族正白旗姓瓜尔佳氏，汉姓为关。1906年毕业于北京政法学堂，历任营口地方法院推事、审判官、吉林省民政厅长、吉林省高等审判厅厅长等职，是一个公正严谨的爱国文官。

10月12日，临时吉林省政府正式在宾县办公，并联络李杜、冯占海、张治邦（原二十一旅团长，后接任旅长之职）等将领，努力维持吉林省半壁江山。经过一番苦心经营，全省59个县中有31个县表示服从临时省府节制，同熙洽伪政权断绝关系。于是，吉林省形成了抗日与投降两大派对立的局面。

李杜

驻守依兰的镇守使兼二十四旅旅长李杜是位有爱国之心的将领。熙洽投敌后，李杜拍案斥贼，对全旅军官说：“日本用武力侵占我国领土，我们也必须用武力将他们赶出去。守土抗战，保国为民是军人的天职，我李杜绝不当汉奸，叫国人唾骂，更不做亡国奴，任人宰割。”还说：“现在国难当头，大敌当前，军人不能苟且偷生，除了奔赴疆场，为国杀敌，报效国家之外，再无别路可走！”

李杜，字植初，1880 年生于辽宁省义县，1907 年入东北讲武堂学习。1911 年任奉天防军管带、东北陆军营长。1920 年任黑龙江省山林警察局局长，1921 年任吉长镇守使参谋长。1923 年先后任吉林警备队统领、长春戒严司令。1925 年任东北陆军第十五师步兵第十旅旅长，晋升陆军少将。1927 年任依兰镇守使兼第九旅旅长（后改为二十四旅）。之后任松花江沿岸军队总指挥，晋升为中将。

李杜来到哈尔滨，立即下令所辖 13 县军民团结一致，坚决抗日，决不附逆，同时撤换有附逆之嫌的军官，整顿各县地方武装，以协助正规军作战。李杜还召开 13 县各界代表会议，协商御敌大计。1932 年 1 月中旬，李杜闻讯冯占海部受挫，立即派步兵团驰援，同时联络丁超、赵毅、邢占清、王之佑等将领，做好接应准备。

1932 年 1 月下旬，李杜率一个步兵旅进入哈埠。1 月 31 日，正式成立“吉林自卫军总司令部”，李杜任司令，丁超任护路军总司令，冯占海任副司令。同时，发表抗日宣言：“此来非为地盘，非争私利，能为国家保全一尺土地，即算尽我军一份天职，牺牲一切，皆所不惜”。司令部还发布抗日讨逆通电：“在此形势严重之日，正我军人效命疆场之时，赖我方各友军深明大义，一致团结，共赴国难……望我父老子弟，念国土之垂危，共策进行，一致团结。”同时，制定了防守哈埠计划。此时，参加保卫哈尔滨的部队有李杜的二十四旅、丁超的二十八旅、邢占清的二师六旅，还有赵毅旅和冯占海部等。总兵力 1.5 万人。

总之，在日伪进犯哈尔滨之前，吉林临时省府与在哈的抗日势力，虽未结成同一阵营，但是以李杜为首的爱国将领和以诚允为首的临时省府抗日立场鲜明，态度坚决，并积极从事战前准备，诚允以吉林省临时政府的名义号召抗日义勇军迎敌抗战，并为自卫军大力筹措粮饷，鼓动宣传，也给哈尔滨抗日保卫战奠定了思想和军事基础。

第一次哈尔滨抗日保卫战

第一次哈尔滨保卫战于 1932 年 1 月 27 日打响。在这之前的 1 月 18 日，于琛澂伪军在日军飞机的配合下就占领了榆树县城。1 月 21 日，分左、中、右三路继续北犯，22 日占领拉林。从 1 月 23 日开始，日军连续出动飞机在哈埠上空散发传单，威胁恫吓。1 月 25 日进入哈尔滨南郊。

此时，李杜当机立断，率一个团星夜启程，1 月 26 日进抵傅家甸（现道外区），1 月 27 日同于琛徵伪军交火。冯占海部也在哈郊子弹库一带与敌交战，标志着哈尔滨保卫战正式打响。李、冯官兵同仇敌忾，奋勇御敌，伪军在抗日军强大攻势下惶惶溃退。当天下午，伪军在日军飞机、重炮掩护下，又向哈郊小北屯反扑。抗日军当仁不让，以步枪击伤日机1架，被迫降落在正阳河西大窑一带，机上日军大尉清水被击毙，伪军阵营大乱，抗日军乘势将其包围。当天夜里，伪军组织突围，李、冯军奋力截杀，伪团长田德胜被迫率部倒戈（后又附逆）。抗日军毙俘伪军甚多。

在上号（今香坊）地区，李杜率部与敌血战，伪军不支败退。李杜乘机率部出击，从后路袭击进犯南岗的伪军。冯占海部官兵见援军杀到，一时兴起，竞上马追击，伪军大败而逃，追击部队穷追不舍，俘虏80余人，缴获枪支弹药无计。

1932年1月28日，于琛澂伪军在补充武器弹药后再次向南岗、极乐寺、文庙一带反扑。抗日军因前一日大捷而斗志旺盛，冯占海部的宫长海骑兵旅又从敌背后夹击，伪军溃不成军，惨败而去。至此，第一次哈尔滨保卫战大获全胜。

李、冯军进入哈尔滨，引起日本侵略者的极度惶恐和仇视，土肥原贤二、大桥等人，数次访李杜、丁超，要求抗日军撤出哈埠。1月29日，大桥领事拜访丁超，强硬提出三项要求：即哈埠内不准驻中国军队；丁、李可以复职，但需经张景惠下令，土肥原贤二担保；丁、李部必须服从新政府节制。1月30日，土肥原会见丁超，限令中国驻军于1月31日5时之前离哈，否则日军将采取攻击行动云云。期间，张景惠为虎作伥，多次同丁、李通电说项，均招致拒绝。

1月31日，1架日机竟向上号（香坊）一带投掷4枚炸弹，炸毁一家商铺，气焰十分张狂。当天，丁超以护路军总司令的名义发表通电，电文略谓："……概自东北事变以来，日本朝野以南满既得利益为口实，迭于国联会议郑重声明毫无侵略中国土地之野心。何况我北满地方，有中苏共管之东省铁路……乃敌人蚕食不已，始则勾引我国不肖军阀，蒙头盖面，肆其改造之阴谋。今因逆军击退，竟敢明目张胆，遣派大批日本军队，夺取东省铁路，拘禁苏俄站长，扣留客货列车……蔑视中苏协约，破坏欧亚交通，丧心病狂，至于此极。本总司令职司护路，责无旁贷……惹起世界战争，日本国家当负完全责任……"

还是1月31日，在哈各抗日派将领李杜、丁超、冯占海、邢占清、王之佑、赵毅等人及广大官兵、团体、民众代表4 000余人聚集在哈工大广场召开吉林自卫军成立誓师大会，推举李杜为吉林自卫军总司令、丁超为中东路护路军总司令、王之佑为自卫军前敌总指挥。同时，张学良发电任命李杜为东北边防军驻吉副司令长官。

会后，发布了抗日讨逆通电，电文指出："在此形势严重之日，正我军人效命疆场之时，赖我方各军深明大义，一致团结，共赴国难，爰组织自卫军，阐明本军卫国为民之宗旨……望我父老子弟，念田土之垂危，痛沦胥之将及，相互救危，共策进行……”

第二次哈尔滨抗日保卫战

第二次哈尔滨保卫战于1932年1月30日打响。于琛澂伪军犯哈失败后，日本关东军决定亲自出马，将第二师团主力集结在长春附近，又动员“满铁”武装人员数百，并同中东铁路局交涉，要求利用铁路运送兵员。中东铁路局方面初而拒绝，继而又表示同意，于1月30日晚6时20分向南部线各站长下达命令，准许日方利用中东铁路进行军事运输。其实，早在1月28日，日军便征集了4组列车（其中一组列车途中脱轨），以日军长谷部旅团为先行，从长春出发北犯，中途因二十二旅破坏了部分路段和第二松花江大桥，也为双城阻击战争取了时间。

双城，为哈尔滨南部门户，是日军犯哈的必经之路，驻守在这里的部队为东北军二十二旅。于琛澂之流为保证日军进犯不受阻击，曾屡次劝诱旅长赵毅同日军合作，赵毅虚与委蛇，暗地里却做好了抗敌准备。1932年1月30日拂晓，赵毅率5个营兵力轻装急进，包围了东十里铺，一举击溃刘宝麟伪军，俘敌700余人，刘宝麟仅以身免。

是役后，赵毅立即回师双城，夜半时分潜入车站。此时，刚刚进入双城车站的长谷旅团先头部队正在拢火取暖，二十二旅官兵一声号令，争先冲进敌营，与日军短兵相接，长谷旅团先头部队措手不及，仓促应战，被毙伤200余人，残敌惶惶西窜。

冯占海、赵毅部队攻占双城

日军惊悉先头部队遭受阻击后，急派田岛旅团增援，另有数十架飞机助阵。此时，天已大亮，双城车站地形开阔，赵旅来不及撤出阵地，遭受敌人飞机和重炮猛烈轰击，官兵且战且退，损失颇重，不得不撤回哈埠。

双城沦陷后，哈尔滨门户洞开，形势十分危急。李杜立即召集自卫军将领会议，制定应战方案，决定以二十六旅防守南岗、马家沟，二十八旅防守顾乡屯，二十二旅防守上号，冯占海担任迂回敌人侧背任务。二十四旅防守道外，为总预备队。

日军侵占哈尔滨

1932年2月3日，日军主力部队抵达哈郊，以飞机、重炮、坦克为掩护向市区进犯。自卫军官兵英勇抵御，连日激战，顶住了敌人的猖狂进攻，并击落日机1架，日军侦察参谋清水大尉被击毙。2月4日，日军集中优势火力，兵分两路向市区发起总攻。李杜等将领亲临前线指挥，官兵个个决死奋战，当天击毙日军大尉山本良次，几乎全歼日军一个中队。战斗持续到2月5日凌晨，日军出动大批飞机对自卫军防地狂轰滥炸，各部损失惨重。自卫军总司令李杜见战事紧急，把嗓子喊哑，几欲与阵地同殉，但已不能挽救残局。1932年2月5日晚，哈尔滨终于沦入敌手。

吉黑义勇军反攻哈尔滨

哈尔滨陷落后，吉林自卫军转战哈东巴彦、宾县、珠河（现尚志）、方正等地，反复与日伪军进行拉锯战两月有余。之后，各部相继撤往下江的依兰、富锦、桦川和绥宁的梨树、下城子等地。李杜召集自卫军各部将领会议，认真总结哈尔滨保卫战的经验教训，养精蓄锐，准备再战。同时，商议如何联络吉黑两省义军共同抗日问题。

有电报为证。1942年4月16日，东北无线电黑河电台收到马占山的密使李成周由三姓（今依兰县）致马占山的电报："马主席钧鉴：植翁挥泪痛慨，挚切同情，商洽圆满，即归勿念。成周。寒叩。"

在李顿调查团到来之前，马占山曾与丁超、李杜商定会攻哈尔滨。电报全文是："马主席秀芳兄鉴：阳酉庚电，奉悉我兄安抵黑河，至为欣慰。弟等一切如常，祈勿远念。李君成周是否由兄遣来？祈速示知为要。弟丁超、李杜。元叩。"

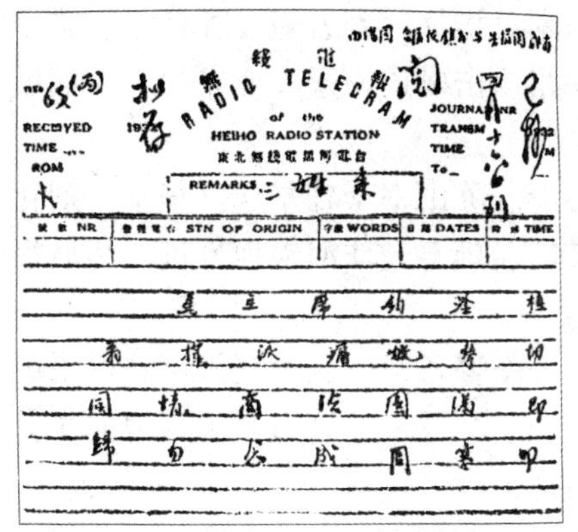
RADIO TELEGRAM
of the
HEIHO RADIO STATION
RECEIVED
TIME
FROM
JOURNAL NR
TRANSM
TIME
To
REMARKS
NR | STN OF ORIGIN | WORDS | DATES | TIME

图为李成周致马占山的电报

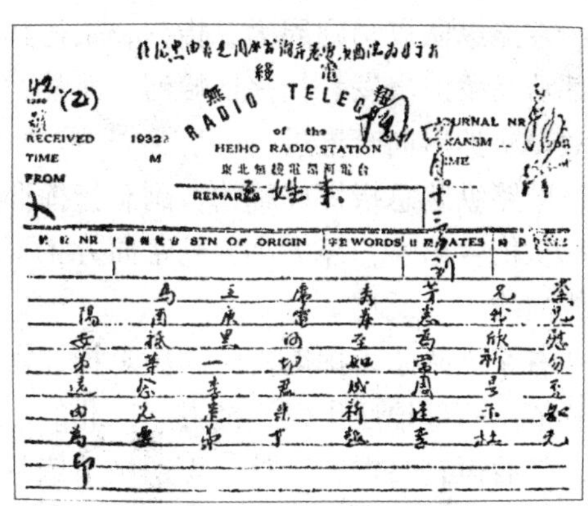
RADIO TELEGRAM
of the
HEIHO RADIO STATION
RECEIVED
TIME
FROM
JOURNAL NR
REMARKS
NR | STN OF ORIGIN | WORDS | DATES

图为丁超、李杜致马占山的电报

此时，就必须再提一提马占山了。齐齐哈尔失陷后，日本侵略者就指使汉奸加紧诱降马占山。一时间，马发生了动摇。1932 年 2 月 24 日，在齐齐哈尔就任了伪黑龙江省省长，并充任伪军政部总长。

然而，马占山爱国抗日之心并未泯灭，在伪职任内，不断与日本人发生冲突。此时，张学良密派黑龙江省原税捐局局长韩立如至齐齐哈尔，劝其反正，再行抗日。其间，不免推心置腹，声情并茂。

当时，苏炳文也在奉劝马占山时说：“黑省的武装力量，如果不抗日，终会被日伪所利用，而后灭亡。所以，请你深思熟虑，冲出樊笼，不但有利于个人，也有利于黑省部队。”

在韩立如和苏炳文的劝说和影响下，马占山痛定思痛，幡然悔悟，感觉自己大错业已铸成，达众叛亲离程度。所以，下决心反正，重整部队，再举义旗，同李杜、苏炳文、丁超等将领共同抗日。

1932 年 4 月 2 日，就任 40 天伪职的马占山率卫队出走齐齐哈尔。先乘车到黑河，召集黑省各抗日武装成立抗日义勇军。同年 5 月 14 日，在黑河召开大会并发表誓师通电。同年 6 月，率部东行，第二天到达拜泉，在这里会见了应邀前来的李杜、丁超的代表，相约吉黑两省义军联合反攻哈尔滨。双方约定：吉省自卫军沿绥哈路西进，扫荡沿线之敌，然后向哈尔滨推进；黑省义军从松花江北反攻；另以程志远骑兵旅为内应，牵制敌人的兵力。至此，这场大规模收复失地的军事行动拉开序幕。

从 4 月中旬开始，到 6 月下旬结束，前后经历 2 个月之久。吉黑义军聚集兵力达 7 万～8 万人之多，战场范围西起黑龙江的三肇（肇东、肇源、肇州）和吉林省的扶余，东至吉林的牡丹江畔，北接呼海路的海伦、绥化，南到吉东的汪清、额穆。拜泉会议以后，李杜、丁超决定兵分三路向哈进军。

左路纵队以马则周为总指挥，王德林为副总指挥，刘万魁、郭怀堂、陈子鄂等部从马桥河出发，扫荡铁岭河、海林，一路攻击横道河子、亚布力、一面坡等处敌军，然后向哈推进。

中路纵队总指挥杨耀钧，副总指挥邢占清、陈山率李辅亭、李华堂、刘化南等部从依兰出发，经大小罗勒密向方正、夹信、延寿、珠河等地推进，然后沿哈绥线向哈尔滨反攻。

右路纵队总指挥冯占海、副总指挥宫长海率警备第一旅及赵维斌、姚秉乾等部从依兰西部地区出发，经方正以北的涌河坝、会发恒、高力帽子等地向宾县进发，然后挺进哈埠。李杜、丁超坐镇依兰指挥。

中路纵队按预定路线出发，4 月末向珠河发起猛攻，5 月 8 日收复珠河，歼灭日军 200 余人、伪军 1 000 余人。

右路纵队于 4 月 25 日兵不血刃收复方正，接着连克会发恒、高力帽子、夹板站等重镇，5 月 5 日一举攻下宾县，生擒伪山林统带辛青山及以下官兵百余人，伪军大部投诚。

冯占海部乘势西进，直逼哈郊上号一带。吉林自卫军势如破竹，锋芒直指哈埠。

当时的反攻哈尔滨之战，共分江北、哈西、吉敦三个战场进行。

先说说江北战场。马占山离开拜泉以后，又返回黑河着手筹备反攻哈尔滨的武器弹药、粮草及其他军用物资，并电令部将吴松林、邓文等沿呼兰一线集结兵力，驱逐松花江北之敌，伺机向哈尔滨反攻。1932 年 4 月中旬，邓文率部突袭哈近郊松浦镇，截获敌军车 5 列，粉碎了敌人运兵北上的企图。继之，日军平贺旅团长一部开进松浦，对呼兰构成威胁，马占山电令吴松林、邓文率部增援，同时联络绥化、兰西义勇军在呼兰河南岸构筑阵地。4 月 30 日夜，邓文令才鸿猷、李天德两部突袭松浦，自率主力进击江北马家船口。战斗打响后，才、李部迅速将松浦之敌驱至车站票房，然后纵火焚毁了机车库房，大火冲天，光照数十里。邓文部一路也在马家船口袭击得手，歼灭驻地日军大半，生擒 15 人，残敌惶惶渡江逃回哈埠。吴松林部也开至呼兰河口，战局尤为有利。5 月 15 日，马占山督师亲征，赴海伦、绥化前线指挥，加委邓文、吴松林为第一、第二军军长，着令两部驱尽松花江之敌。至此，江北大军如箭在弦，构成了对哈尔滨的攻击之势。

再说说哈西战场。马占山出走省城的消息传出后，李海青立即督率本部人马万余人北上，连克肇源、肇州两城。5 月 15 日李军围肇东城，连战 8 日，击伤伪旅长涂全胜，击毙伪县长程汝霖，收复肇东城，李军声威大振，部队迅速发展至 15 000 余人。为配合江北义军反攻哈尔滨，李海青率部乘胜东进，兵距哈西郊的对青山、满沟一带。这样，吉黑义勇军数万人马分别从东、北、西三面对哈尔滨构成包围之势。

最后说说吉敦战场。吉敦战场为吉黑义军反攻哈埠不可缺少的辅战场，担任作战的主力部队是王德林的救国军。日伪军为了破坏吉黑义军会攻哈埠的军事行动，偷偷出动延吉、汪清日军警备队千余人，溯牡丹江上游北犯，锋芒直指中东路的海林站，妄图袭扰自卫军后方。王德林部闻讯后，立即开赴汪清境内的骆驼砬子，重创了北犯的小园江支队，击毙日军官兵百余人。接着又在额穆阻击多次北犯的日军警备队，保证了自卫军在哈绥路上的作战。

吉黑义军大规模的攻势使日伪当局手足无措，急忙从国内增调援兵。从 4 月中旬开始到 6 月初，先后增派了第八、十、十四、十九、二十 5 个师团，短短两个月内增加这么多兵力，这在九一八事变后还是第一次。这时，日军又以伪省长一职收买了江北义军的程志远，届时程不仅没有发难敌营，反而出兵偷袭义军后方的海伦、绥化等地，打乱了江北义军的作战部署，邓文、才鸿猷等部只好撤回呼海路一线，对反攻哈尔滨造成重大影响。

就在哈尔滨指日可克的时刻，日军又紧急调动进攻马占山的第十师团村井旅团和中村支队在伪江防舰队掩护下，乘船自松花江顺流而下，水陆夹击，于 5 月 17 日突袭依兰。此时，由于义军主力均在前线作战，后方空虚，日军攻占了李杜自卫军总部，李杜战败后，遂率余部经勃利转移到梨树镇，发电“只有杀敌李杜，以光我中华民族，绝无降敌李杜，以污我中华战史”。仍然继续组织抗战。但是，由于总部断绝了与前线部队的联系和给养，使义军前线部队陷入了不攻自乱的困境。

日军趁机集中优势兵力，利用铁路运输的便利，采取各个击破的战术，首先对哈绥路的自卫军反扑。自卫军各部失去弹药粮草接济，相继撤出战场，转移到密山、梨树镇、下城子等地。冯占海部则南下进入吉境，脱离了自卫军系统。

哈西的李海青部在日军十四师团和张海鹏伪军夹击下，孤军不支，只好放弃肇东，撤往兰西。日军回过头来对付江北的马占山、邓文、才鸿猷等部，5 月下旬相继攻陷呼兰、绥化。

1932 年冬，日军集中三个师团，进攻在梨树一带的李杜余部，经两个多月战斗，李杜部据守的宁安、密山、下城子等地先后失守，李杜率残部节节抵抗，退入三江平原深处。到 1933 年初，李杜于 1 月 9 日从虎林率部退入苏联。至此，吉黑义勇军反攻哈尔滨大业遂告失败。

哈尔滨沦陷后，日军出动飞机轰炸宾县（吉林省临时政府所在地），1932 年

2月6日派兵进犯。这时，城内只有少量警卫部队，情势十分危急，尤其大汉奸熙洽、张景惠派员前来劝降。这时，吉省省政府代理主席正是诚允。

火车站前的“建国纪念碑”在哈尔滨历史上打下屈辱的印记

诚允是个忠诚的文官。这时，他刚上任3个月，城内只有少量警卫队伍，面对国难之际，他立场坚定，临危不惧，发出豪言壮语：“昔日岳武穆有言，文官不怕谏，武官不怕死，天下太平矣！我今天偏偏要做个不怕死的文官，看看如何！”遂留在城内抵抗日伪军。3月5日，冯占海率东北抗日自卫军两个团固守吉林省政府，3月7日吉林省政府率众撤出宾县，转移至巴彦县城。

日军侵占哈尔滨后，又沿中东路向东进犯，先后占领哈东的海林、宁安、方正等战略要地。总之，从九一八事变到哈尔滨失陷，经过4个月零18天时间，东北三省全部沦陷。

此后李杜再未能重返沙场带兵。但是，李杜将军对抗战依然继续做出贡献，之后张学良和中共的最早联系，就是通过李杜实现的，对促进西安事变的爆发，李杜可谓功不可没。1945年，经周恩来批准，李杜秘密加入中国共产党（特别党员）。新中国成立后，当选为全国政协委员。1956年8月23日，李杜因病在重庆逝世，终年76岁。

各界民众支援

在哈尔滨保卫战期间，也就是1932年1月30日，中共满洲省委即发表了《为反对日本帝国主义进攻哈尔滨告士兵、群众书》，号召士兵、工农群众联合起来，武装抗击日本侵略者。1932年2月4日，时任哈尔滨反日会党团书记的杨靖宇奔走于工厂、学校，以及呼海路沿线，发动反日会员、工人、农民、学生，支援抗日军的爱国壮举。双城县商会组织各大商号烙大饼送往前线，对在战斗中阵亡的100余名官兵也由百姓集资安葬。哈尔滨一中200多名学生报名从军。哈埠居民1 000余人踊跃送水送饭，照顾伤员。哈尔滨的各抗日爱国团体、商会、银行等捐献大洋50万元，三十六棚工人捐款4 000多元购买慰问品支援前线。1932年2月5日，共产党员冯仲云、赵尚志到松花江北呼海路修理厂组织集会，控诉日寇侵略罪行，号召工人阶级团结起来，同日本侵略者坚决斗争。哈尔滨党团组织印发大量传单，宣传党的抗日纲领、政治主张、斗争口号，并广为散发。总之，在民族危亡之际，哈埠人民空前团结，共赴国难。

哈尔滨公民救护队冒着敌人炮火在前线救护伤员

哈尔滨保卫战从1932年1月27日打响，至2月5日结束，历时9天有余，以李杜、冯占海、赵毅等为代表的东北军爱国官兵在哈尔滨保卫战中，抗击日本侵略者的英勇壮举，是继江桥抗战之后，东北军民勇抵外辱的又一次大规模军事抵抗行动，再一次表明：中华民族有同自己的敌人血战到底的气概，也沉重打击了日本侵略者的嚣张气焰，同时唤醒了哈尔滨及北满地区人民的觉醒，揭开了北满地区抗日斗争的新序幕，为后来哈东、下江、绥宁、海满等地义勇军抗日活动提供了军事力量和民众基础，并为共产党领导抗日游击队的建立和发展开拓了道路。同时，也以实际行动批驳了蒋介石政府的不抵抗政策。从此，在北满地区各类的抗日武装斗争风起云涌。

第 四 章

海满抗日烽火

海满地区，系指黑龙江省城齐齐哈尔西部的海拉尔、满洲里一带的辽阔地域。九一八事变后，日本侵略军在很短时间占领了辽吉两省，继而攻打了齐齐哈尔，掉过头来又进犯哈尔滨，进而又急于“围剿”吉黑义勇军。因此，未能顾及海满地区。但是，进入1932年下半年，随着各路义勇军相继失利，日本侵略者便将野心指向海满地区。此时此刻，以苏炳文为首的海满义勇军又在黑龙江省西部地区燃起了熊熊的抗日烽火。

苏炳文其人

苏炳文，字翰章，1892年9月21日生于辽宁省新民县一个五世同堂的大家庭。那时，家中只有20亩土地，收入微薄。苏炳文的父亲苏景徇是个忠孝两全的知识分子，长子夭折，行二的苏炳文聪明沉稳，便令其7岁开蒙，进入私塾。当苏景徇看到日、俄两国在中国东北开战，涂炭百姓，随即允许12岁的苏炳文步行4天4夜，到沈阳考取陆军小学，以图从军报国。

东北抗日义勇军将领苏炳文

之后，苏炳文又在保定陆军军官学校毕业，曾参加过讨伐张勋复辟逆军。第一次世界大战末期，苏炳文又以中国陆军营长身份被派往俄国滨海省，担任绥芬河以东至海参崴的护路任务。回国后，曾参加过直奉战争，在张学良麾下转战南北，战功卓著，历任黑龙江省保安司令部中将参谋长和省府委员。1930年任呼伦贝尔警备司令、中东铁路哈满线护路军总司令、南京政府军事委员会委员、中将高参等职。

可见，苏炳文在海满地区是握有实权的人物，再加上有丰富的军事韬略和带兵经验，因此在东北军中颇有声望。

九一八之后，各界人士普遍认为，以苏的资历和威望，加之对省情了如指掌，主政黑省希望很大。但马占山主政后，有人担心苏炳文不服气，从而影响抗日大局。而苏则表示："值此国破家亡之际，身为军人，只有团结合作，共御倭寇而已。"故立即致电马，表示拥护，并在江桥抗战时，派两个主力团前往参战，苏部官兵临危不惧，英勇善战，屡建战功，受到马的表彰。

前面讲过，江桥抗战失利后，马占山却当上了伪满洲国黑龙江省主席，后又任伪满洲国军政部长，受到了苏炳文及一些将领的反对和谴责，不少将领辞职远走，有的投奔了苏炳文，其中就包括参谋长谢珂。

说起谢珂将军，在江桥抗战中可谓赫赫有名，但江桥抗战后，马占山发生了妥协，因此谢气愤出走。谢珂经绥芬河到达苏联海参崴，准备绕道赴欧美，途中轮船在大连装货时，被日本警察认出遭逮捕，但迫于国际舆论压力，日军未对其下毒手，于是将谢珂押回齐齐哈尔，几天后伪省长韩云阶（马占山重新抗日后，1932 年 8 月韩云阶接任）利用谢珂与苏炳文是同学和朋友关系，让谢到海拉尔去说服苏炳文。在这一过程中，谢珂夫妇利用这个机会，将计就计，蒙骗日伪，脱离险境，与苏推心置腹，一拍即合，留在苏部。

这期间，还有一个麻痹敌人的"插曲"，即谢珂到苏炳文部后，曾致电韩云阶："昨晚到海与苏密谈甚久，情形颇为顺利，详情容再续陈"。伪省长韩云阶接谢电报后信以为真，连夜派伪黑龙江司令长官公署参谋长金奎壁等携 8 月份欠饷 50 万元到海拉尔。伪省参议陈鸿猷借侦察为名也同时到达，因二人早有抗日之心，遂决心不返。苏炳文当即委任金奎壁为副参谋长，陈鸿猷为参谋。

虚与周旋

当时，关东军对拥兵自重的苏炳文、张殿九部视为一块心病。故一方面逐步向呼伦贝尔地区逼近，另一方面使出了惯用的诱降伎俩。1932 年 9 月 20 日，哈尔滨特务机关长宫崎繁二郎和齐齐哈尔特务机关长林义秀乘飞机赶赴海拉尔。

接见他们的是苏炳文的参谋长王尔瞻。当听说二位要拜见苏将军，即谎称"苏将军今日身体不适，待禀报后回复"。说完，就到另一房间打电话商议。

不一会儿，王尔瞻笑容满面地走出来说："苏将军说你们二位从大老远来，很辛苦，一定有急事大事，他同意接见你们"。进到苏官邸后，宫崎代林向苏问候说："我们受本部指示，专程来向苏将军表示慰问，希望苏将军身体能尽快康复，阁下是边陲举足轻重的人物，帝京对您寄予很大希望，边陲安危权杖苏将军的领导，希望阁下真诚效忠满洲帝国。今天我们带来了溥仪的亲笔信，请您亲临新京披露诚意，答应阁下可到中央任职，满足阁下各种要求”。

苏挥手令王尔瞻以恭敬之式接过执政手谕。

苏炳文阅后略加思量后说：“二位的话说得很明白，感谢你们的厚爱。但我要说的是：我和他们（指已投降的省防军）同是省防军，但待遇不一样，从来尿不到一个壶里，他们当他的省长，我们是井水不犯河水，他们不积极给我们划拨军饷，有意难为我们，压制我们。你们日本人支持他们，最后他们怎样，你们日本人都会清楚。”

苏又接着说：“现在你们竟把我的呼伦贝尔警备司令部和哈满司令部撤销废除了，断了我的军饷。你们又派来边境警察队接管了海关和邮局，断了我军饷来源，要置我于死地，这都是何意？我的军队得不到军饷，发生骚乱，我不能负责。把军饷拿来，我再考虑。”

苏炳文的一番话，宫崎和林义秀听了觉得是个问题，本部决策的错误，可能会引发暴乱。接着二人和颜悦色地进行了抚慰：“将军阁下，我们将郑重考虑您的意见，尽快上报本部，把军饷发下来，请您多保重身体。”言毕鞠躬告辞退出。

其实，这只是苏炳文将军施放的一个烟幕弹，目的是为了争取起义时间。宫崎、林义秀虽对苏不放心，但还找不出什么理由拒绝，结果还是上当了。9 月 24 日，林义秀向关东军司令部发电报，要求恢复苏炳文有关职务和发军饷。

先下手为强

苏炳文本来因伪满洲国政府撤免废除了他三个兼职耿耿于怀，再加上伪满洲国当局又派国境警察队驻扎满洲里、海拉尔，专门监视中苏边境及苏部动向，这又给苏炳文及其部下很大打击。这时，苏炳文明显地看到，日本人在有意削弱他的力量，不久就会对他有大动作。

几日以来，苏炳文经过深思熟虑，采取了以动制动的策略，即秘密组建了步兵第九团，预先由海拉尔增调约一个营的兵力组建卫队营和手枪连，还为培养联队骨干办了士官学兵连。他还密令海拉尔无线电台台长赵海源启动了大功率无线电台，做好与北平和李海青部起事联络准备，“先下手为强，后下手遭殃”。

1932 年 9 月 23 日，苏炳文将军在海拉尔召开了军事会议，张殿九少将、谢珂中将、金奎壁中将、王尔瞻少将，及各团长、处长参加会议，会上传达了张学良将军的部署，即黑龙江省西部划分为第六义勇管区，苏炳文为总指挥。会上，王尔瞻介绍了日伪驻军情况。与会人员情绪激昂，表示扯下五色旗（伪满洲国旗），抗战到底。

会议决定：组建东北民众救国军，苏炳文为总司令，张殿九为副司令，谢珂为总参谋长。谢珂总参谋长建议：起义要内外一起行动，先将呼伦贝尔铁路沿线的日伪军耳目一网打尽，而后各部队在省城齐齐哈尔周围同时展开攻势，掀起江桥抗战后的第二次高潮。会议决定：一切决定暂作内定秘密不宣，约定10月1日起义。

1932年9月26日下午5时，呼伦贝尔警备副司令第四团团长吴德林邀请驻满洲里的日军首长小原重厚大尉、山崎领事、宗野国境警察队长等人到吴的司令部参加宴会。吴司令说："我们共治呼伦贝尔多年，合作得很融洽。诸君给了我们很多支持和帮助，今天以薄酒宴请诸位，表示感谢之至，今后我们还要精诚合作"。客套完以后，大家高兴地推杯换盏，一直喝到晚7点多钟，摇摇晃晃，握手告别。可是，这三个"傻狍子"万万没有想到，这仅仅是一出"鸿门宴"的预演。

第二天，也就是27日中午11时，吴德林的秘书电话通知三个日本人开一个碰头会。要求山崎领事、小原大尉及宗野大尉前来参加。由于昨晚的盛宴意犹未尽，他们接到通知后都高高兴兴地来了。当他们来到司令部会议室时，还没坐定就突然出现一班荷枪实弹的士兵下了他们的武器，并将三个日本人监禁起来，吓得他们瞠目结舌，惊恐万分。原来，这一幕戏只是苏炳文设计的"开场白"。

同一时间，苏炳文的数队武装分别突袭并包围了伪国境警察队的驻地，解除了他们的武装。另一队武装封锁了日本领事馆，拘禁了所有馆员，还拘禁了满洲里关税人员，抄了金库。这又是怎么一回事呢？

详情是这样的，伪国境警察队共有122人，其中日本人88名、朝鲜人20名、满洲人14名。时值中午11点半饭口，各小队排着队，迈着整齐的步伐，逐个回到营房准备吃午饭，解散后回到各自宿舍卸甲宽衣，刀枪上架，拥向饭堂。

正待打饭时，突然闯进200多人，手持钢枪，大喊"不要动，把手都举起来！"这突如其来的袭击，让这些赤手空拳，举着饭碗的"秧子"警察一下蔫巴了，吴德林的卫队长魏海福跳上饭桌，双手拎着两支大镜面毛瑟枪，高声命令这些惊慌失措的警察抱头蹲在地下。与此同时，另一队武装迅速冲进营房收缴了全部武器弹药，手拿肩扛，剩下的给养也一扫而光，都装在五辆警备三轮摩托车上。原来，这都是苏部预先密谋的。

至29日，吴司令还在苏炳文的授意下进行了大扫荡，把所在日侨男女老少统统监禁起来，家产没收，不服的当场正法。同时，还在富拉尔基以西各地，镇压了一批伪满洲国及白俄的顽固派。满洲里有4名日本人反抗被枪杀，领事馆内有158名领事人员被监禁。又在海拉尔、扎赉诺尔等地拘禁了85名日本人，还有16名伪满洲国官员被抓。还是在这一天，博克图的爱国官兵先除掉了当地日本间谍梅野等3人，随后将所有日伪人员拘禁起来。在扎兰屯，张殿九旅长一声令下，把所有从事间谍活动的白俄及日本间谍一网打尽。这些行动，为举义扫清了障碍。

苏炳文的先下手为强，震慑了日本人的嚣张气焰。而苏炳文两个旅 11 000 人的兵力也让日本人畏惧，不敢轻举妄动。关东军鉴于此事棘手，以及解决手段直接关系日本人的生命安全，还涉及与第三国（苏联）的微妙关系，所以竭力谋求通过和平交涉解决。而苏炳文根本不听日军那一套，干脆来个我行我素，热闹还在继续。

一个“黑色日子”

还是 1932 年 9 月 27 日，是关东军运筹很久的齐齐哈尔至海拉尔至满洲里定期航班第二次飞行的日子。一架由飞行员板仓功郎驾驶的双翼运输机，早 7 点在齐齐哈尔南郊机场按时起飞了。

当天，秋高气爽，碧空万里，搭乘这架飞机的有陆军炮兵少佐渡边秀人、陆军步兵大尉井上辰雄、陆军航空兵大尉胜目真良、关东军特务部部员户山四郎、兴安总署支援服部茂树等 7 人。

对于这些情况，苏炳文早已了如指掌。上午 10 时，苏密令陈副官率一个连官兵，以迎接飞机为名，到机场等候，准备劫下飞机，作为与张学良将军联络之用。不料，日方守备也有所察觉。鉴于此，陈副官果断命令解除机场日军武装，10 名日军顽抗被当场击毙，其余全部被俘。这样，机场被护路军完全控制，但不知道联络信号。

这时日军飞机已进入呼伦贝尔大草原，正准备在海拉尔机场着陆，但不见往日的联络信号（点燃的桦木火堆），因此生疑，在上空盘旋，不敢降落。这突如其来的情况，让机上所有人震惊不已，不知所措。

飞机在机场上空大约盘旋了 10 多分钟，仍不见地面信号。这时，老练的板仓还是冷静而果断地把飞机拉了起来，并加速冲出了射击圈，高高地飞向满洲里。11 时，刚刚降落在满洲里机场的飞机还没停稳，四周突然有众多荷枪实弹的武装士兵蜂拥而来。机场日本勤务员手拎两罐汽油跑来扔进了已开启的仓内，同时自己也敏捷地跳上了飞机，并大声疾呼：“ぶ”（日本话飞的意思）。情况紧急，板仓再次驾机紧急升空。可谓又一次演出了惊魂一幕，飞机在空中盘旋几圈后向东驶去。

27 日 11 时许，满洲里与哈尔滨的通讯不知何原因突然中断，一时完全不知板仓飞机的消息。隔天，哈尔滨特务机关得到消息说：“板仓飞机坠落在扎兰屯附近，搭乘的人员下落不明。”

得到消息后，齐齐哈尔特务机关长林义秀紧急部署探察，很快在齐齐哈尔西北约9里的地方找到了一个目击者，他叫鄂兴国，是蒙古族人。

鄂兴国说：当天他在五德连子附近，去给一个亲戚吊丧，大约在下午2点多钟左右，在返家途中发现一架飞机从南边飞来，晃晃悠悠掉在五德连子一民宅东北方一里的地方。当时他很惊奇，趴在地上看了很长时间，飞机上也没有人下来。一袋烟工夫，从北边蜂拥跑来了几十号人，都拿着长枪向飞机一齐开了火，他一听枪响就吓跑了。

最后查明，原来日机“板仓号”飞抵满洲里上空后，未发现异常情况，准备降落。当飞机正在跑道上滑行时，机场主任佐山敏夫发现有武装人员介入机场，急忙发出返航信号。因此，驾驶员板仓再次拉起机头逃离现场，并在满洲里上空盘旋，发现到处是青天白日旗，故迅速返航。午后2时，板仓开的飞机又在扎兰屯及碾子山一带遭到张殿九部队的射击，由于遭袭后发动机发生故障，加上燃油耗尽而迫降。于是，当地义勇军黄明九部和第一旅六团官兵包围了日机，机上日军拒绝投降，双方发生枪战，渡边等人全部被击毙。士兵和群众把飞机推进铁路车站，用火车运至海拉尔，作为战利品派人修好。

几件事串联到一起，日本人恨透了苏炳文，把9月27日叫作关东军的一个“黑色日子。”

高举义旗

1932年9月，在如火如荼抗日浪潮的推动下，苏炳文心中只有一个念头，即军人天职，守土有责，国难当头，威武不屈，战死疆场，建功立业，奋起抗日。9月27日晨，按照东北民众救国军总司令部的命令，驻满洲里、海拉尔、博克图、扎兰屯、富拉尔基等各站护路军，佩带“铁血救国”臂章，在同一时间占领各地车站，禁止列车通行，切断通往省城（齐齐哈尔）电话线，扯下伪满国旗，升起青天白日旗。

这天晚上，苏炳文把夫人盖淑馨叫来，深深作揖拜托：“如今国家到了用我军人之时。古人曰：男儿要当死于边野，以马革裹尸还葬耳，何能卧床在儿女子手中邪？此一战胜负难料，如有闪失，拜托你代我在老人身前尽孝，孩子们长大以后告之，他们的父亲为凡夫而不甘当孺子，决心驱除日寇，不辱我读书人家门楣……”

这位盖夫人乃苏炳文原配夫人去世后续弦，毕业于黑龙江省女子师范学校，知书达理，端庄娴静，初为人妻，闻君此言，柔中有刚：“将军为抗日置生死于度外，戎马劳顿，呕心沥血，我定当不负重托，无怨无悔！”

1932 年 10 月 1 日，在海拉尔头道街花园广场召开万人参加的（其中爱国官兵 4 000 余人）“救国军成立誓师大会”，一致拥戴苏炳文为总司令，张殿九为副总司令，谢珂为总参谋长。另外，委任金奎壁为副总参谋长，张玉挺为前线总指挥，王尔瞻为呼伦贝尔警备司令。同时，号召广大军民驱逐倭寇，保家卫国，并通电全国：“消灭伪国，铲除汉奸，揭发暴寇鬼蜮之伎俩，恢复中国故有之土地”。同时，大会决定：“实行总动员，讨伐叛逆和日寇，收复省城”。中东铁路苏方友好人士前来声援，中外新闻记者纷纷报道，海拉尔民众送“抗战到底”锦旗。

这时，苏炳文下令，呼伦贝尔境内所有邮局使用的伪满洲国邮票，必须加盖“中华邮政”印章方可出售。这种邮票现在被集邮界称为“苏炳文”加盖邮票，虽然只用了 3 个多月，却是苏炳文将军带领呼伦贝尔各族儿女，抗击日本帝国主义和伪满洲国的历史见证。

苏炳文加盖“中华邮政”邮票实寄封

通电发出后，南京政府来电嘉奖，各省市纷纷来电拥护。从昂昂溪到满洲里的铁路员工将一列一列火车开向海拉尔，不为日寇所用。全国各地拥护抗日军的信函、慰问金、慰劳品也从四面八方汇到海拉尔。南洋华侨陈嘉庚、胡文虎、胡文豹慷慨解囊，并组织华侨募捐款项。当过黑龙江省统领的朱子侨将军，在海内外为义勇军募捐款项，并致电苏炳文表示热诚拥护。上海抗日总会为义勇军募款甚巨。东北乡绅高崇民等为义勇军募捐款项和慰劳品。10 月 15 日，苏炳文举义前，给张学良回报，张任命苏为东北 6 个管区总指挥兼黑龙江省省长，还汇来 11 万大洋军饷，鼎力支持苏炳文抗日。

此时，苏炳文认为，打这次仗，是为打出中国人的志气，打出中国人抗日的信心。所以他积极筹备粮饷、弹药，并修筑工事，还派干部到各地招募新兵，成立了步兵第九团、学生连，还招募沈阳流亡工人在博克图成立了兵工厂，制造了大量手榴弹和地雷。同时，储存一个月粮食，扣留了由哈尔滨开来的货车、客车和车头。在军事部署方面，苏炳文的步二旅计 4 个步兵团、1 个骑兵营、1 个特兵营、1 个工兵营、1 个辎重营、1 个山炮连，还有 1 个高射机枪连均加快备战演练。此外，每团还配有 1 个重机枪连、1 个迫击炮连，装备整齐。还有步一旅计 3 个步兵团、2 个独立营。两旅总兵力共 13 000 人，为当时黑龙江省最完整的部队。

上述这些部队分别驻扎在满洲里、海拉尔、博克图、腰库勒、扎兰屯、碾子山一带。碾子山为第一道防线，部署 1 个团、2 个独立营，由高团长指挥。第二道防线设在扎兰屯，由吴德林指挥，部署兵力为 2 个团、3 个独立营。博克图为最后一道防线，部署兵力有 2 个团，1 个独立营。

为了加强同其他驻军的联系，苏炳文还派人与驻守拜泉的炮兵团长朴炳珊、李海青、张兢渡等抗日队伍接通关系，还派三组十余人潜入敌占区侦察敌情。

其实，早在 8 月间，苏炳文抗日备战的消息已被日军所侦悉。8 月 17 日，刚接任伪黑龙江省省长不久的韩云阶就以张殿九年老无能为由，撤销了他驻扎兰屯哈满护路军副司令兼黑龙江陆军步兵第一旅旅长职务，由汉奸冯广有接任。8 月 18 日，韩云阶又免去苏炳文的呼伦贝尔警备司令、哈满护路军司令和海拉尔市政筹备处长等职务。对此，苏炳文、张殿九的部下十分愤慨，拒不受命。

张殿九是马占山的拜把兄弟，与苏炳文也私交甚密，尤其在抗日问题上志同道合，这次被撤职后，他亲到海拉尔与苏炳文计议，苏明确表示："唇亡则齿寒，大敌当前，岂能坐以待毙，唯有奋起抗日，力尽卫国守土的天职"。同时，鼓励张殿九坚守岗位，拒绝交出兵权，抵抗到底，并当即决定派驻扎兰屯的第六团进驻富拉尔基，阻止冯广有前来接任。对此，张殿九、苏炳文两人一拍即合。尤其在此之前的 9 月初，苏炳文还和马占山共同策划了配合黑龙江省义勇军进攻省城齐齐哈尔的作战计划。9 月中旬，苏炳文命令部队沿江构筑工事，以防日军侵入。至此时，一直不露声色的苏炳文将军才显露出抗日救国的"庐山真面目"。

攻打昂昂溪

早在 9 月 23 日在海拉尔召开的军事会议上，曾做出这样一个决议：为了配合苏炳文、张殿九部开展武装行动，决定由李海青指挥一、四、五旅及民众自卫军率先攻打昂昂溪，然后配合大部队攻打省城齐齐哈尔。因此，李海青回部队后就迅速部署了作战计划。

昂昂溪地处嫩江东岸，与富拉尔基隔江相望，位于齐齐哈尔市南部，距市中心 23 公里，随着中东铁路的通车，松嫩平原的粮食、物资大都在此集散，也是日军进攻呼伦贝尔的前沿阵地，所以战略意义十分重要。

李海青，生于 1896 年，山东夏津人，幼年随父母闯关东，青年投身绿林，后在黑龙江督军吴俊生手下任营长。九一八事变后被马占山任命为骑兵团长，在江桥抗战中因功升任旅长，拟劫持溥仪未果，曾以打游击方式和日军周旋，并屡屡获胜，使日军疲于奔命。苏炳文举旗抗日后，李海青积极参与配合。

也可以说，李海青率部拉开了海满抗战的序幕。9 月 24 日，他率先攻打昂昂溪。当时，日伪军驻昂昂溪的部队有伪省府卫队团，官兵 800 余人；还有独立骑兵一大队，官兵 400 余人；还有昂昂溪地区警察大队。以上总兵力 1 400 余人。李海青发动攻击后，双方激战两日，于 26 日晚，将守敌大部歼灭，少数溃逃。李海青占领了昂昂溪。

这可吓坏了伪黑龙江省府，急忙向关东军求救。9 月 26 日，日军第十四师团抵达齐齐哈尔，师团长松木直亮中将与伪省长韩云阶等拟定了全歼李海青部的计划。

计划就是 26 日晚，调遣中山支队赶赴洮昂铁路的三间房站，迫使李海青部撤至嫩江岸予以歼灭。因为日军认为，他们有步兵 2 000 人、骑兵 600 人、伪军两个骑兵团，还有炮兵中队赶赴大兴站，再加上其他步、骑、炮兵由泰康奔大兴站围堵。日伪总兵力达 7 100 人，还有炮 20 门、装甲车 24 辆。兵力和武器远超李海清部，多路合击，一举拿下，蛮有把握。

但是，日伪的计划破产了。9 月 28 日中午，当中山支队开赴昂昂溪并炮击时，李海青的大部队已转移到大兴站以南，并与伪军一支队遭遇，一阵激战后撤走，结果日伪军大队人马扑了个空。

富拉尔基之战

10 月 2 日，也就是苏炳文宣布抗日的第二天，他就命令驻防满洲里的钮玉庭团包围了日本宪兵队的营房，先以炮火轰击碉堡、掩蔽部，经过四个多小时战斗，生俘日军 320 多人，缴获小钢炮 2 门、迫击炮 4 门、重机枪 4 挺、弹药 200 多箱、步枪 350 余支。之后，便打响富拉尔基之战。

富拉尔基，达斡尔语“呼兰额日格”的转音，意为“红色的江岸”。富拉尔基是齐齐哈尔辖区，距齐 37 公里，位于嫩江西岸，西通海拉尔、满洲里，东与昂昂溪车站隔江相望，嫩江富拉尔基段有滨洲铁路桥，因此富拉尔基是中东铁路西线重镇，也是救国军的前沿阵地。为收复省城，救国军越过嫩江占领富拉尔基东岸要冲，构筑工事，做好东进准备十分重要。

此时，日军驻齐主力是第二师团长谷部照吾旅团组成的警备队，加上宪兵和伪军，兵力与救国军相当，但装备上占优。救国军若硬攻，很难取胜。于是，救国军计划采取分散敌兵力战术，先令高俊岭绕道嫩江下游渡江夺取昂昂溪，然后佯攻齐齐哈尔城南诱敌出城，驻富拉尔基主力趁机跨过富拉尔基铁桥，从西侧突入省城市区。

但是，这一计划尚未实施，情况就发生了变化。原因是日机侦察，发现高俊岭部有南下动向，遂将富拉尔基铁桥炸毁。同时，日军决定在富拉尔基以北地区抢先发起进攻。10 月 3 日拂晓，日军步骑兵 2 000 余人，在数门野炮配合下强行渡江。这时，张玉挺急令六团驰援，以猛烈火力封锁江面，日军抛下 12 具尸体缩回东岸。

此后，两军隔江对峙，互以炮火攻击。10 月 5 日，日军以少数兵力渡江被击退。10 月 6 日拂晓，日军 200 余人，分乘 30 余只橡皮船强行渡江，救国军警戒队击沉数艘后敌溃退。但敌凶焰不减，又增兵 500 余人分批强渡。救国军六团三营奋力阻击 4 小时，终因敌众我寡，退守富拉尔基东岸。在这紧要关头，张玉挺急调碾子山步二旅一团的两个营增援，选择地形，构筑工事，埋伏待敌。这时，日军再次进攻，闯入伏击圈，救国军官兵突起猛击，敌猝不及防，遗尸五六十具，狼狈逃窜。

翌日，日军增兵 1 000 余人再次发起疯狂进攻，救国军预备队一营迅速投入战斗，敌死伤甚众，日骑兵中队长斋藤、步兵大队长少佐均负重伤，日军败退。

这时，日本陆军中央部感到战况棘手，故电令关东军即刻增兵。于是，关东军司令武藤信义急令第十四师团到齐齐哈尔，任命该师团长松木直亮为军事总指挥，并组成以中山健大佐为支队长的中山支队，全力进攻富拉尔基一线的救国军。

10 月 7 日，日军中山支队 1 000 余人从齐齐哈尔西南桦木岗偷渡嫩江。8 日，向救国军驻守在黑岗子阵地进攻，双方激战两小时，日军渐感不支，遂退居常川地房子村，依据高墙、炮台以猛烈炮火压制救国军。高峻岭团长命一营正面抵抗，二、三营绕敌后侧进攻。高团长身先士卒，攻到距敌 200 余米时，苏文斌连长率队跃入敌阵肉搏。正在冲杀之际，日军后续部队赶到，与退守的日军一并反扑，加上日军 4 门野炮、3 架轰炸机狂轰滥炸，救国军阵地一片火海，不少官兵倒地。

在这种极端不利的战况下，救国军官兵前赴后继，视死如归，仍勇猛反冲锋数次。高团长后背被炸伤，右臂炸断，晕倒在地；团副唐中信、孙庆麟同时负伤，10 余连排长、200 余士兵伤亡。这时，救国军官兵已疲惫不堪，加上失去团长指挥，难以继续鏖战。

日伪军虽然也死伤 200 余人，但后续部队赶到，战斗力明显加强。鉴于这种情况，三营长李树范果断决定全团撤退至腰库勒村。这时，日军乘虚进攻富拉尔基。10 月 9 日，日军占领富拉尔基。

反攻富拉尔基

10月10日，苏炳文在朱家坎主持召开了军事会议，决定加速联络马占山等部联合抗日，意在嫩江封冻后，分东、西两线合击日军，收复省城；为阻止日军铁甲车进犯，还炸毁昂昂溪至富拉尔基木桥；在阵地前薄弱地点埋设地雷或设障碍物。同时，重新做了前线部署。

10月11日夜，日军步骑炮兵进攻救国军在腰库勒的阵地并发生激战，是夜气候突然奇寒，日军退缩，伤亡甚众。以后数日，日军地面部队未出击，只动用飞机狂轰滥炸，15日炸毁海拉尔车站及部分铁路。16日，数架日机轮番轰炸海拉尔、扎兰屯及中东铁路沿线，尤其竟灭绝人性地施放毒气弹，使救国军前线官兵半数受伤。

10月20日，苏炳文命令步第一旅第六团，步第二旅第一、第四团主力开到富拉尔基前线阵地，并于21日晨发起进攻。各部勇猛出击，势不可挡。日军猝不及防，死伤惨重，节节后退。救国军迫进至城郊黑水沟一带。22日，救国军第六团乘胜进抵黑岗子，诱敌出击，激战3小时，给敌以重大杀伤。23日早晨，驻军终将黑岗子之敌诱出阵地，将其彻底消灭。已冲入富拉尔基市街的救国军第一团官兵，与日军展开激烈巷战。守城日军拼死抵抗，日军总指挥原加寿雄右腋中弹受重伤，由斋藤实代行指挥，仅10多分钟，斋藤实即中弹毙命，又由特务曹长中岛代行指挥，也被击毙。日军军官全部死伤，工兵也死伤惨重。救国军遂复克富拉尔基。

救国军攻进富拉尔基后，日军急调驻洮南步兵、炮兵、骑兵各一部前来增援。见该城已被救国军占领，便不顾一切攻城，双方再次激战。前线指挥部鉴于敌军兵力众多且来势凶猛，驻军已连续血战不得休整，遂于22日夜主动退出富拉尔基，在距富拉尔基30里的土尔泌阵地布防。

此时，黑龙江省另外三路抗日大军也同时发起攻击，已将齐齐哈尔日军团团围住，小股抗日部队已进入齐齐哈尔市郊骚扰。齐齐哈尔日军极度恐慌，不断鸣炮壮胆。

27日，苏炳文在扎兰屯召开军事会议，决定集中优势兵力于扎兰屯以东，步步为营，逐步向富拉尔基推进。会后，驻军各部立即行动，沿齐河上游、碾子山、朱家坎、腰库勒等地向富拉尔基推进。

此时，日中山支队1 000余人也进至朱家坎、腰库勒一带以阻击救国军，双方展开激烈攻防战，敌不支退回富拉尔基车站，救国军官兵精神振奋，乘胜追击，战斗异常激烈。31日，救国军击退日军，再次夺回富拉尔基。

富拉尔基失利，齐齐哈尔受到救国军威胁，日伪当局一片恐慌。为阻止救国军从西南面进攻省城，日军松木师团长又抽调步兵五十联队等部，以冈原宽大佐为支队长，统一指挥富拉尔基支队，准备再次夺回富拉尔基。

11 月 10 日晨，日军冈原支队及伪军一部，在飞机、装甲车掩护下向富拉尔基、腰库勒一线救国军阵地进攻。救国军骑兵第一团，步兵第二、第三团及参战的红枪会等，英勇抗击日军进攻，毙伤敌 70 余人，并歼灭该支队在富拉尔基以西的全部轻机枪队，打退了冈原支队的第一次进攻。11 日晨 6 时，日军冈原支队和伪军一部向腰库勒救国军阵地猛扑，以飞机大炮同时袭击，阵地几乎被夷平。救国军官兵冒着枪林弹雨连续抵抗 4 昼夜，牺牲数百人，打退敌人多次疯狂进攻。最后弹药耗尽，日军仍在增兵，不得不撤出阵地。富拉尔基再次失守。

协同抗战

海满抗战期间，牵制了大批日伪军，使马占山得以重新组织兵力，对日军发起新攻势。早在 1932 年 9 月中旬，苏炳文就派人与马占山部取得了联系，商定联合作战，夺回齐齐哈尔。为此，马占山于 10 月 20 日亲率徐海亭部进抵省城以北拉哈附近，破坏了敌人的铁路运输线。次日，开始围攻拉哈站日军。由于敌人火力甚强，义军围攻 8 昼夜未克。10 月 31 日，义军轰垮了车站站房，又焚烧地窖，正欲全歼守敌时，日军 4 000 余人、伪军一个旅来援，马军遂于 11 月 10 日撤离拉哈。此役歼敌 600 余人。

1932 年 10 月中旬，苏炳文也联络了驻拜泉的朴炳珊再次举兵抗日，并就任东北民众救国军东路总指挥，后兼救国军副司令。该部 10 月下旬连克泰安（今依安）、克山等县城，切断了齐克路。

10 月下旬，邓文部沿中东路进攻安达县城，经两昼夜激战，占领了县城。期间，还有伪军檀自新部反扑安达。檀自新原为邓文部下，邓文派参谋长去策反，檀当即再举义旗，遂率部与邓文部联合攻打安达站，经 5 昼夜激战，毙敌 500 余人，收复了安达站，之后沿中东路直逼齐齐哈尔。在此期间，才洪猷与焦景斌、陈大凡、刘斌等部同时在绥滨、通河等县截击敌人，与日军沼田旅团激战 3 昼夜，两度攻克通河。

10 月下旬，李海青部 2 000 余人进攻昂昂溪，因弹药不足，且有大批敌援军赶到，义军只得退走。

11 月中旬，正当各路义勇军准备联合攻打齐齐哈尔时，关东军司令部从南满、吉东抽调大批兵力，向义军展开空前攻势。李海青部伤亡四五百人。此时，朴炳珊部在泰安作战失利退往讷河，邓文部亦被迫回防拜泉一带。至此，围攻齐齐哈尔之战遂告失败。

11 月 28 日晚，各路义军全部撤回拜泉城内，但部队严重减员，弹药无以弥补，形势十分险恶。邓文召集各部领导人商讨对策，决心破釜沉舟一战。从 29 日凌晨开始，与敌血战两日，弹药用尽，无力支持。30 日晚，拜泉失守。

12 月 3 日，马占山命邰斌山、邓文部共 5 000 余人且战且走，于 1932 年 12 月下旬到达沽原，被国民党北平军分会收编，改为骑兵第十师。

马占山、程德峻、卢名谦、张云阁等部 4 000 余人拟往热河，转移中受阻，在德都、讷河一带开展游击战，取得一些胜利（1933 年末，张云阁作战牺牲，队伍逐渐星散）。1932 年底，马占山、李杜、王德林等部先后退入苏联。

冷对“和谈”

这时，日本关东军司令部为解决伤亡不小致兵力不足问题，向日本陆军中央部提出了“疏通苏炳文，暂时避免武力解决”的报告，理由是：1. 苏炳文拘押了大量日侨没有杀，有和谈可能。2. 北满即将进入冬季最冷时期，日军不适应，作战损失增大。最后，这个方案被日本陆相批准。

其实，日军自始至终在玩弄两面手法。早在 1932 年 10 月 15 日，伪黑龙江省省长韩云阶就在日军指挥下亲自出面或数次致电苏炳文，要求解除误会，释放日侨，放回被扣日机等，并派伪齐齐哈尔市长赴朱家坎议和，并以提供军需等为交换条件，但最终都被苏断然回绝。之后，日军出动 6 架飞机，炸毁被救国军俘获的日本飞机坂仓号。同时，散发求和信，对苏炳文软硬兼施。但是，苏炳文和爱国将士根本不为所动。

10 月 27 日，伪满洲国军政部顾问板垣征四郎少将飞抵齐齐哈尔，进一步策划对苏炳文的“和平”攻势，由于无计可施，不得不大耍流氓手段，竭力散布苏炳文已向日军投降的谎言，以瓦解救国军官兵斗志。日本驻哈尔滨特务机关的宫崎乘飞机投抛他写给苏炳文的公开信，声称对苏炳文能“保护日本侨民的安全实为感谢”“此次事件纯属误会所致”“苏炳文之意已知”等。为此，苏炳文致电北平军分会张学良，揭穿日军的和谈骗局，严正声明“日方宣传如何将与文等开和平会议等空气，均属虚造，淆惑听闻。我军主义正大，宗旨坚定，毫无妥协可能，敬乞向中外辟谣，免乱是非”。11 月 10 日，驻军重创日冈原支队的胜利，正是用实际行动回击了日军制造谎言的阴谋。

这时，日伪对苏炳文一再拒绝所谓和谈建议，已经感到一筹莫展。最后转而恳请苏联政府为之斡旋，希望苏方说服苏炳文保证日侨安全。之后，根据战时国际法，苏炳文同意将日侨分两批交与苏联。交接手续由日本领事与苏联领事直接办理。但是，救国军总司令部要求苏联领事斯鲁诺夫转告日本政府停止对海满地区的轰炸。

日本侨民被释放后，日伪方面认为苏炳文态度有所松动，于是又捏造出苏炳文同意和谈舆论，并于11月初成立了由日本驻哈尔滨特务机关长小松原太郎、关东军参谋桥本欣五郎等5人组成的“交涉委员会”，请求苏联政府提供谈判地点，协助传送函电。苏方答应了日方的请求，遂于11月上旬苏联驻满洲里领事照会苏炳文，要求苏炳文赴苏谈判，并转达日方许以日金200万元和伪国防部长职务。

苏炳文先是没有直接回答日方建议，而是在11月6日向日方提出三项最后通牒，内容是：1. 日军撤出富拉尔基。2. 发还所欠30万元军饷。3. 不许日军侵入呼伦贝尔。几天后，小松原又以谈判代表身份致电苏炳文，要求苏赴苏联谈判。苏炳文等爱国将领对日军的引诱极为藐视，抱定“宁为玉碎，不为瓦全”的决心，坚决拒绝与日方谈判。

同时，为使国内外人士了解事实真相，救国军总司令部于11月14日在国内报刊上，将日伪大员的所有电文尽行公之于世，同时发表一项声明指出：“查日方要求议和各电，此间向置未理，唯恐淆惑视听……我方决无对日言和为意，请速向中外宣传，以免误会”。声明还揭露日方制造伪满洲国内幕，呼吁世界人民和公正舆论谴责日本侵略者的罪行，支持抗日。至此，日伪“和谈”骗局以失败收场。

在此期间还有一段“插曲”，即11月4日，在日本关东军授意下，溥仪再次以亲笔信劝告苏炳文归顺，关东军又打发昔日清肃亲王的十四格格，也就是卖身投靠关东军的女间谍川岛芳子到海拉尔直接劝降。苏炳文虚虚实实，使川岛芳子以为苏炳文已经答应不再抗日，旋即回去邀功请赏。日伪方面相信了川岛芳子的报告，以为苏炳文已经答应不再抗日，为拉拢苏炳文部，很快送来了16万元军饷，着实给日伪帮了一个倒忙。

总之，在海满抗日烽火燃烧之际，国际、国内舆论纷纷聚焦呼伦贝尔，谴责日本侵略者的无耻行径，特别是对日军使用毒气表示极大愤慨。全国上下群情激昂，集会声援，捐款捐物，支持苏炳文抗战。苏炳文的家人，更是给他以莫大勇气和力量。香港《大公报》1932年11月29日刊出苏炳文父子当时的通电，感人至深。苏景徇老先生在北京给激战之中的儿子来电：“有以身殉国，此正其时，勿念家事。”苏炳文给父亲复电：“重奉训谕，益坚丹心，无论若何困难，绝对抵抗到底。捐躯报国，甘之若饴……”

决一死战

1932年10月30日，日本关东军司令部由奉天（沈阳）迁至“新京”（长春）。11月11日，日本关东军司令武藤信义发出424、425两项作战命令，指出：“嫩江两岸地区苏炳文、张殿九等指挥的‘背叛军’五六千人，在齐齐哈尔对岸及铁路沿线各地构筑阵地，依然持抗日反满的态度”，并命令松木直亮等驻黑省日军头目：“务期在本月下旬对上述敌人，在兴安岭以东地区一举歼灭”。

11月16日，日本陆军中央部与关东军司令眼见其“和谈”阴谋无法实现，便命令黑龙江省日伪军向苏炳文部发起全线进攻。这时，嫩江江面已经封冻，江岸已无险可守。敌骑兵和装甲车跨过冰封的江面，气势汹汹地向朱家坎一带压过来。救国军官兵以饱满的战斗意志，坚守在阵地上。海满民众斗志昂扬，积极参军参战。后援会沿街宣传动员，募集捐款和军用物资，支援前线。博克图兵工厂把赶制的地雷、炸药及时送往前线。爱国青年自动组织“敢死队”“预备军”相继开赴前线。

11月22日，敌人向朱家坎阵地发起总攻。步、骑、炮兵和空军协同作战，攻势异常猛烈。救国军官兵不畏强敌，奋起还击，子弹打光了，便跃出战壕，以大刀、长矛与敌肉搏，一批批敌人被砍倒在阵前。但敌人后续部队源源不断地赶来，救国军寡不敌众，被迫撤往碾子山第三阵地。这次激战，打死打伤日伪军数百人，救国军也伤亡600余人。

在此紧急时刻，苏炳文给张学良发电：“我军不顾日本军之猛烈攻击，但现在粮食不足，请速寄款。与某方面订立的购买武器契约，资金不足甚为难办。尤其日军动用毒瓦斯伤我军达半数，此极为人道上重大问题，希望陈述国际联盟。”同时，救国军总司令部也急电南京政府请求援助，电称“满海窘荒，军实堪虞接济已断，饷械两亏，地方捐助，筋疲力穷，……前途瞻顾，泣不成声，存亡之讥，千钧一发，万祈激励邦人，速等救济，借又师饷源，无虞中断，救国工作，得在完成，东北民众深切感戴。”

22日，救国军总司令部又致电国联，郑重声明：“东北民众对于暴日只有抵抗，决不屈服，除非杀尽我三千万人民，万不许其傀儡组织存在，亦不承认任何非法权益的要求，更不能抛弃主权，造成所谓共管局面。政府纵不能以武力收复失地，而民则精诚团结，树立坚定不移之意志，誓将日寇驱出境外，还我大好河山，不达目的绝不终止！”

然而，令人遗憾的是，驻军官兵发出的这些危难呼声，并未得到南京政府一枪一弹的接济，而仅仅是“坚贞奋斗，为国争光，殊堪嘉许”之类的官样辞藻和国联的所谓“调停”“制裁”等一类空话。

正当救国军“孤军朔漠，重创难复”之时，关东军于11月下旬连续发出4道作战命令，再次增调大批日军，预定在11月29日拂晓对救国军实行大规模的围歼。27日，日军飞机轰炸海拉尔守军兵营，兵营数处起火。28日，日军飞机同时轰炸朱家坎、碾子山、扎兰屯守军阵地，破坏守军防御工事。29日拂晓，敌骑、步兵在飞机、装甲车和不断施放毒气弹的掩护下，分4路向守军阵地发动全面进攻，即敌旅团从齐齐哈尔出发，经甘南进入扎兰屯以南地区，切断碾子山一带守军与扎兰屯总司令部的联系，并准备向扎兰屯进攻；敌茂木骑兵第四旅团从富拉尔基出发，切断朱家坎地区守军向西的退路；其主力则从于家窝棚向西横越铁路，插入碾子山以北，准备围攻扎兰屯；敌平贺二十九旅团北上，进攻碾子山并从东南围攻扎兰屯；敌索伦支队也从阿尔山一带出发，向扎兰屯方向逼近，从西南方向切断了守军向热河一带的退路。

凌晨，碾子山一带发生激战。驻守碾子山的是守军步兵第一、第四团，一天前才分别从腰库勒、朱家坎一带撤下来，立足未稳，敌部分旅团已突破其左翼阵地。守军官兵顽强抵抗，坚守两昼夜。12月2日，敌平贺旅团、茂木骑兵旅团及伪蒙军一部从北面、西面和东面联合围攻。守军第一、第四团2 000余官兵浴血奋战，死伤300余人，但终因敌我兵力悬殊，在突围北上无法实现情况下，最后该部官兵1 700余人，在张玉挺、唐中信率领下，被迫向南退却，历经千辛万苦，经关门山、索伦山转进热河。

另外，11月29日这天，扎兰屯守军前方总司令部也遭到了日伪军的猛烈袭击。拂晓，敌服部旅团500余人乘装甲汽车由南面绕道袭击扎兰屯守军阵地，另有索伦支队骑兵千人正由甘南向扎兰屯急进。此时，驻守扎兰屯的守军只有一个营的兵力，由总参谋长谢珂、副参谋长金奎璧坐镇指挥。谢、金命令部队占领山头阵地，扼守重点地带，阻敌前进。天亮后，6架敌机低飞扫射轰炸，守军伤亡数十人。12月1日，总指挥部同第四团联络被隔断，而敌人的步、骑兵在飞机、装甲车配合下，攻势更猛，官兵死伤渐多。为避免全军覆没，谢珂命令部队向哈拉苏车站集结。撤退途中，敌机尾追扫射，企图断绝救国军退路。谢、金率部爬冰卧雪，潜行隐蔽，越过几重高山，才到达拉哈苏车站，苏炳文闻讯马上派专列将谢珂部官兵接到博克图。至此扎兰屯遂告陷落。

苏炳文与前线总指挥部人员会合后，一面调步兵第九团警备博克图，御敌向兴安岭一带进攻，一面召开总司令部秘密会议。大家认为，前方主力部队已被击溃，退路已被截断，后方只有工兵连、卫队营和步兵第九团共2 000余兵力，兴安岭虽险，但地广人稀，接济困难，难以久守，为保存实力，以暂时退往苏联为宜。会议决定：最后以一个营兵力扼守兴安岭隧道，布置地雷，破坏盘山路轨，同时在隧道内隐蔽一列装满石头的火车，待敌装甲列车开来时放下列车使之相撞，将隧道堵死，迟滞敌人进攻。布置完毕后，苏炳文、谢珂等乘车返回海拉尔。

12月2日上午，敌先头部队乘铁甲列车驶抵博克图附近，沿盘山道向西行进。步兵第九团一部在爱国志士宇匡烈等协助下，将事先准备好的载石列车由高处突然放下。此时有敌工兵数人正在修复被炸毁的路轨，发现有列车冲过来要与铁甲车相撞，便猛力破坏铁路路轨，结果触及地雷。列车虽未能撞翻敌装甲车，但敌工兵大部被撞死，使进攻的日军迟滞数日才通过兴安岭隧道。后称苏炳文"拖刀计"。

12月2日晚，日军已侵入牙克石，苏炳文等总司令部成员怀着极其悲痛的心情，告别海拉尔父老，乘车赴满洲里。

苏炳文到满洲里后，即与苏联驻满领事取得联系，当苏表示将率官兵退入苏联境内时，该领事表示："你们能受到热烈欢迎"。3日晚，苏炳文、张殿九、谢珂等率官兵、民众4 000余人，乘7列火车有秩序地撤往苏联。行前，苏炳文等分别向张学良和全国各界发出通电，电文详述了海满战争经过，及不得已退入苏境的苦衷，表示"拟即假道回国，另行工作，与寇周旋，一息尚存，此志不懈"。苏炳文等入苏后，海拉尔于12月4日陷落，随后满洲里也陷于敌手。

苏炳文率部抗日，一度誉满全国。1932年，年仅39岁的苏炳文将军在呼伦贝尔高举抗日大旗，谱写了可歌可泣、波澜壮阔的篇章，在中国抗日斗争史上留下了光辉的一页。著名爱国民主人士黄炎培有诗赞曰："无名尤足豪，秉气两间正；桓桓苏将军，纵败亦堪豪。"新中国成立后，1954年苏炳文被周恩来总理邀请担任全国政协委员，同年12月担任黑龙江省体委主任，1975年5月22日病逝于哈尔滨，享年83岁。

第五章

辽南抗日怒潮

辽南地区历来就有反帝反侵略的光荣传统。早在甲午战争和日俄战争期间，广大官兵、工人、农民、学生，以及各界爱国志士，即自发地组织起来，同日本、沙俄侵略者进行过无数次英勇搏斗，留下过许多可歌可泣的战斗诗篇。

九一八事变后，面对日本帝国主义的侵略和国民政府的不抵抗政策，不甘当亡国奴的人们，以邓铁梅、苗可秀为代表的爱国志士，自发奋起抗倭，宁死不屈，可谓东北义勇军之先驱，其抗日义举之早，持续时间之长，参加人数之多，战斗力度之大，影响范围之广，至今仍为人们所传颂。

九一八事变后的辽南局势

九一八事变后，鉴于安东（现丹东）系安奉铁路（安东至奉天）起点，与朝鲜仅一江之隔，因地靠大海，又因关内外通道，故为东北边陲重要门户，也成为日本侵略者首先侵占的目标。1931 年 9 月 19 日早 5 时，日军铁道独立守备队 200 余人分两路突袭安东城。

当时，东北军在安东没有正规部队驻扎，只有公安警察维持治安，加之上峰已有“不抵抗”命令，因此所有公安警察队伍毫无反抗即被缴械。同时，日军两艘军舰还开进鸭绿江，将东北军海军炮舰“靖海”号缴械。很快，日本宪兵队长加藤纠集一批汉奸组成维持会，安东城就此沦陷。

凤城为安奉线上的重镇，南通安东，西达岫岩，东临宽甸，北接本溪，为辽东南三角地带的交通枢纽，亦为东北军部署要地，驻有奉天边防军陆军步兵第一团 500 余人，还有辽宁省公安第十九大队 300 余人。

尽管凤城只有 800 多人枪，但东北军在安奉线上驻军也算是最多的地方。由于上峰“不抵抗”命令的下达，日军还是没废一枪一弹迅即占领了凤城。

事情的经过是这样的。9 月 19 日晨，日军铁道独立守备队第四大队队长板津直纯亲自率 2 个中队约 200 名日军进攻凤城县城。上午 7 时，日军一个骑兵中队突入县城，直扑陆军步兵第一团团部，团长姜全我与日军骑兵中队长只简单交涉，即缴械投降。日军共缴步枪600余支、子弹5.5万余发、迫击炮9门、炮弹1 800余发，还有机关枪6挺、机枪子弹6万余发。凤城就此沦陷。

日军解除当地中国警察的武装，由于“不抵抗政策”的影响，面对日军，东北很多中国军警放下了武器

这就是蒋介石不抵抗政策的真实写照，日军兵不血刃，不仅占领了东安和凤城，几乎两日之内还占领了安奉铁路沿线的所有重要城镇，东北当局在辽南的政权顷刻瓦解瘫痪，并被日伪“政权”所取代，姜全我被日军委任为伪安东警务局局长，其部下官兵也被裹挟当了伪军。可谓“未闻短兵巷战声，平明铁骑满街走”，此乃世界军事史罕见。但是，安东、凤城的广大农村，特别是山区、半山区，尚未被日军统治，抗日怒火也正在燃烧。

邓铁梅率众揭竿而起

辽南的抗日战争，可谓东北最艰难地区之一。因为这里不仅是东北与关内联络的重要通道，而且是日军控制东北的咽喉区域，加之交通便利，人口稠密，抵抗性强烈，因此日军兵力最为集中，建立伪政权最稠密，殖民统治最严格，军事镇压最残酷。尽管如此，英勇不屈的辽南儿女，还是掀起了轰轰烈烈的抗日浪潮，首先揭竿而起的就是邓铁梅。

邓铁梅

邓铁梅，名古儒，字铁梅，满族，1892年生于辽宁省本溪县磨石峪邓家村，1898年进入私塾学习，后进入本县警察教练所学习并毕业。曾任凤城县警察大队队长、公安局局长，之后曾任哈尔滨东省特别区警察管理处督察员、牡丹江警察分署署长等职。资料记载，邓铁梅任职期间，“深知警政积弊甚深，严戒部署苛扰百姓，而彼亦廉节持身，守法尽职，颇得部署及老百姓之敬爱”。

九一八之时，邓铁梅正闲居锦州，目睹了国民政府

“不抵抗”政策所造成的恶果，看到山河破碎，生灵涂炭，深感亡国之痛，无比愤慨地说：“政府无能当政，军队有土不守，真乃中华民族之奇耻大辱”。疾呼：“男儿报国，如其时矣！”于是，他拜见了正在锦州组织防卫日军侵犯的辽宁省警备处处长黄显声，向其陈述了自己决意发动民众武装抗日的想法，当即得到了黄显声的赞同和支持，黄还建议邓返回凤城，利用人地两熟的有利条件开展抗日斗争。

提起黄显声，也是抗战初期赫赫有名的人物。沈阳沦陷后，他带出一部分警察部队，沿铁路线向锦州且战且退，途中以警务处处长名义发布命令，组织各县民团、警察队成立义勇军，并与北平成立的东北民众抗日救国会联合行动。至1931年末，义勇军发展到20余路、6万余人，对日军作战大小数百次，尤其积极参加了保卫锦州的战斗。

组织安排东北警察抵抗工作的黄显声

话说回来，10月初，邓铁梅和好友云海青一道由锦州经沈阳潜入凤城四区尖山窑村，以走亲访友形式谋划抗倭之举，并在小汤沟顾家堡子（今属岫岩县）发动部下、友人和抗日群众举旗抗日，得到了广大村民、矿工、学生乃至士绅的响应。

10月中旬的一天，邓铁梅召开大会，宣布成立东北人民自卫军（后改称东北民众自卫军），并确定以“武装抗日，保卫家乡”为宗旨，公推邓铁梅为司令。

自卫军成立的消息如同出征的战鼓很快传开了，广大民众怀着对日寇的满腔怒火，从四面八方前来投奔。不到一个月，自卫军由最初的200余人，很快发展到3 000多人。编制为3个步兵团、1个武术队（大刀队）、1个侦察队。

辽宁民众自卫军发行的军用流通债券（1932年）

更值得称道的是，自卫军非常注重自身组织建设和纪律建设。1932年3月，东北民众抗日救国会（在北平）派苗可秀到邓部考察，后将自卫军统编为东北民众自卫义勇军第二十八路军。同年7月，自卫军移师龙王庙，并健全了司令部组织建制，下设八大处、五个局、两个兵工厂（含后勤），还在抗区设置了军票制作所，以接管黄海边数处盐滩的食盐为基础，发行了与小银圆等值的军用钞票（后称老邓票），有一元、二元、二角的面额，强制流通，作为军费。此外，北平抗日救国会还派人送来三千元，在奉天换成国币，邓用作制作部下服装。同年秋，邓铁梅还采纳了总参议苗可秀的建议，在尖山窑成立了军官学校，不到两月就训练基层军官200余人。

自卫军刚成立时，就向全体官兵约法三章：第一，不妥协，不投降，不扰民，不调戏妇女。第二，以智、勇、仁、信为纲领。第三，不爱钱，不怕死，军民一体，抗日到底，收复失地。第四，不打人，不骂人，不惊扰人，不欺负人。第五，愿吃剩饭，愿睡凉炕，愿给群众干活。为此，还设立了军法处和政治处。这些规章纪律宣传实施后，得到了老百姓的支持和爱戴，称其为“冷饭军”，并尽力帮助自卫军，当地大户也自愿捐钱捐物，捐出房院建军官学校等。

夜袭凤城

由于凤城县是辽东一个重要的战略据点，因此日伪在此部署兵力较强，驻有伪警察“何大马棒”的队伍300人左右，县城车站还驻有日军铁道守备队1个中队。自卫军经过周密侦察，制定了详细计划，即“破站、攻城、砸狱、拆铁道”，总之邓铁梅决定啃下这块“硬骨头”，以激励自卫军士气，打击日伪嚣张气焰。总的战术是夜袭凤城守军，出其不意，一举拿下。

1931年12月22日黄昏，邓铁梅亲率自卫军2个步兵营秘密潜入预定地点，四路军分头行动。第一路负责切断电话线，以断绝守敌间的电话联系；第二路在四台子准备伏击从连山关、鸡关山北来的增援之敌；第三路攻击火车站，消灭日军守敌；第四路冲进县城，攻击日本守备队和伪警察署。

晚11时许，由邓铁梅率领2个步兵营和500余人的大刀队首先冲进“何大马棒”伪警察大队，一时间，枪声大作，喊杀声冲天，手榴弹爆炸声连成一片。伪警大队官兵从梦中惊醒，大部分缴械投降（其中还有许多为邓铁梅原部下），只有少部分伪警在“何大马棒”带领下，乘混乱之际化妆为老

义勇军俘获的侵华日军俘虏

百姓逃跑。同时，由孙耀亭指挥的2个步兵营和1个大刀队，主攻凤城车站日军，午夜突然响起进攻号令，顿时枪炮轰鸣，弹火纷飞，杀声震天，以迅雷不及掩耳之势冲进车站，开始相互枪战，之后大刀队冲进敌阵，展开肉搏，少部分日军投降，大部分日军被消灭。

这次战斗，于次日凌晨结束，历时5个小时，共毙伤日伪军警50余名，200多日伪军警缴械投降，缴获步枪300余支、轻机枪3挺、迫击炮2门和大批弹药，捣毁伪维持会和日伪机关，及其开设的"严井药房"，还砸开监狱大门，放出100多名爱国志士和无辜受难者，但自卫军大队长王希忱及以下9人阵亡。

此时，天刚蒙蒙亮，自卫军战士们将事前准备好的《东北民众义勇军告全国同胞书》贴满大街小巷，全文如下：

> 溯自九一八惨变以来，日人占我城池，掠我财产，奸淫我妇女，残杀我同胞。于南满沿线之外蹂躏数千里，北起龙江，南尽渤海，赤血染地，烽火烛天；我东北民众呻吟与暴日铁蹄之下，三月于兹矣。在此期间，乃我当局，本和平之宗旨，不主抵抗，而日人竟以我国弱与，遂蔑视非战公约，违背国联三次决议案，贪残无厌，凶焰肆张，以并朝鲜故技，施诸东北。……白山黑水之间，竟成倭寇屠场，腥风血雨，非使人世矣！而当局困守锦州，从不敢越雷池一步，置吾等于水深火热之中，漠然不顾。党国诸公更复如怀私见，相争不息。所谓维持和平之国联，尤未能伸张公道。吾民何辜，罹此浩劫，试问举世民族，身当此境，将何以自决？吾人泥首呼天，求生之路，惟不肯延颈待戮，始起而自卫，凡吾中华裔胄，决不甘做亡国之奴；宁杀贼以致死，不委曲而求全，爰组织东北民众义勇军。凡有加害与吾者，决以自卫手段，誓死抵抗，万不能屈辱与暴力之下，听人宰割，良心所使，义无反顾，为自卫而死，为国家而死，为民族争生存死，死有余荣！

天亮，人们蜂拥读诵，无不拍手称快，奔走相告。

早7时许，自卫军两队会合后，为避日伪军增援，邓铁梅下令撤离县城。果然不出所料，自卫军刚刚离开不到1小时，增援的日军就随即赶到，并尾随自卫军身后。当日军追至二龙山时，被早埋伏好的第二团伏击部队以猛烈炮火阻击，日军只好丢下十几具尸体，退回城内。

此后，凤城不断遭到自卫军袭击，日伪军惊慌失措，连连向上级打报告，要求增派兵力，否则恐安奉线"治安"难保。对此，日军本部不得不从国内调混成旅团第八旅团的步兵第四十联队第一大队前来驻扎，以加强凤城的警备力量。

凤城大捷后，邓铁梅领导的自卫军在辽南三角地区名声大振，参加人数越来越多，连小规模的零散民间抗日武装也主动投靠，到1932年初自卫军已发展到逾万人，自卫军还编唱了《民众自卫军歌》：“民众自卫军，为首邓司令；带兵去出征，杀敌逞英雄。夜前十点钟，与敌交了锋，日军发了蒙，吓得战兢兢”。

三次激战

尖山子沟战斗。1932 年 4 月初，以日军牟天口旅为主，另有伪“大同讨伐军”，总司令李寿山（老百姓称其为亡国奴队）和伪军赫慕侠部 2 000 余人，由海龙（今梅河口市）南下，进入辽东“三角抗区”，企图封锁安东和大孤山两个重点海口，并对抗日自卫军实施“大讨伐”。敌军进入凤城后，即分多路向自卫军进攻。自卫军侦得敌情后，为保全实力，甩掉敌人，邓铁梅决定率主力北上，攻敌一部。一日拂晓，行经凤城尖山子沟一带，与伪军遭遇。自卫军先抢占两则高地，利用有利地形，居山临下，率先开火。伪军蒙头转向，不敢前进。战斗两个小时，伪军伤亡惨重，抛弃车马物资和武器弹药，溃散败逃。自卫军获全胜，部队无伤亡。

三义庙袭击战。1932 年 5 月 25 日，凤城县伪公安大队骑警连 70 余人，在连长张仁和带领下出城“讨伐”自卫军，但又怕自卫军袭击，尚未入夜，就宿营于卡巴岭附近的三义庙内，依托高墙大院壮胆。驻在尖山窑的东北民众自卫军总部得到群众报信后，邓铁梅即派自卫军独立营长李庆胜率队 50 多人奔袭。第二天晚上，自卫军从三家子、循小卡巴岭一带，摸进卡巴岭，迅即占领有利地形，将三义庙里的伪军团团围住，并在山岭上布设观察警戒哨，监视周围动向。夜 11 时许，雾气漫天，伪军熟睡，钟楼上哨兵正在打瞌睡。自卫军摸到庙墙下，一声号令，开始突袭，往庙院内猛投十几颗手榴弹，边射击边喊话。伪骑警被突击镇住，摸不清自卫军虚实，吓得蒙头转向，一枪未放，伪军连长即下令投降。自卫军共缴获军马 70 余匹、轻重机枪各 1 挺、步枪 47 支、手枪 2 支和大批子弹。自卫军对俘虏军晓以“不要为日军卖命”的民族大义，并放回城内。伪军连长表示：中国人不打中国人。

围攻大孤山。1932 年 7 月，东北民众自卫军总部进驻龙王庙并相继攻占黄土坎后，李寿山伪军便以大孤山为据点，固守盘踞，配合日军“讨伐”自卫军。10 月中旬，邓铁梅联合刘景文、李光春和刘同先等各路抗日义军，将大孤山李寿山军包围。在李寿山拒绝反正抗日的规劝后，10 月 24—25 日，自卫军连克大孤山外围据点，李军龟缩于大孤山镇内。26 日，各路抗日义军集中 3 000 余人向镇内发起总攻，并逐渐缩小包围圈。但因伪军凭借工事固守，自卫军进展缓慢。27 日，担任大孤山西北方向攻击任务的团长任祥福自告奋勇，率部突破镇内李军防御。李军支持不住，纷纷后退。李寿山出重赏募集“敢死队”，伪军营长赵书恰组织40多人，在李寿山亲自督战下，从南二道沟大板桥拼命往外反攻，双方展开白刃格斗，自卫军号兵蔡有权在激战中吹起冲锋号，直到壮烈牺牲。但自卫军后续部队未能及时投入战斗，任祥福团遭受重大伤亡，阵亡营连长8人，伤亡战士近200人。同时，伪军“敢死队”营长赵书怡也毙命，“敢死队”队员大部分送命，少数人逃回镇内，李寿山固守不出。10月28日，抗日军再攻不克。此后，日伪军自海上运来援军，自卫军退出战斗。李寿山经此次打击后，龟缩大孤山镇内，不敢出动。

龙王庙之战

龙王庙，是凤城通往孤山镇海口的必经之路，又是凤城南部门户和水陆军事要冲，这里驻守着伪军司令部，共有3个步兵营、2个机炮连和1个骑兵连，头目便是汉奸李寿山，这个人原来是大汉奸张海鹏的中校团副，随张投敌后，狗仗人势，疯狂镇压抗日军民，残害无辜群众，一提起李寿山，老百姓都咬牙切齿，骂他是日军的一条忠实走狗，称其“山兽”。

邓铁梅考虑，李寿山以龙王庙为据点，不仅对自卫军活动极为不利，更严重的是切断了通往海口与关内的联系，况且还控制了这一地区的税收、金融、商业等经济命脉，切断了自卫军的后勤支援。因此，李铁梅决定拔掉这颗钉子。同时，也给老百姓撑腰解气。

针对龙王庙周围设壕、铁丝围墙、碉堡炮楼、防守严密的特点，经过一番精心策划，邓铁梅决定临时由各团抽调精锐官兵2 000余人作为敢死队（大刀队配合），在李铁梅亲自率领下，于6月中旬的一天晚上10时准时发起总攻，自卫队从四面包围了龙王庙镇，当信号声一响，喊杀声震天动地，大刀队一马当先，率先冲入城内街巷，与伪军展开激烈巷战，伪军仓促应战，被大刀队一阵砍杀，七零八落弃枪而逃。20多分钟后，100余人被毙伤，200余人被俘虏，缴获大量武器弹药，伪军司令李寿山和副司令张宗援（日本指导官）等人尾随溃兵逃往大孤山，丢弃辎重枪械甚多。

这一仗取胜后，邓铁梅将自卫军司令部迁至龙王庙镇，并收复了黄土坎，以此作为根据地养精蓄锐，还进一步加强政治和经济建设，如在强化军队组织机构建设的同时，建立了被服厂和印刷厂，鼓励发展工商业，禁止粮食外运，制定鼓励纳税政策等，以保证军需供应。

经过一段时间休整，自卫军士气大振，开始扩大抗区活动。8月11日夜，邓铁梅率4个步兵团、2个大刀队，约2 000余人，秘密渡过大洋河，从四面包围岫岩县城。12日拂晓，邓铁梅一声号令，自卫军全线发起总攻，大刀队在枪炮声掩护下，很快攻打到城下，战士们持刀登梯跃墙攻入城内街巷，以迅雷不及掩耳的速度，占领攻防要隘。而此时，伪军刚从酣睡中惊醒，慌忙起床应战，谁知自卫军官兵已将营房封锁，大刀队又迅猛突入，不到10分钟伪军大部分缴械投降，只有一少部分随伪县长逃出城外。同上次一样，邓铁梅令战士们砸开监狱，释放爱国抗日人员，缴获伪县公署和警察局枪支弹药，计迫击炮2门、各种步枪200多支、子弹万余发、各种军用物资甚多，并将各种文书、档案、卷宗、地照、枪照等一并焚毁。

此后，自卫军在阻击黄土坎、炮轰福聚兴等大小几十次战斗中，均以机动灵活的游击战、运动战，狠狠地打击了日伪势力，名声大振，辽南老百姓称其“解气军”。

日伪军四次“讨伐”

邓铁梅领导的自卫军，频频避实就虚，突然袭击，尤善夜战，令日伪军防不胜防，有时一夜数惊，寝食难安，日伪惊呼“三角地带现为匪军占领”。也由此，日伪当局把邓铁梅所部列为头号敌人。从1932年春以后，不断派日军独立守备队、伪军、伪警对各路义勇军，特别是对邓铁梅率领的东北民众自卫军进行重点“讨伐”。

据史料记载：日伪军对活动在辽南地区的自卫军共进行了4次大规模的军事“讨伐”围剿。总体上看，自卫军在反“讨伐”战斗中，面对日军武器精良、弹药充足、后勤保障、手段残忍的情况，自始至终表现出英勇无畏的民族气概，并沉重打击了日伪势力，但由于各方面处于劣势，再加上孤军奋战，自身也付出了巨大损失。

日军的第一次“讨伐”于1932年12月中旬展开。日军调集了1万余兵力，由日本关东军司令武藤信义直接下达作战命令，以日军第二师团为主，并指挥第十四旅团第一大队。还令所属日本海军加强沿海地带警戒，调派一个飞行队配合行动。面对武装到牙齿的日军，邓铁梅部做了精心准备，主要是扬长避短，尽量避开与日军主力直接交锋，发挥熟悉地形地貌优势，展开游击战、运动战。结果，取得了关门山、黄花甸子胜利，毙伤日伪军长冈佐以下官兵140余人。12月末，邓铁梅主力调整战略部署，主动撤至岫岩县东部半山区地带。一次行军之中，自卫军在文家街与日军一“讨伐”队遭遇，自卫军凭借有利地形，打退日军三次冲锋，特别是大刀队冒死迎敌，勇猛肉搏，喊杀震天，威震敌胆。经半日苦战，迫使日军逃回县城。此次战斗，击毙日军50余名。特别是庄河县大刀队砍死日军少将森树秀。自卫军粉碎了日伪军第一次“讨伐”。

日军的第二次讨伐于1933年4月14日展开。由日本独立守备队井上司令官直接指挥，调集了8 000余兵力，并采取了步步为营，保甲连坐法，将自卫军与抗日民众分割开来，断其后援补给，分别包抄。自卫军经过一周苦战，在几近弹尽粮绝，官兵体力极度疲弱的情况下，邓铁梅先后从尖山窑、老平顶子组织两次强行突围，虽冲出包围圈，但部队损失不小，仅剩1 000余人（包括伤病员）。无奈之下，邓铁梅决定部队化整为零，分散行动，开展小规模游击战，同时约定主力部队将在凤、岫两县山区活动。也标志着辽南义勇军抗日战争开始陷入低潮。

日军的第三次“讨伐”于1933年7月至11月展开。当时，丧权辱国的“塘沽协定”签定的消息传到辽南三角地区以后，各部义勇军义愤填膺，誓言杀敌，以雪国耻。期间，邓铁梅一面聚集旧部，一面招募新兵，一面联络各路义军，并加紧军事训练，储备后勤物资，研究战略战法，即拟利用青纱帐起之际，不断袭击日军。此时，自卫军很快又发展到3 000人以上。沉静了两个多月的自卫军开始复苏。日军得到自卫军复苏的消息，大为震怒，立即调动独立守备队第三、第四大队的全部兵力及7个营的伪军投入“讨伐”。此时，由于自卫军准备充分，先后在小汤沟、关门山、大李家堡子、大楼房一线、哨子河左岸至龙王庙一线，同日军迂回作战，20天左右激战30余次，消灭日伪军110余人，虽自身也有150余人伤亡，但战斗力依然不减，尤其是邓铁梅、苗可秀亲临一线参战指挥，官兵士气高涨，打碎了日伪妄图一举消灭自卫军的计划。此时，辽南地区已进入冬季，天寒地冻，日伪军只好撤出，日伪军第三次“大讨伐”又告失败。但是，日本侵略者仍不甘心，对辽南地区加强了疯狂统治，尤其对凤、岫地带的村屯，采取了修筑碉堡、增设据点、步步为营、坚壁清野、封堵要道、保甲连坐、迫害家属等暴行。这些，均给自卫军生存发展造成困境，好在邓铁梅部有着深厚的民众基础，官兵抗日决心坚定，仍保持了扑不灭、打不散的势态。

日伪第四次“讨伐”于1934年1月下旬展开。由辽南警备司令部混成第三旅王殿忠部和安奉地区警备司令部混成第二旅赫慕侠部伪军及少量日本守备队组成，自称庞大的“讨伐”队，总计8 000余人，重点攻击目标就是邓铁梅部。日伪这次“讨伐”更为严密猖獗。首先，集中优势兵力，从岫岩、凤城两方向同时行动，意在割断自卫军相互支援，使其左右不可兼顾。对此，虽然各部义勇军不断避实就虚，寻找战机，取得一些阶段性战绩，但由于连续4个月反讨伐，战士们精疲力竭，加上缺粮没药，弹药消耗愈加不支，故始终未能改变不利势态，人员亦锐减。其次，日伪军每攻占一处村屯，统统采取“三光”政策，大肆烧杀抢掠，特别对各路义勇军经常活动地区，实行法西斯“归屯并户”，割断义勇军与老百姓联系，使义勇军处于居无定所，天寒地冻境地，非战斗减员不少，整个辽南三角地区抗日力量严重受挫。同时，日伪军还残酷屠杀自卫军家属及抗日群众，仅1933年一季度，被害军民就达8 728人。

1934年1月末，邓铁梅在岫岩县牌坊沟召开军事会议。面对严峻形势，为保存实力，决定将千余人的抗日队伍化整为零，改编成20余个小部队，30~50人为一分队，决定采取分散突围、机动灵活、迂回游击战术。同时决定，大体划定各分队活动范围、联系方式，侦察敌情，遇可乘之机，各分队随时整合，集中力量，消灭日伪有生力量。这种战略战术的改变，的确取得了一定效果，到1935年末，自卫军仍保持了500余人的抗日队伍，继续战斗在辽南山区、半山区。

铮铮铁骨邓铁梅

1934年春，由于邓铁梅长期征战，身先士卒，加之环境恶劣，积劳成疾，终于病倒了。为了不拖累小部队行军打仗。5月27日，邓铁梅被战友们秘密转移到凤城县小蔡家沟张家堡子一张姓家属家养病（痢疾）。这时，汉奸于芷山密派伪军第二旅旅长赫慕侠利用同乡、亲属关系，收买了自卫军军官教导队大队长沈延辅，并勾结一批当地恶棍宁善等人暗中监视邓铁梅，最终告密。

1934年5月30日晚，沈延辅诈称有事商量，叫开张家大门，一群日伪暗杀队特务冲入，将邓铁梅捕获。6月3日，将邓押解至凤城，4日又被押送到沈阳警备区司令部军法处。等到自卫军得到消息营救时，已经晚了。

1934年5月，东北民众自卫军总司令邓铁梅在沈阳就义

邓铁梅入狱后，大义凛然，表现了中国志士崇高的爱国主义情怀，并慷慨陈词，历数日本侵略者种种罪恶行径。当日伪头目问："你为什么反满抗日？"邓说："历史上日本人就侵略成性，这次（指九一八事变）你们又蓄意制造事端，用武力占领中国，凡是中国人都有责任反抗。"当一个日本军官伪装斯文说些佩服之话，然后请邓铁梅在其折扇上题字时，邓铁梅即奋笔疾书14个字："五尺身躯何足惜，四省失地何时收"，表明誓死报国的决心。当日伪军官劝邓铁梅为

“新国家”效力时，邓答：“我虽被叛徒出卖，但头可断，血可流，救国之志不可丢，我的部队一定会抗日到底，况且中国有四亿五千万同仇敌忾的人民，国家兴亡，匹夫有责”。当亲友前来探监时，他坚定地表示：白墙不能画黑道，粉墙不能沾黑点，我绝不会投降。

日伪一看，高官厚禄不行，严刑拷打不行，故内部通报称：“邓铁梅已抛弃生死之念，求死更重于求生”。1934 年 9 月 28 日，邓铁梅被杀害于伪陆军监狱，时年 43 岁。

邓铁梅抗日历时 3 年整，这在东北各路义勇军中，可谓时间最长。其百余次作战，屡次重创日伪军，可谓功不可没。其中，最深远的影响是激起了东北乃至全国人民的抗日怒潮，可谓意义重大。其为国献身精神，为世人所敬重，永垂史册。

1935 年 8 月 1 日，中共中央在《为抗日救国告全国同胞书》中，列举了为抗日救国而捐躯的英雄名字，邓铁梅就是其中之一。1945 年 11 月，经中共中央东北局批准，决定在岫岩建立以抗日英雄邓铁梅名字命名的铁梅队。1948 年，凤城县政府将位于城市中心，贯穿南北的主干路命名为“邓铁梅路”。

苗可秀再展抗日大旗

邓铁梅虽然牺牲了，固然是中华民族抗日救国事业的一大损失。但是，他燃起驱逐倭寇、保家卫国的烈火并没有熄灭，各路义勇军公推苗可秀任东北民众自卫军司令。

苗可秀，满族，曾用名苗景墨，字尔农、尔能，1905 年出生于辽宁省本溪县下马塘镇苗家村一农民家中。1931 年在东北大学文学院就读。九一八事变后随学校入关，不久成立东北学生抗日救国会，被选为常务委员，并积极参加请愿团赴南京要求国民政府对日宣战。

苗可秀

1932 年，苗可秀与赵同等青年奉命出关，赴辽南三角地带参加邓铁梅领导的东北民众自卫军，苗担任总参议兼军校教育长。期间，苗可秀很快表现出卓越的组织能力和军事才干，先后培养出 300 多名青年军官，成为自卫军的骨干力量。

苗可秀在自卫军期间，曾与赵同、赵伟、刘壮飞、王君实、王越等 18 人在岫岩县三道虎岭南山坡开会，决定组建中国少年铁血军，苗被推选为总司令。两年多时间，历经大小战斗300余次，屡立战功。据当时伪奉天警备区通报反映：时称苗可秀亦为匪首，时称邓匪残部之一，但详细情况并不甚了解。

1934年秋邓铁梅牺牲后，苗可秀决心撑起辽南三角地带抗日救国的困难局面，并对外以少年铁血军的名义打击日伪势力。苗可秀被选为总司令后，于1934年10月初，在尖山窑主持召开追悼邓铁梅祭奠大会，号召全军化悲痛为力量，为邓司令报仇，与日寇血战到底。

新组建的铁血军组织架构，以原少年铁血军别动队为基础，吸收了邓铁梅旧部义勇军一些中、小学生参加，其宗旨是："用黑铁赤血精神，采全民之革命手段，收复东北"。由于旗帜鲜明，深受拥护，尤其许多热血青年前来投奔，很快发到400人以上的队伍。总司令为苗可秀、参谋长为赵同，下设第一大队（队长刘壮飞）、第二大队（队长白君实）、第三大队（队长盛梅武），还有各路义勇军1 000余人。

铁血军的武器装备来源，主要来自三方面：一是铁血军在原先战斗中缴获的枪支弹药，还有小型迫击炮。二是1933年末和1934年初一些义勇军溃散后埋藏起来的枪支弹药，但土枪土炮居多。三是起获了任祥福部义勇军埋藏的大批枪支、子弹。此时，铁血军斗志昂扬。

早在1934年初，日伪当局就已初步侦得苗可秀铁血军的情况，从此将其列为主要"讨伐"对象，并不断增调"讨伐"部队，派遣汉奸特务收集情报，强化"治安"，部署"围剿"，到了1934年秋，日伪更是加大了对铁血军的打击力度，故铁血军面临形势愈加严峻。

1934年以来，日伪由定期改为不定期"讨伐"，由轮流改为不间断"讨伐"，再加上控制城乡要道，四处设岗盘查，汉奸叛徒密布，战斗频繁惨烈，虽然铁血军和各路义勇军不断反击，在一定程度上打击了日伪势力。但是，各路义勇军已基本上损失殆尽，铁血军的骨干队伍也不足200余人。

在这种敌强我弱，相差悬殊的情况下，苗可秀、赵同等铁血军头目决定：为保存战斗实力，改变战略战术，避开日军锋芒，尽量不打攻坚战和消耗战。采取迂回山区、半山区，移动周旋出击，袭敌不备，打击薄弱环节，积少成多，用空间换时间的战法，取得一定战绩。从1934年春到1935年秋近一年半的时间里，铁血军同日伪军进行了大小战斗百余次，其中较大的战斗就有十余次，共毙伤日伪军80多人。

1934年4月，苗可秀率铁血军第一和第二大队在凤城县境沙里寨附近活动。一天夜里，铁血军与伪军百余人相遇，双方展开激战，持续两个小时，铁血军在天亮前主动撤出战斗并向山林里转移。但部队撤退时，第二大队副史邵迁牺牲，铁血军战士负伤3名，伪军死伤十余名。为哀悼史大队副的牺牲，苗可秀集古诗词之句为其挽歌云：相见时难别亦难，恩仇重叠泪栏杆。呜呼！风萧萧兮易水寒，壮士一去兮不复还！地老天荒月不圆，东风无力百花残。呜呼！风萧萧兮易水寒，壮士一去兮不复还！

同年5月，伪军王殿忠部一个营百余人从岫岩出发，前往县城东北方向关门山、黄花甸子以及大营子一带“讨伐”铁血军。这时，苗可秀与铁血军其他领导人赵同、赵伟、刘壮飞、白君实等率第一、第二大队在大营子以东之大岔沟活动，与这批伪军遭遇，激战半日，伪军伤亡20余人，内有一中尉军官。1934年6月，铁血军3个大队在风、岫边界地带之任家堡子宿营，清晨刚分散出村即与伪军相遇，敌人约200人，铁血军当即迎战。相持3小时，打死、打伤伪军9人，内有一少尉军官，铁血军撤至山林里。

1935年2月5日，正当日伪大肆宣传庆贺“对义勇军剿灭成功”之际，苗可秀派所部一小队，乔装市民潜入凤城做内应，并亲率200余铁血军战士猛攻县城，里应外合，迅速攻入城内，切断电话线，击毁碉堡，击毙十余名顽抗伪军，逮捕了日军官兵、汉奸、特务多名，缴获部分武器，没收日伪财产。然后，迅速撤出凤城，并沿途散发传单，号召人民共同抗日救国。当日军闻讯调集大批军警前来救援时，苗可秀已率部队走在山区路上。当地群众无不拍手称快，有的人还偷偷放起鞭炮庆贺。

1935年2月15日，苗可秀率300余人行至猞猁沟（现红旗镇内）稍事休息时，发现有伪军分乘5辆汽车共300余人前来，立即命令部队选好地形隐蔽起来，做好伏击准备。一声令下，经过打尾阻头，分割包围，共毙伤伪军20余人，其余四散而逃，共缴获步枪50支、手枪4支、轻机关枪1挺、重手提式机枪1挺。

1935年3月，日伪军聚集近6 000人的兵力，扑向岫岩一带。苗可秀率领铁血军避开敌人的主力，沿岫岩、盖平、海城交界一带的山区迂回活动。4月21日下午，队伍来到岫岩北部的汤沟村。苗可秀顾不上行军的劳累，到村里小学召集群众开会，宣传抗日救国的道理。不久，日伪军骑兵200余人闯进汤沟村，苗可秀早已转移。日伪军见村内没有义勇军，便就地在两个地主大院里宿营。苗可秀得到情报后，半夜率领铁血军悄悄进入汤河沟开始进攻，毙伤日伪军30余人，还击毙了日军指挥官，缴获了大批武器。老百姓称：回马枪杀得好！

大义凛然苗可秀

1935年6月13日晚，苗可秀率部由凤城渡大洋河向岫岩方向移动至羊角沟。被村中汉奸告密，日伪军深夜赶至，与苗可秀部发生战斗。在撤退途中，苗可秀臀部被炮弹炸伤。为了不拖累部队，他让战友们先撤，自己和几名战士在山林中养伤。几天过去了，苗可秀伤势日渐严重。几经周折，他让战友们找到一位医生，但没有药，医生也没有办法，最后医生答应可以帮助进城买点药。不幸的是，这位医生被敌人逮捕，后经不住严刑拷打，说出了苗可秀的藏身地。日伪军随即开始大规模搜捕。几位身边的战士抬着苗可秀迅速转移，但被敌人发现，不幸被捕。

苗可秀被捕后，被敌人押解到凤城，关在车站日本警察署的地下室里。敌人企图诱降苗可秀，被苗可秀凛然回绝。苗可秀的民族气节感动了日本翻译官前山。他不止一次地向苗可秀表达敬佩之意，还私下对苗可秀说，应抓紧时间给家人朋友写信，如果信任的话，他愿意代为传递。前山果不食言，先后代为转邮了两封书信，其中一封是写给东北民众抗日救国会王卓然、卢广绩、阎宝航、车向忱等负责人的，另一封是写给同窗好友张亚轩、宋忱（宋黎）的。在信中给儿子起名“苗抗生”，勉励儿子继承父亲遗志，为抗日而战斗终生，还拜托老师收养不知流亡何处的妻儿。他嘱咐同志，为抗战到底“当益努力”，并托他们为他“在西山购置一卧牛之地”，“为余营一衣冠冢”，并说：“凡国有可庆之事，弟亦当为文告我。”同年7月25日，苗可秀英勇就义，年仅30岁。

抗战胜利后，在凤城市郊的南山角下，民众立有一座墓碑，刻有“邓铁梅、苗可秀永垂不朽”。凤城县还将一条街更名为“苗可秀街”。

铁血军继续战斗

苗可秀负伤时即将铁血军交给赵同、白君实指挥，继续在凤城、岫岩边界进行抗日斗争。苗可秀牺牲后，1935年11月，为争取团结各部义勇军统一行动，辽三角抗区各路抗日领导人在凤城县葛藤峪聚会，到会的有阎生堂（李春光旧部）、赵庆吉（邓铁梅旧部）、曹国仕（刘景文旧部）和赵同、白君实、曹广学、王越、周福海等人，会议决定统一义勇军组织，一律称“中国少年铁血军”。选举赵同为总司令，阎生堂、赵庆吉、白君实、曹国仕为四路总指挥，王金芝、曹广学、王青山等30人为大队长。会后，各路、各大队铁血军分散活动。

1936年3月，日伪军集中兵力“围剿”铁血军。经几次战斗，铁血军损失很大，赵同为另谋抗日大计只身入关，将指挥权交给白君实、阎生堂和赵庆吉。同年12月，阎生堂率领20余人在凤城县沙里寨北尖沟驻扎时被日伪军包围，由于兵力相差悬殊，阎生堂在负重伤后饮弹自尽，时年26岁。

1937年，白君实独自率领铁血军坚持抗日斗争，条件十分艰苦，先后在鸽子窝、傅家南沟、三道虎岭、四道虎岭和平东大沟、二道河子等处挖秘密地洞，有的地洞正好挖在日伪军脚下，利用地洞辗转迂回，出其不意地打击日伪军，使日伪军惶惶不可终日。

1938 年冬，由于变节者招供，战斗中白君实虽冲出包围圈，但行至凤城县白旗区刁家窝堡时被捕。1939 年 1 月，日军将白君实押解二龙山。白君实高声痛斥日军侵略罪行，他说："我活一天就当一天中国人，当一天鬼奴也不干！"日军残忍地将其舌头割下，随后一刀一刀碎身，白君实壮烈牺牲，时年 32 岁。白君实牺牲后，铁血军余部化装潜匿外地。

义勇军中的铁血夫妻

据萨苏先生在《最漫长的抵抗》书中记载：在邓铁梅、苗可秀领导的义勇军里，有一对坚决抗日、英勇不屈的铁血夫妻，曾被日军列为"十恶不赦"的人物，那就是东北人民所颂扬的赵庆吉、关世英夫妇。

赵庆吉，辽宁省岫岩县人，满族，1900 年生于私塾先生之家，1927 年考入凤城县警察局担任巡官，1931 年九一八事变后愤然辞职。1932 年 1 月 25 日聚众宣布举旗抗日，同年率部编入邓铁梅领导的辽东民众自卫军，任十二团团长，1933 年初任第一旅旅长。

赵庆吉的妻子叫关世英，岫岩县大营子镇关家堡人，满族，1915 年生人，自幼父母做主许配赵庆吉，1933 年成亲。之后，本为传统女性的关世英随夫坚决抗战，学会骑马，善使双枪，部下称其为"双枪女指挥官"。

在抗战初期，赵庆吉在义勇军中是一位赫赫有名的长官，曾率第一旅参加过罗锅圈、九沟峪、汤沟沈家堡子等多次战斗，先后消灭日本督导官、伪警巡长、巡监等多人。赵庆吉深得自卫军将士敬重。

1938 年 3 月，赵庆吉被日军杀害前照片

1934 年 9 月末，自卫军总司令邓铁梅牺牲后，12 月初，赵庆吉应邀参加在葛藤峪召开的辽南各路义勇军首领会议。会上，决定成立辽南临时政府和新的少年铁血军总司令部，并下设四路军，赵庆吉被推举为第二路军总指挥。

当时，别看义勇军表面建制很大，但赵庆吉的队伍最多时也不过几百人。由于战斗异常残酷，虽然在反"围剿"中沉重地打击了日伪军，但义勇军也付出了重大牺牲。到1937年10月，已经不足百人，时刻面临着生死存亡的考验。

一天，赵庆吉、关世英夫妇率40余官兵在四方砬子宿营，因天冷生火暴露目标，突然被凤城、岫岩日伪“讨伐队”包围。由于敌我力量悬殊，义勇军边打边撤，力寻突破口，但在激战中赵庆吉负伤，关世英也在抢救丈夫时被日军机枪击伤双腿。这时，她疾呼：“我死了算什么，你带队冲出去……报国仇家恨!”遂留下掩护，并命令卫士背赵庆吉突围。当赵庆吉苦战突出包围圈时，日伪军蜂拥而至，并高喊：“抓住了关世英，抓住了铁血军参谋长!”这时，关世英毫不犹豫地开枪自尽，为国捐躯，年仅22岁。

1938年初，辽南三角地带的义勇军，只剩下赵庆吉和白君实两路，总计还不到50人。1月15日，赵庆吉被叛徒偷袭负伤，并被日伪军包围捕去。3月，赵庆吉在凤城镇西沟刑场被日军杀害，以身殉国，时年38岁。

义勇军反攻营口

营口为辽南港口城市，是渤海通往东北内陆的通道，战略地位非常重要。因此，九一八事变的第二天，日军就按既定计划，占领了营口。守军李振福海防营官兵部分被缴械，部分从海上撤往南方。自此，日军便派重兵驻守。据资料记载：在营口沦陷的稍后几个月内，日军在营口的守备队，曾至少三次遭到中国军队的攻击。

据萨苏先生考证，攻击日军的是几拨绿林的豪杰，其代表人物是项青山、张海天、蔡宝山等组织的“抗日救国军”，也就是后来广义上所称的抗日义勇军。

当时，义勇军的兵力并不多，也就3 000人左右，而且是由几只绿林队伍临时组建的，尤其是缺乏重武器，还缺少大规模军事作战的经验。那么，面对强大的日军，这支义勇军除有一身抵抗外辱的爱国勇气之外，反攻营口还有哪些优势呢?

那时，东北老百姓常把“绿林”好汉称为“胡子”，但并不了解“胡子”当久了，自有一套打仗的招法，其主要战术是，真真假假，避实就虚，不和敌人正面常规战，有游击战、运动战，捞一把就跑的特点，来无影，去无踪。比如，用并不多的马队在黄昏或夜间，绕城高速奔跑，造成浩大声势，使日军误以为兵力浩荡，因此常常顾此失彼，被动应对，时而被义勇军集中兵力，一点突破，速战速决，待日军援兵到时，早已无影无踪。

义勇军曾多次攻打营口，其中较大规模的有三次。

1931年9月23日，义勇军第一次攻打田庄台、营口。10月11日，义勇军第二次袭击日军驻营口守备队。12月25日，义勇军第三次攻打营口。

第一次，击毙了日军20多人，不仅使日军遭到重创，而且击毁了营口发电所和水源地，使日军占领下的营口停水停电，陷入一片混乱。第二次，在侯家油坊打响，义勇军很快攻入市区，歼灭日军20余人，日军急调驻大石桥守备队增援，义勇军主动撤出战斗。第三次，为了缓解日军进攻锦州的压力，已经改编为义勇军的项青山部再次攻击营口，迫使日军第二师团回援，使锦州战况稍得缓解。

根据孙辉宇先生的《新市街见闻》记载，项青山这次反攻打得有声有色，战斗到激烈的时候，营口的日军兵力不够，连警察马队都就地掘壕固守，如临大敌。战后日军还特意请来了“本愿寺”的和尚与高级军警官员七八十人，在营口“大衙门”后院给被打死的日本警察念经。

项青山和张海天部还共同消灭了日军苦心扶植的凌印清部伪军，活捉凌印清和日本顾问仓岗繁太郎等，这是义勇军早期重大胜利之一。当时，民间有顺口溜赞颂项青山：“青山老北风（张海天绰号），成心把日坑，活捉凌司令（指汉奸凌青印），枪崩日本兵……”项青山后率部入关，张学良曾赠送他一块镶有自己相片的怀表，并将其所部改编为一个旅，项任旅长。

资料记载，1932年8月29日，“道防”“双龟”“青山”等24位义勇军首领，率千余名义勇军在牛家屯一带潜入市区，向日本海军陆战队、守备队和伪军王殿忠部发起突然袭击，把日伪军打得晕头转向，慌忙求援，结果义勇军乘日军慌忙增援之际，派一部潜入新市街，并拆毁了老边附近铁路，使日军交通中断，无法相互增援。之后，义勇军再次主动撤出战斗。

反攻营口，只是当时义勇军对日本占领军发动的进攻之一。此前此后，他们还曾经多次对长春、田庄台、新民、法库等重镇发起攻击，特别是1932年8月29日和9月1日，东北义勇军曾联合起来两次反攻沈阳，攻占飞机场，烧毁日军飞机若干架，给日军造成了重大震慑。由于他们的英勇作战和马占山在黑龙江省的再举义旗，1932年中期东北军民的抵抗曾掀起一个高潮，以至于日军将征讨不利、未能完成既定目标的原关东军司令官本庄繁撤职。

义勇军反攻沈阳

1932年义勇军曾先后两次反攻沈阳，其中3月一次、8月底一次（历时5天之久），而且两次反攻均很激烈。那么，在当时东北军已完全撤至关内，沈阳周围已没有成建制正规军的情况下，是什么队伍攻打的呢？

据记载，参战的义勇军既有“燕子队”等绿林武装，也有东北军未撤入关内而失散的零散部队和警察，甚至还有李兆麟等共产党领导的早期抗日武装。

萨苏先生在《最漫长的抵抗》一书中写道：早在1932年3月间，沈北、铁岭一带的多路义勇军就曾攻打过沈阳，当时曾攻到大北门外，并解除了伪警察署的武器。之后，在沈阳附近也有过零星战斗，但规模都不大。到了1932年8月下旬，辽南一带义勇军对沈阳进行了第二次较大规模的军事行动。

为谋划攻打沈阳战斗，沈阳附近各路义勇军主要领导者曾举行过联席会议。公推第二十一路义勇军赵殿良为攻城总指挥，同时确认李兆麟指挥第二十四路义勇军参加战斗。

具体的部署是第二十四路支队的沈宝林“燕子”队、赵俊峰“平日”队等作为主力部队，攻打沈阳东塔机场和兵工厂。另外，二十四路“天地荣”的李巨川和黄云臣等部进行西面进攻，争取解决日本站（今沈阳站）的敌人。同时，李兆麟指挥辽阳一带其他义勇军作为攻城预备队，对沈阳发起进攻。8月20日，李兆麟率领南线各部挺进沈阳南郊浑河沿岸潜伏，待友军到齐后发起进攻。不料各部行动受阻，直到28日尚未到齐，同时义勇军第二十四路的行动已被敌军察觉。在此紧急情况下，李兆麟与赵殿良研究决定立即攻城。28日午夜12时，在倾盆大雨中，沈阳战斗正式打响。战至1时20分，“燕子”队首先从大南门突入市区，向纵深中街一带扩展，与日军和汉奸商团武装展开激烈巷战，歼敌数十人，伪警察三分局30余人反正抗日，余者均被缴械。

与此同时，其他各路义勇军也按预定作战计划行动，北路义勇军攻入大北边门，缴获敌枪700支，东路义勇军在反正的伪靖安军配合下攻入东塔机场，全歼日军一小队守敌，随后又攻入沈阳兵工厂。

遗憾的是，由于大雨引发河水暴涨，“天地容”部未能攻入市区。8月29日凌晨，日军在装甲车和重炮掩护下向城南、城东疯狂反扑，各路义勇军在缺乏重武器和敌众我寡的情况下，无法在市内立足，遂且战且退，于8月29日黎明时分撤出沈阳。

据统计，是役毙敌30人左右，争取伪军警近百人反正，其中伪靖安军至少一个排、伪警数十人。物资上敌人损失更为巨大，东塔机场的基地设施全部被焚毁。当时被义勇军烧毁的飞机有7架。此外，兵工厂也被严

1932年春，义勇军攻入沈阳，民众在小东门欢迎

重破坏，日军汽油库被焚，无线电台被捣毁，义勇军还缴获并带走了大量枪支弹药和其他军用物资。

还有一支义勇军在战斗

九一八后的辽南抗日怒潮风起云涌。邓铁梅、苗可秀是辽南三角地区民族抗日的杰出代表。与此同时，其他抗日队伍也对日伪势力进行了沉重打击，其历史功绩同样载入史册，辽宁民众自卫军就是其中之一。

1932 年 3 月，驻凤城的辽宁陆军步兵第一团副团长唐聚伍，联合抗日队伍代表于恒仁组建辽宁民众自卫军，唐任总司令。由凤城、宽甸等地共编为十八路军，进行了若干次战斗，有代表性的主要有三次。

收复宽甸县城。1932 年 5 月初，辽宁民众自卫军第十三路在宽甸组成后，伪军鸭绿江“围剿”司令姜全我和伪安凤地区“围剿”司令徐文海，率领两支伪军联合进攻宽甸。自卫军第十三路司令时远岫率部奋力抵抗，自卫军战斗失利，被迫退出县城。驻恒仁自卫军总司令唐聚伍接到援电后，立即派第一路司令唐玉振率部星夜驰援，与第十三路会合，奋力攻城，激战两昼夜，县城未克。唐聚伍再派副总司令兼第五路司令张宗周和第七路司令郭景珊等各率一部，开赴宽甸增援。5 月 14 日，四路义勇军计 6 000 余人，将宽甸城重重包围，经 4 个小时鏖战，伪军力不能支，徐文海等率部溃逃。此次战斗，歼灭伪军一个营，缴获大批武器。自卫军第五路参谋长宫声武在指挥作战中牺牲。

狗鱼汀阻击战。1932 年 6 月初，日军第二十师团一部由池田耕一率领，在第六飞行联队掩护下，从朝鲜昌城郡入侵宽甸县境，进占永甸。6 月 8 日凌晨，辽宁民众自卫军副总司令兼第五路司令张宗周率第五路及第一路第一团（项维忠团）共 1 300 余人，进至坦甸附近狗鱼汀后山和王胖子沟一带设伏阻击。天刚破晓，近 300 名日军从永甸河口出发，沿永宽公路向宽甸进犯。当日军全部进入伏击圈后，自卫军枪声四起，日军前头指挥官应声落马，士兵乱成一团。自卫军居高临下，利用有利地形，连续击退日军三次冲锋。日军遭受重大伤亡后，不敢前进，等待后援。不久，调来五架飞机向自卫军阵地轮番轰炸，又出动 300 多名增援部队发起多次冲锋。自卫军在团长孟继圣阵亡后，仍坚守阵地，直到 17 时，日军退却。此次战斗，打死打伤日军 30 多人，缴获三八式步枪 5 支、子弹两箱。自卫军亦伤亡 40 多人。

刊川岭防御战。日军在狗鱼汀受阻后，不敢北犯，便令伪军安泰地区“剿匪”司令徐文海从凤城进攻宽甸，并派飞机撒传单，以轰炸宽甸县城为要挟，限自卫军三日内撤走。辽宁民众自卫军副总司令张宗周为保障宽甸县城商民安全，率自卫军第一、第五路5 000余人撤至宽甸北部的刊川岭，挖堑壕、修地堡、筹给养，以阻击敌人进攻桓仁和通化。徐文海率伪军进入宽甸后，为“讨伐”自卫军，以牛毛坞为据点，率700余人攻打刊川岭。自卫军得到情报后，派营长王振玉带领30多人，在刊川岭西大坡设立哨卡，防范来敌。1932年7月9日，徐文海率领伪军进沟，王振玉率部边打边撤，诱敌深入。徐文海自恃武器精良，紧追不舍。当伪军进入设伏区后，自卫军大刀队突然跃起，冲入敌群，白刃格斗。自卫军发挥了短兵相接的优势，伪军手中机枪、迫击炮无法发挥作用。伪军领头的大刀队长“慕法师”第一个被砍死，伪军大乱，弃枪逃跑。此后，徐文海不甘心败北，几次组织攻岭，却久攻不下，只得溃退。此次战斗，打死伪军40多人，缴获大批枪支弹药。

第 六 章

土龙山农民抗日暴动

1934 年 3 月 8 日，黑龙江省依兰县境内发生了震惊中外的土龙山农民抗日暴动，打响了中国农民大规模武装抗日的第一枪，沉重打击了日本侵略者的嚣张气焰，鼓舞和激励了中国人民的抗日信念，在中华民族的抗日斗争史上留下了不堪外辱、不屈不挠、英勇杀敌、波澜壮阔的一页。

暴动的诱因

依兰县地处牡丹江与松花江交汇处，水陆交通便利，土地肥沃，物产丰富，是块膏腴富庶之地，用农民的话说：“抓一把土能攒出油来”。特别是这里生产的大豆，远销欧美，还有金矿，号称“日进斗金”。日伪时期属吉林省管辖（现属黑龙江省）。

九一八之前，东北军将领李杜任镇守使。土龙山就是依兰县所辖的一个最大的行政区，大约七八万人口，也是依兰与佳木斯的交通要隘，距太平镇西北十余里处，因一座突隆而起的山头得名。区政府设在太平镇，辖土龙等 6 个乡，设 8 个保，土龙山为其中一保。

那时，各保都有自卫武装，名叫“大排队”，主要任务是看家护院，抵御“土匪”。日寇入侵后，各保联合组成自卫团，另外还有大刀会、红枪会、山林队等民间抗日武装组织，计有各种枪炮万余支。那么，土龙山农民抗日暴动的起始原因是什么呢？

从大形势讲，1934 年 3 月初，日本侵略者以为东北的抗日武装已经被消灭，社会治安已经得到保障，于是又开始加紧向东北地区大量武装移民，其目的是通过“归屯并户”掠夺农民的土地。1932 年秋，日本武装移民团来到依兰，在一个叫湖南营的地方建立了屯垦军司令部，在蔡家沟设立了团部。

具体地讲，诱发土龙山农民暴动的原因，主要是日伪种种威胁农民生存因素所导致的。1933 年 7 月前后，日本武装移民吉林屯垦第一、第二大队不仅强行侵占了依兰县土龙山地区大片土地，还经常殴打甚至打死当地老百姓，更可恨的是入侵永丰镇和七虎力河的日本武装移民，种地时没有农具和牲畜，就到八虎力河一带抢中国农民的犁杖和牛马，当地农民自然群情激愤。

当时，谢文东是土龙山第五保保长，也是自卫团团长。于是，谢就叫这些人到依兰县告状。依兰县的日本参事官滕本，为此事还亲自到八虎力河来处理，当知道是谢文东指使上告，回依兰后就把谢的保长给撤了。

谢文东当时50多岁，家住八虎力河黑嘴山附近，兄弟中排行老二，是个地主，在各保中颇有声望，没文化，但有些胆量。

说来也巧，过了不久，谢文东和六保保长景振卿为给农民出气，打死了几名日本移民。这些大胆的反日行为，受到了当地广大农民的信赖和拥护，尤其日寇要强行收缴农民手中的枪支和地照时，大家都纷纷找谢文东拿主意，特别是有枪有马的大户人家，都表示愿意听谢指挥打日军。

据兰锡纯、马龙江、李福申《土龙山抗日农民暴动的前前后后》一文记载：1934年阴历年前，日本关东军成立了“土地收买工作班”，以极低的价格，强行收买农民土地。同时，伪太平镇警署又一再催促农民将枪支送去“打枪印”（登记造册），并扬言“不送者一律按私藏军火论罪”。可是，几日过去，始终不见一人送枪。

于是日本兵挨家搜查，甚至扒开火坑，捣毁墙壁，抢走藏在墙壁和地窖里的枪支和地照。更令人愤恨的是，还强迫各村屯选送年轻妇女到日本兵营做“慰安妇”。

当时，由于社会动乱，胡匪横行，枪支已成人们保家护院的法宝，一些大户人家，尤其是“大排队”更是离不开枪炮。日本人开始说“打枪印”，继而变成清剿强收。农民们说：“日军欺人太甚。”再加上强行收缴地照，等于掐农民的脖子。这时候，土龙山地区的农民已经忍无可忍，不仅小户人家愤愤不满，就连地主大户也“急了眼”，特别是年轻农民一致要求跟日本人硬干。武装暴动的烽火，已是一触即发了。

筹划暴动

据亲历者王枫林在《土龙山抗日暴动亲历记》一文记载：1932年秋，我作为李杜部随军作战参谋，到依兰地区联络抗日。由于和谢文东来往多了，就时而谈起抗日之事。开始，谢犹犹豫豫，考虑家庭人口多，上有老母，下有子女，怕家里人受连累，再就是他家有一处“窑子”（大院套），还有土地百十多垧，心里有些舍不得。当时，我对他说：“国难当头，你是想当秦桧，还是想当岳飞？”

谢说："我怎么能当秦桧呢？当然要当岳飞呀！"我说："这就对了，国家兴亡，匹夫有责，你身为地方武装团长，就应该有所行动。"谢犹豫地说："容我琢磨琢磨。"

1934年春节之后，土龙山各保农民开始串联，暗中加强武装，准备起事。一天，王枫林见到谢文东及景振卿，说定于正月二十一日晚召集6个保的保长开会，商讨抗日大计。

景振卿，人称景二爷，五道岗清茶馆人，50岁左右，是个小地主，他为人正直，处事果断，有一定文化，抗日坚决，受人拥护，颇负众望。那天会上，景振卿最先发言。他慷慨陈词，列举了日军的种种罪行，并大声疾呼："这儿我的岁数比较大，我什么都不怕，我要坚决抗日，宁做中国鬼，不当亡国奴，与其坐以待毙，不如揭竿而起"。最后他说："看看谢保长意见如何？"正在这时，景振卿的儿子景龙潭等一帮小伙子把枪从窗外伸了进来，大声问道："老谢头子，你到底抗日不抗日？"这时，气氛十分紧张。谢文东忙冲着窗外说："你们这是干什么？别拿枪比量，你们要抗日，这屋里不正商量着吗？我们领着你们抗就是了。"最后，大家异口同声喊出一个字——抗！会议决定：各保有人出人，有钱出钱，有力出力，打它个小日本儿。同时，决定在正月二十四日（公历3月9日）"出山"，攻打土龙山街，即"太平镇"。

会后，各保长便开始分头准备。可是这时候，依兰县的日伪当局通过"内线"，已对土龙山的情况有所掌握，立即嗅到了土龙山紧张的气氛，于是一方面向依兰伪县政府汇报，另一方面通过太平镇警察署发通知："明天午后各保保董齐集太平镇，听候县长关锦涛前来训话"。并提前派一名伪营长率领一个骑兵连进驻太平镇"同成兴"烧锅大院。

日伪的这一举动，更加激起了农民的愤怒，也引起了各保长的警觉，连夜开会商定起义，二保曹子恒一马当先，率领700余名农民骑兵队，于1934年3月9日（正月二十一）袭击了土龙山警察署和商团，解除了他们的武装。在"同成兴"经理兰锡纯（同情抗日者）的劝说下，伪军骑兵连长表示保证不干预农民暴动的事儿。

同时，各保长也都带领本保武装来到太平镇，大刀会、红枪会以及山林队等也都率队赶来与谢文东、景振卿的队伍聚集在一起。最后，经商议组成了暴动总部，一致推举谢文东为总指挥。3月9日下午，在打倒日本帝国主义的口号声浪中，像爆发的山洪，武装农民从四面八方涌进太平镇，已经达到14 000余人。土龙山的大街上到处都是农民骑兵队。

也是在这天下午3时左右，从依兰方向开来两辆汽车，司机都是俄国人，车里各有一名日本人。当汽车开到离东门不远的地方，立刻被武装农民包围了。仇人相见，分外眼红，大家不由分说就把两个日本人拉到东门外枪毙了。后来才知道，他们是来收“地照”和催办“慰安妇”的。这时，谢文东感到：事情闹大了，没有退路了。

暴动前夜

暴动的前一天晚上，伪依兰县长亲自来到太平镇，想召集各保长开会，并设法平息这场暴动，但发出通知后谁也不来。第二天，伪县长不得已改为就地与头领们谈判。谈判中，伪县长对农民提出的撤销缴枪收照的条件，支支吾吾，一味敷衍，却提出解散武装，停止抗日等无理要求，被暴动农民的头领们断然拒绝。

谈判的同时，驻依兰县的日本关东军第十师团六十三联队长、陆军大佐饭家朝吾，听到土龙山农民准备暴动的消息后，当晚即召开了伪县政府各方紧急会议，研究对策。会上，他以轻蔑口气表示亲自出马，认为凭借皇军的威慑力量和他的三寸不烂之舌，完全可以平息这场暴动，否则再武装剿灭也不迟，故决定第二天（3 月 10 日）由伪警察大队长陪同，并带领一小队日军和部分伪军以及警察亲赴土龙山，并于当晚电话通知伪县长景某。

在伪县长景某接电话时，“同成兴”经理兰锡纯正在电话机旁，听到这一消息后立即告诉了暴动总部，指挥部马上开会商议，一致认为，日军一定会来讨伐，大家决不能上当受骗。决定“擒贼先擒王”，先下手为强，这是打击日军的威风，长中国人志气的好机会，遂商定以白家沟为阵地，打一个伏击歼灭战。

1934 年 3 月 9 日下午，暴动总部决定曹子恒、景龙谭等，带领本保队伍连夜赶到白家沟构筑工事。另派冯炳辰率队埋伏荣家一带，阻击从依兰方面增援的敌人。派王奎一封锁太平镇，监视和阻击“同成兴”院内的伪军。派董殿福和张九炮率队到卡伦山，阻击从佳木斯方面增援的敌人。

白家沟阻击战

在土龙山街西北不远的地方，有一个小屯子叫白家沟，是依兰奔土龙山的必经之路。这里是一条东西走向的长沟，公路从沟里通过，沟南有几个院套，沟北是一片坟茔地。景龙谭奉命后，即选出樊老六等 40 余人，进驻沟东头的院套里。曹子恒等队进驻沟西头的田家大院。第二天一早，构筑了阵地，并决定由景龙谭打敌头，卡死日军的去路，王富、白云龙打中间，曹子恒截住后队，不让日军跑掉一个。二保大排队和老百姓又用装满谷草的两辆大车，以及大木头、大石头做成路障，截断了通往土龙山的通道。随后，在离白家沟三里开外的地方打下拴马桩，把马匹集中在那里备战。大排队数百人都进入了阵地，许多妇女和少年也拿起扎枪、砍刀准备战斗。

3 月 10 日上午 9 点左右，发现董家村西边来了 5 辆汽车，曹子恒立即通知各队准备战斗，并大声喊道："以景龙谭的枪声为号，他不开枪，谁也别动。"

不大工夫，两辆小汽车在前，3 辆大卡车在后，开进了白家沟，当最前面的小汽车见到了路障刚刚停下，景龙谭的枪三声响后，前面的车不动了，司机已被打死。顿时，沟里枪声大作，雨点般的子弹从院套里、墙头上飞向日军的汽车。伪警队长慌忙从第一辆小车里伸出头喊道："不要打!"只喊了两三声就低头不动了。饭冢从第二辆小车里出来喊道："不要打！有事的好说。"暴动农民一看是日军大官，更眼红了，一阵猛打，这个日本"黑龙会"健将，两手沾满中国人民鲜血的刽子手——饭冢丧了狗命，"宝刀"也被暴动队伍缴获。日军的最后一辆汽车掉头想逃跑，刚转头司机就被打死，车就开不动了。在车上没被打死的日军，跳下车往北边坟茔地里跑，企图找个掩体抵抗。这时，王富队里的张恩发急眼了，提着枪冲出院子向日军扑去。有人喊："三荒子（张恩发外号）！那样不行。"他回头说："等日军找好地势就不好办了。"他边跑边开枪，打死一个刚跑进坟地的日军，但自己也倒下了。见状，曹子恒也急眼了，立即率队冲向背面坟地，与日军展开了肉搏战，10 多分钟就把敌人全部消灭。驻扎在附近的农民队伍听到枪声，都从四面八方涌来，冲到日军的汽车前，肃清了所有的敌人，其他伪军警都当了俘虏。

土龍山事件中
村上指導官已戰死
加納參謀長赴現地調查

(哈爾濱十三日國通)土龍山附近有出現匪賊情報、依蘭縣署帶有公務前向土龍山之依蘭街警務指導官、村上實氏、在同地附近、受幫匪襲擊、身沐數彈遂其壯烈之最後云、

又(哈爾濱十三·國通)依蘭東方十里之地點土龍山部落附近、飯塚部隊遭遇大幫匪飯塚部隊長戰死、當地廣瀨○團加納參謀長接報、爲調査計、十一日晨、搭飛機前向佳木斯、同日午後已歸云

日伪报道"土龙山"事件

这次战斗，不到一个小时就结束了，共击毙日军 21 人，无一逃脱，毙伤和俘虏伪军警 22 人，共 43 人，尤其饭冢朝吾被击毙后，关东军在公报中这样评价："在各村讨伐匪贼中，勇名轰烈，该大佐之豪胆为部署所最钦敬，实为最负盛名之部队长。且大佐于将校之战死者，自满洲事变以来为第三人"。

建立抗日民众救国军

白家沟战斗胜利的消息，很快传遍全县乃至全省，暴动首领们感到："已然走到这步田地，以后不干也不行了"，但白家沟伏击战结束后，暴动队伍对下步行动意见不一，有的要乘胜攻打县城，有的要拿下"同成兴"商号伪军。3 月 12 日，地下党李德佩（原名李青、依兰中学教师）和"同成兴"经理兰锡纯对谢文东说："日军在白家沟遭此打击，如我们继续在太平镇不走，日军是绝对不会善罢甘休的，一定会派大部队前来打击报复，不但本地老百姓受不了，对抗日大计也不利，最好马上转移到适当地方，先整编好队伍，再看情况行动。"最后，大家都赞同这个意见。

就在这天上午，太平镇上空飞来了一架日本飞机，飞的不高，像是侦察，暴动农民集中火力向它开枪射击，不一会儿，敌机歪歪扭扭地向西飞去，听说飞机受伤了，在团山子西边坠毁了，后来经确认属实。

飞机的出现使头领们感到不能再耽搁了，于是决定向半截河子方向转移。13 日凌晨 2 时，暴动总部传下命令："顷得消息，佳木斯方向敌人，派出汽车、坦克百余辆，载机枪、大炮向我进发，各部队接到命令后，立即向东南方向撤走。"到天亮时，太平镇街上再也看不见带枪的人。傍晚，暴动队伍在北半截河子王乃华家举行了第一次重要会议，亦称北半截河子会议。

会上，经过几番争论，暴动队伍建立了旗号为"依兰抗日民众救国军"，一致推选谢文东为总司令，景振卿为总指挥，钱学久为参谋长。决定所有队伍以保为单位，整编成 6 个大队，各大队辖 3 个中队，每中队辖 2 ~ 4 个小队。每个大队各有 250 ~ 350 人不等，总人数为 1 400 人。

同时，规定了三条戒律：一、临阵脱逃者死刑。二、不许用老百姓遛马。三、不拿老百姓财物，不向老百姓要好吃的。当时，各区大排队闻讯后也纷纷加入，一时间参加或单独抗日的义勇军达万人之多。

日寇血腥报复

饭冢朝吾在白家沟被暴动农民打死的当天，佳木斯日军立即派警备队前往土龙山增援，车到卡伦山时，董殿福、张九炮把他们打了回去。之后，日军派横山部队到白家沟收敛饭冢等人尸体，半路上遭到冯丙辰队的阻击，后因众寡悬殊，冯丙辰队撤走，但院内老幼全被日军杀戮，房屋也被焚毁一空。这时，广赖师团也积极调集重兵"讨伐"民众救国军。3 月 11 日，派出不满百人的吉川增木骑兵队，从佳木斯来到永丰镇（孟家岗），会同那里日本屯垦大队（武装移民）对土龙山北半截河子地区进行血洗，日寇所经之地，都变成焦土，尸横遍野，血流成河。

3 月 12 日一大早，以吉川为首的“讨伐队”，前面开着两辆大汽车，后面跟着马队，从孟家岗经火烧沟朝北半截河子一路杀来。首先来到后纪原屯。

据当时目睹者吴和老人说：“日军一进后纪原，就对全屯二十几户乡亲们，不分男女老幼，都用快枪、刺刀、战刀砍死、戳死、打死，然后烧毁所有房屋和柴草垛，连垃圾堆也浇上汽油点着了，全屯顿时一片火海。那时，我才 12 岁。”

日军血洗后纪原屯后，直奔张二傻家。一群日军在机枪掩护下冲进院子，还用火烧房子，老大和老二虽然拼命抵抗，但因寡不敌众，加上火势越烧越猛，五间正房全着火了，一家人除三傻因腿部受伤躲进水缸侥幸逃脱外，其余人都被打死或烧死了。日寇血洗张二傻家后，又到几个村屯，像一群疯狂的野兽，逢人便杀，见房就烧。

据当年亲身经历的马龙江老人说：“那时，这些手无寸铁逃难的人们，都惊慌失措了，做好的饭也不顾上吃了，忙着套车逃跑，顿时人喊马叫，乱成一团。这时，只见韩国文站出来喊道：‘大家不要慌，我这个院套四个炮台里，还有十来只枪炮，日军来了可以抵挡一阵子。’说完就提着大枪上了东南炮台，马龙江等人接着上了东北炮台。在炮台上，眼看日军的汽车和人马越来越近，还离一里来地时，炮台里的小伙子们就沉不住气了，洋枪、抬杆子、土枪一齐朝日军开火，但因距离太远，打不着日军。这时，日军从汽车上抬下机关枪，对着逃难的大车群疯狂地扫射。几十辆马车，长蛇似的往西奔逃，不知是谁家的辕马‘打了压子’（停车），所有车辆都堵在横垄沟里。这一来，日军机枪子弹暴豆似的射向逃难的人们，只见乡亲们一排排倒下。马龙江在炮台里看到这种情形，急得火冒三丈。只见韩国文的弟弟（外号大肚子）骑上一匹快马，朝西边王乃华家找大排队救援。在院套里，东南和西南两个炮台上因有快枪，一气打死打伤十来个日军。突然一发炮弹落在东南炮台上，炮台炸塌了，人守不住了。韩国文从炮台里撤出来往西北跑去，只见两个日军跪在地上，朝韩国文端枪瞄准，‘啪！啪！’两声枪响，韩国文才跑一里多地，就一头栽倒在高粱地上。这次日军用了不到一个小时的时间，就打死了韩国文，打死了 60 多户逃难中的 216 人。从韩国文大院到西沟子，这 6 里来长的大道上，到处都是死尸，遍地是血，染红了大车，染红了院套，染红了草垛。有个没有被打死的婴儿，还趴在死去妈妈的怀里找奶吃。景象凄惨，目不忍睹。”

据统计，日军在“开拓团”配合下，为镇压土龙山农民反抗，先后血洗了

12 个村庄，杀害 1 100 多人，烧毁房屋 1 000 余间，制造了惊天动地的土龙山大惨案。

“下九里六”之胜

救国军转移途中，听到日本广濑师团血洗北半截河子村的悲惨消息后，随即决定率队经湖南营、柳毛河、九里六、大巴浪往南转移。行军途中，风雪交加，每天最多走三四十里路。3 月 19 日，总部行抵勃利县境，景龙谭率领的百余名后卫部队，在下九里六（镇或屯名）为马钉掌和修补鞍韂。

下九里六镇有 200 多户人家，前后有五六条街道，是一个较大的集镇。镇里还有一个大排队，30 余人。3 月 19 日上午 9 点来钟，三辆日本军车从阎家方向缓缓开来，大排队和抗日救国军后卫部队听到这个消息后，一齐登上了孙启元家院子里的炮台。日军的头两辆车一直开到屯里饭馆门前才停下，后一辆停在屯外。当屯里车上的日军往下跳时，景龙谭率队一齐向日军开枪，两发洋炮把日军的车打坏了，七八个日军被打死。没被打中的另一辆日军汽车跑出了屯子，屯外的那辆车听说前辆车已被打坏，也急忙掉头往回跑。

下午，天下起了不大不小的雪，队伍吃过午饭整队出发时，突然听说日军 50 辆军车满载日军向这里开来。景龙谭和大排队长会商后，认为“走”已经来不及了，不如占领各种有利地形迎头痛击，到夜晚看情况再定。于是，分配好各队的任务。下午 3 点钟刚过，日军前面的 30 辆车，横冲直撞地拥进屯子里。景龙谭见敌人已进入火力网，令各阵地枪炮一齐打响。敌人纷纷下车，利用各种地形地物反抗，枪炮声像炸了锅似的响成一片。接着，展开了阵地争夺战，冲上来，打下去，杀声震天，血肉横飞。日军的武器虽好，但由于抗日队伍斗志高昂，又占据有利地势，用排枪一齐开火，尤其那些“炮手”射击准确，日伪军一排排倒下去，活着的蜷缩回去，与日军一直鏖战到上灯以后。晚上 10 时左右，雪越下越大，又有秦秀权带领 100 多人赶来增援，抗日队伍才乘着月色反穿棉衣，撤出了战斗。

民众救国军在这次战斗中，死伤 30 多人。景龙谭在掩护撤退时身中七弹，受了重伤，缴获饭冢的战刀也丢了。但日军方面损失更大，战后日军在佳木斯举行的追悼会上披露：阵亡人员中，有日军大尉 2 名、中尉 3 名、少尉 5 名、士兵 100 多名，受伤 53 人，毁汽车 17 辆。

这次战斗，是暴动农民首次以少数兵力，抗击比自己几乎多十倍敌人的战斗。当时伪满《盛京时报》称之为“土龙山之激战”。这是一场惊天地、泣鬼神的战斗。敌人进屯后，杀害了数十名妇孺、伤员，下九里六变成了血河肉丘。

横岱山“马蜂战”

下九里六战斗的胜利，保证了民众救国军主力的顺利转移。为了甩掉日寇的穷追，暴动队伍继续向宝清县的大山里撤退。进山后不久的一天，在一个名叫梳妆楼的小屯休息时，听到了日军全部撤回的确切消息，民众救国军于阴历三月初回到依兰土龙山地界。

这时，谢文东当即与各保首领商议，一致认为，日军绝对不会善罢甘休，于是决定在太平镇西南的衡岱山与日寇周旋。

横岱山坐落在太平镇西南方十里处，是一个三四里长的断条山脉，山与山之间沟壑相连，植被茂密，易于隐蔽，有利于打游击战。

谢文东暴动之初拉起的队伍，主要是一保和二保的队伍。这次来到横岱山，联合了当地的山林队，更是人多势众了，仅二三百人的大“山头”就有十来个，而且都是土生土长，熟悉地形，相互协助，十分默契，更有一定战斗力。

总之，不动则已，一动起来，蜂拥而起，就像捅了“马蜂窝”似的。“蜂王”就是曹子恒。说来话巧，没过几天，日寇果然对“横岱山匪贼”进行了联合讨伐。有一天，当日军摸进横岱山里时，遭到曹子恒队的阻击，一声枪响，八方响应，日军像捅了马蜂窝似的乱了阵脚，被民众救国军团团围住，你进我退，你走我追，弄得日军分不清东南西北，好像进了“迷魂阵”。尤其到了夜间，日军一夜数惊，寸步难行，吃的、用的也断了，日军只好丢下 12 具尸体，狼狈撤走。

横岱山“马蜂战”的特点，就是我在暗处，敌在明处，一哄而起，打了就跑，跑了就无影无踪，而且持续不断，反复袭击，日寇吃了不少亏。这在山区是一种典型而有效的游击战。

孟家岗失利

横岱山战斗的胜利，赢得了暂时平静，谢文东趁机到依兰附近各地，与曾拥护暴动的抗日队伍取得联系，并得到了一些武器弹药和金钱上的帮助。在返回土龙山五道岗时，听到孟家岗日本武装移民欺压中国人的许多事件，根据群众要求，民众救国军决定派第三、第六大队去攻打日本屯垦大队。

孟家岗是一个老金矿，约有四五百户人家。驻扎在这里的日本武装移民称为永丰镇屯垦团，由 493 名在乡军人组成，并按出生县别划分成班，分住 12 个部落。孟家岗西边不足八里有个日本兵营，有百余人。从这个兵营起，以北、以东，到东南山上，形成一个大包围圈，彼此之间相距不远，遥相呼应，还筑有地下防御工事。可见，攻下孟家岗，困难不小。

4 月 15 日拂晓，第三大队到达孟家岗南山与敌人接上了火，可是第六大队从另一侧翼迟迟不上来，第三大队即被日军发现，遭到日军猛烈炮火的轰击，周围的各日本移民团部落也相继开炮。一时间，第三大队成了众矢之的，但敌人未敢出动。第三大队坚持到 9 点左右，人员不断伤亡，计有 20 余人，损失不小，直到断定第六大队肯定不会来增援，眼看到又要被包围时，才不得已撤退下来。这一次战斗，虽未攻克孟家岗，但对那里日本移民的嚣张气焰，给予了一定的打击。

老百姓很痛心地说："原本希望救国军给自己出口气，没想到救国军损失那么大。"但战士们背后议论：这完全是组织领导不力造成的，再就是情况不明，计划不周，太盲目了。

"驼腰子"小胜

孟家岗战斗失利后，民众救国军继续转战于半截河子一带，住在甲长温占鳌的院落里。那段时间，对于民众救国军的消息，伪满报纸也时常有所报道，这也引起了中共佳木斯地下党的重视，遂命在密山、勃利一带活动的饶河抗日游击队派人与民众救国军取得联系，于是饶河游击队负责人张文偕和李学福前往。

两人来到了半截河子，见到了谢文东，并说明来意，及联合抗日的愿望。可谓声情并茂。

在座的人听了都很受感动，连连点头应对。可是，谢文东基本上无动于衷，还说了一句不冷不热、不痛不痒的话："知道了，就这样吧"。最后，还是婉言谢绝了。

后来，有人曾追问过谢文东，"为什么不收留这两个人联合抗日？"谢答："第一我不喜欢朝鲜人；第二什么政治工作，什么主义我不懂，随他们去吧。"

说来凑巧，几乎是与此同时，六保长钱子久（曾当过警察）领来一个人，叫周雅山，也来见谢文东。大家一介绍，还相互耳熟，好不热情。

原来，这个周雅山，也是本地人，家住湖南营一个叫一撮毛的屯子，早些年参军，在李杜部下当过护卫连长，李杜退入苏联后，他仍留在东北。1933 年夏，他得知李杜已到了上海，便前往联系，同年 11 月被派回东北。这次奉命回东北，就是专程联络义勇军抗日事宜。

谢文东见周雅山年轻有为，谈吐不凡，待为上宾，相见恨晚，酒过三巡，谢诚邀周在军中共事。

一天，大家正在议论攻打驼腰子金矿事宜，目的是解决救国军经费问题，同时也为报孟家岗失利之仇。战术是联合本地一些山林队，里应外合，出其不意，一举拿下。对此，周雅山极力赞成，并扬言事后报国民政府大力宣传。谢对周更加信任和赞誉。

驼腰子金矿，当时是依兰县最大的金矿之一，坐落在依兰、桦川、勃利交界三不管的地方，那里淘金工人上万，其中私人淘金者也不在少数，是一个官匪猖獗，黑白两道之地，杀人放火，屡见不鲜。同时，妓馆、烟馆、赌馆、酒馆林立。总之，消费市场活跃。日本每星期从“新京”有一架次飞机来往，运来伪国币，运回黄金。

这时，驼腰子金矿实际上已被日本人控制，但经理还是个中国人，外号叫杨摔子（瘸子），是个退役的残废军人，下属还有几百名矿警（打手），平时欺压矿工和老百姓，吃喝嫖赌，无恶不作。

1934 年 4 月 23 日夜，救国军和明山、亮山等山林队为了攻打驼腰子金矿这块“肥肉”，稍作计议，四面包围，一拥而入，连喊带吓，没费几枪，就把驼腰子金矿占领了。

其实，金矿本身就没有什么战斗力，矿警大多为当地不务正业的地痞流氓和“二流子”，一听枪响，大多数早就跑散了，跑慢的就被击毙了，几个矿警小头目也保护着经理溜走了。

这一仗，缴获沙金 400 余两、步枪 200 余支、轻机枪 4 挺、重机枪 1 挺、野炮 1 门，打死矿警 60 余名。救国军着实发了笔财。

这时，谢文东任命钱子久为参谋长，并坐镇金矿，率由旧章，设赌抽头。明山、亮山等山林队也各霸一沟，开矿采金。但分配不均，有的队伍还什么也没得到，感到愤愤不平。

这时，救国军钱多了、枪多了、人也多了，表面上热气腾腾的，但也由此开始，民众救国军像初期暴动阶段那种亲密团结的气氛也渐渐淡薄了。

“湖南营”伤元气

攻打“湖南营”是周雅山首先提出来的。前面讲过，周雅山是湖南营一个小屯子的人。之后，以李杜的名义见到谢文东后，根本没有长期久留的打算，但救国军攻占驼腰子金矿后，他感到谢文东还能干点“大事”，何况谢文东又把自己留在司令部。于是，他决定再干一段儿再说。

这段时间，谢文东十分信任周雅山，周也左右不离地与谢闲谈漫扯。司令部日常工作，谢都交给前敌总指挥景振卿负责。

当时，日本在湖南营的武装移民不仅强占了中国农民的土地，还经常欺压附近村屯的中国老百姓，于是周雅山向谢文东建议攻打湖南营“开拓团”，为什么呢？

周雅山这个人，虽然是军武出身，但从来没有从事过军事韬略的经历，刚见谢文东时，尽讲一些南京政府那一套，其他没有什么战术战略上的见解，但谢文东很爱听，周雅山很快成了司令部唯一红人。这次提议攻打“湖南营”，说穿了就是湖南营是他家乡，有其假公济私的成分。

原因很简单。周雅山的父亲叫周子修，自从日本移民团来到“湖南营”后，别人都恨得要命，决不跟日本人来往，而周子修与众不同，跟日本人处得很热乎，还经常互相请客喝酒。有一次，周子修到日本人家里做客，被日本人杀了，说是日本人喝醉了。究竟怎么回事，谁也说不清楚。

对此，周雅山对日本“开拓团”恨之入骨，扬言早晚要报复，现在正是有利时机，于是说服了谢文东。

谢文东哪知内在底细，很快就同意了。总指挥部决定，景振卿亲自指挥，先派人与镇内的壮丁团取得联系，约定5月1日夜间开始进攻，由壮丁团开门迎接民众救国军，并商定进镇后，不缴壮丁团的械。

可是，计划在执行时走偏了，由于在攻打驼腰子金矿后得到的“好处”不多，首先进镇的曹子恒队发现壮丁团的武器不错，要缴他们的枪。结果壮丁团反抗时开了枪，在睡梦中惊醒的日本“开拓团”听到枪声，立即跑进工事和炮楼里抵抗，曹子恒队受到壮丁团和“开拓团”的两面夹击，被迫退出镇外。景振卿率队在镇外与敌人对峙了18天，经过十多次反复争夺与冲杀，未能攻进镇内。在一天黄昏时候，景振卿来到南门外观察敌情，被敌人发现，身中数弹，壮烈牺牲。景振卿牺牲后，周雅山接任总指挥任务，继续围困湖南营，但没有什么作为，还牺牲了几十个人。

这时，日本“开拓团”得到了关东军第三师团一个大队的增援，民众救国军才不得不撤出战斗。部队往南撤退，途经杏树沟子时，又与日军遭遇，敌人抢先占领了有利地势，民众救国军只得边战边撤，董殿福在撤退中牺牲了。

民众救国军经这两次战斗，元气大伤，尤其是拿主意的景振卿之死，失去了军中之胆。队伍人心有所涣散，战斗力也大不如前。

惨重损失

民众救国军元气大伤之后，谢文东接受周雅山的建议，带着李向之的信件，准备去求苏联支援军火。于是，长途跋涉来到虎林北部山区的炮手营、三人班一带。在这里，会见了共产党领导的饶河游击队领导人张文偕和李学福，当谢谈到要去苏联请求支援军火时。张文偕说："苏联哪有现成军火支援我们，我们手中的武器都是从日军手里夺过来的。"谢文东听后，虽感到请苏联支援军火没什么希望，但仍派周雅山等人去苏联取得联系，可是周雅山胆小，不敢越界。谢遂在当地乘船，经抚远回到佳木斯。周雅山则经哈尔滨到上海找李杜去了。直到8月中旬，周雅山音信渺无，谢文东才率队回到土龙山。

土龙山农民暴动，震撼了日伪首脑机关。1934年4月，在关东军和伪满国务院多方密谋与策划下，以吉林省伪总务厅长三浦为首，由日军第三师团和伪第四军区配合，运用政治上分化瓦解和军事上武力"讨伐"的两手，来对付民众救国军。土龙山这时已有敌人工作队做政治宣传，什么"枪支不收了""地照不缴了""回来就是好人，发给良民证"等。这样，原来参加暴动的人，多数回了家，少数自立山头。

谢文东直属的队伍内部也发生很大波动，不少队员离队回家去了，有的投靠别的队，民众救国军只剩下300余人。谢文东感到在土龙山待不下去了，于是率队来到柴河、四道沟和依兰二区一带活动。9月末，冬天快来了，为了避免敌人的冬季"讨伐"和部队安全过冬，谢决定到牡丹江东岸深山里去"猫冬"。

1934年10月12日早晨，谢文东的部队在桦木岗附近渡河时，突然遭到日军小柴支队的袭击和包围，民众救国军仓促应战，当即死伤百余人。冲出重围后，敌人穷追不舍，民众救国军各自逃命，溃不成军。谢文东仅带领十余名骨干和少数部下逃到依兰吉兴河的深山里。之后，在明山队祁宝堂的劝说下，才从吉兴河逃到刁翎和三道通，一段时间无声无息了。轰轰烈烈的土龙山农民暴动，至此惨遭失败。

参加抗日联军

1935年1月，谢文东率领30多人在方正县东南的山寨中休息时，遇见了李华堂（李杜部下军官）。在李的劝说下，共同带队到延寿、宾县一带活动。1月底，他们在宾县三道河子找到了人民革命军第三军军长赵尚志。商谈后，赵答应帮助他们整顿队伍。同年3月，他们率队来到方正县大罗勒密，商定以三方队伍及明山队为基础，组成东北反日联合军总指挥部，选赵尚志为总指挥，李华堂为副总指挥，谢文东为军事委员长。在此期间，四方曾联合攻打了方正县城，又攻打了大罗勒密、半截街、新开道、楼山局所、兴隆镇等日伪据点，取得了一些战绩。

1935年10月间，在赵尚志的建议下，谢文东于1936年1月率队北上，渡过松花江，来到汤原黑金沟，受到汤原抗日游击队的热烈欢迎，并参加了东北抗日联军军政扩大联席会议。同年 2 月，谢文东率队回依兰时，在第四军的帮助下，收编了刁翎的“山羊”山林队，扩大了民众救国军的实力。

1936 年 9 月，中国共产党为了推动谢文东共同抗日，发展三江地区抗日游击队的大好形势，根据“八一宣言”和“东北抗日联军统一建制宣言”精神，在东北抗联第五军党委和第五军第二师政治部主任刘曙华的帮助下，民众救国军改编为东北抗日联军第八军，军长谢文东，副军长滕松柏，政治部主任刘曙华，参谋长于光世。东北抗联第八军成立后，与日伪进行了 26 次战斗，为抗日斗争做出了一定贡献。但是，1939 年 3 月 19 日，谢文东在日寇军事“讨伐”和威逼利诱下，带领残部投降。

土龙山农民暴动震惊中外，美国《纽约时报》、香港《大公报》和日本主要媒体均持续刊载了土龙山农民暴动的事件。暴动发生时，正值各地义勇军相继失利，主力溃散，或退入苏联境内，或退入关内。

同时，中国共产党领导的抗日游击队正处在初创阶段，东北抗日联军尚未成立，中华民族正处在危急关头，而土龙山农民同仇敌忾，揭竿而起，以大无畏英雄气概抗日暴动，代表了东北人民发出的怒吼，表明中华民族是不会屈服的，对于当时正处在低潮时期的抗日运动向高潮发展，起到了重要的接力作用，具有重要的宣传和鼓动意义，也是中国抗日战争史上不可磨灭的一页。

土龙山农民暴动对日本移民在心理上也产生了极大震慑。当时，在日本移民内部流传一种“屯垦病”，“患者”纷纷要求退团回国，有的“患者”焚烧了自己住的房子，性情狂躁者自杀，仅以日本关东军第二大队为例，全队共 496 人，退团者多达 210 人。

这些返回日本国内的屯垦病“患者”，对日本政府向中国东北移民的欺骗性宣传产生了负面影响，打乱了日本向中国东北百万户移民的计划。

第七章

穷凶极恶的殖民统治

日本侵略者为了强化对东北的殖民统治，采取了“以华治华”方针。1932年3月1日，炮制了伪满洲国，溥仪称帝，“年号”定为“大同”，“首都”设在长春并改称“新京”，“国旗”为红蓝白黑满地黄五色旗。实际上，日本关东军操纵着所有统治机构，是伪满洲国的太上皇，而伪满洲国只是日本侵略者的傀儡和帮凶。东北人民不仅在政治、经济、文化等方面饱受屈辱和压迫，甚至连生命都难以保障，过着悲惨的亡国奴生活。

殖民统治的机构

日本侵略者为了镇压东北人民和打击抗日力量，主要从两方面强化其殖民统治体系。

首先，缩小省级行政区划。为了延伸统治触角，采取了“广设诸侯，分而治之，强化中央集权”的行政体制，把东北由原来4省（黑龙江、吉林、辽宁、热河），改设为14省和2个特别市及1个特别区。即奉天、吉林、间岛、安东、锦州、热河、滨江、龙江、三江、黑河、兴安东省、兴安南省、兴安西省、兴安北省和新京、哈尔滨特别市及东省特别区。之后多次变动，1934年10月1日公布新“省官制”，1937年增设了通化、牡丹江省，1939年设立北安省、东安省，1941年设四平省，1943年10月1日又将牡丹江、间岛、东安省

悬挂日本国旗的伪吉林省政府官署

合并，成立东满总省。同年，又将兴安四省合并，成立兴安总省。伪兴安省是由辽、热、黑三省分别划出一部分地域设立的，共计31.827平方公里。因此，辽宁省面积少了7.2平方公里，热河省少了5万平方公里，黑龙江省少了20万平方公里。省以下设县，那时，中国东北共116县，其中辽宁省55县、吉林省31县、黑龙江省30县。兴安省下设“盟”“旗”。县以下设街（镇)、村、屯、牌。同时，把东北划为11个军管区。

其次，建立暴力机构。除了日本关东军、宪兵、警察之外，还建立了伪军警等暴力机构，以及反动协会，形成了一个庞大的殖民统治网络，遍布东北各地，深入各个领域，危害最大，罪恶极深。需要说明的是，无论哪个伪政权机构，都由日本人充当副职或指导官，掌握实权。日本侵略者在东北的军事力量主要以关东军、伪满洲国军以及宪兵、警察构成。

先说说日本关东军。日本关东军的前身是“满铁”守备队。1905年9月26日，日本在旅顺设立了关东总督府，陆军部下设关东军司令部，兵力2个师团。1919年4月12日，改陆军部为关东军司令部，实行“军民分治”，日本关东军独立。1932年初伪满洲国成立，关东军司令兼任驻伪满洲国大使，成为伪满洲国太上皇和统治东北的总代表。1932年10月30日，关东军司令部由奉天迁到新京（长春)，以后逐渐发展成为一支庞大的野战部队，号称日本陆军精锐。当时，关东军在东北的部署，是随着东北抗日形势的发展而不断增长的趋势。九一八之前，关东军在东北总兵力为10 400人，1933年为6万人、1937年为25万、1938年为37万、1939年为53万、1940年为60万，而到了1942年增加到76万，对外号称百万，兵力主要分布在铁路沿线。日本关东军在侵略中国东北这十四年间，控制和操纵着伪满洲国傀儡政权，垄断了东北政治、军事、经济、文化等一切领域，是“讨伐”义勇军和抗联的主体，制造了数百起惨案，屠杀了上百万抗日民众，血债累累，罄竹难书，不可饶恕。

再说说伪满洲国军。伪满洲国军的主要力量是由原东北军降日部队组成的。也就是说，九一八事变以后，张学良驻东北的部队很快分化为抵抗、投降两大部分。在投降派中：有的是暗怀借日之力复辟帝制野心的阴谋分子，如熙洽；有的是不甘下野冷落，仇视东北政权的不逞之徒，如于琛徵；还有的是见利忘义，妄图独霸一方的势利之辈，如张海鹏、于芷山、程志远等。这些势力大抵分为四个派系：一是以原东北镇守使于芷山率领的奉天系，总兵力约3万人；二是以原吉林省军署参谋长熙洽和原东北军十六师师长于琛徵为首的吉林系，合计3万余人；三是以原东北军骑兵旅旅长程志远统领的黑龙江系，总兵力2万余人；四是以张海鹏为首的洮辽系，总兵力2万余人。上述统称伪满洲国“国军”。以上总计，1932年3月为11.3万人，到1945年为15万人。同时，日本还将大量现役和退役军官派入伪满国军中充任各级指挥官，1934 年即达 1 800 余人。伪满洲国军分若干军管区驻扎在东北各地，最初有 5 个军管区，之后陆续发展到 11 个。这支武装力量，在 10 多年时间里，配合日本关东军对东北抗日军民进行了无数次残酷的、疯狂的围剿和镇压，可谓罪大恶极。

再就是日本宪兵队。1906 年，日本关东宪兵队正式成立于旅顺，由日本宪兵司令部直接领导，是日本关东总督府和“满铁”的军事警察，同时为日本关东军探测军政情报。九一八事变时，日本关东宪兵队编制为 1 个大队约 200 人，下设旅顺、大连、四平、奉天、公主岭、长春、安东等 8 个分队。同年 9 月 21 日，级别升格，正式成立关东宪兵队司令部（由旅顺迁往奉天）。1932 年 6 月隶属于日本关东军司令部，由军政宪兵变为军令宪兵，同年10 月 28 日司令部迁往新京（长春）。下设联络委员会、教习队、警务部、总务部、宪兵队。此外，宪兵队内部还普遍设特高课，宪兵分队设特高班，主要任务是搜集共产党、国民党地下活动情报，监视白俄人活动。

哈尔滨日本宪兵队本部

宪兵队是一支十足的法西斯组织，其特务属性和暴力属性十分明显，可以说惨无人道，是镇压东北人民的先锋队。截至 1941 年 8 月，在东北 18 个大中城市都设有宪兵队，下有分队 105 个，分遣队 61 个，其他宪兵室、宪兵所尚不算在内，形成了一个庞大而严密的法西斯军事网。1932 年，日本关东宪兵队为 500 人，1935 年为 1 800 人，1941 年为 3 894 人。日本宪兵队不仅是捕杀共产党人、抗日志士的罪恶主体，还是从事特务勾当的先锋队，如向哈尔滨“七三一”、长春“一〇〇”细菌部队输送“马路大”（活人试验），甚至将所谓的“思想犯”送进“矫正辅导院”。

举个例子，据哈尔滨王修江老人讲：“道外区纯化街口住着郭姓老夫妻，儿子是‘扛大个’（码头装卸工）的，一次，干活时让日本监工打了一顿，回家后喝点酒，骂日本人是‘杂种操的’，被对门上‘国高’的学生（协和会员）听到，第二天告诉了日本老师，不几天，这个郭姓的小伙子就被日本宪兵带走，以后再没音信了，有人说被送进太平桥矫正院。后来他妈妈疯了。”

最后说说伪满警察。伪满警察队伍是伴随着伪满洲国的出笼而同时创建的，

伪满洲国首都警察厅旧址

名义上隶属于伪民政部，实际上一切权力由日本法西斯刽子手甘粕正彦（警务司长）总揽。伪满警察队伍形成之时，基本上是以投降日伪的原东北政权公安、警察人员为主体组成。同时，还有一部分日本警察、退役军人、浪人参与其中，并把持各级警察机构。为培养后备队伍，伪满洲国还在“新京”创办了一所“中央警察学校”，之后各地方亦相继创办，计十余所。

伪满警察的机构设置，形成了自下而上庞大的日本侵略者控制体系，即各伪省、县分设警务厅（局），下为警察署（队）和派出所（分驻所）。

1940 年，仅县级以下的警察署就达 812 个、派出所达 1 641 个、分驻所2 508 个，另有 61 个铁路警护队、809 个铁路警护分队，以及遍布中苏、中蒙、中朝边境和广大山区的边境或森林警察队。

伪哈尔滨警务厅（现东北烈士纪念馆）

伪满警察的设置五花八门，诸如经济警察、铁路警察、森林警察、边境警察、司法警察、文化警察、矫正警察、辅导警察等，人数达 10 多万，其中有日本人、朝鲜人等，统称为“日系”“鲜系”，而占 90% 的中国人则称为“满系”。

伪满警察 1937 年末总人数为 77 364 人，到 1938 年 10 月猛增到 101 510 人，此数量一直保持到 1945 年日本投降。这些警察既是日本关东军、宪兵队镇压抗日力量的帮凶，又是直接深入基层，欺压勒索老百姓的刽子手。平时，他们为所欲为，横行霸道，随意逮捕、殴打、杀害无辜，无恶不作，不可饶恕。

哈尔滨有三大恶警“白菜叶”，是指伪满警察白受天、蔡圣孟和叶永年，他们恶贯满盈，人人皆知，一提起他们，甚至连哭闹中的小孩也吓得止住哭声。仅

1935 年，日伪警察就通过两次“讨伐”，杀害抗日人士 5 999 人，打伤 5 431 人，抓捕 1 429 人，“检举” 4 525 人，另有 5 000 余人受迫害，总计达两万余人。

再举一个具体例子，日伪特务、警察经常身着便衣，到处刺探反满抗日迹象。1935 年夏，吉林省舒兰县警务科特务悄悄进入水曲柳路家街屯，挨户打骂逼供，但一无所获。于是，再次威逼农民老吴。吴回答说：“不知道，就是不知道，我们老农民，能知道谁!”态度有些生硬。特务马骥大怒，随即开枪击中吴的胸膛，吴当即死亡，特务等人扬长而去。据赵健平老人说：“老吴家以种地为生，老少两口，相依为命，可怜无辜被杀，剩下一个 14 岁的男孩，趴在爹爹身上号啕大哭。当时的惨状牵动着每个乡亲的心弦，无不落泪。”

据《吉林通鉴》记载：1941 年 12 月 30 日半夜 11 点，伪首都警察厅调集警察署特务 130 余名，按照早已策划好的分工，对奉天、“新京”进步知识阶层及中国人在职官员（伪政府要员）的子弟进行大逮捕。是日，伪警宪最高特务机关命令在东北各城市采取统一行动，秘密抓捕了反满抗日组织“铁血同盟”的大部分成员、伪军校秘密抗日组织“恢复会”的部分领导人和成员、伪《大同报》副刊主编，以及哈尔滨左翼作家关沫南、王光逖，锦州铁路爱国员工周振寰、冯国卿等 25 人。使自发组织的秘密反满抗日组织，以及中共东北地下党组织遭到严重破坏。

日本关东军司令官山田乙三在伪满洲国协和会全国联合协议会上“训示”

此外，还设有面向青少年的“协和会”等日伪操纵下的社会组织，主要宗旨是宣传奴化教育和训练，既是法西斯组织的外围力量和后备军，又是一支镇压东北人民的特工队和别动队，会员穿“协和服”，戴“协和帽”，老百姓称其为二鬼子。一些“协和会”与日伪机构勾结，巧立名目，横征暴敛，老百姓称其为“蝎蛇会”。1933 年 9 月，协和会哈尔滨地方事务局内设哈尔滨办事处，日本人福部光五郎任主事，之后设立哈总分会，有会员 2 000 余人。据哈尔滨王修江老人讲：“1943 年，过年了，在黑市上买了点大米，3 岁女儿吃后身上沾了大米饭粒，被院内一个‘协和会员’发现后告发，结果他被抓进警察所，打了一顿‘嘴巴子’(耳光)，找人说‘情’和邻居连名具保，还罚了一些钱才了事。”

殖民统治的法律

首先，设立立法机构。立法院名义上是伪满洲国最高立法机构，但实际上由伪司法部和日本人组成的“专家”操控。1933 年 11 月，日人古田正式任伪司法部总务司长，并设立了“司法参事官”和“法律制定顾问”。那些参事官、顾问全部是从日本东京、大阪等地选拔而来，许多殖民法律均出于日本政治统治和军事侵略目的制定的。对“立法院”这个傀儡机构，古海忠之承认“宣布新国家实行民本主义……不能不设置人民参政组织”。松木侠则明确提出立法院不得参与外交条约的批准等。

其次，制定了一系列残酷镇压法律。前面讲到，伪满洲国的立法权完全操控在日本殖民者手中，除了在政治、经济、文化等方面制定了镇压、掠夺、限制性法律外，还出台了严酷的《暂行保甲法》《治安警察法》《保安矫正法》《思想矫正法》《时局特别刑法》《惩治盗贼法》等统治压迫东北人民抗日思想和行为的高压法律。在这些镇压性的法律下，东北人民不仅没有结社、集会、出版、言论等基本人权，就连起码的人身安全都得不到保障。

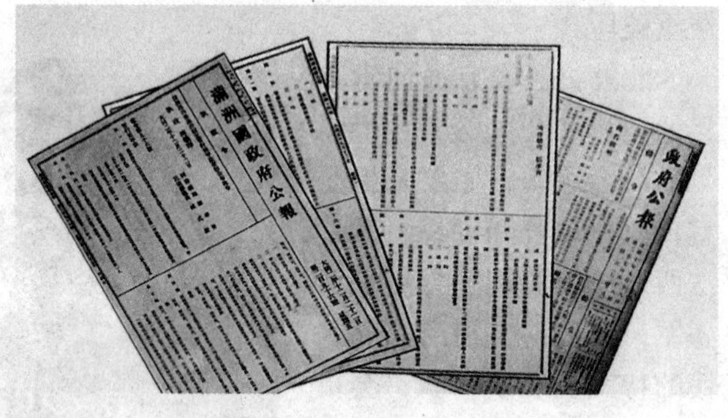

伪满制定的《暂行保甲法》《治安警察法》《保安矫正法》

这些法律，不仅规定的罪名很多，而且抓捕的随意性宽泛，处罚没有任何限制。日伪军警可随意以任何一种罪名，逮捕反日人士，镇压反日活动，甚至抓捕无辜者。1937 年 1 月公布的伪《刑法》，长达 272 条，规定了所谓“反对皇室罪”“内乱罪”“背判罪”等 39 类罪名，对抓捕的“人犯”，可以随时拘押，可以随意处以有期、无期徒刑或死刑。

有的法令甚至准许日伪军警宪特随时随地捕杀“人犯”，而不用通过任何法律程序，如《暂行惩治盗匪法》规定：日伪军警对抗日军民有“临阵格杀”权与“酌量处理”权，日伪军警可随时以“事态紧迫”“时间不充裕”“防止民心动摇”等为借口，而任意残害、屠杀东北人民。

日本侵略者为加强对伪满洲国的控制，强化法西斯殖民统治，于 1937 年 6 月 5 日出台《国务院新官制》，实行次长制，规定各部配属“次长”，由日本人担任，各省的日本人总务厅长一律升格为省次长，各旗县的日本人参事官升格为副县长，从而形成日本“次长中心制”的实权网络体系。

1944年，日本在侵略战争中节节败退。为强化殖民统治，伪满当局于当年5月1日颁布《时局刑事手续法》，6月12日又颁布《时局特别刑法》，不仅大幅度简化刑事诉讼程序，还对一些罪名制定了新的构成要件并加重处罚，这两个法律的实施，距伪满洲国垮台仅剩一年。

日伪当局就是利用这个庞大的统治网络和“法律”，随时以“政治犯”“思想犯”“国事犯”“经济犯”“浮浪犯”“反对帝室罪”“违反与友邦一心一德罪”等50余种荒谬的罪名迫害东北人民。如有的因衣着褴褛，而被当作“浮浪犯”抓走；有的因下水道或衣服上发现几颗大米饭粒，而作为“经济犯”坐牢；特别毒辣的是把认为有可能“犯罪”的人抓去以“思想犯”“预防拘禁”。

此外，日伪当局还袭用封建专制政体的基层统治政策，对县以下行政区域实行残酷的保甲连坐制。1933年12月22日，日伪颁布《暂行保甲法》并立即实施，规定居民以10户为1牌，村或相当于村的区域为1甲，一个警察区域为1保。对牌内居民实行惩罚金之连坐责任制度，即一户犯罪，株连九户，或“五家连环保”，一家通匪，五家共罪，强迫居民填写“连坐名簿”，进而把征兵、征粮、派捐、缴税等统统纳入其中。1934年1月17日，日伪当局又颁布《暂行保甲施行规则》，要求每家住户必须在门前悬挂家长姓名、家族人数、同居人数等。当时，日伪警察深更半夜查户口已成为“常态”。

据《黑龙江省志》记载：到1935年初，北满大部分地区均实行了保甲连坐制度，计设保1 458个、甲19 900个、牌440 197个。1937年，仅据当时的龙江、讷河、克山、桦川、瑷珲、呼兰、富锦、双城、阿城9县统计，因连坐制度受到处罚的事件就有2 255起，“连坐”也不再是单纯罚金，而是逮捕、判刑、枪杀，甚至殃及全村。

伪哈尔滨地方法院

利用司法审判镇压中国人民的反抗，也是一个重要手段。1939年以前县一层多为行政兼理司法，以后逐渐以县为单位设置区法院，为基层司法审判机关。第二次世界大战爆发以后，日本帝国主义进一步强化了法院的镇压职能。省设有高等法院，并按地域划分设高等法院分庭及地方法院和地方法院分庭，县设区法院，个别县的区法院之下还设有分所，形成了一个比较完整严密的由上而下的司法统治体系。以1942年（伪康德九年）《司法一览》记载为例，当年刑事受案58 359件，比上年42 624件增长36.9%，其中既不加以侦察、审讯、核实，又不制作判决书，仅填写固定格式上的某些项目即进行处理的所谓“略式”文书占53.6%。

伪满检察机构分为最高检察厅、高等检察厅、地方检察厅和区检察厅四级，与各级法院相对应。最高检察厅设于“新京”，首任厅长是李槃。伪司法部大臣对各级检察厅有行政监督权，还有权设置高等检察厅分处和地方检察厅分处。至1940年伪满司法机关共设最高检察厅1处，高等检察厅6处（长春、奉天、哈尔滨、牡丹江、锦州、齐齐哈尔）、高等检察厅分处8处、地方检察厅29处、地方检察厅分处86处、区检察厅130处。

在伪满的检察官中，日本人占很大比例，还有少数中国台湾地区人，许多重要事务均由日籍检察官处理。伪满洲国成立后，在“整肃官纪”的口号下，留任的中国籍检察官陆续退职，代之以日本人或伪满学校培养的官员。1935年，伪满共有检察官115人，其中日籍仅13人，占11%。至1940年，检察官总数上升到291人，日籍为71人，占24%。

伪满洲国成立后，东北全境的所有监狱被伪司法部行刑司接收。首任司长王允卿遵从日本侵略者的意图，制定了一系列监狱管理办法，形成了遍布中国东北的监狱网。1934年，今吉林省境内的监狱由35所增加到37所，共收押人犯2 274人。同年，日伪将延吉划归“间岛省”，延吉监狱主要是关押朝鲜族“罪犯”的抗日爱国人士。1935年，吉林第二监狱改称“新京监狱”。同年4月，日伪实施新监狱制度，吉林省境内被指定为本监的新监狱有：新京监狱、延吉监狱、辽源监狱、吉林监狱、西安监狱、海龙监狱和洮南监狱。伪满初期，今黑龙江省境内共设新监狱有：龙江监狱、拜泉监狱、依兰监狱、滨江监狱、呼兰监狱。1939年，伪满对全境的监狱再次改组，整个黑龙江地区设立本监7处，分监32处。1941年，又建立了规模较大的香坊监狱（在今哈尔滨公滨路南东门街附近）。此外，还有一些秘密监狱，比如七三一部队监狱（哈尔滨市平房区）、松花塾监狱（哈尔滨中央大街）、日本驻哈尔滨总领事地下室监狱（哈尔滨花园小学旧址）、齐齐哈尔市公署监狱（齐齐哈尔）、万发村监狱（佳木斯郊区）等。

肆意抓人　暴虐“劳工”

特别是在太平洋战争爆发后，劳动力短缺，日伪进一步扩大了军警宪特捕人的权限和范围，如1941年10月，日伪公布了《国民勤劳奉公法》，一是把“兵役”检查不合格的青年编成劳务奉公队从事劳役。二是同年12月《劳动者紧急救劳规则》出笼，明确规定，可以强制征集劳力，特别是在光天化日之下，拦截马路行人，随意捕捉衣着褴褛的市民。更有甚者，日伪军警夜查居民“不良记录”，用老百姓的话说，“鸡蛋里挑骨头”，稍有不慎，轻者罚款挨揍，重者即被“带走”（抓捕），很多人由此杳无音讯。

日本关东军在吉林各地搜捕经济犯

以上所说的两种劳工，只算一小部分。还有两种劳工人数更多，即在华北强迫或欺骗来的劳工和被日军抓获的战俘。1933年至1936年，每年大约80多万人；1936—1941年，每年大约150万人；1941年至1945年，每年大约100万人。

日军为伺机进攻苏联做准备，不仅制定了对苏作战计划，而且在中苏边境地区修筑了庞大的军事要塞群，如东宁要塞、虎林要塞、孙吴要塞、海拉尔要塞等，并抓走大量中国人充当劳工。1937年之前为第一期劳工，大多从事军事工程，施工后全部秘密处死；第二期是1940年前，大都在国境线从事军事工程，大部死于非命；第三期是1943年之前，大部分使用本地劳工，主要从事挖煤、修建工程等，死亡率最少50%。

据当时的敌伪档案记载：仅黑龙江省1940年关东军宪兵队累计抓捕各类人士729名，1941年上半年抓捕430人，1942年上半年抓捕1 486人，上述“犯人”，除被杀者外，全部充作劳工。

应该指出的是，上述数字，只是关东军宪兵队作为“思想对策成果”记载下来的，而通过军事讨伐逮捕的各界人士并未计算在内。日本投降后，仅据4名日本宪兵、6名伪满警察、6名伪满铁路警察招供，他们亲自参与逮捕的就有165 650人，投狱31 308人，处死565人，送细菌部队60人，无影无踪者甚多（实际上抓去做劳役）。

据李权洙老人回忆：凡是经过日伪时期的人，一提起当劳工，都毛骨悚然。他说，日军的办法是一派、二抓。抓就不用说了，“派”就是层层下指标，强行派到老百姓头上，一般大屯派3～5名，小屯1～2名。1942年长白县总额为200

余名，其中朝鲜族占40%左右。当时，谁都知道是九死一生，但富人可以花钱雇，穷人就没办法了。所以有句话“一人当劳工，全家进火坑”。更有甚者，有人搭上性命，却一文钱没得到，例如十六道沟的贫苦户金英植，约定替人当劳工，一年60元，结果9个月就死了。

日本侵略者侵占哈尔滨地区以后，随意抓捕居民为其修建工事、兵营、铁路、矿山、飞机场等工程。14年全市共抓劳工（含勤劳奉仕）近34万人次，其中因饥饿、疫病、打骂、折磨等致死20余万人。更加残暴的是，对于参加军事工程和保密工程建设的劳工，每逢工程结束后，为防止泄密，一律集体屠杀。至于以其他罪名集体屠杀和秘密屠杀的人，更是不计其数。

1943年10月，日伪军警从东宁边境地区押解70余名曾有“反抗”行为的劳工，关押在牡丹江监狱，事先部署好炭火窒息设施，待劳工昏迷后，用大棒、刺刀残杀，然后连夜运到朱家屯西北的“万人坑”一埋了事。1944年秋，也是这个监狱，以被关押的200余名“特殊工人”闹事为由全部枪杀。

1943年秋，日本侵略者从关内沦陷区以及黑龙江地区用刺刀征集劳工到鹤岗，名曰“报国队”，实则下井采煤，到1945年，抓来的劳工已达9 500人，再加上勤劳奉仕队（国兵漏）、义勇奉公队，连同矿工在内，从业人员已达36 950人，这个数字还不包括以往的死难者。

鹤岗“万人坑”

日寇侵占鹤岗期间，推行“以人换煤政策”，让被抓的劳工和矿工住在四面围有铁丝网的板棚里，吃的是填不饱肚子的窝窝头，穿的是麻袋片。出煤用镐刨，运煤用人背，每天干活长达12小时，病了没有医药，因而劳工大批死亡。同时，强迫劳工下井，因折磨致死、安全事故致死者不计其数。从1931—1945年，两个万人坑至少有被埋的劳工30 000余人。

1941 年太平洋战争爆发，日本侵略者强迫矿工“大大出炭，支援圣战”，到 1944 年原煤产量达到 691 万吨。更可恨的是，日本殖民者实行掠夺式开采政策，不计资源损失，不顾矿工死活（也叫“人肉开采”），如鸡西城子河煤矿自 1938 年 12 月正式开采，到 1945 年 8 月死亡矿工 6 300 余人，每生产 100 万吨煤死亡 2 178人。

这些劳工在日伪当局的残酷压榨下，受尽了人间的痛苦和灾难，其受害之深、遭遇之惨、死难之多，为人类史上罕见。举一个例子，据不完全统计，从 1933 年至 1945 年 8 月，日本帝国主义在侵占北票煤矿期间，共抓捕劳工 5 ~ 6 万多人，害死矿工 3. 1 万多人，折合每 1 000 吨煤就有 4 名矿工死亡。

据幸免于难的刁岐山老人控诉，当年他被抓去当劳工，修丰满水电站。有一次，轱辘马子钢丝绳断了，被撞死、砸死五六十人。劳工们吃不饱，穿不暖，每天干 12 小时，不堪非人折磨就逃跑，有一次抓回来 30 多人，被日军活活用镐把打死。刁岐山说，1938 年夏，一名劳工拉肚子，一会儿便一次，日本监工认为“磨洋工”，让他跪下，左右开弓打嘴巴子，然后又拿起镐把，朝这个劳工脑袋打去，脑浆立刻流出，可怜的他，连哼都没哼一声，就死了。日本人还把“磨洋工”的石匠用提前放炮（爆炸）的方法，炸死 100 多人，日本监工却狞笑高喊：“磨呀磨呀地干活计，死了死了的好”。

劳工居住的小草棚子

刁岐山老人还说，有个从关内来的中年妇女，到丰满来寻找丈夫，当听说丈夫已经死了，被扔进“万人坑”，就前去哭丈夫，被好心的王大爷劝到家里住了一宿。可是，第二天她还去哭，结果昏过去，被一群狼狗给吃了。后来，王大爷看到了这个女人穿的绣花鞋和被撕破的衣服，还有一副残缺不全的女人骨架。比孟姜女哭长城还惨。

据统计，在东北地区日本侵略者制造了许多残害劳工的“万人坑”。仅在辽源、抚顺、阜新、北票、鸡西、鹤岗等煤矿和鞍山、本溪、弓长岭、丰满东山、大石桥虎石沟、金县龙王庙等地，就发现有“万人坑”59 个，掩埋着 60 多万中国矿工的尸骨。如抚顺就有“万人坑”30 余个、鸡西有 7 个、辽源有 6 个、阜新有 4 个。

1936 年在瑷珲（爱辉）西岗子修建工程的天津和沈阳劳工 1 700 余人全部被杀死，北安的 1 300 余人除病死累死的 600 人外，其余全部被杀死。在吉林市丰满水电站建设过程中，仅 1937 年到 1941 年 5 年间，日本就从中国山东、河北等地骗、逼、抓劳工达 11 万人之多，他们像牛马一样被逼迫劳动，饱受虐待和杀害，累死、饿死、病死、冻死、打死者数以万计。其中，埋在三条 100 米长、6 米宽、4 米深的天然沟的劳工达 1.5 万余人，被称为丰满“万人坑”。

1939 年在黑河稗子沟建设工程的 1 800 名劳工死了 1 300名，余者在工程完工后惨遭杀害。1943 年在山神府的劳工 1 700 余人，不到 1 年就死了一半，尤其是虎头要塞、东宁要塞、海拉尔要塞、孙吴城堡和富锦五顶山，死亡劳工更达数万人。

虎头要塞被狼吞噬的劳工尸体

1943 年 9 月，修筑东宁要塞的 43 名中国战俘劳工暴动，杀死日军守卫 2 名，致伤日军士兵多名，抢夺手枪弹药若干。对此，日军展开大规模堵截、追捕。结果，31 名暴动者逃往苏联，10 名被抓回者处死。

王济堂老先生是哈尔滨市公安局道外分局离休干部、抗日老战士，东北光复后曾多次押解溥仪等日伪战犯。他说：1957 年 6 月 4 日至 8 日，被释放的日伪战犯来哈参观，我与溥仪每天晚饭后都在一起谈话。

溥仪说：“我在抚顺战犯管理所听日本战犯坦白伪满时期所犯的罪行，感到震动最大的是总务厅次长古海中之和一个伪满宪兵队长的坦白。”

溥仪说：“古海中之交待了许多令人咋舌的数字，例如 1944 年从各县征用了 15 000 名劳工，在兴安岭王爷庙修建军事工程，由于虐待与劳动生活条件恶劣，死掉 6 000 多人。又如为了准备对苏作战，修改流入兴凯湖的穆棱河河道，死亡 1 700 多人。”

溥仪说：“自 1938 年用我的名义颁行《劳动统制法》后，每年强征劳工 250 万人（不算从关内征集的）。大都在矿山和军事工程中劳动，造成了成批死亡。1944 年辽阳市的‘防水作业’有 2 000 多名青年劳工不到一年就被折磨死亡 170 人。”

“矫正院”是法西斯地狱

什么是“矫正院”？就是日伪当局对有“不端”思想和行为者，进行强制劳动、拘押、管制的机构。换言之，即日伪当局把认为可能有反满抗日行为的“思想犯”“嫌疑犯”，甚至“浮浪”，送到所谓的辅导院或矫正院。这类机构清一色由日籍法西斯分子充当院长、辅导官之类，吸收汉奸走狗充任辅导士，并由日伪军警看管监押。矫正院四周设有电网、高墙、炮楼，内部设条件极其恶劣的监房和刑具齐全的刑讯室，无异于森严恐怖的人间地狱。司法矫正总局长为日籍法西斯分子中井久二。

从1943年开始，各伪省、县也成立相应矫正局。日伪先后在奉天、哈尔滨、鞍山、抚顺等地设立矫正院。1944年又在齐齐哈尔、佳木斯、鹤岗等地设立，以后又在牡丹江、长春、泰来等地陆续开设。截至1945年8月，日伪当局在东北各地共设立90多个矫正辅导院。

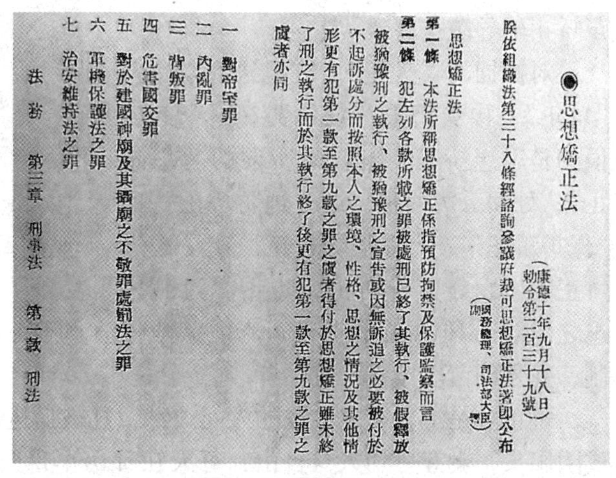

●思想矯正法

（康德十年九月十八日敕令第二百三十九號）

朕依組織法第三十八條經諮詢參議府裁可思想矯正法著即公布

（國務總理、司法部大臣副署）

思想矯正法

第一條　本法所稱思想矯正係指預防拘禁及保護監察而言

第二條　犯左列各款所載之罪被處刑已終了其執行、被假釋放被猶豫刑之執行、被猶豫刑之宣告或因無訴追之必要被付於不起訴處分而按照本人之環境、性格、思想之情況及其他情形更有犯第一款至第九款之罪之虞者得付於思想矯正雖未終了刑之執行而於其執行終了後更有犯第一款至第九款之罪之虞者亦同

一　對帝室罪

二　內亂罪

三　背叛罪

四　危害國交罪

五　對於建國神廟及其攝廟之不敬罪處罰法之罪

六　軍機保護法之罪

七　治安維持法之罪

法務　第二章　刑事法　第一款　刑法

伪满洲国公布《思想矫正法》

1943年10月10日，伪满哈尔滨矫正辅导院正式设立，位置在太平桥附近（现道外区通河街），院长是日本人，下设戒护科、庶务科、保健科，共有辅导士等工作人员40余人。院内有6个监房，每个监房可容纳60余人，并在道外码头、三棵树码头、香坊等地设劳役场地，令被矫正人员从事搬运、建筑等繁重体力劳役。每当院内监房凑集100人以上时，就被押送至鹤岗、鸡西、抚顺等矿山做劳工，有的还被送往边境修筑堡垒工程。

1944年，哈尔滨日伪当局2次抓捕“浮浪者”800余人。据《宁安县志》记载：捕人的方法有两种。一种叫“个别索出”，即个别逮捕；另一种是“一齐索出”，即“抓浮浪”“抓劳工”或称“圈街”。仅1945年上半年，日伪就在宁安县城圈了6～7次街，每次抓走四五十人。被抓进牡丹江矫正院的人，进去后排好队，警察先用木棍逐个毒打一顿，然后从事繁重体力劳动或送往边境修筑军事工程。

1943年7月1日至7日，鞍山日伪机关别出心裁地实行“防范周”，几乎成天成批抓人。沈阳也是每隔一个时期就抓一批“浮浪”。那时，有很多无辜群众被扣上“思想犯”罪名遭受迫害，一些稍有文化并有爱国思想的人，时刻担惊受怕被送进“矫正院”。1935 年，沙岭九台子小学教师周凤举，突然被营口日本宪兵抓去，送至沈阳矫正院，囚禁一年，备受酷刑，遍体鳞伤，出狱后一年死去。1943 年，农安县中医张敬端制作了“德意日完了”的剪纸，被逮捕后送至矫正辅导院折磨致死。

滿洲新聞

行政司を發展的解體
司法矯正總局を新設
保安拘置、思想矯正制運營機關

1720

司法矯正總局官制

矯正輔導院官制

總局長に

《满洲新闻》刊载的日伪当局新设司法矫正总局的消息

对抓捕的“人犯”，统统送到集中营“矫正”，接受繁重劳役处罚。更令人痛恨的是思想矫正，也就是所谓的“思想犯”，处罚分为两种，即“预防矫正”和“保护矫正”。所谓预防矫正，就是送进矫正院，剥夺人身自由，防止“过激思想之传播”，但要强制劳役。所谓保护矫正，就是对其居住、交友、通信严格限制，并强制劳役。

矫正院是迫害东北人民的人间地狱，凡被抓进来的人，一律被剔去眉毛并剪成阴阳头，剥夺一切人身自由，每天在日伪军警监押下，从事 16 ~ 20 个小时的繁重劳动，还要时常受到凌辱或毒打。如鹤岗矫正院，看守人可以任意施刑，只要他们兽性大发，便常常有人被打得脑浆迸裂，当场死亡，尸体扔出去完事。凶手打人时，还常常把所有“犯人”集合起来，令其在周围或立或跪，目睹惨状，以此恐吓“图谋不轨者”。

对抓走的人，来时不登记，死去不留名。因此，许多被抓去的人，最后无影无踪。被强迫劳动的“犯人”，住的是土炕，常年不烧火，以致炕脚长出绿草。“犯人”一个挤着一个睡炕上，一宿不准翻身，不准动弹，稍有活动，看守一棒打在头上，随时都有丧生之祸。睡前，衣服都要脱得精光，堆在一起，以防逃跑。伙食一天两顿橡子面、糠窝头，以及带皮的粗高粱之类，副食只有一条咸菜。一个日本宪兵曾狰狞地说：“支那人，猪的一样，让他们自消自灭，大大地好”。

“犯人”的劳动方式和居住条件更为残酷恶劣。他们成群结队地被驱赶到田野里，赤身裸体开荒种田或修筑工事，稍一直腰，就遭看守棒打鞭抽。监房又窄又冷，拥挤不堪，加瘟疫流行，每天都有一些人死亡。另外，还有两种刑罚更为惨绝人寰：一个是往头上浇开水；一个是夜间脱光衣服在院里整宿罚跪，直到冻死为止。有的人常常是半死不活就被拖走埋掉。

被送进矫正院的人，如前所述，遭受残酷折磨，过着非人生活，致死者屡见不鲜，曾有多名逃跑者被电网电死。据黑龙江省社会科学院研究员、抗日史专家王希亮著《日本对中国东北的政治统治》记载：鸡西矫正院一位幸存者回忆，1943—1944 年先后从各地押进“辅导工人”23 批，每批 300～500 人左右，到光复前夕只剩下 127 人，其余万余人都死在“电网”里。鹤岗矫正院成立于 1944 年 5 月，最初关押 600 多人，到光复前增至 1 190 余人，其中有 260 余人仅在一年多时间里便被折磨而死。1945 年春，恒山煤矿“电网”工人暴动逃跑，被抓回 30 余人，刽子手竟残忍地将这些人用铁丝穿起来，捆在铁柱上，然后架起炭火烧烤，最后活活烧死。

据伪满总务厅长古海忠之在战后受审判时供认：这些辅导院 1943 年关押 7 000余人，1944 年上升到 2 万余人，到 1945 年达到 5 万余人。据日伪矫正局局长中井久二在受审时供认：辅导院死亡率高达 70%，如通化矫正院收容 500 多人，不到两年就死亡 200 多人。

“集团部落”是恐怖集中营

“集团部落”，东北老百姓叫“归屯并户”。当时，东北农村地广人稀，三三两两的农户、猎户遍布田野山川，往往成为抗联部队游击的支点和纽带，日本关东军对此很头痛。建立“集团部落”就是把这些零散的住户和小村庄集中到一起，建造一个特殊的“大屯”，监督居住，坚壁清野，隔断抗联与老百姓的“纽带”。

日军把散居于山林旷野的农民、猎户强行并入“大屯”，以断绝其与抗联部队的联系

先说说日伪当局建立“集团部落”的目的。据吉林省档案馆保存的伪满洲国时期关于“集团部落”的档案记载：1934 年 12 月 3 日，日本关东军司令部下达的

《集团部落建设计划》，对其修建的目的表达得十分清晰："为了确立治安，使民匪分离，断绝其对匪团的粮道和武器弹药补给途径，（使匪贼）欲穿无衣，欲食无粮，欲住无屋，绝其活动之根源，使其穷困达于极点，俾限于自行歼灭之境"。从中可见，其残酷程度登峰造极。

在东北首先实行的"三光"政策，后来又被推广到关内各抗日根据地的"大扫荡"中，成为控诉日军暴行的一个专用名词。图为一户不愿迁入大屯的农民全家被杀光

日伪当局建设"集团部落"的手段，就是武装强制驱赶东北农民迁往指定地点集中居住，并接受严格管理，到期不搬，房屋即行烧毁，不从者就地"政法"。据统计，到1939年底东北全境共建成12 565个"集团部落"，有500万以上农村人口被强行迁入。其中，到1937年伪滨江省共建立1 884个，伪龙江省建立1 245个。据《哈尔滨市志》记载：到1936年4月，宾县经3个月的强行归并，将4 300余个小居民点和一些零散住户归并为1 432个大居民点，将2 868个居民点的6.3万间房屋全部烧毁。至1940年，阿城共归并村屯279个，强行迁走当地村民1 917户，烧毁房屋9 535间。村屯并户后，仅木兰就有875平方公里的"无人区"。据统计，1937—1938年，日伪当局仅在伪三江省桦川县烧毁村屯120余个，烧拆民房2.4万间，被杀死、冻死、饿死的农民1.3万人，荒芜耕地2 100余垧，死亡牲畜4 800多头。

日伪军警驱赶百姓搬进"集团部落"

据《汤原县志》记载：黑龙江省汤原县太平川，原来是一个有500来户人家的大镇子，也是抗联第三、第六军活动的基地。1936年11月，日军进行第一次大围屯，威逼群众搬迁，不从者以通匪罪抓走30多人，其中有10人被杀。1937年大年初一，日伪军警第二次大围屯，天刚亮，太平川附近村屯被日伪军警严密包围，逐户驱赶，放火烧房，抓走108人，其中68名“反满抗日分子”受尽折磨，惨死后被塞进汤旺河冰窟之中，其中有中共汤原县委委员、区委书记康正发。

图为日军在空中拍摄的“集团部落”照片

1936年6月，日伪警察出动，将哈东帽儿山地区56个村屯全部焚烧，6 000多间房被烧毁，1.5万余人失去住处，荒芜耕地1.2万余垧，1 000多户居民被迫迁进“集团部落”，2 000多户居民饥寒交迫，流离失所。1937年7月至1938年底，在桦南县“归屯并户”时，日军乘着汽车挨屯逐户举火烧房，有两名青年眼看家宅被焚，闯进屋里抢夺生活用品，被日本兵用刺刀活活挑死在窗下。结果，一场大火整整烧了七天七夜，几十个村屯化为灰烬，因无处安身活活冻死冻伤者达300余人。那么，这样的“大屯”（“集团部落”）究竟是什么架构和规模呢？

图为延吉县高丽村“集团部落”

从当年日本关东军在空中拍摄的照片可以看到，“集团部落”就像一个小城堡，长200米，宽100米，外有土墙、壕沟和铁丝网，四角有炮楼，城内有十字交叉形道路，把居住人口分成四个区域共100户左右不等。初期的“大屯”规模较小，每一“部落”可容纳50～100户。1938年以后，“部落”扩大了近一倍。

“部落”中心设伪警察派出所和村公所，用以监视居民。居民出入须持身份证明，农民生产劳动也限制在距“部落”不远处。发现有“反满”和援助抗日者，便予以严厉制裁，直至处死。据靖宇烈士馆原党支部书记刘善业讲：在“部落”里有一个叫李永福的老大爷，老两口给抗联送点粮食，被日军抓去了，最后这两口子坚决不说出抗联在哪儿，被绑在大树下让狼狗活活咬死了。

“部落”内建立了严格的保甲连坐制度，“部落长”兼自卫团长，副“部落长”兼保甲长。老百姓白天不得到远离“部落”的地方耕种，晚间还要常常受到监视暗查，甚至不得搭伙走路，天黑不准说话等，稍有不慎，就会遭到毒打和抓捕，乃至丧生。“部落”只供给像动物饲料的“复合面”食品，也就是老百姓说的糠麸加苞米面食品。由于土地被日本“开拓团”霸占，中国农民只能给日本“开拓团”扛活，有的沦为乞丐，还有的被饿死、冻死。

日伪奴化宣传

日本侵略者认为，光靠武力是不能征服东北人民的，只有通过强制执行高度集中垄断意识形态，才能泯灭东北人民的爱国意志，才能巩固对东北的殖民统治。因此，统称为“官制文化”。

伪满通信社齐齐哈尔支社

日本侵略者对“官制文化”的解释是：自上而下地把日本文化强行输入中国东北，以此消灭中国人的民族意识。因此，不准悬挂中国地图，不准用中华字样，不准阅读带有中华民族意识的书籍等，对于苏联和关内的进步书籍、报纸、杂志，也一律禁绝。不经批准不许集会、结社、游行、摄影、出版。

1932年4月，日本侵略者为控制思想文化阵地，在伪满洲国设立了统管新闻、出版、广播等宣传舆论的机构——资政局弘报处，还在“新京”设立了“满洲国通讯社”。1932年10月日伪当局公布《出版法》，1933年撤销资政局在总务厅内设情报处，后改为弘报处。1933年9月建立了“满洲电信电话株式会社”。1936年9月成立弘报协会。1937年3月29日公布《满洲国图书株式会社法》。1941 年 8 月 25 日公布《通讯法》《新闻法》《记者法》等。

这些机构和“法令”的宗旨，就是强调对新闻媒体的全面而严密的控制，使之成为“渗透‘国策’的媒介”，充分体现了殖民地奴化宣传的特征。

光有法令和机构还不够，具体行动就更多了，比如将东北原有 23 家中文报、19 家日文报、7 家俄文报合并为 7 家，每家均有日本人“把关”。又如对带有民族意识或具有进步思想的书刊一律查禁或销毁，凡被认为有“反满抗日”内容或倾向的读物一律禁止出版。1935—1938 年，日伪禁止发行的报纸达 7 400 余份、杂志 2 300 余份、普通出版物 3 500 余册，扣押 92 万余册。

伪满洲国协和会全国联合会宣传标语鼓吹日满“一满一心”

官制文化的主宰机关除了伪总务厅的“弘报处”外，还有伪治安部警务司，伪民政部教育司、厚生司，伪司法部民事司、刑事司等，还设置了“文化警察”“文化特务”，并陆续设置了伪“通讯社”“图书会社”“文艺协会”“放映协会”“出版协会”等。

在东北沦陷期间，日伪切断短波线路。推广低功能收音机，人们只能听日伪广播。广播内容随日本扩大侵略战争有所侧重。初期，突出宣传“王道乐土”“共存共荣”等；全国抗战期间，突出宣传“建设东亚新秩序”“日满相互提携”等；太平洋战争爆发后，则以“大东亚光辉战果”“圣战必胜”等为主。据王修江老人讲：“1941 年末至 1942 年初，在哈尔滨繁华街道上，到处都粘贴着日本海军袭击美国珍珠港的捷报，还有死去日军所谓勇士的照片。”

尽管如此，一些东北爱国人士还是进行了一些形形色色的抵制，如在哈尔滨放送局工作的中国人，出于民族意识和爱国意志，巧妙放送西方为民主自由而奋斗的激情诗歌、乐曲。1938 年 5 月，王钧鼎（化名王一丁）主持音乐讲座时，介绍了法国大革命激情乐曲，影射日本侵略行径，激发民众爱国热情。1940 年 7 月，哈尔滨放送话剧团在洪徽善（化名尘沙）主持下，拒演“日满亲善，共存共荣”的“国策剧”，演出了《日出》等进步剧目，产生爱国影响。这类事例很多。1945 年 8 月 15 日中午，哈尔滨中央放送局播放了日本天皇裕仁宣读的投降诏书录音后，终止了广播。

萧红和萧军

同时，日本宣扬法西斯思想的出版物却源源不断地涌入中国东北。1936 年日本向东北出口书籍 58.7 万册，1937 年增至 380 万册，1940 年增至 2 230 万册，1941 年高达 3 440 万册。1939 年伪满进口日本报纸 5 494 万余份、杂志 827 万册、书籍 1 440 万余册。这个数字是当年中国关内进入东北报纸的 10 倍、杂志的 487 倍、书籍的 14 倍。

从 1935 年开始，日本侵略者对东北文人进行了大肆搜捕和屠杀，先后制造了“黑龙江民报事件”“哈尔滨口琴社事件”“左翼文学事件”等。舒群、萧军、萧红、罗烽、白朗等作家逃亡关内；田琳、李季风、关沫南等作家被监禁，金剑啸等被杀害。

革命文艺战士金剑啸

为了给伪满洲国编造历史依据，早在傀儡政权建立之前，关东军司令本庄繁就指示，要在中国人民的思想上消除“满蒙”是中国领土的概念。侵华文化老手园田一龟还编造了一个小册子，大肆宣传“满蒙地属边陲，开国绵远，自来不是中国的领土”，妄图把东北从中国本土割裂出来。

另一方面，日本侵略者还千方百计制造“日满不可分”谬论。1932 年，日本篡改中国历史，《满洲国协会创立宣言》称：“满蒙之地，本来不属于禹贡九州，有时为肃慎之故土，有时为高句丽之旧居，随后辽、金、元、清相继盘踞之，使此地成为各民族之乐土，以期共存共荣”。日本侵略者之所以篡改中国历史，是图谋制造东北与中原无关的谬论，把日本说成自古以来是中国的“保护者”，把日本对中国东北的侵略说成是“建设与开发”，把日本人说成是中国东北的主人。同时，强制向青少年灌输“日满一德一心”“日满不可分”以及“民族协和”，培养亲日、崇日思想。

1935 年 3 月，侵占哈尔滨的日军师团长若山在南岗区车站街设立了一座神社，社主是铃木雄吉，宣传日本是“天照大神”之国，宣传侵略战争是圣战，即“八纮一宇”（天下一家），男女信徒 4 000 余人。1945 年 5 月，溥仪赴日请回“天照大神”（其实就是一面普通的镜子、一把剑和一块玉），强迫各类教徒参拜，不肯参拜者被送进监狱。总之，要把伪满洲国的第二代，甚至第三代永远奴化为所谓的“日本国民”。

溥仪第二次访问日本时迎来日本“天照大神”

日伪奴化教育

在东北 14 年沦陷期间，日伪的教育方针，也是随着不同历史时期而有所变化的。大致分为三个阶段：一是 1932 年至 1937 年，以教育“日满不可分”和“王道主义”相融合，引导学生对日伪政权忠诚，忘记自己是中国人。二是 1937 年至 1941 年，以“日满一德一心与民族协和相融合”，培养亲日崇日思想。三是 1941 年至 1945 年，以支持军国主义“大东亚圣战”为宗旨，把一切都解释成“惟天照大神之道”，为培养炮灰而效力。

日本語爲正科

文教部確立國民教育方針

並獎勵赴日本留學

伪满报纸刊登伪满文教部“日本语为正科的国民教育方针”

但是，日伪的教育方针，万变不离其宗，即为培养忠于日本的亡国奴服务，为侵略战争培养“奴隶”服务。从这一目的出发，日本侵略者对中国原有文科教材大部分予以废除，对具有排日、民主思想或民族意识内容的教材一律查禁和焚毁，同时组织人力赶编奴化教育、愚民政策的“新教材”。比如在课程设置上，“日语”被列为各类学校的主课，课时增加；中国语文被称为“满语”，课时减少。教学内容着重灌输“王道乐土”“五族协和”“忠孝仁爱”，以及与日本“共存共荣”“盟邦亲善”等。

在日本人监督下的小学日语教学课

教学手段：一是强制学习日本语。要求各学校一律开设日语课，而且课时远远超过语文、数学等主科，小学占全部课时的四分之一，中等学校竟占二分之一。1937年3月10日，伪满文教部发布训令，要求所有学校强制普及日语。同时，日伪把日语定为官方语言，并强制学习。据关平老人回忆：“一个三年级的学生在厕所门上写了‘日语不用学，三年用不着’几个粉笔字，结果被罚下跪，还开除了，他父亲也被关进监牢。”二是开设腐蚀青少年的“精神教育”课，教唆学生对日本感恩戴德，美化侵略者所谓坚贞不屈的“英雄”，把日本天皇说成“天照大神之神裔”。还有，强迫学生每天早自习背诵伪满洲国总理编造的《国民训》，背不下来就让自己或别人打耳光。其中第一条是“国民须念建国渊源发于惟神之道，致崇敬于天照大神，尽忠诚于皇帝陛下”。也就是说，伪满和日本一样，是天照大神的子孙和日本天皇的臣民。

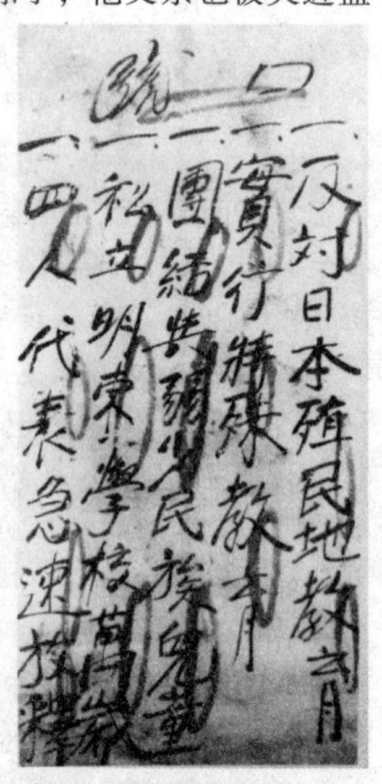

吉林省东明学校师生在麻布上书写的反日血书

从1932年开始，日本侵略者对东北各级学校进行了一场前所未有的大洗劫，除东北大学、冯庸大学等迁至关内外，绝大多数学校陷于瘫痪或半瘫痪状态，许多校舍被辟为兵营，教学设备遭到破坏，学生大部分失学。日伪还不惜动用法西斯专政工具，对东北教育界的爱国师生实施疯狂镇压和迫害，甚至捏造“莫须有”罪名，把大批正直、富有爱国之心的知识分子投入监狱，施以重罚，乃至判刑、枪杀。

14年里，已无从统计有多少爱国师生死在刽子手的屠刀之下，又有多少爱国师生遭受迫害、毒刑和蹲监。在黑龙江省，日伪先从北满特区师范学校下手，逮捕了不听从当局指挥的该校校长林鹏等 8 人，罪名是组织剧团，创办校刊，宣传“赤化”。此案立刻在哈尔滨引起轰动，社会各界纷纷具保申辩。日伪当局唯恐引起变乱，只好将林鹏等师生释放，但免去林鹏的校长之职，列入“重要视察人”名单，派遣特务终日监视盯梢。

在齐齐哈尔，日军宪兵队一手制造了“六一三”事件，即逮捕了省教育厅长王宾章、教师麻秉钧、王柱华等 28 人。随之，日本宪兵队又对哈尔滨、博客图、扎兰屯、昂昂溪教育界大清洗，被逮捕的爱国师生达 90 余人。1933 年，由于大逮捕和大屠杀，使教师数量减少 9 000 余人。其中小学教师从日本侵略前的 2.44 万余人，降至 1.72 万余人，减少 30%；中学教师从 1932 年的 3 100 余人，降至 1 300 余人，减少 58%。

日伪为培养为殖民统治服务的“人才”，还专门开办了一些特殊的高等学校，如 1932 年 7 月 11 日，日伪设立了大同学院，校址在今长春市南岭旧东北军兵营，校长由伪总务厅长官驹井德三兼任。该学院以培养伪高等文职官吏为对象，是奴化教育“中坚官吏的训练机构”，以效忠日满，共存共荣为办学宗旨，以宣传“大东亚圣战，维护王道乐土”为己任，以培养“建国精神，日满一心一德”为目标。此外，还设立伪满建国大学、满洲政法大学、哈尔滨学院、奉天大学、新京工业大学等 20 余所，这些学校均以培养“东亚共荣圈的先觉领导者”为目的。

满洲政法大学在太阳旗和伪满洲国国旗下举行入学式

日本侵略东北初期，办学只招日本学生，后来为体现“民族协和”也招录了一部分中国学生，但教职员工绝大多数是日本人。学生比例日本学生占 65% 以上，其余为朝鲜族、汉族、蒙古族等，汉族学生只占 10% 左右，毕业生大部分被分配到日伪殖民机构和特务机关。1943 年，日伪对 20 所高等学校统计，日本教职员 777 人，中国教职员仅 263 人。如“哈尔滨学院”日本教职员工为 46 人，而中国教职员工只有 9 人；“哈尔滨医大”为 58:12，“哈尔滨工大”为 34:16。至于大中小学校校长90%以上均为日本人。1945年8月15日，日本宣告无条件投降，哈尔滨学院院长涩古三郎（曾任伪满洲国治安部次长，实际是日本关东军特务头子）感觉末日来临，先是带领师生在操场焚毁校旗，之后一家三口在家开枪自杀。

日本侵略者深深懂得“灭其国者，必先灭其史，绝其语”。据抗联老战士王济堂讲：我上一年级时，以东京时间计时，开始学日语，地理只讲东北的，还不许挂中国地图。历史只讲靺鞨、高句丽和辽、金、清少数民族的。日本老师告诉学生，“日语是满洲国国语，不许说自己是中国人，谁说自己是中国人，就是反满抗日，就会被捕，灌辣椒水，坐老虎凳”。那时，家里大人时常叮嘱孩子，出门千万别说走嘴。在学校每天自习必须背诵伪满《建国宣言》《即位诏书》，1943年唱伪满新《国歌》。总之，篡改中国历史的目的，就是一切都要日本化。

据国志杰老人讲：那时，每到伪政权规定的节日，机关、学校以及各家各户都必须悬挂伪满国旗。谁家若是还藏着当时中国的“青天白日满地红”旗，也是“反满抗日”。伪政权出版的报纸《大同报》，有财力的家庭必须订阅，如若不订，就犯了“反满抗日”罪。1934年，该报改名《康德新闻》和《斯民》画报。我年纪小，看不太懂《大同报》，但看过《斯民》画报，那上面尽是美化日本殖民统治和伪政权的东西，还恶毒咒骂苏联。国志杰说：“日本人让中国人必须信奉‘天照大神’，还在各地建了许多日本神社，溥仪‘皇帝’都要顶礼膜拜。”国志杰说：“我们这些人，从小虽受日伪奴化教育，可从小到大都没忘记中国，没忘记自己是炎黄子孙。”

针对日本帝国主义企图灭亡中国的政策，毛泽东主席曾指出：“其可分为物质和精神的两个方面，在精神上，摧毁中国人民的民族意识。在太阳旗下，每个中国人只能当顺民，做牛做马不许有一丝一毫中国气……”

日伪制造系列惨案

日本侵略东北14年间，制造灭绝人性的惨案不计其数，可谓件件触目惊心，桩桩令人发指，罄竹难书，由于篇幅所限，无法一一列举，如1936年齐齐哈尔的“6·13”惨案，1937年哈尔滨的“4·15”惨案，1938年佳木斯的“3·15”惨案，还有齐齐哈尔“田白”惨案、“海兰江”大血案、“濛江东北岔”惨案、“三肇”惨案、“巴木东”惨案、“舒兰老黑沟”惨案、“讷河”惨案、“贞兴”惨案、“通河”惨案、“牡丹江”惨案。数不胜数的共产党人、爱国志士、无辜百姓惨遭杀害。此仇此恨，中华儿女永远不会忘记。

据抗联老战士李敏著《风雪征程》记载：1933年中秋节那天晚上，中共汤原县委书记、反日游击队政委裴治云（朝鲜族）等同志正在鹤立镇后山山洞开会，研究如何争取山林反日武装与共产党领导的游击队联合抗日问题。不料，由于叛徒出卖，裴治云和部分党团员共12人（其中3名女同志）被日本宪兵队“逮捕”。日本宪兵队用尽酷刑，毫无所获。10天后，穷凶极恶的日寇将裴治云等12人全部活埋于鹤立镇宪兵队院内。其中崔圭福和石光信（女）还是一对订了婚的情侣。

据抗联老战士李敏的老师金宗瑞（曾任牡丹江拖拉机厂副厂长）回忆：“多少年过去了，提起那段往事，仍悲痛不已。”他说：“当时汤原游击队队长夏云杰、副队长戴鸿宾、参谋长李云健（朝鲜族）等同志说，一些地下党团员为了掩护战友们牺牲了，宁死不屈，我们一定要抗日到底。”

伴随着“新国家”的出笼，日寇对抗日的爱国者实行了残暴的捕杀

据吴白岩回忆：1932年2月21日，王德林率部攻入敦化县城，老百姓欢迎和爱戴这支抗日队伍，但王部撤走后，灾祸发生了。日本宪兵队不知从哪弄来一张敦化士绅供给义勇军物资的单据，以此认定这些人反满抗日，一连串逮捕了农务会长谭宗周、商会会长万茂森、税捐局局长于登瀛、蛟河小学校长盖文华等12人。他们在受尽严刑拷打后，第二天，日本宪兵队发现有两人逃走，马上把其余人装上盖有篷布的大汽车，把每人眼睛用白布扎紧，开到吉林省城北山下九龙口刑场，用钝刀锯断他们的咽喉，还留一段脖后颈与身体连着，一时间刑场上呼叫之声惨不忍闻，几个死者眼珠子都冒出来，全部死者体无完肤。像这种类似的虏杀，在各类惨案中比比皆是。

1932年9月16日，日本关东军抚顺守备队200多日军包围了平顶山，将全村3 000余人赶至村南草地上，用6挺机枪和几十支步枪一齐向人群扫射。片刻间，血肉横飞，妇孺哭叫，一排排村民倒于血泊之中，对于倒下的伤者，日军还用刺刀挑死。在“平顶山惨案”中，有三分之二是妇女儿童，上至七八十岁的老者，下至襁褓中的婴儿，无一幸免。全村800多间房屋也被日军全部烧毁。至此，该村已无人居住，土地变成一片荒野。

1932年11月17日，侵占佳木斯的日军在马显忠大桥附近杀害红枪会、黄枪会群众1 900余人。1935年5月29日至6月7日，日军第三十八联队第三大队分兵三路进驻吉林省舒兰县老黑沟，在10天之内，日军对桦曲柳顶子、柳树河子、榆树沟、青顶子等处平民百姓进行血腥屠杀，并放火烧毁大部分民房，死难者达1 017人。

被侵华日军屠杀的中国同胞

11月16日凌晨，日军部队悄悄包围辽宁省锦西县下五家村后，开始了屠杀行动，顷刻间西河套血流成河，尸横满地，下五家397人全部被杀害，其中大部分是老人、妇女和儿童。全村近500间房屋，仅剩下一个门楼，其余全部烧毁。

1936年7月7日，驻扎在吉林辉南县朝阳镇的日军独立守备队第五大队第一中队的一个小队，在通化县白家堡子一带，遭到抗联一军的沉重打击。7月15日，日军周密策划，出动全副武装守备队，逐户搜捕老百姓，男人、女人全部捆绑，病人、老人、孕妇当场刺死。中午，日寇逼问抗联去向，群众个个守口如瓶，宁死不屈。日军恼羞成怒，将400余名百姓分批屠杀。顿时，东山根下尸横遍野。日军生怕有幸存者，踩着横倒竖卧的尸体一个个地验尸、补刀。连趴卧在母亲怀里吃奶的婴儿也拉出来用刺刀活活挑死。

日本关东军铡杀的吉林抗日民众

1937年端午节，日本桥本宪兵队特务崔尚律在吉林省长白县朱景洞村刺探情报时发现了地下党的踪迹。同年农历七月三日，日本宪兵队突然闯进朱景洞村，挨家逐户大搜捕，抓走抗联重伤员、妇委会战士、爱国农民，以及妇女儿童20多人，威逼供出抗联伤员隐藏地点，然一无所获。恼羞成怒的日本宪兵队开始大屠杀，惨无人道的特务崔尚律将村民李柱渊4岁的幼子扔进开水锅里活活烫死，宪兵队桥本山甲将抗联重伤员崔东鹤杀害，并剖腹取出心肝示众。同时，桥本宪兵队共杀害抗联伤员及爱国民众50余人，包括20余名妇女、儿童，制造了令世人震惊的“朱景洞惨案”。

再讲一段“钱家惨案”。钱辅延，辽宁省昌图县满井乡西沙河村人，是著名的抗日爱国志士。钱氏家族也是张学良夫人于凤至的姥姥家，钱辅延是于凤至的表兄。1936年，张学良秘密召见钱辅延，向他部署了秘密协助抗日队伍的任务。1937年七七事变后，日军大举进犯华北，钱辅延秘密策划了泉头站沙河铁路桥日军军车颠覆事件，造成4名日军将军当场毙命，死伤无数，铁路运输中断3天。之后，日军疑为钱氏家族串通铁路员工所为，遂疯狂报复，将钱氏家族25人连同铁路员工3人活埋于四平气象站墙外。

侵华日军屠杀中国同胞

再讲讲肇源冰窟惨案，亦称“三肇惨案之一”。1940年4月8日，东北抗联第三路军十二支队攻克了肇源城，击毙了日本警特9人，解救了受难同胞100余人。事后，遭到日军疯狂报复，用半年多时间抓捕杀害几十名无辜者。这还不算完，1941年1月9日，日本军警将19名县内知名人士用铁丝捆绑着，3～5人为一串，用两辆大卡车运至三站李家围子江面上，将一串串人塞入冰窟之中，最后连被日本军警抓来凿冰窟的两个渔民也先用刺刀挑死后塞入冰窟。

更加令人愤恨的是，1945年8月15日，日本天皇宣布投降后，溃逃的日军还血洗了10多个村屯，残杀大批百姓。以上罪行，用罄竹难书形容，毫不为过。举个例子，即齐齐哈尔三家子屯惨案。1945年“八一五”日本侵略者宣布无条件投降后，逃窜到齐齐哈尔富拉尔基南约80里三家子屯的日寇并未放下屠刀。事件的起因是几个流窜到三家子屯的日本士兵，把携带的两支大枪和300发子弹卖给当地农民。这几个日本士兵得到钱后，只交枪支却不交出子弹，致使双方发生冲突。其中两个日本兵乘机逃走，找来从王爷庙溃退下来的三四百个全副武装的日军。9月24日，约有一百来人的日本溃军突然包围三家子屯，下午将全屯80多名男女老少村民赶到一个大院子里。然后，跑步过来两排日本兵，一排向左转，一排向右转，脸对着脸，刺刀对刺刀，形成一道阴森森的刺刀路。几个被捆绑的村民被后面端着刺刀的日兵逼着向这条刺刀路的尽头走去。刚走到尽头，日本军官就把走在前面的那个村民的头颅砍掉了。后面的一个村民看到这情景，冲出人墙，没跑多远，被日兵一枪杀害。随后，站立两排的日本兵端着刺刀像恶魔似的冲进屋里，挨个杀害赤手空拳的村民。陶永富的母亲被一个日兵一刺刀扎进胸膛，随着一声惨叫，血呼地一下涌了出来，喷了那个日兵一脸一身。陶的妻子也被日兵拖出来，手上还领着一个四岁的孩子。日本兵上前一刺刀挑断妈妈的喉咙，另一个日兵一刺刀从孩子的后背扎到前心，挑起来一甩，血从墙头上顺着往下淌。杀完全屯人后，日军趁着夜幕逃之夭夭。大难未死的陶永富，拖着还在流血的身体，寻找可能活着的人。他来到碾坊前，一看门口全是死尸，横七竖八地堆在一起。他又来到猪圈旁，听见里面有哭声，过去一看，正是他的大妹妹趴在牛粪上，刺刀是从乳头旁扎进去的，刀口还在冒着血沫子。这时，屋子里还有几个十五六岁的姑娘，她们的肚子都被挑破了，肠子都拖拉到地上。

侵华日军铡杀中国同胞

据伪满官方档案统计，被日伪军警杀害的抗日军民有 6 万余人。仅据 36 宗有案可查统计，在被逮捕的 5 098 名爱国志士和无辜群众中，只有 3 人不起诉释放，判死刑者 421 人，死于狱中者 213 人，判徒刑者 2 177 人，其余 2 284 名则无下落。

战后，哈尔滨市公安局道外分局离休老干部、抗联老战士王济堂在押解溥仪从苏联回国时，据溥仪说："有一个日本宪兵队长坦白的都是具体事例，他说：往往集体屠杀人之后，还召集群众去参观尸体。有时把一些可疑的人抓来站成一排，从中挑出几个当众劈死，他自己就杀了 30 多个。对被抓来的人，要用各种刑罚折磨，有的半死不活就被拖走。强奸杀人更是司空见惯，一天，有一个日本兵闯进一户人家，一个年轻母亲正在锅台旁抱孩子喂奶，这个日本兵一把抢过孩子，顺手扔进水锅里，强奸了那位母亲后，又用棍子插入阴道，给活活弄死。"

溥仪说："上述事实充分证明，东北这座活地狱，在所谓康德皇帝'王道乐土'幌子下，所有这些残暴罪行，都是在我这个标签下进行的。"

斑斑血泪“慰安妇”

“慰安妇制度”，是日本军国主义违反人道主义，违反两性伦理，违反战争常规的一种制度化、体系化的反人类犯罪行为，是日本在 20 世纪人类历史上最肮脏、最丑陋、最黑暗的一页，更是人类历史上绝无仅有的最大的耻辱。

日本军国主义推行“慰安妇”制度，可以说由来已久，早在日俄战争前后，日本政府就有组织、有计划地征招（实质是先诱骗后强迫）日本、朝鲜、中国台湾地区妇女充当随军妓女。当日本侵略中国和东南亚诸国后，“慰安妇”制度的推行就更加猖獗了，由先诱骗演变为直接强行抓捕，这也是在世界法西斯军队中的独此一家。

关于“慰安妇”，自从日本侵略中国东北后就随处可见。但是，作为一种制度的起源，有人认为是日本效仿德意法西斯而实施的，但确切的历史证据不足；也有人认为，有计划、有组织地实施“慰安妇”制度，的确起源于日本，并且有真凭实据。

对此，《冈村宁次回忆录》写道：谈起此事（慰安妇），深表内疚，昔日战争不存在“慰安妇”问题。1932 年上海事变时，曾发生多起强奸案，我作为派遣军副参谋长，曾请求长崎县知事招募“慰安妇团”，因此我是“慰安妇”制度的创始人。

1937 年淞沪会战后，麻生彻男少尉军医写出的《麻生意见书》，将“慰安所”定义为“军队卫生性公共厕所”，呈报后被军部所采纳，从此日军这种专以满足官兵性欲的机构便普及开来。

由于历史证据和妇女隐私等原因，被强征为“慰安妇”的详细数字已很难统计。但是，也有一些大致上的估算，朝鲜中央通讯社认为，朝鲜人的“慰安妇”有 20 万人。据《汉城报》披露：仅 1943 年至 1945 年间，日军共动员 25 万朝鲜妇女加入挺进队，其中约有 5 至 7 万人当了“慰安妇”。上海师范大学教授苏智良认为，中国人的“慰安妇”也不下 20 万人，这还不包括中国台湾地区、东南亚诸国和苏联的“慰安妇”。因此有一些历史学家认为，沦为日本“慰安妇”的妇女甚至超过 60 万。

有位年轻人说：“日本人也是爹养娘生的，也有亲姊热妹，为什么这么丧尽天良，真不知道这些禽兽是怎么想的?”还说：“个别强奸犯罪，哪个国家都有，但日本政府有目的、有计划、有组织、大规模地推行‘慰安妇’制度，这在全世界历史上还真是绝无仅有的。”

日本军国主义推行这种禽兽制度初衷是什么呢？二战时期，日本侵略朝鲜、中国、东南亚诸国，都有一个普遍现象，就是强奸成风，屠杀普遍，这就激起被占国更强烈的反日情绪和行动，国际舆论也施以严正谴责和制裁。这样，就给日本军国主义当局提出了一个解决这类问题的方案，即必须提供一种“性安慰平台”，设计一种让日本兵发泄性欲的制度，以鼓舞士气，增强战斗力。

对此，日本情报部的大雄一男在给日本陆军本部的一份文件中曾做出这样无耻的说明：“用中国女人做慰安妇，会抚慰那些因战败而产生沮丧情绪的士兵，他们在战场上被中国军队打败的心理，在中国‘慰安妇’的身上能得到有效的校正”。

大雄一男还说：“这种心理作用，唯有中国‘慰安妇’能给我们的士兵产生……占有中国女人，便能滋长占有中国的雄心。我们必须更多地、秘密地征用中国女人做‘慰安妇’，从精神上和肉体上安慰我们的军人，树立他们必胜的信心。”冈村宁次更是认为：“作战越勇猛的士兵，就越是激烈地侵犯被占领地的妇女，就证明这样的士兵都是最优秀的战斗骨干……其主要作用是：官兵卖命，玩玩女人，理所应当，越是第一线部队越需要。”因此，在日本关东军历史上记下了不堪回首的可耻一页。

大雄一男还说：“性生活虽然是制造生命的开始，但无法满足生命欲望的士兵，通过性生活感觉自己还活着，以消除对死亡的恐惧，得到补偿的感觉。”正直的日本学者千田夏光在他的《从军慰安妇》一书中揭露：“日本政府纵容士兵强奸已成为家常便饭，中日战争中……在战场上是勇猛的将兵就要壮烈地侵犯占领地的女性……这在日本军队中已形成风潮了。”那么，我们不禁要问，日本军国主义是怎样实施“慰安妇”这一罪恶制度的呢？

之所以说日本推行“慰安妇”制度罪大恶极，有以下几点可以说明：一是目的性。这在前面已讲很多了，其宗旨就是以反人类的制度为其军事侵略服务。二是组织性。2007 年 3 月 5 日，韩国釜山外国语大学教授金文吉公开了 1937 年 12 月 21 日日本驻中国上海领事警官田岛周萍给长崎水上警察署的公文关于“为皇军官兵征调慰安妇委托文件”，记录了当时日本在征调“慰安妇”过程中的缜密分工，即日本领事馆负责给慰安妇所签发执照，并为运抵港口的“慰安妇”提供方便；日本宪兵队负责运送“慰安妇”，并保护其安全；日本陆军武官室负责辟建慰安所，并检诊“慰安妇”。同时，决定在各战线设慰安所，在日本、朝鲜和各占领区征招“慰安妇”。三是公开性。据东北烈士纪念馆长达 4 年多调查，从 1935 年开始，日本关东军为配合东宁要塞建设和对苏作战而大量增兵（总兵力达 13 万多人），除大量抓捕大批中国劳工外，还在东宁镇、三岔口镇、绥阳镇、大肚川镇、老黑山镇、南天门乡等 9 处军事要地设置了 59 个慰安所，其中伪县公署所在地就有 39 所，如三岔口慰安所、大肚川慰安所、老黑山慰安所、绥芬河慰安所、绥西慰安所等，都是日本人开办的。这些慰安所里有朝鲜、韩国、日本、中国、苏联“慰安妇”2 000 余人，其中，朝鲜女人 800 人左右。除上述慰安所外，还有许多“慰安妇”被日军秘密押送到东宁要塞群里遭受日军官兵禽兽般的蹂躏。还有很多“慰安妇”因反抗或逃跑等被迫害致死。如今，大多数慰安所已成为废墟，只有大肚川镇新城沟村北山坡一处慰安所（老百姓称其为北大楼）前些年还保存较好，如今已是断壁残垣。

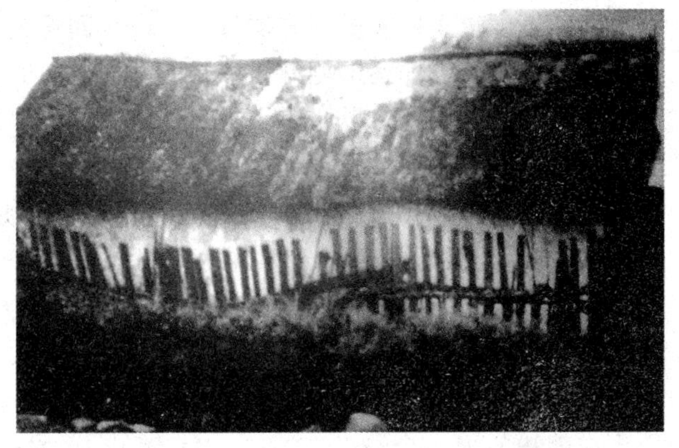

黑龙江省东宁县绥阳二道岗子日军慰安所遗址

由于种种原因，很多“慰安妇”不愿意向外透露那段耻辱的经历和悲惨的遭遇，往往带着冤屈和悲愤走过了一生。但是，也有部分幸存者冲破重重障碍，摆脱种种压力，不想带着冤魂走入九泉，勇敢地站出来，接受记者采访，毫无保留地控诉那段地狱般的苦难，她们要向日本讨还血债。

21 世纪初，东北烈士纪念馆调查组费尽周折，终于找到当年在石门子慰安所的 4 名“慰安妇”，倾听了她们声泪俱下的控诉。80 多岁的金淑兰老人，虽然在当年做“慰安妇”时落下不少毛病，但现在气色不错，加上染了黑发，仍带有一种温良柔美的姿色，看起来年轻时肯定是个标致的姑娘。她说，她是平壤出生的，家里共有 6 个兄弟姐妹，从小就记得家里很穷，因此曾被卖过五次，20 岁时，狠毒的老板把她卖给东宁县日本人开的慰安所。她说，日军不是人，是野兽，稍不顺心，就毒打你，她每天“接待”多少个日本兵，自己也说不清楚，其中休息日最多，一天至少“接待”20 多个，来例假也不让休息，达不到规定的数量就不让吃饭，因此经常被折磨得死去活来，屡屡休克。她说，那不是人过的日子，所以每天都想逃跑，可是难啊，门口有日本士兵端着带刺刀的大枪站岗，门外还有大围墙，自己跑过一次，结果被抓回来往鼻子里灌辣椒水，有三个姐妹就因逃跑被折磨死了。她痛苦地说，我早就哭不出眼泪了，那真是生不如死的日子呀！

朴玉善是 1941 年被日本关东军以招工的名义，从韩国原秘阳郡秘阳县（现为庆尚南道）农村同许多姐妹被骗到中国，被押送到天长山要塞充当“慰安妇”，日本老板娘给她起个日本名叫秋子。由于她才 18 岁，长相秀丽，身材苗条，加之能歌善舞，很快秋子的称呼传遍日本军营，奸淫的声浪，强暴的兽性，整整伴随她度过了四年的屈辱岁月。她说，四年中，不能走出兵营，也不能和外人接触，甚至和同命运的姐妹也不能自由往来。晚上，整夜遭受关东军的凌辱，那惨叫声和怪叫声仿佛跌进万丈深渊。在那走投无路的日子里，多少次想到死，想到跑，但兵营岗哨戒备很严，暗自不知流过多少泪水。她还说，她主要为日本军官服务，其他“慰安妇”条件和待遇更差，都是强制性、义务性的，有时一个人一个晚上要惨遭 30 多个日军牲畜般的虐待，有的姐妹被折磨致死或自杀，病死者更多、更惨。

李凤云因被迫当日军“慰安妇”，早已失去生育能力，现在东宁县道河（镇）敬老院安度晚年。她回想起那段屈辱时日，泣不成声，悲痛不已。李凤云出生在朝鲜平壤一个贫苦农家，1941 年她 19 岁时和同村的 4 个姑娘被日本人“招工”来到黑龙江省阿城县，说是到“满洲国”挣钱。可是，她们却被送进日本兵营，日本老板娘迫使她们干杂活，不仅吃不饱，还经常遭毒打，先后有三个姑娘被折磨死了。两年后，她和李寿段等姑娘被日本人送到东宁县大肚川（镇）石门子兵营慰安所，叫“石泽郎所”。一天晚上，她看见日本兵押着两个姑娘，有一个戴满金一个豆的日本军官和几个小军官把两个“老毛子”（苏联人）姑娘糟蹋了一宿，第二天就押走了。她说，有几次也抓来一些中国姑娘，糟蹋没几天也押到别处去了（实际上是送到要塞做慰安妇）。

李寿段说，接客的时候，姐妹们都正屋站着被日本兵挑，每天至少四五个，多则十几个，那些畜生常常喝醉酒来，发泄一通就走了。李寿段还记住几个姐妹的名字，但大多是“花名”。李寿段说，一个叫“给歪姑”的，她被日本兵整大肚子，结果生孩子时难产死了。有一个叫“妈有味”的，由于接待“不周”，被日本兵打了一顿，连惊带疼有病死了。还有一个叫“吉拉米”的，只有 17 岁，一连几天被日本军官包下，不久跑出兵营，被日本兵打折一条腿，伤还没好就逼她接客了。半年左右“吉拉米”得了性病，挺厉害，日本老板娘说领她看病，就再没回来，后来听说送哈尔滨七三一部队了。

池桂兰出生在韩国釜山农村，18 岁时与同村一个男青年结婚后搬到日本居住，22 岁那年丈夫被强拉充军，家里生活拮据，看到“满洲国”招工广告后，就跟日本“老板”来到牡丹江，1945 年 3 月来到东宁大肚川（镇），陷入“魔窟”。当天晚上，日本老板娘让池桂兰接客，她说什么也不干，又哭又闹反复说要回家。一个日本军官和几个日本兵抱起她扔到床上，并将她全身衣服扒光，围着她赤裸裸的身子，边轮奸，边嘲笑。她说，“恨不得一头撞死”。就这样，她经历了 5 个月惨无人道的日子。

据东宁县大肚川镇新城沟村原党支部书记肖秀云老人讲，当年他被日本人逼着赶马车往“北大楼”（慰安所）送大米、蔬菜，虽去过不少次，但只能送到院里，不让进屋。他看见楼里有十几个年轻妇女，是日本人还是朝鲜人说不清，但穿的都是后腰背袋子的衣裳（日本和服）。他说，到北大楼的大都是骑马的日本军官，楼里边有妓女、电影院、澡堂子和食堂，反正都是日本人吃喝玩乐的地方，而且戒备森严，四周有大墙，门口有岗楼，日军手里端着带刺刀的长枪。肖秀云老人还说，1945 年 8 月的一天，苏军和抗联打来了，日军急忙把文件、档案和“慰安妇”运走，大肚川镇石门子村 4 个慰安所还有 100 多名“慰安妇”，由于当天车已装满没来得及走，结果第二天苏军就打过来了，这些女人在炮火中四处躲避，最后九死一生，有很多被日军在撤退前杀害，活着的至今也下落不明。

据了解，1945 年 8 月 15 日，日本无条件投降后，一部分“慰安妇”成为幸存者，她们大部分隐姓埋名，不愿面对和回顾那段惨不忍睹的历史，有的在悲愤和孤独中死去，有的疾病缠身在寂寞和痛苦中度日。但是，也有少数人同金淑兰老人一样，嫁人结婚，还有生儿育女的，过上了正常人的日子。

东宁要塞“慰安妇”金仙玉

但有一条是肯定的，即无论是逝去的、健在的，她们都对日军有着刻骨铭心的仇恨。据金仙玉老人披露：曾有日本人专程到东宁县找过她，让她不要对外公开那段历史，被她断然拒绝。她说：“日军犯下的滔天罪行是无法用语言表达的，也是无法掩盖和销毁的，我们一定要还历史一个真相。”

少数民族的苦难

众所周知，日本帝国主义侵略东北以后，喊得最响亮的口号之一，就是“五族协和”，即把东北主要民族分列为“日本、朝鲜、蒙古、汉和满”。这样，就把原来与东北没有任何关联的日本人，作为东北的主人肯定下来，而且排在第一位，自诩为“天孙人种”，超越其他种族之上。

日本帝国主义深深懂得，汉族占大多数且同关内有着千丝万缕的联系。要统治东北，必须重点压制和打击汉民族，因此把汉族人列为最低等级。由此，不断诬蔑丑化汉族，挑拨相互关系，限制汉族伪官吏，迫害汉族民众等。

在日本侵略者殖民统治下，东北各少数民族也同汉族人民一样，受到残酷的政治迫害和经济掠夺，凡日伪颁行的一切法令、政策，对少数民族也毫不宽松。

先说说朝鲜族，朝鲜是最早沦为日本殖民地的国家。日本将朝鲜并入自己的版图后，展开了以灭绝朝鲜种族，灭绝朝鲜历史和文化为目的的“皇民化”运动。

九一八事变之后，对原东北境内的朝鲜族，和不堪日本殖民统治越境到中国东北的朝鲜民众，更是臆造了一个“升级版”的怀柔和压制并行的欺骗政策，名义上称朝鲜族为仅次于日本人的“准高等民族”，实际上是把朝鲜族打造成侵略中国的帮凶和打手。那么具体表现在哪些方面呢?

如炮制“内鲜一体”论。即把日本人称为“内地人”，把朝鲜人称为“半岛人”，均为大日本帝国“臣民”，并强制对朝鲜人实行“忠君爱国”教育，当然是忠日本的“君”，爱日本的“国”，而朝鲜民族的固有文化、习俗一律禁止，尤其是坚决限制学习和使用朝鲜语言，还强迫“创代改名”（也就是改朝鲜姓名为日本姓名)、“内鲜通婚”。

在这种“拉拢和打压”之下，如同操纵和利用汉民族的少数败类一样，日本帝国主义统治集团也的确培植了一部分朝鲜族的猥琐之徒，来欺压本民族同胞和东北人民，同时成为日本法西斯的牺牲品，充当侵略战争的炮灰。据统计，在东北沦陷的14年里，计有11 294名朝鲜青年被应征入伍，其中有6 178人阵亡。这之中，也包括相当数量的东北境内的朝鲜族青年。日本帝国主义还利用类似勤劳奉仕的“国民义勇军制”，使大批朝鲜族青壮年以日本“臣民”的身份被征调参加修筑军事工程、矿山采掘、筑路等繁重苦役。更无耻的是，日本帝国主义还强征大批朝鲜妇女充当“慰安妇”，供日本侵略军蹂躏。

但是，广大朝鲜族民众却没有上当，他们自觉地同东北其他民族站在一起，坚决抵制日本帝国主义的民族离间政策，并以前仆后继、不怕牺牲的精神投身到反满抗日斗争之中。据不完全统计，在东北抗日联军中，先后就有2 100余名朝鲜族抗联指战员，为东北各族人民争取民族解放做出了重大贡献。

在蒙古族居住区，日伪当局除强征“出荷粮”外，还要征收“出荷牛”“出荷羊”。对牧民的牛羊逐一登记造册，不准私自宰杀。

1942年，日伪当局向科尔沁左后旗分派“出荷牛”2 000头，次年更猛增至1万头，而且以减半价格强行夺取，使该旗“种地耕牛和乳牛均被掠夺殆尽”。此外，日伪当局还经常到牧区抓壮丁，征“国兵”，一次就抓走500余人，当年就有30余人因冻饿而死。日伪还成立蒙古族“讨伐队”，专门攻击抗联队伍，结果大部分战死。

日伪规定：鄂伦春人必须上缴所有猎物给“满洲畜产株式会社”，如发现私自出售或隐匿，没收枪支并抓人。鄂伦春人猎取的毛皮、鹿茸，采集的人参，也要按极低的价格上缴，而换回来的只是少量粮食和更生布。

赫哲族是人数最少的民族，世居松花江下游，以渔猎为生。1942年，日伪当局出动警察、特务，强迫世居富锦、抚远等沿江地区的赫哲人，不论男女老幼五天之内必须移居到荒无人烟的密林沼泽地区。正值严冬时节，赫哲族男女老幼蹚着没膝深的积雪，凄凄惨惨地被驱赶到那里以后，日伪当局便丢下不管不问，任其饥寒交迫，加上瘟疫吞噬，许多人冻死病死，日本侵略者就是企图用这种惨无人道的手段将赫哲族灭绝。据统计，民国初年，赫哲族约有2 500～3 000人，到光复前夕只剩下300余人，已濒灭绝。

达斡尔人世居黑龙江沿岸和嫩江流域，以农、牧、渔、猎为生。日伪采取强制手段将齐齐哈尔附近的达斡尔人分批驱赶至伪兴安东省边远之地。而达斡尔人多年经营的土地、牧区则被日本“开拓团”移民占据。达斡尔人被强迁后，住的是马架子，吃的是半糠半菜，缺吃少穿，成天挨饿，加上日伪逼迫各移民点“出荷”粮食和牲畜，甚至公开行抢。有些移民村全家男人和女人换穿一套衣服。移居索伦地区的达斡尔人计有300户人家，2 000余人，平均每户被强征1～2个劳工服役，一位叫得宝的青年为躲避征兵，在铡草时故意把右手食指切断，结果被日本人察觉，押进监狱关了数年，直至光复才侥幸逃生。

原扎布哈屯128口人迁到布特哈旗后，由于贫病交加，到光复前夕，死去61人，占人口总数的47.2%。原雅尔塞屯（齐齐哈尔市郊）孟银海一家16口人，光复后只剩下3口人了。

第八章

泯灭人性的“七三一”部队

早在14世纪中叶，鼠疫就曾席卷欧亚大陆，致使欧洲四分之一的人被夺去了生命。因此，国际社会早已认识到细菌的深重危害，并形成禁止研制细菌武器的法律公约。但是到了二战时期，日本军国主义打着科学研究的幌子，研究和生产大量细菌武器，并以实战为目的，进行灭绝人性的勾当，“七三一”部队就是日本罪恶的典型代表。就其性质讲，其卑鄙度、可耻度、反人类度登峰造极，毫不为过。就其规模来说，是世界上最大的细菌杀人工厂，远远超出了德国法西斯建立的所谓“波兹坦细菌学研究院”。就其对人类的危害来说，远远超过种族灭绝的“奥斯维辛集中营”，甚至超过古代战争的屠城，因为它具有毁灭整个人类的罪恶能量。

恶魔部队的出笼和概况

说起来话长。20世纪20年代末，日本经济危机，国内矛盾交织。以田中义一为首的日本右翼内阁急于寻找对外武力扩张之路。但是，光靠“热兵器”既费时，又耗力，况且杀伤力有限，自身损失也在所难免。恰逢这时，时为日本关东军少佐的石井四郎考察欧洲后，在明明知道从事细菌战违反国际法的情况下，还是提出了“实施细菌战秘密计划”。该计划指出：“制造细菌武器既省钱、省资源，又有不可估量的杀伤力，对缺乏钢铁的日本帝国来说，是件一举多得的好事。”随即得到了时任陆军大臣荒木正夫等军部要员的认可，日本陆军参谋本部也正式出台了《细菌战秘密计划》。

侵华日军“七三一”部队队长石井四郎

据记载，《细菌战秘密计划》出台之后，实施速度很快，始作俑者石井四郎立即搜集日本医学界、生物界、化学界等方面的精英，在日本陆军军医学校筹建“陆军防疫研究室”。1932 年 8 月，日军在中国黑龙江省五常县背荫河镇建立了细菌实验工厂，人称“中马城”。1933 年 8 月，日军又在哈尔滨市南岗区宣化街和文庙街之间设立了“石井部队”，实质上是秘密的细菌研究所。对此，外部人只知道大体概况，并不详细了解它的来龙去脉。

这支罪恶的细菌部队的组织架构到底经历了一个什么样的发展演变过程呢？据考证是这样的：设在哈尔滨南岗区宣化街的“石井部队”建立不久，1934 年 9 月，由于坐落在背荫河的“中马城”受到哈东支队第七队（第二年整编为抗日联军第三军第一团）袭击，加上“马路大”（用做细菌试验的活人）暴动，有 16 名被当作实验品的中国人逃出魔窟，因此建立在背荫河的细菌工厂就很快泄密了，这对日本关东军实施的绝密细菌战计划是不可接受的。在这种情况下，根据日本关东军第 1539 号命令，坐落在哈尔滨宣化街的“石井部队”正式搬迁至距哈尔滨南郊 20 公里的平房区，并将 120 平方公里的土地划为“特别军事区”。为掩人耳目，这支细菌部队先后叫过“加茂部队”“东乡部队”“关东军防疫给水部”。1941 年 8 月更名为“满洲七三一部队”，1945 年 5 月苏联攻克柏林，法西斯德国战败投降，垂死挣扎的日本帝国主义为转移人们视线，又将它改称为“满洲 25202 部队”，但习惯上人们还称它为“七三一部队”。

侵华日军“七三一”部队四方楼鸟瞰图

资料显示，“七三一”部队的防卫相当严密，有四道防线。其中，空中有一条防线，不允许任何飞机穿越，否则有专用飞机拦截，地面还有高射炮。此外，陆地有三道防线。第一道防线是本部大楼及四方楼周围土墙，高 2 米、长 5 000 米，墙上有高压电线，墙外有宽 3 米、深 2.5 米的防护壕。设东门两处，南、西、北门各一处，各门均设武装岗哨。第二道防线为核心区，特殊管理。第三道防线为标识区，非有关人员禁入。这样一个戒备森严的部队，它的内部机构设置、级别、人员编制又是怎样的呢？

“七三一”部队占地 120 平方公里，建筑面积合计 300 亩，内部设有本部机关、各种实验室、特种监狱、专用机场、少年宿舍、家属区、教育区、娱乐区，可谓设施齐备。关于“七三一”的地位，名义上是编在关东军序列，而实质上是日本陆军参谋本部直接领导的特种部队，因此人员配备比其他部队高出一等。

1936年至1942年石井四郎中将为部队长，1942年至1945年2月北野政次中将任部队长，1945年2月至1945年8月石井四郎重任部队长。

“七三一”部队下设部长均按佐级配备，少数重要部门配少将级部长。第一部为细菌研究部，菊地少将任部长，该部下设从事鼠疫菌研究的“高桥班”，从事病毒研究的“笠原班”，从事细菌传染媒介研究的“田中班”，从事冻伤研究的“吉村班”，从事赤痢研究的“江岛班”，从事霍乱研究的“凑班”，从事病理研究的“岗本班”和“石川班”，从事血清研究的“内海班”，从事结核研究的“二木班”，从事药理研究的“草味班”，从事立克次氏体（包括跳蚤）研究的“野口班”，从事细菌对人传染应性研究的“川上班”。第二部为细菌试验部，太田澄大佐兼任部长，这个部除用动物和活人进行细菌试验外，还通过“八木泽班”从事植物病毒研究和传染试验，设置了“石井”动物饲养班和培植细菌传染媒介物的分部，此外还在正黄旗三屯西南城小沟设立了临时实验场，在安达镇东35里的鞠家窖附近设置了特别实验靶场，还设有为细菌实验服务的“航空班”“无线电班”和“气象班”。第三部为防疫给水部，江口中佐任部长，这个部设在哈尔滨市内宣化街，是在原“加茂部队”旧址上重新组建的，它辖有滤水器制造厂和细菌瓷弹壳制造厂，实际上是在制造滤水器的掩护下，秘密生产土陶制成的“石井式”细菌弹壳。同时，还在“七三一”本部设置了各类小型细菌武器的研制、生产场所。第四部为细菌生产部，川岛清少将任部长，下设两个分部，独立进行各类细菌的制造，由柄泽班、有田班、朝北奈班、山谷班和山口班，完成从细菌繁殖到细菌武器装配的全套工作。其他为总务部、训练教育部、器材供应部、诊疗部。此外，还有一个与各部平行的管理监狱的“特别班”，由石井四郎的二哥石井刚男负责。

“七三一”部队的仪器舱（资料照片）

关于人员编制。1941年“七三一”部队人员编制已达3 000人（顶峰），其中将级军官5名、佐级军官30余名、尉级军官300余名。1945年日本投降前人员编制锐减为1 500人。

关于“七三一”部队的分支机构，1940年12月2日，日本关东军司令部发布关于建立七三一部队各支队“甲”字第398号命令，其中包括设置在孙吴的六七三支队、海林六四三支队、林口一六二支队、海拉尔五四三支队、大连卫生研究所（细菌试验），规定每个支队名额为300人。此外，还有设在长春的“一〇〇”细菌部队（级别与“七三一”部队平行），其任务与“七三一”部队基本相同，另外还生产了大量的化学毒剂。

细菌研究的种类和生产

“七三一”部队研究和生产细菌的种类很多，主要有鼠疫、伤寒、霍乱、炭疽、梅毒、赤痢等，尤其重点研究这些菌种的大量繁殖方法和传播途径。同时，设计制造了能有效携带细菌的土陶细菌弹，形成攻击型细菌武器用于实战和大规模屠杀。

日本陆军军部十分重视“七三一”部队的细菌研制工作，为其配备了当时世界上最先进的细菌实验工具和设备，如化验检测用的高倍数显微镜等。其中，“石井式细菌培养箱”是石井四郎“发明”的细菌生产设备之一，即在生产细菌时，先将辅助材料沿器体内壁注入，然后把抹有菌株的轻金属模板插在两个箱之间繁殖细菌，20个小时内可以生产10克细菌，每次至少使用1 000个细菌培养箱。七三一部队用来培养细菌的培养基可重复使用三次，当细菌生产的一个周期完成之后，将细菌培养基上的细菌刮出，并用溶解釜对培养基进行溶解，之后再继续往培养基上植入菌株，直到培养基使用三次后失去细菌培养能力为止。可见，这种器具在“七三一”部队得到广泛应用。1940年，为了解决细菌的长期保存和有效杀伤力问题，“七三一”部队大规模生产了干燥式粉末状细菌，相继开发出干燥式炭疽菌、干燥式鼠疫菌等剧毒粉末。

为了最大限度地发挥细菌的杀伤力，“七三一”部队不断地研究细菌的最佳传播途径，最终发现跳蚤是最佳媒介物。当跳蚤被感染上细菌后，每个跳蚤便成为流动的“小型细菌传染源”。染菌的跳蚤无论对人或牲畜进行攻击时都非常有可能造成细菌的大面积蔓延。

“七三一”部队不仅生产细菌种类很多，而且生产细菌的能力也很强，据原“七三一”部队第四部生产部队长川岛清战后供述，仅第四部一个月即可生产鼠疫菌300公斤、伤寒菌800～900公斤、霍乱菌1吨。如果再加上其他支队，生产细菌的数量就更加庞大了。这里还不包括毒气。

土陶制细菌弹是石井四郎研制的一种特殊的细菌炸弹，可以解决钢铁炸弹爆炸后产生高热伤害细菌，以致失效问题。而土陶制细菌弹由陶瓷或硅藻土制成，用少量火药即可炸碎，不会产生高热，因此不会伤害细菌。为了大量生产这种土陶细菌弹，“七三一”部队还专门建造了烧制细菌弹壳的窑体（现窑体遗址还有两座）。“七三一”部队第四部兵器班的主要任务是研制各种小型细菌武器。

哈尔滨市社会科学院“七三一”问题国际研究中心负责人杨彦君认为：在掌握第一手资料的基础上，得出的结论是，侵华日军生产了至少10种类型的细菌炸弹，包括石井式陶瓷细菌炸弹、HA型炸弹、I型炸弹、RO型炸弹、SI型炸弹、U型炸弹、老型UJI型炸弹、GA型炸弹、100JI型炸弹、母女炸弹等。

恶魔部队的目的和手段

“七三一”部队是打着生物研究的招牌，用活人进行细菌试验，残害生灵，然后用所谓科研“成果”，制造具有大规模杀伤力细菌战或毒气战武器，在战场上或在集体屠杀时使用。这方面是有历史考证的。1940年12月12日，日本天皇裕仁发布赦令，要求在进攻苏联的各个战略要地建立细菌战基地，这就是创建“七三一”部队及各个支队，扩大细菌武器生产的基本目的。

紧接着，日本首相东条英机在签署的《关于建立和分布石井部队四个支队的命令》中说：“在石井部队下，分设有许多由日本关东军各部队和各兵团指挥的支队，他的任务是准备在战争中实际使用该部队细菌武器。”可见，“七三一”本部和分部的战略布局，充分说明了其险恶用心，即不仅可以按品种、数量扩大细菌武器的生产，而且能够在战局不利时，尤其是“七三一”部队或者某一支队遭到毁灭性打击时，细菌战仍不会受到根本性的影响。

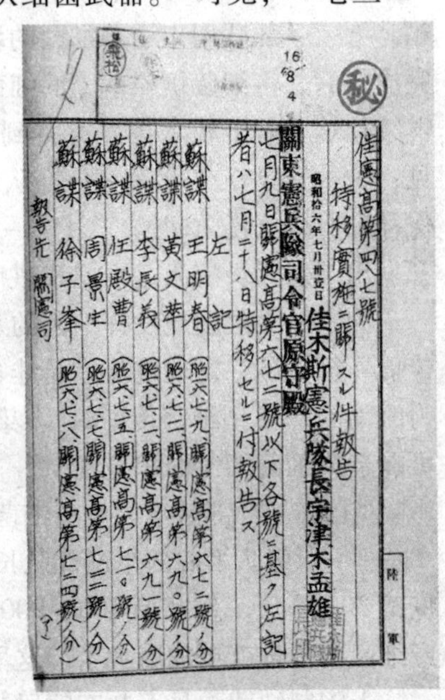

秘

16 8 4

佳憲高第四八七號

特移實施ニ關スル件報告

昭和拾六年七月卅壹日 佳木斯憲兵隊長 宇津木孟雄

關東憲兵隊司令官 原守殿

七月九日關憲高第六七二號以下各號ニ基ク左記者八七月二十八日特移セルニ付報告ス

左記

蘇諜 王明春（昭一六、七、九關憲高第六七二號ノ分）

蘇諜 黄文華（昭一六、七、二關憲高第六九〇號ノ分）

蘇諜 李長義（昭一六、七、二關憲高第六九一號ノ分）

蘇諜 任殿曹（昭一六、七、五關憲高第七一〇號ノ分）

蘇諜 周景生（昭一六、七、二七關憲高第七二三號ノ分）

蘇諜 徐子峯（昭一六、七、一八關憲高第七二四號ノ分）

報告先 關憲司

（了）

陸軍

佳木斯日本宪兵队“特殊输送”实施报告

因此，石井四郎到海拉尔“五四三”支队视察时说：“日苏战争迟早难免，因此我军在生物化学战上，应特别提高自己职能的涵养；对于细菌战，我们是有信心的。要多采用医科大学细菌专科教授，大量使用俘虏进行试验所研究的细菌；防疫给水部还拥有大量孵卵设备，……为避免敌方的轰炸和破坏，要分散培养细菌的设备，供战时使用。”那么，“七三一”部队是怎么进行活人实验的呢？

日本法西斯进行细菌试验可谓不择手段，最恶劣和最残酷的做法是把战俘、抗日人员，甚至无辜百姓抓来，他们叫作“马路大”，即剥了皮的“圆木”的意思，送到“七三一”部队进行活体细菌试验。输送“马路大”，日本侵略者叫“特别移送”。供实验用的“马路大”，基本上是由日本宪兵队和日本特务机关来掌握。输送“马路大”工作，主要由哈尔滨宪兵队负责。

驻哈尔滨日本领事馆是侵华日军“七三一”部队“特殊输送”的中转站

在苏军缴获的满洲日本档案中，发现关东军1939年224号作战令：“依据关东军宪兵队所派第二批‘特殊输送’人员90名，于8月9日抵山海关站。13日0时13分抵达孙吴站”。落款为关东军宪兵队司令部城仓少将。果然，1939年8月9日，一列从山海关车站发出的列车尾部一节闷罐车厢里，关押着90名中国被俘人员，列车进了哈尔滨站后，押下车的30名被俘人员被强行推上了早已等在站台上的“七三一”部队的特别囚车，其余60名仍锁在闷罐车里，沿着滨黑线行驶，于8月13日0点到达孙吴站，将60人关押在“六七三”部队。另据战犯今关喜太郎供认：1939年10月至1941年6月，孙吴宪兵队队长先后提出：“拟将15名抗日人员送到石井部队的报告，我（今关喜太郎）签署了准予执行意见，经司令官批准后，下达给上述部队”。可见，“七三一”部队及其各支队在“马路大”身上做试验，也不知有多少中国人和战俘当作试验品，不知多少“马路大”惨遭迫害。

“七三一”部队第二十一野战防疫给水部队正在让中国战俘处理个人卫生，战俘们随后的命运可以想象

1945年8月，日本投降前夕，关东军宪兵队在撤离前将“特别移

送”的档案大部分销毁。其中很少一部分保留下来。1999年黑龙江省档案馆公布馆藏“特别移送”档案66件；2001年吉林省档案馆公布馆藏“特别移送”档案277件。不过，一些研究认为，超过10 000名中国人、朝鲜人、苏联人，以及联军战俘在“七三一”部队的试验中被害。在已查阅统计的日伪档案中，已发现134个“特别输送”案卷，送往“七三一”部队的中国人、苏联人和蒙古人共有1 203人。其中，涉及地下情报者48例60人，涉及反满抗日者43例790人，涉及抗日地下工作者13例35人，涉及特务嫌疑者10例54人，涉及中共地下党9例38人，涉及中苏战俘8例120人，涉及无业游民2例105人。这其中，有中国人1 173名、苏联人16名、蒙古人7名、朝鲜人7名。

被“特殊输送”的朱云岫

另外，据日本作家森村诚一在《恶魔的盛宴》一书中称，通过“特别输送”，进入“七三一”部队的“马路大”需要编号，而从1939年以后，进行了两轮编号，每一轮编号极限为1 500，可见到抗战结束共计3 000余人死于此。当然，这个数字还不包括在“七三一”部队其他分支机构致死者数量。另据《孙吴县志》记载：1940年4月至1945年8月，近6年的时间里，孙吴“六七三”支队通过各种细菌试验致死者达320人，平均每月致死5人。

细菌试验的种类和方法

“七三一”部队进行活人细菌试验的方式繁多，具体试验种类有40余种，其中最常见的有菌液注射、口服染菌食物、冻伤、毒气、人马血换用、人体倒挂、梅毒传染、移植手术等。比如为了取得“科研”数据，经常用同一菌种在一群人体上进行比对试验。

据资料记载，用鼠疫菌在人体上注射、埋入、内服对比，五人为一组，分别注射0.1g、0.2g、0.3g鼠疫菌液，埋入与内服也按统一计量对比，看哪一组反应最强烈，直至死得最快。结果证明，注射方法最为明显，最低量者一天内便死亡，而埋入者一般6天死亡。“七三一”部队用同样的方法，还进行了霍乱、伤寒、破伤风等试验。

试验用的细菌来源也不难解释，据孙吴县一些老人回忆，日伪时期，当局强迫老百姓交老鼠，然后用老鼠血液培养细菌，培养虱子。他们说：“1940年，‘六七三’支队挑选10个50多岁的老头，日本人说：‘你们年纪大大地，就在这里休息吧，每天交上100个虱子，但必须是个大的。’这样，‘医生’每天在每个人身上收火柴头大小的虱子。后来这10个老头都被活埋了。”

为了大量生产染菌跳蚤，“七三一”部队专门成立了昆虫班。染菌跳蚤的生产过程比较复杂，首先，用普通老鼠的血液饲养大量的跳蚤，然后将染有鼠疫菌的黄鼠放入饲养跳蚤的容器内，因为黄鼠是一种保菌动物，所以它在短时间内不会因感染上鼠疫菌而死亡。一段时间后，吸食了大量含有鼠疫菌的黄鼠血液的跳蚤就成为一个个小型细菌传染源。最后把这类染菌跳蚤投撒于战区，便可以大规模地实施细菌战。

人们还可以从战后远东军事法庭的“公审材料”中看到，孙吴“六七三”支队长西俊英中佐在供词中说：“1945年1月，‘七三一’部队的安达实验场，在我（西俊英）的参与下，由第二部部长碇中佐及该部的技师二木两人，把10名中国战俘绑在间隔10至20厘米的木桩上，然后通过电流，让装有坏疽病的榴弹爆炸，结果10人全部被带有细菌的碎片炸伤，同时染上了炭疽病，折腾一周后痛苦地死去了。”

日军不仅肆无忌惮地在“马路大”身上做霍乱、斑疹、伤寒、鼠疫等试验，还以检查身体为名，不时地抽取大量中国劳工、百姓的鲜血用以细菌培养。

更为泯灭人性的是活人解剖试验，就是把活人内脏掏出后作为标本，其他部分焚烧灭迹。据《孙吴县志》记载，日本细菌战犯岗本班中交待：在“马路大”中，有一名中国某抗日将领的夫人，她在监狱中生了孩子，当她被送到解剖台前，曾用悲伤的语气哀求道：“你们让我怎么都行，只要饶了我的孩子，可爱的孩子……”然而，不管她如何哀求，这位二十四五岁的妇女和她的孩子一起被活生生解剖了。再举一个例子，1943年，“七三一”部队需要一名男性少年做活体解剖实材，进行与成人比对研究。于是，把寻找实材的任务交给宪兵队，在春田中一翻译官带领下，在长春街头抓了一个12～13岁的要饭少年，送到“七三一”解剖室，日本医官将这个少年洗净后，注射麻醉药解剖取出五脏，其他焚烧。战后一名“七三一”部队成员承认事实，并说景象很惨，内脏取出后在福尔马林浸泡时，还在不停地抽动。

像这样的事例还很多，1940年7月，日伪从新京（长春）派了60余人的“防疫班”到农安县，目的是查验在该县撒布鼠疫菌的效果，并建了5个隔离区，名义是防疫并治病，结果没等人死就活活解剖了，并组织赵守刚等十多名中医现场参观已被解剖的3具尸体。据当时在隔离区干木匠活的李凌荣证实，到10月份进隔离区的人最多。亲眼看到的就有160多人，只有几个死里逃生。

冻伤实验也残忍无比，日军将抓捕的中国抗日战士捆绑在担架上，露出手脚在零下30℃至零下40℃气温下实验，等冻僵后，分别用凉水、温水、热水解冻，以获取实验数据，然后焚尸灭迹。

特别值得一提的是，“七三一”部队为了取得一些特殊地理、气候条件下的试验结果，利用呼伦贝尔草原这个天然低温“实验场”，实施特别演习，以致实验后几年内连续发生大面积牛瘟。

惨无人道的细菌活体实验。图中蒙白布的尸体便是活体实验的被害者

还有一个例子更残忍。“七三一”部队于1940年—1942年间，在东宁县南部山沟开辟了一个临时实验厂。一次，“七三一”和“六四三”支队将100余抗日志士和爱国者圈进一个口袋形的山沟里，然后实施细菌和毒气双重攻击，仅数分钟坏疽菌即侵入人体，几小时后人都死去了，尸体就地掩埋。

1945年5月以后，由于战事紧张，日本路军参谋本部要求“七三一”部队在短期内生产1 000~2 000公斤跳蚤，以实施鼠疫作战计划。石井四郎立即召开紧急会议，要求部队全力以赴加紧准备细菌战，向各地大量征缴老鼠，但还没来得及完全实施鼠疫作战计划，就匆忙撤退了。

恶魔部队的细菌战

日本法西斯是二战中严重违反《日内瓦公约》，是唯一一边研制细菌，一边在战场上使用细菌武器的国家，也是使用生化武器数量最频繁、面积最广泛、时间最持续的国家。在长达14年的侵华和整个二战中，日本实施的细菌战自始至终贯穿了全过程。以下举几个例子说明，有哪些细菌战，其危害程度有多大。

伪满洲国军防化部队在迎晖门前聚集

“七三一”部队为了检

验各种细菌武器的野外实战效果，创建了多处野外实验场，主要有城子沟野外实验场、安达野外实验场和陶赖昭野外实验场。通常的实验是将被实验者固定在实验场不同的地点，从空中投弹或从远处发射炮弹，检查爆炸后被实验者的各种反应及炮弹效果。然而，在众多野外实验场中所进行的不仅仅是细菌武器的实验，还有许多常规武器的实验。如“七三一”部队经常在步枪前100米、200米和500米的地方分别放置捆绑在一起且数量不同的被实验者，借此来检验子弹穿透人体的性能。这些实验场都秘密设在“七三一”部队附近及周边地区，以便于“七三一”部队随时把自己的“成果”在野外进行模拟演练。实验场按照实验内容、目的及地理位置、气候条件等确定。

据战后被俘的“七三一”部队田村良雄在中国军事法庭上证实：在诺门罕战争中，在山口班长的命令下，他和4名队员仅3天就制造出2 000余个炭疽菌弹丸。这种弹丸是由0.5厘米粗、1.5厘米长的钢筋锯成X形槽，染上炭疽菌后装入榴弹炮内。这些炭疽菌炮弹制成后，由山口班的人员专程护送到诺们罕前线的炮兵阵地。

据被俘后“七三一”部队队员鹤田交待：在诺门罕战场上，“七三一”部队曾出动半数以上队员释放细菌，目的是削弱苏蒙军队的战斗力。但事与愿违，却自食恶果，遭到了细菌的伤害，日军除有4 786人战死和5 455人受伤外，患伤寒病、赤痢病、霍乱病的就达1 340人。这些日军伤病员都被送到海拉尔，那里的陆军医院和其他医院都住满了。

战后鹤田交待说：“1939年8月，奉篠田班长的命令，我把自己培植的跳蚤装进空油桶内，用汽车护送到将军庙，随后我也参加了敢死队。一天晚上，南波班长命令我们往哈拉哈河里投放肠伤寒菌浓缩液。大概由于匆忙的缘故，我们的班长不慎染上了肠伤寒病。当我返回哈尔滨后听说，他转入海拉尔陆军医院治疗，不久就死了。”

“七三一”部队进行野外细菌战训练

鹤田还说：“那次撒菌，我们小分队是从将军庙出发的，途中曾在一户农家休息，谎说是过路的日本人，那户农家包了韭菜馅饺子招待我们。临走时，我们趁农户主人不妨之机，把随身携带的鼠疫干燥菌偷撒在厨房里。当我们完成撒菌任务返回这户农家的时候，发现全家3口人全都死掉了。”

还可以举几个日本实施细菌战的实例，在侵华战争中，“七三一”部队经常派出“远征队”配合各野战部队进行细菌战。当时，细菌战已经成为日本侵略军作战的精神支柱之一。1940 年 7 月，“七三一”部队组织了第一批远征队，在石井四郎的亲自带领下到达浙江省宁波。他们在飞机上用投撒器将 70 公斤伤寒菌和 50 公斤霍乱菌以及 5 公斤染有鼠疫菌的跳蚤，撒布在这一带的居民区、河流和蓄水池中。

10 天之内，“七三一”部队又组织了 100 余名医务、摄影人员，乘坐特别专用列车，从哈尔滨站出发，南下宁波，宿营在杭州西湖附近，换上中国服装，在防护兵的保护下，秘密地向疫区移动，测定细菌武器效果。在一名尉官军医的指挥下，到河川、水井等地取样并观察村庄，还在细菌实验地抓来包括妇女在内的二三十名中国人，进行所谓身体检查，但日本侵略者的阴谋活动被中国人民识破，中国报纸载文揭露：这一带传染病的流行，是日军用飞机投撒细菌武器所致。在中国人民强烈的谴责下，这些“七三一”部队恶魔灰溜溜地返回了哈尔滨。

1940 年 4 月 21 日，日军机又在新登县上空投下带有鼠疫菌白色絮状物，是年春细菌灾难就遍及浙南。在温州，鼠疫像一阵阴风似的卷走了无数中国老百姓的生命。西门一带是瘟疫流行最厉害的地方，几乎每时每刻都有人死亡，使整个温州城陷入极度恐慌之中。同年 11 月 4 日，一架日军飞机又在常德市区投下带有鼠疫杆菌的棉絮、破布、谷麦等物。8 天后发现了一个叫蔡桃儿的鼠疫患者，入院 36 小时后死亡。接着鼠疫便在该市蔓延，还流行到市郊及桃源、丰县等地，仅石公桥镇就有 80 多人受鼠疫传染致死，有的全家死亡。

1940 年 10 月 4 日，一架日机在衢州县用同样的手段撒布麦粒、粟子等物，还混有跳蚤。这种跳蚤经过试验，确系“人鼠共蚤”。在日军投下麦粟物的 38 天后，该地就发生鼠疫病患者 22 人，都不治而亡。

1940 年 11 月 26 日、27 日，两架日机两次飞抵金华县上空，撒布白色烟雾，落地后即变成蛋黄色小颗粒并遇水即溶化的鼠疫菌。此后，在金华附近的东阳、义乌、兰溪等县都有鼠疫蔓延。被传染鼠疫病的东阳县有 94 人，死亡 92 人；义乌县有 308 人，死亡 257 人；兰溪县有 36 人，死亡 12 人。1941 年春，“七三一”部队按照关东军司令部下达的：“破坏中国军队占领的重要枢纽常德城以及沿铁路交通线地区的命令”，又派出第二批远征队，由第二部队长太田澄大佐带队，开始 60 多人，后增加到 100 余人，其中有 30 名细菌学者。这个远征队在常德一带空中撒布染有鼠疫菌的跳蚤，引起该地区鼠疫发生，死于鼠疫的有 400 多人。

1940 年 12 月 19 日，日军机在诸暨上空撒布大批沾有鼠疫菌并似蜘蛛网的东西和棉花等物，至义乌县崇山村发生鼠疫，日军派人把李翠凤家正在染病的媳妇拖到村外，剖开肚皮，挖出肝脏带走，检验施放细菌的效果。同时，还将该村的房屋烧掉了 72 间，使 160 户农民无家可归。

年底的一天，该村农民王化章下山砍柴，在路旁看到一位垂死的病人，用手扶了他一下，回家后没过几天便满口流血而死。接着，因鼠疫而死亡的就达 320 多人，全家死光的就有 30 户。当时只有 8 岁的王兴富的父母、祖父母、三个弟弟和叔婶 9 人仅 10 天就相继死去，只剩下他一个孤儿。

1941 年 6 月，日军在晋绥边区扫荡结束后，为了破坏华北一带抗日根据地，借撤退之机，“七三一”在曲河县巡镇一带撒布鼠疫菌，使许多人吐血、便血，短期内即死亡。

1942 年 9 月中旬，“七三一”远征队派出一支“阴谋破坏班”，在南京两座战俘营里，用注射器把伤寒和副伤寒菌注入特制的烧饼中，由翻译春日中一分发给 3 000 名中国战俘，说吃下后予以释放，结果传染病广为流行，大部分中国战俘死亡。

1942 年，参加“浙赣行动”的“一六四四”部队的一名日军成员曾为实施细菌战感到可耻，逃到中国军队中。1946 年 4 月，他向东京审判的国际检查局提供了《日军罪行证明书》。他证实说：从 1942 年 6 月到 7 月，该部队曾将伤寒、鼠疫、赤痢等传染病细菌散布在浙江省以金华为中心的区域，在中国军队遭受严重损害的同时，“因中国军队急速撤退，前进中的日军便进入散布区域，在此稍事休息并宿营。结果，在做饭和饮用时使用了附近的水，出现了许多传染病患者”。这份证词中还说：“在敌军（中国军队）阵地后方散布厉害的恶性病原菌，人为地使传染病猖獗，使敌军毙命，沮丧其士气，此乃主要目的。另外，这种非人道行为给一般居民也带来了颇为恶劣的后果。”

据新华社在 20 世纪 50 年代揭露，日军在侵略中国期间，曾在晋冀鲁豫边区的新乡、浚县，晋绥边区的曲河、保德、兴县、岚县等地撒布鼠疫、伤寒等病菌，据统计，八年抗战中，边区患传染病的人数约 1 200 万。二战结束后，据参加此次细菌战的时任日军第十二军军医部长川岛清等战俘交待，及中方统计数据显示，仅鲁西聊城、临清等 18 个县陆续就有至少 20 万人惨死。据哈尔滨市公安局道外分局离休老干部、抗联老战士王济堂先生在《押解日伪战犯工作纪实》一文记载：1950 年 7 月 31 日，我（王济堂）到绥芬河边境口岸，接收苏联方面移交给中方的日本关东军战犯，在交接联席会议上，苏方代表阿斯尼斯大尉与省公安厅执法大队长赵明立提到：在苏联哈巴罗夫斯克对日本细菌战犯进行公开审判时，原日本关东军司令官山田乙三、关东军军医部长梶冢隆二、医务处长高桥隆笃等 12 名战犯承认：1941 年之后，在中国华中和华南地区又组建了代号为“波”字 8604、“荣”字 1644 两支细菌战部队，并进行了至少 160 次细菌战，先后有 5 000 万中国民众受到伤害，至少有 300 万中国人被细菌战杀害。这真是一个触目惊心的数字啊！

细菌余孽及危害

1945 年日本投降前夕，“七三一”部队感到灭亡时日即将来临，于是一方面组织人力向通化转移，之后又在石井四郎率领下撤到朝鲜、日本。另一方面则在撤退前烧毁大量文件资料和数百台精密仪器、细菌标本，或砸碎，或投入松花江中。那么，战后这些余孽又怎么样了呢？

当时“七三一”部队还监押着 400 余名没来得及做实验材料的活人，其处理手段更加惨无人道，即向各个牢房喷放速效毒气，结果短短几分钟内“马路大”全部致死，然后焚烧掩埋，这些“马路大”，多半是被俘的八路军和在诺门罕被俘的苏联红军战士。

侵华日军第“七三一”细菌部队锅炉房旧址

对建筑物，则是令工兵部队用两次爆破毁灭，特别是在爆炸动物实验室大楼时，那些携带疫菌的老鼠到处乱窜，后来造成关东地区鼠疫大流行。而如今能看到的“七三一”部队遗址，只不过是破坏后少量的残存建筑而已。

由于日军投降前大量销毁和藏匿细菌、毒气武器，至今余孽仍然是很深重的。战后各类细菌的漫延和传播，就是一个铁的例证。比如 20 世纪 50 年代的“孙吴热”，就是关东军“六七三”支队制造的毒瘤余孽所致。另外 1947 年哈尔滨平房区桑格村因患鼠疫病死亡 119 人，当年东北患鼠疫病达 3 万余人。

细菌战犯尚未清算

历史证明，1948 年 12 月东京审判对日本法西斯细菌战所犯的血腥罪行并没有清算。主要原因是，石井四郎等战犯将细菌实验资料交给美军，作为交换条件，从而免遭战争起诉。

真实情况是：战争期间，日本军国主义分子公然违背国际公约，在中国进行细菌战和化学战，有5 000多日本人参与细菌武器、化学武器的研制、生产和使用，包括惨无人道地用活人进行试验，理应受到严惩，但他们受到美军占领当局的保护，并成为向美国提供细菌战研究资料的“有价值的合作者”。作为被免予起诉的条件，石井四郎等20名细菌战犯向美国提交了长达60页的“人体试验报告”、20页的“19年的作物毁灭研究报告”和8 000张“细菌战试验人体及动物解剖组织”幻灯片。另外，还有记述石井四郎从事“细菌战各阶段研究20年经验的专题论文”等。对美国来说，日本细菌战资料对美国国家安全的价值远远超过“指控战争罪犯”所产生的价值。正是由于美国的庇护，许多日本战犯并没有受到应有的惩罚，从而逍遥法外。更令人无法接受的是，一些参与研制细菌武器的日本军人，凭借在中国开展“活体实验”获得的数据，撰写和发表了一批学术论文，数十名毫无人性的恶魔竟因此获得了医学博士学位。

然而，1949年12月15日，苏联在哈巴罗夫斯克对日本细菌战犯的公开审判，则成为人类历史上第一次，也是唯一一次的审判。12月30日，苏联远东军事法庭对日本细菌战犯关东军军医部长梶家隆二、医务处长高桥隆笃、关东军第一战线司令部军医处长川岛清，以及“七三一”部队训练总长酋俊英、关东军第二军医处工作员饼泽十三夫等11名战犯分别判处有期徒刑2～15年。1956年6月，这11名战犯被中国特赦释放。但到了20世纪50年代之后，由于美苏冷战，细菌战的罪行至今没有得到清算。

事实证明，正是由于上述原因，日本右翼势力至今仍不承认“七三一”部队的存在，更不积极配合中国清除战争余孽。抗日战争胜利已经70多年了，在铁证如山的事实面前，却只是采取避而不谈的手法，更有极右势力坚决否认。1995年，中国180名细菌战受害者向日本政府发起细菌战诉讼，前后历时十余年。2009年，日本最高法院进行了最终裁决：裁决中承认了前日本陆军于二战期间在中国发动了细菌战的事实，但按“国家已答复”和日本民事诉讼法有关规定，做出了不予受理的裁定，驳回因细菌战受害人的诉求。

哈尔滨平房区“七三一”遗址，作为揭露日本军国主义罪恶佐证，作为爱国主义教育基地，已被国家确认为12个红色旅游景区，并被中宣部列为第六批国家文物保护单位。参观后的人们，没有一个正义的人不为之震惊和愤怒，也没有一个中国人不为那段历史而感到屈辱和悲愤。2017年，黑龙江省考古研究所联合“七三一”部队陈列馆等单位，对七三一部队旧址进行的连续、大规模的物探测绘考古收官，发现了日军许多新的罪证，并正在编写《七三一考古发掘报告》。目前，“七三一”遗址还在申报世界遗产。我们相信，它将与波兰“奥斯维辛集中营”一样，永远将德日法西斯钉在历史的耻辱柱上。

第九章

臭名昭著的“五一六”部队

1919年，化学战创始人、德国科学家弗里茨·哈柏教授在获诺贝尔奖演讲时说：“这个世界只要有战争，军事家们就绝对不会对毒气置之不理。毒气是一种杀人的最高形式。”回顾历史，一战时在欧洲战场上，就广泛使用过毒气战，虽然并未改变整个战争形势，但所产生的巨大杀伤力，以及对敌方士气造成恐慌都是不可低估的。尽管战后制定的国际法禁止在战场上使用化学武器，但在二战时期，人所共知，日本就是一个最典型的国家，它在战争中研究、生产、使用化学武器，所造成的战时伤害和战后余孽都是深重而惨痛的。“五一六”部队就是这个国家的罪恶缩影。

揭开“五一六”部队的丑恶面纱

说日本是使用化学武器的典型国家，恰如其分，毫不为过。因为在二战中，特别在侵华战争中，日本是唯一一个有预谋、有组织、有计划、大规模、长时间地研制、生产、使用化学武器的国家。而且追溯历史，渊源颇久。

要剖析日本军国主义实施化学战的罪恶历史，我们不妨把历史回顾久远一些。先说说化学战的定义，即运用毒气、发烟剂等化学武器所进行的战争。然后我们再说说化学战的历史沿革，最后再落实到日本军国主义的罪恶上。

追根溯源，化学战的历史至今已有几千年。据曹志勃、申丽华著《日本化学战》一书记载，早在公元前400多年，就发现古代猎人用点燃树枝、枯草将猎物从洞穴中熏将出来从而猎杀的方法，后来还发现在部落战斗中用硫黄和沥青熏退敌方的遗迹，这些都可以称之为化学战的雏形。进入中世纪后，砷化合物等也相继出现，为化学战升级提供了基础条件。

当历史进入19世纪之后，伴随化学工业的极速发展，许多资本主义国家即开始研究使用化学武器。为此，1899年和1907年签署的海牙条约做出了禁止使用化学武器的规定。但是，第一次世界大战的1915年4月22日，德军就在进攻比利时伊普尔城时第一次大规模使用氯酸瓦斯开展毒气战并取胜，之后交战各方均倾注全力研制使用。

由此可见，化学战的历史渊源是久远的。但是，其突破性的急速发展，还是进入20世纪以后，特别是日本，走在了化学战的最前沿。为什么呢？因为一战期间，德军进攻比利时伊普尔的胜利和协约国溃败的消息，引起了日本军事家们的关注，日本陆军本部随即命令陆军技术审查部长岛川文八郎中将马上对毒瓦斯等欧洲战场所使用的各种化学武器进行综合调研，从此日本开始了有计划、有组织的化学战研究。

1918年5月，以日本陆军省兵器局长渡边满太郎为委员长，成立了临时毒瓦斯调查委员会，其宗旨是向苏联“西伯利亚出兵的化学战准备”。1919年4月，在陆军系统设立了技术本部和科学研究所（隶属于技术本部），专门从事化学武器研究和制造，当然还包括迫击炮发射和防护等。1925年将技术本部从事化学武器研究的原第二课升格为第三部，由岸本绫夫少将任部长（1936年晋升为大将），集中了100余名将校级军官、技术骨干和大学毕业生加快研制进度。1929年日本设立了陆军化学研究会，由时任参谋长的南次郎中将任会长，开始在军队中进行化学战教育。从1929年5月开始，日本陆军火工厂忠海制造所便开始小规模研制生产化学毒剂。从1929年4月1日开始，设立在日本大野久岛的毒气工厂便开始批量生产化学毒气，直到1945年8月日本投降，历时16年之久，6 400多名职工24小时从不间断地从事毒气生产，并不间断地输送到各战区。

1931年九一八事变后，日本陆军大本营就制定了《时局军备方案》，确定“新建瓦斯防护教育机构以及在军队中设立瓦斯防护教育设施”的方针。1933年4月21日，日本军部下达成立“陆军习志野学校”的命令，并于同年8月1日举行了建校仪式，该校的宗旨是培养化学战人才。

1938年8月，以日本关东军化学部、日本陆军第六研究所和习志野学校骨干人员组成的“日本陆军化学研究所”在中国黑龙江省省会齐齐哈尔秘密设立，简称“五一六”部队。从此，这支神秘的恶魔部队便开始了在中国研究、实验、制造、使用各种化学武器的历史。

现在，我们专题说一说“五一六”部队。这在二战结束后很长时间是个谜。直到几十年以后，一个偶然的机会，齐齐哈尔社会科学院院长曹志勃先生在哈尔滨的旧书摊上，发现一本日本作家森村诚一著的《魔鬼的盛宴》一书，里面记载的内容，令他大吃一惊，尤其书中提到的“七三一”部队杀“马路大”，是一个代号“五一六”部队派人用毒气毒死的。曹想，“五一六”部队是干什么的？在查阅大量资料后，他有了一个惊人的发现。曹志勃先生讲，70多年前，在齐齐哈尔东郊八里岗，曾有一支臭名昭著的部队，它堪称“七三一”部队的孪生兄弟——关东军陆军化学研究所，代号“五一六”。这是一支披着科学研究外衣，专门从事隐匿化学武器研究、试验，甚至用活人身体试验和制造化学武器屠杀中国人民的恶魔部队。“五一六”部队的罪恶与“七三一”部队相比有过之而无不及。那么，这支罪恶部队经历了一个怎样的演变历程呢？

“五一六”部队的任务与日本的中央科学研究所的任务大体相当，即从事化学、医学、兽医、气象等领域的研究，但所有的“科研”项目，都是为了制造化学武器和实施化学战服务的。之后，“五一六”部队同迫击炮第二联队（1938年5月设立，部队代号五二五）共同成为化学战研究和实验中心。1942年10月，设立了一个毒气大队和一个迫击炮大队组成的部队作为“五一六”的练习队。于是，历来是协作关系的“五二五”实战部队成为隶属于化学部的部队，“五一六”部队即成为名副其实的化学研究和实战中心。

黑龙江省齐齐哈尔市东郊日本关东军陆军化学研究所（代号“五一六”部队）旧址

关东军化学研究所（“五一六”部队）虽然隶属于关东军，但实际上是日本陆军本部化学战研究机构设在中国的支部，地位很重要。在关东军令中有“负责向关东军提供化学战准备，进行化学战的调查、研究、试验的功能”。

“五一六”部队建立之初（1938年8月），其部长由技术部长小野行守工兵大佐兼任。第二任部长是炮兵大佐小柳津政雄（1939年11月1日接任）。第三任部长是炮兵大佐宫本清一（1940年12月2日接任）。第四任部长是少将山胁正男（1943年1月18日接任）。第五任部长是少将秋山金正（1944年6月20日至1945年8月日本投降）。“五一六”部队共250余人，绝大多数是技术军官，下设5个课。总务课负责各项事务性工作，第一课负责毒气探测及毒物合成研究，第二课负责毒气防护研究，第三课负责毒气伤害医学研究，第四课负责化学剂研究。

日本关东军对“五一六”部队实行严格的保密制度。据在“五一六”服过役的高桥正治战后交待：“五一六”部队不仅对外严格保密，而且内部各部门之间也不许随意来往，只有最高层掌握毒气研究机构相互“协作”关系。1939年，

“五一六”部队还在佳木斯建了一座挂有“三井花园”牌子的秘密研究所——“三岛理化研究所”，表面上“科学研究”，实际上从事毒剂、细菌实验，并为“五一六”“七三一”部队提供实验对象，也是关东军进行细菌战、化学战的重要基地和秘密监狱。

“五一六”部队研制毒气的种类

“五一六”部队芥子气取出装置

据曹志勃先生介绍，日本陆军研制的进攻性化学武器（包括化学毒剂）大致可以分为14类，百余种。其中被制式化的化学毒剂达9种之多。从时效性上看，可以分为一时性毒气和持久性毒气。主要有五种：一是芥子气。是一种强烈的糜烂性毒瓦斯，其气味近似于欧洲产的芥末味，和大蒜味有些相近。人的外露皮肤一旦接触到这种毒气，就好像受到烧伤一样，出水泡后引起溃疡，不仅手、脚皮肉全部烂透，更可缓慢发展导致全身溃烂而生命终结。二是路易氏气。是一种速效性的糜烂瓦斯，能渗入到人的视觉神经或皮肤里，还能侵伤肺叶咽喉，造成呼吸困难而死亡，吸入极小剂量即可置人于死地。三是氯酸瓦斯。是一种具有苦巴旦杏那种甜酸味的窒息性毒瓦斯，吸入体内后，则会与血液中的蛋白质融合，使人陷入缺氧状态。德国纳粹在波兰的奥斯维辛集中营就使用过这种毒瓦斯，惨无人道地毒杀了150多万犹太人。四是碳酸氯仿。是一种具有强烈刺激性的毒瓦斯，进入呼吸道后，会引起呼吸困难而造成死亡。五是联苯氯基胂。是一种刺激性毒瓦斯，人吸入后会造成呕吐不止而丧失战斗力。总之，侵华战争时期，日本除没能研制出神经性毒气外，几乎研制和装备了世界各国所装备的所有毒气，如芥子气、路易氏气、光气、二苯氰砷、氢氰砷、二苯基乙酮、苯氯乙酮和三氰化砷8种标准毒气。

从1943年6月起，“五一六”部队经常派5～6名军官到位于哈尔滨平房区的“七三一”部队合作，进行了50余次活人中毒试验。试验的方法，一般是一大一小的两间屋子，两间屋子用管道连接起来，在大实验室产生的毒气通过管道输入小实验室，小实验室是被实验者接受实验的场所，是一间四面封闭透明的防弹玻璃房子，以便日本技术人员观察，随时记录实验数据和状态，直至被试验者惨死。这种试验最少致250名抗日志士中毒身亡。

据当年从事过毒气试验的原“五一六”部队的人员回忆说：“凡是被氰酸瓦斯毒死的‘马路大’，他们的脸上都无一例外地呈现为鲜红色，男性‘马路大’死后，其会阴部会流出一摊白色的滑溜溜的精液；被芥子气毒死的‘马路大’则全身起满水泡，皮肉被烧的烂乎乎的。一般情况下，‘马路大’的生命强度大体上与鸽子差不多，需5~7分钟，而每天都要消耗掉4~5人。”

但用在战场上，这些毒气都是以炮弹形式制作的，这种炮弹与普通炮弹大小差不多，通过外壳区别其种类和毒性，如黄色称为“毒气王”，属于糜烂型毒气；红色为喷嚏性毒气；绿色为催泪性毒气。要强调的是，无论哪种毒气，都会造成人身严重伤害，失去战斗力不在话下，甚至死亡。

毒气弹有两个仓，一个是火药仓，一个是毒剂仓，通过仓内火药爆炸扩散毒气或毒液。“五一六”部队制造毒气的原料，是由日本大久野岛毒剂工厂从海路运抵大连，再用火车运到齐齐哈尔的，之后由“五一六”部队制成各种实弹供给日本野战部队使用。

“五一六”部队路易氏毒气制造车间

日军的毒气兵器种类繁多，除各种毒气航弹、炮弹外，主要还有毒气筒、布毒器、布毒车、毒气钢瓶等。瓦斯部队成为侵华日军的常设兵种，毒气兵器则是日军的必要装备。此外，日军在所有部队中均配有迫击炮部队，将毒气炮弹发射到对方阵地上。

“五一六”部队是日本化学战的急先锋

关于毒气战部队，早在1927年日本陆军化学研究所（“五一六”部队前身）就提出了毒气勤务编制，最高层是在日本陆军部设化学兵监，1941年前由曾任第六师团长的町尻量基中将担任。主要任务是：协助陆军参谋总长处理有关毒气战业务，监督指导毒气战的训练和作战。那么，除“五一六”部队之外，日本还有哪些化学战部队呢？

日军在每个主要战区都设有野战化学试验部，如1937年在华北和华中两个主要战场，分别设立第一、第二野战化学试验部，并陆续在中国沈阳、太原、济南、南京、广州、汉口、宜昌等地建立了野战毒气厂、野战毒气分厂和野战毒气支厂。

为了应付不同类型的作战需要，日本化学战部队编制种类较多，主要有毒气联队、大队、中队和毒气指导班等，还有临时配属师团的独立毒气大队、特种毒气大队、临时毒气大队等。日本陆军毒气联队 1 200 ~3 000 人。其中包括毒气迫击炮大队（化学迫击炮 24 门）；毒剂施放大队（30 公斤毒气钢瓶 120 具）；毒剂抛射炮大队（160 毫米毒气抛射炮 24 门）；毒气工兵大队等。还有军属野战毒气联队约 1 000 人。

日本侵略者为了进行化学战，还强化其“教导培训”功能。曾在“五一六”服过兵役的高桥正治和若生重作战后向世人揭露：“每个部队成员都必须接受特殊训练，不仅要通过教材学习毒气的外形特点、化学性质，还要亲身体验毒气。”

他们说，有一次在讲堂上，军曹腾川及助手将毒气释放出来，讲堂内的人被呛得拼命咳嗽，头昏脑涨，眼泪鼻涕横流，好不容易喘过气来。只听军曹和助手大声喝道：“好好记住，这就是毒气。”

日本大久野岛烟幕弹充填作业

据高桥正治和若生重作回忆：1939 年 6 月 10—16 日，在齐齐哈尔“五一六”部队驻地，举办了第一次集中培训化学战训练班，人员来自关东军各野战部队，所含兵种之多、人员级别之高、训练科目之广，可谓规模盛大，激起各野战部队浓厚兴趣，表示要准备大量化学武器以供实战。

另外，1933 年日军就在东京 21 英里处千叶县习志野设立陆军化学兵学校，这是为“五一六”部队以及其他化学战部队培养毒气研究和实战人员的教育机关，被称为“练习队”，校长陆军少将山崎曾“约法三章”，即“凡是不能保守秘密的人，都要受到公正严厉的处罚”。该学校专门培养化学战军官、士官，学期 3 ~6 个月，战时增开 1 ~2 个月的短期培训班，并设立教导连队（团）。

日本侵华战争期间，先后有 10 000 多名军官和士官在此接受过化学战训练，成为化学战的急先锋。在 12 年里共培养了 3 350 名化学战骨干，学校的毕业生被分配到陆军化学研究机构和实战机构，一些人也成了关东军“五一六”部队的成员，是指挥毒气战的候补军官。

日本军国主义是化学战的恶魔

日本军国主义使用化学武器最早可以追溯到1930年发生在中国台湾地区的“雾社事件”。当时，日军为镇压台湾土著居民起义，悍然动用毒气弹在内的化学武器，对付只有非常简陋武器的起义民众，曾遭到国际社会的普遍谴责。1937年起，日军的化学武器已达到很强的攻击能力，“让实验室的成果（毒气）走向战场”，已成为狂热的日本军国主义分子叫嚣的口号。

化学战的“前奏”是化学实验，所以我们先说一说。“五一六”部队在其驻地南约600米处设有大型地下仓库，曾贮藏着各类毒气弹20万发。“五一六”部队研制的化学武器，首先由位于齐齐哈尔北大营的关东军迫击炮第二联队使用，1938年至1939年最先分别向牡丹江、海拉尔、北安、克山、富拉尔基等地中国居民点儿施放毒气，以观察使用效果。试验的方式，有的是直接撒播试验，有的是通过演习方式进行，撒播在东北的村庄、道路、河川等，以观察效果。据曾在关东军化学部队服过役的战犯渡边国义、飞松五男、齐藤美夫供述：“这种化学战实验曾在相当长时间和广泛地区进行过。”

日本侵略者在侵华战争中向水井中投放毒剂的情景

1940年5月初，在辽宁新民县辽河左堤防附近，日军南部让吉少将命令关东军化学部用轻型坦克牵引散毒车，在长200米、宽40米的地域内散布持久瓦斯。结果，由于瓦斯蔓延，毒死了100多只羊，并使48万平方米的土地染上液状瓦斯，使这块牧区几年内不能使用，同时还毒杀了2名中国人。同年5月下旬至6月下旬，关东军化学部在海拉尔两公里草原及村庄道路上秘密散布了面积2 000平方米，毒量100公斤，杀伤效力1 000名，毒气有效时间一星期的黄色糜烂性持久瓦斯，还在小河里放了附在放毒工具上的瓦斯5公斤，结果有6人中毒腐蚀死亡。7月中旬，“五一六”部队向富拉尔基东4公里处通向村庄的道路和草地上散布了上述同样的糜烂性持久瓦斯，结果有5名中国农民中毒后惨死，另有25名中国农民的手脚被毒瓦斯伤害。1944年8月，还是在这一地区，进行了同样的试验，毒死5名中国人，10人受到毒瓦斯腐蚀。从1942年5月下旬至1943年9月上旬，在伪兴安西省扎兰屯周围山地，关东军化学部练习队先后4次试验糜烂性毒瓦斯效力，共毒死10名中国农民，140名中国百姓手脚受到不同程度的腐蚀伤害。1943年7月下旬至8月上旬，关东军化学部练习队在伪兴安西省碾子山东3公里山地施放了糜烂性持久瓦斯，毒死3人，50名中国农民手脚受到腐蚀。

然后我们再说说化学实战。日本不仅在对苏军作战中使用过化学武器，攻打菲律宾以及在冲绳同美军作战时也都秘密使用过。单说在中国战场，1937年8月日中淞沪会战，日军首次使用了催泪性气体和喷嚏性（呕吐性）气体，此后日军在中国各个战场上纷纷使用毒气，尤其是在1938年8月开始的武汉会战中，日军使用毒气更加肆无忌惮，并开始使用剧毒的芥子气和路易氏气。据中国国民政府军政部防毒处1945年不完全统计：日军使用毒气在中国军队（国民政府军）中造成的死亡率平均每年为8.5%，最高年份是1937年达到28.6%。日军毒气战的次数：1937年9次，1938年105次，1939年455次，1940年259次，1941年231次，1942年76次，1943年137次，1944年38次，1945年2次，总计1 312次。当然，这里不包括东北抗日战场日军使用毒气的次数。

总之，日本化学战（毒气）遍及中国18个省、区，计2 000余次使用毒气弹，致几千万中国军民间接受害，几十万中国军民直接中毒，大量军民死亡。换句话说，中国无疑是日本实施化学战的最大受害国。

日军化学战部队在中国德安河北岸整装待发

据中国国民政府1945年向远东国际军事法庭提交的证据显示：从1937年至1944年，由于战场上毒气的使用，中国军人死伤为36 968人，其中死亡2 086人，死亡率为5.64%。最典型的战例是：1941年中国军队反攻宜昌时，日军第十三师团受到歼灭性打击，中国军队离日军司令部不到1公里，日军濒于绝境，遂烧掉秘密文件和军旗，高级军官已准备自杀。日军为挽回败局，做垂死挣扎，发射了芥子气等毒气弹2 500发，并出动飞机向宜昌城内投放毒气弹300余发，造成中国第六战区某部3 000余名官兵中1 600人中毒，其中600多人死亡，最终被迫停止进攻。

仅此一役，中国官兵因日军化学武器的死亡人数就超过了1937年至1944年间正面战场中国军人死亡总数的28%。换言之，因日军化学武器牺牲的所有中国军人中，每4个中就有一个是死在宜昌战场。当然，这个数据还不包括八路军等共产党武装以及广大平民的死伤情况。武汉会战后，日本华中派遣军在向陆军军部上报的《武汉攻克战中实施毒气的报告汇总》中称："由于敌人（中国军队）防毒装备及防毒素质差，'特种烟'发挥了很大作用，只要少量使用就可压制正面之敌，以较少的代价夺取敌人阵地或打破战斗僵局，打退敌人反冲击，收到超过预期的效果，促进了作战进程。"到这里，我们可以说，如果没有使用毒气，日本的全面侵华战争根本支撑不了8年。

1942年5月29日，蒋介石总统给外交部部长宋子文的电报有以下内容："浙赣作战时日本军队使用了毒气，如果国际社会不对其谴责，或对我国的抗议不立即给予支持的话，日本军队有可能变本加厉地大规模使用毒气。"1942年6月5日，美国总统罗斯福就日本使用毒气发表声明的直接原因，就是日本军队在1941年10月在中国宜昌战斗中大规模地使用包括芥子气和路易氏气在内的化学武器。1943年3月6日，美国陆军部整理了一份记录，名为《对指控日军使用毒气武器及毒气事件证据的调查》，其中列举了日军在中国、东南亚、太平洋区域使用毒气的例子。

日军使用化学武器的时机大多选择在战斗的关键点、久攻不下的阵地、突围掩护撤退等时机。如前面我们讲到的1932年"海满抗战"、1941年中国军队反攻宜昌之战，日军也多次使用毒气弹；又如1938年5月19日徐州会战，日军第三师团所属森田支队沿津浦路北进至固镇地区，向我守军第一师第八〇九团阵地进攻，配属于森田支队的第十三毒气中队在固镇东沿200～300米的南北一线，布设了169个毒剂筒，于下午2时同时点燃，在500米宽的正面战场上毒烟覆盖了整个集镇，日军于2时零5分，全部戴上防毒面具冲入镇中，致使中国守军在没有防护器材的情况下大部中毒，余部被迫撤离阵地，日军仅用30分钟就占领了固镇。紧接着6月2日，日军第三师团一部从新城口渡过洛河，大量发射毒气弹，造成中国守军1个营官兵全部中毒牺牲。

徐州会战刚结束，日本大本营就马上编写了《毒瓦斯之使用及战例》的小册子，作为绝密件普遍下发到中国派遣军各师团、旅团、联队一级，借以扩大化学战经验，并在要旨中指出："关于特种烟之效果，征诸本事变之战例，对于成果之利用，不无功亏一篑之感，使用特种烟攻击时，能迅速利用其成果，实行大胆之突入，以扩战果，乃战胜之捷径"。总之，1937年—1945年，日本发动的全面侵华战争，给中国造成3 000多万人的伤亡，5 000多亿美元的财产损失和战争消耗。

在敌后战场，日军毒气战例也触目惊心，如1942年5月27日，日军在“扫荡”定县北坦村时，用毒气杀死地道内无辜民众800余人，制造了“北坦惨案”。

从1938年7月至1940年7月两年时间内，仅在华北地区日军就出动千人以上大规模的“扫荡”109次，出动总兵力达50万人次以上，并把使用化学武器当作反游击战的重要手段，把毒剂筒、毒气弹直接配发到每个士兵。据八路军总部不完全统计，从1937年至1942年，八路军官兵有3万多人中毒，其中旅以上干部中毒的就有贺龙、陈赓、王震、谢富治、陈锡联、范子侠、赖际发、周希汉、曾绍山、尹先炳等10多人。

1939年1月初，日军调集第十、第一一〇、第一〇四师团各一部计3万余人，分多路对我冀南根据地进行大规模“扫荡”，我八路军三八六旅在香城固地区设伏，日军为逃脱被歼灭的命运，连续不断地发射毒剂炮弹并组织突围，使我八路军战士多人中毒，但在近战中由于难以再使用化学武器，日军自大队长以下200余人被我军全歼。

1939年4月，日本侵略军调集3 000余人，包围了八路军驻河间县齐会村的一二〇师3个营。贺龙师长率7个团的主力部队对敌人实行反包围，激占三昼夜歼敌过半，日军为逃脱被全歼的命运，在战斗中施放毒气，致使贺龙师长以下八路军官兵数百人中毒。此照片为八路军战士冒毒抗击日军的情景

1939年1月22日至2月6日，日军第四独立混成旅团3 000余人向和顺辽县进攻，企图控制山西边境地区，八路军第一二九师三八五旅迎敌，在辽县东南的粟城、苏亭与敌激战，歼敌100余人后，日军大量施放毒气掩护撤退。我第十八集团军总司令部朱德、彭德怀致电程潜、阎锡山称：“此次陈锡联旅在苏亭、粟城战斗中，敌人施放毒气，我方中毒者已达500余。中毒后眩晕失神，一小时内不知放枪，重者更需扶行，轻者一小时后渐可恢复。”

1939年2月4日，日军第二十七、一一〇师团各一部约6 000人向我冀中根

据地发动第三次围攻，进至大曹村与我一二〇师七一六团相遇，我军依托沿村道沟、围墙和房顶工事连续打退日军4次进攻，日军恼羞成怒，连续发射毒剂炮弹，并在我军正面及侧面施放毒气筒，我军战士以毛巾浸水、尿包上积雪紧敷口鼻继续战斗，击毙、击伤日军300余人，残余日军仓皇逃往河南。

1939年4月23日，驻河间日军第二十七师团第三联队第二大队800余人向三十里铺进犯，9时许炮击齐会村，将我军七一六团第三营包围在村内，反复猛攻不下，遂向村内发射燃烧弹和毒气筒，并向大、小朱村发射毒气炮弹，我第一、第二营入夜实施反包围，日军除80余人脱逃外均被歼，但我一二〇师贺龙师长以下500余人中毒。1940年下半年，八路军总部为打破日军“囚笼政策”，于8月20日发动了“百团大战”。根据八路军总部发布的战报记载，在大战中日军使用毒剂至少20多次，八路军中毒官兵达21 182人，中毒的旅级干部有8人，但八路军缴获日军毒剂炮弹57发、毒剂筒2 059个、防毒面具1 051具。

日军还把在中国战场使用化学武器的战例编入教科书大肆宣传，原稿就是由习志野学校草拟的，属于“绝密”级别的《日中战争中化学战例征集》。书中记述了从1937年7月7日到1942年11月期间，日军在中国各地进行的56次毒气战例，还逐例介绍了“战斗经过概要”和“教训”，但对使用的毒气种类和攻击方法只进行了简略叙述。要说明的是，每个战例都隐去了部队名称和作战年月。

日军法式芥子气制造工厂

总之，从1931年九一八事变到1945年“八一五”日本宣布无条件投降，日军使用化学毒剂杀害中国人民遍及中国大陆19个省区。据不完全统计，日军用毒次数达2 000次之多，造成有记载的人员伤亡达10万人。遭受化学攻击次数最多的是山西省（270次）、江西省（198次）、湖北省（186次）、河北省（117次）。在正面战场，已判明日军使用毒剂的617例中，使用刺激性毒剂546例，占81%；使用光气、芥子气等致死性毒剂，占19%；判明日军化学攻击方式的有1 182次，其中炮兵、迫击炮使用毒剂759次，占64%；使用毒气筒、毒剂手榴弹384次，占29%；另有空投毒剂炸弹及地面布毒79次，占7%。

据不完全统计，日本帝国主义在二战期间生产了约400万枚毒气弹，从1937年开始大批量地配发日军使用，运到中国战场上约370万枚，使用消耗约60万枚，其余大部分被遗留在中国东北。另据统计，从1930年到1945年的15年间，大野久岛日本陆军忠海毒气厂一共生产各种毒气（剂）6 615 吨，海军相模兵工厂生产 760 吨，总计 7 375 吨，但不包括在中国大陆各战区毒气厂生产的毒气（剂）。据一位苏联权威人士估计，日本运到中国的总弹药中，有三分之一是化学弹药。在数次战役中，中国军队被毒气伤亡数字占总伤亡数字的 20% 。

以上说明，中国军队不但没有供攻击用的毒气武器，甚至连防毒面具都很缺乏，中国的最高统帅部也缺乏对日军化学战的研究，防毒机构不健全，上级机关不重视，各部队的防化编制名存实亡，士兵对毒气一无所知，多方面的原因，导致中国军民在日军化学战攻击下损失惨重。

日本投降前掩盖罪证及余孽

“五一六”部队罪孽深重，但这支神秘的部队为什么能在战后半个多世纪仍然不为人们所知？又为什么能在日本战败后逃避了法律的审判呢？

追根溯源，这里面有两个因素：一是 1945 年日本投降前，“五一六”部队接到撤退的命令较早，有充裕的时间安排撤退事宜，8 月 13 日乘坐专列从齐齐哈尔出发，8 月 19 日就到达江界，8 月 28 日到永川，9 月 3 日到釜山，9 月 4 日就返回日本的山口县仙崎，9 月 16 日其主力就在日本本土宣布解散，从而逃过了被苏联红军歼灭或俘虏的命运。二是由于日本实施化学武器研究和开展化学战违背国际社会关于禁止在战争中使用化学武器的日内瓦公约，做贼者自然心虚，因此“五一六”部队的所有官兵都严格遵守日本大本营的命令，在任何时候、任何情况下都不准泄露关于进行化学武器研究和实战的秘密，违者将受到严厉制裁。所以，这些当事人都守口如瓶，即使他们中的绝大部分人成为战后日本有名望的化学、医学、药剂等“专家”，都对在中国所犯下的罪行闭口不谈，心中还窃喜在中国从事化学武器研究而给他们战后带来的荣誉、地位和优越的生活条件。

另一个逃避追责的原因更为重要，就是掩盖罪证。侵华日军深知，使用化学武器违背国际法，为掩盖其罪行，侵华日军在投降前，将贮存的化学武器或就近掩埋，或投入江湖之中。据记载，美国军队曾在日本投降后，将缴获的日本大量化学武器投入了太平洋中。但是，“五一六”部队到底生产了多少毒气弹，至今没有一个准确的数字。最新资料显示，曾生产了 746 万发毒气弹，除了没有研制出的神经性毒气外，几乎研制和装备了世界上所有毒气。

曾驻扎在齐齐哈尔富拉尔基的日本关东军老兵金子时二回忆说，1945 年 8 月，他与一些士兵亲手将一些毒气弹、筒、罐埋入两个直径 6 米、深 10 米的圆坑中。曾在“五一六”服役的老兵高桥正治回忆道，1945 年 8 月 13 日，他们所在的部队接到命令，在 3 天内把重要文件全部烧掉，并把库存的毒气弹全部投到嫩江中。

高桥正治还说，1945 年 8 月 10 日前后，“五一六”部队接到日本参谋本部“将库存毒气弹及重要设施全部销毁”的命令后，炸毁了一切可以证明从事毒气研究的装备和设施，焚烧各种文件、资料达三天之久，并派若生重作等 5 人用汽车将库存毒弹运到嫩江大桥上，抛入江中隐瞒罪证。

黑龙江省齐齐哈尔市嫩江公路桥，日本关东军陆军化学研究所战败撤退时将大量毒气弹抛弃在此处江中

若生重作 1982 年来齐齐哈尔时说，他当时是筑成班的军工，接到命令后他们用卡车将毒气弹倒入嫩江中，然后把营房炸掉。

据记载：日本除了在侵华战场、东南亚战场，以及整个太平洋战场使用毒气并在战败前大量隐匿外，在日本国内也储备了大量化学武器。有估计，至今仍有大约 3 650 吨（弹）深埋在日本各地。这种潜在的危险令世人，尤其是日本人深感忧虑。

吉林省敦化市附近的日遗毒气弹

希望日本披露隐藏毒气真相

据 1953 年 11 月 2 日东北行政委员会、东北军区机密件《关于日伪遗留东北地区毒气弹的处理问题》中统计，全区共发现毒弹 77 996 枚，约 1 500 吨，其中齐齐哈尔市郊 1 200 枚、海林县 300 枚、穆棱县 1 500 枚、阿城县 30 000 枚、巴彦县 1 200 枚、吉林敦化县 42 396 枚。最新资料显示，二战后日军在华遗留的大量化学武器共有 4 大类 10 余种，截至目前共发现 230 万件化学武器、120 吨化学制剂，中方已进行了销毁或预处理。据中央电视台报道：2017 年 1 月，石家庄市

政府及有关部门销毁日遗化学武器 2 576 件。

1958 年 8 月 26 日，山西省太原市兴安化工厂 39 名职工因处理废钢铁发生严重“路易氏气”中毒事件，总量达几百吨。图为事件发生后，当地驻军对毒剂弹进行处理时的工作情景

但是，据中方测算，大概还有 200 万件处于隐匿状态。曹志勃先生认为，仅齐齐哈尔地下就应当有 20 万枚左右的炮弹和毒气弹，新中国成立以来已造成泄露事件上千起，受害者已超过 2 000 人，致死致伤人数也逐年增加。

2004 年 7 月 30 日，日本防卫厅公开了一份日军在二战时期的活动资料，证明日本投降后关东军将大量化学毒气弹随意散落、隐埋（藏）在吉林省敦化，并出现吉林省莲花泡林场一名 9 岁男孩玩耍中用木棍将捡到炮弹捅开，结果导致芥子气中毒事件。可见，灾难并没有结束。

其实，二战结束后，此类中毒事件屡有发生。早在 1950 年，齐齐哈尔市就发生了一起日遗化学武器伤人事件。据受害人崔英勋先生回忆：“1950 年 5 月，我所在的黑龙江省第一师范学校修建校舍时，工人们从地下挖出两个大铁桶，桶的样子很奇特，顶端不是平面，而呈凹状，上面有三个螺栓。工人们想知道里面是什么，就打开了螺栓。这时，一股特别的气味冒出来，一个工人以为是酒，竟拿出来喝了一口，立即觉得不对，但已经晚了。”

1953 年 2 月，机械工业部十一厂工作人员去富拉尔基、昂昂溪一带做收购工作，由于废弹中掺杂着许多毒弹，在运输途中毒剂流出，致使 70 多名工人被烧伤，一些窒息性毒弹经过汽车震荡毒气溢出，使工人们气管中毒，后经医院急救过来之后又转成了肺病。2000 年 5 月 14 日 9 时，齐齐哈尔建华区永盛委一房下发现 147 枚炮弹，其中有 11 枚毒气弹。清查时，一枚毒气弹泄漏，将在场的 1 名民警面部烧伤……几十年来，仅齐齐哈尔市就有 100 多人被日遗毒弹致伤。

截至 1955 年 7 月，被日遗毒弹泄漏致死者已知姓名的就达 747 人。为此，吉林省人民政府成立专门机构，从 1952 年起，经三个冬天收集，约 200 万枚被集中深埋（其中毒气弹 100 万枚）。

2003 年 8 月 4 日晨，齐齐哈尔发生了一起震惊中外的芥子气毒剂泄漏伤害事件，造成1死43人伤的惨剧，经中国人民解放军防化部队的现场勘察，以及中国人民解放军第二〇三医院临床确诊，确认系化学毒剂之一的芥子气中毒和日遗化学毒剂伤害。引起了国家高层的注意，8月8日中国外交部紧急约见日本驻华使馆公使，向日本政府提出严正交涉，8月12日，日本政府派出5人组赴齐齐哈尔考察后确认，此次毒气泄漏事件的元凶为侵华日军在战败投降后遗弃的化学武器。

毒气弹清理现场

这些毒气弹弹体内的毒气，主要是芥子气和路易氏气，一般情况下化学性质稳定，不易分解，但一旦泄漏或爆炸，散布面广，粘上人体后，皮肤会溃疡糜烂，难以愈合，直至死亡，蒸发的芥子气体被人吸入肺部后，会引起急性肺气肿，甚至窒息死亡。还能削弱人体免疫力和抵抗力，甚至诱发癌症，危害性极大，而且医疗界至今找不到有效治疗药物。

齐齐哈尔市东郊八里岗日本陆军“五一六”化学研究所原址

目前，有关部门也不断对侵华日军“五一六”毒气部队的各种余孽进行深入细致的调查研究，并寄希望日本原“五一六”部队知情者对在中国犯下的战争罪行真正忏悔，说出隐匿毒气真相。可是，日方迟迟不予答复。中华全国律师协会的民间对日索赔指导小组副组长康健认为：日方之所以迟迟不肯提供遗留化武清单，是因为日本早在1925年就签署了《关于禁止使用毒气或类似毒品及细菌方法作战的议定书》，而提供清单就等于承认了二战中违反国际法的行为。

坐落在齐齐哈尔的“五一六”部队遗址是侵华日军利用化学武器残害中国人民的重要罪证。现在，日本“五一六”部队的遗迹残骸尚存，依然清晰地记录着日本侵略者的罪证。在日本政府矢口否认侵略战争，右翼势力猖狂活动的今天，保护和开发“五一六”部队遗址已刻不容缓。

第十章

惨遭浩劫的“黑土地”

日本帝国主义侵略中国东北期间，除了在政治上炮制分裂中国的伪满傀儡政权，在军事上疯狂镇压抗日武装，在文化上强制推行奴化宣传教育之外，还在经济上对中国东北进行了长达14年史无前例的野蛮统制。

九一八事变前东北的经济状况

九一八事变前，奉系军阀统治东北。当时，由于官吏腐败，贪污盛行，赋税过重，滥发货币，通货膨胀，加之穷兵黩武，军阀内战，人民生活苦不堪言，就连张作霖都承认：“自军兴以后，商贾辍业，物力凋残，兆姓流离，饿殍载道，实已惨不忍言。”但是，奉系当局为了维护统治地位，不惜出卖东北政治经济权益，以十分苛刻条件向日本贷款，并聘日人为顾问，致使日本逐步掌握东北经济命脉，主要表现在两方面。

如1916—1918年，奉系当局向日本朝鲜银行贷款600万日元，不仅利率高，而且以奉天电灯厂、电话局全部资产、奉天省地捐、烟酒税和本溪湖煤矿公司中方部分资产为抵押。据估算，抵押份额超过贷款份额的百倍，为世界金融史罕见。

又如自1913—1931年间，张作霖父子先后聘多名日人当顾问，这些日本密探打入奉系军政经要域，不仅对东北情况了如指掌，还取得特殊权益，如张作霖为求得日本帮助战败郭松龄，与日本关东军签订了一条草约，同意日人在东北有租地权（商租）和杂居权。这正是日本多年来梦寐以求而始终未能实现的。

再如九一八之前，日本凭借其在东北的“优惠政策”，以巨额投资，逐步控制了东北的经济命脉，并渗透到政治、军事、文教等领域。以经济领域为例，日本投资达17.56亿日元，占各国总投资的65%，投资遍布运输业、工矿业、农业、商业、金融业。如“满铁”垄断和控制的铁路长达2 360多公里，等于当地中国自营铁路的2倍；主要工业产品（生铁等）几乎全部操纵在日本手中；日本在东北开设的银行达12家，分行或驻所46家。1930年，日本对东北的贸易总额为2.38亿海关两，约占东北对外贸易总额的39.3%。其他就不一一列举了。

黑龙江省有46万余平方公里的沃土，富饶美丽，雅称“黑土地”。民国初期，由于官府相继制定了一系列奖励发展经济政策，再加上以哈尔滨为支点的T字形中东铁路贯通东西、南北的便利，从而促进了官僚资本、民族资本，乃至国际资本的兴起与发展。从农业方面讲，通过“实边兴垦”，有力地推动了续放余荒。据不完全统计，仅10余年时间就新开垦荒地700多万垧，尤其机械化农垦公司应运而生，其中有富商大贾、军政要员创办的，也有山东移民、江浙财阀投资的，甚至还有与美国人股份合作的。据估计，至1929年，约有拖拉机100余台。

从工商方面讲，1912年4月黑龙江省实业总会在全国率先成立，带动了一批官僚资本企业的创办，如电灯厂、火磨厂（面粉加工）、机械厂、造纸厂、印刷厂、砖瓦厂、纺织厂、工艺厂等。民族资本还兴办了粮食加工、食品加工、制油厂等。到1927年，北满21个城镇共有油坊147家、面粉厂53家、啤酒厂5家（不含白酒）、纺织厂、发电厂各3家等。哈尔滨迅速崛起为东北亚国际贸易都市，商业店铺从1921年的965户激增到1929年的7 122户，其中有30多个东北政权开办的商铺1 809户。

此外，通过官办、官商合办等形式，鹤岗、穆棱等煤矿到1929年年产40余万吨。漠河金矿、呼玛金矿、余庆金矿也初具规模。同时，1925年成立东北航务局，有轮船10艘、驳船13艘，航线5 000余公里；还修筑了洮昂、莲鹤等5条铁路，全长732.3公里。

总之，这一时期，黑龙江地区的经济显现了外商投资、政府投资、官商股份、民营经济合流的特点。其主要原因是，第一次世界大战后，欧洲物资紧缺，黑龙江地区成为沙俄和通过沙俄将大量物资运往欧洲的基地。输出以粮食、土特产，以及中国南方纺织、轻工品为主。输入以生活必需品和近代机械、电力设备，以及配套产品为主，因此工商业日益繁荣。

图谋已久的勘探测绘

日本对中国东北侵略扩张的野心由来已久，早在19世纪末就显露出来，之后便愈演愈烈，逐步升级。回顾这段历史，日本侵略中国东北是从勘测中国战略资源和刺探军事情报开始的。

日本自明治维新以来，就展开了对华的政治、军事、经济、科技、文化等领域的情报搜集活动。《情报日本》详细介绍了汉口乐善堂在中国大陆上第一个日本情报组织，探查的内容有山川地理、人口、风俗习惯、土地、被服、运输、粮薪、兵制、制造，及贫富善恶等。

为了便于侦察，搜集情报，那些年轻的日本人，从装束、发型到语言上都仿照中国当地人，并以各种职业为掩护，活动于中国内地各省，直至新疆、西藏。宗方小太郎蓄发辫，穿旗装，以满族人身份，潜入华北、东北各地，密切注视清政府和直隶、山东、山西、奉天一带的军政动态，3 年间搜集了大量情报，荒尾精后来干脆派他为北京支部负责人常驻。1890 年 4 月，荒尾精回日本述职，把在中国的见闻与所搜集的情报资料写成了数万字的《复命书》，呈送给陆军参谋本部。因此，荒尾精等自诩“日本志士的梁山泊”。

1877 年，日本陆军中尉岛弘毅接到来自陆军参谋局的命令，要求他搜集有关中国东北的情报。他来到中国后，以“旅行”为名，在 200 余天的时间里，徒步踏遍了东北的白山黑水、广阔平原，对当地的军备、地理、气候、物产等情况做了详细的调查。在此过程中，他还纠正了往年制作地图中出现的错误，并向日本政府提交了《满洲纪行》的调查报告。日本频繁的间谍活动，通过各种阴谋手段获得的大量情报，为后来的侵华战争和资源掠夺创造了极大的便利条件。

日本发动侵华前的勘探测绘还是秘密的，偷偷摸摸的。等到发动侵略战争之后，就变成公开的、明目张胆的。从 1895 年甲午战争到 1945 年日本投降，在长达半个世纪的时间里，日本军国主义的魔爪已伸向中国各地，尤其是长期觊觎的中国东北地区。这方面，有历史资料足以证明。

有一本书对中国人来说更加敏感，即写于 1895 年中日甲午战争时期的《奉天矿产调查书》，书中从介绍浑河、太子河入手，全面阐述了辽宁矿产资源的分布、种类、矿床走向等情况。

2015 年 8 月，辽宁省地质资料馆发现一本珍藏史料，即《南满洲矿产调查复命书》，写于“大正六年三月”，也就是 1917 年，还带有“关东都督府嘱托幸丸政和”字样。该书第一章第一节就介绍了“踏察地域”，包括辽宁、吉林广大地区，并标明经纬度；第二节介绍的是“地势”，还单列出“山志”和“水志”；第三节介绍的是“地址概要”……第六节介绍的是“矿床及矿业”。可见日本对中国东北地区的调查是全面和详细的。

还有一本线订本的《抚顺东南部踏察报告》，更加暴露出日本军国主义的狼子野心。该书封面标有“满铁地址调查所报告书类”。“报告”的时间为 1918 年 3 月。

报告是写在红格宣纸上的钢笔字。“报告”的内容在“矿产地各论”中罗列了金斗峪沙金地、下夹河附近铁矿等 6 项。“报告”还附有一张缩尺四十万分之一的“抚顺东南部地质图”，是彩绘的，好似工笔画。“报告”还另有中文版。

这些资料，基本上都是书中有图，图中有字。如“矿产分布图”“南满洲矿产调查略图”“第一班区域内矿产地及旅行线路图”等。

1931 年九一八事变之后，还画有一张大幅的“大东亚共荣圈全图”，将中国台湾和朝鲜半岛列为红色，即与日本本土颜色相同，而中国东北则是伪“满洲国”，中国华北则是某某联合自治政府，只是外蒙还在中国版图内。地图标注得很细，城市标注到街道，城市以外标注到村，还有道路走向、宽度，重要地段甚至连一间房、一棵树都记录得清清楚楚。

在此期间，日本全面对中国东北进行了地质图调查，地质图缩尺十万分之一，都标明了负责人和完成时间，如《本溪湖区及沙河堡区（1937 年 9 月，小贯)》《抚顺区（1937 年 10 月，吉田)》《皇姑屯区（1936 年 11 月，大木)》等，同时还进行了“应用地质调查”，如《快马厂区、普兰店区、石河区（1934 年 5 月，大木)》《朝阳寺区（1933 年 6 月，尾崎)》等，地点多集中在辽宁境内。

这期间重点是调查战略资源。1932 年，为了探明矿产资源，设立关东军国防资源调查部，以之前伪满洲国的 3 000 处调查资料为基础，首先选定主要调查矿产地，判断各矿产地地质矿床的情况，包括采矿、运输、选矿等，甚至探讨规模性开发的具体方案。

1932 年的调查分三个班：第一班（铁矿班），班长杉本中佐，地质主任羽田重吉；第二班（铝矿班），班长吉川晴十（海军少校兼东大教授），地质主任坂本俊雄；第三班（石油班），班长夏本（海军少校），地质主任东大教授上床国夫。1933 年度扩大到六个班：铁矿班、轻金属原矿班、石油班、煤炭班、铅锌班及其他班。各班调查人员多是陆军、海军和商人，历时三年，几乎勘察了东北所有的主要矿产地，200 多份调查报告成了日伪矿产资源开发的基础资料。

1934 年“满铁经济调查会”“地质调查所”重点对北满、热河地区的军用地志以及军用供水进行调查，分别向哈尔滨、齐齐哈尔、海拉尔、热河等多地派遣大量调查人员，于 1937 年出版了 4 个调查报告：《满洲东部的地质及地志》《满洲西北部的地质及地志》《满洲北部的地质及地志》《满洲西南部的地质及地志》。

可见，日本军国主义为侵略中国用尽了心机，做足了“功课”。以上这些，均为日本侵华期间在军事行动上、经济掠夺上发挥了重要作用。

经济统制和残酷掠夺

日本侵略中国东北后，为了适应“战时经济体制”，在经济上采取了严酷的统制政策，不仅肆无忌惮地掠夺东北战略资源，而且极尽所能地抢劫民间财富，东北人民陷入水深火热之中。日本侵略者的经济统制政策是怎么出笼和实施的呢？

概括地讲，是随着战事扩大，层层加码，步步紧逼，吃干榨净。1931 年 12 月 8 日，日本制订了一个掠夺东北资源的《满蒙开发方策案》，明确指出：“满蒙的各种措施，从军事角度看，必须使之适应平战两时帝国军需资源的独立政策”，“直接为帝国国民经济发展做贡献”，以及“在计划经济下实行统制的方针”。1932 年 1 月，又制订了《满蒙善后问题处理方案》，明确提出：开发东北产业“原则上以日本人的利益为主。排斥第三国，日本独占”。1932 年 9 月 15 日，伪满国务总理郑孝胥与关东军司令官签《日满协定书》出卖东北主权。

日本在东北成立的南满洲铁道株式会社旧址

为了实现上述方针，南满洲铁道株式会社担当了伪满初期经济政策的策划与制订工作。1933 年 3 月 1 日，伪满政府发表《满洲国经济建设纲要》规定：经济统制就是“满洲国的根本方针”，“永远不变的大纲”，“对国防或公共公益事业等重要经济部门实行国家的统制”。对此，日本政府还相应制订一个《日满经济统制方策要纲》。于是，伪满政府于 1934 年 6 月 28 日发表了统制东北产业的详细说明，把企业分为三类加以统制：（一）公营或特殊会社统制的经济事业有银行、铁路等 22 个行业。（二）经“政府”许可的半统制的经济事业有汽车工业、毛棉纺织业等 24 个行业。（三）自由经营的经济事业有农牧业、制糖、面粉工业等 20 个行业，但这一条实际上也受到严格的限制。可见，国民经济重要产业均被日本控制和垄断。

1937 年初，经日本陆军省同意，关东军司令部制定了一个以 1941 年为下限的掠夺战争资源的《满洲产业开发五年计划纲要》，强调“计划是根据……以有事之时（即扩大侵华战争或对苏侵略）所需要的资源之现地开发资源为重点”。

计划的重点有三个部门，即矿产部门以建立兵器、飞机、汽车、车辆等有关的军需产业，以铁、液体燃料为开发重点；农畜部门对小麦、大麦、燕麦、亚麻、棉花等与军需有关的农业资源，采取一切办法，竭力谋求增产；交通部门以建设铁路、港湾为主，除国防上所需要的既定计划外，特别是把为产业开发整备所需要的设施作为重点。同时，对三个部门都规定了具体开发目标，如煤产量比现有扩大2倍，生铁扩大3倍，钢锭扩大3.2倍，钢材扩大3.8倍，铅扩大10倍，挥发油扩大34倍。

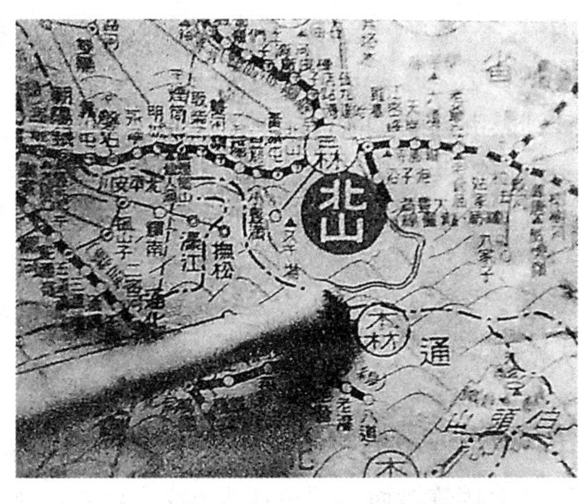

日军绘制的掠夺吉林省资源物产示意图

七七事变后，为适应扩大侵略战争需要，日伪又对计划进一步调整，如生铁、钢锭等在当初计划的基础上提高70%，汽车由原计划的4 000辆增加到5 000辆，飞机从300架增加到5 000架，分别是原计划的12～14倍。1938年9月，随着侵华战争进一步扩大，日伪当局又对计划做了部分改动，最大特点是大规模提升机械工业，把生产重点放在军工原材料和液体燃料上。

从执行情况看，到1941年底，由于先后两次调整，指标过高，工业平均完成70%左右，农业完成50%左右，交通道路完成85%。尽管如此，日本仍从中国东北掠走大量战略物资。

日伪《第二次产业开发五年计划》是从1941年初开始制定。9月9日在次长会议上批准，从1942年初开始实施。当时，太平洋战争爆发，前线军事物资需求量猛增，因此计划的根本方针是按“大东亚共荣圈”需要，确定伪满使命，重点是绝对确保军需产业，并尽最大可能地扩充军需生产。同时，在国防上不可缺乏的交通通讯，以及日本国内不可补充的物资，力求扩大现地（中国东北）生产。

由于1945年8月日本战败投降，故《第二次产业开发五年计划》仅实施了三年半，从整体完成情况看，大部分指标未完成50%，但由于指标过高，野蛮开发，疯狂掠夺，计划完成结果仍与第一个五年计划基本持平。

另外，日伪当局实行的经济配给制，是残酷压榨掠夺东北人民的罪恶手段之一。据《哈尔滨通鉴》记载：配给的对象规定为7类，即军需、准军需、官需、特需、准特需、重要民需、一般民需。以粮食为例，大米主要配给日本人和朝鲜人，少部分配给伪满官吏及家属，标准为4～12岁的每月9千克，12～60岁的每月15千克，60岁以上约每月12千克。另外，还配给日本人、朝鲜人一定数量的面粉。一般中国老百姓只配给粗粮，大人每月 9 千克，老人小孩每月 5 千克。粮食不够吃，迫使中国老百姓只好以豆饼、野菜充饥，或花高十几倍甚至几十倍的钱到黑市买粮食。

1942 年，伪哈尔滨市政当局向居民发放“通账”，作为购买供给品的凭证。不仅配给的粮食数量少、质量次，甚至配给老百姓豆饼面、发霉的玉米面、橡子面。做衣裳只能用“更生布”等。同时，日伪实施严厉的经济压迫政策，禁止中国人吃大米，否则以“经济犯”治罪，1941 年至 1943 年黑龙江地区有 83 万人次被当作经济犯关押，仅哈尔滨地区就达 31 万人次。即便是规定中少得可怜的粮食，也经常不能足额领到。由于食不果腹，每年因饿死冻死者数以千计。据 1939 年伪哈尔滨当局统计：“全年计收‘路倒’尸体 2 292 具，尤其在寒冷的 1—3 月因冻饿而死的每月达 300 人以上。还有，当年乞丐人数为 6 573 人，不堪饥饿而自杀者 306 人。”

抗战后期，日本侵略者在战场上不断败退，于是更加紧了掠夺物资和聚敛民财。日伪当局强制市民储蓄“支援圣战”，否则便以“国事犯”论处。甚至老百姓洗澡、理发、吃饭等都须附交其价格十分之一的“储蓄券”。另外，由伪满“协和会”发起的所谓“金属献纳运动”（实际上是强制收取物资），指定“回收”的金属种类有 53 种，后又扩大到 97 种，包括日常生活必要的金属物品都被抢劫一空。1941 年太平洋战争爆发后，日本空军损失惨重，为了弥补日军机的不足，遂在各地开展“飞机献纳”活动。据不完全统计，仅哈尔滨在 1942 年 2 月至 1944 年 6 月，就被逼“献纳”飞机 20 余架，金额为 364 万元，居东北首位。

1944 年，日伪开展“特别回收运动”，声称私藏金银有罪，告密者有奖，使百姓手中金银甚至夫妻信物被大量抢走，还把百姓日常生活铜铁器具抢掠一空，许多珍贵文物被作为军用物资掠走，就连关帝庙的大钟和佛像都被强行“献纳”。

关帝庙的大钟和庙宇中的佛像被强行“献纳”

抗联老战士王济堂在战后押解日伪战犯时听溥仪讲道：“1944 年，日本的败像越来越清。有一天，吉冈跑来对我（溥仪）说：‘圣战正在紧要关头，大家要尽量供应物资，特别是金属。陛下可率先垂范，亲自表现出日满一体的伟大精神。’我（溥仪）听了之后，浑身都是软骨头，立即遵命，让宫中把铜铁器具，连门窗上的铜环、铁挂钩全都卸下来，交给吉冈，以支持‘亲邦圣战’。过了两天，我（溥仪）又自动拿出许多白金、钻石、首饰和银器交给吉冈。我（溥仪）这一带头，报纸一宣扬，便给日伪官僚开了大肆搜刮的方便之门。听说当时在层层逼迫之下，小学生都要回家去搜敛一切可以支援‘圣战’的东西。”

霸占土地和武装移民

占领中国东北土地，是日本帝国主义的主要罪恶目的之一。日本侵略中国东北以后，主要通过私人侵占、军事侵占、开拓侵占三种形式霸占土地。同时，要说明的是：无论哪种侵占，都与武装移民，经济掠夺和军事镇压紧密相连，同步进行。

先说说私人侵占。1933 年 3 月，为了使日人“租地、占地”合法化，日伪当局颁布《日人商租土地暂行办法》，肯定日人已占土地的商租权，并颁发执照，受“法律”保护。1936 年 7 月 1 日又颁布《商租权整理法》，并在《关于日人取得土地权利手续的训令》中规定：对已取得商租权的日本臣民，“即取得土地所有权、地上权、永佃权、使用权、典权、租地权等一切土地权利”。日人占地主要有工矿、商业和房屋用地。在当时的北满地区，主要分布在哈、齐、佳等伪满省会城市和工矿区及铁路沿线。通过上述“法律”，日本军政工商联手，以暴力强迫或极其微小经济代价获取大量优质土地资源，而中国人则被强制拆迁。

再说说“军用侵占”。主要是关东军侵占的营房、机场、仓库、工厂、工程等用地，以及国境线上修建军事要塞等大片土地。侵占的方式，多采用武装圈占和强迁手段夺取，如哈尔滨、牡丹江、东宁至密山、虎林以及黑河一带，仅 1939 年、1940 年两年，日本关东军就在孙吴、瑷珲（爱辉）两县强占 92 000 多亩农民耕地，驱赶居民 600 余户，致 3 000 余人流离失所。1941 年，日伪当局又以“危险地区”和“维持治安”为名，强迫珠河县帽儿山胡家粉房 600 余户农民迁往鹤岗；1943 年以“军用土地”名义，逼迫宁安县卧龙山和芦家村 2 000 户居民迁往瑷珲（爱辉）和孙吴，很多人家破人亡。据瑷珲县（爱辉）农民范传译控诉，1939—1942 年，日伪以军事区域为由，命令老青屯、叶集屯、梁集屯、托力木屯 150 余户 469 人限期迁出，之后房子全部被炸毁。

最后重点说说“开拓侵占”。开拓侵占是伴随着日本移民而步步扩展的。最早可以追溯到 20 世纪初叶，即 1905 年日俄战争之后，日本就提出了“以移民为要务”的战略，计划在10年内向中国满洲移民50万人，于是在南满铁路沿线和城市近郊掠夺了部分土地，并相应移民。

最初是1914年由“满铁”警备队退伍兵组建的铁道自警村，和1915年“关东都督府”在辽宁省金县魏家屯组建的“爱川村”。1916年又从日本山口县移民32户进入“爱川村”。

1928年“满铁”在公主岭和熊岳城建立了“农事实验所”，训练移民骨干。同年在大连设立“农事股份公司”专门负责移民事宜，但由于资金匮乏，以及东北当局抵制等原因，其“移民试点”进展不大，截至1931年初移民规模尚小，不足几千人。

1931年九一八事变后，日本军国主义者认为：“单纯地依靠军队来消灭‘匪贼’乃是愚蠢的创举。……大批移民，就是使具有根深蒂固的岛国根性的大和民族来担当五族协和的使者，直接接触封建色彩浓厚而保守愚迷的满洲农民，刚柔并施地加以彻底征服和同化……”

1915年，日本在大连金州建立第一个移民村——爱川村。图为爱川村警察所

于是，日本移民便大张旗鼓起来，并将初期的“移民团”改为“开拓团”，甚至名字前面还加了“武装”二字，从而加快了移民步伐。

加藤完治还提出了《满蒙六千移民案》，关东军大尉东宫铁男提出组建吉林军屯垦“基干队”方案。

对此，日本关东军、拓务省、陆军省也不断炮制武装移民计划并强烈要求付诸实施。1932年1月召开“满蒙法制及经济政策咨询会议”，提出了向东北移民的五条主张：第一，日本向满洲移民是大和民族的“民族膨胀运动”，其中心是实行农业移民，这是决定日本能否成为东洋强国的关键；第二，必须采取自耕农政策，使大量日本人迁往满洲定居；第三，移民的重点应安置处于“土地饥饿”状态下农民的次子、三子，特别应从满洲驻军的退伍兵中优先选拔；第四，对移民要事先进行培训，使他们具有“忠君爱国”精神；第五，设立移民机构，给予资金支持。以上这些主张基本上为关东军所采用。

1932年2月，日本关东军制定《移民方策案》《日本移民案要纲》和《屯田兵制移民案要纲》。加藤等人提交的《满蒙殖民事业计划书》写道：“现在是满蒙殖民千载难遇的绝对好机会，我们确信无论如何要尽快地，而且尽可能多地向那里移民，这对我国现状而言，乃是最重要的事项之一。要以此为目的”。1932年8月，日本内阁临时会议通过《一千户移民案》。

东条英机接见东宫铁男，讨论“开拓团”问题

1932年10月，日本关东军正式出台《对满移民的全面方针和移民计划案》。明确移民团职能是：“在满洲国内扶植日本的显示势力，充实日满两国国防，维护满洲国治安。”也就是说，“移民团”相当于屯田兵制，是一个准军事组织，是关东军的重要补充。

需要强调的是，日本向中国东北移民有其险恶目的。一方面是改变民族构成目的，形成日本人在东北的人口优势，反客为主，长期霸占，实现日本对东北永久的殖民统治并最终把东北变成日本领土。

另一方面是强化军事统治的目的，“移民团”既是农民组织，又是准军事组织，从而巩固其在东北的武装侵略地位。对此，日本人有一整套严密的法律规定，如日本开拓团民按班分组，成年男性穿黄衣裳，跟日本兵一样，每天早上都训练，扛着木头枪，戴个鬼脸，嗷嗷地叫，练刺杀，哪怕不大点小孩都集中起来练。到1945年，受训人数达8.65万人，约占移民总数的30%左右。

被称作“开拓团”之父的东宫铁男首先将目标锁定在佳木斯一带。佳木斯地处黑龙江、乌苏里江和松花江汇流的三江平原腹地，肥田沃野，一望无际，美丽富饶，资源丰富，地广人稀，隔黑龙江、乌苏里江与苏联相望，边境线长达1 000多里。似乎在这里“开拓”可以避免与中国人的抵触。东宫铁男就是驻扎在这一带的日军高级指挥官。

1932年10月初，首批日本武装移民开拓团“吉林屯军第一大队”423人，由团长山崎方雄带队出发，10月中旬，这些武装移民由哈尔滨坐船顺松花江而下到达佳木斯之时，遭到抗日武装的袭击，让他们不寒而栗，没敢上岸，最后侵占桦川县永丰镇，建立“佳木斯屯垦军第一大队”，下设 4 个步兵中队、12 个小队，还有炮兵一队、机关枪一队。这就是日本第一个武装移民团队组建的第一个定居点叫“弥荣村”。“弥荣”一词是神道教仪式用语，意思是“繁荣昌盛”。值得指出的是，这里并非荒野生地，而是沃野熟地，也就是中国人已经开垦多年，不需要再费太多时间培育的黑土地。在“开拓团”“征用”土地过程中，尚有 80 户、400 多名中国农民的农田。与此同时，在东宫铁男的亲自策划下，493 名日本武装移民进驻牡丹江永川镇。之后，还陆续在依兰县七虎力建立“千振村”；在绥棱县北大沟建立“瑞穗村”等。

1932 年 10 月 13 日，第一批日本移民从哈尔滨登船去佳木斯。此图为登船的情景

1936 年 7 月，日本政府制定了《二十年百万户移民计划》，并确定为日本国策，计划 20 年内向中国东北移民 100 万户、500 万人，要求占用面积约为 99 173 600 亩，其中三江省占三分之一。同时，要求关东军加快掠夺土地的步伐。

佳木斯地区的日本武装移民

日本掠夺中国东北土地主要采用三种办法：一是低价强购并收缴地照。水田价每垧（顷）40 元，旱田价每垧一等 30 元、二等 25 元，较当时市场最低价低一半还多。当时，阿什河沿岸上等熟地为 200 元、中等为 160 元、下等为 130 元。东北劝业株式会社却以上等地 56 元、中等地 40 元、下等地 24 元，强制签订收买合同，农民不愿意卖，不交地契，便被日伪军警抓捕或杀害。二是以所谓“国内开拓民”进行垦荒种植，三年后归日本“农地开发公社”，作为日后大量日本人长期移民用地。三是生抢硬夺，即以维持治安为名，将农民土地列为所谓“军事重地”“危险地”“工程地”强行赶走农民，没收土地。

1936 年 1 月，“满洲拓殖株式会社”成立，从此日伪开始有计划地掠夺东北土地，其中仅吉林省就强行收买 250 多万垧，熟地价格 2 元，荒地 1 元，还不足一斗大米的价格，无异于无偿抢占。对于不出卖土地的中国农民，日伪竟动用武力强行没收，富锦县一户农民因不卖地，全家妇孺老少8口人全部被日伪击毙。

当年日本“开拓团”的民居风格

1944年1月，武部六藏发表伪满洲国关于东辽河治水工程决议，决定在吉林省通阳县赫尔苏修建水库，开辟沿岸稻田，作为日本开拓团用地，因此以极低的“动迁费”抢走2万余公顷土地，其中熟土占一半。赫尔苏村、怀德县被强行撵走的中国农民约3万人。据《宁安县志》记载：至伪康德十年（1943年）12月，“满拓”强迫“收买”去的熟地达45 804垧，占当时全县熟地面积的29%。

黑龙江地区是日本移民侵略的重灾区。到1940年，日本在东北建立了89个集团移民区，其中有69个在黑龙江地区。据不完全统计，入侵东北的日本移民“开拓团”达623个，计5.3万余户、15.4万余人，其中黑龙江地区有日本移民“开拓团”454个，4.2万余户、12万余人。据《黑龙江省志》“土地卷”记载：最早的日本“开拓团”移民一家可无偿获地1 500亩。1932—1945年，日本开拓团侵占土地约100万公顷，全东北约有500万农民失去土地。而失去土地的东北农民一部分沦为雇工，一部分流离失所，因冻饿、疾病致死者、自杀者众多。

日本杂志上的“开拓团”形象

以失去土地的中国农民沦为日本人雇工为例，据统计，1934年黑龙江省平均租地率为29.1%。1935年瑞穗村全部劳动日数的五成依靠雇佣中国东北失去土地的农民，其中种植大麦的雇佣劳动日比率竟高达77.5%。

日本移民分为甲乙两种。甲种移民又称“集团移民”，系指由日本政府予以优厚补贴并直接派遣的移民；乙种移民又称“自由移民”，系指日本政府予以微薄补助，主要依靠民间自行组织的移民。据《满洲开发四十年史》（日本“满史会”编写）记载：“截至1937年10月1日，居住在关东洲的日鲜台移民达154万余人，比1932年的83万人增加了83%。按民族划分，日本人60万（不含军属）、朝鲜人94万、中国台湾人600。”

日本“开拓团”驻地的神社

从1937年开始，无论甲种移民或乙种移民，又主要采取了“分村分乡”的形式（占移民总量的90%以上），就是把日本的一个村或一个乡作为母村，从中分出一部分农户，组成一个“开拓团”，迁移到中国东北建立一个分村，或叫子村。日本宫城县南乡村的移民到黑龙江省的黑台开拓团，是分村移民的第一次。以后，日本长野县大向日村的居民450户分出200户移到吉林省舒兰县。1937年第六次移民的18个团中，就有11个团是以分村形式组成的。

青少年义勇队训练所

日本军国主义认为，这种分村分乡移民的办法，可以把日本农户全家送出，增加移民数量，并可利用乡邻、家族关系，使移民能长期在中国东北居住下去，1937年至1941年的第一期移民五年计划中，集团开拓民23 806户、74 507人。

为掩盖移民政策的侵略本质，1939年12月，日本军部“要求”伪“满洲国”政府将其列为“三大国策”之一。这样，仿佛客随主便，日本是应“东北主人”邀请才进行的“开拓团”工作。日本侵略者对日本民众采取了宣传、欺骗、诱惑、蒙蔽，甚至是强制的手段。因此，大批日本农业贫民源源不断地涌入中国东北，开拓团是在欢呼声中来到广阔“黑土地”的，他们沉浸在东北的富饶美丽之中，却不知道自己已深陷罪恶。这些日本移民分别被以“开拓团”“先遣队”“开拓班”“自警村”“移民训练所”等多种组织形式派到东北各地，还建立了神社、小学、医院、服装加工厂、农事试验厂、牧场训练所、铁作坊，俨然是国中之国。

青少年义勇队是日本移民的一种特殊形式。在武装移民过程中，就有三次共84名青少年，作为试验移民到中国东北，在吉林省饶河县创建了“大和村北进寮”。1937年“满拓”在日本募集了322名青少年，在黑龙江省嫩江县创办了“青少年农民训练所”。1938年1月在东北各地大办青少年义勇队训练所，招募16～19岁的国民高等小学或中学青少年，进行为期三年的军事训练，然后组成义勇队开拓团。《冰花——一个满蒙开拓青少年义勇军队员的自述》的作者中田庆雄就是一个国民高等小学的学生，刚刚14岁，在日本军国主义教育毒化下，作为一名青少年义勇队的队员来到中国东北。由于是武装移民，在“开拓团”1 523人中，平均有200人应征入伍。侵华战争后期，14岁以上男子大都被征召从军，组成“日本开拓团青少年义勇军”，成为炮灰。此外，日本还极力推行“大陆新娘”制度，对日本女青年培训后，令集体嫁给青少年义勇队移民，以长期定居中国东北。

日本“大陆新娘”

中国人是不会甘心日本人抢夺土地的。20世纪30年代中期，在东北抗联的11个军中，就有5个军诞生在三江地区，有9个军转战于此，在打击日军的同时，也多次袭击日本“开拓团”。抗联老战士李敏说：“日本‘开拓团’是拥有武装的军事组织，我就与日本‘开拓团’进行过无数次的战斗。”日伪当局恐慌万状，惊呼“三江省已变为共产乐土!”

中国母亲与日本遗孤

1945年8月15日，日本宣布投降，其在中国东北各地的殖民统治机构和伪满当局立刻土崩瓦解。在这一历史瞬间，日本军人、军属仓皇撤离后，分驻在黑龙江省各地的日本“开拓团”团民害怕遭受报复，一片惊慌，满山遍野，乱窜乱跑，不知所措，尤其是老弱病残和妇女儿童。

9月中旬，佳木斯附近的汤原、桦川、桦南几个县的“开拓团”团民集体步行前往牡丹江，想乘火车回国，但火车已经中断，这些人又折返至方正县境内，只好与先来这里的“开拓团”团员会合滞留，达1.5万人之多，其中妇女和儿童达4 500余人。黑龙江省方正县成为日本“开拓团”成员的聚集地。由于战后秩序混乱，一个月过去了，一场瘟疫伴随着严寒向他们袭来，一批批人相继倒下。没有传染到瘟疫的人也很快陷于绝境，在疲劳、寒冷和饥饿下，也纷纷死去，还有许多人选择了自杀。尤其是一些死硬法西斯分子把屠刀伸向自己的同胞，逼迫“开拓”团民集体服毒、自爆、自焚，制造了一系列惨绝人寰的大血案，弃尸异国他乡。据统计，当时30万左右的日本移民，到1945年战争结束时，生还者仅11万人。

但有些被遗弃的日本孤儿被善良的中国老百姓收养。其中方正县和哈尔滨、长春、沈阳等地老百姓就收养了许多日木遗孤。据曹保明先生编著的《中国母亲与日本遗孤口述史》记载：“据不完全统计，当年日方有5 000余名孤儿被遗弃在中国东北民间。这些嗷嗷待哺的日本孤儿怎么样呢？今天的许多日本人还不知道，甚至也不想知道，但这是一段不能也不应该忘却的历史”。

1945年8月10日晨，从黑龙江省虎林开出的一列满载日本妇女和儿童的列车正疾驶着，快到伪东安（今密山市）车站时，突遭日军事先埋设在铁道上的重型地雷的误炸，当时现场留下两个直径20余米、深3米左右的大坑，4～5节车厢被掀下路轨并残破不堪，当场就造成500余人死亡，支离破碎的尸体被抛出几十米开外，另外还有200余人受伤，有的躺在地上打滚，有的连滚带爬，哭声一片，惨不忍睹。爆炸后，来到现场的中国人发现一个受伤的四五岁的日本小男孩边爬边哭，可怜得很，便将其抱回家中抚养，并取名王玉春。还有一个幸存的日本小男孩被中国人收养，取名张爱庭，长大后曾任密山市政协主席，现仍在密山市居住。

1945年8月12日，伪东安省鸡宁县（今黑龙江省鸡西市）哈达河“开拓团”500余人在团长贝沼洋二率领下正撤退至麻山地区，遭到苏军阻截。当时，走在队伍前面的七八个日本男人和70多名妇女儿童惊慌失措，绝望中的几个男人简单商量后将这些妇女儿童全部枪杀，然后逃入山中。团长贝沼洋二得知情况后，也做出了“以死报国”的决定，高呼“天皇万岁”后自杀而死。副团长上野胜和狂呼乱叫，命令男团员首先射杀了500余妇女儿童，然后自毙。但是，仍有7名幸存的日本孤儿被当地中国人收养，如王洪福、席静波、张春德、郑云桥等。这些孤儿长大后，均对中国养父母感恩戴德。

1946 年 7 月，中国东北地区的日侨登船回国

哈尔滨市为收容北满各地的日本难民，曾动员以新香坊收容所为主，包括学校、寺院、剧场、会社、社宅、仓库等 325 个收容所。收容所分为无料和有料两种。无料收容所实行生活物资配给制，主要有：位于香坊区开拓训练所的“新香坊收容所”，收容难民 25 000 人；位于马家区花园小学校的“花园收容所”，收容难民 3 000 人；位于道里区的“西本愿寺收容所”，收容难民 800 人；位于道里区的“满拓收容所”，收容难民 300 人；位于道里区的“大星旅馆收容所”，收容难民 300 人；位于道里区的“东本愿寺收容所”，收容难民 150 人。其他 300 余个收容所属于有料收容所，即难民靠自己的劳务来维持生计。据当时任职于哈尔滨日本人难民联络会的村井光雄回忆：1945 年 10 月中旬，在哈尔滨某难民收容所里，每天都有人死去，大约一天死亡 30 人……到 1946 年 8 月遣返时，这个难民收容所只剩下 50 多人。一些大难不死的儿童，流落到市井之间，被当地百姓收养，仅哈尔滨市内就有日本遗孤 200 余人。此种情况，在长春、沈阳、大连等地均存在。

遗孤中既有日本军政人员的子女，还有工商界的后裔，但更多的是日本开拓团民的后代，其中 90% 集中在中国东北三省和内蒙古自治区。这些日本遗孤在随父母逃亡过程中，所遭遇的不幸是令人难以想象的，在他们被收养前，有的衣衫褴褛，骨瘦如柴；有的疾病缠身，伤痕累累；有的冻饿交加，气息奄奄。总之，绝大多数遗孤在被收养时都挣扎在死亡线上。

对此，曹保明先生还有一段感人至深、发人深省的话：即一个民族刚刚被另一个民族所侵占和屠杀，而敌对的民族转瞬间便败在了这个曾经被压迫被迫害的民族的脚下，心底燃烧起的仇恨怒火是可想而知的。可是，面对成千上万敌对国家的孤儿，中国的母亲们表现出极大的人性之爱和道德之美。她们不记前仇，伸出友爱之手，把处在死亡线上的日本孤儿从水深火热中解救出来了。20 世纪 70 年代初期，中日实现了邦交正常化，许多中国养父母把养大的日本孤儿送回日本。而在中国，却留下了一批批白发苍苍，甚至疾病缠身的孤苦老人。

曹保明先生在书中记录了20多位中国母亲养育日本孤儿的故事，同时记载了十几个日本孤儿长大回国后的思念之情，动情之处，令人潸然泪下。闭目深思，这些真实的故事，在人类进化史、战争史上应该是绝无仅有的，因为这不仅仅是中国父母亲的温存善良，更是中华民族之大爱无疆。

1946年7月，吉林省长春市遣返日侨

据禹桂荣（已故）老人回忆：大约是1945年秋天，日本投降了，在沈阳，遍地日本人纷纷逃跑，大街上有几处“难民所”专门收容准备逃难的日本人。这些日本人都坐在地上等待编号、上船，每天都有生病死去的，还有一些扔孩子的，哭声喊声一片，非常凄惨。一天，我和丈夫（张芳礼，已故）来到一个难民营门口，看到一个大个子的日本人怀里抱着一个包袱，正四处打量。当时，我姑舅嫂子和一个叫赵明忠的邻居会说点日本话，就和那个日本人聊上了。一打听，原来那个日本人怀里抱的是一个才两三个月的小男孩，那个日本大个子男人说，小孩的爸爸妈妈已经死了，他（大个子日本人）马上就要上船回国，一想海上风大浪高，小孩是活不了的，于是就想把孩子送给中国人，为孩子找条活路。经邻居介绍，那个大个子日本人已经知道我家情况，于是就走上前来，恭恭敬敬地对我丈夫行个礼，说：“这孩子我带不走了，想把他留在中国，这样也许能保住条命。”他还说：“我求求你们，行行好，救个命吧。”禹桂荣老人说：“我急切地扒开小包袱一看，孩子太小了，还没睁眼睛呢，可一看孩子的小模样，我的心就软了，立刻把孩子抱在怀里。”那个大个子日本人对我深深地鞠了个躬。然后告诉我们：“这孩子叫吉田达男。”接着，又脱下军大衣盖在孩子身上。临走时记下了我家门牌号和我们夫妻俩的名字。后来，我们给这孩子起个中国名，叫“顺富”，意思是

禹桂荣一家人（上排右为吉田达男）

人生苦难太多，希望他今后能顺利、富贵吧！

据项贵臣老人回忆：我是长春人，22 岁那年和韩淑芳结婚，住在长春孟家屯钱家油坊，结婚三年却没有孩子。我家邻居有个以捡破烂为生的老头，叫王海。大约是 1945 年的秋天，日本人战败了，整个大道上、田野里，到处都是逃跑的日本人，连病带饿，一片片的死尸。初冬一天的上午，王海到东岗寮（日本职员住所）捡破烂。他推开院门，里面黑洞洞的，日本人都跑光了。突然，王海发现在结着薄冰的水泥地上还躺着一个身穿和服的日本女人，微弱的阳光下，已经死了，身旁还有一个一岁左右的孩子正抓着那个女人的手在哭。王海见怪可怜的，就走上去。这时，他才发现，贴墙还站着几个日本男人。见状，一个日本男人走上来，恭恭敬敬地给王海施个礼，并指着那个女人，用半生不熟的中国话说：“她是我的夫人，已经死了！孩子托你给找个人家吧……”王海一下愣住了，再一细看，这几个日本人不像军人，一个个穿得破破烂烂，浑身又脏又黑。这时，那日本孩子的父亲说：“我们是日本‘开拓团’的人，从黑龙江走过来，追赶回国集中营的队伍，却没赶上，如果孩子不找个人家给口饭吃，恐怕就要饿死了。”王海见状，明知道日军是中国人的敌人，但听到小孩子上气不接下气的哭声，顿生怜悯之情。于是顺口说道：“是丫头小子?”那人道：“女孩。”王海说：“我去问问，看看有没有收养她的人家。”大约一刻钟工夫，王海来到我家，一五一十地说了遍情况。最后又追加一句：“看样子，他们（指日本人）实在不行了，大人好说，孩子命难保!”就这样，我们两口子异口同声地说：“抱来吧。”王海见状，一溜烟地跑了。不一会儿，那孩子爸爸和几个日本人抱着孩子来了。我们俩一看那孩子，像一个土球，除眼睛发亮，浑身都长满了鳞。说话间，老伴把孩子接过去，放在温水里洗了三遍。看在可怜孩子的面上，我们还留几个日本人吃了一顿饭。孩子父亲自我介绍说，他叫岗田，现在什么人都没有了，只求我们收下他的孩子，行行好，救救孩子的小命。饭后，岗田拿出一张纸，写上他的名字和孩子名字。原来，这孩子叫岗田青子，祖籍是日本名古屋。我也拿张纸，写上了我们的姓名和住址。临走前，岗田轻轻地扒开我老伴怀里包着孩子的小被，仔细地看了又看，眼里涌出了泪花，叨咕几句什么后，猛一转身走了。走到门口，他又转过身来，对着我们深深地鞠了一躬。从此，我们再也不知道岗田的消息。我们给抱养的日本女孩起了一个中国名字，叫项淑芝，意思是希望她像芝麻开花节节高吧。

据中国养母姜树云（已故）回忆：1945 年夏天，日本国投降了，日本人纷纷逃走。当时，我和丈夫王洪祥在长春西安大路开了一个专卖文具和杂货的小铺。大约是 1948 年的冬天，一个叫西三的日本老太太进来了，由于以前她经常来买东西，所以很熟，于是她直截了当地说：“我们属于最后一批要撤走的日本人，有个日本孩子，父母都没了，现在由孩子父亲的同事带着，我看你家挺好，又没孩子，能不能收养?”后来一打听，原来这个孩子的父亲叫春日隆一，是日本部队的军医（后来为东北民主联军工作），母亲小林芳子是日本部队护士。就在这个孩子降生后的三四个月，她的父亲、母亲因为感染病毒，不到10天就相继去世，只把这个小小的生命留在了人间。夫妻俩死后，孩子由大泉忠雄带着。当时，大泉忠雄孤身一人生活，再带个孩子，困难极了。于是，西三就劝大泉忠雄把孩子送个好人家吧。一天，西三老太太领来了大泉忠雄。大泉边鞠躬边说：“我也算孩子的养父了，一切拜托中国养父母了……”姜树云对丈夫说：“这也是一条小命，怪可怜的，我们就收养了吧。”又转身对西三和大泉说：“你们放心，我们一定很好地待她。”这个日本孩子叫春日惠子，中国养父母收养后又给她起了一个中国名字，叫王雅君，意思是希望她长大后具备男人和女人的一切优点，这也是中国养父母的寄托和希望。

小林惠子和中国母亲姜树云（1996年5月于长春）

据郑桂兰老人回忆：大约是1945年秋的时候，日本战败了。大街上和野地里整天都有逃走的日本人。当时，我家住的那个地方叫“安民寮”，就是现在的吉林工学院位置。这个“安民寮”是日本熊本县“难民营”所在地，一些等待回国的日本难民，成天有病倒和死去的，特别是孩子和老年人。当时，我老公公开了个小铺，总有人来说各种消息。有一天，一个老乡来买杂货，对我老公公说：“你不过去看看，安民寮又来了一批日本难民，还有扔孩子的。”我老公公就跟着去了。那时，安民寮已挤了一堆一堆的日本难民，用一块一块油布隔成一户一户的。这时，有个日本老太太看来了几个中国人，就上前求我公公说：“有一家姓不恸的，主人叫不恸武夫，战争结束时在黑龙江让人抓到苏联去了。剩下他太太领着五个孩子，从黑龙江长途跋涉，走了一个多月，昨天刚到难民营。她的五个孩子都已经奄奄一息了”。日本老太太又继续说：“求你行行好！收养一下她这几个孩子吧。”我老公公问：“她们在哪?”日本老太太说：“请跟我来。”等来到不恸武夫的“家”，看见他的妻子正搂着五个孩子苦巴巴地坐在地上。那些孩子蓬头垢面，骨瘦如柴，浑身尽是虱子，而且长了疮，弄不好活不了多久。日本老太太说明来意，不恸武夫的太太说：“太感谢你们了”。于是，我老公公就顺手抱了一个小男孩，高高兴兴地回家了。谁知回到家里，我满心的不愿意。

我说：“爹，男孩不行，今后一定有事。”我老公公一听，感觉有道理，又转身把孩子抱走了。就这样，我老公公又到安民寮，放下男孩又抱回了个女孩。这个女孩，当时也就6岁左右，她的日本名叫不恸美千子。后来，我们给她起个中国名叫郭秀珍，小名叫“带生”，是希望从她这儿开始，能给我们带来新的生命。我收养一个月左右，她的生母一共来我家7次探望。临走那天，日本生母捧着女儿的小脸端详了许久，然后对我们说了许多感谢的话，才恋恋不舍地离开。后来，听说到沈阳时，由于途中又累又饿又病，死去了3个孩子，他母亲只领一个回到日本。之后，不少人曾问过我为了啥？我说：“如果秀珍（不恸美千子）不留在我身边，命运对她会怎样呢？我想，这也许是我们母女的缘分吧！”

中国母亲郑桂兰（左二）与养女不恸美千子及其生身父母

是啊，中国父母含辛茹苦，养大了敌国孩子并供其上学读书，又亲自帮他们成家立业。原因是人类善良本质的体现，早已视如己出，早已成为自己的心头肉，这是对待生命的爱，这是发自人性的美。自20世纪80年代开始，许多被养大的日本孤儿，归国前抱着中国养父母失声痛哭，难舍难分，大多数回到日本后与中国养父母经常书信、电话联系，并经常回到中国探望，甚至送终时泣不成声。许多日本孤儿都会唱中国的那首《苦娘》歌：抬头看我娘，脸已黄，发已苍，娘这一辈子，不喝辣，不吃香，不穿好衣裳，心思全在儿身上……

小林惠子追悼母亲姜树云（1996年6月5日于长春）

日本遗孤中岛幼八生于1942年东京三田，一岁时随父母移居东北（开拓团），1945年日本投降时由中国养父母抚养长大，1958年回国，1966年开始在日中友好协会总部从事翻译工作。70岁退休后开始撰写回忆录，2015年7月出版《何有此生》，书中回忆了在养父母辛苦照料和爱护下成长的往事，表达了深深的思念之情。作者在致中文版读者的序言中写道：“日语中有一句名言：养育

日木遗孤中岛幼八

之恩大于生育之恩。我回顾了自己的人生，无论从实际情况来说，还是我亲身感受来说，完全证实了这句名言的正确性。……”归根结底，这是中国养育我的结果。因此，在这里我首先要说的一句心里话：谢谢，中国。……我与各位读者有着共同的心愿，那就是希望中日两国永远友好下去，……不使灾难的噩梦重演。

当年，曾有4 500多名日本妇女和儿童滞留在黑龙江省方正县，中国老百姓见他们十分可怜，与一部分日本妇女组成了家庭，还收养了一部分孤儿，远藤勇就是这些遗孤中的一个，中国父母给他起名叫刘长河，在物资匮乏的年代里，中国养父母一直供他读完大学，后在哈尔滨第十九中学任教。1974年远藤勇偕妻儿回日本定居。为报答中国养父母救命养育之恩，1995年他捐资在日本人公墓旁修建了中国养父母公墓，上书“养育之恩，永世不忘”。

李淑兰代表养父母讲话

但是，也有令人遗憾的，少数日本孤儿离开后，从此音信皆无，中国养父母也在流泪，有的已在等待和思念中逝去。愿善良永存。

从20世纪80年代开始，许多日本孤儿开始陆续回国，并成立了研究会等民间组织，开展活动，也受到中国政府及相关部门重视。

打压摧残民族企业

从清末到民国初年，中国东北地区的民族工商业已经发展到一定规模。据统计，仅沈、长、哈就有千余家中等以上的工商企业。这些企业，有的是专营工业，有的是专营商业，有的是工商兼营，特别是机械、军工、矿业、轻工等均具一定规模。1932年东北全部沦陷后，东北进入了最黑暗的殖民统治时期，日本侵略者打着伪满洲国傀儡当局幌子，全力打压摧残中国民族企业，使民族企业陷入极度艰难困苦之中。主要表现在以下几个方面：

首先是全面掠夺，控制经济命脉。九一八后强行没收与奉系官僚资本相关的“逆产”，将民族资本赶出经济金字塔上层。此外，通过明抢明夺获取矿业、钢铁，通过没收和强行合并垄断金融，通过强行占有控制交通运输等。这些，在前面章节中，已经讲过很多，就不再重复了。其次是打压摧残民族企业。概括地讲，可以用16个字表达，即垄断压迫、变相收购、产业统制、暴力迫害。

先说说垄断压迫。就是通过“特殊会社”进行的。据《东北的沦陷与抗战》（第四卷掠夺）记载：伪满洲国成立后，日本垄断资本三井、三菱、住友等财阀已在东北设立了许多“会社”，这些“会社”是垄断压迫中国民族企业的主力军，尤其1937年伪满当局公布《重要产业统治法》以后，对中国民族产业的打击更是一枪两眼。一方面，强调垄断性。对重工业、化工业、军工业、纺织业、建材业等20多个产业实行统制，谁要涉足，需要伪主管大臣许可，实际上权利掌握在日本“会社”手中，这就从“法律”上限制了民族企业进入多个经济领域。反之，却为日资企业大开方便之门。因此，法令公布后，各种日资“会社”如雨后春笋，很短时间就达200余家。另一方面，强调“特殊性”。就是所谓的“特殊会社”，即由伪满当局与日本财阀共同投资的40余家“统制会社”，而中国民族资本不允许参与。这些“会社”属日伪共同投资，一般各占50%，盈利5:5分成，如果亏损，伪满当局必须保证日方10%利润。可见，日本财阀有盈无亏。比如，满洲重工业开发会社，每年可获纯利2 000万元，其他40余家“特殊会社”每年总获利2亿元，一般会社每年获利总计1亿元，三者总计3.2亿元。仅此一项，就充分反映了东北畸形的殖民地经济色彩。这些“会社”，原则上是一社一业，有独占特权。但是“满铁”例外，其经济触角可以不受限制地延伸到各个领域，1935年对东北投资达26 900万元，占日本对东北总投资额的65%，不仅控制着东北工矿企业及交通命脉，而且把矛头伸向政治、军事、文化等领域。1934年“满铁”附属企业达57个，规模较大的有钢铁、纺织、烟草、制粉、造船、航空等企业。1937年以后，其他特殊会社也逐步升级，已由一社一业转向综合性重要产业，进行掠夺性开发，其标志是满洲重工业开发株式会社和东边道开发株式会社的先后设立。

再说说变相收购。1937年伪满当局实行经济统制后，由于煤炭、钢铁、农副产品等原材料初受限制继则告绝，因而中国人开办的一些中小型轻重工业、手工业等纷纷破产，素称代表中国民族资本的大连顺兴铁工厂、哈尔滨振兴铁工厂等也先后宣告歇业。大连、营口、哈尔滨、长春等地民族资本开办的制粉厂、制油厂、纺织厂等陆续倒闭200多家。这还不算完，为了彻底吃干榨净这些民族企业的资本，最后伪满当局下令将中国资本家旧存的机械、钢材、生铁、木材，以及机器零配件等，统统以极其低廉的价格强制收购，计在沈阳收购了9 000多万元、在哈尔滨收购6 000多万元，在鞍山、长春、营口、大连、齐齐哈尔、吉林等地收购8 000多万元，合计2.3亿多元。这些物资按当时市价计算，约值10亿多元，也就相当于掠夺了中国民族资本8亿多元，这还不包括由于企业主不卖，而被日伪没收的资产。到1942年，仅沈阳就倒闭民族企业836家，哈尔滨倒闭583家。相反，日本的机械、纺织、钢铁、制粉、制油、制皮企业却风起云涌地出现。仅存的民族企业如哈尔滨双合盛火磨、长春的裕昌源公司、大连的政纪公司等，也只能聘日本人作顾问，给“好汉股”（只出人不出资），才得以苟延残喘地暂时存在，后期也遭受着凋零衰落的命运。

还要说说产业统制。继1937年5月伪满公布《重要产业统制法》，1940年6月颁布《物价及物质统制法》之后，1942年10月又公布《产业统制法》，颁布“七二五物价停止令”，垄断一般产品收购和商品进口权。这样，就把中国民族工商业逼进了死胡同，陷入了破产的深渊。例如沈阳机械铁工厂在1940年以前，由于日本工厂生产能力有限，尚能承包一些工程项目，《产业统制法》实施后，便逐步沦为几十家日本机械企业之下的零件生产厂，还有一些企业沦为代销点或配给店，完全丧失了独立性。

东北工商业最具代表性的油业、面业和粮栈也整体衰落。根据《哈尔滨通鉴》记载：1931年之前，哈尔滨民族资本经营的油坊达37家。九一八事变后，由于日伪当局推行“大连中心主义”，日本资本支撑的大连榨油企业纷纷设立，使哈尔滨民族资本经营的制油企业急剧走向衰落，到1936年仅剩14家，到1945年仅残存10家。

日满制粉株式会社松花江第二工厂

哈尔滨是东北地区制粉业中心，1920年时就有30余家民族制粉企业，且大都机器生产，工艺先进。但是东北沦陷后命运同样悲惨，尤其七七事变后，日伪当局成立了“满洲制粉业联合会”，对小麦和面粉实行定价，不准自由出卖，后又相继发布《小麦专卖法》和《小麦粉专卖法》，规定由满洲粮谷株式会社统一收购、加工和配售，使制粉业的产、供、销环节全部纳入日伪统制之下。到1940年，日伪又进行“工厂整理”，经过甄别淘汰，哈尔滨民资资本经营的制粉企业减少到8家，1941年仅剩6家。到1943年，日伪当局改由农产公社一手统制制粉业，民族制粉企业彻底变为日本企业的加工车间，所得加工费不仅无利可图，反尔赔钱，因此有的企业长期停工，有的企业改为生产苞米面，利润相当微薄，惨淡经营。

粮栈是东北民族工商业的代表性行业。据统计，1931年以前东北共有粮栈2 800多家，投资总额3 900多万元，但多数为资本不足1 000元的小粮栈，少数资本雄厚的大粮栈则隶属于各官银号，主要承担农副产品流通业务，也附带从事粮食贮藏、运输和借贷等。从1932年开始，日伪设立的“满洲中央银行”，为照顾日本粮商的利益，勒令中国人开办的粮栈全部关闭，将粮栈业务全部向日本商社和商人开放。之后，由于日商暂时难以满足市场供求，一部分民族粮栈才得以恢复业务。面对日伪当局实行的经济统制政策，民族粮栈也曾以各种方式进行了抗争，如抢占部分农村交易市场，收购黑市粮食，进行城乡黑市交易、“地下加工”等。不久，日伪当局强行成立“粮栈组合”，把不顺从的民族粮栈从中排除，从而导致粮栈数量不断下降。据统计，哈尔滨、绥化、海伦、克山原有粮栈79家，到1934年仅剩下41家，吉林市也有23家粮栈倒闭。其中，不乏拥有数万元的大粮栈倒闭。

至于其他民族工商业的倒闭或破产更是屡见不鲜。1942年沈阳市倒闭各种工厂达836家之多。哈尔滨道外区民族资本餐饮店共337家，竟有146家倒闭或歇业，占43%以上。到1945年日本投降前夕，顺兴玉铁工厂被日伪当局收买，改为满洲工业所；积成铁工厂被日伪强行租占，挂上宫崎铁工厂牌子；裕庆德毛织厂被日本钟渊纺织株式会社强行收买，改为康德毛织厂。由于纺织业缺乏原材料，大部分民族企业倒闭，少部分企业改产更生布。

关于民族商业。由于日用生活品不在日伪统制之列，所以日伪初期生意一般较好。其中比较著名的有1932年在长春投资建成的益发合百货店，1935年全盛时设15间营业室、3个附属厂。哈尔滨同记公司属厂店合一企业，并改组为股份公司。上述，只是日伪时期的冰山一角，且仅持续一段时间。从1934年开始，日资逐步扩展商业舞台，并日益挤压中国民族商企。据《哈尔滨通鉴》记载：1943年，全市外商总户数1 979户。其中日商1 540户，占77.8%；其他外商439户，占22.2%。日商经营商品占13大类，占当年销售额的35%以上，亦在一定程度上对中国民族商业形成挤压优势，随着生活用品配给制的实施，这种优势更加明显。

哈尔滨王修江老人说：“当时日本人的会社、商店大多在道里区石头道街、地段街一带，东北当时也有很多人抵制日货，加上当时穷人较多，中国人开的商店大多在道外（区），很多人都到道外买东西，还便宜……不过，如果日军再晚投降几年，中国商店的日子也不好过。”从直观角度讲，老人说的没错。因为1937年七七事变后，东北地区的其他进货渠道都被关闭或扼制，外货输入几乎滞死，进口商品只有日货。当时，日本商人直接通过大连、安东、图们、营口等地输入日货，致使许多外资商户或停业或回国。一些民族商户为维持生存，也不得不撤回关内驻庄，转派到日本大阪、川口，或从驻东北日商处进货，沦为日商“推销员”。

最后说说什么叫暴力迫害。它不仅表现在政治统治层面，也表现在经济统制过程，日伪利用各种暴力手段迫害中国东北企业家，其中伪经济警察就是迫害中国民族企业的卑鄙打手，罪恶的事件太多了。这里只举一例。1942年7月，哈尔滨发生“罐头事件”，伪香坊警察署经济保安系，以“经济犯”罪名将道外区松柏罐头厂经理刘玉坤逮捕，逼刘承认有暴利行为。刘不承认，被经济系副主任黄喜南（外号“黄扒皮”）打得遍体鳞伤。刘被押回拘留所后，同室难友告诉其“不承认暴利，皮肉受苦，店铺也保不住，有的已经被折磨死了”。第二次提审，刘玉坤违心地承认了2 000元暴利。11月，被判处有期徒刑6个月，罚款2 000元。据刘玉坤回忆：“此次事件中，仅我所知，就有全盛福经理马建之等十多人被折磨死，而遭迫害、受牵连的民族工商业者达200余家，之后许多商号宣告破产。”

总之，东北沦陷14年，伴随日伪经济统制的不断加强，东北民族资本工商业作为整体而言，已经成为十足的殖民地经济，丧失了生存发展空间，若不是打败日本帝国主义，迟早彻底崩溃。不过，也有个别败类，与日资勾结，如裕昌源公司，原系民族资本，后来随王荆山逐步汉奸化，1941年引进日资，从而演变为以官僚买办资本为主体的企业。

粮食“出荷”

日本侵略者在经济统制掠夺方面，还实行了所谓“粮谷出荷”制度，即在强制农民除缴纳田赋之外，还必须按“官定”数量、价格，在规定的时间内，把粮谷出售给日伪垄断收购机构。这种“官定”的“出荷”粮谷数量很大，一般大豆占产量的80%以上，小麦占60%左右，而且价格又很低，如当时大豆市价每百公斤是伪币200元，而“官定”的“出荷”价仅为17元，只是市价的8.5%。

据《哈尔滨通鉴》记载：大田每垧地至少“出荷”5斗，中等地“出荷”8斗至1石，上等地1石2斗至1石3斗5斤；水田头等地“出荷”9石，二等地8石，三等地7石。

日伪初期，日本侵略者还只是对稻米、小麦、大豆等"统制"收购。1937年以后，日伪当局陆续公布《米谷管理法》《主要粮谷统制法》，不仅对以稻米为主的粮食购销、加工等规定统一由伪满碎谷会社管理，而且对于中国人主食的高粱、玉米、粟等杂粮也完全统制起来。1939 年又颁布了《主要特产专管法》，成立了"满洲特产专管公司"，垄断了大豆、苏子、马籽与油料作物的收购。从1940 年开始公布《粮谷管理法》，垄断收购的范围越来越广，达 11 种之多，甚至把高粱糠都统制起来，并确定"满洲粮谷株式会社"特约收买人制度，指定三井、三菱、三泰等日本商社为特约收买人。

以黑龙江地区为例，1940 年初日伪当局成立"兴农合作社"，1940 年 6 月把原来的产业部改为兴农部，1941 年改称"兴农合作社联合会"，1944 年改称"兴农合作社龙江省支部"。无论怎样改，都是日伪当局统治农业的机构，实权由日本人把持。此外，还有以掠夺农产品为宗旨的商业组织，如"特产共同贩卖会"。这些机构的共性，即对农产品的全面统制和掠夺，甚至在克山、海伦、绥化、呼兰等 20 多个产豆大县还设立了掠夺大豆的专业组织。

1941 年 7 月，日伪当局又组建了"满洲农产公社"。1942 年以后又对"出荷"粮实行强制摊派，设"出荷督励班"，分赴各地搜查，警特四处监视，禁止农村往城里私运粮谷，甚至遇有天灾或歉收，也不容少交。举一个例子，1942年秋，日伪全面推行"集结体制"，在黑龙江、吉林省的干振街、弥荣村（现孟家岗镇）、小石头河子村、王道岗镇、阎家村、荣家村、太平镇（现士龙山镇）、金沙河村等地分别成立"搜荷工作班"。以日军为主，由街村长、协和会辅导员、伪某某署长配合组成"工作班"。他们身带武器，手拿粮探子，挨家逐户，强行搜刮农民手中粮食。那年千振街夏季遭了雹灾，秋季又来了早霜，粮食减产，只能收四成左右，"工作班"把所有粮食搜走，农民们只能以野菜、淀渣和糠麸度命。这年全街饿死、冻死、因吃野菜中毒死亡的有百人以上。又如 1943年拜泉县遭受大水灾，农产品减收三成，但仍被逼按原定 149 680 吨缴纳，致使农民严重缺粮，很多人饿死。

日伪还往往以"丰产"为名，将"出荷"粮年年加码。据《黑龙江省志》粮食卷记载：1941 年"出荷"粮食 231 万吨，比 1940 年增长 16.3%；1942 年比1941 年增长 10%；1943 年比 1942 年增长 26%；1944 年比 1943 年增长 37.9%。这五年共征收 1 456.4 万吨，占同期总产量的 47.4%，其中最高年份达 69.7%。按当时农业人口计算，每人负担"出荷"粮 890 斤。

以哈尔滨为例，1943 年全市粮食产量 38 832 吨，但出荷达 34 911 吨，占总产量的 89%。当时，哈尔滨有农户 18 894 户 94 046 人，平均每个农户出荷粮1 848公斤，平均每人出荷粮 371 公斤。农民交粮后，还要交纳地租，剩下的口粮、马料、种子严重不足，只能靠土豆、橡子面充饥。

日伪收购粮食，不但价格抵，而且不给现金，只给些更生布之类工业品。日伪强迫农民种水稻，却禁止稻农吃大米，有偷运或私食者，以“国事犯”严惩，广大农民只能以杂粮野菜糊口。

日军在东北将大批粮食装船运往日本

有的日本“开拓团”经理人（中间商）直接替佃户代交“出荷”粮，然后独吞“配给品”，甚至克扣本来就极低的粮价。

垄断木业

早在日本武装侵略中国东北之前，“满铁”已经涉足垄断东北木业领域。1919年和1921年，“满铁”就伙同日本木材资本家，以俄、日、中三方联营名义控制或接管了扎免林业公司、海敏采木公司、谢夫谦克林场。

日本侵略东北之后，又进一步把掠夺东北森林资源作为战略物资统制起来。

吴玉珩在《日本掠夺东北林业的回忆》一文中讲道：1932年2月，伪实业部长张燕卿通知各省市，“在森林法未公布之前，各林商所持之林照，要经各省实业厅验明并加盖戳记，即暂时认为有效”。但是，谁知是个大骗局，当各林商交出林照后，两年后杳无音讯，林商们多次催要无果。1932年7月9日，日商近藤林业公司在哈尔滨成立。9月25日，收购了俄侨葛瓦里斯基林业公司，包括横道河子、海林、穆棱、亚布力等5处林场和位于马家沟的木材综合加工厂。1933年后，又吞并了中东铁路哈尔滨至绥芬河段大部分林场。1934年6月，伪满政府颁布《产业统制声明》，规定不允许民间经营木业（含木浆、造纸）采伐，森工全部划归“国有”，统归伪满林野总局管辖。

1935年初，伪林野总局颁发《国有林采伐纲要》，规定森林采伐由官办的“满洲林业株式会社”独家经营，并在各地设立支社。4月20日，伪实业部发令：“计（原）东北境内有林照的各林商120名一律无效”。

1935年“满铁”全部兼并了中东铁路后，木材需求量大增，于是迅速攫取了该沿线三大林区（绰尔、东部、岔林河）和与之相关的诺敏公司及亚布洛尼亚林区。这五大林区共占地 160 万余公顷，年产木材 100 万方。

1936 年 10 月，“满铁”又将仅剩的两处白俄林商经营的林场全部收归“国有”。日本“东洋拓殖株式会社”又在牡图线（牡丹江至图们）的宁安、东京城站北沟和大海林设采伐林场。接着对呼兰河、诺敏河流域森林实行集团开采，1937 年对滨北线（哈尔滨至北安）森林大规模开采，1940 年绥化至佳木斯线通车，1943 年修建汤林线（汤原、南岔至伊春乌伊岭），封闭了千百万年的小兴安岭原始森林，开始被日本侵略者乱砍滥伐。

苇河森林采伐搬运情形

日本侵略者为了达到掠夺采伐目的。一是设立高度垄断专业机构。1936 年 2 月 29 日，“满洲林业株式会社”在“新京”成立，资本金为 500 万元伪满币，其中伪满政府 250 万元，“满铁”125 万元，共荣企业株式会社 125 万元。1938 年 10 月，该社资本增加到 3 000 万元伪满币。此外，还在各地设立了支店。1944 年 9 月，“满洲林业株式会社”升格为“满洲林产公社”，垄断经营所有木材生产业务。1945 年 5 月 1 日，伪满林业总局将所有木材生产及森林铁路业务全部交给“满洲林产公社”，成为全权生产、配给统制机构。二是投巨资修筑森林铁路和水运设施，如修通了南岔至伊春的大铁路，又修筑了 14 条由大铁路通往林区的小铁路（窄轨距 762 毫米），总长 677.7 公里。同时，在铁路沿线设立了 20 多个营林署，基本遍布东北林区。三是投资剧增。1935 年为 758 万元（伪币），到 1943 年为 1.46 亿元，为 8 年前投资的 19.2 倍。用工人数，1938 年为 12 万余人，到 1944 年为 29.8 万人，为 6 年前

牡丹江木材工业制材工厂

的2.2倍。

还有一项“政策”更恶劣，即强迫收购原木。1939年，伪满当局公布《原木统制令》，禁止原木交易。同年6月，在吉林市东大滩沿江一带，所有原木均被日本的富士加工厂强迫收购，仅给当时市价的半成，中国木商含泪说：“跟抢一样”。哈尔滨的情况更严酷，除以不足三分之一的价强收外，还不许木商积存，查出一律没收。老百姓所需一律禁绝。

日本掠夺的木材由松花江放排运输

1941年12月太平洋战争爆发后，日本侵略者急需大量木材，计划增加产量59%。预定生产商品材461.2万立方米，生产特殊材191.6万立方米，合计为652.8万立方米。军用材与造船材大部分出自黑龙江地区的朗乡、带岭、南岔及大丰、美溪林区。

1932年—1945年，日伪在东北共设“官营”采伐作业所402处，60%在黑龙江地区。据1949年初东北人民政府经济委员会发表的《东北林野资源管理》记载：“日伪14年间共掠夺东北木材1亿多立方米。”包括民用、自用、烧材在内约1.5亿立方米，消耗蓄积量约2.3亿立方米，破坏东北森林面积达9 000万亩之多。

日本侵略者掠夺木材资源，实行采大留小、采好留坏的“拔大毛”掠夺式采伐。伐根1米多高，伐后不清林，无恢复森林措施。运材以小河流输送为主，无水运条件的地方修筑森铁运材。

独霸铁路

铁路是日本侵略者掠夺中国东北资源的支柱产业。因此，伴随军事运输和经济掠夺，早有预谋，阴谋耍尽，不择手段。

举一个日本攫取东北天图（天宝山—图们）铁路的例子，中心思想是说明日本帝国主义掠夺东北资源和军事侵略是蓄谋已久的，攫取铁路就是重要方面之一。

据史料记载：1915年12月1日，日商泰兴会社呈北洋政府农商部及吉林省当局，获准由中日合资开发天宝山银铜矿。1916 年 12 月，日本浪人滨名宽佑假借开发矿山名义，请求批准修筑“天图”铁路，被吉林省议会驳回。之后，以坂田延太郎为首的日商多次提出此事项均未得逞。1921 年 10 月，日方在未获批准的情况下擅自强行开工，后经延边民众示威抗议，北洋政府强令停工。

1922 年 5 月，日本乘“东北自治”之机，与奉天当局达成协议。10 月 12 日，吉林省公署代表与日商签订《中日官商合办天图轻便铁路公司合同》，1923 年初设立股份公司，注册资本 400 万元（吉大洋），中日双方各半，“天图”铁路一期工程 58.1 公里，二期工程 42.9 公里，还有支线 10 公里。两期工程自 1922 年 8 月开工，1924 年 10 月全部竣工并开始营业。

1933 年 2 月 9 日，日伪以极低的价格（635 万元）强行收购“天图”铁路，由“铁满”独家经营，后又改为京图（“新京”（长春）至图们）线，并改为标准轨，形成铁路运输大动脉，其主要功能是运送兵员和重武器，“围剿”活动于长白山一带的抗日联军。同时，日本侵略者建立“两路两港”的图谋也得以实现。也就是说，通过长大线、京图线分别连接大连港、朝鲜清津港，把掠夺中国东北的大量战略资源快速便捷、源源不断地运往日本本土。

九一八事变前，日本霸占中国东北的铁路仅有“南满”铁路及其支线和大连港。“事变”后，伴随着军事侵略扩张，也同步加快了霸占东北铁路的步伐。

1933 年 2 月 9 日，伪满洲国与日本“满铁”缔结了出卖东北铁路的《满洲国铁道借款及委托经营细目契约》，将吉林铁路经营权与收入作为借款抵押，日本“名正言顺”地攫取了吉林支干线铁路。

1933 年热河失守后，日本侵略者共攫取了 19 条铁路，合计 2 969 公里，超过了“南满”铁路的 4 倍。1935 年 3 月又以 1.7 亿元的价格，从苏方收买了中东铁路。至此，日本侵略者已霸占了中国东北所有铁路。1937 年 6 月 19 日，“满铁”将中东铁路及其支线全部改为标准轨距。

日本关东军把这些铁路作为“国有铁路”，委托给“满铁”经营管理。“满铁”为配合关东军侵略扩张，立即实行“非常时期铁路体制”，全力投入军用。最初 8 个月，就出动了 15 000 多辆各种车辆，行程总计 400 多万公里，运送日军 20 余万人次、军马 40 000 余匹、军需物资 20 余万吨。同时，还把一些机车改为装甲机车，平板车改为炮车，组成装甲列车。

日本侵略者对东北地区的新线建设也蓄谋已久，早在 1925 年的“东方会议”上，就拟定了“开发满蒙铁路之计划”，图谋 20 年内建成 35 条，合计 8 800 公里，形成“满蒙铁路网”。

日本侵略者新建线路的目的，除了军事运输外，掠夺东北战略资源是其重要任务。“满铁”在 1925 年刊行的《吾社之事业》中供认：其“所有事业均系以开发满蒙为根本”，而“王道始自铁路”。可见，日本祸心已暴露无遗。

据《哈尔滨铁路局志》记载：1931 年之前，东北计有铁路 6 075. 3 公里。在东北沦陷后的 14 年间，“满铁”在东北共修建铁路 5 746 公里，平均每年新建 400 公里之多。同时，“满铁”对东北原有线路进行了技术改造，对部分主干线增设复线，采用大型机车和车辆，还扩建了哈尔滨、齐齐哈尔、三棵树、牡丹江四处机车车辆工厂。到日本投降时，在建铁路尚有 1 000 多公里。

这些新建的铁路，是按其侵略战争的战略部署分布的，分为三类：一类是把东北同日本、朝鲜紧密连接起来的铁路，如敦化—图们、拉法—滨江、佳木斯—牡丹江—图们、四平—梅河口—辑安（集安）。另一类是准备向华北侵略扩张的铁路，如长春—洮南、洮南—热河等线，该线连接后可成为北宁线以外另一条入侵华北的干线。还有一类是准备进攻苏联和外蒙的铁路，如北安—黑河、海伦—北安—克山、宁年—墨尔根—黑河、林口—虎头、绥阳—东宁—新兴（今汪清）等线。

举一个例子。据《黑龙江省地方铁路志》记载，位于黑龙江省的北黑线（北安至黑河），即从滨北线（哈尔滨至北安）的北安起始，到中俄边境的黑河，全长 302. 9 公里。日本侵略者为了进攻苏联做军事运输准备，也为了更方便更大量地掠夺边境地区战略资源，贯通南北满地区运输大干线（大连—哈尔滨—黑河），于 1933 年 5 月开始航空、陆地等方面勘测，是年 6 月开始，采取边勘测、边设计、边施工、边运营办法进行建设，并分两段进行：第一段从北安至辰清，第二段从辰清至黑河，全线于 1935 年 2 月试运营，是年 11 月正式运营。总投资为 2 546 万元伪币。

1935 年日伪修筑北黑铁路

至 1945 年日本投降，北黑线运营 10 年间，除在军事上运送了大量日本关东军及武器外，还将掠夺中国东北边疆的大量战略物资运往日本本土。现在，详细数字已很难统计。不过，据 1984 年采访北安王老先生说：“想当年，日本侵略时期，我家住铁道边不远，每天都看见从北边开来的货车十几列，每列都二三十节车皮，运有木材、煤炭、矿石、粮食等，都满满地向南边开去”。

1945 年末，苏联红军对北黑线实行军事管制，并在黑龙江结冰期，在江上修筑了临时跨江铁路，与苏联西伯利亚大铁路联结起来，之后几个月每天都有十几列火车从东北内地往苏联运“战利品”。1946 年 4 月，苏军撤离时，将北黑线拆除。拆除前，还将铁路线上线下所有设备、物资运往苏联。1986 年 7 月 6 日，黑龙江省人民政府开始复建北黑线，1989 年 8 月 18 日全线贯通。

再举一个例子，日本侵略者为了掠夺八道江和大栗子的优质铁矿石、浑江和临江的冶炼焦煤、长白山的林业资源，“满铁”于 1938 年 3 月 4 日开始修建“鸭大线”（鸭园至大栗子）。1939 年 5 月开始铺轨，1940 年 6 月竣工，同年 7 月 10 日全线投入运营，全线长 112.3 公里。到 1945 年，日本通过该线掠走铁矿石 180 多万吨、煤炭几百万吨及大量木材。

从 1905 年日俄战争结束到 1945 年日本投降的 40 年中，“满铁”以最初的 2 亿元投资，最后全部资产竟膨胀到 26.7 亿元。日本经这些铁路掠夺了东北多少财物，已很难有一个全面统计，仅从以下几个数据来看，已很惊人。

据《哈尔滨铁路局志》记载：1907 年至 1911 年，“满铁”通过长大和安奉线运出的大豆、豆饼及其他物资达 77 万余吨，铁路自用煤炭及其他物资达 1 629 万吨。1932 年至 1944 年，日本从中国东北运走了 2.23 亿吨煤、1 000 万吨生铁、580 万吨钢。1937 年，伪满“出口贸易”输往日本的占 49.9%，主要品类是大豆、豆饼和其他农产品，以及煤炭、生铁、木材等。“进口贸易”中，由日本输入中国东北的占 75.1%，主要是布匹、纺织品、机械、车辆等。

操纵水陆交通

除铁路运输以外，日本帝国主义还把操纵中国东北公路运输视为实现其军事侵略和经济掠夺的重要手段。以黑龙江地区为例，公路建设由 1931 年的 30 条，总里程 4 022 公里，发展到 1943 年的 211 条，总里程达 15 187 公里。但是，这些公路普遍是土路木桥，涵洞标准也低，全省没有一条四季通车的公路，反映出公路建设上的殖民地色彩。

日伪时期的公路，有国道、县道之分，此外还有国防道、警备道、开拓道。一般来说，国道、县道的名称和里程可以公布，而其他几种道路则属于军事道路或特殊道路保密，由关东军直接管辖。1938 年，伪满当局曾发表“建设国道十年计划”，拟在黑龙江地区建设国道 18 条，总里程为 4 277 公里。分别由哈尔滨、齐齐哈尔、牡丹江、佳木斯、海拉尔等几个重要城市通往北部国境线，目的是为进犯苏联服务的。当时的县道是沟通国道和广大农村的中间通路，面广、分散、标准低，但也是为日伪当局掠夺广大农村物资服务的。警备道也称治安道，是日军“讨伐”抗日联军的军事道路，主要分布在木兰、通河、依兰、汤原、密山、东宁等县山区。开拓道是为日本开拓团居住地修筑的道路，主要分布在黑龙江北部和东部边境上，这些道路旨在维持临时通车，并无长远规划，是一些晴通雨阻的低级公路。

日本军国主义者在控制铁路和公路运输的同时，还通过伪满洲国发布政令，1932 年 8 月伪满当局与日本关东军订立《满洲国铁路、港湾、水路、航路管理及新线建设管理协定》，将上述交通设施的管理权交给关东军委托“满铁”经营。

1933 年 2 月，伪满当局又与“满铁”签订《松花江航运事业委托满铁经营细目契约》。期间，“满铁”在哈尔滨设立了临时松花江水运委员会，接收了东北航业局、东北江运处、东北造船所、东北商船校、广信航运处等机构。还组建了哈尔滨航业联合局，进而又以低价强行收买私人船舶，使之并入航业联合局，组成北满江运局，局长为日本人佐美齐尔。

为支持扩大侵略战争，“满铁”还陆续开辟了哈尔滨至扶余、哈尔滨至依兰、哈尔滨至佳木斯、哈尔滨至富锦、哈尔滨至虎头、哈尔滨至黑河等 11 条航线，航程 7 973 公里，配客货、拖船 2 019 艘，配驳、帆船 1 694 艘。松花江货运量每年都占黑龙江水系的 70% 以上，货运物资以木材、煤炭、粮食为主。同时，还成立了木帆船航业公会。松、黑、乌、嫩四江共有客货轮、拖轮、驳船 243 艘，木帆船 3 000 余艘。至此，日本侵略者完全垄断了松花江、黑龙江、乌苏里江、嫩江、额尔古纳河水系的全部船舶、港口。

松花江上的伪江防舰队

此外，日伪又改组了哈尔滨造船所，为提高其修造船舶能力，利用黑龙江省丰富的林业资源，大造木质船舶。1935 年曾为日本侵略军建造 5.5 米、7.5 米和 10 米木质机动艇（警备艇）各 20 只。1938 年以后开始大量建造钢质船舶。1939 年至 1945 年，年均建造两艘 800～1 000 吨级驳船或客拖轮。这一时期，日伪还把哈、佳两港口与铁路衔接起来，对黑龙江水系干流及主要支流沿岸的中小码头也进行重点改造，每年客运量达到 71.2 万人，货运量达到 88.4 万吨。

辽宁海岸线曲折漫长，长达 2 178 公里（不含岛屿），大连、营口、安东、锦州等地海陆交通活跃，进入 20 世纪初叶，已成为东北对外开放门户。到民国十七年（1928 年）东北当局制定各项法规，鼓励商民修筑专用车路，创办运输企业。九一八事变前，民办汽运企业已达 66 户，有汽车 251 辆，营业里程 1 万

“满铁”垄断松花江航运经营权

多公里，并于民国十九年8月（1930年）试生产了国产第一辆载货汽车。到了民国十年（1921年），民族轮船公司已有14家，资本742万元（现洋），拥有轮船35艘（23 937吨位）。但由于当时辽南地区已沦为彻头彻尾的半殖民地，水陆交通遭到日本势力的排挤，多数企业因亏损而收缩或改组，到“九一八”前期，沿海水上运输几乎全被日本人垄断，昔日繁盛的辽河运输业也陷入衰落境地。

此外，东北沦陷时期，日本通过“满铁”，除扩建了大连港、续建葫芦岛港、改造营口港之外，还强迫民众修筑“警备道”，修筑大型桥梁，到1941年，建成永久式大桥20座（5 790延米）、公路1万多公里，由中国人集资建设的开原至西丰铁路，也被日伪当局以“逆产”没收。以上，日伪均为镇压抗日和掠夺资源服务。

强占电力电信

日本侵略者统制电力第一个手段，就是打着统一管理东北电力的幌子，以无偿或极低价格强制合并。1934年初，将中国人开办的所有电厂，以及齐齐哈尔电灯厂、哈尔滨电业局，与日本人开办的南满、北满、营口3个株式会社合并，组成“满洲电业株式会社。”

这还不算完。1934年6月以后，日伪成立了“满洲电业哈尔滨支店”，并强制收购了周边县镇的发电厂，这些发电厂的总装机容量为1 246千瓦，年发电量为260万度左右。

1937年，佳木斯的景增源电灯厂，在“满铁”与“官方”的强迫下，并入满洲电业株式会社。富锦东兴德火磨电厂于1939年被“满洲电业株式会社”吞并，改为佳木斯电业支店下属的营业所。克山电业公司于1939年被迫与“满洲电业株式会社”合并，改为北安支店。耀东电灯公司、至诚股份有限公司、宝成电灯公司、昌隆电灯股份有限公司等几家电厂，从1933年至1936年也都先后被日伪当局强行归并。至此，黑龙江地区电力工业全部操纵在日本侵略者手中。

1933 年，伪满洲国产业部国道局对松花江流域进行了综合调查，并于 1935 年 7 月提出了《治水利水实施计划书》，决定在松花江上游建设水电站。1936 年 1 月 17 日及 8 月 18 日，日本关东军司令部先后两次指令伪满政府，必须 5 年内在松花江上游先建设 18 万千瓦的水电站。1938 年末完成了丰满水电站的全部设计计划。该计划准备在吉林市南 24 公里处，松花江流经右岸猴岭、左岸喇咕塔岭之间，两岸相距 1 000 米的风门地方筑坝建站，设计坝高 91 米，长约 1 100 米，坝体 2.5 万立方米，总储水量为 125 亿立方米，安装最大为 7 万千瓦发电机 10 台，总投资为 2.27 亿日元，年发电量 27 亿度。

劳工们在建筑丰满发电站大坝

1937 年 4 月为丰满水电站开工阶段。同年 11 月开始进行拦河坝围堰工程及其基础掘凿工程，1938 年向德、美、瑞士订购水轮发电机设备。1940—1942 年为水电站大规模施工阶段。这 3 年中，共浇筑拦河坝混凝土 100 万立方米。1942 年 8 月截断江流，开始蓄水。这一时期，发电厂房及变电所修建工程与拦坝工程同时施工。1943 年 3 月 25 日及 5 月 13 日，丰满水电站第一、四号主机开始发电，用 154 千伏电压向“新京”、吉林、四平、哈尔滨送电。1944 年 6 月 22 日及 12 月 25 日第二、七号主机发电，并用 220 千伏电压向奉天地区发电。至此，丰满水电站已经运转的水轮发电机容量达 28.3 万千伏安。但由于日军在战场上节节败退，日伪无法继续修建，除进行一些防弹工程外，建设工程几乎停顿。日本投降时，整个水电站坝体完成了 89%。1945 年 8 月 15 日日伪垮台后，丰满水电站先是遭到苏军的拆卸和搬迁，后又遭国民党破坏。1948 年 3 月吉林市解放后，立即恢复一号、四号机组发电，并陆续向吉林、长春、哈尔滨、沈阳等地送电。

1938 年—1942 年，日伪修建了镜泊湖水电站，位于黑龙江省宁安县松花江第二大支流牡丹江的中上游。该电站装机容量为 18 000 千瓦的机组 2 台，1942 年发电。1945 年 8 月 12 日，日本从进水口开始，炸沉捞沙船堵在进水口拦污栅前，将调速机、水轮机牙轮外罩、主蝶阀作用筒全部炸毁，将变电所母线支持瓷瓶及发电机开关捣毁后，又将主变压器套管砸碎了 2 个。同时，还放火烧毁了配电盘室的全部设备及全部生活用房。1946 年 1 月，中共宁安县委决定修复，1946 年 11 月 27 日开始向牡丹江市供电。

日本侵略者操纵东北地区的电力后，总揽了一切行政、技术、生产与财务的权利，而中国人被作为“苦力”，在发电厂只能是看磨煤机、推炉和检修时抬抬扛扛。满洲电业株式会社章程规定：“日本人比中国人工薪高一倍。”实际上，日本人的薪水还高得多。

镜泊湖发电厂变电站结构安装

电信业也是日本侵略者霸占的重要部门之一。1932 年 3 月，日伪当局对中华邮政的存在如鲠在喉。于是，伪交通部长丁鉴修发出布告：“自 4 月 1 日起，各邮局统归新国家（伪满洲国）管辖，人员如有心存反抗或图谋逃避、罢工者，则依法严惩。”同时，日本派田中等率员企图强行接管东北邮政。

为此，中华民国政府向日本驻华公使提出照会，“抗议日本……攫取中国政府在东北之邮政权，实属违法至极，所有一切责任应由日本政府完全负担”。同时，电令驻日内瓦代表颜惠庆向国联（联合国前身）通报日本攫取中国东北邮政之图谋。结果，日本对中国政府的抗议置之不理，派出关东军强行接管，致使东三省邮政局（所）被毁，票款被劫。邮政员工有的被拘禁，有的惨遭杀害。

伪哈尔滨中央电报局

东北邮务员工为了反抗日伪强行接管邮政，于 4 月 5 日向全国邮界和各社团发出紧急罢工通告，并呼吁：“应利用国际邮政公约第 27 条，向国际邮联各国通告，停止东省一切邮务，以为封锁之际。”同时，东北邮务员工有 2 000 多人参加罢工，并经过秘密串联，吉黑两省邮工自愿转移进关者达千人之多。

民国政府邮政总局于 7 月 23 日向辽宁、吉黑两个邮区发出停办令：“从 24 日起，东北邮务全部停办。”由于电报故障，吉黑邮区晚一天收到电报，从 25 日正式停止营业。

据统计，东北三省的两个邮务管理局所辖的 9 个一等邮局、102 个二等邮局、

145 个三等邮局、43 处邮政支局、647 个邮寄代办所，当时全部关闭，共减少邮路 10 009 公里，致使东北三省邮政网络全部瘫痪。伪黑龙江省省长韩云阶在给伪新京交通部长丁鉴修的急电中哀叹道：“自 7 月间接收邮政以来，除省城外，各县邮务全部停办，至今两月未能恢复，以致省中政令不能通行，各县之申请报告亦无法上达，行政关系形成断绝，一切措施无法着手，商民同感不便，并生怨咎，长此停顿不但妨碍省政进行，抑且有伤新国政体……”

伪帽儿山电报局

以哈尔滨为例，1932 年 6 月，伪满交通部邮务司将哈尔滨电政局改为哈电政管理局，日本人歧部与平任局长，管辖吉、黑两省电报电话局 60 余处。1933 年 3 月 26 日，日伪成立伪“满洲电信电话株式会社”，撤销哈电政管理局，改为电政处。至此，日本全部控制了东三省电信。

“满铁”不仅是一个经济掠夺的先锋队，还是一个特务电信情报要冲。1936 年 11 月 11 日，日本关东军司令南次郎命令满铁总裁松冈洋右在哈尔滨铁道局设置特别调查机关。于是，由线区司令官山本清卫和铁路总局长宇佐美宽尔策划，在“军铁一如”口号下，设立了“桃太郎”的对苏情报机构，后改为“哈尔滨铁道分局总务部分室”，直接受命于日本关东军野战铁道司令部领导，其主要任务是：对苏电台、电报、电话、广播监听；对苏报纸、杂志、出版物分析研究；派遣间谍收集苏联铁路运输能力、机车车辆、运输状况等。该情报机构 1945 年初定员为 114 名，实际不足 90 人，其中有白俄 80 人。

统制金融财政

日本侵入中国东北金融业起步久远。早在民国初年，随着日本殖民势力进逼，日本横滨正金银行、朝鲜银行、东洋拓植会社即在东北拓展业务，从而在很大程度上控制了东北金融市场和流通领域。尽管中国金融机构曾联合抗衡，但由于时值军阀统治，日人动辄武力威胁，加之中国官民金融资本薄弱，最终在日本金融势力挤压下，东北民族金融业务日渐萎缩或倒闭。

比如日本横滨正金银行，成立于1880年，总行设在日本横滨，是一家经营外汇的专业银行，也是最早侵入中国的日本银行。1899年在中国东北牛庄（营口）设支店。1907年在长春设出张所，于长春头道沟、公主岭设派出所，1913年改为长春出张所分店，1919年升格为支店。1931年九一八事变后，除发行钞票，经营外汇业务外，还办理存放款，用优惠利率全力支持日本人在中国东北开矿办厂和进出口贸易。前面所提到的其他几家银行，情况也大致如此。至此，作为社会经济领域的重要环节——金融业，首当其冲地受到劫吞。具体表现在以下几方面。

首先是洗劫。九一八事变的第二天，按照预谋，关东军就迅速派兵占领了在沈阳的各个银行并洗劫一空，计抢走“东三省官银号”库存黄金十六万斤，抢走张学良存在边业银行的黄金七八千两和古玩字画等。另有统计，仅“东三省官银号”即损失1亿美元，边业银行损失4 000万美元。在东北沦陷初期，日军每攻陷一城一池，均按计划洗劫了当地的金融业。据东北官方略计，不包括官方军工、航空、财政、教育等40余机构，仅金融业损失计10亿美元之多。更有甚者，1945年8月初，日本关东军自知末日即将到来，在关东军司令山田乙三命令下，日军还抢走了伪满中央银行的5亿货币、4吨鸦片，大量白金、钻石也被洗劫一空。其疯狂程度，甚至在狼藉不堪的关东军司令部大厅里，阿南惟几发来的“决战训示”也被扔在地上。

1931年9月19日，日本关东军占领了沈阳东三省官银号大金库

其次是吞并。1932年6月16日，日伪当局把东三省官银号、吉林永衡官银钱号、黑龙江省官银号和边业银行（简称四行号）强行低价吞并，并以“四行号”的资金、财产、设备、人员为基础，成立伪“满洲中央银行”。同时，还强占了“四银号”分属于三省的分支机构，并勒令于同年7月1日一律开业。“伪满洲中央银行”既是经营货币的信用机构，又承担伪满洲国金融行政职能，是一个彻头彻尾的依附日本军国主义的殖民地组织，并参与掠夺中国东北金融资源方针、政策的制定与实施。从成立之初起，主要目的就是为日本关东军提供侵华作

战经费，如发行伪“满洲中央银行券”，强行收兑“四行号”中国银行、交通银行在东三省发行的各种货币，一律压价兑换或收缴为日本银券，垄断货币发行权。此外，日伪对中国东北的民族保险业也采取了打压政策，拼凑成立华资保险公司公会，规定凡继续经营者必须参加公会，交纳保证金，交纳不起的被迫停业，日资保险公司则趁机增设，仅哈尔滨就有十多家日资保险公司，几乎包揽了全部保险业。至此，东北三省中国官商金融机构被彻底摧垮。

伪满中央银行发行的纸币及铸币

再次是掠夺。日伪强制推行所谓“国民储蓄运动”并大量发行“公债”，强制中国人购买名目繁多的“储蓄券”，到期兑现时大比例贬值，以此大量搜刮民财。此外，日伪当局公布《产金收买法》，明令各商埠金店关闭，并强行低价收买库存黄金，仅黑龙江省就倒闭金店30余家。特别是1942年太平洋战争爆发后，实行战时统制经济，日伪当局公布所谓“国家总动员法”，组织“银行协会”“共同融资团”等机构，不择手段，垄断放款，统制外汇，把有限财力集中用于军事领域，致使哈尔滨同发隆股份有限公司等一大批工商企业倒闭或破产。同时，滥发纸币，1941年全东北发行13.17亿元，比1932年增长8倍；1945年发行80亿元，比1932年增长52倍。至伪满垮台，共发行136亿元，为开业时的96倍，导致货币大幅度贬值，通货膨胀。当时，老百姓在市场购物，曾用面粉袋装钱。

伪满洲兴业银行发售的储蓄债券

据王修江老人讲：“日军没来的时候，外国人在哈尔滨开了很多银行，有俄国人开的、美国人开的、英国人开的、法国人开的、犹太人开的，还有日本人开的……等到日军来了，除了日本人开的外，大都关门了。”原来，从1932年下半年开始，日伪当局为了垄断东北金融市场，就开始打击外资和中国民族金融业，按照日伪“银行法”“新银行法”之规定，金融业要重新登记，逼迫关闭一批、合并一批，因此大批外资银行、公司陆续撤离或停业（如汇丰银行、麦加利银行等），而华资民族银行、钱庄、保险等，经过1933年重新登记后，黑龙江地区被批准继续营业的仅剩54家，不足原来的四分之一。1936年1月9日，据《盛京日报》报道：“吉林市钱业萧条，相继倒闭。近日倒闭者又有益记钱庄、汇源河、义兴长、大顺号、天和泰等钱庄。”而经批准的伪满兴业银行、满洲银行、正隆银行合并改组后，成为专门负责对工矿企业的金融控制、监督，并特许发行带息奖券。

伪满兴农金库，是伪满当局在允许日资“东洋拓殖株式会社”续存的情况下组建的，统一管理农业投资和农村信用。

日本侵略者为了把中国东北广大农村建成其扩大侵华战争的农副产品供应基地。1934年7月17日，伪满洲国以敕令第17号公布“金融合作社法”，对已建成的13个金融合作社进行了整顿和改组。12月17日在“新京”伪满财政部（后改为经济部）内设立了金融合作社。此后迅速在东北各地建立，其鼎盛时期总数达133个。合作社受伪满财政部大臣监督，资金上得到日伪当局扶持。到1940年初，该合作社透支11 200万元，资金来源远远不够支出。1940年4月1日，随着兴农合作社的建立，金融合作社被撤销。

万事也有例外，华资银行也有在困境中“挺”过来的。长春益发合银行董事刘次玄是一位具有爱国精神的企业家、金融家，早就看透日本人野心，多次“谢绝”关东军入股要求，尽管后来受到刁难和打压，银行业务日益萎缩，但刘次玄等始终未屈服。1945年日本投降，“京东刘家”在长春这个民族银行虽然十分不景气，但尚未倒闭。

日伪时期东北地区的财政，也完全是为日本帝国主义推行殖民统治与经济掠夺和对外侵略服务的。在其占领初期，把财政大权集中在伪满中央政府的控制之下，缩小削减省长、省公署的权限，剥夺了省级财政权力。几年后，由于不断派遣日本官吏任省要职，日本又采取了分权政策。1937年省开始设地方费税。

在财政收入上，除了旧税以外，还不断增加新税目，征收的绝对数逐年增长。在所得、收益方面的税种，有勤劳所得税、事业所得税、资本所得税、法人所得税等9种；在消费方面的税种，有道行税、家酿自用酒税、酒税、卷烟税、棉纱税、麦粉税等9种；在流通方面的税种，有印花税、交易税、契税、不动产登录税等12种。

在税收范围日渐扩大的情况下，各省通过财政收入掠夺的数目也逐年递增。据统计，当时的龙江、北安、黑河、三江、牡丹江以及滨江6个省的财政收入，1941年比1940年平均增长57%；1942年比1941年平均增长33%；1943年比1942年平均增长65%以上。在税种占国税收入总额比例上，主要是酒税和烟税，

1941 年分别占 12.55%、29.52%。

税收增长的主要原因是连续几次战时增税。从 1941 年起实行第一次战时增税，不仅提高了卷烟税、事业所得税、法人所得税等，而且新设资本所得税、道行税。1942 年实行第二次战时增税，新设了交易税、特别卖钱税、改变劳动所得税，面粉、棉纱和水泥统税。1943 年又实行第三次战时增税，主要是增加酒税、特别卖钱税以及法人营业税等。

日本为维持在中国东北的殖民统治，在财政的支出项目中，用于警察开支的比重最大。以 1932 年的伪龙江省为例：公署费占总支出的 38.61%；警察费占到 40.79%；教育费占 15.27%；其他费占 4.42%。从 1940 年起，日本为实现其扩张侵略阴谋，又大量增加了所谓“北边振兴经济支出”，用于其边防“建设”，目的在于对苏战备。1941 年，伪黑河省的这项支出为 449.8 万元，伪三江省为 379.9 万元，伪牡丹江省为 287.2 万元，而且这项支出都在逐年增加。

1941 年 12 月 8 日，日本突然袭击美国太平洋海军基地珍珠港，太平洋战争正式爆发。同日，在日本关东军授意下，伪满洲国皇帝溥仪发布了所谓的《关于大东亚战争的诏书》，表示伪满洲国将与日本帝国主义形同一体，并将竭尽人力、物力去支持。为了在财政上支持日本“圣战”，日伪在伪满洲国中央银行内设立了“国民储蓄中央委员会”，作为推行国民储蓄运动的领导机关。同时，在伪国务院总务厅设置了奖励储蓄本部，作为加强储蓄运动的总指挥机关。同年，伪满政府还发布了《国民储蓄会法》，规定储蓄为每个公民义务，要求各行各业组建储蓄会，并强行摊派，硬性克扣。以哈尔滨为例，规定满洲职员薪俸 150 元以下者储蓄额为 2%，150 元以上者储 4%，200 元以上者储 6%，250 元以上者储 8%，每次发薪时扣除，除本人退职或死亡外，概不发还。另外，工商业者由行业组合另行摊派。居民由牌（10 户一牌）摊派。

到了 1943 年，甚至强制性要求买一包烟都要附加一定数量的储蓄。这场“储蓄运动”，日本侵略者究竟攫夺了多少巨额资金，有一组数字：1941 年仅为 11 亿元，1942 年则达到 15 亿元，1943 年为 16 亿元，1944 年为 30 亿元，1945 年则高达 60 亿元。随着 1945 年 8 月 15 日日本投降，老百姓这些储蓄，全部作为日本侵略者“财政支出”化为灰烬。

抢夺黄金

日本侵略者窥视东北金矿资源蓄谋已久，20 世纪初之后便是步步深入，直至全部霸占。

第一步是“调查勘探”。早在 1907 年，“满铁”地质调查所就以勘探测绘等手段，对满蒙各地进行了以金矿为重点的情报刺探，此后从未间断过。而且，调查的规模越来越大，范围越来越广。如1918年至1926年，日本商务省地质调查所门仓大能等人就对黑龙江地区7大流域28个县已开采的、正开采的、尚未开采的16个金矿点（其中岩金矿4个）进行系统调查，1936年出版《北满金矿资源》，并在前言中说明“系奉命而行”。1933年1月，关东军成立了调查委员会，“满铁经济调查会”“地质调查所”等人员也一并参加，“满铁”提供50万日元，编成阿部班、羽田班、冈木调查班、前井班、赤木班等。其中羽田班对西部鲁河及葡萄沟一带调查有重大发现，之后据此资料成立了“满铁采金株式会社”。1936年出版了《北满金矿资源》专著，并在前言中表露：“1918年根据上级的命令（对这一）重要任务踏遍了北满洲”。据不完全统计，1926年9月至1945年8月，日本先后共派出13个调查班（队），350多名调查员和720余名勘探队员对黑龙江地区的黄金资源做了全面勘查。

黑河采金现场

第二步是抢劫掠夺。前面讲过，九一八事变的第二天，日本关东军就将在沈阳的各银行洗劫一空，抢走黄金16万斤。之后，随着东北各地相继沦陷，抢走三省官银折合1亿美元之多，还不包括抢走边业银行4 000万美元。以上抢劫远远不够，从1933年开始，日本侵略者开始掠夺金矿。2月14日，日军武力攻占了黑龙江省桦南小石头河子等一带各金矿，并在驼腰子设立“依桦勃”金矿局，管辖北起黑背，南到倭肯河，东到八虎力和七虎力上游，西到太平岭的产金矿区。1934年5月，伪满采金株式会社在黑河、罕达气、达拉军、兴隆、三份处、椅子圈、漠河、奇乾河等处设立出张所、矿业所，并以发枪照为名，

佳木斯沙金采掘现场

缴械了各金厂（矿）的武器，霸占了瑷珲（爱辉）附近的全部金厂（矿）。同年，在太平沟、九里庄、嘉荫河、老沟等处设出张所、矿业所。还在海拉尔成立产业公司和大同公司，重新开办吉拉林金厂。同年6月，关东军接管了“依桦勃”金矿局，直接经营各金厂（矿）。至此，日本侵略者控制了黑龙江地区的大部分产金矿区。

第三步是垄断经营。1932年6月日伪颁布《产金收买法》，强令黄金必须卖给伪满银行。1933年3月15日，成立“伪满采金株式会社”，并明确提出：“以满洲76%的广大产金地区为开发对象。”把吉林、黑龙江和兴安等各省区内的开采权全部划为己有。同时，着手制定《满洲国新矿业法》。11月23日，伪满洲国宣布黄金由伪中央银行“统收”，实际上掌握在日本手中。同时，日本“满铁经调会”还制定了一个庞大的掠夺开采黄金计划，其中，1934年计划投资1 200万元，1938年为5 000万元，1942年为7 000万元，尽管上述计划平均完成不足50%，但投资项目均偏重于先进开采技术，提高开采效率，加快掠夺步伐，如先后在黑龙江地区建采金船16只，建机械化采金矿20个，建电站11座，建机场2个，把大量黄金运回日本。到1939年，伪满洲国取消所有民办金矿开采权，将东北地区金矿全部收归日本殖民者手中。

与此同时，日本侵略者还在黑河、合江矿区建立了各种军事、警察、特务组织，以保护其垄断开采黄金。还通过日伪“劳工协会”骗招和拐卖中国劳工，推行“把头大柜”制，残酷压榨工人血汗，金矿劳工过着非人奴隶生活，并大量死亡，如1940年马拉嘎矿有矿工4 120人，由于大量死亡，到1942年只剩下1 250人。

桦川县驼腰子沙金矿

七七事变后，日本加快了掠夺性开采步伐，1937年日本在黑龙江地区直接经营的黄金矿业所多达15个，承办金厂20余个，采金工人2万余，批准租矿权711件，批准一般采金申请702件。截至1942年共掠夺黄金63.6万两。据不完全统计，日伪统治14年间，日本掠走东北黄金达22吨。

同样，在金矿反侵略、反掠夺、反压迫斗争也从未间断过。1932年日本警备队占领驼腰子金矿不久，以祁致中为首的淘金工人毅然拿起枪杆子，杀死日警，投入抗日大潮。此后，在共产党领导下，抗日联军多次打击了掠我黄金、压我百姓的日本侵略者，从未间断过。

霸占煤矿钢铁

日本侵略者对中国东北的煤炭资源早存野心。1905 年 3 月 9 日，日军就占领了抚顺，当年 5 月 1 日成立采炭社，隶属日军大本营。之后，以武力强行占地，赶走中国居民，加大开采量。1907 年 4 月，“采炭社”划归“满铁”经营，并更名为抚顺炭坑，日本人松田武一郎任坑长。1911 年更名为抚顺炭矿，之后又破土开采露天矿。

此后，日本霸占煤矿的野心远没结束。1928 年日本人藤岗户在《东省刮目论》中说：“在矿业资源缺乏之日本，开发（中国）东省之矿业资源，尤为切要。”1931 年九一八事变后，日本侵略者根据“满铁地质所”调查报告，推定全东北煤炭埋藏量 48 亿吨，之后又推定超过 200 亿吨，更是加快了掠夺东北煤矿的步伐。

1932 年伪满洲国成立后，日本侵略者为实现其掠夺煤炭资源的野心，成立“满洲炭矿株式会社”等机构，制定并颁布了矿业法令。

鹤岗煤矿东山第一露天矿

1932 年 12 月，日伪当局没收了吴俊升、张学良、马占山、刘哲等在鹤岗煤矿公司的股金，霸占了鹤岗煤矿公司，还增开了兴山、南岗、东山、陆镜等斜井。1933 年日伪接管了穆棱煤矿。1934 年“满铁”在勘测林密线途中发现滴道河北沟露头煤，后经查明储量丰富，是炼焦原料，随即修铁路、建电厂、开矿井。1936 年在疏浚松花江三姓浅滩时，发现江底有油页岩，经过试钻，发现三姓（依兰）煤田，并于 1938 年 8 月开井，从井口到沙河子港口修建了窄轨铁路。同年，还开发了东宁煤矿、宝清煤矿。1939 年开发瑷珲（爱辉）煤矿。1943 年开始建设双鸭山矿区。据统计，1940 年黑龙江省原煤产量达到 301 万吨，比 1931

年增长了4倍。日本侵略东北14年间，究竟从东北掠夺了多少煤，已很难计算出准确数字，据《哈尔滨铁路局志》记载：1932年至1944年，日本从中国东北运走煤炭达2.23亿吨。

抚顺页岩油加工厂工人在艰苦条件下做工

为满足战争急需，日本在中国东北曾疯狂寻找石油资源。因未找到天然油田，便开始研究通过油页岩提取液体燃料。九一八事变前即做了准备，建立了抚顺西制油厂。1933年2月，日伪设立了“满洲石油株式会社”，垄断了石油开采、冶炼和销售。1934年日伪对抚顺西制油厂扩建，增产50%以上。由于抚顺油页岩储量丰富，相当于当时美国天然石油储量的1/5，因此日本十分重视并加速开采，产量逐年上升，1935年开采14.5万吨，1944年达20.4万吨。与此同时，日本还积极开发煤液化工业，即所谓“人造石油”。1936年日伪建立抚顺煤液化工厂，1937年6月炼出液化油。1940年3月生产出二次加氢粗挥发油。

日本侵略者对掠夺中国东北的国防战略资源——钢铁觊觎已久，最早可追溯到20世纪初叶。据谢学诗所著的《鞍钢史》记载，1904年“满铁”地质调查所所长木户忠太郎在鞍山考察水源时，突然发现指南针失灵，由此断定该地存有金属类矿藏。之后几年，特别是“地质调查所”成立以来，便连续不断，馋狼饿虎般地寻找矿产资源，发现了鞍山及弓长岭铁矿等，后来用来大量炼铁。

日本掠夺中国东北的钢铁是从鞍山开始的。在调查资料的基础上，1916年10月4日日本内阁总理大臣向“满铁”正式颁发制铁业经营许可证，1918年5月15日“满铁”成立鞍山制铁所。资料显示，1920年至1932年，鞍山制钢所共生产生铁20 204万吨，其中16 373万吨运往日本，占总产量的81.04%。1933年4月10日，日本政府批准“昭和制钢所”正式营业，“满铁”随即将鞍山制钢所划归“昭和制钢所”。同时，众多日资涉钢企业在周边落户。到1943年，“昭和制钢所”已成为日本本土外最大钢铁企业。

铁矿是钢铁企业的源头。因此，几乎在日本1916年成立“昭和制钢所”的同时，日本假借中日合办之名（实际由“满铁”全额出资），在奉天成立了振兴铁矿无限公司，日本间谍留镰田弥助和中国汉奸于汉冲为名义出资人。至此，振兴铁矿无限公司先后获取了鞍山地区 11 个矿区的采矿权，霸占土地 24 665 亩。同时，日本“商人”又以合办之名取得了弓长岭铁矿开采权。

图为伪满昭和制钢所

1937 年日本全面侵华，特别是 1941 年太平洋战争爆发后，日本军国主义加快了钢铁生产，从此“鞍钢”逐渐成为世界著名的钢铁生产基地，也成为日本侵略者掠夺中国东北战略资源的一个重要基地。1944 年 2 月 17 日，为了最大限度地掠夺钢铁资源，伪满洲国参议府召开会议，通过了昭和制钢所、本溪湖煤铁公司和东边道开发株式会社实行合并经营的决议，并发表了《制铁联合要纲》。2 月 29 日公布《满洲制铁会社法》，挖空心思地增加钢铁产量，当年确有上升，但没有形成较大生产能力，如东边道开发株式会社，只建起几座 20～30 万吨小高炉，就面临日军败退局面，生产陷入困境。1945 年东北光复后该公司瓦解。

更为可恨的是，日本殖民者对中国劳工实行残酷的法西斯统治和压迫，9 万余矿业、钢铁劳工过着极其悲惨的亡国奴生活，失去土地的农民流离失所。

1945 年 8 月 23 日，进入东北对日作战的苏军进驻鞍山，将“昭和制钢所”的设备作为战利品运回苏联，总计有 25 个工厂的重达 1 609 万吨的设备被拆运，选矿、炼铁、轧钢等设备损失超过三分之二。

1946 年 4 月，国民党政府接收了鞍钢，同年 10 月 1 日成立鞍山钢铁有限公司。1948 年鞍山解放，鞍钢回到了共产党领导的人民政府怀抱。

纵毒祸华

大家知道，早在 19 世纪初叶，由于英国殖民主义者贩毒，中国人民深受其害，爆发了鸦片战争。可是近百年过去了，日本帝国主义又卷土重来。20 世纪初，日本“商人”就在辽东等地贩卖“大烟”，曾被辽宁拒毒联合会调查揭露，东北当局曾捣毁各地烟馆300余处，查抄日人从德国、荷兰偷运进来价值百万元的海洛因。1931年日本侵略中国东北以后，便公开极力推行鸦片政策，以达到其不可告人的目的。

日本帝国主义的主要目的是什么呢？曾当过伪满民政部总务文书的曲秉善在“鸦片专卖与毒害”一文中揭露，其目的有二：一是为了增加税收。把推行鸦片政策作为巨额财源，变相掠夺中国人民财富，达到其以战养战目的，这一点，在1941年太平洋战争以后更为明显。二是毒害中国人民的身心。用杀人不见血的手段，摧残中国人的健康，腐蚀中国人的民族意识，逐步达到让中国人亡国灭种的目的。正像伪满民政部总务司长竹内德亥所说：“满洲国是王道国家，对于吸食鸦片者一律当人看，给他们预备随时都能得以廉价吸到良好鸦片的设施。”可见，日本侵略者的狼子野心暴露无遗。

日伪时期的烟馆

历史资料显示，1932年9月17日，日伪当局公布《暂行鸦片收买法》，同年11月3日在伪财政部属下设立“专卖公署”，11月30日公布《鸦片法》。短短9个月，就把鸦片的收买、专卖、零售、吸食等全过程以“法律”固定下来，可见日伪当局迫不及待的重视程度。其宗旨是垄断专卖。

其实，这是一整套流程。一是设置垄断机构。指定由伪满财政部专卖总署负责总批发，各地设批发所，指定零卖人。如何让鸦片和吗啡吸食到人的口中呢？于是各地不同档次的烟馆应运而生，1933年长春头道沟有一所两层的大楼，前后间壁成若干大、中、小房间，吸食者一般时日达400人之多，烧烟女子穿插其中。至1936年，哈尔滨市有烟馆56所，鸦片发售所194处，至于娱乐场所、妓院等吸食场所不计其数。根据日本人写的《开鲁经济状况》（日文）记载：“康德元年开鲁县有大烟馆97个”，是各行业中户数最多的，当时县城不足万人，平均每百人就有一处烟馆。更为猖獗的是，又加以招牌、广告宣传，如“宝塔诗”曰：“唉！瘾来！好难挨！忙把灯开。吸口何妨碍！这才合乎时派！消炎止咳去病灾”。哈尔滨“青云阁”鸦片所的门楣上书“千灯罗列众生公颂王道政，一塌横陈与尔同销万古愁”。

二是指定大面积种植罂粟。鸦片和吗啡的原材料是一种植物罂粟，其来源是日伪民政部指定种植。1934 年开始在热河局部种植，1936 年扩大至全省，面积达60 多万亩，以后又扩展至东北 7 省 31 县，面积超过160 多万亩。1943 年又指定吉林、四平、奉天省为种植区，还允许边境种植，面积进一步扩大。鸦片的收购由日本大满公司垄断，1937 年收购价格为每两一元伪币，比私价低数倍。大满公司收购罂粟采取逼迫勒索办法，如以捆绑殴打手段，翻箱倒柜，推墙扒坑，搜寻隐藏罂粟或烟膏，不服者抓走上刑，有人为此自尽。

伪三江省种植罂粟的情形

三是烟膏和吗啡制造。除输入一部分“大头土”（烟土）外，1934 年伪满鸦片专卖署在奉天设立了一个大规模的烟膏和吗啡制造厂，以后又在绥化等地设立。由于利润丰厚，这些制造厂直接隶属于伪满财政部。1934 年 2 月 14 日，美国记者埃德加·斯诺在《周末报》著文揭露：“日本在中国东北贩卖毒品，祸害中国人民的罪行，仅哈尔滨一处就有 200 家以上的官许店铺，成了著名的人间地狱”。当时的大烟价格很贵，有黑金子之称。烟、粮比价相差悬殊，每两大烟价值小米八斗（四百斤）。每个烟泡（重量二分），价值小米二升（十斤）。每个吸大烟者每天要吸二个烟泡折小米二十斤，是一个人二十天的口粮。

据史料记载，日伪当局也曾实施过禁烟，并制定过《10 年鸦片断禁要纲》。对此，该如何理解呢？

原因很简单。随着鸦片吸食者逐年增多，也带来走私、逃税、盗窃、抢劫、凶杀、世俗伤害等案件频发，以及社会动荡等诸多弊端，特别是国际舆论的压力加大，远远超出日伪利益预期。因此，日伪当局也设立过“禁烟促进委员会”，出台过相关政策，决定从 1938 年开始 10 年为鸦片断禁期，还陆续设置一些戒烟所。

但是，这只是表面作秀，徒有虚名，只不过是一块日伪掩盖毒害政策的“遮羞布”，比如说所谓“戒烟所”设施简陋，殴打辱骂，敲诈勒索，吃不饱饭，而很多吸食者没去。到 1941 年，东北全境有戒烟所（1940 年统一改为康生院）189 所，而收容瘾者仅 12 370 人，不足当时瘾者数字的 2%。再比如说，日伪当局实行“瘾者登录制”，允许吸鸦片和吗啡者持票供应，并没有强制戒烟措施。伪满当局下令取消私营大烟馆，但不是为民除害，而是取消私办，成立官办，对大烟的经营，实行垄断。在开鲁取消了97个私营大烟馆，成立了两个官办大烟馆。把大烟改名为“福膏”。凡是吸大烟者，都要进行登记，发给“福膏”台账（大烟配给本），凭“台账”定量供应。还成立了一个“康复院”（戒烟院）。对无“台账”的吸大烟人，抓到“康复院”，有警察看管，强制戒大烟。戒不了者，发给“福膏”台账，定量供给福膏。领了“台账”的吸大烟者，就为合法化。以上说明，日伪当局所谓的“禁毒”，是为了缓解内外压力，只不过是“挂羊头，卖狗肉”而已。用伪满民政部总务司长竹内德亥的话：“设立戒烟所是为了普及鸦片，不是为了断除鸦片”。

关于吸食鸦片者的数量，1932年东北地区总人口为3 000余万人，1933年瘾者为56 804人，约占总人口的0.2%，1934年瘾者为115 447人，约占总人口的0.38%；1936年瘾者为491 695人，约占总人口的1.6%；1937年瘾者为811 005人，约占总人口的2.7%；到1941年再登录时，瘾者已超过90万人，而加上未登录者，有人估算不少于120万人，占东北总人口的4%左右。更为严重的是，吸食者不仅限于中老年人，也深入到青年。据曲秉善老人回忆：“我在1944年四平市所谓国兵身体检查所里，就发现百人（都是20岁左右的年轻人）当中就有2~3人是鸦片中毒者。”

日伪对东北殖民统治14年，所推行的鸦片政策，使大量吸食者患病死亡，据不完全统计，仅1939年至1944年，东北因吸食鸦片中毒死亡者达74 000人之多。据伪满哈尔滨当局统计，每天要收无主“烟倒”20余具尸体，到冬季平均收40具以上，随之而来的便是倾家荡产，妻离子散，患病死亡。据哈尔滨王修江老人回忆：其胞弟早年随父闯关东，读过三年书，还有一身“毛毛匠”（做皮大衣）好手艺，生意不错，家庭和睦。谁知1935年抽上大烟，后来“扎吗啡”，到1940年家产荡尽，身患毒病，回到山东老家仅一年就死了。王修江老人还说，二弟临死前，用小楷写了一封忏悔信：“不该不听为兄的话，抽上那个鬼东西，现后悔莫及。”泪水浸透了宣纸，那年他才30岁出头，儿子才7岁。再举一个例子，呼兰县许家堡村农民辛玉昌在伪警察署动员下领了4个吸烟证，结果全家9口人成为瘾者，1944年卖房，到1945年全家人死7口。据《通辽市文史》记载：有的人为此而倾家荡产，有的为此而卖妻儿子女，有的男人为此而成盗，有的女人为此而为娼。王国栋是开鲁县城西澡堂子的大少爷，读了十几年书，很有学问，书法很好，很多商号请他写牌匾。不幸染上烟瘾，每天迷于烟雾之中，其父怕他把家产败光，分给他一部分产业，分居另过。但他迷于烟雾，经济上有出无进。从1941年到1945年，仅四年的光景，先是变卖分得的家产，后是变卖老婆的衣服首饰，再卖家中的铺盖家具，以后把自己的亲生骨肉一个男孩和女孩骗出去与天山来的大烟贩子换了大烟，接着又把自己老婆也卖了。最后把家中仅剩

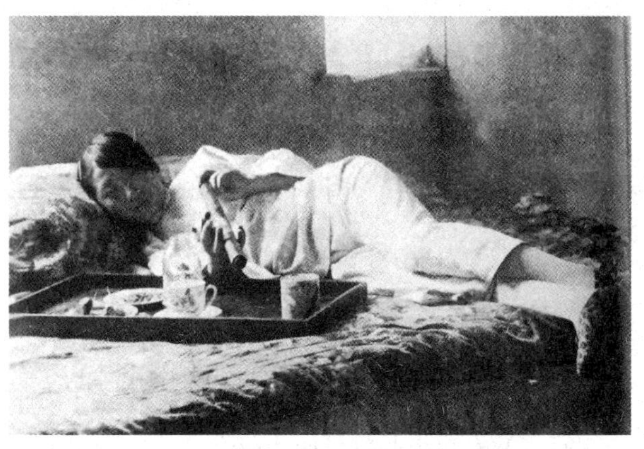

烟馆里的吸毒者

下的唯一一口做饭的锅也卖了。从此，落得白天身披麻袋片沿街乞讨，晚上夜宿洋沟、庙台，1945 年冬冻饿死于街头。伪满初期，有人为劝告吸大烟的人，编了一首歌，在通辽开鲁一带流传，据几位古稀老人的回忆：歌名叫《大烟叹》，歌曲是《苏武牧羊》调，歌词是：“大烟害人又费钱，犯瘾实在难，打哈欠，泪涟涟，浑身筋骨酸，晴天还好受，最怕连雨天……”可惜往下忆不起来了。

日伪殖民统治 14 年间，共生产了多少鸦片、吗啡，已经很难精确统计，估算为 3 亿两之多，这还不包括从国外进口的几百万两。不过，仅 1939 年伪满鸦片收入就达 3 393. 2 万元，占整个伪满财政收入的 5. 6%。1941 年太平洋战争爆发后，鸦片收入逐年增加，1944 年增至 3 亿元，是伪满当年财政收入的 30%，是伪满初期年财政收入的 100 倍。可见，鸦片收入已成为日本扩大侵略战争的重要军费来源。

第十一章

东北抗日联军袭击战

袭击战，是东北抗日游击战常见的一种表现形式。它的主要原则是事先组织侦察，隐蔽行动目的，运用各种手段蒙蔽迷惑敌人，或利用有利地形、天气，或里应外合，出其不意，攻其不备，或集中兵力，突然袭击，速战速决。本章将在众多的袭击战中，精选几例讲述给大家。

袭击日军“凯旋列车”

1932 年 4 月，在东北大地上，广泛传颂着共产党抗日武装颠覆日本关东军军用列车的故事，后来被誉为抗日第一“红捷报”。

据胡卓然、赵云峰著《魂兮归来》一书记载：这次袭击列车的亲历人刘桂清（原内蒙古自治区政协委员）回忆和史料记载：这是赵尚志和中共党员范廷桂根据上级指示进行的。

赵尚志，1908 年 10 月生，辽宁朝阳人。1919 年随母投父迁居哈尔滨，17 岁考入徐公中学补习班，1925 年夏加入中国共产党，1925 年末经中共哈尔滨特别支部同意考入黄埔军校，1926 年 5 月因对蒋介石反共政策不满退学回哈，1932 年 1 月在中共满洲省委担任反日总会党团书记，5 月担任省军事委员会书记。之后任东北人民革命军第三军军长、东北抗日联军第三军军长、北满抗联总司令等职。也就是说，这次袭击日军列车，是在他担任省军委书记前半个月实施的。

1932 年 4 月 11 日，一大早就下起了淅沥小雨。在哈尔滨中共满洲省委交通站，时任中共哈尔滨市道外区委书记的张贯一（杨靖宇）听到门板传来弹指的声音，这节奏是哈尔滨反帝大同盟的联络暗号。之后，又听到一位女子咳嗽的声音，轻轻地叫道：“老张”。张贯一听了，感觉语音不熟，即让房东老孟（地下工作者）出面观察。

杨靖宇，1905 年生人，原名马尚德，字骥生，河南确山人，8 岁开始进入本村私塾读书，之后在河南省第一工业学校毕业，1927 年 5 月加入中国共产党，曾组织领导了确山农民暴动，1929 年春受党派遣到达东北，化名张贯一。九一八事变后历任中共哈尔滨市道外区委书记、市委书记，中共满洲省委军委书记，后任抗联第一军军长，第一路军总司令。

老孟打开门，立刻认出这是在沈阳工作的反帝大同盟成员贺昌炽、刘桂清小两口。但是，老孟还装作不认识，用暗语问：“你们要修鞋吗?”那女子答道：“我们是来问问，能不能修而后再送来。”暗号对上了，老孟一挥手，才让二人进屋坐。小两口说有急事向省军委报告。

之后，张贯一立即出面，问有急事为何不与赵尚志直接联系。小两口说：“老赵去江北呼海路，事前没留下接头关系，因事情紧急只好找你。”张贯一听后答应：“有事报告军委可代转。”

贺昌炽说：“根据绥满铁路‘内线’密报，关东军多门师团将于4 月 12 日夜乘客货混编专列军车通过成高子火车站，在 10 节车厢中，有师团司令部专车，还有运兵、辎重、油品车，沿途有日军守备队警戒。”

张贯一听过汇报后，随即派老孟到江北联络赵尚志，自己给省委打报告，接着派人给铁路赤卫队队长范廷桂送信，要他准备雷管炸药。

当时，罗登贤同志已到哈尔滨，并组建了新的满洲省委，立即批准了此次行动。

罗登贤

罗登贤，原名罗举，1905 年生于广东南海县，1925 年春加入中国共产党，参与领导了著名的省港大罢工和广州起义，先后担任过中共江苏省委、广东省委书记，是中共中央派到东北的代表，也是中共六届中央委员会政治局候补委员，别看当时只有 26 岁，但对敌斗争经验丰富。1932 年底罗登贤被中共中央调回上海，任中华总工会上海执行局书记。第二年，由于叛徒出卖，罗登贤被国民党逮捕。1933 年 8 月 29 日，在南京雨花台英勇就义，年仅 27 岁。

话说回来，当张贯一做完这一切回到修鞋小屋时，见赵尚志已到，并等在那里。张贯一问：“见到老孟了吗?”赵回答：“没有，我是来向你辞行的，老何（指罗登贤）派我去巴彦张甲洲的抗日义勇军中去搞兵运。”张贯一说：“眼下我这里有一桌好宴，是火药味的！你能不能赴宴哪！”两个人斗了几句嘴后，张贯一将贺昌炽的情报端给了他。于是，两人便策划了在香坊（上号）至成高子车站区间炸毁日军军列的方案。

成高子，位于哈尔滨南市郊，是哈埠与外界连接的一个重要铁路枢纽。4 月 12 日下午，赵尚志与范廷桂（东北商船学校学生，中共党员，22 岁）化装来到成高子车站附近观察地形，而后选定离成高子车站五百多米远的一段铁路，作为袭击列车的场地。据实地考察，他们选择的是一段视野开阔、正处在列车下坡的地点，不易刹车，而且路基6米多高，下面是涵洞，如果军列在此脱轨颠覆，很容易落入涵洞下方，其巨大的冲击力会给日军带来更大伤亡。

1932年4月12日夜晚，一列日军的军列风驰电掣地行驶在通往哈尔滨的铁路线上。军列上不但装载了大量物资，而且乘坐大量日军官兵。根据日方史料记载，这些日军官兵属于第二师团，师团长为多门二郎中将。

关于日军情况，还得从4月2日说起，这些日军对延寿、方正等地的抗日武装发起“讨伐”，4月4日击败冯占海指挥的吉林自卫军，占领了方正城。日军将方正城交给伪军驻守后，正在“凯旋”哈尔滨。

晚10点，当列车通过哈尔滨郊区成高子站所属丁家桥涵洞上方时，突然一声巨响，列车脱轨颠覆（17节车，其中5节客车、12节货车，大部分脱轨），列车后面的客车厢从六米高的路基上全部翻坠下去，一时浓烟四起，炸声如雷，熊熊大火，大批日军死伤，哀号声遍野。

为何损失如此惨重？其原因在于列车脱轨后，不但颠覆的冲击力巨大，而且其列车装载的汽油发生爆炸燃烧。原来，这正是赵尚志、范延桂所为，他们在一个不容易刹车的高坡上悄悄地拔掉了道钉，拆掉了一段铁轨。

4月14日，《盛京日报》以《日军由方正向哈凯旋中，列车颠覆死伤者多》为题做了报道，并惊呼“想不到在戒备森严的哈尔滨市郊会发生此事”。报道日军共计“死亡11人，负伤93人”，事后日本关东军还在成高子附近树立了浅妻大尉等11名死亡日军的纪念碑（现已不存在）。消息传到哈尔滨，老百姓私下叫好，有的伸出大拇指，赞扬“纯爷们，解气！”

那么，这里就产生了一个疑问，从方正、延寿返哈，应从北面而来，日军为何从南边返哈呢？著名军事作家萨苏先生根据资料说明，日军完成对方正、延寿“扫荡”后，曾前往长春，此后才返回哈尔滨，这也就解释了从方正乘火车到哈尔滨，应该从北面进城，而实际上却从南面的成高子进城这一奇怪之处，也反映了当时中方情报的准确。

在日军侵华师团的战死者名单上，可以查到1932年4月12日死亡的11个日军官兵名单（军衔都已追晋一级）。这是日军侵入北满以来，在铁路线上遭到的一次沉重打击，也是在中共满洲省委领导下取得的一个辉煌战绩。之后，这类事件频发。

根据有关记载，1934年8月30日晚0时许，在赵尚志司令的率领下，哈东支队破坏了中东铁路双城堡至五家子车站之间安西站附近的一段铁轨，对日军警备车和卧铺车发动攻击。据统计，仅1934年8月，正是青纱帐最繁茂的时期，哈东支队袭击铁路线路、火车站91次，脱轨翻车16次，线路破坏41起，桥梁破坏31起，通信破坏18起，毙敌46名，伤102名。1935年5月1日，东北人民革命军第二军第一团第五连联合抗日义勇军200余人，设伏于新（新京）图（图们）铁路哈尔巴岭与大石头之间铁路两侧，将道钉卸下。2时40分，从朝鲜清津开往新京（长春）的202次日军用列车驰入时，一声巨响，机车颠覆。伏击部队猛烈开火，3时30分结束，毙伤日伪军30余人，俘12人（含日本军官4人）。5月15日《满铁新闻》（日文）惊呼："自京图线路开通以来最大惨祸。"1936年3月，陶净非带领东北抗日联军第五军第一师炸毁了八面通铁路大桥，袭击了日本列车。1938年9月的一天，抗联得到可靠情报，有一列日军火车将通过穆棱县境内的三道河子大桥。上级指示王庆云带领小分队赶赴现场，炸毁军用列车，破坏敌人的铁路交通线。王庆云带队准时赶到地点，埋好炸药，当日军列车通过时，他亲手引爆炸药，只听一声巨响将大桥和火车炸毁，车头掉到路基下。小分队又向车内日伪军开火，缴获大量的武器和弹药，此次战斗他受到了军部的表扬。

据伪满哈尔滨市铁路局《内部交通事故统计》记录："仅1934年7—8月，北满铁路东部线可称名副其实的'交通地狱'，赤色游击队工作是相当惊人的。"

痛击伪军邵本良部

抗日游击战是东北抗日联军第一军在辽宁期间的主要斗争形式。从1934年杨靖宇率第一军第一师进入辽东山区开始，就置身于强大的敌人包围之中，敌我力量悬殊，处境极其艰难。

但是，在长期的革命实践中，杨靖宇认真贯彻中共满洲省委提出的游击战争方针，以不断消耗、削弱敌人的有生力量为目的，积小胜为大胜，形成了一整套独具特色、灵活实用的游击战术，在方圆几百里的山区，与武器装备精良的日伪军周旋，历经无数次激烈战斗，消灭了大量敌人。其中影响较大的有攻取兴京县城、火烧东昌台警察署、激战歪脖子望山等。其中，痛歼伪军邵本良部，就是典型战例之一。

邵本良当过20多年胡子头，还当过东北军团长，九一八以后摇身一变成了伪军团长，在南满一带称为"第一大厉害"，特别是山地作战有一套，抗联队伍吃过亏，日本人看他是个忠实的狗奴才，就封他做东边道剿匪司令（少将），邵本良凭借装备精良，有日本人做后台，在东边道地区无恶不作，在伪军圈子里，被称为"智多星"，对抗联部队和义勇军威胁很大。提起邵本良，南满人民没有一个不咬牙切齿的。"我要是说谎，出门碰上邵本良。"东边道的老百姓，常拿这句话发誓。抗日军民早就盼望拔掉这颗"毒瘤"。他也夸口"有我邵本良，就没有杨靖宇！”可见，邵本良是个铁杆汉奸，也是抗联第一军的死对头，一直盘踞在柳河县凉水河子、三源浦一带。

早在1933年12月初，杨靖宇、李红光、曹国安就商量如何打掉邵本良的老巢。商议的结果是：兵分两路，一路奔凉水河子，一路开向三源浦。目的是对凉水河子围而不攻，打而不歼，引诱邵本良率部救援，然后趁机攻打三源浦。

作战计划商定后，杨靖宇含笑道：“古有兵法三十六计，此乃调虎离山之计也！”李红光轻蔑地说：“那邵本良哪里称得上虎，充其量不过是只狗，卖国的走狗！”杨靖宇打趣道：“那就叫‘调狗离窝’吧！”

三天后，杨靖宇、李红光、曹国安率第一军独立师300多将士从老鹰沟向三源浦疾进，王仁斋带300名战士从海柳向凉水河子进发。

邵本良听到杨靖宇围攻凉水河子的消息后，知道那里的兵力部署相对薄弱，立即飞身上马，带领200多骑兵朝离县城50多里远的凉水河子奔去。同时，命令三源浦大部兵力急速增援凉水河子。这下，正中了杨靖宇“调狗离窝”之计。

邵本良骑兵队疾驰了一个多小时，总算赶到凉水河子附近，迎面碰上凉水河子据点的守备队中队长，他滚下马，上气不接下气地道：“旅长……旅长，三源浦来电话，那里被杨靖宇包围了，正打呢……”

邵本良气急败坏，还没来得及了解凉水河子战况，便急匆匆掉转马头，率队向三源浦奔去。途中，还撕心裂肺地骂道：“混蛋！我就不信杨靖宇有分身法！”

当邵本良率人困马乏的伪军赶到三源浦镇时，立即惊呆了，一眼望去，是一片片伪军尸体，一摊摊伪军血迹，一条条伪军残肢，还有熊熊燃烧的伪军营房……

原来，12月10日，杨靖宇得知邵本良将三源浦混成第六旅第七团大部兵力已调出时，立即率队于晚6时许向三源浦发起突袭。经激战，伪军大部分被击毙，还击毙日本驻通化领事馆总稽查和3名汉奸，捣毁伪满铁路工程局和伪警察署……

这不算完，趁邵本良率部返回三源浦之际，在王仁斋指挥下，独立师一举攻下凉水河子。

杨靖宇这一“调狗离窝”计，可谓一举两得，让邵本良吃尽了苦头。

1936年春节过后，杨靖宇率部来到通化县水洞一带。期间，派第一军1名连指导员王德裕到通化县城，以中学生为掩护进行秘密侦察。数日后，王德裕通过打入伪军邵本良部当马夫的老刘提供的情报，回到军部向杨靖宇报告邵本良部在热水河子的驻防情况。杨靖宇听取汇报后，决定攻袭热水河子邵本良团部。

热水河子镇是日伪当局设置在通化地区的一个重要军事据点，有公路与通化、八道江镇相连。驻有日军守备队30余人，伪警察30余人，伪自卫军团20余人，伪军第七团70余人。其中，邵本良团部位于热水河子街中间，对面有一座较为坚固的炮台。

为使攻袭邵本良伪军第七团团部战斗万无一失，杨靖宇召开连以上干部会议研究作战方案。会上，同志们一致认为敌人守卫严密，只能智取，不宜强攻。具体部署为：军部直属部队教导团团长许国有率领20名战士组成手枪队，先行冲入街内，解决伪军团部对面炮楼的敌人，而后由机枪班占领炮楼，控制全街，再由手枪队及大队人马迅速解决伪军团部敌人。杨靖宇说："敌人团部多是机关人员，没有什么战斗力，我们要有信心。如果敌人一旦发现我们，就坚决、果断地打出去，不等敌人清醒过来就消灭他们。"

2月26日晚10时，杨靖宇率300余人乘夜深人静之际出发。为避免在冰封的浑江上行走发出声响，战士们用麻袋片把靰鞡鞋包裹起来，每人脖子上系一条白毛巾作标记。午夜部队到达水洞沟口。27日1时到达对岸。根据行动计划，教导团团长许国有率手枪队由打入伪军团部当马夫的老刘引导，披着伪军军大衣，装作刚要睡觉的样子，先慢后快，顺利解除了西门哨兵及伪军炮台上的武装。随即机枪班紧紧跟上，占据该炮台，控制了伪军第七团团部和全街。

事不宜迟，杨靖宇立即率大队人马旋风般地冲入伪军营房。这时，伪军第七团团部60余名伪军在睡梦中被枪声惊醒，没等起床拿枪，于迷蒙之际便当了俘虏。杨靖宇问一被俘伪军士兵："你们的团长在哪里？"伪军士兵回答："杨凤武副团长在家。"杨靖宇随即派教导一连一排战士由这个伪军士兵带路，把刚逃跑出去的伪军七团杨副团长捉了回来。同时，又把伪军团部的伪军全部缴械，还俘虏了日满殖产会社经理福岛力藏、伪税务局长和伪军七团刘副官（外号"刘大绝户"）等7名汉奸。但是，由于邵本良当晚不在伪军团部，从而侥幸逃脱。

此次战斗，俘虏伪军60余人，缴获三八式步枪40余支、步枪20余支、子弹3万发等军需用品甚多。杨靖宇下令运走缴获的武器和物资，在大街墙上贴上抗日救国标语，烧毁伪军营房，处决了"刘大绝户"，之后撤离。

对于邵本良的伪军部队，杨靖宇总是主张先不和他正面交火，而是先拖着走，拖得精疲力竭，再予以致命打击。这期间，杨靖宇所率部队在兴京大脑子沟与伪军邵本良部展开一次战斗，而后率队忽南忽北，忽东忽西，继续牵着伪军邵本良部兜圈子。弄得邵本良部有劲使不上，时而还让抗联部队"咬上一口"，经常损失不小。

4月下旬，为消灭邵本良这股尾随的伪军，杨靖宇命令部队将破烂家什、破衣物、鞋袜等扔在行军路上，让邵部伪军误认为抗日部队被撵得"丢盔卸甲""溃不成军"的样子，给敌人一个错觉，寻找机会打个突袭战。

果然不出所料，邵本良从路上看到丢弃的破烂物品，误认为杨靖宇部已失去战斗力，更是紧追不舍，幻想尽快消灭这支抗日部队，好向日本主子请功。

4月末，杨靖宇率队抵达宽甸县双山子附近与一师师部，与少年营会合。

当时，抗联第一军部直属部队加上第一师部队人数已达500余人，远远超过伪军数量，并有10数挺轻重机关枪。杨靖宇感到消灭伪军邵本良这股追敌的时机已到。

4月30日，杨靖宇率军部教导第一团机枪连和第一师第三团、第六团、少年营进至与宽甸毗邻的地势较好的本溪县梨树甸子设下埋伏。

当日下午1时，紧追不舍的伪军邵本良部终于被诱入埋伏圈。据1936年第一军军部关于几个战斗情况的一份报告书记载："他们（指伪满军邵本良部）跟我们1个月零1天到本溪县梨树甸子，我们的力量超过敌人一倍，并有较多重火力，地势对我是很有利的，两边是山，中间是道，敌人来必须经过此路。我军埋伏于两山，重机枪四面八方地架着，邵的马队走入伏兵线内，四面一齐射击。当敌人向南山坡跑时，十数架轻重机枪向南山坡集中火力，结果把敌人打得落花流水，人马死得满山坡，状极悲惨。搜查阵地结果，敌人共死100多人。"

参加此次战斗的第一军第一师参谋长李敏焕在其日记中有如下记载："4月30日（农历四月初十）早饭后，集合行军到达梨树甸子附近休息。午后，出现200余名敌人，立即开始战斗。通过白刃格斗，解除敌武装。下午6点钟，打扫战场之后，到三道沟里宿营。"此战第一军缴获步枪100多支、手枪20多支、无线电1台、迫击炮1门。邵本良脚被打伤后，到老乡家抢了一套便服，化装逃走。

7月末，邵本良在奉天养好伤后从奉天来到通化，数日后要路过热水河子，准备去八道江街驻防。这时，杨靖宇所率部队得到第一军驻通化县城地下工作人员王德裕报告："邵本良率部队已从通化出发，于8月4日晨去八道江驻防，还有数十辆载军需物资大车。"杨靖宇立即研究攻袭邵本良伪军事宜。

8月3日夜晚，杨靖宇率部来到四道、五道江间浑江大转弯附近处，布置好伏击线。战士们隐蔽在公路旁边的蒿草和黄瓜地里。8月4日上午10时左右，伪军几个尖兵进入伏击线。之后，邵本良等骑马走在前面，因大车队在后，杨靖宇决定先放过他们，截击后面的大车队。但不巧，走在前面的一名伪军跑到附近的黄瓜地撒尿，发现埋伏在这里的第一军冲锋队，便大叫"红军！红军！"第一军冲锋队见目标暴露，顿时战斗打响。

战斗中，第一军战士猛烈向伪军开火，伪军乱作一团，四处逃窜。邵本良乘隙丢掉所乘马匹逃跑。日本指导官英俊志雄躺在路边的水沟里装死，第一军战士打扫战场时发现了他，将其当场击毙。此次战斗共毙伤敌30余人，俘敌20余人，缴获轻机枪1挺、步枪五六十支和大车八九辆、军需物资一大批。

此次邵本良虽侥幸逃脱，但不久其所部在回头沟被杨靖宇率部包围，全部歼灭。

翌年春，奉天日本宪兵队大佐下山命令，由日籍医生将邵本良毒死在医院。

邵本良这个民族败类终落个不得好死的下场。

奇袭老钱柜

1936年初，为建立稳固的汤原抗日游击根据地，东北人民革命军第六军政治部主任李兆麟率领一支小部队，采取长途奔袭、出其不意、攻其不备的战术，一举消灭了老钱柜日伪据点里的敌人，至今被传为佳话。讲这个故事之前，首先介绍一下李兆麟，还要搞清楚老钱柜是个什么地方？

李兆麟，原名李超兰，又名张寿篯，1910年生于辽宁省辽阳县一个农民家庭。1931年7月加入中国共产党。1933年受党委派到珠河（现黑龙江省尚志市）组织抗日游击队，之后历任东北人民革命军第一团政治部主任、东北抗联第六军政委、北满抗联总政治部主任、东北抗联第三路军总指挥等职。

李兆麟

老钱柜是当时北满地区的一个地名，位于现在的黑龙江省汤原县北部山区的汤旺河中游，小兴安岭腹地林区，归汤原县管辖，是伐木场为工人开工资、发粮食的地方。日本关东军入侵后，建立了伪山林警察大队，队部就设在那里。在日军森山指导官的操纵下，统治着小兴安岭地区，掠夺着大量的木材资源。那里，还驻有山林伪警察大队100多人，还有森山指导官等7个日本兵，他们不仅守卫日本人的伐木场，还伺机偷袭抗日队伍，对北满抗日根据地造成很大威胁。因此，北满抗联总司令部所辖第六军决定拔掉这颗钉子，以巩固抗联第三军和第六军在汤旺河的抗日根据地。

而抗联第六军驻地距老钱柜200多里地，不仅山高路远，而且途中还有日伪军几道关卡，守备森严，特别是当时第六军只有军部20多名警卫战士。同时，敌人弹药充足，武器精良。而我方除了套筒子就是火药枪，甚至还有大刀和扎枪，人员又大都是刚刚参加队伍的新兵，缺乏战斗经验，可见，与日军及100多名伪军比较起来敌我力量相差悬殊。

怎么才能取得这场战斗的胜利呢？李兆麟和战友们经过反复讨论研究，制定了一个巧妙奇袭的战斗方案，即利用夜深人静、大雪封山的有利条件，长途跋涉，隐秘突袭，各个击破。

一天上午，第六军军部20多名战士和汤原县洼区游击连80多名队员组成的奔袭队，迎着凛冽的寒风，踏着厚厚的积雪，在天色渐暗的时候，来到了敌人的第一道卡子——查巴溪。

远望汤旺河西岸，有一个伪警哨卡。战士们偷偷摸了过去，透过窗户，只见两个值班的伪警察正盘腿坐在炕上喝酒，枪也放到一边。说时迟，那时快，战士们猛地踢开房门冲了进去，几支黑枪口顶在两个伪警察的胸膛上。这时，这两个伪警察已经被吓得目瞪口呆，哆嗦成一团战战兢兢地说："别开枪，我们投降!"经过审讯，李兆麟掌握了敌人的防卫情况，于是押着被俘的伪警察，急速向河东北的伪警察大院扑去。

不一会儿，战士们就悄悄地将敌人的住房围住。等伪警们察觉的时候，已经来不及了。中共洼区区委书记李凤林带着30多名战士摸进西院，迅速封锁了所有门窗。同一时刻，李兆麟带领20余名战士闯入东院，很快将敌人全部俘虏，并缴获了全部武器弹药。至此，奔袭老钱柜的第一步任务胜利完成。

夜幕笼罩着小兴安岭，小雪花还在纷纷下着，战士们押着愿意带路的伪警察黄毛出发了。突然，在前方一段开阔河床上，有一团黑影在闪动，战士们认出是一张马爬犁。只听一个尖嗓门儿喊道："什么人，干什么的?"接着传来一阵扳动枪栓的声音。黄毛听出是伪警五炮的声音，赶紧喊道："老五吗?"五炮一听是黄毛，语气缓和了许多，又继续问道："后边那么多人是干什么的?""是山下送粮食的"，黄毛应道。五炮完全相信了，赶着马爬犁大模大样地走了过来。当两边爬犁刚一接触，战士们唰地一下冲了上去，端着枪大声喊道："不许动，举起手来!"就在五炮一愣神的工夫，他和几个随从的枪都被缴械了。

老钱柜战斗纪念碑

李兆麟晓以民族大义，使五炮很受感动，爽快地答应带领抗联部队去做南岔伪警察的工作。之后，抗联部队包围了南岔伪警驻地，伪警察都比较听五炮的，因此很快也就投降了。至此，第二步作战计划胜利实现。

第二天下午，第六军的马爬犁队从南岔出发。晚8时，队伍赶到老钱柜。由于五炮已投降，没费多大劲就占领了老钱柜。至此，山林警察大队只剩下最后一个营垒，就是日本森山指导官和几名日军住的巢穴。这时，战士们分成几路登上山顶，迅速包围了日军住房。李凤林巧妙地绕过敌人岗哨，突然闯入房内，出现在森山指导官面前，一跃上炕，伸手就去摘挂在墙上的枪。正在炕上抽大烟的森山一见急了，忽地蹿起来，拦腰抱住了李凤林。李凤林身高力大，只见他猛地一抡，只听咚的一声，竟把森山摔在烧得通红的火炉上，烧得他嗷嗷直叫，刚想站起来反扑，李凤林接着甩手一枪，将他击毙。

随着这一声枪响，外面的战士们也开始行动了，一阵枪响之后，顽抗的日军和伪警察均被击毙，其余的都被我军俘虏，战斗很快结束了。

李兆麟率领战士们以两天两夜的时间，来回奔驰 400 多里路程，夺取敌人 3 个营地，击毙森山指导官等 7 个日军，俘虏伪警察 100 多人，缴获长短枪械 100 多支和大批粮食物资。后来，经过我军工作，伪山林警察队长于祯（于四炮）反正，其所部也参加了东北抗日联军。

挠力河畔袭击战

从 1938 年开始，日本侵略者便不断调集大批精锐部队，对三江地区的抗日联军大规模“讨伐”“围剿”。活动在饶河、虎林、抚远等地的东北抗联第七军形势严酷。为冲破日伪的层层封锁，抗联第七军化整为零，在代理军长崔石泉的率领下，开展了机动灵活的游击战，其中挠力河畔袭击战就是典型战例之一。

崔石泉，又名崔庸健，1900 年 6 月 21 日出生在朝鲜平安北道龙川郡下石里一个贫农家庭。他 4 岁那年爆发日俄战争，战后朝鲜被日本侵占。1910 年，日本军国主义与朝鲜亲日统治集团签订日韩合并条约，朝鲜完全沦为日本殖民地。崔石泉在殖民地环境中度过了苦难的童年，同时在幼小的心灵里萌发了强烈的反日爱国热情。之后，崔石泉在朝参加了一系列反日斗争，也曾被捕入狱。1923 年 9 月，崔石泉先后来到中国上海学习军事，又去云南讲武堂学习，再去黄埔军校任教官，又随军参加北伐战争，任第六区队长。1926 年崔石泉加入中国共产党。1928 年，受中共满洲省委派遣来到黑龙江省汤原县梧桐河福兴朝鲜族屯继续撒播革命火种。九一八事变后，崔石泉根据饶河中心县委的决定在宝清办起了军事训练班，1933 年 4 月 21 日他领导 40 多人正式加入饶河农工义勇军并任队长。1936 年任抗联第七军参谋长，成为抗联第七军的缔造者之一。1938 年主力部队与军部分开行动，崔石泉军部只有部分警卫战士和新编建的少年连。

崔石泉

1938 年 9 月 26 日，抗联第七军接到地下交通员朴水山送来的一份紧急情报，得知伪满洲国军政部日野武雄少将，将由抚远乘船到饶河县挠力河畔视察设防情况，并在一两天内再乘船返回饶河。

代军长崔石泉和副师长姜克智经过周密研究，认为在日野部队经过的河道旁设下埋伏，必能歼灭这股日军，并制定了较为详细的袭击方案，当即决定由姜克智率领警卫连袭击。

姜克智

姜克智，1910年生于山东牟平。曾入军阀部队当兵，后流亡至黑龙江省虎林县谋生。1933年春参加当地群众组织的抗日武装，1934年参加饶河反日游击队，后随游击队编入东北人民革命军。不久，改编为东北抗日联军第七军。曾任排长、政治保安连连长。1936年加入中国共产党。同年，姜克智率保安连歼敌100余人，日伪进犯第七军军部时，即率保安连迎战，毙敌20余人。伪军300多名来援，第七军军长陈荣久负重伤，姜仍沉着指挥部队以寡敌众，顽强搏斗，终于退敌，是役击毙日本饶河参事官大穗以下30余人。1937年5月，率第一团在富锦迎战敌军400余人，歼敌200余名。1938年7月，任第七军第一师副师长。也就是说，正是姜克智担任副师长两个月后，指挥了这次袭击战。

话说回来。当时，警卫连共30多人。别看人不多，但都是久经沙场，作战经验丰富的老战士。接到命令后，纷纷表示坚决完成任务。

1938年9月27日下午，抗联第七军军部要求警卫连一行30余人急行军赶到西风嘴子设伏。那么，为什么选择西风嘴子设伏呢？

西风嘴子位于挠力河下游，河边有一座小山，是控制主航道的咽喉要隘。这一段河道又狭窄又多弯，两岸柳树蒿草丛生，易于隐蔽埋伏，而且居高临下，尤其是距日军守备部队较远，无法增援。所以，在这里打伏击十分有利。

但是，代军长崔石泉和副师长姜克智也看到了不利的一面，即小山周围都是平原，虽距日军守备部队还有几十里，但附近还有敌人的公路线，我军部队的行动容易暴露，且地形对撤离不利，所以要求部队隐秘行动，提前设伏，速战速决。

抗联第七军密营距西风嘴子有20多公里。由于任务紧急，时间紧迫，战士们在深山密林中疾驰，临近黄昏到达。河边的渔民说，日军的汽艇已向上游开去，按以往的习惯，估计第二天将经这里返回。

姜克智让战士们休息片刻后，便在河边山坡上选择了有利地形，连夜构筑隐蔽工事，就等敌人送上门来。

9月28日清晨，埋伏了一夜的战士们虽然有些疲惫，但都耐心地坚持着，专注的目光逼视着挠力河面。上午10点左右，远处忽然传来了突突的马达声，战士们顿时精神抖擞，纷纷把子弹推上枪膛，机枪手也架好了机枪。

10 分钟左右，日军的汽艇沿着弯弯曲曲的河道从小清河直奔西风嘴子而来，由远而近。只见有几个日军站在甲板上四处观望着，站在中间的军官就是日本少将日野武雄。他在几名随从的护卫下，直挺挺地站在甲板上，不时用望远镜瞭望四周。

日野武雄，九一八事变后来到东北，曾率兵疯狂“讨伐”和屠杀抗日军民，双手沾满了中国人民的鲜血，因残杀中国人有功，被日本政府提升为少将。战士们看见他，两眼冒出了仇恨的火花。

日军的汽艇越来越近了，300 米、200 米、100 米……当汽艇靠近我军埋伏阵地几十米的时候，姜克智大喊一声：“打!”话音未落，各种枪支的子弹猛烈地向汽艇甲板上的敌人射去。瞬间，日野少将和几名随从就被撂倒在甲板上，顿时船舱里的日军也乱作一团，一边哇啦哇啦喊叫，一边仓促应战，在还没有摸清我军的具体位置时，多数日军就丧了命。

日军驾驶员想驾艇逃走，但为时已晚。河道已被密集的火力网严密封锁，一排排子弹飞向驾驶舱，敌驾驶员身中数弹拽着舵盘倒在一边。

汽艇无人驾驶了，就像无头苍蝇突突突地乱转，最后一头扎在北岸上灭了火。战士们高声喊道：“缴枪不杀!”但残余敌人的枪声仍然没有停止。战士们愤怒了，集中全部火力，对准船舱猛烈射击。打了一阵，船舱里没了动静，姜克智让战士们停止射击。

枪声停了，河面上一片寂静，只有河水在哗哗地响着。姜克智命令两个战士上艇看一看。

两名战士找来一条渔船，悄悄地从侧面朝汽艇划去，其他战士趴在隐蔽处目视着。小船离汽艇越来越近，汽艇上没有一丝动静，两名战士划着小船靠上了汽艇，往船舱里一看，仰头对着同伴们喊道：“光有睡觉的，可没有喘气的”。战士们一听都乐了，纷纷举枪高呼胜利。姜克智和战士们一起登上了汽艇，只见甲板上和船舱里几十名日伪军尸体横压竖卧在一起。

挠力河畔袭击战只用了几十分钟就结束了。此战击毙了包括伪满洲国军政部日野武雄少将在内的 39 名日伪军，缴获机枪 1 艇、长短枪 37 支、子弹 4 000 多发。

日野武雄的毙命使日伪当局受到极大震动。同年 10 月，在伪满《大同报》头版，对日野武雄之死哀叹道：“满洲国防将星陨落一个”。

袭击嫩江一号机场

1937 年 10 月，八路军第一二九师第七六九团夜袭阳明堡飞机场，毁伤日军飞机 24 架，曾轰动于世。可是，你知道吗？东北抗日联军也有这方面熠熠生辉的历史。

那就是 1939 年 7 月，抗联第六军第十二团夜袭嫩江一号机场，毁掉日军最先进的零式战斗机 8 架，全歼日本守军，威震东北大地，引发日伪当局一片恐慌，被后人誉为："特种作战的典范"。

日伪期间，齐齐哈尔以北的嫩江县是日军的重要军事基地。重要到什么程度呢？光机场就修建了 10 个，机场序列以驻地为号依次排列，被袭击的这个机场就是嫩江一号。

这个机场坐落在嫩江县城东北方向 10 公里的地方。现在还在使用，是林业部东北航空护林局的专用机场，为保护东北三省和内蒙古自治区东部的森林资源服务。当时，这个机场号称亚洲第一。跑道是边长 2 400 米的正方形，无论风向怎样，飞机均可起降。排水设施也合理适用，不论多大雨水，不影响飞机起降。机窝与跑道有地下通道相连，隐蔽性强。同时，还建有"九八三"大型后勤仓库。

这个机场不仅是日军准备进攻苏联的空军基地，更是扼杀东北抗日武装的空军力量。所以，驻防力量也很强大。据史料记载：当时日军驻有土谷直二郎少将的一三六旅团和两个伪军混成旅。日军旅团部离机场西南 10 公里，伪军旅部离机场东南不到 7 公里。机场除驻有飞行员外，还有一个中队的日军防守。此外，附近还有 10 个日本武装开拓团、18 个朝鲜集团部落的准军事组织，用日本人常说的"有事时"亦可随时增援。

那么，夜袭机场的主力是哪方面部队，为什么选择一号机场呢？当时，抗联第六军西征部队抵达松嫩平原后，为了打击日本侵略者的嚣张气焰，解除反"讨伐"的空中之忧，抗联第六军政委李兆麟决定袭击吞吐量最大、设施最好的嫩江一号机场，集体作战任务就落在了第六军第十二团（骑兵团），这个团也就 100 人左右，指挥员就是政治部主任王钧。

王钧，原名王捷民。1914 年出生于黑龙江省汤原县贫苦农家，原本是汤原县农村的穷学生，九一八以后，毅然投笔从戎，从游击队干起，曾任第六军保安团团长兼政治部主任，第十一团团长等职。虽然他当时年仅二十五六岁，但他作战机智勇敢，屡立战功，1938 年曾率部在嫩江两个伪军旅防区内神出鬼没，横冲直撞，招招抢先，专打痛处，打着打着就到 1939 年了。

王 钧

接到命令后，王钧派侦察英雄史化鹏打入敌人据点摸底，并研究了具体方案和联络方式。临行前，王钧握住史化鹏的手，意味深长地说："兄弟，就看你的了！"史化鹏边行军礼边说："请首长放心，保证完成任务。"

史化鹏胆大心细，花了 20 块钱买了一张良民证，以劳工身份混入机场施工队。他不仅干活踏实，还好交朋友，很快当上了小队长，并且摸清了机场设施、方位和飞机类型、数量及位置。同时，还因为"表现出色"，在日军安排他学爆破的同时，也顺便带出了十几个人，都表示愿意打日军，袭击机场时都加入了抗联队伍。

7 月的一天，有两个日军小队押送劳工去装卸建材，机场守备力量空虚。机不可失，王钧立刻返回驻地，带着部队从 200 公里以外火速赶到机场附近。当日午夜，部署了战斗任务：即兵分四路：一个连负责卡住机场到县城的公路，一个班负责阻击伪军，团主力在机场北部作预备队，王钧自己带了一个加强排主攻。而这个加强排又兵分四路：王钧自己带领一个机枪班作预备队；由史化鹏带一个班干掉营房里的敌人（包括在宿舍的飞行员）；龚副官带一个班负责破坏飞机；齐排长带一个班破坏机场设施。

战斗首先从史化鹏开始，他带着自己发展的队员，干掉了哨兵，切断了电话线，到壕沟外与王钧会合。确认无异常后，战斗开始。

首先顺利的是史化鹏，他带一个班提着一袋手榴弹迅速隐蔽地包围了日军营房，迅速干掉日本哨兵后，一阵猛烈的爆炸声，抗联战士一枪没开，日军也一枪没开，30 多个日军全部毙命了。

其次顺利的是王钧，他带领的机枪班守候在营房与跑道中间，飞行员宿舍就在营房附近，所以那边手榴弹一响，这边七八个日本飞行员就慌忙冲着跑道跑去，竟想抢先发动飞机逃跑，还一边跑一边哇啦哇啦地大叫。这还了得。事也凑巧，跑了不到 200 米，正巧迎头撞上了王钧带的机枪班，被当场干掉两个，剩下的四散逃命。王均立即派 3 个战士边追边射击，又打死两三个。

再次顺利的是破坏设施的那一路。因为日本兵三已去其二，所以这边几乎没有什么抵抗，炸仓库、炸油库、炸发电机、烧物资。总之，没法带走的全给毁了，当时火光冲天，浓烟滚滚，一切化为灰烬。据当地老百姓回忆：大火整整烧了一宿，第二天早上还冒黑烟呢。

比较麻烦的是破坏飞机这一路。为什么呢？龚副官率领的抗联战士们没玩过这个，不知道怎么破坏。用枪托砸，一个坑；用枪打，一个洞；用刀捅，一个印；用手榴弹砸，弹回来了。麻烦了。

正在无奈之际，忽然看到有两个日本飞行员偷偷跑到了最外面那架飞机旁，开始发动飞机。一个弄螺旋桨，另一个进驾驶舱，这飞机就开始滑行了。龚副官干掉了地上那个日军飞行员，进驾驶舱的另一个日军飞行员驾飞机还是强行起飞离地了。战士们一看急了，这不是煮熟的鸭子飞了吗？不管三七二十一，先开枪再说，有一枪就打到油箱上了。乱枪之下，飞机就落地烧起来了。这一下点醒了战士们，大家开始找汽油，泼上以后打油箱，扔手榴弹。这样，八架飞机顿时燃起熊熊大火，全报销了。

最令人吃惊的是，抗联战士们甚至还有时间核实战果。即炸毁日军飞机 8 架，毁坏设施一批，所有日军全灭（不含两名日本军妓），日军机场司令官在战斗中自尽。我方无一伤亡，还扩充队伍 13 人。

一切搞定之后，王钧发信号弹通知阻击队伍撤离，顺便在日军机场司令官尸体边题了两句留言："今日折你翅膀，来日平原再战"。

西北河袭击战

西北河战斗，是 1940 年东北抗联第三路军第六支队打击日寇的一场歼灭性的速战速决战，尽管战斗规模较小，但有力地打击了敌人。这次战斗，是时任第六支队政委于天放指挥的。

于天放，原名于树屏。1908 年生于黑龙江省呼兰县，1924 年考入黑龙江省立工业学校，1928 年考入清华大学经济系，1929 年参加中共外围组织反帝大同盟。1931 年经张甲洲介绍加入中国共产党，曾任清华大学中共党支部书记，1932 年春受党派遣与张甲洲等人回东北组建巴彦抗日游击队，并任满洲省委特派员，1933 年春省委派于天放到齐齐哈尔任龙江特支书记后转入地下工作。1937 年七七事变后历任抗联第十一军教育长、第一师政治部主任、第三支队政治部主任，1940 年任第六支队政委。

于天放

1940 年，日军调动了绝对优势兵力，向活动在各个地区的抗联部队疯狂"围剿"和"扫荡"。这一年，时值北满抗联活动的地区年成歉收，日伪当局又加重掠夺"出荷粮"，群众的生活更加悲惨，卖儿卖女的、冻死饿死的、家破人亡的到处可见。

在那个艰苦的岁月里，抗联为了减轻群众负担，所需要的粮食和服装都是从敌人手中夺取的。西北河战斗，就是我军奇袭日军，夺取粮食武器和其他物资的一个镜头。

1940 年旧历除夕的前一天，北风怒吼，大雪飘扬，天气之冷的程度（接近零下 40 摄氏度），在东北来说，也是历年罕见的。傍晚，活动在小兴安岭南麓的抗联第三路军第六支队一部 52 人，从庆安县的老金沟整装待发，拟去铁骊县

（现铁力）日本营林署大依吉密河木场袭击伪警察队，目的是夺取粮食、服装、武器、弹药和其他物资，以迎接新年。经验告诉第六支队，节日前是袭击敌人的大好时机，尤其在极寒天气里，敌人容易警戒松懈，对我方隐蔽十分有利。

第二天，抗联队伍来到铁骊县西北河附近的一片树林前。这时，天已过午。稍憩后，正要继续隐蔽前进时，突然从河沿旁的一片树丛中隐隐传出簌簌的声音。大家立即隐藏起来，端起枪警惕地注视着。不大一会儿，从稠密的林木中走出一个衣衫褴褛、面黄肌瘦的人。

“别动！举起手来！”十七大队的徐小队长大喝一声，一个箭步窜了上去，用缴来的日式手枪逼住来人。只见那个人神色惊慌，把双手弯弯举起，战战兢兢、结结巴巴地说：“别……别打，我是老百姓。”他说：“我是被日军抓去给‘讨伐队’背给养的，因为受不了挨饿受冻遭毒打的罪，乘日军不防备，偷着逃出来的。”

接着，这个人又说明自己是绥化县人，家里还有什么人，干什么活等。谈吐间，表露出一种中国东北庄户人家所特有的忠实敦厚的素质，再看他黑瘦面颊，满手老茧，就信任了他。这样，于天放等支队领导向他详细地询问了敌情。

得知这支“讨伐队”是由绥化县的日本守备队60多名日军和30多名伪警察组成的，并抓了70多名民工给他们背给养和帐篷等。同时，还了解到敌人携带的武器有重机枪1挺、轻机枪2挺、掷弹筒2门、步枪70多支，所背的给养主要是大米和准备过旧历年吃的冻饺子。

于天放等支队领导获得了这个重要情报，马上进行了分析研究，一致认为袭击这个“讨伐队”，无论从扩大政治影响和经济收获来说，都比袭击伐木场伪警察队强得多。因此，决定改变原作战计划，不去伐木场了，集中力量袭击这支日伪“讨伐队”。

于是，支队领导决定：除夕晚上，一定把日伪“讨伐队”歼灭在铁骊县西北河畔上。确定主攻的对象是集中全部火力，彻底、干净地消灭日军，并根据伪警察贪生怕死的弱点，采用喊话、软硬兼施的办法，逼其放下武器投降。

这个民工知道遇到了抗联队伍后特别高兴，表示愿意带路，还告诉支队领导，日伪“讨伐队”住在西北河的北岸，距河边只有五六步远，住的是4个圆形帐篷，位置在东面；伪警察住在两个方形帐篷里，位置在西面。两者相距约有两三丈远。背给养的民工露天宿营在火堆旁，距日军帐篷200来步。河岸约三四尺高。对此，支队领导认为，这样的地形，恰好形成我军进攻的天然交通屏障，对我方隐蔽突袭有利。

晚10点前，按照预定的部署，抗联队伍首先沿河岸接近火照满天红的民工“住处”。民工们一看是抗日联军的队伍，如见亲人一般，个个喜笑颜开，有些人乐得连话都说不出来了。民工们还主动为抗联探听敌人的动静，查明日军岗哨的方位。

为了不使日军警觉，支队领导还派两个民工以给“讨伐队”劈木头烧炉子为名，在敌人驻地来回走了十几趟，迷惑敌人，果然敌人岗哨丝毫未加戒备。

我军顺着河岸悄悄地运动到敌人的驻地。晚 10 点整，于天放总攻命令的清脆枪声响了，惊醒了沉睡的西北河，震响了寂静的山林，战斗开始了。

这时，枪声、手榴弹和呐喊声交织在一起，好像给敌人送去了送葬的“爆竹”。我军集中火力猛击西边的方形帐篷，边射击边喊话：“中国人不打中国人，缴枪不杀”，以迫使伪警察投降。但喊了半天，里边无人答话，只是叽里呱啦地乱叫，听声音好像是日军。

与此同时，东边圆形帐篷也顿时被打成一片火海，当敌人要被全部消灭的时候，才从硝烟弥漫的火海中爬出一个人来，高举双手，颤抖地喊道：“我们投降，不要打了，我们是警察队，日本人在西头呢!”

哎呀，遭了，难道是逃出来的民工把日军驻地记错了，难道是我军判断有误？后来才弄清楚，原来是狡猾的日军怕我军夜袭，使用了偷梁换柱的伎俩，白天住在东边圆帐篷里，晚间临时与伪警察换了住处，住在方形帐篷里了，无形中伪警察成了日军的替死鬼。

情况明了后，年轻的战士魏臣奋不顾身地端起机枪冲向日军营房，还迅猛地投出一颗手榴弹。可惜，投过了头，落在日军帐篷后两三尺的地方爆炸了，一股硝烟烈火乘着风势，结果把帐篷烧着了，风助火势，贪婪地吞噬着整个方形帐篷，里面也“炸了锅”。

只听见日军被烧得哇哇乱叫。突然，一梭机枪子弹，从正在燃烧中的破帐篷里窜了出来，正冲在最前面向日军射击的战士李仲声倒下了，鲜血染红了白雪。

刻不容缓，我军立即组织密集火力，猛烈地向方形帐篷里射击投弹，有几个日军滚的滚，爬的爬，逃出帐篷，奔向树林，其余的全部被消灭在帐篷里。这一仗打得非常漂亮，只用半个小时，就胜利结束了。第二天一看，逃跑的日军也多半冻死在冰天雪地之中，有几个日军尸体上只穿了一件单衣。

这次战斗，我军以少胜多，击毙日伪军 60 多人，缴获重机枪 1 挺、轻机枪 2 挺、掷弹筒 1 门、步枪 40 多支，弹药被服等物资甚多。我军胜利返回根据地——庆安县老金沟。

奇袭肇源

肇源是郭尔罗斯后旗伪旗公署所在地，也是吉林、黑龙江两省交界处的重镇。1940 年 11 月初，由于日军在敖木台围攻第三路军第十二支队取得小胜，所以主力部队全部撤回哈尔滨，肇源县城日伪力量空虚。鉴于此，第十二支队联合当地义勇军艾青山部，并以城内报馆、伪旗公署退职爱国人士为内应，决定攻打肇源城。领导这次战斗的是第十二支队代理支队长徐泽民。

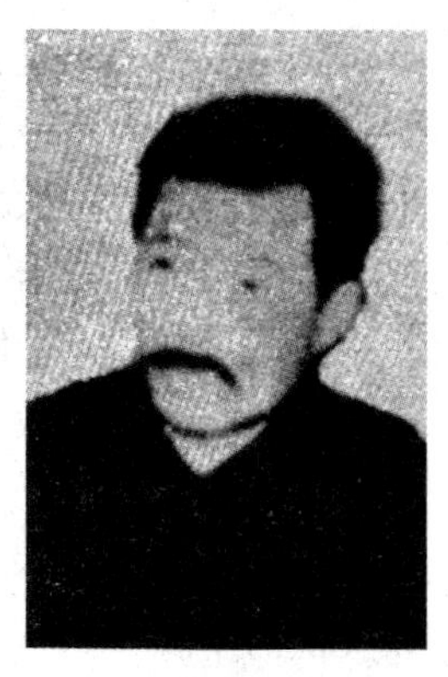
徐泽民

徐泽民，1901 年出生于辽宁铁岭县。小学毕业后就读于辽中县简易师范学校，曾做过店员、职员，1938 年参加东北抗日联军，1940 年 7 月任第十二支队代理支队长，奉抗联第三路军政委冯仲云、参谋长许亨植之命，返回三肇地区开展平原游击战。

张瑞麟是那次战斗的亲历者。张瑞麟 1911 年生于辽宁省锦州县，九一八事变后参加抗日活动。1936 年 6 月任中共哈尔滨特委组织部长，9 月兼任中共哈尔滨市委书记，1940 年任东北抗联第十二支队宣传主任。

据张瑞麟回忆：部队出发前，代理支队长徐泽民说："由于敖木台战斗受挫而耽搁下来攻打肇源县城的计划，现在就要付诸实施了，我们力量虽小，但出其不意，攻其不备，完全可以取胜，不仅要消灭敌人，而且要夺取马匹，变步兵为骑兵，驰骋在抗日疆场。"

天黑了，抗联队伍连夜急行军，在离肇源县城 8 里处的蒙古"大拉嘎"宿营。在坚守秘密的同时，据派出的 3 名侦察员化装潜伏侦察之后得知，日军主力确已全部撤离，城内还有 200 余伪武装警察驻守。更得知，日伪正在召开"三肇地区剿匪祝捷会"，除日军"参事官""指挥官"参加外，还有伪滨江省、伪哈尔滨第四军管区和铁路局代表参加。

11 月 8 日晚上，那是入冬以来少有的坏天气，狂风大雪，夹杂着雨水下个不停，树木和电线杆上都挂上厚厚的冰挂，路上又滑又泞，第十二支队 40 多人从"大拉嘎"出发了，虽然只有 19 支大小枪支，还有的拿土炮，有的拿砍刀，有的拿扎枪，倒也威风凛凛。路上，抗日群众顶风冒雪扒桥，破坏道路，以阻止日伪援军。城里反日救国会负责人《大北新报》分社长王秉章也前来介绍情况，更加坚定了第十二支队领导和战士们夜袭的信心。

最后，第十二支队决定避实就虚，从县城西南没有住户的草地摸索进城，直捣县公署。同时，准备了绳子和铁钩，用来抓城墙。入夜，整个肇源县城静悄悄的，"祝捷大会"刚开完，日军、汉奸都喝得酩酊大醉，正在做着"大东亚共荣圈"美梦。

晚 10 点钟左右，代理支队长徐泽民下达了出击命令。战士们像离弦的箭，迅速翻过城墙，先进去的战士就地卧倒，待人员集合后，立即向县公署靠近。眼看到了县公署大门，被敌人哨兵发现了，几乎就在哨兵的喊声刚落时，十几个战士就一拥而上，把大门推倒了。战士们冲进院内，先把伪警察队宿舍包围起来，把所有房门窗统统卡住，并放了一顿枪，叫敌人先“精神精神”。然后，战士们开始向屋里喊话：“你们听着！我们是抗日联军！缴枪不杀！赶快投降吧！”霎时，从梦中惊醒的敌人都惊呆了，在一片慌乱中，有几个较清醒的伪警先把武器和子弹夹从窗户扔出来，其他伪警也照样争先恐后地往外扔，伪警们都成了俘虏。同时，击毙日本参事官等共 19 人，还俘虏了其他赶来“祝捷”的日本军官和大批伪军。

得到这些武器弹药，马上分发给那些没有武器的同志，老战士原有的破旧武器也全部换上好的，子弹不足的也都补上了。

战士们先找到仓库，叫管库的人把大门打开，进去一看，到处堆放着一垛垛的军用品，有“三八”大盖枪、轻重机枪、小炮和成箱子弹，还有崭新的军装鞋帽，以及各种食品，都成了战利品。

从被俘虏的伪军那里得知，县监狱就在县公署院内，战士们便命令伪看守乖乖地打开牢门，把关押的 100 多人都放出来，所戴刑具也都卸下来。

隔了一会儿，张瑞麟说：“愿意参加抗日联军的举手!”话音一落，就听呼啦一声，大家把手齐刷刷地举了起来。战士们带这些“犯人”来到大仓库里换了衣服，又到日本参事官和伪县长办公室搜查，砸开了仓库，还在县公署大院缴获了一些战马和崭新的鞍环。天亮了，肇源县城一片欢腾，大街小巷张灯结彩，人们欢天喜地地庆祝抗日联军解放肇源。

攻打肇源这一仗，真正交火战斗的时间只有半个多钟头，敌人就全部击毙或缴械了。这天上午，抗联十二支队召开了真正的祝捷大会，张瑞麟在掌声和欢呼声中做了简短讲话。他说：“日本帝国主义侵略中国，奴役镇压中国人民，使我们过着牛马不如的生活，我们能忍受下去吗？不愿做亡国奴的乡亲们，只有团结起来，把日军赶出去才是出路，乡亲们愿意参加抗日队伍的，我们欢迎。”一时间，会场气氛沸腾，当场就有许多青年报名参加抗联。会后，把县粮库打开，把粮食和盐分给老百姓。

后来，日本人把被击毙日军的名字刻在石碑上（这件历史证物在“文革”中被捣毁掩埋），同时还缴获轻机枪 3 挺、长短枪 300 余支、子弹 2 万余发、伪币 1. 2 万元、军马 70 余匹。通过这一仗，第十二支队由 40 多人 19 支枪的队伍，一下子扩大到 200 来人，真正变成了一支骑兵队伍。

下午 2 时，徐泽民命令撤退，战士们骑着高头战马，全部挎着“三八式”、大马刀，浩浩荡荡，威风凛凛，奔向新征程。

歼灭“满洲剿匪之花”

1938 年初，日伪当局得知东北抗联第一军在辑安老岭一带活动的消息，日军决定对老岭地区进行“大讨伐”，遂委派伪军步骑兵混成旅旅长索景清步兵第三十二团、第三十三团、教导骑兵队前来“围剿”抗日联军。

伪军步骑兵混成旅是日军武装起来的铁杆伪军，下辖蒙古骑兵第四十二团和步兵第三十二团，兵力达千余人，士兵多系蒙古族，连长以上的军官均由日军担任。由于装备精良、训练有素、穷凶极恶，并在围剿抗日队伍方面取得一些“战绩”，故被日伪当局誉为“满洲剿匪之花”，也是东北抗日联军的死对头。该旅旅长索景清（名玉山，字景清，满族）少将军衔，狂妄骄横，吹嘘“包打杨靖宇，消灭抗联队伍”。

杨靖宇和魏拯民等经过认真研究，决定采取诱敌深入，引蛇出洞，分进合击，伏击歼灭战术消灭这股气焰嚣张的敌人。

6 月 6 日晚，魏拯民率第二军教导团和第二师一部共 250 余人，攻下辑安县蚊子沟“集团部落”，解除了伪警察分驻所、伪自卫军团武装，缴获步枪 20 余支。之后，于次日凌晨撤出蚊子沟，将大部队驻扎在蚊子沟西南方向的家什房子，以静待动。

果然不出所料，伪军索旅惊悉后，准备派步兵第三十二团 1 个营的兵力，由热闹街向蚊子沟方向赶来，企图“讨伐”抗联队伍。

至 6 月 10 日，杨靖宇率部在家什房子沟口已埋伏 4 天，仍不见伪军索旅从蚊子沟出来的动静。有的战士出现不耐烦情绪，杨靖宇让大家坚持下来，不要松劲。6 月 11 日晚，伪军索旅打电话向辑安县城索取给养，此情况被第一军电话员侦知。当夜，杨靖宇派一支小部队在公路上设伏，在小青沟拐弯处截了敌人运送的给养（1 车白面饼），俘虏了押车的伪军，并假装疏忽，故意放跑两个伪军，意在让他们跑回报信，以调动敌人。

这一计策，果然奏效。6 月 12 日晨，伪军索旅步兵第三十二团 1 个营的兵力，从蚊子沟围子出动了，当行至家什房子沟口第一军埋伏阵地时，杨靖宇一声令下“打”，便遭到了在此等候数日的第一军战士猛烈痛击，十几挺机枪一起射向敌群。顿时，猝不及防的伪军被打得鬼哭狼嚎。接着，第一军战士勇猛冲向敌阵，展开肉搏战。此战进行得干净利落，不到一个小时即结束了战斗，毙伤伪军索旅 30 余人，俘虏 80 余人，缴获轻机枪 7 挺、步枪 100 多支、手枪 10 支、望远镜 2 个，及大量弹药和给养。抗联部队只有 6 人负伤。

部队返回驻地召开了庆功大会，表彰有功战士和为第一军提供情报的辑安东岔警察分驻所所长刘邦林，称他是第一军的“无线电”。杨靖宇高兴地说：“这是老岭会议之后，我们和第二军部队会师后打的头一仗，收获不小。‘满洲剿匪之花’开始‘蔫巴’了。这回，咱们又掐断它两个花瓣，以后有机会，要把这朵毒花全部打掉！”

索景清不甘心两次失败，7月末率旅教导骑兵队和步兵第三十三团350余人追剿抗联部队。

8月2日上午，抗联第一军部队刚向西北方向出发，一位来自庙岭的老乡气喘吁吁前来报告，说长岗公路上来了一支日伪军。还说，他家住在公路旁，来了两个伪军，一进门张口就要大酱，说是团长要吃。这两个伪军在他家没翻着，骂骂吵吵一顿走了。杨靖宇听到这一消息后，即派一名战士在小堡屯里弄来一盆大酱和一把大葱。然后，告诉那位老乡带上大酱、大葱回去，告诉老乡“如此，如此……”并派一名侦察员陪同前往。

到了庙岭，侦察员隐蔽在公路旁的树丛草棵子里，察看公路两旁的敌情。而这位老乡拿着大酱、大葱来到伪军团长住屋。老乡一进屋，看见还有几个日本人，便说：“好不容易搞来了一盆大酱，请皇军、老总们用吧。大热天，皇军、老总剿匪实在辛苦啦！”伪军团长见有老乡送大酱来，很是得意。这位老乡一边侍奉日伪军官，一边探听消息，得知这支伪军是索旅教导骑兵队和第三十三团的，又马上回来报告杨靖宇。

根据侦知的情况，杨靖宇决定把队伍（约450人）开到庙岭去消灭这股敌人。于是，将后队变前队，紧急行军，穿过沟膛草甸，来到接近庙岭的山上。

部队来到庙岭后，杨靖宇站在山顶用望远镜向公路望去，只见长岗公路两旁的小树上挂满白花花的衣衫。原来，这股伪军还在休息，因天热脱掉衣服挂在树上，有的在乘凉，有的在吃饭，有的在睡觉。杨靖宇仔细地观察了周围的地形，然后问伊俊山：“地势怎样?”伊俊山说：“不错，只是射程远点。”杨靖宇说：“把敌人再往下放一放，待距离近一些再打。”于是，杨靖宇派第一军一个连去占领这个制高点，他说：“我们占领了这个制高点，就可以居高临下打击敌人，敌人就没有退路了。”接着，杨靖宇把伏击部队布置在长岗公路通往八宝沟沟口山路两旁，形成“口袋阵”。

下午四时，看见敌人开始穿衣，集合队伍，准备上路了。这时，有的战士忍不住地说：“司令，快下命令吧！”杨靖宇说：“别着急，作战要掌握时机，现在敌人刚起身，离林子很近，我们一开枪，他们就会钻到林子里去，达不到我们消灭敌人的目的。要等敌人进入我们的埋伏线再打不迟。”又待一会儿，敌人队伍终于全部进入了警卫队和第一军的埋伏线，只听杨靖宇高喊一声：“打!”接着，约有二十几挺机枪和四百多支步枪一起向敌人射击。在抗联战士的猛烈火力下，敌人被打得晕头转向，四处乱跑，有的钻进路旁深沟，有的跑到草丛里，有的趴在马肚子底下，乱成一团，狼狈不堪。

这时，埋伏在树林、草丛里的警卫旅和第一军战士在冲杀声中，一跃而起，似猛虎下山，涌向敌群，用刺刀与敌人展开搏斗，缴获不少武器。

这时，占领山上制高点的第一军第一连战士，看见大部队在公路上与敌人搏斗时说："人家在与敌军搏斗，我们却在这儿观景，咱们也应该下去捉俘虏，缴几支枪，给杨司令送去。"于是，跑下山来参加缴枪、捉俘虏的战斗。结果，一股敌人乘虚而入，占领了这个制高点，用机枪向我军猛射。

顿时，战场形势发生不利我军的变化。杨靖宇见状，立即下令，一定要把这个制高点夺回来。这时，军部参谋长杨俊恒亲自率队冲了上去。当快到山顶时，杨俊恒不幸中弹牺牲。

杨靖宇听到杨参谋长牺牲的消息说："纵然打死一百个敌人，也抵偿不了一个优秀共产党员的生命，一定要为杨参谋长报仇。"说罢，他亲自指挥机枪连，掩护冲锋队冲上山头，战士们在"为杨参谋长报仇！"的震天响的口号声中，勇猛向山头冲击，终于夺回了一度被敌人占领的山头。最后，经激烈战斗，伪军索旅彻底失败，敌人的尸体摆满公路和山坡，一部分被俘虏，索景清带着几个残兵败将侥幸逃命。

这次战斗，击毙日本指导官骑兵中尉西田隆重和步兵上尉高冈武治，毙伤日伪军 200 多人，俘虏 80 多人，缴获机关枪 4 挺、步枪 50 多支、匣枪 4 支、望远镜 2 个，以及大量军需物资。群众称之为抗联的"长岗大捷"。

从此，抗日联军在不到 3 个月时间，全歼索旅 900 多人。这支骄横跋扈的伪军索旅部队销声匿迹了。

1938 年 10 月伪满《治安概况月报》记载说："满军索部队在辑安县第一区长岗，同杨部以下约 300 名交战，受到重大伤亡和损失。"

据不完全统计，从 1934 年到 1938 年，仅抗联第一军第一师在辽宁本溪地区与日伪军作战就达 310 余次，歼灭日伪军 2 000 余人，缴获各种枪支 1 500 余支、军服 300 余套，还有其他大量军用物资。

西方媒体对杨靖宇的游击战术赞许有加：曾在 1935 年 6 月 30 日出版的巴黎《救国时报》赞扬杨靖宇为"东三省第一个执行游击战术的人"。

夜袭霍龙门

1940 年 10 月，抗联第三路军第三支队以朝阳山和五大连池为依托，转战于北安、克山、讷河、嫩江一带。

小兴安岭的10月，虽然还是秋天，但已是草木枯黄，凉气逼人，尤其到了晚上，更是令人打战。眼看冬季来了，战士们身上还穿着单衣，加之战备物资储备也不多了，怎么办？

王明贵

当时部队面临两个困难。一是日伪对抗日游击根据地连续“讨伐”；二是抗联队伍自身给养困难，尤其是过冬的棉衣无法解决。支队长王明贵也曾委托地方党组织为部队购置，但当时日伪封锁极为严密，把大批量物资运进山里，地方上根本没有办法。况且，部队和地方党组织也没有很多资金。所以，思来想去，只有到敌占区夺取，地点就选择了霍龙门火车站。

霍龙门车站位于日军修筑的嫩江至黑河的“国防铁路”线上，属于一个中间站，也是日伪军一个重要后勤供应总站，物资储备较多，这也是抗联三支队选择夺取地的原因。领导这次战斗的就第三支队支队长王明贵。

王明贵，吉林省磐石人，1910年生，1934年参加东北人民革命军，1936年任东北抗日联军第六军连长、第八团团长，后任第三路军第三师代师长、第三支队队长，以机智勇敢著称。

10月中旬的一天，王明贵、王钧率领三支队200多骑兵队伍从朝阳出发，渡过波涛滚滚的科洛河，甩掉敌人的围追。

袭击霍龙门车站，首要的是侦察，知己知彼嘛。白天，队伍隐蔽在深山密林里。夜里，马不停蹄地急行军。在接近霍龙门之前，王明贵和中队长修身还专门侦察一次，得知霍龙门东站驻有伪军一个连，车站南侧有日军大营，东侧有日本铁路工程技术人员宿舍。

这时，王明贵在门鲁河边认识了一位采蘑菇的老人。经过唠嗑，得知老人憎恨日寇，心向抗联，还收养过抗联伤员，值得信任。老人说：这儿离霍龙门大约有七八十里，并愿意给抗联带路，翻山越岭后，来到一处炭窑窝棚。老人说：“炭窑离霍龙门只有20多里，炭窑的工人经常给霍龙门日本人送木炭，熟悉那里的情况，可以去打听。”

于是，王明贵和修身以打零工为名进入炭窑窝棚，并与一位做饭的老人攀谈起来。老人听说是抗联的人，就介绍了霍龙门车站的情况，他说：“平时，日本军营只有少数人值守，几乎每天都从嫩江站开来一列日本军车，有时住在大营里，有时当晚返回嫩江”。为了弄清楚当天晚上从嫩江开来的日军是否在大营过夜，老人愿意自己前去打探，并约定天黑后回来报信。

天黑后，老人回来了。老人说：“天刚黑，我就在那儿等着，不敢提前回来，一直等了两个多钟头，才看见日军都上了火车，开走了。”王明贵握着老人的手，连连表达感谢。

这时，王明贵与王钧、高禹民分析了敌情，都认为有两点是我方优势：一是日军没有发现我方行踪，现有日军大本营值守力量薄弱，回到嫩江的日军即使接到被袭信息，临时增援都来不及，因此有利于我方突袭；二是有炭窑工人带路，地貌地物熟悉，日伪驻地分散，有利于我方分割包围。接着，三个人研究了作战方案：即八大队负责缴获伪骑兵连所有武器装备，七大队以一个中队的兵力阻击大本营里的日军，另一个中队缴械车站伪警察的武器装备，支队直属中队攻占日本铁路工程技术人员宿舍，并缴获给养，烧毁仓库房屋等。总的要求一鼓作气，速战速决。

10 月 17 日半夜，第八大队队长许保合、指导员姚世同率队摸到伪军骑兵连驻地，不料被哨兵发现，双方开始交火。事不宜迟，战士们冒着枪林弹雨，用两条厚毛毯搭在铁丝网上，迅速冲进营房。这时，从睡梦中惊醒的伪军正乱作一团，伪连长刚想拿枪就被许保合大队长击伤，其余伪军很多没穿好衣服就当了俘虏。

当第七大队队长白福厚、指导员迟万钧率队到达霍龙门车站时，伪骑兵连方向已响起枪声。在这紧要关头，中队长安邦华率领战士们以迅雷不及掩耳之势冲进站内，解除了 20 多名伪警察的武装。

与此同时，中队长韩印堂率队埋伏在日军大营附近，当日军从营内冲出增援时，我阻击部队以机枪、手榴弹猛烈射轰，日军数次冲锋均被打回，无可奈何，只好龟缩在碉堡，放弃增援，大营门前留下日军 20 余具尸体。战斗中，我军韩印堂中队长不幸牺牲。

与此同时，王明贵带领一支小队冲进日本工程技术人员宿舍，首先击毙了一名日本哨兵，然后打倒一名日军士兵，正欲将其击毙时，却发现是一个十二三岁的孩子，看着他那稚嫩惊恐的眼神，就饶了他一命。

战士们没费劲就俘虏了 20 多名日本工程技术人员，还有几个日本女人，其中有一个女人用中国话对王明贵说：“在日本，男人都当兵了，家里只剩下老人、女人和孩子，这场战争日本是打不赢的！”她甚至建议：“你们应该派飞机到东京去撒传单，把这里的真相告诉日本国内老百姓，他们并不知道这里的真相，号召他们起来反对这场注定要失败的战争！”

部队在撤退的时候，将日伪战俘、日本工程技术人员及家属，经过一番教育后全部释放，并烧毁了霍龙门车站、仓库和宿舍，大火烧了两天两夜。

这次战斗，共毙伤俘日伪军 150 余人，缴获步枪 120 支及大量弹药、马匹和物资、粮食，除一大部分分给老百姓外，全部用马车拉走。当时，第三支队已成为一支兵强马壮的骑兵队伍。

第十二章

东北抗日联军伏击战

伏击战，也是东北抗日游击战中经常使用的战术，其基本要义是：搜集情报，选好伏击地，将兵力隐蔽埋伏在敌人必经之路两翼，或诱敌深入，或待敌人进入伏击圈以后，发起快速勇猛攻击，并阻击敌人退路，逐步形成“口袋”包围之势，最后展开全面出击，速战速决，消灭敌人有生力量，但在战斗中注意围点打援。本章将在若干次伏击战中重点介绍几个经典战例。

镜泊湖连环战

所说的连环战，就是在较短的时间里，一鼓作气，势不可挡，进行了具有内在联系的一系列战斗并获胜。

镜泊湖连环战，就是1932年初，东北抗日武装最早在共产党领导下对日作战的战例，不仅在连续攻克敦化、额穆、蛟河三座县城后，又在镜泊湖“墙缝”伏击日军，并取得一连串的胜利。指挥这些战斗的就是著名抗日将领李延禄。

李延禄，1895年4月1日生于吉林省延吉县，祖籍山东省平度县，号庆宾，曾用名张德福、杨明、徐阿六、李士林。1929年参加革命，1931年7月加入中国共产党。

李延禄

九一八事变后，中国共产党手里还没有“枪杆子”。为了掌握自己领导的武装力量，便派了一大批党员干部深入“绿林”，也包括未降日的东北军余部。当时，驻扎在延吉翁声砬子的原吉林省防军第十三旅六十三团三营就是这样一支队伍，号称“老三营”，营长是王德林。那么，李延禄是怎么进入王德林这支部队的呢？

说起来话长，先说说王德林。王德林1873年生人，原名王林，字惠民，山东沂南县人，出身农家。1895年逃荒至东北，当过伐木工、窑工和农工，在修筑中东铁路期间任领工，之后领百余人入伙，在吉林、黑龙江一带打击沙俄入侵者。1917 年，被吉林督军孟恩远收编为第一旅第三营。在他任营长期间，也就是 1931 年 11 月，一支日军测绘队未经许可即闯入“老三营”驻地测绘地图，并旁若无人地窥测炮位。当时，“老三营”执勤官鸣枪示警，但日军根本不理，结果被惹火的士兵当即开了火，两名日军应声倒下，其余吓跑了。

这下子可吓坏了“老三营”的顶头上司——第十三旅旅长和大汉奸熙洽，他立刻把“老三营”调到敦化。这时，早有抗日之心的王德林，心里已有所准备，表面上服从命令，等部队到达敦化火车站时，他突然率 500 余人奔赴吉林小城子屯兵，并宣布起义抗日，号称“吉林中国国民救国军”。

东北抗日义勇军将领王德林

由于李延禄、王德林都是军武出身，性格相投，加之以往还有些公事往来，所以私交甚好。1932 年 2 月初，中共延吉中心县委听到这一消息，立即派李延禄前往王德林部联络。当然，李延禄也深知任务宗旨。

这时，王德林那里很乱，来访来劝的人员也很多，有国民党吉林省党部的代表，有抗日将领李杜的代表，还有吉东三县士绅代表。“各方来宾”有的封官许愿，有的奉送现大洋，都想拉拢王德林。一时间，王陷入莫衷一是境地。

李延禄来后，开始并未表态。夜深人静之际，王德林急问：“庆宾，你什么都知道了，现在你说吧，我该怎么办?”李延禄沉思片刻，反问道：“你今年多大了?”王德林低沉地说：“五十四了。”李说：“难道你还能再活五十四吗?”王不语。李又说：“现在国破家亡，你不站出来当岳武穆，难道还要当秦桧吗，给子孙留下万世骂名吗?”一席话，点醒了王德林。

就这样，王德林打发走了国民党吉林省党部和士绅代表。还在李延禄谋划下，收了李杜代表送的一万元现大洋，同意为李杜部组建一个补充团。问题解决了，王、李边喝酒，边庆贺，推心置腹，交情甚密。王德林还邀请李延禄留下来给他当参谋长兼补充团团长。同时，李延禄带来的几个同志也安排了相应职务。就这样，一支由共产党人掌握的抗日队伍，在救国军中诞生了，之后力量逐步扩大。他们的第一仗便是攻打敦化县城。

当时，日本关东军正在修建从敦化到图们江的铁路。这条铁路一旦建成，向西北将连接吉林至长春的铁路，向东北连接朝鲜境内铁路，可以组成日本侵略中国东北的交通网络。因此，李延禄决定攻打敦化，目的就是要破坏日军正在修建的这条铁路的计划。

1932年2月，补充团和“老三营”先遣队开始向敦化县城移动，在距县城50公里的小沙滩处“打尖”（吃午饭）时，还联合了开明士绅代凤龄的自卫队（武器精良）300余人，队伍更加壮大了。

2月17日，补充团破坏了吉敦铁路上的几座桥梁，以阻断吉林方向的日军援兵。第二天拂晓，部队向敦化县城发起进攻。史忠恒带领补充团敢死队爬上云梯，越过高墙，围攻日军警备队和伪警察署。当时，由于事发突然，驻守这里的五六百日伪军毫无察觉，遭袭后一片惊慌，有的乱开枪，有的撒腿就跑，经过一个多小时战斗，消灭日军50余人，剩下的400余伪军从北门溃逃了，救国军很快占领了敦化城。李延禄遂令柴世荣率部在街上巡逻，维持市面秩序，并到“官银钱号”提走30万元现金充当救国军经费。

继攻打敦化县城后，抗日救国军于2月24日又攻克了额穆县城。由于日军尾随而来，救国军迅速北上，并于2月28日一举攻克蛟河县城，可谓三战三捷，共缴获捷克式机枪21挺、三八式机枪7挺、大小枪支1 600余支，而且扩大了政治影响，吉东民众纷纷投靠，仅延吉县老头沟煤矿就有1 500多矿工参加救国军，成为吉东地区仅次于李杜自卫军的抗日武装。

话说到这儿，只是一个段落。自从救国军攻打敦化县城后，打乱了日军建设敦图铁路的计划，关东军司令官本庄繁也急眼了，命令长春日军独立守备队司令官森迅速恢复敦化铁路“治安”。于是，从3月中旬开始，连续调集三路日伪军一万余人，自北由南向镜泊湖一带压来。这就意味着一场激战——“墙缝”伏击战即将展开。

面对强大的敌人，是走还是打，救国军在棺材脸子村召开了一次会议。会上，争吵得相当激烈，有的要再打县城“弄钱”，有的要再入“绿林”“抱山头”，还有的甚至提出分钱散伙。对此，王德林开始犹豫起来，场面凝重。过了一会儿，大家也不约而同地把目光集中到李延禄身上。

这时，李延禄略加思索后，站了起来，以参谋长的身份分析了敌我态势，讲到避实就虚，依托南湖头（镜泊湖南侧山地）有利地势，攻守兼备的游击战术，认为定能有力打击日军。

李延禄的坚定演讲，受到与会者广泛认同，王德林也倍受鼓舞，他慷慨陈词：“你们年轻人决心这样大，我一个54岁的人，不能成功，还能成仁！”最后，会议决定向镜泊湖山区转移。

3月初，救国军来到宁安县镜泊湖山区，查看地势和分析日伪军动态后，李延禄以参谋处名义拟定了作战计划，选定一条山区狭长“墙缝”通道，作为补充团伏击日伪军的阵地。为此，王德林还把“老三营”的几百颗手榴弹全部调给补充团。那么，什么是“墙缝”呢，补充团战力如何呢？

镜泊湖是个高山堰塞湖，也就是在很久以前，由于火山爆发，堵塞了牡丹江，形成的湖泊，其周围都是起伏连绵的山峦，其中在南湖头不远处，有一条狭长的通道，犹如一道“墙缝”，沿着这条蜿蜒 2.5 公里的通道，两边竖立着巨大的岩石，岩石下面有一条大道，“墙缝”外是一片开阔地，是日伪军“剿匪”的必经之地，也是敦化通往宁安的“咽喉”。另外，“墙缝”背面还有一个斜坡，越过去就能看见南湖头村。可见，这种地势对补充团打伏击极为有利，可攻可守可退。这时，由于补充团连克三镇，不仅缴获大量枪械，而且官兵精气神充沛。

3 月 16 日，补充团 700 余人进入伏击阵地。可是，埋伏了两天，仍不见日伪军影子，瓦房店村（距“墙缝”不太远）的猎人陈文起耐不住性子就回家了。3 月 19 日夜，上田支队日伪军突然闯进村子，抓住陈文起让他带路。陈文起是刚烈且有骨气的汉子，但心中有“数”，于是无声无息地走在日伪军队前，悄悄地把日伪军引进补充团埋伏阵地。等日伪军进入“墙缝”后，补充团的战士们一跃而起，自上而下，把几百颗手榴弹一齐扔进日伪军队伍里。遭到这突如其来的袭击，日伪军根本来不及躲避，也无法躲避，更来不及还击，所以伤亡惨重，惨叫声和手榴弹声交织在一起，丢下一大片尸体和枪支、马匹等。这一仗，整整打了 10 个小时。

残余的日伪军很快就明白了，是陈文起把他们带到了救国军伏击地。于是，派一个小队搜捕陈文起，抓住后，敌人把他吊起来拷问。陈大声说：“我早就不想活了，就是想把你们这些兔崽子送到‘墙缝’来。”恼羞成怒的日军把他刺了 100 多刀。

就在补充团打得正来劲的时候，担任堵口子任务的戴凤玲独立营（一支刚收编的地主武装），不顾事先约定好的作战计划撤离了。这样一来，补充团随时可受到腹背攻击。据此，李延禄果断地下达了撤退命令。

残余的上田支队在“墙缝”遭到伏击后一路上小心翼翼，走走停停，第三天中午才到达松乙沟。等敌人进入沟内，李延平（李延禄胞弟）命令战士们点燃沟口的柴草，将松乙沟两端堵死，然后点燃沟内所有的柴草。顿时，松乙沟内火光冲天，枪声大作。被大火围困的日军放火烧出一块空地，随即进行还击。天黑后，补充团的弹药已经耗尽，主动撤出战斗。在松乙沟内，敌人丢下 100 多具尸体。

同时，敌人的骑兵在赶往东京城（宁安县一个镇）途中也遭到救国军的伏击，伤亡惨重。当两路敌人赶到宁安城时，由于日军第十五旅团另有任务没有进城，上田支队准备沿中东铁路逃回哈尔滨。他们收买了一名流氓，让其打探救国军的动向。当得知张宪延的部队埋伏在关家小铺时，就偷袭了该部。张宪延带领全连官兵同敌人浴血奋战，歼敌100余人，全连官兵牺牲。上田支队残部在逃回哈尔滨途中又遭遇李延青带领的中东铁路工人游击队的伏击。

此一战，补充团牺牲者只有7人。而陈文起，人们把他埋葬在距“墙缝”不远的地方，乡亲们说：“让这个威武不屈的灵魂永远震慑着那些日军吧！”

镜泊湖连环大捷后，救国军一度扩大到2万余人。之后两年，日伪调动几万兵力“讨伐”，部队损失很大，王德林带伤员和家眷退入苏联境内。留守部队改为游击军，李延禄任军长。

时隔28年后，1960年8月，李延禄来到牡丹江视察，游览了镜泊湖。在当年的战场遗址，李延禄赋诗一首，抒发故地重游的感怀。题目是“重游镜泊湖”：

山环绿树树环山，山山环抱湖中天。林荫深处疑无路，舟到湖边又相连。元帅遥临夸如镜，市长频赞胜江南。将军全家兴未尽，都说他日访牡丹。碧波千里明如镜，瀑泉沅泻灌良田。电光普照江两岸，谁说塞外无桃园？镜泊游来千里宾，指点工作嘉更先。全省人民齐奋斗，永教天鹅跃向前。

吉东伏击战

从1932年末至1933年初，东北义勇军抗日斗争相继失利后，在吉东地区，也就是相当于现在黑龙江省的牡丹江、鸡西、七台河一带，仍有1 000余人的义勇军坚持抗日游击战，尤其是与共产党领导的抗日游击队结成了反日联盟军，其中李延禄领导的东北抗日救国游击军就成为日伪当局的“眼中钉”。

李延禄1932年在王德林部创建了补充团，1933年1月又按党的指示将补充团改编为东北抗日救国游击军，并任司令，下辖3个团、1个步兵营、1个骑兵营、1个游击支队，共800余人。这已经是完全由共产党领导的抗日队伍了。

1933年2月初，驻宁安日军守备队接到救国军在宁安县团山子屯休整的情报后，准备前来“围剿”。李延禄召开作战会议，决定设伏打击这股日伪军。作战计划是，伏击的特点是在运动战过程中进行的，并持续多次地打击日伪军。1933年2月10日清晨，敌人分三路进入团山子，日军守备队从正面，伪军从两翼向救国军发动攻击。

救国军设伏后，首先集中火力攻打正面日军，在击毙多名日军官兵后，日军停止了前进。两翼的伪军在救国军顽强阻击和政治攻势下也很快退去。日军失去两侧掩护，孤立无援，又在救国军的勇猛追击下，狼狈逃走。战斗结束不久，李延禄接到情报，得知日伪军正在八棵树屯杀猪做饭，便命令刘汉兴带领部队奔袭八棵树屯，击毙了日军指挥官风岛和几十名日军。

这样，敌人不敢久留，匆匆退回宁安城，救国军首战告捷。团山子、八棵树屯的群众杀猪宰羊慰劳部队。

团山子战斗后，为避开敌人进攻锋芒，也利于部队休整，李延禄遂率队转移到宁安县南部山区的八道河子。

八道河子是距宁安城百余里的一个朝鲜族村，坐落在群山环抱之中，西面有一山口，路通宁安，地势险要，居高临下，有“一夫当关、万夫莫开”之势。

救国军在八道河子休整了两个星期，但驻地被敌人侦知。1933 年 3 月 1 日晨，日伪军四五百余人，携带 6 门大炮，进犯八道河子。李延禄把第二、第三团布置于西山口两侧山头，李凤山营在中路防守，迎击进入山口之敌。早 6 时许，战斗打响，日伪军依仗优势兵力和精良武器，轮番向救国军阵地猛烈炮击，并发起一次又一次冲锋。战士们勇猛顽强，奋勇杀敌。第三团团长史忠恒身先士卒，多处负伤，不下火线，战士们士气更加旺盛，多次击退敌人的疯狂进攻，阵地前沿留下几十具日伪军尸体。但最后因弹药消耗殆尽，部队不得不放弃山口阵地，撤到后山。

中午时分，敌人占领八道河子村烧杀抢掠，无恶不作。逃上山的老百姓向战士们哭诉日伪军暴行，战士们怒火填膺，纷纷要求下山杀敌。李延禄下令把剩余子弹集中起来，组织一支敢死队，枪上带刺刀，穿过树林，出其不意地杀入村中。愤怒的群众也手持大刀棍棒，跟在敢死队后面猛打猛冲。敌人没有防备，惊慌失措，仓皇溃逃。这次战斗击毙日军 37 人、伪军 50 余人，缴获枪支弹药一批。

1933 年 3 月中旬，李延禄、孟泾清率领第二、第三团和骑兵营共 500 余人，到达汪清县嘎呀河区的马家大屯，受到东满抗日根据地老百姓的热烈欢迎。

日本共产党党员伊田助男为抗联运送一卡车弹药，留下遗书后自杀（油画）

3 月下旬，日军抽调延吉、和龙、珲春、汪清 4 县兵力共 3 000 余人，对汪清根据地大规模“清剿”。消息传来，救国军和汪清游击队制定了联合作战方案，各部队分头埋伏在敌人必经山口，做好了伏击准备。3 月 30 日拂晓，战斗打响。日伪军在飞机大炮的配合下，从四面进攻马家大屯。守卫在 4 个山口的部队相继与敌人开火，战斗异常激烈，敌死伤300余人。这次战斗，缴获长短枪250余支、迫击炮4门、子弹和军需物资一批。

战斗结束，在清理战场时，战士们在松林里发现一辆满载子弹的汽车和一具日本士兵尸体，还有一封日文信，大意如下：

> 亲爱的中国游击队同志们：我看到你们撒在山沟里的宣传品，知道你们是共产党的游击队。你们是爱国主义者，也是国际主义者。我很想和你们见面，打倒共同的敌人，但我被法西斯野兽包围着，走投无路。我决心自杀了。我把我运来的十万发子弹赠送贵军。它藏在北面的松林里。请你们瞄准日本法西斯射击。我虽身死，但革命精神长存。祝神圣的共产主义事业早日成功！

落款是关东军间岛日本辎重队共产党员：伊田助男。日期是一九三三年二月二十八日。

日本共产党员伊田助男舍生取义的国际主义精神，给救国军指战员和抗日民众以巨大鼓舞。那么，这段感人的故事，详细情况怎么样呢？

原来，1933年初，日本侵略军鳌冈村一率10倍的兵力“讨伐”抗日救国军，伊田助男奉命给日军运送一批子弹，可他是日本共产党，跟中国共产党有同样的信仰，他同情中国人民，对侵华战争感到厌恶。因此，他决定把这批子弹交给中国抗日游击队，却被日军发现并包围，伊田助男烧毁发动机后毅然自杀。

这件事引起关东军恼怒，之后日本特务机关对鳌冈旅团进行大清洗，军官和士兵均被强制“矫正思想”，鳌冈村一少将被解职，不久后该旅团也被撤销建制。

抗日军民为表达对这位敌国烈士的敬意，把他的遗体厚葬在幽静的青山翠谷之中，并在伊田助男的墓前举行了庄重的追悼会，把马家屯小学更名为“伊田小学”。

伊田助男牺牲地墓碑

1935年，时任抗日救国游击军司令的李延禄在苏联莫斯科工作期间，将伊田助男的事迹刊载于《救国时报》上，在共产国际第七次代表大会上广为传播。

辽东伏击战

1936年4月，杨靖宇率东北抗日联军第一军主力转战至通化、辑安（今集安县），按照建立抗日统一战线精神，团结抗日力量，广泛发动群众，队伍发展迅速。

面对新形势，为了加强对日伪作战力量，杨靖宇军长和军部决定将第二教导团、第五团的3个连和2个游击大队扩编为第一军第三师（下设两个团，最初350余人，最多时发展到500多人），王仁斋为师长，周建华为政委，杨俊恒为参谋长，柳万熙为政治部主任。从此，抗联第一军第三师开始转战于辽东大地。下面，我们首先简单介绍一下这支英雄部队的几位领导人。

王仁斋，原名王仁增，字仁斋，绰号“王罗锅”，山东文登高家村人，出身农民家庭，1921年入山东青州省立甲种农业专科学校读书，1925年在本村任教员，1927年在武汉加入中国共产党，后受党委派到抚顺煤矿从事工人运动，1931年九一八事变后加入辽宁民众抗日自卫军，1932年10月任我党领导的红军第三十七军第一大队队长，1933年1月改编为海龙游击队任队长，1936年任东北抗日联军第一军第三师师长。

东北抗联第一军第三师师长王仁斋

周建华，原名邓晓村，吉林双阳人，1930年考入吉林省立第一中学读书，九一八事变后积极投入反日斗争，1932年春加入中国共产主义青年团，不久加入中国共产党，1933年后历任东北人民革命军第一军独立师宣传干事、宣传部主任，1935年3月任第一军教导团政委，12月任第一军新编第二师政治部主任，1936年5月任东北抗日联军第一军第三师政委。

杨俊恒，1910年出生于吉林一个贫寒的农民家庭，读过几年小学，辍学后参加东北军，不久即被提拔为少尉排长。九一八事变后，杨俊恒坚决反对投降日军，遂与营长将队伍拉到哈尔滨对日作战，1934年9月部队改编为东北人民革命军独立师南满第一游击大队任第一中队长并加入中国共产党，1935年任东北人民革命军第二教导团团长，1936年5月任第一军第三师参谋长。

柳万熙，1917生于朝鲜庆尚北道安东郡，1925年随家迁居吉林省磐石县，1930年在辽宁省清原县三间房定居，九一八事变后任童子团支队长，1933年加入中国共产主义青年团，同年秋加入东北人民革命军独立师第五团任通讯员，

1934年加入中国共产党，1935年任第一军第一师第五团青年科科长。1936年5月升任东北抗日联军第一军第三师政治部主任。

抗联第一军第三师诞生于东北抗日战争烽火连天之际，组建之初便投入到惨烈的辽东抗日战场，由于三师身着黄色军装，每位指战员胳膊上佩戴红袖标，故辽东百姓称其为红军。队伍作战时，为增强隐蔽性，对外以连为单位按一、二、三、四、五等代号相称。

据不完全统计，抗联第一军第三师转战辽东两年多时间里，与日伪军进行了大小战斗20多次，不仅沉重打击了日本侵略者的嚣张气焰，而且鼓舞了东北人民反抗日伪统治的斗志和信念。具体经典战例如下：

1937年初，抗联第一军第三师政委周建华率部转移到开原县杨木林子村时，得到日伪运输车队要经过离村很近的腊木桥子的情报，便立即做了伏击部署。当一切准备就绪后，几个老乡跑来对周政委说："乡亲们让我们和红军领导商量一下，千万别在村子里边打，要不，你们离开后，日军来报复，我们全村就倒霉了！"周政委听后沉思片刻，考虑到日军的惨无人道，考虑到群众利益，毫不犹豫地命令部队转移到离村子远一些的地方埋伏。正在这紧急时刻，哨兵报告："敌人汽车快到了！"转移已来不及了。有的战士着急地说："政委，快下命令吧，就在这打吧！"周政委严肃地命令："原地隐蔽，没有我的命令，谁也不准开枪！"战士们眼巴巴地看着敌人汽车一辆接一辆地开过去，觉得非常可惜。部队集合后，周政委耐心地向战士们解释："我们抗联是人民的子弟兵，杨司令有'四不打'规定。其中一不打，就是对当地人民损失大的不打。我们真的要在这里打，敌人要来报复，这里的群众要遭受损失的。"战士听后，感到政委的决定是正确的。此时，周政委当即率部转移到离村子远一点的地方埋伏起来，当敌人满载物资的汽车返回时被击毁了，击毙了十余个日伪军，缴获了不少物资。杨木林子村群众夸抗联是人民的子弟兵。

七七事变爆发后，为支援关内的抗日战争，第一军第三师频频出击，因而日伪军更加紧了对抗联的"围剿"。1937年7月16日这天，日伪"东边道讨伐队"少佐冈田和大佐坂本带20余人乘汽车自清原县城去南山城巡视。我军获悉后，周建华政委与政治部主任柳万熙决定待机歼敌。7月17日，哨兵报告，敌人汽车向南驶去。18日清晨，周建华率部在松木岭下埋伏后，但日军少佐冈田奸诈异常，当汽车行至岭西时，命令日军步行搜索前进至岭顶，冈田和坂本用望远镜仔细观察后，认为"安全"时才命日军上车向北行驶。当汽车进入伏击圈时，我军的机枪响了，手榴弹响了，司机脑袋开花了，汽车原地不动了。冈田、坂本急忙跳车，被我机枪打中，日军慌作一团，除一名士兵逃跑外，击毙少佐、大尉各一名，击毙日军士兵18名，缴获长短枪20余支、军刀6把，还有衣物等。杨靖宇军长曾亲自到清原沙河子密营慰问将士。

1937 年春，第三师政治部主任柳万熙率第三师一部返回清原，多次袭击阿尔当、黑冲、高砬子、黑石头等地伪军。随后，与第三师政委周建华带领的队伍会合，坚持在清原、兴京（今辽宁省新宾县）、西丰一带抗日斗争。1937 年 7 月，柳万熙指挥部队在开原县南道穴沟口伏击敌军汽车，击毙日军中佐冈田以下 13 人。同月，又在清原县七道河子伏击敌人，击毙日军 20 余人。1937 年秋，在清原县八宝栏子沟口再次伏击日军，毙俘伤日军指导官黄谷以下 15 人。之后，在西丰县击毁敌汽车 1 辆，活捉和击毙日军官各 1 人。同年 8 月，率 30 多人在西丰县砬子沟与日军交战，毙俘敌 4 人。

1937 年 7 月 18 日，周建华、柳万熙指挥部队在开原县南道穴沟口伏击一辆满载日军的军车，击毙日军中佐冈田以下 13 人。同月，又在清原县七道河子伏击日军，击毙日军 20 余人。7 月下旬，部队由清原向西丰转移途中，在弯龙背与伪警察署的 20 多名伪警察发生交战，伪警察署长被三师某排排长王某砍死，缴获步枪 8 支、匣子枪 1 只、望远镜 1 个。9 月初，在清原县八宝栏子沟口伏击日军，毙伤俘日军指导官黄谷以下 15 人。

1937 年 10 月 20 日凌晨，第三师师长王仁斋率部埋伏在兴桓公路的梨树沟门，劫获伪军 21 车冬装等物资，装备了第三师，也给驻地群众换上新棉衣。11 月，第一军军部决定由第三师进行第二次西征。这次西征吸取了第一师第一次西征的经验教训，将第三师部队全部改成骑兵，计划趁辽河封冻之机，快速冲过南满铁路，越过辽河，向辽西、热河一带挺进，拟与关内八路军取得联系。11 月下旬，第三师按时完成了筹集马匹、粮草的任务，从兴京县境内出发，冲破敌人的严密封锁，过清原、越铁岭、跨南满铁路，向西疾进，仅用一个月时间就到达了辽河岸边。不料，当年冬季气候暖和，辽河没有封冻，西征部队被阻于辽河东岸。由于昼夜兼程行军，部队不断减员，加上日伪军调集大批兵力进行围追堵截，第三师只好绕道返回，损失很大，人数由西征开始时的 400 人减少到 100 多人，只好化整为零，分散活动。其中，师政治部主任柳万熙在返回清原时，率部在庙沟歼灭日军 60 多人，这是第三师组建以来一次歼敌最多的战斗。

1937 年 12 月，日伪军 1 000 余人组织了七县联防队，向第三师根据地房木、凉泉扑来。为保存抗日力量，周建华、柳万熙率领部队由西丰向清原转移，途中在夹皮山与日伪军七县联防队遭遇激战。当时，第三师只有七八十名官兵，敌人有 800 多人和 8 门小炮、20 余挺机枪。面对十余倍于己的日伪军，第三师指战员毫无惧色，从清晨战斗到黄昏，打退了日伪军数次进攻，消灭日伪军 100 多人，但由于敌我实力悬殊，第三师突围，次日转移途中又与日军守备队遭遇，柳万熙率 20 余人掩护，周建华和一部分战士、伤员转移。

1938年4月，柳万熙率部回到西丰城子山一带活动。当年中秋节前夕，第三师在老龙头（即关家沟门）一带设伏，打死了日军龟井指挥官，活捉了伪凉泉兴农合作社主任田村，缴获7支步枪和2支手枪。同年8月末，柳万熙率部在西丰县砬子沟与搜山的日军守备队遭遇，边打边撤，打死打伤数名日军后安全转移。

11月，第三师奉杨靖宇司令的命令，在柳万熙主任的率领下，离开了清原、开原、西丰边界游击根据地，转移到吉林省金川县与军部会师，从此离开了辽东。

在两年多的辽东抗战中，抗联第一军第三师官兵用鲜血和生命抵御外侮，付出了惨重伤亡代价，大部分将士英勇牺牲。1937年10月中旬，第三师师长王仁斋在筹集子弹途中遭袭，双腿被打断后忍痛焚毁党的文件壮烈牺牲，年仅31岁；几个月后，第三师政委周建华在反“讨伐”战斗中身先士卒，掩护突围，为国捐躯，年仅24岁。1938年8月，第三师参谋长杨俊恒率队冲锋，不幸壮烈牺牲，年仅28岁。到1940年初，第三师只剩下政治部主任柳万熙率领的13个人，3月24日，柳万熙在吉林临江遭叛徒杀害殉国。

中共六届六中全会高度评价包括东北抗联第一军第三师在内的东北抗日斗争，致电赞誉为“不怕困难艰难奋斗之模范”。

石门子伏击战

李荆璞的战绩很多，其中石门子伏击战就是精彩战例之一。

1934年11月初，在绥宁反日同盟军一师师长李荆璞的指挥下，在黑龙江省宁安县西南石门子的地方，伏击了日伪“扫荡”部队，给敌人以沉重打击。

李荆璞，原名李玉山，汉族，1908年出生在黑龙江省宁安县沙兰镇一个雇农家庭。1931年九一八事变后，他牵头组织成立了农民反日自卫队，李荆璞任队长，1932年2月率队加入义勇军王德林部任连长，同年拉出队伍成立反日游击总队任总队长，号称“平南洋”。

李荆璞

1933年春，李荆璞的队伍猛增到25个中队2 000余人，同时改名为“吉东工农反日义务总队”，下辖3个支队，同年5月加入中国共产党。1934年2月，周保中来到李荆璞部，以“反日义务总队”为基础，建立了绥宁反日同盟军，李荆璞任第一师师长。1935年2月，中共吉东特委决定，绥宁反日同盟军改编为东北抗日联军第五军，周保中任军长，李荆璞任第一师师长。

1934 年 2 月，李荆璞打了一个大胜仗，即在“平日坡”密营时期，在宁安城东南天桥岭一带伏击日军，一举歼灭 500 多名日军，紧接着又烧毁日本兵营等，日伪当局恨透了李荆璞。现在，我们讲述的石门子伏击战，就是李荆璞任绥宁反日同盟军师长时的一次战斗。

话说回来，1934 年入秋以来，日军连续两次对周保中、李荆璞领导的同盟军大扫荡。从 10 月初起，又出动 1 000 余日伪军向山区搜索，并大力实施“三光”政策，还到处搜集“平南洋”情报，声称对举报有功者给予重奖，警告村民“对共匪不准送粮，不准留宿，违者杀全屯”。

根据上述情况，周保中指挥部队采取“化整为零，避实就虚，机动灵活”的游击战术同数倍于我的日军周旋。

1934 年初冬的一天，李荆璞率领 70 多名战士从八道河子大岔沟出发，其中还有女战士和伤病体弱战士。部队还没走出沟口，就突然发现对面走来一个人。

从几十米外望去，这个人头戴大狗皮帽子，身上穿着大棉袄，腰里还别着一把斧子，两只眼睛四下观看，脸上流露出一种不安和恐惧神色。

于是，李荆璞命令战士把这个人带过来，用眼睛盯了他一会儿，然后突然问道：“你是哪来的？来这里干什么？”这个人慌忙答道：“我是后山屯儿的，进山砍点烧材。”但眼神不免有些慌张。紧接着李荆璞又放慢口气说：“不对，你是日军的密探，是进山侦察情况的。”

那个人一愣，然后一拍大腿，忙说：“我也是被逼的，实在没有办法。”原来，这个人正是三道河子靖安军讨伐队派来侦察“平南洋”的。

李荆璞接着说：“你把日军和靖安军的情况如实地告诉我们，我们不追究你，不然的话……”就这样，那个人就一五一十地把敌人的驻地、人马、武器、车辆等情况说了出来。

在审问的过程中，李荆璞沉思了一会儿，突然脑子一转，设想了一个将计就计的办法，就是把这个密探放回去，把敌人引出来，打它个伏击战。

于是，李荆璞对这个密探说：“你现在回去，把你看到的情况照实汇报，就说在大岔沟附近发现了 70 多人的抗日联军，他们朝石门子方向去了，你看到了他们，他们没看到你。”李荆璞接着说：“如果你不按照我们说的办，我们一定能找到你，到那时你就怨不得我们了。”那个密探连连点头说：“我一定照办。”密探走后，李荆璞带领干部察看了地形，分析了敌情，研究了战术，决定在石门子打伏击。那么，为什么选择在这个地方设伏呢？

石门子，是一个山里地名，位于宁安县西南方向，是通往汪清的必经之路。

这里两山夹一沟，悬崖立陡，山势险峻，特别是北山坡有一片密林，山腰上有一块大卧牛石，山根拐角处就是大道，道南有一条小河，再往南200米就是大山了。可见，这种地势，居高临下，不但易于隐蔽，而且易于攻击，还易于撤退。所以，大家一致认为在石门子打伏击最理想。

李荆璞马上做了战斗部署：即在两侧山头架起机关枪，压住敌人的火力；女战士和伤病员埋伏在南山坡迷惑敌人，使敌人不敢贸然抢占南山；李荆璞亲自率主力部队在北山伏击敌人。

埋伏好后，就等敌人上钩了。可是，不知道什么原因，连续等了三天，也没见到敌人的影子。这时，战士们带的粮食都吃光了，没办法，只得向附近几户乡亲求助。乡亲们听说要打日军，都主动把粮食送给抗日军，还有咸菜和鸡蛋。

第四天上午9点左右，负责瞭望的哨兵跑回来向李荆璞报告说："敌人来了，敌人来了，来的是步兵，大约有200人。"李荆璞马上命令部队进入战斗状态。战士们顿时精神百倍，个个摩拳擦掌，做好了战斗准备。

日伪军怕中埋伏，便派尖兵班十多个人先在前面走，走进伏击圈一半的地方突然停下了，敌尖兵班长说："这里地势险要，如果'平南洋'设下伏兵，我们没一个可以活着出去。"稍等一会儿，敌人继续向前走。后面的大部队看没什么情况，也跟着走了过来。

这时，李荆璞看到日伪军200多人都进了伏击圈，他一声命令，两边山上的机关枪和北坡主力部队的机枪、步枪一齐开火，打得敌人连滚带爬，哭爹喊娘，片刻死伤过半。一个日军头目刚抽出战刀，没等开口说话，就被手榴弹炸飞了。有几个日本兵看南山没有埋伏，准备从那里逃跑，刚到山脚下，我们的女战士和伤病员一齐开火，往回跑都来不及了，大部分被消灭了。剩余的敌人有的抱着头跑，有的鞋都跑丢了，顺着原路跑了回去。

这次伏击，击毙了日军曹长田中以下20多人，缴获步枪20余支、轻机枪2挺、手枪2支、子弹2 000多发。

当年中共宁安县委书记李范五写了一首题为《石门子战斗》的七言诗曰：天险石门鬼见愁，诱敌入瓮太公谋。杀声起伏倭头滚，一网打尽红袖头。

抗日战争胜利后，李荆璞历任牡丹江军区司令员、牡丹江市市长。新中国成立后，历任热河省军事部部长、热河军区司令员等职。1955年被授予少将军衔。

冰趟子伏击战

据抗联老战士、亲历者张祥回忆：1937年1月，在抗联第三军军长赵尚志的率领下，部队到达木兰县的蒙古山。为了迷惑敌人，我军声言攻打呼兰县城。后

来情报显示，日军果然上当并吃了不少亏，于是激怒了日军“讨伐队”，急忙调正规部队到距呼兰城很近的巴彦城和周边以西地区驻扎，总兵力达 1 000 余人，扬言报复，紧追不舍。而我军却突然挥师北上，向绥化、庆安、海伦方向挺进，将日军甩在身后。

这时，日军又急忙调动北部各县日伪军阻截。当时，我军面临的形势是前阻后追。

张　祥

1937 年 2 月，赵尚志率领第三军远征部队来到海伦境内。敌人的重兵也尾随而来，企图把赵尚志赶进深山，使其陷入受冻挨饿的境地。在艰难的行军途中，赵尚志为战士们鼓劲，他说：“现在的情况大家都知道了，前有各县‘讨伐队’的阻截，后有日寇和伪军的追击。敌人的目的很明显，一个是想把我们消灭，再一个是想把我们赶到大山里饿死、冻死。我们怎么办？我们要把日军引进山打一场硬仗，让日军吃吃苦头！知道中国人民不是好惹的。大家说好不好？”

在这紧要关头，赵尚志军长率部急行军连夜进山，走了 30 多公里后，在四幢伐木工住的木营里休整，这里夏季泉水不断，冬季结成冰川，位于黑龙江省绥棱县以北 40 公里的无名高地，也就是后来被称为“冰趟子大捷”的战场。就在这条山坳里，抗联第三军军长赵尚志率领一支几百人的队伍，演绎了一段以弱胜强、以少胜多的抗日传奇故事。

3 月初的一天，正待部队休整时，突然得到群众报告：有 800 多日伪军进山“讨伐”。赵军长听后淡淡一笑，接着说：“我们现在待的地方叫‘冰趟子’，也就是结冰后的水草甸子，高低错落，地形不错，易守难攻，是个好战场。”赵军长喝了口水接着说：“这里两侧是山，沟口很窄，设下埋伏，既可截断敌人退路，又可以打击敌人增援，只要我们固守阵地，日伪军就像秃子头上的虱子无处藏身，别说他五十（武士）道，就是六十道、七十道也不好使。”

一席话，说得大家哈哈大笑。接着，赵军长命令各部队占领要地，修好工事，特别是在阵地前烧水结冰，让它（冰趟子）又陡又滑，阻止敌人进攻。这时，在这块无名高地上，不仅有伐木工人住的木棚子，还有用石头筑起的防野兽围墙，既便于屯兵，又易守难攻，而日伪军追兵只有越过这滑滑溜溜的“冰趟子”，才能接近抗联部队坚守的无名高地。

这时，赵军长把指挥部设在“冰趟子”东北角的小山上，军部教导队 100 余人埋伏在半山腰，第二师 200 余人埋伏在东北角小山上，第三师 100 多人隐蔽在东南面山上。战士们严阵以待。

那几天，赵军长布下“口袋阵”后，还派一个班到山口诱敌。第二天上午 9

时许，果然日伪军300多人及后续大批伪军乘马爬犁奔向“冰趟子”方向，我军前哨排与敌接火后，边打边退，诱敌深入。

赵尚志指挥冰趟子战斗（油画）

当日伪军进入“冰趟子”沟口后，赵军长一声令下，第二师的200多支步枪、6挺机枪、几十个掷弹筒一齐射击，直打得敌人在“冰趟子”上乱滚乱爬，尽栽跟头，又毫无隐蔽物，队形很快乱了，日伪军只能趴在冰面上乱还击，显然成了活靶子，一大批日伪军被击毙。这时，沟外日伪军开始向我军开炮，但大部分炮弹都落在日伪军群里，倒助了我军一臂之力。这时，日伪军几次想爬起来撤退，都因冰面太滑和我军火力太猛未能得逞，大批日伪军尸首倒在了我军前沿阵地。

战斗打得十分残酷，虽然在我军的顽强阻击下，敌人未能前进一步，但日伪军依仗优势兵力和火力，使战斗处于胶着状态。下午4时左右，日伪军敢死队冲了上来，经过一阵肉搏，我军右侧的木营守住了，但左侧的一个木营被二十几个日伪军抢占了。

这时，赵军长立即命令少先队连代理班长赵有财带领两个班，趁日军立足未稳之际夺回木营，张祥也参加了这次战斗。战士们先迂回到木营后面并占领了大门。接着，张祥用机枪向木营内扫射，日伪军也向我军开火。这样相持了几分钟后，有同志建议向木营内甩手榴弹。大家突然醒悟，摘下五六颗手榴弹连续向木营内甩去。刹那间，木营内的火炉子被炸爆了，火星四溅，点燃铺草，顿时营内烟火四起。日伪军被呛得嗷嗷叫着直往门口冲，都被张祥和战士们用机枪逼了回去，没被炸死、打死的，很快被大火烧死了。我军顺利地夺回了木营。

战斗打到太阳快要落山的时候，日伪军的进攻仍然毫无进展，枪声逐渐稀落下来。这时，赵军长估计，日伪军在天黑时很可能突围。于是抽调一部分兵力，加强沟口处阻截力量。

果然不出所料，夜幕降临时，敌人集中火力，不顾一切地向沟外突围。我军全部出动，奋力追杀，在夜色中又打了一个多小时，杀伤了大批敌人。激战一直持续到深夜，气温也不知不觉地降到了零下40摄氏度。此时，赵军长把部队一分为二，轮番到小木屋烤火和把守阵地，而日伪军“讨伐队”却由于气温极低，不仅拉不开枪栓，冻伤冻死者不少。

战斗结束后，赵军长下令连夜打扫战场。我军一边搜集武器弹药，一边从敌人死尸上扒棉衣，一直忙到天亮。这次战斗，我军消灭日伪军200多人，其中有日军守田大尉、曹长片山五郎、天野松治、伍长三井勇三等，还俘虏十几名日军官兵，缴获1挺九二式重机枪和大批武器弹药，还缴获一些马爬犁和大米、猪肉。而我军仅牺牲7名战士，无一人冻伤，这就是抗战史上传奇的“冰趟子”大捷，也是赵尚志将军充分利用天时地利打击日伪军的典型战例。

大盘道伏击战

1937年1月28日，东北抗联第五军在大盘道打了一次漂亮的伏击战，一次歼灭日军300余人，指挥这次战斗的就是抗联将领柴世荣。

柴世荣

柴世荣，1895年生人，山东胶县人。九一八事变后成立抗日队伍，任国民救国军第四旅旅长，1934年加入中国共产党，1935年任反日联合军第五军副军长，1936年任抗联第五军副军长，1937年9月任抗联第五军军长。

就在这次伏击战的前几天，驻后刁翎街的日军步兵360余人准备撤往林口，勒令当地居民出马爬犁（雪橇）200余张。后刁翎街的抗日救国会得知日军将于1月28日出发的准确消息后，把这一情报秘密送交了抗联第五军。

柴副军长接到情报后，同军部参谋处进行了综合分析，认为后刁翎街驻有日军700余人，一半兵力向林口移动，用马爬犁拉人最多七八十张就够用了。可是，现在日军要征调200张以上，必定还要运送军用物资。这样，他们的行动势必笨重，有利于我军伏击。于是，军指挥部决定在大盘道（日军撤往林口必经之路）设伏，吃掉这股敌人，缴获敌人物资。

在黑龙江省林口至刁翎的日伪警备道上，有几处弯曲盘绕、厢廊回转的道路，当地人称为大盘道，尤其是这一带山势绵延，山坡重叠，山河相依，林木繁茂，地形复杂。所以，抗日联军经常在这一带出其不意地袭击日伪军。

1月27日夜晚，柴副军长调动第二师第五团全部、军部警卫营、青年义勇军和妇女团共800多人的兵力，在徐家屯附近集结后，在夜色掩护下轻装疾进，28日早4时许，部队到达大盘道山上。

柴副军长命令第五团和警卫营分别埋伏在道西乌斯浑河畔的柳条通道里和道东山坡上的灌木林中负责正面袭击；军部和青年义勇军及妇女团埋伏在北面的蛤蟆山上，负责切断敌人退路，准备从敌人背后发起攻击。

上午7时许，一切准备就绪。这时，布满阴云的天空纷纷扬扬地飘起了大雪，战士们忍受着刺骨的寒风，潜伏在冰雪掩体后面。

为了防止枪支被冻拉不开大栓，战士们把枪紧紧地抱在怀中。到中午，战士们身上都覆盖了一层厚厚的白雪，可是还不见敌人的踪影。有的战士嘟囔着："白来挨冻，哪里来的敌人?"话音里夹带着埋怨情绪。

"再忍耐着点儿，猎物一定会钻进网里来的。"柴副军长边说边传令各部"打好埋伏，发现敌人，听从指挥，出其不意，猛打猛冲"。

等到中午12时30分，北方传来了"吱吱嘎嘎"的声响。战士们立刻振作起来，全神贯注地盯着远方的公路。不一会儿，敌人的尖兵出现了，一共50多人，乘坐八九张马爬犁，沿着弯弯曲曲的公路向大盘道驶来。在风雪的袭击下，日军们冻得紧缩在爬犁上，也顾不得警戒和搜索了，只管闷头前进。

尖兵过后，日本大队的马爬犁也一张接着一张地拥挤过来，昏头昏脑地钻进了抗联第五军为他们布下的天罗地网。

午后1时许，山上第五军指挥部信号枪一响，战士们的步枪、机枪、手榴弹和迫击炮一齐开火。猛烈的枪声、爆炸声震天动地，日军被打得人仰马翻爬犁倒，许多日本兵还不知道发生了什么就被打死了，还有些在公路上乱窜，盲目抵抗。此突然一击，日军死伤近半，剩余的日军一边在公路上狼狈逃窜，一边口里"叽里呱啦"乱叫，企图组织抵抗。正在敌人混乱之际，第五团、军部和警卫营的战士们趁势从柳条通道和山坡上发起冲锋，边射击边刺杀，与敌人展开肉搏战。

只见刺刀寒光闪闪，搏击声乒乒乓乓，曾经不可一世的日本侵略军，在抗联指战员的刺刀下发出阵阵惨叫，又死伤一大片，余下的敌人向蛤蟆塘山后逃窜了。

这时，早已埋伏在那里的青年义勇军和妇女团战士们迎头又是一顿机枪、步枪和手榴弹，然后跃出掩体，向溃败的日本兵猛打猛冲。陷入包围的日本兵像没头苍蝇一样，东碰西撞，基本失去了抵抗能力，有的举手投降。

下午4时许，战斗胜利结束，360余名日军全部被歼，其中被青年义勇军和妇女团生俘28名。敌人的武器、弹药、物资和辎重全部被缴获。

当晚，抗联五军指战员在大盘道村宿营，群众欢天喜地迎接子弟兵。部队召开了群众大会，当众宣布把缴获的粮食、猪肉分给穷苦百姓。此外，还分给老百姓每人5元钱，孩子们每人分到一包糖果。会场上一片欢呼雀跃，"抗日联军万岁"的声浪，此起彼伏。

五道岗伏击战

1937 年 7 月 7 日，全国抗战爆发。东北抗联奋力出击，扰乱日军后方。其中，抗联第五军就进行了一次著名的五道岗伏击战，指挥者就是著名抗联将领周保中。

周保中，1902 年生人，云南大理人。早年参加云南护国军，曾就读于云南讲武堂。北伐战争中曾任团长、少将副师长。1927 年蒋介石“4・12”反革命政变后，他加入中国共产党，1928 年被党派往苏联学习军事，九一八事变后曾任中共满洲省委军委书记。1932 年 2 月赴吉东（今牡丹江流域）领导抗日武装斗争，之后任抗联第五军军长。

周保中

五道岗是通往桦南县城的一条地势不太高的漫岗，道路两旁山坡陡峭，而且山山连接，沟沟相连，没有开阔地，特别是山沟、山坡和山上灌木丛生，易于隐蔽，是打伏击的好战场。

1937 年 8 月以来，日军接连遭受抗联打击，尤其在王福岗战斗中伤亡很大，故恼羞成怒，出动大量兵力，到处寻找抗联踪迹。一天，日军部队长黑石接到发现抗联行踪的情报后，立即率 500 余骑兵气势汹汹地杀奔而来。

1937 年 8 月中旬的一天，抗联第五军军长周保中率警卫旅、第八军第三师和独立师共 400 余人到五道岗设下埋伏。作战部署是：第八军第三师和独立师骑兵担任诱敌任务，第五军警卫旅占据五道岗南北高地截击日军。周军长要求待敌人进入伏击圈后，发起攻击并全部歼灭。

8 月 21 日上午 10 时，当抗联第八军第三师和独立师骑兵部队诱敌至五道岗大道前方时，敌人突然停止了前进。原来，狡猾的黑石部队长发现五道岗是个险要地段，害怕中埋伏。他拿起望远镜朝四周瞭望了半天，突然举起指挥刀喊道：“射击”。敌人顿时趴在地上，向岗上开了火。这时，周保中忙命令道：“埋伏好，不许还击，这是敌人的火力侦察”。果然不出所料，10 分钟后，敌人见没有什么动静，便停止了射击。

不一会儿，又有几个日军骑兵向岗上搜索过来。周保中见状，悄声传令放过他们。战士们屏住呼吸，纹丝不动地注视着敌人。几个日军在岗上搜索了一阵，没发现什么，便朝黑石叽里呱啦地喊了几句，敌人又开始前进了。

敌先头部队首先进入伏击圈。过了一会儿，敌骑兵主力也暴露于伏击阵地。这时，周保中举起手枪，大喊一声：“打！”早已憋足了劲儿的战士们扣动机枪、步枪，顿时山谷里像爆豆似的响起了激烈的枪声。敌人被这突如其来的子弹打得蒙头转向，不知所措，等他们清醒过来的时候，早已横七竖八地倒下一大片。

黑石部队长连滚带爬地跑到一块大石头后面，举起指挥刀，气急败坏地命令躲在乱石后面的日军射击。一小股日军在公路旁的土丘上架起了机枪和小山炮，轻重火力一齐向我军阵地开火，炮弹也在山冈上轰轰作响，子弹从战士们头上嗖嗖飞过。日军在密集火力的掩护下，开始向岗上发起了进攻。

埋伏在五道岗南北山头上的警卫旅第一团、第二团和东面的骑兵队，凭借有利地势，居高临下，从三面向日军射击，敌人在枪声中纷纷倒地，日军的机枪火力点也被手榴弹炸毁。

于是，狡猾的敌人改变了进攻方式，拉开距离，猫着腰，慢慢地向上蠕动。周保中望着向上攀爬的日军命令道："瞄准敌人，靠近了再打。"

越来越近，战士们紧紧地盯着爬上来的敌人。当敌人距我军阵地二三十米时，各种武器猛烈开火，冲在前面的日军被击毙一大批，剩下的趴在地上不敢动了。紧接着，战士们投出了一颗颗手榴弹，像是接连不断的巨雷在敌群中爆炸。日军被炸得鬼哭狼嚎，血肉横飞，死伤一大片，狼狈地退了回去。

黑石部队长疯狂地叫着，在一块石头后面挥舞着战刀，强逼着日军往上冲，并亲自枪毙了两名退却的士兵。炮弹在小岗上一发发炸响，灌木丛烈火熊熊，浓烟滚滚。战士们毫不畏惧，敌人数次冲锋均被打退，日军伤亡人数又增加了许多。

黑石部队长暴跳如雷，嗷嗷乱叫，却又无可奈何。激烈的战斗已持续了 4 个小时，但黑石仍拼命顽抗。这时，周保中感到该是发起总攻，结束战斗的时候了。于是站起身来，对身边的警卫员说："命令骑兵部队截断敌人的退路，发起最后冲锋，将敌人全部歼灭"。

冲锋号吹响了，战士们喊杀声四起，骑兵部队也避开日军视线，快速绕到敌军西侧，堵住了日军的退路，完成了对敌人的包围。

黑石做梦也没想到退路已被截断，不禁大惊失色，再次组织剩余的日军疯狂地向我军阵地扑来，希望能打开一个缺口突围出去。当时针指向下午 3 时，周保中命令部队全线发起冲锋。战士们一跃而起，高喊着从山冈上扑向敌群，如同下山的猛虎，势不可挡，一颗颗仇恨的子弹射向敌人的胸膛。

日军溃不成军，四散逃窜。黑石率领 200 多残敌拼命突围，经过一场肉搏，又消灭了一批日军，日军在付出了较大的代价后，狼狈地逃向太平镇。下午 4 时，战斗结束。

五道岗战斗共击毙日军 370 余名，击伤 50 余名，缴获四四式马枪 220 余支、轻机枪 10 挺，打死和缴获战马 200 余匹，还有许多钢盔、马刀、弹药等。

上街基战斗

1938年2月5日拂晓，抗联第六军在肇兴镇（现萝北县城）外的上街基进行了一场非常激烈的战斗，消灭了板坂大尉等18名日军，而指挥这场战斗的就是抗联第六军军长戴鸿宾。

戴鸿宾，曾用名高新生，生于辽宁抚顺海浪塞杨木林子村，1919年移居黑龙江省汤原县西北沟靠山村。11岁开始给地主扛活，九一八事变后参加本村反日救国会，1932年加入中国共产党。同年10月参加汤原反日游击队任小队长、中队长，1934年8月任汤原民众反日游击总队队长，1936年任东北人民革命军第六军第二、第四团团长，1937年2月任东北抗日联军第六军军长。

戴鸿宾

讲上街基战斗，还得从夜袭肇兴镇开始。据这场战斗的亲历者王明贵、王海珍、乔占江在文章中回忆：1938年农历正月初五，在第六军政委李兆麟与第六军军长戴鸿宾的主持下，召开了第三、第六军团以上干部联席会议，传达了中共北满临时省委会议精神，并决定攻打两处据点，以胜利的军事行动迎接赵尚志军长回国（当时赵尚志在苏联）。

具体部署是：戴鸿宾率第六军保安团、第四师第二十八团和第三军第一团、第九师500余人攻打肇兴镇；第三军第一师师长蔡近葵率部攻打肇兴镇南大营。李兆麟率第六军第二师、第三军第十师200余人攻打鸭蛋河镇（现凤翔镇）；王明贵率第六军第三师独立营和第六军第二十九团100余骑兵埋伏在宝泉岭附近阻击鹤岗方面的援兵。

肇兴镇地方并不大，但日伪军警机关林立，如伪县公署、伪军第二十团、日军南大营、伪警察署以及日伪特务组织都在严密地注视着抗日联军活动。因此，日军分别在肇兴、名山、延兴、兴东等沿江各地设立据点，扼守要津。

战斗准备时，戴军长和蔡近葵师长商定，待部队到达指定地点后，由戴军长鸣枪为号，两处同时发起进攻，争取天亮前结束战斗。2月4日0时刚过，部队出发了。

可是，当蔡师长率领500余马队到达肇兴镇西南门外时，天已近破晓，原因是道路不熟，夜间行军，加之茫茫雪地贻误了战机。

这样，原定天亮前结束战斗的计划耽搁了，但戴军长考虑到部队已完成了运动集结，况且日伪军和警察署尚未察觉，决定继续执行原计划，于是果断鸣枪通知第三军蔡部，按计划两支部队同时发起进攻。

这时，戴军长率领的部队很快占领了伪西门派出所，所长崔子斌被当场击毙，伪警长王文全被打掉下巴后逃进伪县公署院内。部队又迅速包围了伪县公署。之后，戴军长马上命令开炮。可是，由于炮弹受潮，打了38发均未响，只剩下最后2发了。

此时，蔡师长的部队已临近南大营，日军一听枪响，立即出动。蔡师长见日军从正面扑来，便迅速将部队撤往镇西第六军阵地附近与之会合。

这时，南大营的日军也尾追过来，戴军长又命令迫击炮连向日军开炮。在这关键时刻，这一炮果真响了，炮弹在敌群中开花，日军被炸得蒙头转向，不知虚实，吓得龟缩回营。只剩最后一发炮弹了，怎么办？戴军长见天已大亮，然后向北面望了一眼，见江面很窄，略加思考后，下令“把这一发炮弹向江北苏联放”。于是，炮兵连矫正炮位，这最后一发炮弹竟在苏联境内炸响了。这一响不要紧，震惊了苏军，不长时间，苏军就陆续向肇兴开炮，日军不知底细，未敢贸然行动。那么，戴军长为何命令向苏境开炮呢？

主要目的：一是鸣炮通知赵尚志军长，第六军已执行北满省委会议决定；二是让苏军误认为是日军放的，促使苏军还击日军，以牵制日军行动。这招果然奏效，也帮了我军的忙。

2月5日清晨，戴军长命令部队在肇兴镇作短暂休整。刚过年，正在煮饺子的时候，突然哨兵报告：“从东南富锦方向开来两辆满载日军的汽车，已进入肇兴镇内”。戴军长一寻思，这是日军的增援部队，得赶快作新的战斗准备。于是，立即命令部队向西撤。在撤退时，日军一辆汽车拉着十几个日本兵追了上来，眼看就要插到我军队伍中间。这时，战士们立即散开。奇怪的是，日军不开枪也不开炮，只管拼命往前开。我军打枪，他们也不太还击。这是怎么回事？

戴军长觉得事情奇怪，眼看快到上街基了。戴军长立刻明白了：这是日军去上街基抢先占领炮台的，要是敌人抢先占领了炮台，居高临下，再和肇兴镇的敌人两面夹攻，那时我们就将处于极端不利的境地。于是，戴军长拉开了雷鸣般的嗓门大声下令：“赶快占领上街基炮台！”

那么，什么是上街基呢？原来，上街基这个词最早出现在清末，是各地在放荒地过程中“留适中之地，水陆要所，划出地段，以为设置基础，是为街基”。说白了，萝北县的“上街基”，就是根据一片“街基地”而取的地名。上街基就是最好的预留地块。由于上街基村内有三个大院，大院四角都有炮台，军事上都要抢占制高点，自然就成为两军抢占的要冲了。

就在我军前方部队迅速抢占上街基炮台的同时，戴军长又命令身边的战士向敌人的汽车猛烈射击，最好是把汽车轮子打爆。这时，跑在最前面的是第六军第二十八团郭团长和一名老机枪射手。听到命令，飞也似的跑向上街基东南炮台，之后又奋不顾身地跑向炮台的第二层，刚刚架上机枪开火的时候，日军的第一辆汽车就被打灭火了。紧接着，日军第二辆汽车也到了，日本军官板坂少佐在车上手举战刀，叽里呱啦高声督战，意在夺取炮楼。

这时，戴军长指挥部队也赶到东大院东南、东北两个炮台布下火力。东北炮台迎击沿江堤上来的日军，东南炮台迎击苞米地上来的日军。对正东上来的日军，两个炮台同时用交叉火力予以遏制。中间大院为二线，补充东大院一线兵力和子弹与伤员的接应。西大院为指挥所，由戴军长坐镇指挥。

日军冻僵了手脚，刚准备跳下车，抗联部队的机枪子弹像一阵暴雨扫射过来，板坂少佐当场毙命，车上的萝北警务局日本指挥官岩崎刚刚结婚，也抛下他的蜜月新娘和板坂少佐一同归天，其余的日本兵在车上车下横七竖八地倒了一片，呜呼哀哉。其中只有一个命“大”，他下车太猛，皮带挂在车后边，身子还未着地，活像一个吊着的油瓶，被不要命的汽车拖回肇兴镇去了……之后虽有日本警尉森岛、日军中尉伊藤以下20余名日军前来助阵，但均受我军强大火力压制，毫无反攻之力，直到下午三时，驻绥宾县福兴屯的伪军乘汽车前来救援，并在公路两侧与我军发生激烈战斗。在激战中，戴军长察觉我军已处于不利地位，如再战下去有全军覆没的危险，便立即召集团以上干部开会研究对策……

蔡师长在这次紧急会议上提议退入苏联，其理由是：（1）第三、第六军在肇兴镇战斗中消耗子弹过多，如不及时补充难以继续战斗；（2）在突围过程中，部队负伤30余名，如不及时治疗势必造成重大减员；（3）入苏境与赵尚志军长会见，并接他回国领导抗战。与会的全体干部一致赞成这个意见。就这样，戴军长率队顺利渡江赴苏。

战后，日本军国主义在上街基村东附近立一石碑，无耻地称“板坂少佐”等侵略者为“十八勇士战殁之地”。此碑“文革”期间已佚，尚在的残碑只有原碑的四分之一了，但这也是日本军国主义的罪证。

第 十 三 章

东北抗日联军攻城战

攻城战，就是抗日联军对敌人侵占之城主动攻击的一种战术，要求摸清敌人的防御工事、兵力部署、火力配备、通讯联系等，选其薄弱环节，集中优势兵力，或里应外合，或突然夜袭，对敌重点或薄弱部位连续攻击，突破敌人驻守城池。同时，注重围点打援。东北抗联曾几百次攻打日伪统治的城（镇），本章选择几次著名战例讲述给大家。

攻打巴彦

要说共产党领导的抗日队伍攻打日本侵略者占领的中国城镇，按时间算，张甲洲、赵尚志领导的抗日游击队攻打巴彦县城，还是最早的战例之一。

1907 年 5 月 28 日，张甲洲出生在黑龙江省巴彦县一个大地主家庭，1923 年以全省第一名的成绩考入齐齐哈尔第一中学，1926 年考入齐齐哈尔甲种工业学校，1927 年考入北京大学物理系，1929 年加入中国共产党，1931 年考入清华大学政治系。之后，张甲洲历任中共北平西郊区委书记、市委宣传部长、代理市委书记。

张甲洲

据《黑龙江文史资料》记载，九一八事变后，1932 年 4 月，在周恩来的委派下，张甲洲带领于天放（原籍黑龙江省呼兰县，清华大学学生）、郑炳文（原籍黑龙江省拜泉县，东京工业大学学生）等 6 名东北出身的大学生，携带两支手枪，化装成商人回到故乡，组织共产党领导的抗日武装。

按照约定暗号，张甲洲在哈尔滨市道外十六道街街口文具店同中共满洲省委取得了联系。很快，中共满洲省委决定：组建东北人民抗日武装——巴彦抗日游击队，张甲洲任巴彦抗日游击队司令。

1932 年 6 月，为加强对巴彦抗日游击队的领导力量，中共满洲省委派军委书记赵尚志到游击队任参谋长。之后，巴彦游击队在张甲洲、赵尚志领导下，在仅仅的几个月时间里就发展为几千名由骑兵和4个步兵团组成的红三十六军。又由于游击队领导人都是热血“书生”，所以老百姓都亲切地称其为“大学生游击队”。张甲洲，这位清华大学的高才生，不仅因逢考必中，素有“考霸”之称，又因经常跃马扬刀，身先士卒，身材高大，所以有“坦克”雅号。特别是以攻打巴彦、东兴县城而名扬东北大地。

一天深夜，地下党员武斌踏着露水送来情报，说巴彦城内有一个日军小队，还豢养着一个伪军大队、一个警察队和一个商团队。除日军外，守敌主力是营编制的伪军大队，头目叫沈大黑瞎子，倚仗日本人势力，欺男霸女，无恶不作，是个铁杆汉奸，还叫嚣要抓张甲洲，老百姓恨透他了。

巴彦游击队部分指战员合影。前排中为赵尚志，后排中为张甲洲

1932年8月16日，游击队司令部决定：部队分三路运动到巴彦城边，以鸡叫第一声为号，同时进攻。掌灯时分，张甲洲和赵尚志到第一线布置队伍。半夜时，侯振邦参谋长带着“前指”来到城西南马家店屯具体布置作战计划。天将拂晓，随着一声鸡鸣，顿时枪声大作，冲锋号在巴彦古城外吹响，抗日游击队高举大旗涌到城前。战士们冲啊！杀呀！经过一番激战，潮水般的人流顺着云梯，攀登而上，翻入城内。

激烈的巷战开始了，张甲洲率一大队冲向日本军营，他的两把匣枪左右开攻。战士们见张司令身先士卒，更来劲了。日军被枪弹逼到一栋大营房里拼死抵抗。张甲洲遂命令警卫员张兴背上一大兜手榴弹偷偷爬上房脊，张兴小心地揭下三片清灰瓦，顿时下面透亮了。

此时，屋内日军正忙着向外射击，对房顶开天窗丁点儿没发现。张兴抓起手榴弹顺窟窿一丢，轰……营房内顿时一阵鬼哭狼嚎，“轰轰……”又是几颗手榴弹闷雷般炸响，日军一下子消停了。张兴敏捷地跳入院内打开大门，战士们也端着刺刀冲了进去，消灭了所有日军。

那边，赵尚志指挥的二大队也遭到伪军的顽强抵抗。沈大黑瞎子光着锃亮的大脑袋，挥舞着手枪骂骂咧咧：“给老子顶着，打赢了有赏，下馆子，谁不卖力气，老子崩了他！”

这时，张甲洲率队前来增援，赵尚志高喊：“投降吧，缴枪不杀！”沈大黑瞎子也站起来对骂，张甲洲一声不吭，抬手一枪，沈大黑瞎子大脑袋壳儿就开花了。不到两分钟，里面用刺刀挑出一件白衬衣：“别打了，别打了，我们投降！”就这样，巴彦城打下来了！这次战斗，是共产党建制武装打响抗日攻城战的第一枪，全歼日军一个中队138人，歼俘伪军一个大队344人，特别是击落了一架低空盘旋的日军“红肚皮”侦察机。

冬天到了，巴彦抗日游击队在风雪中东进，目的是征战东兴县城。农历十月第一天的上午10点，游击队轻重机枪一齐开火，打得东兴城头尘土翻飞、烟雾弥漫。“轰隆！”西城门随着一声巨响被炸开。城里的四五百伪军警不知底细，有的仓促应战，大部分拔腿就跑，一窝蜂地顺东城门逃向山里。这样，游击队仅用半小时就占领全城。伪警长孙三阎王咬牙切齿地要“血洗东兴”。还向日本指导官打保票：“不要劳驾‘皇军’，三天后炒张甲洲的心肝下酒！”

第二天中午，日伪军警扮成仨一伙、俩一串的“小贩子”“皮货商”“车脚行”窜入城内街巷，寻找好地势，上千名敌人突然向游击队开火。天擦黑时，伪军警渐渐逼近司令部，并有密集火力封锁大门。入夜，司令部组织敢死队反击两次，双方在院内展开百米拉锯战。从中午到半夜，鏖战十多个小时。伪军、警察越攻越紧，游击队战士也打红了眼，张甲洲一挥枪“不怕死的跟我杀出去，不打退敌人决不回来！”战士们个个奋勇，敌人的第八次冲锋又以失败告终。之后，张甲洲、赵尚志果断命令一部分队伍和伤员先撤。

这时，抗日游击队的骑兵、马爬犁在夜幕中悄悄踏出西门，围敌以为张甲洲跑了，注意力都放在追击上。张甲洲则策马扬鞭：“同志们，冲啊！”在大门打开的同时，叭叭……就是一梭子，一蹭大腿又压上20发子弹，铁骑队伍瞬间冲出城门。11月末，游击队1 500余名将士举红旗、跨战马，浩浩荡荡地西行远征，驰骋于松嫩平原。

1933年7月，受满洲省委派遣，张甲洲乘船东去，化名张进思，打入富锦县中学教书，重新从事地下工作，仅用三个月就学会了日语，考上了二等翻译，很快当上了校长，接着又把于天放等同志调来任教。期间，他们为抗联提供情报、枪支和电台，并策动伪警察署长李景荫率部起义。

1937年8月28日早晨，张甲洲率于天放等同志带400多套衣服、100支步枪、30 000发子弹、1台收音机、1本地图离开了富锦城，奔赴抗联。独立师参谋长李景荫在城南接到了他们。

当一行人走到离县城18里的董老茂屯边时，一颗罪恶的子弹直射而来，李景荫和警卫连随即从两面冲了过去，伪军警被打得死的死、逃的逃。回头一看，张甲洲小腹中弹，血流如注。李参谋长抱起他，张甲洲慢慢睁开眼睛，环视一下战友们，说了句："抗日到底!"便壮志未酬地闭上了眼睛，年仅30岁。

新中国成立后，在张甲洲生活、学习、战斗过的巴彦、富锦县，以及北京大学、清华大学都建有张甲洲烈士铜像、纪念碑和纪念馆。

攻打宾州

1934年3月初，赵尚志、李兆麟（化名张寿篯）领导的珠河反日游击队按照中共中央"一·二六"指示精神，联合各路义勇军成立了东北反日联合军总司令部，赵尚志为总司令。3月中旬，决定攻打宾州城。

宾州城距哈尔滨60公里，是哈东重镇，也是日本关东军的一个重要据点，盘踞在城里的日伪军平时无恶不作，恨得老百姓咬牙切齿。为了打击日伪的嚣张气焰，也为老百姓"出气"，壮大抗联声威，赵尚志开始筹划攻城战斗。

但是，宾州城墙坚固，外有护河，城墙上架有电网，城周围还设有炮楼、暗堡，炮台之外设卡为营，由伪警卫队150余人防守。城墙外还修上很陡的土崖子（约80度左右），可谓易守难攻。这时，伪宾县县长通过密探得知反日联合军要攻城的消息，急请日本参事官木谷吉弥赴哈尔滨求援。

1934年3月中旬的一天，反日联合军170余人跨越珠河（今尚志）、宾县交界的太平岭，来到宾县七区（现平坊镇）南部山区驻扎，并与当地地下党和义勇军取得联系，商定夜探宾州城。同时，赵尚志给城里的伪县长李春魁打电话，要求他投降，但伪县长根本没把游击队放在眼里，回答说："任你来打"。

在一个寂静的深夜，反日联合军来到宾州城下，以事先约好的"春草""冬火"为号，与城门外的地下党季兴汉等人接上头，得知城内不仅驻有日本守备队和伪警察骑兵队，还有伪大排队、商团队，并有所防备。

根据这种情况，赵尚志、李兆麟决定撤回驻地。深夜，攻城讨论会异常热烈，有的说硬攻，有的说智取，有的说声东击西，有的说一点突破，意见始终未能统一。几天过后，均拿不出最佳方案。突然，珠河县委委员李启东提出的建议被大家一致接受，那就是自制"土炮"，炸开城门，一涌而入。那么，怎么制土炮，成了焦点?

后来，大家一研究，决定在部队里找几个能工巧匠，根据农村流传的自制"小洋炮"原理，制作"大土炮"。恰巧，有个战士在杨家烧锅屯发现了一根七尺长、口直径半尺多、二分多厚的粗铁管子，可以当炮筒。于是，他们把铁管外面包上一层湿柳木，再用粗铁线一道道缠紧，炮膛里能装10多斤炸药，还能装上30多斤铧铁碎片，用一辆车作为炮架，外表再刷上黑油漆，炮身蒙上红布，再用树枝伪装隐蔽起来，远处望去极似钢炮。

1934 年 5 月初，反日联合军在珠河五区（亮珠）小街召开由各路义勇军首领参加的反日联合军会议，决定联合进攻宾州城，并拟定了作战计划。会后，赵尚志率 1 500 余人准备攻城。

5 月 13 日上午 10 时许，赵尚志率游击队 40 余人先行，在宾州城南驼腰岭附近与伪警备队展开了激战。开始时，敌人占据北小岗处高地，反日游击队在附近迂回诱敌，敌人为追击几名游击队员而离开高地，赵尚志便率队顺利占据北小岗，向敌人猛烈射击，当即毙敌十余人，而后敌仓皇逃窜，游击队追至宾州城下。

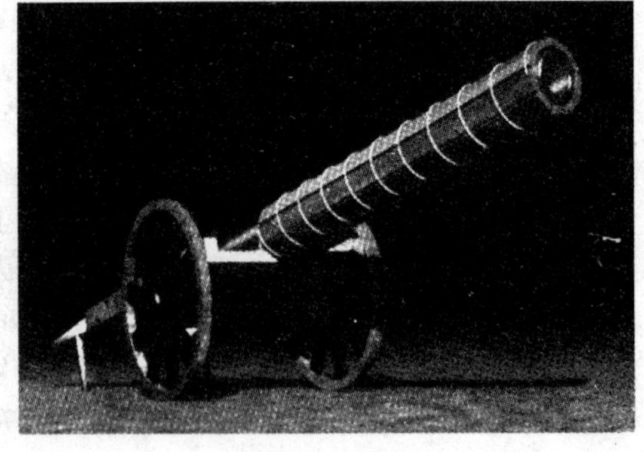

赵尚志督造的攻城武器——柳木炮（动画效果图）

下午 2 时许，反日联合军各路人马陆续到达宾州城外，同时运来了木制“大土炮”。义勇军“黄炮”部进入东南阵地，吕绍才部进入东岗阵地，“占九营”“九亏手”部进入西门阵地，分别负责夺占公路和堵截增援日伪军。北门没有派人攻打，留给敌人逃跑，但也埋伏了阻击部队。下午 3 时许，完成了包围宾州城的部署。

夜深了，伪军的情绪逐渐涣散下来，只有日本守备队到处督战，走到哪里，哪里就叽里呱啦的叫声，哪里就乱打一阵枪，零点后枪声就稀落下来。当时针指向凌晨 2 点时，赵尚志下达了攻城的命令，火炮小组立即点火放炮，只听一声巨响，一条火龙射向南城门，片刻又是一声炮响，炮楼被彻底轰塌，城墙被炸开了一个缺口，守卫炮楼的伪军被这两声巨响吓破了胆，便弃城门向城内退缩。霎时，赵尚志带领十多名战士乘势一举攻进城内，打开城门，占领了十字街大桥以南的地段。随后，反日联合军战士蜂拥而入。

这时，日伪守敌仍占据着东、西、北三面炮楼负隅顽抗。天亮时，发现有两架日本飞机在上空盘旋扫射。随后，从哈尔滨调来的数百名日伪军增援部队赶到，沿着公路向城内扑来。赵尚志鉴于敌人援兵逐渐增多的情况，下令游击队员撤出阵地。

撤退时，游击队员吕洪章用机枪击落一架低空盘旋的敌机，义勇军“黄炮”部在南门击毙一名日军翻译和一名伪警察。这次战斗，打死打伤敌人 70 余人，击落敌机 1 架。我军伤亡 8 人。这次战斗，虽未完全实现作战目的，但赵尚志领导的反日联合军木炮轰宾州城的壮举威震敌胆，也传为佳话。

三打鹤岗

日伪时期，鹤岗是东北最大的煤矿之一。日本侵占后，派驻了日本官吏，设置了伪警察署，建立了伪矿警队。从此，鹤岗的优质煤炭便源源不断地被运往日本国内。现在，我们所要讲述的是：夏云杰、冯治纲领导的汤原抗日游击总队三打鹤岗的故事。

夏云杰，1903 年出生于山东省沂水县，1926 年逃荒到黑龙江省汤原县，1927 年在黑金河金矿做工，九一八事变后投入抗日斗争，1932 年加入中国共产党，任中共汤原县委军事委员，1933 年末创建汤原反日游击队，1934 年任汤原游击总队队长。

夏云杰

1935 年夏，夏云杰写信给伪矿务局，揭露日本侵略中国，掠夺宝藏，制造枪炮，屠杀中国人民的滔天罪行，阐明中国共产党抗日救国主张，号召有良心的中国人支援抗日军队。

信中还勒令伪矿务局缴纳抗日军费，并正告：“如果拒绝缴纳，我军将采取军事行动。”伪矿务局长见信十分震惊，请求日军加强了对矿务局的警戒。

现在要讲的是：一打鹤岗——袭击运煤车。1935 年 7 月，汤原游击队总队长夏云杰、参谋长冯治纲率领 300 多人，来到离鹤岗十几里地的八号站，埋伏在北坡铁道两侧。同时，派几名战士把一股道轨向外侧扒开一点，以便使火车脱轨停车。当时，曾有人建议在轨道对接处挖个深坑，叫火车翻个。夏云杰说：“不行，这趟列车挂有客车，如果翻车恐怕造成中国乘客伤亡。”

刚刚布置完毕，只见一列火车从莲江口方向开来，还挂有二三节客车厢。可是，万万没有料到，火车头竟平平安安地开过去了。原来，由于缝隙稍小，火车头靠惯性通过了。眼看列车就要冲出伏击区了，战士们急了，可夏云杰仍然镇静地注视着。当列车通过一半时，后半截列车终于脱轨了，车速也减缓下来。此刻，夏云杰命令冲锋，王明贵带领战士冲上去，当离尾车仅有十几米时，列车停了，十几个日军用机枪扫射了一阵，但自知难以抵挡，便卸开挂钩，甩掉车厢逃走了。

夏云杰指挥乘客疏散下车，慷慨激昂地说：“我们是共产党领导的抗日游击队，主张有钱的出钱，有枪的出枪，有力的出力，打败日本侵略者！”有很多人鼓掌欢呼。

这时，在乘客中，发现4名西装革履，头戴礼帽，没有武器，但举止可疑的人。一盘问，果然是4名日本人，他们自称是矿山工程师，刚刚从日本来到中国。

这时，哨兵报告：鹤岗方向，发现敌人的装甲车开来。夏云杰立即指挥群众疏散。刚撤离不远，敌人的装甲车就到了，还有一架飞机在上空盘旋。夏云杰判断：这是敌人的侦察机，于是命令部队迅速隐蔽在东山坡一片稠密的树林里。不一会儿，果然有两架飞机飞来，扔了一阵炸弹后飞走了。

天黑后，夏云杰详细审问了这4名日本俘虏，得知都是采煤工程师，刚从日本来就成了俘虏。一个日本工程师说："我们不愿意到中国来打仗，是被逼迫来的，我们没有做过对不起你们的事。请放了我们吧！"他还哀求说："在日本，我有父母、妻子和女儿……"不久，夏云杰释放了这4个日本工程师。

现在我们又要讲述的是：二打鹤岗——炸火车。1936年1月，夏云杰决定利用内应，夜晚袭击鹤岗伪矿务局和伪矿警队。当时，内应的人是一个给日本人当"薄役"的施庆久，一个是给伪警察大队长当警卫员的张维山，他们都是抗日救国会的会员。

4月末的一天清晨，抗日部队从太平川庆余屯出发了。初春的北国，冰雪消融，道路泥泞，部队秘密行军两天两夜来到鹤岗附近。夏云杰把队伍分成三路：一路由冯治纲带领去炸毁火车，一路由戴鸿宾带领去打伪矿警大队，第三路去打伪矿务局。这一次开进鹤岗的火车全是拉煤的货车，几个战士在铁轨接头处，一边埋下地雷，一边挖下深坑，青年连迅速撤下路基埋伏。

不到半小时，一列火车从佳木斯向鹤岗开来。只听一声惊天动地的轰响，火车被炸翻了，一节节车厢堆成了摞，并燃起熊熊大火。

霎时，整个矿区警笛刺耳，枪声大作。冯治纲、戴鸿宾率领战士们迅速打灭了探照灯，20名冲锋队员冒着枪林弹雨，向伪矿务局大院冲去。但是，敌人已经有所戒备，内应的同志还没有来得及打开大门，敌人的机枪、步枪便发疯地向外射击，手榴弹一个个地向外扔，致使我军很难靠近。见此情形，夏云杰果断命令撤退。

现在，我们再要讲述的是：三打鹤岗——缴械。为了使敌人得不到喘息的机会，夏云杰、冯治纲和高雨春（汤原县地下党组织负责人）决定三打鹤岗。

1936年5月下旬，夏云杰率队经过三天行军，渡过了头道那里达河，到达距鹤岗煤矿西北十几里的一片密林中。黄昏时分，夏云杰安排主力部队缴械矿警二队，并派几股兵力分别封锁、阻击矿警一队及日本守备队。此外，另一股部队埋伏在城外，准备再次炸毁运煤列车。夜深人静，冲锋队摸到矿警队驻地附近。这时，敌人的哨兵已换成"内线"，用红布包在手电筒上作为联络信号。然后，战士们敏捷地钻过铁丝网。

此刻，“内线”已轻把大门打开，战士们鱼贯而入，冲向各自的进攻目标。二团战士把矿警二中队住房团团围住。这时，敌人刚刚睡下，电灯没有全关，队员们踹开房门，冲到屋内，手握双枪，大喝一声：“不许动，我们是反日游击队，优待俘虏！”就这样，50 多个伪矿警全部束手就擒。

不到 10 分钟，一列火车由莲江口向鹤岗开来。冯治纲带领战士们早已埋好地雷。只听得轰隆的爆炸声，一节节运煤空车顷刻翻倒，还燃起熊熊大火。

与此同时，伪警察大队长赵大肚子边跑边喊，正要掏手枪，很快被冯治纲击毙。伪矿务局大院内有两个日本官吏，一个叫山口为市，另一个叫桥田德次，他俩从梦中惊醒，刚由屋里跑出来，被埋伏在一旁的施庆久击毙。此刻，两侧炮台上的日军和矿警队的敌人纷纷冲出营房，被埋伏在附近的机枪打倒十多个，其余跑回炮台。

敌人无奈，只得龟缩在炮台里盲目开枪。战士们打开仓库，人背马驮，把大批白面运走，还缴获了 1 挺机枪、50 多支步枪、数千发子弹和许多军用品，然后迅速撤离。

三打宁安

前面，我们讲了李荆璞率队进行石门子伏击战的故事，也介绍了李荆璞其人。但是从 1932 年 10 月到 1933 年 5 月，李荆璞率队三打宁安城的战绩也在当时日伪统治的东北大地上影响很大，沉重地打击了日伪军的嚣张气焰，大长了东北军民抗日士气，一度被传为佳话。

从 1932 年 10 月李荆璞任“平南洋”队长，到 1935 年 1 月李荆璞任东北反日联合军第五军第一师师长期间，主要活动在宁安庙岭、长岭子、二道河子、六道河子等十几个地带，甚至扩展到整个绥宁地区。这里山多林密、沟壑纵横，易打游击，粉碎多次日伪“讨伐”，弄得日本侵略者昏头涨脑。三打宁安城，就是这一时期发生的。

说到李荆璞，用老百姓的话“三天三夜也说不完”。20 世纪 80 年代还在种西瓜的王大爷曾说：“他和李荆璞是一个屯子的，哪叫三打宁安城，几打都说不定，还打过东京城（宁安县一个镇），那时日军很害怕，当然老百姓欢迎。”

其实，王大爷说的也没错，根据《宁安县志》记载：早在三打宁安之前，李荆璞就打过几次，只不过规模尚小，时间较短，给人印象不深而已。比如，1932 年 2 月，李荆璞曾率队在松乙沟的塔子头甸阻击日军上田支队，还亲自率敢死队冲进宁安县城，掩护了王德林救国军大部队撤退。日军据此提出：专打“李荆璞”。

话说回来，李荆璞率领的这支反日队伍也是几经波折才成长起来的。当时，李荆璞为了扩军，收编来的人也很复杂，有的乱抢东西，有的调戏妇女，还有的吃饭不给钱。

后来李荆璞很气愤，于是和于洪仁（共产党员）严肃整顿军纪，为挽回影响，还开除几个人，把“平南洋”改为“吉东工农反日义务总队（也叫救国军)”。

一打宁安城。1932 年 10 月，李荆璞所在的救国军决定联合西北山反日大队约 2 000 多人攻打宁安城。事先，李荆璞即派一部分人混入城内侦察摸底，再出来报信。最后，李决定组成一个敢死队，自任队长，与城内队员里应外合，再加上其他抗日部队外围攻城配合，可一举攻破。一天，他带领 30 多个敢死队员，趁黑夜摸到宁安伪公署门前，没有任何动静，迅速把前门卫兵干掉或缴械。天刚亮，伪公署内一哨兵发现情况不对，于是拉响警报，战斗随之打响，敢死队一直拼杀半个小时，可埋伏在城外的救国军和其他山林队一点消息也没有，逼得敢死队只好以民房、街道、墙壁为掩护阻挡敌人进攻。天大亮了，日伪军加强了火力，已把道路封锁，形势相当危急。李荆璞火了，他手持双枪，冒着枪林弹雨冲在最前面开路，敢死队员们也临危不惧（临上阵前均立下生死文书），奋勇突围，连续冲破日伪三道封锁线，才安全撤出县城，但牺牲了 9 名兄弟。这次，令李荆璞十分失望。

在战后的一次总结会上，李荆璞下决心拉出队伍自己干，可枪支、弹药太少，怎么办？这时，队伍中站起一个人，激动地说：“既然救国军不干，咱们要自己干，何不把营部的枪械缴过来”。原来，说话的这个人正是中共宁安县委派来改造这支队伍的共产党员于洪仁。李荆璞一听，这话有道理，决定一不做二不休，于是干净利落地收缴了营部的枪，并很快撤出驻地。李荆璞的部队也开始壮大起来了。

二打宁安城。1933 年初，李荆璞率部队从救国军拉出来后，琢磨给部队改个新名。众人都想取一个“吉祥”的队名，那时农村有“一生二死三兴四亡五富六贫七升八降”等迷信的说法，认为凡是单数笔画的字吉利，日本是东洋日军，开始起名“平东洋”，李荆璞想日本国在宁安正南可称南洋日军，于是队伍定名“平南洋”。于洪仁又建议加上总队二字，收编其他队伍时好按层次往下排，就这样“平南洋反日游击总队”立起了名号。李荆璞任总队队长，于洪仁任副总队长。部队成立后，收编了不少附近的杂牌军，部队迅速扩展到 3 个大队、25 个小队。

这时恰逢宁安县城的敌人开始东进，为了扯住敌人后腿，总队决定乘宁安县城空虚攻城。李荆璞对战斗做了具体部署，一大队由自己带领攻打宁安城；二大队由于洪仁率领破坏附近的铁路线并准备伏击敌人援兵；三大队作为机动部队随时准备增援其他两个大队。由于李荆璞对宁安城非常熟悉，所以利用这个有利条件，部队顺利攻进了宁安城，县城保安队长王祝山见是“平南洋”部队，立刻命令部下向天空放了几枪，就带保安队跑出城去了。李荆璞带领一大队直奔西大街路北原东北军第二十一旅旅部旧址，七八个日军没等抵抗，就被战士们一顿乱枪打死了。游击队在敌人弹药库里缴获了大量武器弹药，并把监狱砸开，解救了被关押的无辜群众。于洪仁也带领二大队成功阻击了由牡丹江方向赶来的敌增援部队，缴获不少武器，顺利完成了作战任务。这次战斗后，平南洋抗日游击总队的军威大震。

三打宁安城。1933 年农历四月十八日，是宁安县的东京城最热闹的庙会。李荆璞和于洪仁决定利用这个机会，给日伪军来个调虎离山计，三打宁安城。当时，伪军一个排驻扎在南大庙，保安队驻扎在城西，日军驻扎在东烧锅（酒坊）。于洪仁根据敌人驻扎分散的情况，出了一条妙计，也就是由一路妇女队长孙玉凤带领十多名扮成姑娘、媳妇（还有装大肚子，里面带着短枪）的女战士直奔南大庙的伪军据点，孙玉凤央求守门的伪军官说：“老总，求你行行好，我们进去上炷香，保佑全家安康”，孙玉凤还边说边把一叠钱塞给伪军长官。伪军官见钱眼开，又见是一拨娘们儿。马上高兴地说：“你们烧完香快点出来。”孙玉凤进院后，说时迟，那时快，没费吹灰之力就把一个排的伪军全部缴械了。这时，信号发出，于德和带领的二路部队迅速冲入，把保安队包围起来，缴械后逼着保安队长向日军求援。这时，于洪仁率领的三路部队已将驻扎在东烧锅的日军严密封锁，急得日军无计可施，只好给宁安日军司令部打电话请求火速支援。这时，宁安城的日军马上派部队向东京城开进。

这下正中李荆璞调虎离山之计。随后，李率领大部队杀进宁安城，杀了少量日军后，把仓库、粮库全部打开，能带走的全部带走，带不走的全部分给老百姓或烧毁。

当时日军赶到东京城后，才知中计，李荆璞早已率队撤离。在此期间，李荆璞还亲自指挥了著名的石门子伏击战，击毙日军营长以下 20 多人，毙伤伪靖安军 100 多人。

攻打舒乐河

据抗联老战士、亲历者张祥回忆：1936 年初春的一天傍晚，东北人民革命军第五、第六团和保安团、少年连突然接到赵尚志军长的命令：“要求部队迅速到大屯集合!”第二天下午，赵军长说：“同志们，今夜行军的目标是舒乐河镇，我们必须在明天拂晓前拿下镇子，不仅要拿下伪军，还要把那两个日本教官抓住”。部队行军时，赵军长还边走边向各部队指挥员详细部署了战斗任务。

舒乐河镇是汤旺河军事要地。镇内驻有200余名日伪军，100余名伪警察。部队到达目的地，正当子时，借着月光，隐约可见镇子的轮廓。深夜，舒乐河镇一片沉寂，偶尔可听几声犬吠的声音。停了片刻，指挥员便下令：“进攻开始!”战士们立即跑步前进。当队伍越过护城河，开始爬城墙时，城门外敌哨兵才发现并开枪射击。对此，战士们根本不予理睬，径直向城门猛扑过去。敌哨兵见来势凶猛，无法阻挡，立即举起双手，城门内伪军们也都跪下请求饶命。就这样，一枪没放，就解决了驻守城门的全部伪军。占据了城门哨所后，战士们又接到了赵军长的命令：“到中央街集合，准备打土围子!”这时，天已经亮了。

土围子，就是城中筑有土围墙的大院子，东西长大约120米，南北宽大约80米，四个角都有炮楼，墙高难上。这时，大部分伪军正在炮楼里向外射击，战士们很难翻越围墙，战斗出现了间歇。这时，只见赵军长沿着土围子转了一圈后，便命令部队隐藏到炮楼前的商铺家里，然后向战士们交代：这里街道不宽，用长杆子把可燃物送到炮楼周围，点燃后烟火可以遮住敌人视线。再找一根大圆木，用绳子绑上，留出八个绳头来，选八名力气大的同志提起，一齐向大门悠过去，把大门撞开。不多工夫，大家弄来了谷草、豆秸、高粱秆等可燃物，用十几根长杆子把这些东西都送到了敌人的炮楼四周。

准备就绪，赵军长亲自看了撞门练习后便下令进攻，只见十几个点燃的草捆，用长杆送向炮楼四周。霎时，烈火熊熊，浓烟滚滚，立刻封住了两个炮楼，只听里面敌人被呛得咳嗽声连续不断。

“上!”赵军长一声令下，8位战士提着圆木，用最快的速度冲向大门，只撞击两下，门闩便被撞断。这时，只见赵军长甩着手中的小白棍向大门方向一挥，顷刻间，“冲啊！缴枪不杀!”响彻了全镇。土围子里的伪军大都乖乖地放下枪。可是，后边两个炮楼里的敌人还在不停地向我军射击。赵军长见此情景大声喊道：“给他们两个手榴弹尝尝!”敌队长听说要用手榴弹，急忙结结巴巴地喊：“我们缴……缴枪，我们投降。”仅20多分钟，炮楼就被拿下。

占领炮楼后，又打开了日本银行保险柜，没收了所有的伪币、金子、银子和大烟。然后买了镇上所有的布匹，足足装了20多马车凯旋。只是那两个日军教官，趁乱换上便衣坐船逃跑了。

战斗结束后，部队在通河县洼大张地区驻扎下来。有一天，正在吃饭，房上的哨兵报告：从通河县城方向来了五辆汽车。赵军长听了报告，眉飞色舞地说：“好哇！这是日军来了！伪军可没有资格坐车。咱们‘请’日军进来，然后用抬杆子枪揍他。”

抬杆子枪，是一种土制的大型沙枪，大的一次可装一公斤多火药，再装上铁沙子，打出去就是一大片，杀伤力很大，但需两个人抬起点火。

部队进入阵地后，只见两辆满载日本兵的汽车渐渐驶进，驾驶楼上还架着一挺歪把子机枪，气势汹汹地一直开到我军驻地土围子门前广场。但是，日本兵并没有下车，车也没熄火，好像在等什么。

突然，赵军长大喊：“打!”四挺杆子枪和步枪，便一齐向车上的日本兵开火，打得日军鬼哭狼嚎，哇啦哇啦乱叫，掉转车头就跑，一直逃到前边一个低矮土围子里。

这时，又开来三辆汽车。大约过了一个小时，整队日军从低矮的土围子里一齐冲出来向我军进攻。当距我方 300 米左右时，敌队形开始变成班纵队，相互间距十几米，边走边哇啦哇啦地喊叫，在十几挺机枪和掷弹筒掩护下猛扑过来。

此时，赵军长泰然自若，任凭敌人步步逼近，直到距我军只有 100 多米的时候，只听一声令下，四挺抬杆子枪便一齐向日军猛轰，日本兵有的成班倒下，但没有倒下的继续向我军扑来。

这时，赵军长高声道：“同志们，考验我们的时候到了！日军没有什么了不起的，我们一定要把他们打退！我们子弹少，要尽量放近打，狠狠地打！让他们知道，我们中国人是不好欺负的!”

这时，日军已到土墙下。他们搭起人梯往上爬。战士们打下一个，马上又补上一个。日本指挥官还拼命地用战刀砍大门，眼看墙门就要被砍开。正在这危急关头，四挺抬杆子枪又响了，顷刻间把日军打死打伤一大片。日军连续两次进攻均被打下，只好后退了。

赵军长从射击口看到这种情况，立即跑向大门，用力打开门闩，振臂一挥，高声喊道：“同志们，冲啊!”顷刻间，我军杀声四起。在拼杀中，红缨枪和大砍刀显现威风，个个枪头见血、白刃现红，一直把日军追杀出一里多路，张祥和战士们不但杀死了十几个日军，还缴获了 1 挺歪把子机枪和十几条“三八”大盖。

第一个回合胜利结束了。正当大家沉浸在欢乐之中，远处又传来了战马的嘶鸣声。房上哨兵报告：敌人来了，有 100 多骑兵。赵军长看了一下怀表，分析道：“现在离天黑还有两个小时，我们坚持到天黑就是胜利。大家先休息一下，听我的命令。”可是，赵军长连眼都没合，马上爬上房顶观察敌情。

“轰!”一声炮响把战士们震醒了。只见赵军长从房上走下来说：“日军又调来炮兵。打完炮，可能会再次进攻。大家各就各位，准备战斗!”果然不出所料，日军朝我方打了 100 多发炮弹后（只有 7 发落在我们的土围子里），日伪军便整队向我方扑来。大约距我军300米处，开始散开，分两个梯队：第一梯队在前，由伪军组成；第二梯队在后，由日军组成。于是，我军便以全部火力猛击日军。这样，第一梯队的伪军进退两难，前进有我军火力封锁，后退又有日军督战。赵军长见日军指挥官在后面左右挥动指挥刀，便说："张祥同志，把那个指挥官干掉，一定要打死！"张祥顺着赵军长手指的方向，一个点射，那个指挥官便应声倒下。接着，赵军长又命令两侧部队包抄敌人。日军失去了指挥，便停止进攻。赵军长抓住这个时机，大喊一声："打开门！冲出去！"顿时，三面喊杀声连成一片，日伪军拼命往回跑，留下一片尸体。我军一直追到敌方土围子墙外才停止，但仍向土围子两侧扔进100多颗手榴弹。

这次交锋，我军缴获了大量的武器弹药，又获得了1挺机枪，外加1整箱子弹。打死打伤日伪军100多人，其中打死日军一半以上，还俘虏13人。天黑后我军便撤离了战场。

攻打汤原

据抗联战士、亲历者刘铁石回忆：1937年4月，在东北人民革命军第六军参谋长冯治纲的率领下攻打了汤原城，成为军民参战，里应外合，精心策划，乘虚而入的典型战例。对此，我们首先介绍一下冯治纲。

冯治纲，1908年出生于吉林省公主岭，1909年随父母迁居黑龙江省汤原县太平川。小学毕业后陆续做过科员、文书、会计。九一八事变后失业回家种地，1932年下半年参加抗日"护矿队"，1933年冬结识共产党员夏云杰，并带领护矿队配合汤原游击队多次剿灭日伪军，1934年下半年冯治纲组织抗日"文武队"，同年秋加入汤原游击队总队任中队长，1936年1月任东北人民革命军第六军参谋长，并加入中国共产党。

冯治纲（画像）

汤原城位于松花江北岸汤旺河与松花江汇合处，是伪三江省的军事重镇，距佳木斯不过几十里路，附近有几处金矿和煤矿。当时，日寇不仅大肆掠夺资源，还大搞"归屯并户"，残酷迫害当地百姓。因此，这里的反日情绪高涨，加之中共汤原中心县委领导的抗日游击队斗争活跃，县城周边形成许多抗日游击区，已成日伪当局心病，叫嚣要铲除这块"共产乐土"。

1937年4月初的一个深夜，汤原中心县委突然接到"内线"送来的一份紧急情报，大意是大批日伪军准备开到县城，并运来大批武器弹药，还特意从"新京”（长春）派来17名日本高级参事官，扬言要血洗汤原游击区。

当时，虽然抗联第六军已发展为5个师。但是，不凑巧的是，这5个师都远离汤原。有的师南跨松花江开辟新游击区去了，有的师西越小兴安岭配合抗联第三军作战，还有的师北上到萝北执行新任务。眼下，在汤原境内只有冯治纲参谋长率领的一个300余人的留守团，敌我兵力对比悬殊。

4月中旬的一个晚上，冯参谋长从县委开会回来后，立即向干部们宣布说：“县委决定，攻打汤原城。”听到此话，大家不禁有些吃惊，纷纷议论起来。冯参谋长接着解释说：“大家不要担心，趁大批敌人还没到，先下手为强，来个突然袭击，搞乱这个马蜂窝，在敌人混乱的时候，我们一个顶一百个，况且我们的人数远不止几百。”当时，听了冯参谋长一席话，大家有些莫名其妙并互相猜测，哪来那么多人呢？但是，军令如山，天刚黑，部队就出发了。刚到游击区，大家就惊呆了。

此时，汤原各游击区沸腾了。在地下党的宣传鼓励下，群众听说日军要来搞“三光”，要“血洗”，个个咬牙切齿，许多青壮年都自愿报名参战，大路小路上到处都有游击队、肃反队、救国会、妇女会、儿童团、自卫队，何止几千人，有的扛着土枪洋炮，有的拿着大刀扎枪，还有的人手提洋油桶，身背蜂窝鞭炮。还有五六十岁的老太太在路边送干粮送鸡蛋。这时，战士们才理解了冯参谋长讲话的含义。

半夜的时候，留守团的战士们悄悄摸到了汤原城北门外，只听见城墙上传来冷漠的更锣声和更夫“平—安—无—事”的拉长音。接着，城墙上闪了几道红光，不一会儿城门开了。这时，冯参谋长立刻命令队伍快速跟进。城门口一个“内线”低声对冯参谋长说：“可以按计划进行。”原来，城门早已被王春林等潜伏人员控制起来。

汤原小城，被两条十字街割成几个方块。其中，西北面是县公署大院和伪警察大队队部，东南、西南面分驻伪军和日军，街中心十字路口有个大碉堡。

这时，化装成伪军的农民自卫团也混入碉堡内，没费一枪一弹，就缴械了伪军，控制了碉堡。同时，在地下党的配合下，留守团又剿灭了防守所一个排的伪军。

随后，冯参谋长指挥留守团和各区大队，涌向各自攻击目标，神不知鬼不觉地占据了汤原城各要害岗位，只等一声令下。

这时，队伍闯进县公署大院，一股直奔大堂，一股堵截日本参事官和伪县长住宅，另有一股扑向前院的日本守备队。刚过东墙根儿，就遇上一个穿睡衣的日军出来上厕所，他见状立刻大叫起来，边喊边跑边掏枪，没跑几步，就被冯参谋长一枪击毙。

枪声打破了寂静的夜空。顿时，县公署大院乱了营。这时，声势浩大的农民队伍，把鞭炮放在铁桶里炸响了，日军不知底细，龟缩在屋子里乱放枪，留守团的机枪、步枪一齐开火，一直打到下半夜，东厢房日本守备队 42 名日军全部被击毙。

与此同时，冯参谋长带领冲锋队封锁了日本参事官住房，仅 10 余分钟就将 17 名日本高级参事官全部击毙，县公署大院里的 300 余名伪军也被缴械，日本副县长也成了刀下鬼，伪县长成了俘虏。

天快亮时，留守团和群众队伍搬的搬，扛的扛，缴获了大量武装弹药和战利品，放出了大批“犯人”，有几十人自愿参加人民革命军，抗日队伍浩浩荡荡地向深山密林走去。

智取克山

据抗联将领王明贵撰文讲述：1940 年，东北抗日战争正处在艰难时期，抗联三路军第三支队以德都县朝阳山为后方根据地，在依安、克山等地展开游击战，伺机打开嫩江平原重镇克山县。

1940 年春，王明贵支队长同赵敬夫政委、王钧参谋长带领部队在朝阳击溃了驻北安的“讨伐队”，打开了北兴镇。在查拉巴奇击溃了李同“讨伐队”，剿灭了克勒站日本开拓团，袭击了塔溪站警察署和自卫团，烧毁了四站伪军大营。在沐尼河剿灭了董连科“讨伐队”，打开了讷南镇、拉哈站、通南镇。这一系列胜利，为青纱帐放倒前夺取克山县城奠定了基础。

克山是伪北安省省会北安的邻近县，地处平原地带，公路、铁路、电话网四通八达，既是日伪“治安肃正模范县”，又是日伪重兵把守的重镇，驻有伪军 1 个团、1 个警察学校，还有日本守备队 100 多人，守敌总计 1 000 余人。此外，还修筑了 1 丈多高的城墙，挖掘了一条 8 尺深、8 尺宽的护城壕。县公署四周还设有围墙、电网和炮台，大门口还用沙袋筑起了一人多高的工事。

与敌人相比，第三支队只有 120 多人，武器装备也相对薄弱。因此，要拿下这座县城，只能智取。而智取首先要摸清敌人弱点，以我之长击敌之短，来个出其不易，攻其不备。

8 月中旬的一天，地下党高木林和方冰玉回来，把侦察的情况做了汇报：即伪军大营在西门外，距县城 2 里多地，伪团部在西门内路南侧；日本守备队在西门外，县公署在东北二道街；大院有 100 多人的警察学校，伪警察署有 100 多人负责城门、监狱警戒；十字街中心有一座炮台，城东门外有种马场，武器库在县公署大院内。

8月20日，第三支队召开了党委扩大会议，支队长王明贵说："第三支队今年夏季打了不少胜仗，敌人对我们恨得要命，现在青纱帐快倒了，敌人一定要调动大批兵力靠山布防，不让我们进山。"

王明贵接着说："那好嘛！我们就将计就计，把部队拉到北兴镇附近活动，装出要进山的样子，敌人必然要调动兵力'围剿'我们。"王钧接着说："这时，我们就杀他个回马枪，打下克山县城。"会上还传达了初步计划，预定9月下旬攻打克山县城。

9月初，也就是攻城前，为了调虎离山，第三支队派两个小队在北兴镇与讷河的交界地带，隔三岔五地袭击敌人据点，每到一地就召开群众大会造声势，还散发传单，随后让老百姓去向敌人"报告"。这些活动果然迷惑了敌人，纷纷调兵出城"围剿"，但又摸不清抗联方位，很伤脑筋。

9月21日，夜幕降临了，当第三支队在侯家屯集合的时候，迎面遇到了三路军政委冯仲云、第九支队长边凤祥和政委高禹民。冯政委笑着说："我们驻前屯，你们驻后屯，相互都不知道，保密工作真好哇，会合也太巧了。"后来冯政委决定，第三支队与第九支队共同攻打。分工是第九支队负责攻打伪军团部；第三支队第八大队负责牵制西大营伪军，攻占中心炮台和东门外种马场。其他计划不变。队伍更加壮大了。

说到冯仲云，他1908年出生于江苏省武进县一个小职员家庭。1923年考入杭州蕙兰中学（现杭州第二中学），1926年考入清华大学数学系。1927年加入中国共产党。之后到哈尔滨商船学校任教，先后担任中共满洲省委秘书长、中共北满临时省委书记、宣传部长等职。1934年赴抗日游击队，1936年任抗联第三军政治部主任，1939年任抗联第三路军政委。

话说回来，1940年9月25日，黄昏降临，部队从隐蔽地点出发了。不到一小时，克山县的城墙便隐约可见。抗联将士们一律穿着伪军服装，前导队打着伪军旗帜，成二路纵队，大模大样地从城西北角的缺口处进入城内，沿着街道向正大街方向行进。

路灯刚亮，第九支队顺着大街奔向伪团部，当哨兵正在注视的时候，我军的两名侦察兵一个箭步蹿了上去，用手枪对准他的胸口说："别动，我们是抗日联军"。敌哨兵吓傻了，交了枪。第九支队长边凤祥一挥手，战士们犹如闪电一般，冲进伪团部大院，大声喊道："不许动！我们是抗日联军，缴枪不杀！"伪军一个个全都惊呆了。

缴械后，边凤祥立即命令把伪军俘虏关押到一个屋里，进行抗日宣传；命令中队长冯魁打开仓库搬运武器弹药，把不能带走的枪支砸坏；命令机枪班依托工事准备阻击进城增援的日本守备队。

与此同时，第三支队八大队迅速向十字街中央炮台冲去，炮台顶上的伪军打了两枪，恰好成了各大队发起进攻的信号。战士们冲上炮台顶部，收拾了敌哨兵，占领了中央炮台，架起了机关枪。这时，第三支队第七大队也冲进县公署，以猛烈火力射击，并向院内发起冲锋。战士们一边射击，一边追杀敌人，只有小部分敌人逃出。

攻打克山弹痕遗迹

日本参事官听到枪声，立即请求守备队增援。我军第七大队队长白福厚，突然发现迎面来了一个挎战刀的日本警官，一枪将他打倒，后来才知道这个日军就是克山县的日本警正依田准。

王明贵命令把狱门打开，“犯人”们冲了出来，砸开手铐、脚镣，要求参军的“犯人”当即发给武器。王钧参谋长带人没收了银行，击毙了一个反抗的汉奸。

当城里打响后，西大营的伪军曾几次出来增援，都被第三支队打了回去。西门外的日军乘两辆汽车从西门赶来，当行驶到离伪团部只有 20 多米时，第三支队的机枪开始扫射，打死了敌机枪射手，车上的日军也多被打死。

日军汽车依然向前开来，到了伪军团部门口，同样遭到我军机枪扫射，打得日军鬼哭狼嚎。汽车停住了，剩余日军跳下车，哇哇乱叫，向我阵地扑来。上来一个，打死一个，上来两个，打死一双。

当两辆车走到十字街炮台附近时，任德福中队长指挥机枪班阻击，汽车被打坏了，日军指挥官哇啦哇啦地命令冲击。由于敌人在路灯明处，我方在暗处，等冲到十多米远时，机枪、步枪、手榴弹一齐开火，打得日军丢下一片死尸，连滚带爬地撤了回去。日本守备队长一看两次冲锋都失败，于是带着残兵败将撤退了。

攻打克山胜利了，抗联部队除娄司务长光荣牺牲和 3 名战士轻伤外，没有其他损失，而日本守备队大部分被打死、打伤。同时，俘虏伪军 100 多人，缴获迫击炮 4 门、步枪 1 000 多支、子弹数十万发，还击毁日本汽车 3 台。从监狱解放出 300 多人，有 100 多人参军。

攻打依兰

依兰县城位于松花江下游与牡丹江汇合处，素有“东北重镇，遐迩通衢”之称。这里不仅是日本关东军在下江地区的军事物资集散地，也是日伪对抗日联军实行军事“围剿”和经济封锁的重镇。

1937 年 2 月初，为了打开这一地区的南北联络通道，夺取弹药和给养，扩大抗日根据地，抗联第三、第四、第五、第八、第九军在方正县洼洪沟第九军军部召开会议，决定集中兵力联合攻打依兰县城。为此，抗联各部决定成立攻城总指挥部，周保中任总指挥，李华堂任副总指挥。

周保中，1902 年 2 月 7 日出生在云南大理县一个白族家庭，15 岁便进入云南陆军第一师教导营，曾担任少尉排长、中尉代理连长，并参加了孙中山领导的“靖国护法”战争，后到云南陆军讲武堂第 17 期工兵科学习。1925 年 4 月，周保中加入国民军，先后担任连长、营长，并找到中国共产党。在北伐战争中，屡立战功，先后担任营长、上校团长、少将副师长等职，被称为“铁狮将军”。1927 年 7 月，他加入中国共产党，任国民革命军第六军党组织委员，后调到中央军委，秘密从事兵运工作。1928 年末，受中共中央派遣，赴苏联共产主义劳动大学、国际列宁学院学习。

九一八事变后，远在苏联的周保中义愤填膺，请求参加抗日战争，年底回到祖国。1932 年 2 月任中共满洲省委军委书记，并积极筹建党直接领导的抗日武装。同年 4 月，周保中按照满洲省委指示加入吉林自卫军，到王德林的国民救国军任总参议兼前方总指挥部参谋长。1933 年冬，周保中根据中共满洲省委的指示退出救国军。1934 年 2 月，他率救国军第一、第三连到宁安建立党领导的绥宁反日同盟军，历任同盟军党委书记，并兼任军事委员会主席。之后历任东北反日同盟军第五军军长、抗联第五军军长、抗联第二路军总指挥。

话说回来，1937 年 3 月初，总指挥部根据依兰县城驻有 200 余日伪军，城墙又高又厚，易守难攻，且距县城百余里的双河镇还驻有一支 400 余人的日军部队等情况，决定采取声东击西，围城打援战术，即在主力部队攻城的同时，其他部队伏击双河镇援敌。

1937 年 3 月 18 日，经过周密的战前准备，总指挥部下达了作战命令。3 月 19 日下午 5 时，抗联各部相继开赴通北砬子底、马家屯等地，总指挥部进驻神树寺。第一纵队于 19 日夜到达新卡伦小河沿中间地带，利用复杂地形构筑了伏击工事。

3 月 19 日入夜，天空飘起鹅毛大雪，北风呼啸，各部队乘机分别进入围攻依兰县城的指定阵地。午夜 20 分，攻城战斗打响，周保中将唯一的一门迫击炮配给攻城的先头部队，并命令炮兵向城东门外的日军守备队猛烈炮击，同时各部队也集中火力发起进攻。大约 10 分钟，正当其他日军被炮火吸引向东门增援时，周保中却命令主力部队突然转向西门发起进攻，在已投诚伪军的秘密接应下，突破了城西北防线，并俘虏了一个排伪军。然后，又迅速向西北和西南的南大营伪军进攻，战斗进入胶着状态。与此同时，东面第三、第四军的部队从倭肯河岸向驻守在东火磨的日军发起攻击，战斗呈白热化局面。

攻克依兰城的战斗，是东北抗联打开松花江下游地区抗日局面的重要战略行动，同时也是一场胜败难测的攻坚战。图为依兰县城西门

北面部队在封锁了西北炮台的敌人后，又兵分两路，一路向伪中央银行进攻，另一路攻打伪县公署和监狱。这时，枪声、炮声响成一片，激战至次日早 6 时，我军占领了城区地段，毙伤日伪军 20 余人，俘虏 154 名，缴获大小枪支 68 支、弹药千余发。

同时，散发传单，宣传抗日救国军政策。但由于部分城区敌人的拼命抵抗，一时无法攻下。这时，天已大亮，若继续战斗，久持不决，形势必将对我军不利。周保中考虑到这次战斗攻坚不是主要目的，打援才是战术重任，才能更多地消灭敌人。于是，指挥部当机立断，决定只留下少数部队继续造成攻城声势，主力部队马上转移到城外埋伏，准备支援打敌援军的部队。

果然不出所料，在抗日联军攻打依兰县城的同时，驻双河镇的日军闻讯派 400 余官兵前来增援，在第五军党委委员王光宇的带领下，伏击部队已在敌人必经之路上严阵以待。下午 2 时，敌援兵进入伏击圈，抗联部队突然向敌人猛烈射击，打得日军人仰马翻，伤亡惨重，战斗历时两个小时。

日军万万没有料到，周保中这一次是以攻城为幌子，重在“围城打援”，增援日军在毫无防备的情况下遭受重创。这次战斗，共击毙日军 285 名，俘虏 10 余名，缴获迫击炮 3 门，缴获步枪 300 多支、轻机枪 13 挺，取得了辉煌战绩。

第 十 四 章

殊死搏斗

东北的14年抗日战争，是敌我力量对比悬殊，自然环境恶劣，拼杀程度惨烈，搏斗时间漫长，战斗场面悲壮，英雄业绩可歌可泣的战争。除杨靖宇、赵尚志两位抗联总司令战死沙场外。据不完全统计，14年间，东北抗日联军共牺牲官兵几万余众，其中师以上干部180余人牺牲，军以上干部40余人牺牲，他们的名字将永载史册。本章将选择几例英勇悲壮、殊死搏斗的战例讲述给大家。

莲花泡四十二烈士

莲花泡山位于宁安县东京城西南15公里的崇山峻岭之间，这里曾发生过一次惨烈的战斗。1936年2月中旬，在抗联第五军第一师师长李荆璞的带领下，来到宁安莲花泡一带休整。2月27日深夜，驻东京城日伪军乘夜向莲花泡逼来，总兵力达2 000余人。

第二天拂晓，敌先头部队到达莲花泡东石港子屯，与我抗联第五军第一师第三团警戒哨交手。于是，师长李荆璞和第三团团长王汝起率领全团将士就地迎击，战斗异常激烈。

敌人的火力很猛，机关枪、迫击炮响成一片，战士们英勇抗击，敌人前进受阻。于是，日伪军改变战术，兵分两路，一路向第三团发起猛攻，另一路绕过第三团包围师部和第一团驻地。李荆璞师长见形势危急，命令第一团就地阻击，第二团从侧翼向敌人发起攻击。

这是一场实力悬殊的战斗，敌人在兵力和武器上占有绝对优势，因而日伪军发起了一次又一次冲锋。

顿时，莲花泡枪声震耳，硝烟弥漫，日军不断冲了上来。看到敌人已近，王汝起团长大喊一声，越出战壕，抡起一把雪亮的大刀，冲进敌群砍杀，战士们也纷纷举起大刀与敌人展开白刃战。一时间，杀声四起，血肉横飞，阵地上铺满了交战双方的尸体。一刻钟后，敌人被杀得纷纷后退。日军指挥官林田气得哇哇大叫，枪毙了几个后退的士兵，又继续指挥日军冲了上来。

此时，师长李荆璞手持双枪，弹无虚发，带领战士们接连打退敌人十几次进攻，敌人伤亡惨重，仍无法占领我军阵地，战斗进入胶着状态。

下午4时，太阳快要落山了，李荆璞正准备组织一场更大规模的反冲锋，突然日军一发发炮弹在阵地上炸响，顿时烟雾弥漫，气味刺鼻，战士们头晕呕吐。一会儿工夫，十几个战士就昏厥过去。李荆璞知道，这是日军常用的施放了毒气弹，忙命令第二团第二、第四连掩护，其他各团迅速冲破敌包围圈，向后山转移。但是，由于第二团第四连马连长率领的战士尚处在昏迷状态，没有来得及撤出，只能悄悄地潜伏在灌木丛中。

又过半小时左右，我方阵地已悄无声息，日本指挥官林田以为终于取得了胜利，于是带领日军气喘吁吁地爬上山来。这时，马连长和战士们刚刚醒来，正紧紧盯着敌人动态，待敌靠近，马连长和战士们突然开枪射击，日军指挥官林田和十几个日军随从应声倒地。但是，由于敌人数量太多，打下一伙，又上来一群，又过了40多分钟，子弹、手榴弹用尽，经过一阵激烈的肉搏，终因敌众我寡，马连长及所率78人全部壮烈牺牲。但是，阵地上也同样留下几十具日军尸体。真是应了马连长最后那句话，“杀一个够本，杀两个赚一个”。

日军万万没料到，在战斗即将结束时还会遭到抗联如此顽强的抵抗，尤其是日军指挥官林田突然阵亡。于是日军兽性大发，肆意毁坏抗联将士尸体。战斗结束后，待抗日救国会群众前来收敛时，只收到42位烈士的尸骨，其他尸骨已被敌人破坏得无处可寻，这就是相传至今的“莲花泡42烈士”。

为了纪念壮烈牺牲的烈士，战士们写了一首词悼念英烈们，感人泣下。词中写道：

> 江水映斜晖，黑山云雾飞，镜泊湖上，涛光苍茫，白昼起寒微。山麓列青冢，湖畔碧野，荒蒿蓬蓬，英雄去不回，天涯芳草系忠魂，旌旗伟，义气轻生死，英风永世垂。壮志未酬啼遍野，午夜惊闻雁泣西风悲。二月二十八，追恨志无涯，血溅青石，尸陈遍野，白骨沉黄沙。慷慨奋捐生，同志四十又二名，浩气贯长虹，壮烈长铭齐行，永震敌胆惊。回首江山易，强奴肆纵横。新仇旧恨何时了？墟芜千里遍地起悲声。

十二烈士山

1938年春，日伪军向抗联第二路军总部和第五军第三师的后方密营宝清兰棒山发起进攻，驻守在密营头道卡子的是第三师第八团第一连的60多名官兵。

这个连的战士，原来都是打猎好手，有“神枪手”连队之称，连长李海峰更是“射手之王”，而且胆大心细，打过许多胜仗，作战经验丰富。

李海峰（画像）

3 月 16 日，第三师师长李文彬命令“第八团于 19 日之前将警戒部队撤回，向兰棒山北集中”。第一连连长李海峰和指导员班路遗接到命令后，决定等待总部交通副官张凤春到达后，即向预定地点转移。于是，李海峰和班路遗带领 13 名战士在原地等待张凤春副官，而副连长率主力部队先行转移。

3 月 18 日早晨，阴云密布，大雪纷飞，总指挥部交通副官张凤春赶到。了解敌情后，李海峰立即带领战士们向集结地出发。当队伍到达石灰窑南沟时，李海峰发现有 300 多伪兴安军骑兵和 100 多日军骑兵朝他们猛扑过来。这时，李海峰略加思索后对大家说：“为了不暴露大部队的行踪，为给同志们争取更多时间转移，看来一场遭遇战避免不了了。”于是，李海峰、张副官和班指导员紧急分析形势后，果断带领小部队跑步占领左前方的制高点——小孤山。

小孤山是石灰窑沟里谷地上隆起的一座小山包，是一个天然的易守难攻阵地。战士们凭借着岩石、树木构筑好工事，做好阻击准备。当敌人发现抗联部队占领小孤山高地时，日军指挥官急了，立即挥舞战刀，命令士兵向小孤山猛扑过来，一时间，子弹把小孤山上的岩石打得叭叭作响，直冒火星。

这时，战士们很镇静，紧紧盯着冲上来的敌人，当敌先头部队骑兵冲上半山腰的时候，李海峰一声令下，机枪、步枪一齐开火，日伪骑兵被打得人仰马翻。战士们紧接着又投出了手榴弹，敌人和马匹横七竖八地倒在山坡上和雪坑里。这样，敌人的第一次进攻就被打退了。日军指挥官看到我军枪法如此精准，于是命令炮兵向小孤山猛轰。阵地上硝烟弥漫，积雪翻飞，有的战士壮烈牺牲了。

李海峰命令战士们打敌人的机枪手。自己也拿过长枪，平卧在雪地上，瞄准 300 多米以外的敌机枪手连射了几枪，仅三四分钟，日军三名机枪手都被击毙了。又过了几分钟后，战士魏希林和夏魁武也各自击毙了一名敌机枪手，敌人的 5 挺机枪顿时哑巴了。

这时，敌人的迫击炮又突然响起，战士王仁志不幸中弹牺牲，李连长和班指导员也受了重伤。之后，日伪军分别从四个方向一齐向小孤山阵地发起新一轮攻击。这时，阵地上剩下的 11 名战士，大都身负轻重伤。

面对从四面拥上来的敌人，战士们格外冷静，连续瞄准射击，一阵枪响后，又有十几个日军倒了下去。

到了傍晚，敌人再次向山上阵地发起攻击，守在阵地东面的班指导员和战士张全富接连打死几个日军后，相继中弹，壮烈牺牲。天黑了下来，小孤山阵地上只剩下 5 个人，其中 3 名战士受了伤，李海峰的双腿已被炸断，只有张副官奇迹般的一点伤没有，日伪军仍分散包围在小孤山四周，形势愈加严峻。

李海峰让张副官将剩下的手榴弹收集起来，放在他身旁，准备和敌人决死一拼，同时命令张副官赶快带其他几名负伤战士突围，自己负责掩护。

这时，山丘下的敌人又开始慢慢地向小孤山攀爬，李海峰看准目标甩出一颗手榴弹。爆炸后，烟火掩护，张副官和 3 名受伤战士悄悄地走下山去。不一会儿，敌人见没了动静，又慢慢向前蠕动。这时，李海峰又接连投出几颗手榴弹，炸得敌人倒下一片，其余慌忙趴在地上。

这场战斗从黎明打到中午，又从中午打到天黑，日伪 400 多人马竟然攻不下十几个人把守的小孤山，于是日军指挥官急不可耐地再一次组织人马发起攻击。此时，小孤山阵地上却没有了一丝动静。

几个日军爬上山顶，看到了趴在地上的李海峰，以为他已经死了，于是向李海峰围了过去。当他们刚走到李海峰身旁时，李海峰立即拉响了最后一颗手榴弹，李海峰与几个日军同归于尽。

不可一世的日军，剽悍粗野的伪兴安军，在小孤山面前一个个失魂落魄，400 余人奈何不了抗联十几个战士，这是日军下江“讨伐”部队的奇耻大辱，指挥这场战斗的日军指挥官回到宝清后感觉颜面丢尽，剖腹自杀了。

这次战斗，共毙日伪军 100 余名，其中击毙日军 25 名、兴安军 70 名。重伤日军 10 人、兴安军 15 人。此外，日伪军冻伤 50 人。我军战士除 4 名突围外，12 名勇士血染小孤山，壮烈牺牲。

之后，为纪念英勇顽强的 12 位烈士，第二路军总部决定，将小孤山改名为“十二烈士山”。第二路军总指挥周保中题诗悼念。

蓝棒山顶云雾垂，宝石河边雪花飞。寇贼凶焰犹未尽，十二烈士陷重围。神枪纵横扫射处，倭奴伪狗血肉堆。竟日鏖战惊天地，胆壮气豪动神鬼。不惜捐躯为革命，但愿失土早归回。他年民族全解放，指点沙场吊忠魂。

“天梯”血战

天梯血战，是抗联部队在敌人围追下，利用地形地物与日伪军进行的一场阻击战。

据抗联战士秦振同回忆：1938 年秋，伪通化省警务厅厅长岸古隆一郎多次召见叛徒程斌研究“讨伐”杨靖宇的作战方案，妄图在冬季集中优势兵力一举歼灭抗联一路军。

那时，日军渡边部队和叛徒程斌大队在山里跟着抗联部队的脚印已经走了8天，可就是追不上，拖得这些日军和伪军走着走着就睡着了，可渡边、程斌还是一个命令接一个命令地加紧追赶。

这一天，杨靖宇带领抗联一路军警卫团、机枪连牵着敌人已经走了9天。根据侦察报告，敌人有5 000多人，而我军一共还不到400人，敌我兵力悬殊，要尽快甩掉敌人，就要选个好地方阻击一下敌人。对此，杨司令决定：在松花江边的前甸子屯搞一次给养，之后过江爬上天梯峰，机枪连在天梯顶上阻击敌人，掩护司令部转移。

上午9点多钟，杨司令率领部队来到天梯峰脚下。这座山，四周光秃秃的，足有百丈高，陡峭险要，顺着山脊有一条人行小道，翻过山就是一个大平台子，之后是片片相连的原始森林。这一带的老百姓给它起了个名儿叫“天梯”，带有难以攀爬的寓意。

果然，“天梯”小道又陡又窄，足足用了半个多钟头，抗联部队才爬上山顶。到了山顶，战士们累了，有的坐着，有的躺着，直喘粗气。杨司令背靠一棵大树，一边喘着粗气，一边对大家说：“同志们，我们爬上天梯峰就能甩掉敌人了，乘敌人还没到，大伙儿先抓紧休息、吃饭。”

天梯峰

可是，还没歇上一袋烟的工夫，就听到山下江面前甸子屯响起了枪声。过了好大一会儿，敌人才稀稀啦啦地出现在江面上。再过了一会儿，到屯子里抢东西的日军和伪军才开始过江。

山下，只见渡边和程斌指指画画地在说着什么。接着，敌人的轻重机枪就对着山顶扫射起来，山崖被打得火星直冒，石块乱飞。但天梯顶上一点动静也没有。只听得日军官儿大叫：“快快地冲，杨匪的跑了。”日伪军便开始爬山。

敌人爬一会儿，停一会儿，停一会儿，再爬一会儿，费了一个多小时的工夫，先头部队才爬到半山腰。战士们从上往下看，只见从山脚到半山腰都是黑压压的敌人，远看像一串串蝗虫挂在天梯上。一位战士笑着说：“这要是抓一把炒着吃，真是盘好下酒菜。”大家都乐了。

这时，隐蔽在树林子里的机枪连战士们紧紧盯着敌人。敌人的先头部队爬过半山腰就开始用机枪向山上扫射，李连长命令大家继续保持镇静，敌人看看没什么动静，又开始往上爬，后面还跟着一群群日伪军，但速度很慢。

敌人还有十几米就要爬上山顶了。隐蔽在山顶的哨兵发出信号，李连长一挥手，战士们向箭离弦一样，一下子冲入阵地。“叭叭”，李连长的指挥枪响了，接着12挺机枪吐出火舌，步枪、手榴弹也一齐向敌人开火。整个天梯摇撼着，在这又窄又陡的小道上，站都难，退更难。敌人有的被打死，有的掉下山崖。

经过十几分钟的战斗，天梯上的敌人一下子被抹去了一大半，剩下的不得不退下山去，让渡边和程斌吃了大亏。我军的机枪连却没有一人伤亡。战士们说：“咱杨司令这会儿可走远了，日军连脚印也别想看着。”日军指挥官渡边一看，硬攻是困难了，于是挥起指挥刀高喊：“炮火的轰击，杨的死了死了的。”敌人的几十门小炮都一齐摆开，准备开炮。

看到这种情况，李连长命令：“同志们，快！除了留下两个战士放哨外，其余都撤出阵地。”不一会儿，战士们刚撤出阵地，敌人的炮弹就一个接一个地飞上山顶。阵地被炸得一个坑一个坑的，有的大树都被炸倒了，石头也被崩得飞起老高。

山下，敌人在炮火掩护下，又开始悄悄爬山。这次敌人学乖了，组成了若干个攻击小组，每个小组既有伪军，又有日军，一组十几个人，拉开一定距离，爬山的速度也加快了，没有喊声，没有嘈杂声，只有敌人的炮火声。

这时，远处隐约听到飞机的声音，不大一会儿，3架敌机飞过山顶，在空中盘旋了一阵，仍下了几颗炸弹飞走了。

天梯峰山顶本来面积不大，阵地上被炸着了火，并向战士们隐蔽的林子里蔓延，整个天梯峰全被烟火笼罩着，十步之内啥也看不清。突然“叭！叭！”两声枪响，最先爬上山的两个日军被哨兵打倒。这时，爬上山顶上的敌人足有20多人，他们依托一块石崖，用两挺机枪封锁着开阔地，机枪连的战士们无法进入阵地阻击，后边的敌人还在不断往山上爬，情况万分紧急。

事不宜迟，李连长果断地组织所有的机枪向山顶上的敌人压过去，接连射杀了两个日军机枪手，而其余敌人还是一边射击一边爬，火力也越来越猛。李连长想，如果不在短时间内把敌人压下去，不但机枪连要陷入包围，更要紧的是掩护司令部安全转移的计划就会落空。

这时，李连长打红了眼，他命令所有机枪集中火力，子弹像雨点似的射向敌人，几十枚手榴弹也在敌群中开花，敌人的火力一下子被压下去了。

接着李连长又带头冲入敌阵冲杀、扫射一阵，山上的敌人大部分被消灭，但后续日军又爬上来，战士们冲入敌群拼起刺刀，有的战士抱着敌人一起翻下山崖。一个战士肠子被打出来了，仍抓住日军不放，并用短刀插入日军胸膛，直到流尽最后一滴血。

正在敌人被打回半山腰之际，山下的敌人又开始向山上打炮了，5 位战士和两挺机枪都被敌人的炮弹炸飞了。山下的敌人刚停止炮击，紧接着敌机又贴着树梢来轰炸。战士们架起机枪向敌机扫射，敌机吓得飞走了。

这场阻击战，从上午 9 点打到下午 3 点，机枪连一共打退敌人 8 次进攻，打死打伤 300 多敌人，而机枪连也只剩下 23 名战士，子弹打光了，手榴弹打光了，刺刀拼弯了。整个天梯四周都是尸体，树上、砬子上、雪地里、战士们的身上、脸上到处都是血。

“同志们，阻击敌人的任务我们已经完成，司令部已经完全转移了，现在准备撤退。”李连长说完，就和战士们一起将牺牲战友的遗体一个个归拢到一块，用几块倒木和树枝盖上。当李连长和战士们翻过两座大山后，还能听到天梯峰方向传来“轰轰”的炮声。

德都突围战

据抗联老战士、亲历者王钧回忆：1939 年 1 月初的一天，正在西征途中的第六军龙北部队，按照李兆麟政委的指示，由第六军参谋长冯治纲率领队伍穿过龙镇以北的北黑铁路线，越过冰封的讷谟尔河，直奔田家船口屯。1 月 7 日，冯治纲和王钧首先走进了一家大院，那是大地主田景春的家。

由一个年轻人领进屋，田景春忙迎上前，一边点头哈腰地往屋里让，一边说：“幸会，请进，不知二位是哪路好汉，深更半夜来到这里有何吩咐?”王钧说：“我们是共产党领导的东北抗日联军，是打日军的。”

田景春还比较开明，他把部队让到屋里。吃完早饭，冯参谋长向田景春了解了德都县城（现五大连池市）日军和警察署人员、武器装备等情况后，知道日伪军隔三岔五到这里“讨伐”，并烧杀抢掠，便决定在这儿打一个伏击战，同时做了战斗部署。最后，冯参谋长向指战员们强调“这是到德都的第一仗，一定要打好”。战士们异口同声地回答“坚决完成任务!”

1 月 11 日，第十二团已经把队伍和岗哨隐蔽好，派伪屯长孟繁贵到腰岗警察分署报告。敌人果然上钩。早晨 9 点多钟，2 辆汽车载着 30 多名日伪军警向田家船口屯开来，当汽车距屯子还很远时，就被哨兵发现。冯参谋长命令：大家不要着急，等敌人进村后再打。

当汽车刚刚开到田家大院以南的场院时，冯参谋长见敌人已进入伏击圈，便一声令下，“打!”紧接着，一阵机枪扫射后，第十二团的战士们像猛虎般从敌人的后边冲上去。伪警察队见势不妙，跪下来举手交枪，伪警长和日本警尉木黑俊一带着几个伪警察躲到谷草垛一个好久不使用的菜窖里负隅顽抗。

军部杨副官依靠草垛用驳壳枪向菜窖里的敌人射击，只打了几枪，伪警长们就受不住了，先后把枪扔了上来，举起双手，一劲儿喊着："长官饶命，饶命!"日本警尉指导官木黑俊一从菜窖爬出来撒腿就跑，王钧追上去把他活捉了。

这次战斗，缴获汽车一辆，俘敌 38 名，击毙伪警长荣广利，活捉日本警尉指导官木黑俊一，并召开群众大会声讨后将其枪毙。

第二天，日军并没有善罢甘休，调动六七百人兵力继续围追。当抗联队伍转移到德都 45 号（谷万春屯）住下时，日伪军也随后赶来。这时，第八团已迅速撤离南屯老邱家的土窑子，过了河钻进北山，也吸引了一部分敌人追去。其他尾追的敌人迅速占据了邱家窖，王钧和冯参谋长立刻命令第十二团和军部教导队占据谷万春屯，盯住敌人。

这时，日伪军已将第十二团和军部教导队包围起来，情况很危急，王钧立刻命令部队撤出原来住的大院，作为敌人打炮的目标，让部队隐蔽在大场院里，并以壕沟作掩体。不一会儿，日伪军开始用机枪和钢炮向大院猛烈射击，把大铁车炸得粉碎，鸡毛崩得满院飞。正当日军军官和翻译等站在邱家屯的土墙上耀武扬威时，被战士们打掉两个，再也没有人敢登上围墙了。

可是，如何突围？还是一个紧迫的问题，王钧向北边一看是伪军，灵机一动，就打了一枪，随即还写了一封信。信的大意是说，中国人不打中国人，枪是日本人的，脑袋可是自己的，你们都有父母、妻子、儿女，他们正等着你们回去过团圆年呢，不要为日本人卖命了等。随即把信交给谷万春家一位长工送给了伪军。

这位长工是从山东来的，他在关内老区就干过抗日通信员工作，很有经验。他到那边一看，有一个伪军胳膊负伤了，就说："这是给你们一个'信号'，想到你们都是中国人，不然打到脑袋上，就要你们的命啦。"还说："你们好好趴着吧，日本人挑不出毛病来。"

这封信和山东长工的话起到了瓦解伪军军心的作用，北面的伪军一天也没打枪。可南面的日军却打了一天小炮。但是，由于敌人摸不清抗联的情况，也没敢贸然冲锋。当太阳快要落山的时候，敌人以为抗联部队一定要向北突围，因为北面白天基本没打几枪，于是就把日军主力调往北侧。可是，冯参谋长早已想好突围路线，他命令王钧："今晚看好机会，前头部队从正南面突围。天一擦黑，就发起了冲锋。"果然，当部队突围到南屯邱家窑时，看到只有几十个伪军把守。

这时，战士们边冲边喊边射击，冲出包围圈后，部队安全转移到撮拉霍屯吃晚饭。在之后的两个多月中，部队还袭击了北兴镇，缴械了伪警察署和自卫团，处死了 3 名日本指导官。

1939 年 10 月初，冯参谋长率队继续向北行进。一天，走到德都县南约 30 里的花园屯时遇上了敌人，是通北讨伐队骑兵第二十三团。我军迅速向后山上撤退，占领制高点。敌人也拼命向上追。我军当即掉头使个“拖刀计”，兵分两路向敌人包抄过去，敌人见势不妙，掉头就跑，我军催马紧追，俘虏敌人 1 个排，击毙日本指挥官 1 名和伪军几十人，缴获一张重要的军用地图，我军只有田玉富 1 人腕部中弹负伤。战斗结束后，战士们笑着说：“让日军好好学学《孙子兵法》吧，才知道什么是真真假假、虚虚实实。”

10 月中旬的一天，部队继续前进，在李花马屯（今五大连池市兴隆乡红升村）吃午饭，又碰上了讷河、克山的日伪“讨伐队”。我军骑兵向凤凰山屯撤退，敌人的步兵坐着大车赶不上，7 个日本指导官带着 30 多名骑兵从我军右侧迂回包抄，空中还有 3 架敌机配合侦察。冯参谋长看到敌人只有 30 多个骑兵冒进，就命令调转马头分两路包围。敌人见状掉头想跑，但已经来不及了。我军把敌人的步兵截住，将日伪军分割成首尾两段，一些敌人被击毙，一些敌人被缴械，一些敌人慌忙向南边的王家大院跑去，我部一连在班长蒋全带领下，拍马冲上前去截住敌人的退路，敌一机枪手催马快跑，蒋全提缰带马冲到前面，将其用枪逼住，缴获 1 挺新机枪，其余敌人均被击毙。

这几次战斗，共歼日伪军 350 余人，其中击毙日本大佐 1 名、中佐 1 名、少佐 3 名，缴获三八式轻机枪 5 挺、匣枪 6 支、手枪 10 余支、三八步枪 300 多支、马枪 20 多支。战斗结束后，将缴获的武器装备了教导队。

敖木台突围战

据亲历者张瑞麟、钮景芳、李桂林回忆，1940 年 10 月初，抗联第十二支队准备攻打肇源县城。6 日晚，部队赶到距县城 20 里的敖木台，临时在那里休整隐蔽一天。第三十四、第三十六大队分驻东、西两屯，在这里曾发生过一场激烈的战斗。我们首先介绍一下张瑞麟。

张瑞麟

张瑞麟，曾用名张秉文，1911 年 2 月出生在辽宁省锦州市石山站镇关家窝棚一个贫农家庭，后来随家人逃荒到了吉林省扶余县，1933 年加入中国共产党，先后任中国工农红军第三十二军南满游击总队中队长、大队长、三岔河地下党支部书记、中共哈尔滨特委组织部部长兼哈尔滨市委书记。

1940年6月，张瑞麟被派往三肇地区开展抗日游击，任第十二支队教导员。敖木台突围，就是这个时期发生的战斗。

敖木台屯位于肇源县嫩江、松花江交汇处。由两个自然屯组成，中间被一座小庙隔开，两屯相距一里左右。整个地形，好像打麻绳的“拨浪锤”。

部队住下以后，第十二支队领导发现这里的地势对抗联有些不利。因为一方面屯子南边是江坝，坝下就是松花江。屯子北边大约半里地的方位，是一条警备道，直通哈尔滨，敌人运兵很方便。另一方面，屯子地势低洼，东、西、南三面有水泡子环绕，屯北是半华里宽的开阔地，岗哨瞭望不出去，有敌情也很难发现，尤其在大白天，队伍容易暴露目标，所以张瑞麟要求同志们在屯子里潜伏隐蔽，严防走漏消息，并加强警戒，绝不可大意。

果然不出所料，早饭刚过，在东屯南面江坝上，就发现有3个日本骑兵从西面向第三十四大队驻地而来。敌人走到江坝上的车道就停下了，一个日本参事官和一个翻译，还有一个士兵，骑着大洋马耀武扬威地走进了东屯。这时，由于我军岗哨在麦垛上睡着了，敌人直接闯进了院子里。但机枪射手朱先俊发现了敌人，刚要射击，就被敌人一枪打坏了压弹槽，一只手也被打伤了。

这时，朱先俊用未负伤的手开始还击，战士们也都开了枪，打死了日本参事官等3人，还缴获了3支枪、3匹马、1支望远镜和1张地图。

住在西屯的第三十六大队听到枪声，也发现了坝上的敌人。支队党委书记韩玉书派李桂林去东屯给第三十四大队送信，通知他们马上撤退。第三十四大队的王殿阁大队长和吴世英教导员接到信后，一商量认为暂时无法撤退，因为地里的庄稼都割倒了，没有掩护，容易吃大亏，只能坚持到天黑为好。

这时，日伪军骑兵“讨伐”队也听到了枪声，又不见参事官等人回来，断定有情况，立即占领了东屯南面江坝并开始射击。在这紧要关头，第三十四大队也当即散开，占据了屯内建筑物，并向敌人还击。日军以猛烈的炮火向东、西两屯轰击，阵地上炮声隆隆，硝烟滚滚，房倒屋塌。日军还用燃烧弹打着了第三十四大队住的房屋，火势蔓延，烧成一片。

战斗持续了几个小时，双方相持不下。此后，有300余日伪军增援，将第十二支队团团包围在屯中央。为保存力量，集中兵力有效地抗击日军，吴世英和张瑞麟决定，让三十四大队向第三十六大队所在的西屯突围。不料，日军从第三十四大队的行动中发现了抗联的意图，以密集的炮火向东屯猛烈轰击。在敌人强大的火力下，第三十四大队长王殿阁牺牲，指导员吴世英受重伤，一些战士倒下了，一些战士负伤了。

张瑞麟搀扶着吴世英，指挥第三十四大队撤到西北小庙附近。吴世英因伤势过重，已无力支持，张瑞麟搀扶他坐下来。这时，随着一声尖利的嘶叫，一颗炮弹在他们身边爆炸，吴世英倒在血泊中，张瑞麟左手也被炸伤。

紧张残酷的战斗使张瑞麟无法顾及牺牲战友和自己的伤痛，他一鼓作气跑到西屯找到韩玉书，通报了第三十四大队的情况。而在西屯的第三十六大队已是一面临水，三面受敌，处境十分危险。在战火中，第三十六大队长关秀岩壮烈牺牲。两个大队会合时，人员已损失一大半，剩下的人员也大部分负伤。

在这紧急关头，韩玉书果断指挥全支队边还击，边向两面的堤坝外突围。占据堤坝的日伪军从东西两面组成交叉火力网，疯狂地向抗联射击，屯北公路上敌人的炮兵也向抗联突围部队轰击，战斗对我军十分不利。韩玉书指挥部队想从西南方向冲出去，但是敌人用重机枪把那里也封锁了。

这时，韩玉书高声喊道："张瑞麟同志，你负责带伤员和剩下的同志从水泡往南撤，我来掩护！"这一呼喊，惊醒了酣战中的张瑞麟，他迅速呼喊李桂林等20多人跳入冰冷刺骨的水中，向泡子南岸蹚去。部队硬冲了两次，大部分同志都牺牲了，韩玉书指挥其余战士阻击敌人，掩护突围。在敌人猛烈的炮火中，担任阻击的战士先后牺牲。这时，子弹击中了韩玉书，鲜血染红了黑土。

韩玉书见突围的同志已向水泡子南岸撤去，为了不让敌人得到一支枪一颗子弹，他一面还击敌人，一面将牺牲同志的枪支和弹药投向水泡子。在韩玉书等战友的掩护下，张瑞麟、钮景芳和李桂林等在齐腰深的污水中，踩着一尺多深的烂泥，互相搀扶着，艰难地向南沿跋涉。

敖木台战迹地

敖木台一战，第十二支队打死打伤日伪军200余人，抗联指战员牺牲44人。这一仗，第十二支队虽因伤亡过重而被迫撤离，但抗联战士们威武不屈、顽强拼杀的英勇气概，在东北抗日战争史上也写下了悲壮的一页。

两次突围战

先说说摩天岭突围战。1936 年 7 月上午 10 时许，东北抗联第一路军第一师参谋长李敏焕率队西征途中，当走到辽阳与本溪交界的摩天岭山巅时，突然发现山下有一批日军开来。

李参谋长见状，随即命令部队隐蔽行动，并仔细观察日军动态。10 分钟后，李参谋长又看了看附近的地形地貌，发现对面炕山梁自摩天岭主峰腰部突兀探出，长 70 多米，宽不过 5 米，上边稍微平坦，顶端还横七竖八地卧着几块大石头。

李参谋长暗自思量：敌我距离太近，既躲不掉，又绕不开，迟早要有一次恶战，既然如此，莫不如利用地势险要优势，打一场阻击战，随即命令部队转移至右侧对面的炕山梁，隐蔽于山坡上的树林中，抗联官兵做好了战斗了准备，密切注视着日军行踪。

中午 11 点多，日军驻连山关守备二中队已缓慢地爬上了对面的炕山梁，日军中队长今田到山上左右看看后，尚未发现抗联影子，认为抗联部队还没到，故命令日本兵原地休息。于是，日本兵便习惯地把枪架在一起，各自打开饭盒，狼吞虎咽地吃了起来。

日军今田中队长还有些不放心，独自来到山梁的另一端，左脚踩在一块大石头上，手持望远镜四下瞭望。几分钟后，他放下望远镜，准备回原地吃饭。正待今田转身之际，他忽然发现脚下不远处石林中埋伏着一个抗联战士。说时迟，那时快，今田刚要开口大叫，便被抗联战士一枪击毙。

事不宜迟，就在今田被击毙的瞬间，李参谋长立即指挥保卫连官兵向正在吃饭喝水的日军猛烈射击。一时间，机枪、步枪、手榴弹响成一片，打得日军手足无措，根本没有还手机会，很多人嘴里还嚼着饭就倒下了，少数人刚拿起枪也见了阎王。只有一个汉奸翻译官反应较快，就地滚下山坡，另一个日本兵轻伤后钻进树林。

这次战斗，仅持续 10 分钟左右，共击毙今田大尉以下 48 名日军官兵，而且战斗打的干净利落，堪称“摩天岭大捷”。但是，残酷的战斗还在后面。

正在这时，山下千余名日伪军包围上来了。李敏焕见四面都是日伪军，心想白天不可能突围出去了，只能坚持到天黑。于是，他向保卫连连长说：“你带领一些人占领后面的山头，我带领一些人占领这个山头，形成犄角之势，利用有利地形进行抵抗，坚持到天黑再分路突围。”

保卫连连长见李敏焕的位置更危险，就说：“参谋长，还是我在这个山头抵抗吧！你带一部分人占领后面的山头，天黑先突围……”还没等保卫连连长话说完，李敏焕心里就发热了，但他立即严肃地说：“服从命令！”保卫连连长心领神会，眼睛湿润了，他给李敏焕敬了一个标准的军礼，转身带领几个人向后面的山头冲去。

李敏焕和保卫连连长指挥部队刚占领有利地形，日伪军就冲上来了，一开始战斗就十分激烈，李敏焕指挥部队打退了日伪军一次次进攻。为了节省子弹，李敏焕率部同日伪军开展了白刃格斗。第一师战士见了日本兵分外眼红，举枪便刺；日本兵武士道精神极盛，举着战刀砍来，枪来刀去，杀在一起。一个大个儿战士与一个日本兵缠斗在一起，几个回合后，只见大个子战士枪法一变，刺刀已插进日本兵的胸膛，那日本兵惨叫一声，口吐鲜血，倒地死亡。

同时，李敏焕一面对付身边的日本兵，一面照顾战友们。他见小个子战士危急，便左手持步枪架开身边的敌人，腾出右手，从腰间拔出手枪，连打2发，解了小个子战士之危。

午后4点钟，日伪军又发起了一次更大规模的进攻，保卫连一名机枪射手中弹牺牲。日伪军乘机张牙舞爪地扑到保卫连阵地前。李敏焕见情况紧急，就亲自抱起机枪向敌人横扫过去，敌人溃退了。李敏焕却被山下敌人的枪弹击中牺牲，鲜血染红了脚下的土地，年仅23岁。

这时，后面山头上，也只剩下了保卫连连长和两名战士。他们想突围，但是子弹已经打光，而且天还没有黑下来，这就意味着搞不好就要当俘虏，抗日英雄怎么能当小日本的俘虏呢？连长问两名战士：“怎么办？”“宁死不屈！”“有种！”连长说：“那我们就一起跳崖吧。”

连长说完就把步枪的抢托往石头上一磕，两截了。两名战士效仿连长的做法，也把枪摔碎。他们在高呼“打倒日本帝国主义”的口号声中跳下了悬崖……

再说说岔沟突围。1938年10月，东北抗联第一路军第一方面军，摆脱了日伪重兵围剿，渡过浑江进入临江八道江岔沟山区，准备向金川河里地区转移。日伪察觉后，遂调集日伪军1 500余人扑向岔沟，将杨靖宇部重重包围，妄图一举歼灭抗联第一路军主力。

《救国时报》报道的岔沟突围

当时，抗联第一路军的

形势可以说十分危险。原因有二。一是地势不利。所处位置，临近的三面都有一片开阔地，而且不远处均有高地或山丘，敌人可居高临下截击；二是我军都是轻武器，敌方有重炮和轻型装甲车，贸然突围很可能成为活靶子。10 月 18 日，抗联部队也曾多次冲锋过，但均未能突破敌阵，硬打下去，重大伤亡在所难免，而且日伪军还有不断增兵的迹象。

当夜，杨靖宇召开了紧急干部会议，有的说分散突围，声东击西；有的说集中兵力，一点突破。最后，杨司令决定选择地势险要的西北岗作为突破口，组成精干敢死队，乘夜色掩护，出其不意，攻其不备，速战速决，冲出包围圈。

10 月 19 日凌晨，夜色昏暗，以 40 余名神枪手和 10 余名投弹手为主力的冲锋队趁日伪军酣睡之际，摸上西北岗，首先干掉岗哨，同时发动突然袭击，一时间，手榴弹声、机枪声响作一团，经过短暂激战后，日伪军猝不及防，很快被击毙或缴械。正在战士们继续搜索时，日军驻地一个角落突然传来枪声，几名战士应声倒下。原来，日伪军布下暗哨，而且响起了歪把子机枪声。在这紧要关头，张大义队长命令卧倒，看看距离，25 米左右。见到这种情况，战士们很有经验，立即兵分两路，边射击，边投手榴弹，不到 3 分钟，敌人“哑巴”了。

从第一声枪声响起，到战斗结束，一共才不足 10 分钟，抗联毙伤日伪军 70 余名，俘敌 20 名，自身伤亡近 30 人，以较小的代价胜利地摆脱了日伪军的重围，转入河里山区，实现了东北抗联第一路军主力向辑北山区的战略转移。

艰苦卓绝西征路

从 1938 年开始，日本关东军为扫除“满洲治安之癌”，除发布“治安肃正”命令外，还连续三年对抗日联军进行军事大“讨伐”，还在政治上进行诱降，经济上进行封锁，组织上进行破坏，致使东北抗联遭受重大损失。对此，身处险境的东北抗联路在何方？已成为集中议论的焦点，意见也不统一，但对敌强我弱的形势还将长期存在，对抗联的旗帜不能倒下，抗日烽火不能熄灭的认识还是一致的。

何去何从？为了防止被敌人围歼，打通南北满联系，开辟新的斗争方向，东北抗联三路大军不约而同地毅然决定放弃根据地，选择日伪相对薄弱的地区向西突围，寻求转机，走上了一条最为艰苦、最为残酷的西征之路，但同时也蕴含着战略上的主动，苦斗中的光荣。

当时，杨靖宇率领的第一路军派出两个最强的主力师；周保中率领的第二路军派出最能征善战的第四军和第五军；李兆麟率领的第三路军派出强悍的第三军和第六军，分别从南满、吉东、北满根据地出发，奔赴千里之外的辽河、大兴安

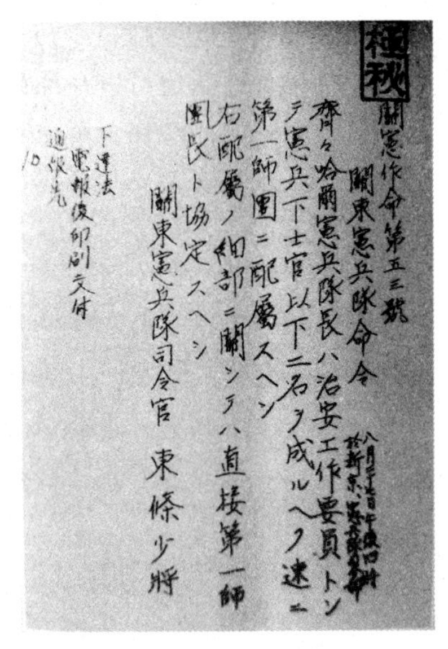
極秘
關憲作命第五三號
關東憲兵隊命令
齊々哈爾憲兵隊長ハ治安工作要員トシテ憲兵下士官以下二名ヲ成ルヘク速ニ第一師團ニ配屬スヘシ
右配屬ノ細部ニ關シテハ直接第一師團長ト協定スヘシ
關東憲兵隊司令官　東條少將
下達法
電報後印刷交付

印有“极秘”字样的关东宪兵队关于“治安肃正”的命令

岭和松嫩平原。

时任中共北满临时省委书记的冯仲云在《给中共中央的工作报告》中写道：“西征是跋涉了崇山，在大雨滂沱，山洪暴发，风寒刺骨的情况下完成的。”特别是张传福、冯治纲、李景荫、郭铁坚、雷炎、于天放、周庶泛等负责人的部队，中途曾发生许多周折，如遇敌激战，迷失道路，断绝粮食，造成的伤亡、饥饿、寒冷、疾病，以及奸细、叛徒，损失几达三分之二。

曾任广州空军后勤部房管部副部长的卢连峰，15 岁就参加了抗联。他回忆道：“开始几天，雪不太大，路比较好走。后来，大雪封山，雪深过膝，每天只能走三四十里路，宿营时一倒下就睡着了，许多同志冻伤了脚。几天后，虽然摆脱了尾随的敌人，但部队处境越来越困难了。一是又困又乏，太疲劳了。二是马也杀光了，只能以野菜、蘑菇、树皮充饥。三是许多指战员都冻伤了，还没有药，行军互相搀扶。”

刘文新和李毓卿在《周保中传》中这样描述：“第二路军踏上征途后，尤其在楼山镇战斗以后，给养基本断绝，有时十几天吃不到粮食，马杀光了，骑兵也没了。特别入冬以后，为隐蔽目标，不敢生火，饿了吃树皮，渴了吃白雪。同时，还时常与日伪军激战，部队伤亡很大，第四军军长李延平、副军长王光宇等指战员相继牺牲。”

东北抗联史专家赵俊清在其所著《杨靖宇传》中写道：当时尽管有群众冒生命危险送粮食、衣物、食盐、火柴等，但往往被敌特发现而遭残害。在冬天，常有战士没冬装而冻死者。为了解决给养，战士们经常用生命和鲜血换取。

抗联老战士、黑龙江省原省长陈雷在回忆录中写道：“为了获取给养，战士们都是经过激烈战斗取得的，为此付出生命代价的指战员不少于战场上牺牲的数量。”

抗联老战士王钧在回忆录中写道：“正值七月，部队钻进小兴安岭稠密的原始森林无人区，人困马乏的汗臭味，吸引了大量蚊子，遮天盖日地吸吮人马鲜血，一巴掌打上去，衣服被血水染红了，打跑一层，又来一层，再加上天气闷热，很多战士病倒了，在无药治疗的情况下，只能拖着残肢断臂，带着发炎的伤口，咬紧牙关，继续前行。”

黑龙江省军区原副司令员王明贵在《踏破兴安万重山》中写道："盛夏七月，正值酷暑，队伍行进在原始森林，蚊子、瞎蠓、小咬密密麻麻，防不胜防，战士们被咬得遍体鳞伤，鲜血淋淋，甚至双脚溃烂。""途中天气骤变，下起滂沱大雨，天水相连，一片汪洋，不小心走进沼泽地，一些战士被夺去生命，7 名年老体弱的战士因劳累过度，心脏永远停止了跳动。"

第九军老战士宋殿选在《西征途中》写道："在桃山、神树附近，走到大呼兰河中间时，两个战士（其中一个 20 多岁，一个十四五岁）不慎被急流冲走了。因这里离日伪警察所很近，又因天黑无法寻找，只能忍痛继续前行，郭师长和同志们都哭了。"

陈　雷

陈雷在回忆录中写道：行军中不但要克服地面的"倒木圈"和"闲瞎塘"，还要特别注意天上的"吊死鬼"，也就是挂在另一棵或几棵树上，折断多年的朽木，一遇刮风，就掉下来，轻则被砸伤，重则致人死命，结果死伤者都有。

1936 年 7 月，抗联第一军第一师在摩天岭战斗中取得了胜利，但也暴露了西征行踪，日伪军层层围追堵截，途中恶战不断，部队大量减员，被迫返回铺石河根据地。11 月上旬第三师西征，遭日伪大批兵力"围剿"。到 12 月，只有 100 余人突破重围。

图为辽宁本溪和尚帽子山下的抗联西征出发地纪念碑，相传当年第一路军总司令杨靖宇，就是站在这大石头上进行西征誓师动员的

1938 年 6 月，周保中领导的抗联第二路军从吉东根据地进行西征，向黑龙江省五常县的九十五顶子山挺进，准备与活动在那里的抗联第十军会师。8 月 15 日，抗联第四军连续突破敌人 20 多道封锁线，当冲杀到五常县的拉林河畔时，队伍从出发时的 1 200 人锐减到 100 余人。面对眼前由日军精锐部队组成的最后一道封锁线，第四军的将士们于当天午夜向敌人发起了勇猛的冲锋。由于缺少子弹，许多战士用刺刀与日军拼死搏杀，当军长李延平、副军长王光宇率先冲到拉林河时，身边只剩下十几名杀红眼的战士，在随后与敌人的周旋和激战中，军长李延

平被叛徒杀害，当副军长王光宇率领 4 名战士渡到河岸并到达九十五顶子山时，却再次与敌人遭遇，短暂惨烈的一场鏖战后，第四军的最后 5 名勇士全部英勇牺牲。1938 年 10 月 28 日，抗联第二路军的另一支部队到达乌斯浑河边时，遭到 1 000多日伪“讨伐队”包围，妇女团指导员冷云带领身边幸存的 7 名女战士为掩护大部队突围，投出最后一颗手榴弹，手挽手步入波涛翻滚的乌斯浑河，写就了抗联西征史上可歌可泣的“八女投江”壮举。

第三路军首批西征部队由第三军政治保卫师和第九军第二师共抽调 150 多人组成，指挥员为第九军政治部主任魏长魁、第三军政保师师长常有钧和第九军第二师师长郭铁坚。1938 年 7 月，西征部队渡过松花江，沿庆城、铁骊县（现铁力）山边北进。当行至苇子沟时，遭敌袭击，魏长魁主任牺牲。当行至庆城县九道岗时被包围，常有钧和郭铁坚失掉联系。直到 9 月下旬到达海伦县与第三军第六师张光迪部会合。郭铁坚所率 60 多名战士，在经过绥棱县张家湾河附近时，因河水暴涨被困在山中。当队伍到达通北林区时，全队仅剩 20 多人。

第三路军第二批西征部队有两支队伍。一支由第六军军部教导队一部、第二师十一团及第一师第六团抽调 200 多人组成。另一支由第三军第三师和第六军第三师第八团、第二师第十二团及第四师抽调 300 多人组成。1938 年 8 月上旬，抗联第六军西征部队从萝北县梧桐河畔老寿山出发。8 月 28 日部队在汤原县黑金河西沟岔口宿营时，遭百余名日伪军袭击，经激战突围，第二师师长张传福牺牲，马匹大都散失，给养被敌人夺走。经一个月长途跋涉，越过小兴安岭，到达通北县八道林子。8 月中旬，另一支西征部队分别离开富锦、宝清县，渡过松花江向萝北县集结。9 月 6 日，从梧桐河畔老寿山出发，当行至刘埼屯附近时，遇伪汤原县治安队二三百名骑兵追击，西征部队设伏打退敌人进攻。几个月后，相继于 10 月上旬到达通北林区与首批西征部队会合。

第三路军第三批西征部队由第六军军部教导队、第十一军第一师共 100 多人组成，指挥员为北满抗联总政治部主任李兆麟、第十一军第一师师长李景荫。1938 年 11 月初，在富锦县集结之后，冲破敌人封锁线，于 11 月 14 日抵达汤原县东北抗联密营。12 月 29 日，到达海伦县八道林子密营，与抗联第六军第三师会合。至此，第三路军西征部队在通北林区八道林子密营胜利会师。

总之，抗联的艰辛难以言尽，他们说：“冬天是天大的房，地大的坑，火是生命，林是家乡，野菜野兽是食粮。”“夏季蚊子、瞎蠓、小咬铺天盖地，洪水、沼泽、荆棘满山遍野，伤病和牺牲勇往直前。”可见，其生活之苦，处境之艰，战斗之酷，在中外战争史上是罕见的。

但是，东北抗联却没有因此而消沉退却，而是以抵抗日寇，光复中华为己任，在不畏艰难困苦的同时，始终保持着高昂的斗志和革命乐观主义精神，经受住了生命极限的挑战。

举几个例子。一是战士的“顺口溜”：“雪里吃，冰上眠，十冬腊月穿单衫，抗联战士英雄汉，一团烈火在心间。”二是编排了东北抗日联军驱逐日本侵略者的话剧《还我河山》。三是东北抗联将领张寿篯（李兆麟）和战友们创作的《露营之歌》：

东北抗日联军战士表演的《还我河山》话剧剧照

铁岭绝岩，林木丛生，暴雨狂风，荒原水畔战马鸣。围火齐团结，普照天地红。同志们！锐志那怕松江晚浪生。起来呀！果敢冲锋，逐日寇，复东北，天破晓，光华万丈涌。浓荫蔽天，野雾弥漫，湿云低暗，足溃汗滴气喘难。烟火冲空起，蚊吮血透衫。战士们！热忱踏破兴安万重山。奋斗啊！重任在肩，突封锁，破重围，曙光至，黑暗一扫完。荒田遍野，白露横天，野火晶莹，敌垒频惊马不前。草枯金风急，霜晨火不燃。弟兄们！镜泊瀑泉唤醒午梦酣。携手吧！共赴国难，振长缨，缚强奴，山河变，片刻熄烽烟。朔风怒吼，大雪飞扬，征马踟蹰，冷气侵人夜难眠。火烤胸前暖，风吹背后寒。壮士们！精诚奋发横扫嫩江原。伟志兮！何能消灭，全民族，各阶级，团结起，夺回我河山。

第十五章

英烈千秋

在东北抗日战场上，14 年间有几万名抗联将士前赴后继、英勇奋战，涌现了许许多多英雄人物，杨靖宇、赵尚志、赵一曼等都是杰出代表，他们洒热血、抛头颅的事迹早已家喻户晓，无愧中华民族优秀儿女、民族英雄，他们的业绩将代代相传，他们的精神将与日月同辉。本集将在众多的抗联英烈中选择几例介绍给大家。

血洒疆场杨靖宇

如果说东北抗联是世界战争史上的奇迹，那么奇迹表现在哪里呢？有人说是一首感天地、泣鬼神，动人心魄的史诗和战歌，的确毫不为过。杨靖宇将军英勇杀敌，舍命疆场的业绩就是典型代表。尤其在长期征战中创造了“四不打”战略战术，即地形不利不打；不击中敌要害不打；付出代价太大不打；对当地百姓损害大不打。反之，符合上述条件，即狠狠地打，并多次运用灵活机动战法打击日伪军，威震南满。

1937 年七七事变后，杨靖宇率领东北抗联第一军积极配合关内抗战，不畏牺牲，频频出击，如 10 月在辽宁省宽甸县小佛爷岭痛歼日军水出守备队和陆岛小队；12 月在本溪简沟同日军牛岛部队激战；1938 年连续 3 次袭击老岭隧道工程，破坏镜泊湖水电站，切断牡丹江与敦化交通，进行了著名的长冈伏击战；仅在哈尔巴岭就消灭日军 400 余人。这些，都消灭了大批敌人，包括击毙日军少将司令官松岛，解救了大量劳工，杨靖宇领导的抗联第一军被日伪称为“治安之癌”。

杨靖宇

但是，杨靖宇的部队也遭到了日伪军的疯狂反扑。从

1939年秋开始，日伪当局为了捕杀杨靖宇，除了发布悬赏捉拿杨靖宇外，还增调大量日伪正规军，专门建立了11个警察队（共3 143人）和遍布各地的警防队（共3 450人）、特搜班（373人）、指纹班（86人）、森林出击队（650人）。同时，采用“壁虱战法”（亦称“狗绳子”战术），还专门组织了三队（富森工作队、程挺进队、唐挺进队）、一班（地方工作班）。甚至不惜用一万元现金悬赏缉拿杨靖宇。尤其是针对杨靖宇常用的跨越省界，跳到外线作战的战术特点，专门成立了“第八军管区”，统一指挥伪通化、吉林、间岛三省的日伪军警、宪兵和特务，控制了大小城镇和每一个乡村，强迫南满地区八个县的农民收割尚未成熟的庄稼，甚至还将山区残留的所有可供住宿的房屋草棚全部烧光，断绝了抗联部队的粮食供给和临时住所，封死杨靖宇跳到外线作战的所有通道。一年多下来，致使抗联部队大量减员，剩余部队虽与日伪军周旋苦战，却始终未能摆脱前阻后追困局。

1939年12月24日，杨靖宇身边还有400余人，深山老林气温低至零下40摄氏度，当杨靖宇率部至吉林省浑江县的时候，由于叛徒告密，日军侦察机、战斗机低空盘旋，散发传单，扫射轰炸，日伪军大量兵力疯狂“围剿”，抗联部队边抵抗，边转移，甩掉一拨，又来一拨，业已精疲力竭。无奈之下，杨靖宇下令部队化整为零，分散突围。

到1940年2月2日，杨靖宇身边就剩下二十七八个人了，而杨靖宇本人则率部撤离浑江西部林区，意欲同第二方面军会合。途中，又经历了10余次战斗。到2月5日，杨靖宇身边只剩下12个人了。到2月15日，当杨靖宇再一次被敌人发现时，他身边就只有7名战士了。

2月15日天刚蒙蒙亮，在濛江县（今靖宇县）五斤顶子地北方的一个山坳里，杨靖宇等人又与伪警察队遭遇，日军还调飞机空中指挥。杨靖宇机智沉着地带领战士边退边打，到中午3时许，来到一个凹地，当敌我相距只有300米左右时，伊藤（日本副队长）向杨靖宇喊话：“你们跑不了啦，快投降吧！”

这时，杨靖宇将计就计地答道：“你们不要打了，我马上投降，但在投降之前，我有话要说，请你一个人过来一下。”伊藤一听高兴极了，连忙喊道：“好，我马上就去！”说完刚往前迈几步，只听“啪、啪、啪”三声枪响，伊藤应声倒下，肠子都被打出来了。敌大队长崔胄峰见状气急败坏，站起来刚要发令进攻，也被打折大腿。乘敌人一时混乱，杨靖宇机智地利用地形掩护甩掉敌人。当晚，按照分散突围的办法，杨靖宇与黄生发、刘福泰等人分手，自己带领朱文范、聂东华另行突围。这时，敌人仍紧追不放，但由于天气寒冷，加之长途奔波，敌“讨伐”队由600人，已锐减到不足50人。后来，参加“讨伐”的日军少佐岸谷隆一郎回忆说：“那时，杨靖宇身边只剩下两名战士了，由于一个多月的围阻，杨靖宇他们肯定饥肠辘辘，但杨却跑得飞快，两手摆动到头顶上，活像一只鸵鸟在飞奔，终于在一片密林里把我们甩掉了”。

1940 年，日本“满铁”《协和》杂志第 263 期专文记录了日伪 600 人挺进队被杨靖宇一人尽数拖垮的经过。

2 月 18 日这天，敌人在濛江县大东沟屯附近一个炭窑里，发现了杨靖宇身边的两名战士并将其打死，在遗物中还发现了一颗杨靖宇的印鉴，认定杨靖宇就在附近，于是缩小包围圈，切断公路，堵塞山路，还派特务扮成打柴的农民进山搜索。

2 月 23 日下午 3 时许，在濛江县第一区保安村西南 3 公里左右处，4 名装扮成打柴农民的特务发现了杨靖宇。这时，杨靖宇已经重病缠身，精疲力竭。但是，杨靖宇看他们是中国人，就讲起了抗日救国的道理。结果，这 4 个特务非但不听，还诱劝杨靖宇投降，却被杨斩钉截铁地拒绝了。

还是下午，这 4 个特务回来后就把杨靖宇的情况报告了村公所，村公所又报告了伪警察队本部。于是，伪警察队本部立即临时纠集了 21 个人（其中 6 个日本人，15 个伪警察），分乘两台载重汽车进山搜捕杨靖宇。紧接着，在不到 1 小时的时间里，又连续派出 5 批人马增援。

当这些日伪军在三道岗子 703 高地附近发现杨靖宇的时候，杨靖宇仍顽强应战，双手拿枪，边打边撤，时隐时现。又过半小时后，终于在 490 高地河边上，杨靖宇被包围了，距离不足 30 米。

这里要说明一点，即在“围剿”杨靖宇的过程中，日军曾明令各“讨伐”队抓活的，并劝其归顺。因此，杨靖宇并没有中弹，但日军的算盘完全打错了。

在重兵的层层包围下，杨靖宇毫无惧色，毫不动摇。日军官喊：“杨，你的命要紧，抵抗的没有用了，快投降吧！”叛徒们喊：“杨司令你快投降吧，你投降了保证当大官，享大福。不投降，你马上就要没有命了。”在这个决定生死的关键时刻，杨靖宇大义凛然，气冲霄汉，杀身为国，视死如归，他依然用手枪射击。据参加这次战斗的一个日警后来说：“回答劝降声的是更加猛烈的枪声。”杨靖宇打了 20 来分钟后，看看周围，知道突围无望，于是焚毁了自身携带的文件。这时，敌人急了，敌人也彻底明白了，他们要生擒活捉杨靖宇是根本办不到的，要杨靖宇投降，更是白日做梦。于是日军下达了“干掉他”的命令，开始猛烈射击。经过 20 分钟的激烈交战，一颗子弹首先打中了杨靖宇的左腕，左手拿的枪落地了，但他仍然用右手持枪应战。接着他又被敌人打中了两枪，仍然坚持战斗。突然一颗罪恶的子弹贯穿了杨靖宇的胸部，他倒下了……1940 年 2 月 23 日下午 4 时 30 分，杨靖宇将军壮烈殉国，时年 35 岁。

杨靖宇一米九三的个头，其魁伟的身躯，即使在战场上的瞬间也给日本关东军留下了深刻印象。

战后，一个日本老兵在回忆杨靖宇将军牺牲后的情况时说：“杨将军死后，遵照关东军司令部的命令，军医切开杨将军的腹腔，想弄清严密封锁几个月，冰天雪地，弹尽粮绝的东北抗联将士们究竟吃什么呢？当切开杨将军的胃时，不由惊呆住了，里面全是未消化的树皮和草根。杨将军的头颅被砍下来示众，告诉他们抗联已经被消灭。但是我总觉得杨将军的影响力更大了，我十分佩服他，他的队伍一共 3 000 人，无重武器，无任何援助，他却没有后退一步。我感到杨将军是个伟大的人物，他是一个为了保卫自己祖国而战的勇士，具有永恒的意义。有这样的将军，有这样不屈服的精神，我们要统治中国，建立大东亚共荣圈谈何容易！我已 76 岁，我还活着，他却早已离开这个世界，我把最后的军礼敬献给这位坚强的中国军人！”

抗战胜利后，东北民主联军总部决定，为永远纪念杨靖宇将军，将濛江县改为靖宇县。哈尔滨市人民政府将道外区正阳大街改为靖宇大街。以后，在烈士牺牲地修建了由陈云题写的“杨靖宇将军殉国地”的纪念牌楼。谢觉哉为杨靖宇题词“丹心贯日”。郭沫若写诗一首：头颅可断腹可剖，烈忾难消志不磨。碧血青蒿两千古，于今旆赤满山河。朱德委员长题词：“人民英雄杨靖宇同志永垂不朽。”

1957 年 9 月 25 日，杨靖宇将军遗体迁往吉林省通化安葬，黑龙江省暨哈尔滨市党政军民恭送杨靖宇将军遗体大会

壮志未酬赵尚志

20 多年前，《赵尚志》电视连续剧中一首主题歌《嫂子颂》，感动了千千万万的人，每当想起那雄浑、凄美、激情的旋律，仿佛再一次把我们带入那个驱逐倭寇、气壮山河的画面，令人激情澎湃，久久不能平静下来……

1936 年初，赵尚志开始任东北抗日联军第三军军长，队伍也不断壮大，最多时达 6 000 余人，对北满的日伪军进行了连续打击，深受东北人民的敬仰和爱戴，被誉为“南杨北赵”顶天立地的抗日英雄。因此，赵尚志的名字，也被日伪当局列为重要剿灭的“匪首”。

1937 年 5 月，日本关东军参谋部在“满洲国治安报告”中明确：“松花江两岸的匪团，是品质最恶，最顽强，行动最活跃的匪团，其代表者是以赵尚志为首所率领的共匪”。

赵尚志

1939 年 4 月 7 日，日本关东军司令官发布 1483 号命令“拟于本年末彻底消灭残匪……特别对于捕杀匪首，须全力以赴”。同时，悬赏 1 万元捕杀赵尚志。可见，日伪当局对赵尚志恨之入骨，悬赏金额与杨靖宇相同。

1940 年以后，日伪当局继续推行“治安肃正”计划，除出动大批军警、特务外，还实施“断粮道”“饥饿圈”“大检举”“大检查”等措施。

什么是“大检查”，就是对城乡居民，按户口、居住证、指纹逐一加以对照，发现不符者，即行按“不法分子”逮捕。

总之，东北抗联面临的军事、政治、经济形势日益严峻，迫使抗联领导们不得不改变斗争策略。这其中，一是取得与党中央的联系，实现东北的统一领导；二是向苏联转移，寻找同党中央联系的机会，这也是各路抗联领导人的共同想法。因此，赵尚志先后两次进入苏联境内。

提起赵尚志，曾在抗联里有较大争议，他曾两次被开除党籍。第一次是 1933 年春，由于贯彻执行“北方会议”精神“不彻底”，赵不服，要求申辩，结果被开除党籍。

1935 年 1 月，中共满洲省委做出了《关于恢复赵尚志同志党籍的决定》，并认为当时开除赵尚志党籍是“省委执行‘左’倾机会主义路线的结果，是错误的”。

1940 年赵尚志来到苏联，也可以说情况并不乐观。第一次伯力会议期间，1 月 28 日中共北满省委在召开的第十次常委会上正式做出了“永远开除赵尚志党籍的决定”。其原因相当复杂，这里就不一一评述了。2 月 6 日，经参加会议的抗联领导人协商决定，调赵尚志到抗联第二路军任副总指挥。之后，根据冯仲云、周保中的请求，中共北满临时省委并没有同意将赵尚志留在党内改正“错误”，而只是将永远开除，取消了“永远”二字。

这样，在第一次伯力会议之后，赵尚志回到东北只好以一个党外人士的身份到第二路军工作了。1940 年下半年，随着各抗联部队遭到重大挫折，各省委和抗联领导陆续来到苏联，准备召开第二次伯力会议，但赵尚志被取消了参会资格，并被撤掉了第二路军副总指挥的职务。

党籍没有了，职务没有了。面对这样的打击，赵尚志把袖子一甩说：“不让开会，我就回东北！我死也要死在东北战场上！”就这样，1941 年经批准，赵尚志率领姜立新等 4 人组成的一个小分队回到东北。

这时，正值苏德战争爆发，苏联急需了解德国法西斯同其盟国特别是日本关东军的情报，因此赵尚志这支小分队既有侦察日军情报的任务，同时按赵尚志的设想，又有一旦苏日战争爆发，便去炸毁兴山（今鹤岗市）的发电厂和佳木斯至汤原间的铁路、桥梁。

1941 年 10 月中旬的一天深夜，赵尚志率领的小分队在苏联边防军的协助下，跨江登岸回国，到达黑龙江省萝北县境内的大马河口，并准备继续发展抗日武装。

这时，鹤立县兴山镇日伪警察署署长田井久二郎和特务主任东城政雄从一个密探那里得到了有关赵尚志的行踪，但这两个老牌日本特务深知，赵尚志和杨靖宇一样，他们号召力很大，背后不是一两个人，一旦抗日烽火重新燃起，麻烦就大了，因此不能大张旗鼓地抓捕，必须进行秘密捕杀。

于是，经精心策划，决定对赵尚志率领的小部队，以特务和警备战线上的全部力量，尽可能在旧历正月以前，将其（赵尚志）诱至梧桐河附近，加以逮捕歼灭，也就是罪恶的、谋杀赵尚志的“梧桐河计划”。

在东北抗联，随时都要防范特务、汉奸、叛徒，这些人可以说如影随形，司空见惯。这方面，赵尚志有着太多经历和经验。

但是，这一次赵尚志大意了。当时，寒冬腊月，雪花纷飞，因急于从零开始，扩大武装，有些“饥不择食”，因而忽略了对发展人员的甄别，新发展的 3 人之中，竟有两个是特务。

这两个特务，就是“梧桐河计划”日伪委派的。一个叫张锡蔚，化名张青玉；另一个叫刘德山，也就是最早的告密者。他们俩花言巧语，假装为抗联提供情报、给养等，骗取了赵尚志的信任，打入抗联小分队内部。

这时的赵尚志，刚刚回到惜别许久的祖国，心情好像黑龙江水奔腾不息，无论面对什么险阻，都挡不住他抗日激情的迸发。可是，危险也正一步步向他走来。

1942 年 2 月初，接连下了几天的雪，给抗联小分队给养供应带来困难。急于打开局面的赵尚志轻信了特务“张青玉”提供的假情报，决定趁大雪封山之机，率小分队夜袭梧桐河警务所夺取给养。而这支小分队中，就有两个特务张青玉和刘德山。

1942 年 2 月 12 日凌晨，赵尚志率部趁天黑秘密潜入伪三江省鹤立县梧桐河金厂。当途经吕家菜园时，特务张青玉说：“慢点，这里离警察署只有 1 公里，我先到前面看看情况”。实际上是报信去了。

凌晨 1 时许，赵尚志率部继续前行，特务刘德山说：“咱到菜园子屋里暖和一下”，又说：“你们先走，我去解手。”说完，刘德山就行至赵尚志身后，举起步枪就射。这就是在执行日伪的谋杀计划，即“伺机使他负伤并加以逮捕”。

罪恶的子弹穿过赵尚志的腹部，赵尚志这才知道中了圈套。但赵尚志毕竟是久经沙场的将军，子弹早已上膛，也就是在中弹倒地的瞬间，转身朝刘德山连开两枪，刘的头腹部各中一枪，当即毙命。

当赵尚志被扶进农家小屋之时，接到报信的日伪警察随即潜行过来。短暂激战后，赵尚志昏迷过去。

赵尚志醒来后，发现自己躺在雪爬犁上，已然被俘。他叹息道：“我只想死在千军万马中，没成想死在刘炮（刘德山）手里。”

赵尚志面对审讯的警察说：“我是赵尚志，你们和我不同样是中国人吗？你们却当了卖国贼，该杀！我死不足惜，今将逝去，还有何可问？”

1942 年 2 月 12 日赵尚志在负伤 8 小时后牺牲，时年 34 岁。那一天，黑土地上的白雪，与赵尚志将军的鲜血融为一体，染红了冰封的黑土地。

风萧萧兮易水寒，壮士一去兮不复还。赵尚志牺牲后，日伪军锯下他的头颅运往长春，从遗像中可以看见，他还是怒睁着双眼，可谓壮志未酬，死不瞑目！

赵尚志——东北人民的优秀儿子，民族在流泪，祖国在流泪。1946 年，为纪念赵尚志这位民族英雄，哈尔滨市政府将道里区新城大街改为尚志大街，他长期战斗过的珠河县也改为尚志县。1982 年，中共黑龙江省委对开除赵尚志党籍问题进行了复查，6 月 8 日做出了《关于恢复赵尚志同志党籍的决定》。

巾帼英雄赵一曼

以往，我们知道了许多抗联女战士的英勇业绩，但赵一曼是最杰出的一个，因为这位天府之国的奇女，把一腔热血洒在了反满抗日的东北黑土地上，我们将永远敬仰她、怀念她。

赵一曼

赵一曼，原名李坤泰，1905 年生人，四川宜宾人。早在学生时代就参加了反封建礼教运动，1926 年加入中国共产党，同年 10 月被党组织保送至黄埔军校分校——武汉军事政治学校学习。1927 年 9 月，赵一曼被派往苏联东方大学学习。期间，她与同学陈达邦相识相爱，后经组织批准在苏联结婚。1928 年，由于国内急需从事地下工作干部，赵一曼毅然告别丈夫回国工作。此时，她已是有 5 个月身孕的准妈妈了。

回国后，赵一曼被党组织派到宜昌从事地下工作，并生下了儿子，取名宁儿。此后，赵一曼携儿辗转南昌、九江、上海，从事党的工作，途中曾要过饭，曾被国民党反动派追捕过。

1931 年九一八事变后，赵一曼主动要求到东北从事抗日救亡工作，得到了党组织的批准。临行前，将幼子送到武汉陈达邦哥哥家中抚养，并拍下了唯一一张母子合影。

来到东北后，中共满洲省委领导考虑到赵一曼是位女同志，就让她在省委机关工作。期间，赵一曼曾在大英烟草公司和纺纱厂做过一段女工，还发展了十几名中共党员或工会会员。曾领导了哈尔滨电车工人大罢工，并惩办了汉奸、特务等。在哈尔滨期间，赵一曼还撰写了一些反满抗日文章、诗篇，其中《滨江述怀》就在中共领导的总工会主办的地下刊物《工人事情》上发表。

誓志为人不为家，涉江渡海走天涯。男儿岂是全都好，女子缘何分外差？未惜头颅新故国，甘将热血沃中华。白山黑水除敌寇，笑看旌旗红似花。

后来，赵一曼多次找党组织谈话，要求到前线去直接参加战斗。1934 年春经满洲省委批准任珠河（现尚志市）中心县委委员，并以县委特派员身份深入游击区从事抗日游击队工作。

这时，赵尚志、冯仲云领导的抗日游击队还处在初创时期，游击区也尚不稳固，战斗频繁。因此，赵尚志、冯仲云要把她留在中心县委工作，可赵一曼坚决不干，要求到哈东珠河游击区一线部队直接参战。最后组织上任命赵一曼到第二团当政治部主任。

当时，在烽火连天的大东北，一位端庄秀丽的南方女性，骑着白马，手持双枪，率领战士们置身抗日最前线，不断打击日伪军，如在帽儿山车站公路上袭击日伪军哨所，抓俘虏、缴枪械、割电话线，风驰电掣，来无影，去无踪；又如乔装打扮，用大粪车运送枪械弹药，躲过日伪岗哨盘查；特别是在侯林乡、亮珠河一带组织群众开展反满抗日武装斗争，更是有声有色。赵一曼声名大振。

同样，赵一曼也受到了老百姓的爱戴，乡亲们亲切地称她“女长官”，也有叫她“一曼”的。还有的说她是赵尚志司令的妹妹。其实，老百姓固然不了解情况，但也表达了一种敬仰的心态。但这两个人倒可以说成是“学兄妹”，因为赵尚志是黄埔 5 期的学员，赵一曼是黄埔（武汉分校）6 期学员。

赵一曼的美丽大气、坚毅果敢、平易近人，很快赢得了战士和群众的信任。据抗联老战士梁铭岫回忆：那是 1935 年 2 月，我当时刚满 13 岁，旧历腊月二十九中午，一支抗联队伍开进我的家乡——珠河县刘家村，只见一位 20 多岁身背长筒猎枪，步态轻盈的女同志走在前面，她身穿深灰色棉衣，系着腰带，头戴狗皮帽子，外露齐耳短发，白里透红的脸上，一双大眼睛格外有神。有个老太太说：“她是花木兰再世。”

很快，赵一曼的名字也在日伪当局挂上号，很快成为日军眼中的危险人物，把赵一曼和赵尚志同样列入重点“剿灭”名单。在当时的《大北新报》《哈尔滨日报》上都登载了《共匪女头领赵一曼，红枪白马猖獗哈东地区》的报道。

1935 年秋，是日本关东军“讨伐”珠河抗日根据地最凶残的岁月。这时候，赵一曼挑起了中共珠河铁道北区委书记和第三军第二团政治部主任的重担。11 月一天的黎明，第二团被日伪军包围在一片山沟里，随后经过整整一天的激战，均未突围成功。

夜幕降临，赵一曼向第二团团长王惠同说：“现在机会来了，你带领部队和伤员突围吧，我带一班掩护。”王团长说：“这怎么行，你是女的，你先走，我掩护！”赵一曼说：“什么男的女的！快！你有责任把部队带出去！”

就这样，在赵一曼和一班战士的掩护下，王团长和战友们突围出去了。而赵一曼在撤退途中又与敌人遭遇，并大腿部中枪，而且是穿透伤。于是，她只好带 3 名战士躲到附近一农民家里养伤。没过几天，敌人便探得消息，讨伐队队长张福兴带伪军前来抓捕，搏斗中赵一曼左腕又被击中一枪，昏迷后被俘。

赵一曼被俘后，张福兴便把她送到珠河县伪警察日本首席指导官远间重太郎处，后又马上转送到县城。敌人审讯时，赵一曼滔滔不绝地控诉日本侵略者罪行。残忍的大野泰治连夜拷问，赵一曼多次昏死过去。

为搞清赵一曼的身份，大野泰治连夜拷问了 20 多个在押人员。当得知赵一曼真实身份后，感到人物重要，并安排“不发生生命危险的治疗”。10 天后，又将赵一曼押送到伪滨江省警务厅。

在伪警务厅，赵一曼面对敌人软硬兼施的审问，一概回答“不知道”，直到她大腿枪伤化脓后才被送进哈尔滨市立第一医院禁闭起来。

这所医院是日伪严密看守的地方，逃出去可不容易。但在治疗期间，赵一曼不仅用抗日救国的道理和东北抗联与日寇血战的故事，赢得了换药见习护士韩勇义的敬重，而且把看守她的青年董宪勋争取到身边。于是，在这两个人的帮助下，赵一曼制定了一个详细的逃走计划，即目标和方向是宾县三区，那是赵尚志率领抗联三军经常活动的地方。

6 月 28 日晚 9 点，一切准备就绪，董宪勋雇了一辆白俄司机开的汽车准时等候在预定区域，将赵一曼抬到汽车上，向阿城方向驰去。小轿车到阿城后，将赵一曼抬上一辆马车，董韩二人也相随奔游击区而去。

6 月 29 日早 7 时，伪南岗警察署接到医院关于赵一曼逃跑报告后，立即派人追捕，并很快判断出逃跑方向。6 月 30 日早 5 时，伪骑警在阿城县李家屯追上赵一曼，赵一曼再次落入敌手。

赵一曼赴东北抗日战场前与儿子的合影（摄于1932年初）

在敌人用尽一切酷刑并一无所获之后，日伪彻底绝望了。1936年8月2日，中华民族的抗日女英雄赵一曼，挺胸高唱《红旗歌》走向刑场，在珠河县小北门英勇就义，年仅31岁。

赵一曼在生命的最后关头，给儿子写了一封遗书如下：

宁儿：母亲对于你没有能尽到教育的责任，实在是遗憾的事情。母亲因为坚决地做了反满抗日的斗争，今天已经到了牺牲的前夕了。

母亲和你在生前是永久没有再见的机会了。希望你，宁儿啊，赶快成人，来安慰你地下的母亲！我最亲爱的孩子啊！母亲不用千言万语来教育你，就用实际来教育你。在你长大成人之后，希望不要忘记你的母亲是为国而牺牲的！一九三六年八月二日 你的母亲 赵一曼于车中

新中国成立后，为纪念这位杰出的抗日女英雄，朱德委员长题写了“革命英雄赵一曼烈士永垂不朽”。松江省主席冯仲云建议，将关押赵一曼的山街改为一曼街，并在与阿什河街交口处修建了一座赵一曼半身铜像，供后人瞻仰。

死而后已魏拯民

魏拯民

魏拯民将军是一位文武双全的抗日民族英雄，在长达9年的岁月里，始终战斗在白山黑水之间，谱写了一曲曲高昂激愤、感天动地、死而后已、雄浑悲壮、可歌可泣的篇章。

魏拯民，1909年2月出生于山西省屯留县王村，1924年9月以优异成绩考入太原一中，曾结识彭真等进步同学，1926年加入共青团，次年转为中共党员。1932年5月受中共河北省委派遣赴东北参加抗日斗争，任中共哈尔滨市委组织部长，1934年12月参加汪清抗日游击队，1935年3

月任中共东满特委书记，1935 年 5 月任东北人民革命军第二军政委兼党委书记，1935 年冬任东北抗日联军第二军政委，1936 年 7 月任东北抗日联军第一路军总政治部主任，后任副总司令。

据金日成回忆："他（魏拯民）的外貌，很像个大学教授，不是军人型的，是个文人型、思索型的人。若不是闹革命，他很可能是为科学研究、著书立说奉献一生的人。他的特点是，为人淳朴真诚，待人随和谦逊，做事认真。"那么，魏拯民从事党的政治工作多年，都表现在哪些方面呢?

一是表现在抗日队伍早期政治制度建设方面。如 1935 年在汪清县腰营沟主持召开了东满地区党政干部联席会议，通过了《人民革命军政治工作条例》和《人民革命军战士待遇条例》。这些，在当时敌强我弱，残酷至极的战争年代，都是难能可贵的。二是表现在传达贯彻共产国际和中共中央精神方面。1935 年 5 月，中共满洲省委派魏拯民作为东北抗日游击队的代表赴莫斯科参加共产国际第七次代表大会。会议期间，魏拯民汇报了东满党建和抗日斗争情况，将自己撰写的 6 万余字的《马康报告》提交主席团。总之，为建立广泛的抗日民族统一战线和开展游击战，提供了颇有参考价值的基础资料。

1936 年 3 月上旬，在安图县一个叫迷魂阵的密营里，魏拯民主持召开了东满党组织和军队干部联席会议，根据第二军失去老根据地后，迫切需要确定新的发展方向问题，魏拯民提出兵分两路，声东击西，跳出包围圈的战术，并在实施中取得胜利。具体情况是：4 月 6 日，魏拯民派出一支小部队，对大蒲柴河实施佯攻，结果引来敦化县城守敌前来增援，而魏拯民将主力部队埋伏在敦化县城至大蒲柴河的寒葱岭，结果伏击成功，之后又乘势攻占大蒲柴河，不仅歼灭日伪军 500 余人，还成功跳出日伪包围圈。

1936 年 6 月底，也就是抗联第一军西征出发之际，魏拯民带领一个连来到金川县河里根据地，与杨靖宇的第一军会师。7 月 7 日，在密营召开了中共东满、南满特委及第一、二军领导人参加的联席会议（也就是著名的河里会议），决定将第一、二军合编为东北抗日联军第一路军，杨靖宇任总司令、王德泰任副总司令、魏拯民任总政治部主任。

河里会议结束后，魏拯民、王德泰指挥的第二军频频出击，打了许多胜仗。如 1936 年 7 月 20 日，在安图县佛山河重创日伪军；9 月初，在抚松县小汤河袭击伪靖安军；10 月 10 日，在安图县南部东清沟遭遇伪第七旅十团，击毙日军大佐石川隆吉、中佐河村等数十人。也为此，引起日伪震惊，调动大批部队围剿。

为摆脱日伪军重兵包围，魏拯民率部前往长白县与金日成部会师。据金日成回忆：当时，他观察魏拯民的脸色非常不好，体质很弱，加上已成痼疾的心脏病和胃病，平时又不要命的工作，健康状况越来越差。有一次心脏病发作昏了过去。每当大家劝他休养时，他总是一笑了之。

11 月下旬，王德泰在抚松小汤河召开会议时，遭到日伪军突然袭击不幸牺牲。魏拯民独自担起第二军重任，果断率主力迅速向抚松、濛江转移。

1937 年初，面对日伪军春季大“讨伐”，魏拯民在抚松县杨木顶子密营召开军事会议，决定分兵游击，冲出重围。之后，魏拯民带领第二军教导团和第四师一部在临江县一带与敌周旋。说到这儿，要讲讲庙岭之战。

庙岭，是通往临江、抚松、长白三县的交通要道。为了围堵抗联，日伪军在这儿建有一个据点，驻有一个营兵力。6 月上旬，魏拯民采取里应外合办法，消灭日伪军 150 余人，拔掉了据点。这是一次重大胜利。

1937 年七七事变后，为牵制日军入关作战，魏拯民率部频频出击，屡创日伪。如 10 月 26 日，出其不意地攻克了辉南县城，缴获大量军用物资，还发布《告民众书》《告满军士兵书》。

1938 年 5 月，魏拯民率部在袭击辑安双岔河伪警察所后，在辑安县老爷岭与杨靖宇部会师。随后，在中共南满省委和第一路军主要干部会上，魏拯民正式担任第一路军副总司令。会后，杨靖宇、魏拯民率部消灭有“皇军剿匪之花”之称的伪索景清旅并取得“岔沟突围战”胜利。

气急败坏的长岛“讨伐队”扬言要捉拿魏拯民。不久，魏拯民获悉长岛上司松岛“讨伐队”的情报后，便率部在寒葱岭打了一个漂亮的伏击战，歼敌 270 余人，捣毁汽车 10 辆，缴获大批武器和物资。但是，魏拯民不幸负伤。

这时，魏拯民开始养伤，一个多月后，枪伤总算愈合了，但面容消瘦苍白，老病重新恶化，用魏拯民自己的话说：“胸中好像有个石块老往上涌”。

魏拯民将军在视察抗联第一路军官兵生活情况（资料照片）

前去探望的金日成劝魏拯民赴苏治病，但他全然不顾自己身体，躺在病榻上仍坚持研究游击战略战术，并撰写给共产国际的信，一心一意为第一路军的前途和命运着想，并委托金日成赴苏时向共产国际汇报，最后说：“金司令，拜托了”。

此后，金日成再也没见到魏拯民，后来，金日成到了苏联哈巴罗夫斯克后，办完了魏拯民委托的所有事情。

反“讨伐”是相当残酷的。1939 年 8 月，魏拯民病情虽然很严重，但仍坚持每天行军 70 多里，并率部边突围边消灭敌人，还奇袭了安图县大沙河镇，全歼守敌和前来增援的日伪军 500 余人。

1940 年 2 月 23 日，杨靖宇将军在濛江县牺牲，魏拯民十分悲痛，抱病在桦甸头道河主持了第一路军追悼会，并带领将士们宣誓“坚决继承杨靖宇将军的事业，踏着烈士的血迹，继续奋战，克服一切困难，一定把日军赶出去”。

杨靖宇牺牲后，领导第一路军的重任落在了魏拯民肩上，他继续率部开展游击战，不断袭击敌人，抗联行动反而更加活跃。1940 年 4 月，魏拯民给中共中央写了一封信，希望得到党中央的信息。

1940 年秋，魏拯民的病情愈加严重，不得不再次离开部队，在桦甸夹皮沟镇牡丹岭西麓二道河子上掌密营休养。期间，曾多次派人寻找与党中央和共产国际联系线索，但均无果而终。12 月，最后一次派人携带信件去关内试图与党中央、八路军建立联系，仍无回音。

休养期间，魏拯民始终伏案工作，甚至通宵达旦。直至弥留之际，还给关内八路军写信，盼望与八路军一起打击日本侵略者。

由于日伪严密封锁，密营断粮没药，魏拯民病情急剧恶化。1941 年 3 月 8 日天刚亮，处于昏迷状态的魏拯民再次睁开眼睛，对身边的同志们说：“你们还年轻，要奋力作战，闯过难关，日军在中国的日子不会太长了……我死后，就把我埋在这里，我要看着你们把侵略者赶出中国去……”这是他最后的遗言。

金日成评价：“魏拯民的一生是壮丽的一生，因为他的起始与结束是一致的。为了祖国和人民，为人类的幸福迈出第一步的人，最后一步也应当是为祖国和人民，为人类的幸福做出奉献的一步。”

1961 年 12 月，桦甸县人民政府修建了一块墓碑“东北抗日联军第一路军政治委员魏拯民同志之墓”。1985 年，魏拯民的遗骨由密营移入吉林市烈士陵园。1986 年，吉林市人民政府在北山公园修建了“魏拯民烈士陵园”。

镜泊英雄陈翰章

陈翰章，满族，1913 年 6 月 14 日生于吉林省敦化县城西半截河屯一个农民家庭，自幼性格刚毅，聪明好学，10 岁进私塾，1930 年从敖东中学毕业，各科成绩优秀，并掌握日语。在学校里，受进步老师影响，接受了革命思想，成为学生运动带头人，并立志从事教育事业，为国家培养优秀人才，改造国家，使国家独立富强。

在他14岁的时候，还有一段小传奇故事。1927年初，敦化县教育局招考教师，报名者都是成年人，最大的都60多岁了，考官一看陈翰章这么小，就不批准他报名，陈翰章的老师对考官说：“考的是学问，管他岁数大小做什么”。最终教育局同意了。结果在几十名投考者中，陈翰章排名第四，传为奇闻。可见，陈翰章才华横溢。但是他并没有从事教师工作，而是考入中学读书，并主编校刊，发表爱国思想文章，抨击时弊，成为学生会负责人之一。

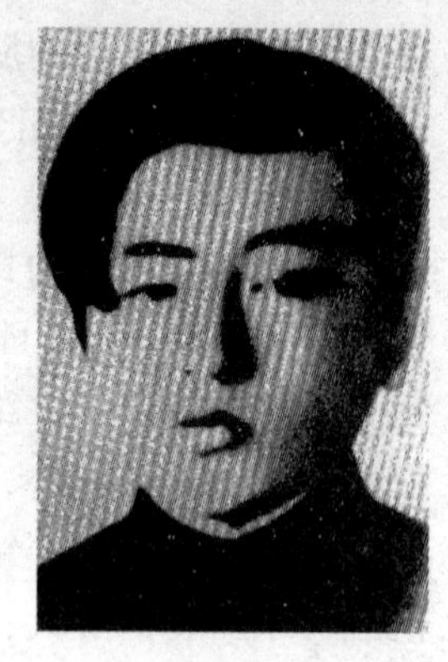

抗联第一路军第三方面军指挥陈翰章

九一八事变后，他决定投笔从戎，用手中的枪、鲜血和生命赶走日本侵略者。一天，他在黑板上写了四个大字“赶走恶狼”。

1932年2月，陈翰章参加了周保中、李延禄领导的抗日救国军，先后担任司令部秘书、宣传队长、突击队长，并加入中国共产党，后升任救国军总部秘书长。1934年初，陈翰章奉命赴天津、北平开展扩大抗日民族统一战线工作，几个月后返回东北。1935年1月，22岁的陈翰章任东北反日联合军第五军第二师参谋长兼党委书记，旋即调任第二军第二师参谋长、代师长、师长。此后，陈翰章带领部队转战于宁安、安图、敦化、桦甸一带，同日伪军展开灵活机动的游击战，消灭了大量日伪军，令敌人闻风丧胆。

据史料记载，陈翰章以果断、缜密、无畏闻名，率部驰骋沙场，屡立奇功，是抗联队伍里同日伪军作战次数最多的将军，因此被人们称为“镜泊英雄”。“出门遇见陈翰章，日军就遭殃！”这是当地民谣。日伪当局称陈翰章为“镜泊虎”，可见其恐惧程度。

从1935年开始，日伪“野副讨伐队”就将陈翰章领导的抗联部队列为主要“讨伐目标”，或频繁军事“围剿”，或重金悬赏缉拿，或不断政治诱降，但均遭失败或拒绝。陈翰章警告日本宪兵队派出的劝降者雄谷太郎，他说：“中国人民必将战胜日本侵略者，再来劝降，杀无赦！”1935年7月，日伪抓住陈翰章父亲和妻子，采用软硬兼施办法迫使其投降。陈翰章坚定地说：“国破家安在，堂堂男子汉，岂能甘作异族奴，即使日军把我全家都杀光，自己也不会当汉奸。”为了动摇陈翰章的抗日意志，敌人逼迫他的父亲和妻子进山劝降。他坚定地表示：自古忠孝不能两全，要抗日就不能苟且偷生，请父亲允许儿子抗日救国。为了不连累妻子，他劝妻子择人另嫁。根据文献记载，父亲虽表面上劝降，却悄悄给陈翰章带来日军的情报。为了掩人耳目，陈翰章表面和父亲翻脸了。实际上，陈翰章对父亲的感情很深，他的描写十分亲切：“我年迈苍颜的老父受威逼而奔走不停，每当思之，胸中就难免激动不已，无情未必真豪杰也”。这些记载源于陈翰章的日记。

1937 年 7 月，陈翰章任东北抗联第一路军第三方面军总指挥，继续在南满四县和绥宁地区坚持游击战。1938 年 5 月，陈翰章率部由牡丹江南下，袭击了镜泊湖水电站工地日本守备队，焚毁了工程事务所，解救了大批劳工，并使工程陷于瘫痪。之后，在若干次战斗中，不断打击敌人。据不完全统计，共歼灭日伪军 1 000余人。

1939 年 4 月，陈翰章率部袭击了大蒲河和柳树河据点，转移中遭日军辻本中队追击，但陈翰章反戈一击，将尾随日军几乎全歼，辻本大尉中弹后剖腹自杀。

1939 年夏，陈翰章任抗联第一路军第三方面军总指挥，与魏拯民部攻点打援，取得攻击安图大沙河等胜利。经过 4 天战斗，共毙伤俘日伪军 500 多人，缴获机枪 7 挺、步枪 300 余支。同年 9 月 24 日，陈翰章截击日军松岛“讨伐队”，全歼包括日军少将在内的官兵 100 余人，缴获大批武器弹药和粮食。

1940 年 4 月 20 日，陈率部在烟筒砬子附近准备出发休息的时候，突与搜索而来的衔尾日军发生接触。虽然战斗仅维持了很短的时间，但陈翰章大腿部中一弹，形成贯通伤。他笑说：“为了我抗日救国民族事业而流血，实为余无上之荣光。”

在密营养伤时，不但没有药品，就连盐水也没有，陈翰章的腿越肿越粗，伤口化脓，但他毫不在意，照样研究敌情，制定作战计划。为了早日重返战场，他让军医拿来一条干净的白布，用一根小木棍把布条捅进子弹穿透的伤口里，再从另一边拉出来，以使浓血和烂肉被布条带出来。此情此景，让人不禁感佩万分，关羽刮骨疗毒不过如此，这可是我们的当代英雄陈翰章将军。

1940 年春季，陈翰章率部转战于吉林、黑龙江两省交界地区，在短短三个多月时间里，同日伪军交战 30 余次，也由此引来日伪重兵“讨伐”。4 月，陈翰章率主力在敦化牛心顶子遭日伪 2 000 余人包围，陈翰章虽腿部受伤，但仍忍痛指挥部队冲出包围圈，结果密营被破坏，被服厂女兵全部被杀害，储藏物资全部被洗劫，陈翰章所部失去了后方基地。之后，陈率部进入五常，先后袭击了拉林河森林警察队、张家湾日本守备队、多处日本“集团部落”。10 月，部队转战至镜泊湖南湖头。

进入冬季，陈翰章率 60 余人转战于镜泊湖地区。由于敌我力量悬殊，经过几次战斗，只剩下十几个人了。当转战到鹰膀子北山坡时，日伪军也尾随而来。1940 年 12 月 3 日，陈翰章十几人在小湾沟密营刚吃过早饭，1 000 多日伪军就包围过来，陈翰章十几人同数百倍于已的敌人殊死搏斗，连续打退敌人多次进攻，战士们高喊陈翰章的口号“杀一个够本，杀两个赚一个”，阵地前留下几十个日伪军尸体。

但是，终因敌众我寡，突围无望，陷入绝境。陈翰章也身负重伤，为掩护身边4名朝鲜族战士突围，他仍孤身一人坚守阵地，日伪军高喊：“陈翰章，投降吧！给你大官做！”陈翰章仍用子弹回答，并顽强地靠在大树上射击，边打边骂，不幸右手和胸部再次中弹。在他奄奄一息之际，日军用刀刺破他的脸，挖出他的双眼，陈翰章壮烈牺牲，年仅27岁。敌人又割下他的头颅送到“新京”，与先前牺牲的杨靖宇将军的头颅放在一起，后送到关东军司令部医务课做标本。

据知情者曾兆祥回忆：当时，大约是过小年的头一天，突然日伪军开着几辆扣棚的大汽车耀武扬威地闯进我们村，把全村老老少少都赶到村公所前的广场，敌人把其中一辆汽车的车厢板打开放下，车上放着三只木箱，中间一个略大，上面一个还盖着一块黄布。面对此情此景，老师悄悄告诉学生：那是抗日英雄陈翰章的头颅，同学们听了既震惊又心痛，当我们被“押”着走过木箱时，只见将军头发松散，脸消瘦苍白，双目紧锁，双眉似剑，鼻梁隆起，双唇紧闭。那是一张充满苦难与愤怒的脸，记录着民族的仇恨和敌人的罪恶，凝聚着将军的刚毅不屈、视死如归的伟大品格和民族气节。

1948年10月，长春解放后，党组织终于找到了陈翰章将军泡在福尔马林药水中的遗首，并将其安放在哈尔滨东北烈士纪念馆，1955年又送入哈尔滨烈士陵园纪念馆陈列。家乡人民为了纪念陈翰章，将他的出生地西半截河村命名为翰章乡翰章村。当地中学也命名为翰章中学。长白猛虎、镜泊英雄——陈翰章。有诗曰：“长白巍巍，铁骨铮铮，十载奋斗逐日寇，碧血赢得江山红！”

1955年4月，修建了陈翰章烈士墓，周保中撰写碑文。吉林敦化县委院内矗立着一座纪念碑，上面篆刻了一首民谣：“镜泊湖水清亮亮，一棵青松立湖旁，喝口湖水想起英雄，看见青松忘不了将军陈翰章”。

岳武将军陈荣久

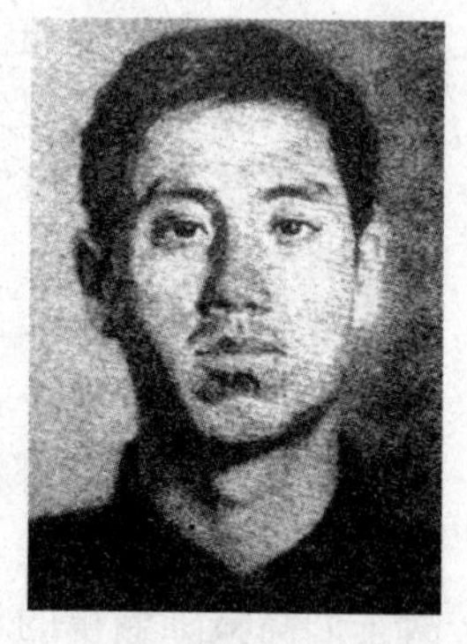
陈荣久（画像）

陈荣久，男，汉族，1904年出生于黑龙江省宁安县东京城三家子村一个雇农之家，因家境贫寒，仅读两三年书。1927年在张学良部队当兵，中东路事件后退役回家务农。1931年初又到东北军第二十一混成旅骑兵营七连当兵。九一八事变后，目睹日军烧杀抢掠，仇恨满腔，尤其面对东北军不抵抗，甚至投降当伪军，悲愤交加，毅然缴了连长的枪，率领士兵起义，投奔抗日救国军，不久被推举为新编第五连连长。1933年2月，率部队到宁安参加共产党领导的抗日救国游击军任军部副官，同年6月加入中国共产党。1934 年被组织委派赴苏联东方大学学习。1936 年秋回国后任东北抗联第七军军长兼第一师师长。1937 年壮烈牺牲，时年 33 岁。

1936 年 7 月，陈荣久从苏联莫斯科东方大学学习回来，带着党交给他的重任，下决心到饶河组建抗联第七军，路途遥遥，关山难越，陈荣久餐风饮露，晓行夜宿。为避开敌人的盘查，他穿林海，过漂筏，终于在暴马顶子找到了活动在饶河县一带的抗联第四军第二师，并以此为基础，组建抗联第七军。11 月 15 日第七军正式成立。

据徐日禄等同志撰写的《陈荣久军长殉难记》记载：陈荣久无论在救国军还是在抗联期间，都是一位能文能武，冲锋陷阵，能征善战的英雄，老百姓尊敬地称之为“岳武将军”，意为威武不屈，精忠报国。

1933 年春，陈荣久任抗日救国军军部副官时，就奉军长李延禄的命令，指挥了三道沟子、东京城、马连沟等多次战斗，均给日伪军以沉重打击。同年 5 月，根据中共满洲省委和吉东局的指示，抗日游击军赴密山地区活动。1936 年抗联第七军成立后，陈荣久又率部在虎林、饶河地区建立了抗日游击根据地，并发布宣言：号召一切抗日力量，不分民族，不分党派，不分信仰，都应在爱国抗日的旗帜下团结起来，共同战斗，完成民族解放的神圣事业。同时，整顿发展共产党组织，肃清敌特分子，队伍很快发展到 700 多人。不到一年时间，与日伪军进行了 30 余次战斗，打击了日伪妄图迅速消灭抗联第七军的嚣张气焰。

其中消灭日伪特务工作班，是第七军的一项重要战斗任务。当时，特务、汉奸活动猖狂，其中对抗联危害最大的莫过于从新京（长春）派来的“饶河地方治安工作班”（也叫西林子工作班），共 46 人，头目叫金东焕、郑成忠，这些特务往往受到日本特务机关的特殊训练，善用各种秘密手段破坏抗联和地下党组织，尤其是诱降抗联队伍中的不坚定分子，还抓捕抗日家属。这一切，都对抗联七军形成严重危害。1937 年 3 月初，陈荣久在密营召开了七军干部会议，决定拔掉西林子特务工作班。这一任务交由崔石泉参谋长率部队执行。

崔石泉指挥的这场战斗可谓颇为不顺。1937 年 3 月 4 日夜，当崔率 100 多战士包围西林子时。当时由于陈荣久的秘书罗英已经秘密叛变，早以将抗联行动告诉敌人，因此，战争打响后敌人早有准备，火力甚猛，如果强攻，必然损失很大，所以崔当机立断，命令撤出战斗。

当陈荣久得知西林子战斗不顺时，经分析认为，敌人不会善罢甘休，搞不好要来偷袭。于是，决定利用山区地理优势准备打伏击战。即在西林子到暴马顶子必经之路的山包上设下埋伏，加强警戒。与此同时，崔石泉参谋长率队包围西林子时，日本参事官大穗久雄正在距饶河 30 里的小别拉坑的警署。于是，抗联袭击了小别拉坑的警察署，击毙了日本教官濑户次郎等 13 名日军。这下子日伪急眼了，3 月 6 日日伪调动了 300 余人前来报复。日伪军进入伏击圈。

日军坐着十多张马爬犁，后边跟着伪军，拉成一条线进入了伏击圈。陈荣久一声令下，各种火器猛烈地射向敌群，抗联战士居高临下，打得敌人人仰马翻，没被打死的日军靠在马爬犁旁向山上射击，赶爬犁的老板子吓蒙了，不知如何躲藏，正好成了日军的“挡箭牌”。山上的抗联战士大喊：“老板子，趴下。”老板子一趴下，暴露了日军，战士们专门打日军，日军又死伤了十多个。大穗组织兵力往上冲，机枪向山上猛扫。突然陈荣久负了伤，但他忍痛坚持指挥战斗。敌人在机枪的掩护下，一边往山上爬一边射击，当敌人距我军阵地二三十米时，战士们一顿手榴弹在敌群中开了花，敌人死伤一大片退了下去。大穗疯狂地号叫着，在队伍后边挥舞着指挥刀，强逼着日伪军往上冲。

山上的抗联官兵看得清清楚楚，一颗子弹打中了大穗久雄的右腕，指挥刀掉在了地上。但是，这个日本天皇的殉道者，用绷带把右腕缠了起来，用左手持刀更加疯狂地驱赶日伪军往山上冲。在离山头只剩五六米远的时候，陈荣久指挥战士猛烈射击，大穗久雄中弹倒地，嗷嗷乱叫，挣扎了一会儿就断了气。大穗一死，敌人失去了指挥官，只好退了下去。

战斗持续了3个多小时。天快黑时，苑福堂指挥的日伪军100余人“讨伐队”增援，从后山包抄过来。陈荣久、崔石泉一边指挥战士居高临下猛烈射击，一边组织部队转移，当时，天全黑了。

陈荣久为掩护大队人马先撤，走在部队最后面边打边撤，不幸中弹后壮烈牺牲。战士们背着陈军长和几个战士的尸体一气跑出了六七里路，才摆脱敌人围追。最后，暂时用雪掩埋起来。几天后，抗联第七军战士在当地老百姓帮助下，安葬了陈荣久军长及其他战士。

1982年5月，饶河县组织各方力量，终于找到遗失40多年的烈士墓地。骸骨长存，浩气不眠。

忠心耿耿许亨植

许亨植

许亨植，又名李熙山，男，朝鲜族，1909年生于朝鲜庆尚北道善山郡。他的曾祖父是李王朝时期的贵族，由于日本帝国主义侵略，家境没落，到许亨植出生时，全家只靠祖父和父亲种地谋生，后因其父参加朝鲜反抗日本殖民统治的“义兵运动”失败，1913年被迫举家流亡中国辽宁省开原李家台子居住，靠父亲开药铺维持生活。许亨植少年时代是在动乱年月度过的，因此失去了学习机会，但他聪明自学，不仅学会朝文，还读了许多汉文书籍，文化基础牢固。当时，许亨植接触了一些流亡到中国的朝鲜抗日志士，仇恨日本殖民统治的种子深深扎入心底。

1929 年春，许亨植又举家迁到哈尔滨附近的宾县枷板站。此时，中共北满特委正在领导民众反帝反封建活动，许亨植不图刚刚结婚安逸，毅然投身革命，并于 1930 年初加入中国共产党，后因组织“五一”反日游行被当局逮捕，直到 1931 年九一八事变后才被党组织营救出狱，之后做了大量抗日救亡工作。1934 年 6 月任东北反日游击队哈东支队政治指导员、第一大队队长。1935 年任东北人民革命军第三军第二团团长。1937 年 6 月任东北抗联第九军政治部主任。1938 年秋任东北抗联第三军新编第三师师长。1939 年后任东北抗联第三路军总参谋长、第三军军长兼十二支队政治委员。1942 年 8 月 3 日在庆城（现黑龙江省庆安县）青峰岭与日军作战中英勇牺牲，时年 33 岁。

回顾许亨植 12 年的抗日战争历程，可谓赤胆忠心抗日寇，忠心耿耿求解放，不屈不挠洒热血的一生。

许亨植战绩卓越。在哈东支队任政治指导员期间，曾跟随赵尚志在珠河、延寿、方正等区域清除日伪 20 余个据点，组建群众反日组织，建立抗日游击根据地。在东北人民革命军任团长期间，曾率领二团联合义勇军各部，灵活机动地展开外线作战，多次粉碎日伪“大讨伐”，并攻破延寿县柳树河子据点，摧毁了珠河县小亮珠河日军农场，攻破宾县高丽帽子镇。在抗联第九军任政治部主任期间，他注重改造“绿林”，整编队伍，在密林中建立军政训练班，培训三期 120 余名骨干战士，为之后李华堂（军长）叛变投敌后，仍坚持斗争奠定了基础。在第十二支队任政委期间，他指挥了夜袭丰乐镇战斗，干净利落地缴了伪警察局的抢械，活捉了伪镇长，打开了日本银行、仓库。

从 1938 年下半年到 1940 年上半年，许亨植率队同日伪激战 300 余次，攻克讷河、克山、肇州等县（镇）27 处，袭击火车站 5 处，袭击日本武装移民团 5 处，袭击日本军用机场 1 次，颠覆日伪军用列车 2 次。总之，共毙敌 500 余名，其中 80% 是日军，俘虏伪军、警察 1 557 人，缴获步枪 1 250 支、手枪 201 支、机枪 17 挺、迫击炮 4 门。

1941 年夏，苏德战争爆发，日本关东军为确保“满洲大后方”稳固，兵力激增，“讨伐”更狂。同年 10 月，许亨植根据第三路军总指挥部的指示，将 150 余名官兵送往苏联整训，他本人则率小部队坚持对日伪军进行游击战，并在庆安、铁力、巴彦、东兴等县建立反日救国会，为抗日武装积蓄了新生力量。

1942 年 7 月末，许亨植带着警卫员陈云祥到巴（彦）、木（兰）、东（兴）地区检查工作，听取了小部队负责人张瑞麟的汇报，详细了解了小部队在东兴头道河子、二道河子、三道河子山边炭窑工人中进行工作的情况，得知在这里发展了 100 多名反日会员，并发展到东兴县满天星和巴彦县农村中的情况后非常高兴。他对小部队在敌人的白色恐怖下，巧妙地开展工作，取得这样大的战绩进行了表扬，并整理出书面材料准备向上级报告。

就在这时，日伪“讨伐队”已经到这一带搜山，形势很紧迫，不能久留。

8月2日下午，他在警卫员和张瑞麟派出的王兆庆护送下离开。为了避开搜山的敌人，他们在人迹罕至的山林荒谷中穿行，一天才走二三十里路，天黑时到达青峰岭山下。这里群山矗立，邵凌河在山谷中流过。许亨植等三人在河畔露营。

8月3日清晨，警卫员陈云祥起来生火做饭。由于这里地势低洼，炊烟迟迟不能散去。这时，日伪“讨伐队”的庆安县伪军团长发现了山谷中的炊烟。于是，立即包围上来。当许亨植等发现了敌人的动静时，已被敌人团团围住。许亨植在极端不利的条件下，率领战士与敌人进行了两个多小时的激战，终因寡不敌众，许亨植和警卫员陈云祥壮烈牺牲，只有王兆庆一人突围脱险。

时隔不久，日伪报纸大肆宣传许亨植牺牲的消息，借以宣传日伪“讨伐”的“战功”。但广大抗联战士和群众却从这一不幸的消息中，知道了许亨植牺牲得很壮烈、很英勇，感到十分悲痛。同时，也更加增强了对日本侵略者和汉奸败类的仇恨。

2014年9月1日，中华人民共和国民政部将许亨植将军列入第一批300名著名抗日英烈和英雄群体名录。

壮烈殉国汪雅臣

汪雅臣，别名王景龙，1911年生人，祖籍山东蓬莱。幼年举家逃荒至黑龙江省五常县。因家境贫寒，13岁给地主放猪，15岁当伐木工人，后被土匪劫持入伙，1929年春被驻吉东北军收留。1931年九一八事变后，汪雅臣所在部队降日，汪雅臣带领八九个爱国青年战士携械出走，在五常县小牛河竖起“双龙队”抗日大旗。1934年组建“抗日救国军”，队伍扩大到700余人。1935年编入赵尚志领导的抗日游击队，并加入中国共产党。1936年初春改编为东北人民革命军第八军任军长。1936年9月改编为东北抗日联军第十军任军长。1941年1月29日在蛤蜊河突围战斗中身负重伤后牺牲。时年30岁。

汪雅臣

著名史学家李志新著文提到，从汪雅臣举旗抗日到壮烈殉国10年间，他率队开辟了五常、舒兰东南山区抗日游击区。活动在东起宁安，西至第二松花江，南起吉林省蛟河，北至绥滨线以北方圆4 500平方公里的广大山区和平原。

据不完全统计，从1933年至1940年的八年中，汪雅臣率领部队同日伪军进行大小战斗400余次，其中较大的战斗40余次，共击毙日军1 003人，其中击毙日军中将师团长1人；击毙伪军100余人；击伤日伪军700余人；俘虏日军20余人，俘虏伪军4人；缴获各种枪支1 800余支，其中机枪29挺、步枪1 500余支、手枪5支、子弹91箱和迫击炮1门、马27匹、牛12头、粮食100余石、现金900余元、其他物资折价9万余元；解救劳工120人和9名被押爱国者。

同时，由于汪雅臣积极配合兄弟部队作战，曾受到抗联第二路军总指挥周保中的赞佩，也由于汪雅臣的部队纪律严明，作战勇敢，广受民众支持和爱戴。1934年2月，汪雅臣按照中共中央“一·二六”指示信精神，联合五常一带的反日山林队首领及抗日群众700余人，在尖子山老爷庙前召开抗日大会，汪在会上大声疾呼“各抗日武装联合起来，彻底打败日本帝国主义”。于是，汪雅臣所部的声望越来越高。到1936年9月，第十军已发展为19个团，共1 000余人。

1937年日本帝国主义发动全面侵华战争，全国性的抗日战争爆发。汪雅臣率抗联第十军在敌后广泛开展游击战。他亲自险闯伪军司令部劝服伪军头目邓旅长枪口对外，不打中国人，并暗中资助抗日联军。他率部突袭山河屯山林警察队全歼日军守备队。为此，日军恼羞成怒，调集重兵“讨伐”抗联第十军。汪雅臣率部在极其困难的条件下顽强作战，给敌人以大量杀伤，极大鼓舞了当地人民的抗日斗志。

1940年初，根据省委逐渐收编，保存实力的精神，抗联第十军编为第十一支队。是年3月，汪雅臣率队攻打亚布力镇，缴获战马70余匹。之后回师攻打山河屯警察署，缴获很多物资。6月，又率队袭击了沈家营伪军教导队，打死敌人40余名，缴获步枪50支、掷弹筒1个。7月攻打沙河子镇，打死打伤日伪军多人，烧毁了冲河街警察署。9月，又率队攻打山河屯，解救了9名被关押的爱国者。

1940年春天，抗日战争形势日趋紧张，日本侵略者在实行归屯并户政策之后，又采取篦疏山林的毒辣手段，妄图彻底消灭抗日联军。为了保存实力，汪雅臣军长按照上级部署将部队化整为零，一方面安排一批战士隐居起来待时机成熟再战；另一方面适时出击有目标地打击敌军小股部队，消灭敌人有生力量，壮我军威增加给养。

7月初，汪军长决定袭击日伪盘踞在五常东百余里的要塞冲河村，在那里驻有日军守备队30多人，还有伪自卫团、警察署、村公所敌伪势力80人左右。7月19日凌晨，汪雅臣军长在了解了敌人的军事布置情况和那里的地形地貌后，率70余人离开满天星驻地向冲河进发。

为了不暴露目标，队伍在密林中穿行，酷热天气，荆棘纵横，战士们一路艰苦跋涉，忍着腹饥口渴、蚊虫叮咬，在下午3点钟的时候来到距冲河十多里路的北营子南侧的柳林中隐蔽起来。

一切安排就绪。当夜幕降临的时候，汪军长派出的侦察员回来说：冲河驻守的敌人非但没有发现我们，反而正张狂地集结在一起赌钱。当晚10点半，部队开始向冲河村靠近，当来到村东南边，汪军长又命令两名战士从墙下水沟进入街区内观察动静，等所有的情况了解完毕，他果断决定分四路袭击敌人。第一路由副军长张忠喜带领包围日本守备队；第二路由支队长马三炮带领包围自卫团和警察署；第三路由支队长康洪久率队用机枪封锁伪村公所；第四路由他本人亲自率领直捣敌军配给商店。

同时，约定以一路枪响为号，统一进入战斗。战斗打响后，第二路支队佯装后撤，当敌人追到长嘴子山下时，却不见抗联踪迹，便沿山间小路向山上追击，日军的一个小队长骑在一匹高头大马上挥舞着战刀叽里呱啦地一个劲叫喊，硬逼着战战兢兢的日军士兵拥挤着向山上袭来。

这时，抗联战士枪声大作，敌人纷纷应声倒下，停止了进攻。日军小队长又拿着短枪督战，敌人又反攻上来，第二路支队长马三炮瞄准日军小队长抬手一枪，这个东洋恶魔便翻下马来。事不宜迟，第十军战士一齐向敌群投掷了20余手榴弹，将日军兵炸得血肉横飞，鬼哭狼嚎，剩下的几个残兵败将一溜烟地逃走。这次战斗我军无一伤亡，并缴获了大批军需物资，缓解了抗联部队的给养不足。

1941年1月28日（即农历正月初二）傍晚，沙河子日军三十八联队的20多名日军在尾田率领下赶到寒葱河屯，接着又调来自卫团100多人，分三路向20多里路外的石头尖子抗联驻地偷袭。1月29日，天刚蒙蒙亮，抗联战士们正在临时用蒿草披盖的挡风棚子里蜷缩着身子，坐不住、站不住，跺着脚瑟瑟发抖。汪雅臣看看实在不行了，只得同意大家拢火，烤一烤冻僵的身子。

偷袭的日伪军，对着火堆缩小了包围圈。抗联岗哨发现敌人后立即鸣枪报警。这时，敌人疯狂地向抗联队伍射击。汪雅臣临危不惧，沉着果断地指挥，让副军长张忠喜带领20多个战士抢占东面制高点。当张忠喜率领队伍冲到东面慢坡时，遭到东面包围上来的敌人成排的阻击，除孙林、金德盛几个人冲出包围外，张忠喜副军长和其余战士全部壮烈牺牲。

汪雅臣听到东面战士们的枪声逐渐稀疏，知道情况危急，便提起机关枪，带着身边仅剩的警卫员前去支援。当他冲到慢坡时，警卫员中弹牺牲，他自己左臂也中弹。但汪雅臣仍然端着机枪向敌人扫射。突然一颗子弹打中他的腹部，鲜血顿时涌出，当即跌倒在地。他怒目圆睁，忍着剧痛，咬紧牙关用双手撑着身体滚动着滑下慢坡。

敌人为了“请功”，将生命垂危的汪雅臣抬走。途中，汪雅臣那鲜红的热血涓涓滴滴浸洒在洁白洁白的雪原上，抗日英雄汪雅臣壮烈牺牲了。

可他那双仇恨的眼睛依然圆睁着，似乎在凝望他眷恋着的这片蓝天、这片黑土地和未完成的救国大业！

汪雅臣军长虽然倒下了，但东北抗联第十军并没有溃散，抗联将士继承汪军长遗志，在深山老林里始终与日伪军展开游击战，一直坚持到1945年东北光复。

1946年五常解放后，为了缅怀抗日英雄汪雅臣，将沙河子镇蛤蜊河村命名为：“双龙村”，将五常镇的南北大街改为“雅臣大街”。1955年4月5日，哈尔滨市人民政府暨各界群众以沉痛的心情公祭汪雅臣，对他的光辉业绩和崇高品质给予了高度评价和赞扬。他的遗骨被安葬在哈尔滨烈士陵园。

战功卓著李红光

李红光，又名李弘海、李义山，朝鲜族，1910年生于朝鲜京畿道龙岩郡丹洞的一个贫苦农民家中。李红光的祖父是个颇通汉学的老先生，他从小在祖父的教诲下，加之天资聪慧，10岁就会讲流利日语，还会用汉语写文章，赢得乡亲父老的赞赏和信赖。

李红光生长在日本殖民时代，从小就因日本统治朝鲜而痛心疾首，争取民族解放的心思始终未泯。1925年，因不堪日本奴役，随父母迁至中国吉林省磐石县。1926年定居于伊通县溜沙嘴子屯。1927年参加伊通“农民同盟”和“青年同盟”，开始有组织地接受革命思想，特别是积极参加反军阀、反日本侵略活动和斗争，并在1930年加入中国共产党，1931年春被选为中共伊（通）双（阳）特别支部委员。

1931年九一八事变后，中共磐石县委成立武装赤卫队，又叫“打狗队”，李红光任队长，主要任务是杀日军，除汉奸恶霸，保卫中心县委。1932年，李红光当选为县委委员，并继任游击队（改名后）队长。1932年，中共满洲省委派杨靖宇来磐石，将磐石工农义勇军（游击队）改编为“中国工农红军第三十二军南满游击队”，杨靖宇任政委、李红光任教导队政委，后任参谋长。1933年9月，成立东北人民革命军第一军独立师，杨靖宇任师长兼政委，李红光任参谋长。1934年4月，成立东北抗日联合指挥部，杨靖宇被选为总指挥，李红光任参谋长，同年11月7日成立东北人民革命军第一军，李红光任第一军第一师师长兼政委。1935年5月12日，李红光在对日作战中不幸英勇牺牲，时年25岁。

自1932年以来，李红光跟随杨靖宇转战南北，活动在磐石、双阳、伊通、海龙、桦甸广大区域，同日伪军殊死搏斗，先后4次粉碎“围剿”，取得多次以弱胜强，以少胜多战果，受到中共满洲省委嘉奖，李红光已成为老百姓心中的英雄。

李红光

回顾李红光短暂的一生，可谓致力于抗日的一生，不畏强敌的一生，豪气冲天的一生，屡立战功的一生，为中华民族解放事业做出不可磨灭贡献的一生，正像《东北抗联第一军》军歌写的那样“高悬在我们的天空中，普照着胜利军旗的红光，冲锋呀我们的第一路军……”

说到李红光的战绩和英名，还是老百姓们概括得形象：“出门碰到李红光，日军遭了殃”。1931年底，李红光任游击队长时，就率队开始破坏老爷岭一带的日伪铁路、桥梁，切断日伪电话线，炸死30余名日军。尤其是发动领导了1 000余朝、汉群众率先暴动，并迅速扩大到4 000余人参加，先后波及双阳、伊通、磐石三县，抓获多名日军及汉奸，尤其对民愤大、无恶不作的汉奸走狗决不容情。他曾说：“如果没有伪军汉奸帮忙，日军还能猖狂几天。”

战士们说，跟着李红光，浑身都沾光。为什么？因为李红光不仅多谋善断，而且机智勇敢，尤其身先士卒，战士们浑身来劲。1934年11月，李红光利用地形地物，做了进可攻、退可守的作战方案，率第一师配合第一军司令部，在通化三岔河痛击伪军郡本良一个营及伪公安队，突破日军三源浦守备队包围，缴获了大量武器弹药，击毙了日军30多人，伪军除被俘者外，大部分溃逃。

1934年3月，李红光遵照中共满洲省委的指示，日夜奔走联络各地抗日武装（义勇军）领导人，阐述党的统一战线政策。每当友军陷入困境时，李红光总是亲自率队相助，深得南满抗日义勇军的信任和拥护，纷纷表示愿意在共产党领导下，把抗日救国事业进行到底。同年4月1日，17个抗日武装的领导人，在蒙江县那尔蒙召开了联席会议，发表了联合宣言。指出：“当祖国山河欲裂，民族危机严重之际，我们一致拥护中国共产党坚决抗日主张，不分见解、信仰，枪口一致对外。”会上，还建立了联合抗日指挥部，通过了联合作战条例。

1934年春，2 000多日伪军在柳河县凉河子东侧轱辘屯，包围了杨靖宇所部，李红光沉着应战，凭借险要地势，打退了敌人多次进攻。之后敌人又在高地周围发动猛攻，想用消耗战把抗日军困死在高地，情况十分危急。为保存有生力量，由李红光率领30多名神枪手，埋伏在前沿阵地，掩护主力部队突围，浴血奋战3天3夜，没有成功。此时，李红光想出了一条妙计，他率领40多名战士乔装为撤回后方、接受新任务的日本守备队员，乘敌人不断增援的混乱之机，在一个黄昏，胜利地通过了敌人封锁线。又以“红军突围”的假信号，诱使敌人自相杀戮。抗日军主力趁机顺利撤离了敌人包围圈，向蒙江县转移，还缴获了6辆满载弹药、食品的汽车。

1935年4月下旬，杨靖宇命李红光速去桓仁组建骑兵，以适应平原丘陵地带的作战。5月9日，李红光率200余人从兴京向桓仁进发。在兴、恒交界的老爷岭与200多日伪军遭遇。李红光果断指挥战士摆开阵势，向敌人猛烈开火。敌人凭借武器装备的优势顽强抵抗。李红光以超人的胆略和指挥才能，冒着枪林弹雨，亲临阵地指挥作战，打退敌人多次反扑。当他用望远镜搜索敌人火力位置时，不幸胸部和腿部连中数弹，倒在血泊中。因伤势过重，加之医疗条件所限，抢救无效，于5月12日壮烈牺牲，年仅25岁。李红光的遗体被安葬在新宾县江庙子村。

李红光是磐石抗日游击队的创始人，东北人民革命军第一军的杰出领导人，民族英雄杨靖宇的亲密战友。他虽然牺牲了，却永远活在人民的心里。

在辽宁省新宾满族自治县新宾镇后山上坐落的抗日英烈纪念碑，是1991年10月15日由中共新宾县委、县政府建成的。碑后面上方铭刻着李红光等18位烈士的名单。在纪念碑的侧面矗立着抗日英雄李红光的半身塑像，记录着人们对李红光等烈士们的永远怀念。

浩气长存孙国栋

孙国栋，1916年出生于河北省大名府，17岁参加东北军兴安屯垦军，后任班长，曾因“中村事件”转为马占山将军麾下二旅团副。1932年马占山“江桥抗战”失利后，孙国栋拉出部分士兵从事抗日活动，号称“压满洲”。1935年，号召并拉出一个排的伪军加入抗日队伍。1936年被抗联第三军收编，改为独立营任营长，麾下有300人之多，同年加入中国共产党。1939年以来历任抗联第三路军九支队第二十五大队队长、独立营营长、第九支队副官、第六支队副队长等职。1940年末任抗联第三路军政治部特派员。1941年编入于天放小分队。1945年2月25日，由于叛徒出卖，在绥化三井乡九井村被捕。1945年8月14日下午4点（也就日本宣布无条件投降的前一天），在哈尔滨道里监狱被日本宪兵队绞刑杀害，时年29岁。

孙国栋

回顾孙国栋短暂的29年生涯，其同日伪军真枪实弹的战斗就长达10年之久。更加可贵的是，当1941年抗联处于低潮并退入苏联整训后，孙国栋所在的部队是留在国内坚持到最后的一支抗联小部队，当然也是日伪最猖狂残暴、垂死挣扎的时期。

就是在如此艰难困苦的环境下，孙国栋所在的这支小部队还是同日伪军进行了若干次艰苦卓绝、宁死不屈的战斗。1941年8月25日，杜希刚、金昌满等第九支队32名战士，乘夜袭击了拜泉曹家岗（今勤村）伪警所，击毙3名警察。1942年10月14日，杜希刚参加了指挥夜袭大罗镇战斗，毙伤了8名伪警，其余被缴械，打开了监狱，缴获长枪24支、子弹2 500发和大量粮食、物资，我军无伤亡。1943年1月6日，孙国栋所部正在小白山南岔木营活动时，得到敌将来袭的情报，于是事先埋伏在日伪必经之地的水道松树下，抄后路袭击了敌人，共击毙日军3人、伪军3人，抗联部队无伤亡，后转向鸡岭木营。

1943年6月，杜希刚与马克正去东兴、木兰一带执行任务，在返回途经绥棱上集厂时，被敌人发现，两人将伪警察击毙，并迅速返回绥棱东山里，与于天放小分队会合。同月，杜希刚和马克正、王宝发等人化装袭击带岭鸦片配给所大烟馆（地址在带岭区育西派出所西胡同里，第二小学南），缴获一批鸦片烟，击毙一名伪雇员。随后转移至铁骊神树村埋汰沟子与第九支队会合。11月初，孙国栋、杜希刚和马克正等人化装成伐木工人，从绥棱三道河子出发，去铁骊东老金沟南一个日本人办的森林采伐场发动工人组织抗日救国会，与日伪山里讨伐队遭遇，打死日军8人、伪警察12人，张维纯壮烈牺牲。

1943年11月，在老金沟南，小分队炸死20多敌人。1944年2月初，日伪探查到小分队踪迹，组织100多人的“讨伐”队直奔丰水山密营，小分队转移到老金沟。敌人在丰水山搭起8座帐篷露营。6日夜，孙国栋等6名战士靠近敌人，将20多颗手榴弹甩进帐篷，顷刻间敌营内火光四溅，硝烟升腾，被炸的日伪军鬼哭狼嚎，死伤数十人，孙国栋等6名战士安全返回。

1944年6月，于天放率领孙国栋、杜希刚秘密进驻宋万金屯。结识了小学教员王明德（绥棱上集厂人，毕业于克山师范中学，当时在宋万金小学校代课，思想进步，有爱国热情），并介绍其加入党组织。同时，在附近村屯秘密组建抗日救国会。1944年7月，会员以上山运木材为掩护，为山里的抗联队伍运送粮食和日用品，还为抗联小分队侦察敌情，订购伪满报刊，与各地抗日地下工作者接头，向群众宣传中国共产党的抗日主张。

1944年12月初，山里雪深没膝，行动困难，给养缺乏，日寇连续“扫荡”，近山区已成“无人区”，敌人发现雪地脚印便一追到底。为躲开敌人，于天放和孙国栋、于兰阁、杜希刚4人去绥棱农村，分散隐蔽在地方党员和抗日救国会会员家中。于天放和于兰阁居住在宋万金屯小学校中。

1944年12月17日，根据于天放的指示，杜希刚到绥化北大沟小五部检查抗日救国会工作。12月19日晚8时许，杜希刚刚倒在炕上，就听到外面狗叫，心知不好。刚要出屋，就有六七个特务闯进来，将其捆绑并放在马爬犁上拉到上集厂，随后送往绥棱警察署（事后查明系东升合屯的王水山和宋万金屯的于金池二人告密，解放后已被镇压），紧接着，于天放及张录兄弟三人被捕。几乎同时，孙国栋在绥化九井子被捕。

1945年4月，杜希刚和孙国栋被转押到哈尔滨道里分监，7月12日，当日伪"法官"审讯时，杜希刚和孙国栋、赵文栋等人慷慨陈词，将法官驳得张口结舌，无奈只得草草宣判，杜希刚、孙国栋、赵文有、于兰阁4人被判死刑，刘文祥被判20年。

8月9日，杜希刚利用放风的机会，和孙国栋等人商量越狱计划，准备在下次放风时，干掉看守，砸开脚镣，用防火工具二齿子、砍刀作为武器逃出监狱。可惜由于苏联红军轰炸哈尔滨，从而停止了放风晒太阳，越狱计划破产了。

8月14日下午3点多，伪哈尔滨高等检查厅日本检察官沟口嘉夫亲自来到监狱，不顾执行期还没到的限令，坚持对孙国栋执行死刑。这时，孙国栋坚定地迈开步伐，来到院中，又缓缓回过头来，深情地望着这个押着1 000多"犯人"的牢房，高声说道："亲爱的难友们、同志们，我叫孙国栋，是东北抗联第三路军第九支队大队长，现在就要与你们永别了。小鬼子今天虽然把我杀了，可我的爱国精神是永存的。"同时，他举起戴着镣铐的双手向难友大声地告别道："各位多多保重，我们来世再见啦！"孙国栋轻蔑地看了看这些色厉内荏的敌人，厉声喝道："你们这些强盗，还能蹦跶几时？中国人民饶不了你们！"接着，又朝目送他的难友们大声说："难友们！同志们！苏联红军打过来一个星期了，小鬼子马上就要完蛋了！光明的中国就在我们大家面前，为了这一天的到来，为了结束这亡国的苦难，我孙国栋，一介匹夫为国而死，死有何憾！"说罢仰天大笑，转过身来，拖着沉重的脚镣，高昂着不屈的头颅，迈着坚定的步伐，一步一步地朝监狱院中的刑场走去，伴随着镣铐有节奏的钢铁撞击声，传来了悲壮的《红旗歌》。

绞刑架旁，一向杀人不眨眼的刽子手郭天宝摄于孙国栋的凛然正气，面色苍白，神情紧张，迟迟不敢动刑，冲在旁监刑的沟口嘉夫嗫嗫嚅嚅地说："这五块钱我不要了，不要了……"（郭天宝每绞死一个"犯人"，日军给他5块钱）。

沟口嘉夫暴跳如雷，大骂"八嘎，八嘎！快快地……"一面号叫着，一面抽出战刀架在郭天宝的脖子上，威逼他马上动刑。郭天宝这才哆哆嗦嗦地把沾满无数抗日志士鲜血的绞索套在了孙国栋的脖子上。"中国万岁！中华民族解放万岁！"……绞绳慢慢地收紧，一位英雄在向即将到来的胜利告别。

天地呜咽，气贯长虹。孙国栋，这位伟大的抗日英雄就这样进行了他最后的斗争，在黎明前的黑暗中英勇地就义了，年仅 31 岁。离日本投降仅剩 15 个小时。

由于孙国栋拖延时间，为同志们赢得了时间，当天没有再对别人行刑。第二天日本投降，杜希刚等人获救。

战后，日本战犯、原伪哈尔滨高等检察厅治安检察官、亲自审讯过孙国栋的沟口嘉夫在 1957 年 7 月供述道："8 月 12 日（为抗击苏军挖战壕）回来后，我就越发想到一定要把孙国栋先生杀害，因为我是审讯孙国栋的一个主要负责人，如果不杀害孙国栋先生，我的生命是有危险的。"由此看来，令敌人恐惧是提前杀害孙国栋的主要原因。

少年英烈姜墨林

姜墨林，男，汉族，1921 年出生在黑龙江省农安县一个贫苦的农民家庭。九一八事变后，他刚 11 岁，在中共地下党组织的教育和影响下，在他幼小的心灵里就恨透了日军，看到屯子里的成年人报名参加抗日游击队，他也跑去要求参加，结果被游击队长拒绝了。但是，他不久就参加了儿童团。

1932 年 5 月，牡丹江两岸的反日呼声很高，日伪当局严密监视，特别是日伪特务、警察大肆抓捕反满抗日志士，甚至乡里小学的校长，都被抓到警察所打了一顿。因此，地下党和游击队只能进行一些秘密的串联和侦察活动。

那时，地下党和游击队要经常到东京城（镇）、马莲河、宁安镇去收集情报，了解日伪军动向，并与上级组织取得联系。有几次派大人去，盘查得很紧，效果并不好。有一次，村地下党领导抱着试试看的想法，就把侦察敌情的任务交给了儿童团员姜墨林，并一再叮嘱他小心谨慎，一定要平安回家。姜墨林学着大人的样子行了一个军礼，大声说："是，保证完成任务！"

别看姜墨林个子小，身体瘦弱，还有些稚气，但他聪明机智，勇敢无畏，每次都能巧妙地闯过日伪的盘查，准确无误地完成任务。由此，获取情报的游击队两次袭击了日伪警察署都取得胜利，姜墨林也受到了领导的表扬。这样一传十，十传百，引起了宁安县城日伪特务的注意，扬言要抓捕姜墨林。

转眼间，姜墨林已经 14 岁了，个头也高了，身体也壮了。听到地下党同志讲打日军、汉奸、伪军、伪警察的故事，他实在按捺不住了，多次找地下党领导要求参加游击队，并说："我一定要到前线去杀日军，即使死了也光荣。"

地下党领导被这个少年的话感动了，也是为了避开伪警特抓捕考虑，动情地说："孩子，你虽然还小，但穷人家的孩子能吃苦，去吧！同志们也会照顾你的。"就这样，姜墨林参加了绥宁反日同盟军，成为部队里年龄最小的一名战士，同志们亲切地称他“小嘎”。

姜墨林来部队才一年就成长很快，他不仅苦练杀敌本领，枪打得准，而且努力学文化，3 个月就认识 1 000 多个字，半年后就能写简单的文章了。战友们非常喜欢他。

当时，为避开日伪“讨伐”，反日同盟军行军转移，迂回作战是家常便饭，姜墨林从不叫苦叫累，休息时还主动帮战友们打水喝。当然，战友们也经常把一些战斗经验、注意事项告诉他。

1934 年夏，部队从宁安老爷岭出发远征，经苇河、石头河子，以及中东铁路，往返 1 000 余公里路程。期间，姜墨林参加了杨胖子沟、中东铁路石头河子车站的战斗，姜墨林非常机智勇敢，躲在一块大石头后打死了几个敌人，还用手榴弹炸死了一名日本军官。战斗结束后，部队召开评功大会，政委和同志们表扬他：“初出茅庐，后生可畏”。同时，任命姜墨林为小队长。

1935 年 2 月，东北反日联合军第五军成立，姜墨林被编入第一师第一团第三连。不久，姜墨林加入中国共产主义青年团。5 月姜墨林参加了老黑山战斗，歼敌 100 余人，缴枪 60 余支和大量弹药。12 月下旬部队准备突袭双河镇，上级领导要求一小时内拿下。结果，姜墨林和战士们凭借声东击西，边挖雪沟边接近碉堡，将一大捆手榴弹扔进碉堡，一举摧毁了日伪封锁要道的据点，仅用 20 多分钟就炸毁了日军的碉堡，打通了大部队冲锋通道，消灭了 40 多个日伪军，粉碎了日伪军“围剿”。

1937 年冬，为解决部队的粮食和冬装问题，第二路军总指挥部要姜墨林率领一个小队穿过敌人的封锁线，到依兰县城寻找地下党和抗日救国会帮助解决粮食、布匹、棉花等物资。如果地下党组织解决不了，就想办法自己动手购买。姜墨林带领这支小部队，骑着总指挥部配备的最好的马，从宿营地出发，一路飞奔，在距离依兰县城七八里的地方停下来。姜墨林换上一身便装，背着一条又脏又破的口袋，独自一人进入依兰县城，在地下党组织的帮助下，通过抗日救国会发动群众，从各处购买了一些物资，再通过老百姓将物资带出县城。不到一个星期，就筹集了 100 多匹棉布、上千斤棉花，还有胶鞋。姜墨林让战士们把物资装上爬犁，然后护送运输队往回赶。当他们走到牡丹江东岸土城子时，敌人的骑兵追上来了。姜墨林让运输队继续往前赶，他带领十几个人的小分队伏击敌人。

下午 3 点多种，敌人进入伏击地点，遭到小分队的一阵痛打，战斗持续到傍晚，姜墨林带领小分队主动撤出阵地，赶上了运输队。第二天下午，姜墨林带领小分队到达刁岭河口，与指挥部派来接应的部队会合，胜利完成任务。

1940 年秋，姜墨林带领小部队转移到绥芬河大青山一带活动，敌人发现了他们的行踪。在东宁以西二十八道河子，几百名日伪军将他们包围。姜墨林命令

抗联小英雄姜墨林

战士们分散开来，准备战斗。激烈的战斗开始了，敌人从四面八方层层包围上来，情况十分危急。战士们顽强地向敌人射击，杀死了大批敌人，但终因寡不敌众，在敌人疯狂的火力网上，接连不断地倒了下去，阵地上只剩下姜墨林等4名战士。他们烧毁了文件，砸碎了电台，准备与敌人进行最后的决斗，看着剩下的3名战士，姜墨林命令他们立即突围，战士们怎肯丢下他，但又不得不听从他的命令，只好向外冲去。

为掩护战友们突围，姜墨林端着机枪，拼命地向敌人扫射，机枪哑了就用盒子枪，一气儿消灭十几个敌人。敌人号叫着高喊捉活的，蜂拥而上。看着残暴的敌人越来越近，姜墨林毫无惧色，沉着向敌人射击。

敌人渐渐围了上来，为了不落敌手，姜墨林毅然用最后一颗子弹射进了自己的胸膛。就这样，年仅19岁的小英雄姜墨林，为抗击日本侵略者，流尽了最后一滴血，壮烈地牺牲在这块黑土地上。

姜墨林牺牲后，一名日本军官跑到跟前，顿足捶胸，连声说道："可惜，可惜！为什么没有抓到活的?" 敌人在姜墨林的口袋里搜出一张纸条，上面用红色铅笔写着："中国必兴，日寇必亡！中国共产党万岁！抗日救国胜利万岁！"日军军官看后，气急败坏地将纸条撕得粉碎，还将姜墨林的遗体投入二十八道河的急流里。

不屈不挠女战士

据不完全统计，在东北抗联队伍中，共有600多名女战士，她们巾帼不让须眉，不仅要承受战争的严酷考验，而且要克服性别和生理上的弱势，和男战士一样吃草根，啃树皮，在丛山密林，在冰天雪地与日伪军殊死搏斗，大批女战士阵亡在战场上，而且大多数牺牲的女兵们连名字和尸骨都没有留下。抗战胜利后，仅剩下60余人。抗联将领冯仲云曾写过这样一段文字："她们在战场上英勇杀敌……不愧为东北女儿的英雄本色，其功勋与男英雄在历史上共相媲美。"

12 岁就在李兆麟将军率领下转战林海雪原的李敏曾是抗联队伍中最小的女兵之一。如今，她是我国极少数健在的抗联女战士中的一位。李敏回忆：1939 年 11 月，大雪覆盖了完达山，日伪军对转战在深山老林里的抗联六军一师残暴地进行拉网式“围剿”。一天，饥寒交迫的抗联部队突遭敌人袭击。队伍分散突围时，指导员裴成春在阻击敌人时身负重伤。她果断地说：“你们先走，我来掩护。”没等女兵们冲出包围圈，身后便传来了裴大姐高呼“打倒日本帝国主义”的呼声，她英勇就义了。几天后，已经许多天没有吃一粒粮食的女兵们踏着没膝深的大雪艰难地跋涉着，想竭力摆脱日伪追兵。该轮到李敏在最前面踩雪开路了，她深一脚、浅一脚地走着，等回过头来寻找战友们时，却听到了伴随风雪呼啸传来的马蹄声，后面的战友们全部被包围了。李敏滚进一个雪窝子，直到马蹄声远去，她才站起来，在茫茫的树林间穿行。突然听到了狼群嗷嗷的叫声，看到了战友们的遗体，她哭了。走啊走啊……透过雪雾，李敏终于发现山沟里有几间木屋，已经饿得眼前发黑的她朝木屋爬去，靠近时，才从一堆粪便中判断出屋里住的不是吃草根树皮的抗联战士。日本兵也发现了李敏，边开枪边向她追来。整整两天两夜过去了，李敏终于在雪野中看见一堆篝火。当哨兵一声“同志”传来时，李敏哇的一声哭了。李敏带着同志们回到战斗发生地，发现敌人残暴地割走了所有女战士的头颅。后来才知道，走在李敏身后的女兵们都牺牲了。李敏老人含泪说：“那一天，烈士们的鲜血在茫茫的山野上染出了一条殷红的路。”这段悲壮的故事，新中国成立后被编成了歌剧《星星之火》，裴成春等女英雄的形象感动了千千万万的人。李敏说：“女战士的牺牲极为惨烈，大部分阵亡在战场上，还有的被俘后或被杀害，或被投入监狱，或被送入细菌工厂。”

李 敏

李敏说，赵一曼英勇不屈的故事早已尽人皆知。冷云、胡秀芝、杨桂珍、安顺福、郭桂琴、黄桂青、王惠民、李凤善“八女投江”英勇不屈的事迹也广为传颂，这支著名的妇女团，1937 年冬成立，经过半年多的艰苦厮杀，全团只剩下冷云等 8 位女战士，她们承担了掩护全军撤离任务，被日军凶猛的火力压到了河岸边，但她们宁死不当俘虏，背起重伤的战友，跳入激流滚滚的乌斯浑河壮

冷云，抗联第二路军西征部队妇女团指导员，牺牲时年仅 18 岁

烈殉国。

被毛泽东誉为“中国革命八大妈妈之一”的东北著名抗日女英雄梁树林，是辽宁省开原县人。1926 年逃难到黑龙江省珠河县，在党的影响下，开始从事反帝、反封建活动，并于 1928 年加入中国共产党。日军占领东北三省后，烧杀掠夺，无恶不作，激起了她满腔仇恨。在党组织的领导下，她积极发动群众，成立抗日救国会，先后担任党支部书记兼妇救会主任、十八游击区救国会会长、游击区长。

1933 年 10 月，赵尚志领导的珠河反日游击队成立后，梁树林发动和组织妇女儿童配合游击队开展抗日斗争，冒着生命危险为部队筹集军需物资。她动员丈夫当了珠河中心县委的交通员，送两个儿子和儿媳妇参加了游击队，两个儿子和儿媳妇后来在战斗中先后牺牲。就连当年才刚满六周岁的小女儿吕凤兰，也在其教导下当了一名儿童团员，多次在开会时站岗放哨，她的家也成了游击队的交通站和落脚点。东北抗联将领赵尚志、李兆麟、冯仲云等人都先后到过她的家。赵一曼有病时，梁树林还精心护理过。1936 年梁树林被捕入狱，日寇用各种酷刑逼供，但她严守机密，坚决与敌人斗争，直到被党组织营救出狱。

图为珠河抗日游击根据地妇女救国会会长梁树林与宋庆龄合影

在东北抗联中，还有一位壮烈牺牲的女英雄，她就是为掩护群众而英勇就义的朝鲜族姑娘金顺姬。金顺姬出生在吉林省安图县小沙河村的一个农民家庭，童年目睹日本侵略者的种种野蛮暴行，对日本帝国主义产生了刻骨仇恨。1930 年春她参加了赤卫队，不久加入中国共产党，任吉林省和龙县药水洞村妇女委员，从事抗日宣传和组织工作。1932 年春，日本侵略者大“扫荡”，当时金顺姬已怀有身孕，她不顾个人安危，继续留在村里。3 月 3 日，金顺姬为了掩护其他同志，不幸落入敌人魔掌。

敌人为了找到粮食和赤卫队的线索，将全村百姓集中到村头广场，严刑拷打逼供。为保护群众，金顺姬挺身而出，敌人被这位即将临产的年轻妇女的大胆举止惊呆了。凶残的敌人把金顺姬团团围住，逼她说出赤卫队的去向和地下党的名单以及粮食的下落。金顺姬轻蔑地看了敌人一眼，平静地说道：“这是党的机密，怎么能告诉你们这些杀人的强盗!”敌人气得暴跳起来，皮鞭劈头盖脸地落在她身上。她没有呻吟，没有流泪，几次昏倒在敌人的皮鞭下。为了断绝敌人想从她嘴里得到党的机密的妄想，金顺姬愤然咬断了自己的舌头！将嘴里的鲜血喷到强盗脸上，穷凶极恶的敌人气急败坏，束手无策。最后，日军把金顺姬等 8 名同志投入熊熊烈火之中，年仅 22 岁的她为了民族解放事业献出了宝贵的生命。

再讲一个与赵一曼齐名的抗日女英雄李秋岳的故事。她原名金锦珠，曾化名张一志、柳玉明，1901 年生于朝鲜平南道一个贫苦农民家庭，中学时开始接触马克思主义，决心为祖国解放而奋斗，1919 年参加过朝鲜“三一”反日起义，并与志同道合的杨林结为革命伴侣，1920 年杨林被日本侵略者通缉后来到中国。1924 年底，李秋岳也来到中国广州，两人共同参加革命活动。1925 年秋，李秋岳参加了中国共产党，并在黄埔军校工作学习。1927 年 8 月，李秋岳和杨林被党组织派往苏联学习政治和军事。1930 年春，两人先后被派往满洲省委、东满特委工作，1932 年李秋岳任珠河县妇女部长、铁北区委等职。1935 年秋，中共满洲省委让她重返珠河县委工作。这时，日伪残酷“扫荡”，李秋岳亲自率队支前，之后又率队赴方正、延寿游击区，并组建方正县委，还相继建立 4 个抗日根据地。1936 年 8 月 27 日，李秋岳被日伪整肃班“逮捕”，受尽严刑拷打，始终坚贞不屈。敌人认定她不可征服，在被捕后的第 7 天，将李秋岳枪杀于通河县城西门外，时年 35 岁。

崔姬淑，1909 年生，朝鲜族，吉林省延吉县西鳞河乡人。1931 年日军侵占延边地区后，崔姬淑毅然投身抗日武装队伍，曾参加长达 8 个月的“秋收斗争”和翌年的“春荒斗争”，并加入中国共产党，先后任抗日根据地妇女委员等职。1932 年 8 月，她参加延吉县抗日游击队，成为最早的女游击队员之一。1934 年 3 月，她负责创办东北人民革命军第二军独立师第一团被服厂工作。1942 年 2 月，崔姬淑跟随团长南昌洙率团部小分队转战至延吉县龙新沟时，与日军“万山讨伐队”遭遇，在边打边撤中，她不幸腿部中弹后被捕，日军对她施以酷刑，她怒骂日寇。最后恼羞成怒的日军将她的双眼和心脏挖出。崔姬淑壮烈牺牲，为国捐躯。

抗联第四军中有一位“善说六国话”的朝鲜族姑娘李槿淑令人佩服。据抗联第四军军长李延禄在文章中回忆：这个姑娘 1934 年从地方上调到第四军加强政治工作。李槿淑出生在宁安县一个贫苦的农民家庭，20 多岁，中等身材，大眼睛，丰满微黄的脸庞，自幼聪明伶俐，勤奋好学，工作热情，除中、朝话外，还能讲些俄、日、英日常用语。在第四军任妇女主任兼宣传处长期间，多次完成对“绿林”宣传武装抗日工作，多次完成侦察敌情、慰问前线战士，以及宣传鼓动工作。她向抗联士兵说：“我是生在中国的朝鲜族人，因为日本灭亡了朝鲜，祖父那一辈就被迫来到中国东北求生，可是现在日本人又来侵略东北，想将我们赶尽杀绝，我们能答应吗?”战士们疾呼：“不能！和日军拼命。”每次，她都热泪盈眶。

李槿淑

李槿淑出国学习（党组织派遣）回来后，被派到东宁县做地方工作，她走到哪里，哪里便士气昂扬，哪里的日伪势力便一片狼藉，以致销声匿迹。有一天，她被日伪警察局抓去，后被送进日本宪兵队，受尽酷刑，就是不说出党组织和抗联秘密，并说：“我们中国一定会胜利，你们日本早晚要灭亡”。日本宪兵队长恼羞成怒，枪声过后，老百姓用无声的愤怒埋葬了这位共产党员、抗日女英雄李槿淑。那是1941年4月的一天。

周淑玲，1919年出生，黑龙江省宝清县人，后居沈阳。1935年，日军追捕我地下党员，她正在放哨，用“黄皮子（黄鼠狼）来了”的暗号通知在她家开会的同志撤退。她还机智地把传单藏到沟里，日军挖地三尺也没找到，于是一家4口牺牲，房子被烧，她参加抗联，周保中把她介绍给李铭顺团长，两个人在山洞里结婚，小米粥是最丰盛的宴席。抗日联军在苏联休整时，金日成等领导都在她家住过。“文革”时说她家是“反华秘密据点”，她是“苏修特务”被打得皮开肉绽，昏过去多次，“文革”后被平反。

李兆麟将军与妻子金伯文和儿子立克在苏联八十八旅合影

2002年4月14日，抗联史学家曾赴北京东直门外去拜访李兆麟将军的夫人金伯文。她是吉林省汪县人，朝鲜族，父亲、哥哥都是抗日烈士。金伯文1932年加入中国共产主义青年团。1935年参加抗联，次年加入中国共产党。曾任东北抗日联军第三军被服厂厂长，1937年与李兆麟结婚。抗战胜利后任黑河军区后勤部指导员。1949年后，任黑龙江省人民政府秘书处处长、广东省民族学院党委副书记、中国民航总局科研所副所长。金伯文在回忆录中讲到了抗日战争的艰苦卓绝，讲到了她和李兆麟的爱情故事，讲到了编唱《露营之歌》的革命乐观主义精神。她说：“歌词分四段，分别以春夏秋冬为背景，是描写抗联战士完整生活的歌曲，生动而又逼真地表达了每个战士的斗志和心愿。”

王一知

周保中将军的夫人王一知，也是抗战胜利后健在的抗联战士之一。她 1916 年生于黑龙江省依兰县。1934 年初考入县中学女子班，在进步师生影响下，同年 8 月加入中国共产主义青年团，1935 年 3 月转为中共党员。1937 年年初，根据党的指示考入佳木斯省立师范学校简易师范班。在校期间，王一知积极组织参加抗日宣传活动，被日伪当局列入黑名单。同年 7 月，中共佳木斯市委调其到抗联第五军工作，历任军部骑兵警卫队战士、吉东省委秘书处秘书、妇女团第二大队指导员，曾参加奇袭方正县陈家亮子伐木场等战斗。

1939 年，王一知奉命赴苏哈巴罗夫斯克（伯力）整理中共吉东省委档案。1940 年 3 月，奉命在苏学习军用无线电技术。同年 9 月，奉命回国任抗联第二支队分遣队政治指导员兼无线电台台长。1942 年 8 月，任抗联教导旅无线电连政治指导员。同年 9 月，任东北党委会候补委员兼管妇女救国会工作。1943 年初，任无线电营政治副营长，授予苏军中尉军衔。1945 年 9 月 8 日，王一知飞抵长春，接管伪满放送局（广播电台）任军代表，后任台长。在光复东北期间，王一知做了大量情报翻译、编撰、传送、宣传工作，深受抗联将士爱戴。抗战胜利后，先后任吉林省委委员等职。1987 年 11 月 26 日，因病医治无效，于北京逝世，终年 71 岁。

抗联战士在苏联红军远东红旗军八十八旅期间，女战士们被编成了护士排和无线电排。还有女兵参加了跳伞训练，这是中国历史上第一批伞降女兵。

据李敏介绍，战争结束时，抗联女兵大多伤病缠身，许多人的寿命很短。到今天，幸存者在我国只剩数人，在朝鲜也只有几人。

据记载，抗战时期，出于保护家人或便于行动等原因，很多女战士隐姓埋名，以至于牺牲多年之后还不为人们所知，甚至一些女战士牺牲后，人们永远不知道她们的真实情况，只能存在于大家的模糊的记忆之中。

据《东北东北》一书记载：曾同赵一曼一起战斗过的李一氓说过，直到解放初期，出了一部《赵一曼》的电影大家才知道，赵一曼就是李一超。很多人都看过《八女投江》影片里的女主角冷云，其实原型名叫郑志民，冷云的名字是她参加抗联后取的，原因是当年她同一名男教师从学校“私奔”后参加抗联的，为此她和家人还蒙受骂名。后来，家乡的人看了电影《八女投江》后才知道，这个女英雄冷云就是当年“私奔”的郑志民。

第十六章

配合苏军反攻东北

1937年冬季以来，由于日本不断往东北增兵，导致敌我力量更加悬殊，加上日伪连续三年“治安肃正”，以强大兵力连续疯狂地进行了“联合大讨伐”，致使东北多处中共地下党组织惨遭破坏，抗日联军与抗日群众的联络亦被切断，粮食、物资、弹药等难以补充，抗日游击区被大面积压缩，抗联队伍亦损失很大。但是，抗联部队仍在坚持战斗，日伪彻底消灭抗联的图谋未能得逞。

最艰难时期

在这种严峻的环境下，经过1938—1939年秋冬艰苦的反“讨伐”斗争，东北抗联队伍从1937年3万余人，到1940年2月锐减到1 800余人，东北抗日游击战争进入极其艰难时期。

当时，据魏拯民在报告中说，抗联第一路军经过两次西征，主力消耗很大，身边的战友已相继牺牲，其余被隔绝在东南满，弹尽粮绝，其中一方面军大部分瓦解了，而且有“全部瓦解之虞”；二方面军遭遇日伪匪团之后，粮食愈加缺乏，人员锐减；三方面军和警卫旅，虽无太大变化，但仍有少数动摇分子逃走或投降。尤其冬季，疲劳、饥饿加寒冷，思想状态不稳，处境十分艰险。

周保中在报告中说：第二路军在宝清密营被袭后，牺牲了许多宝贵的中层干部及重要武器。第三路军在“三肇烽火”中虽打击了日伪统治，但也遭到日军凶残报复。张寿篯（李兆麟）在报告中说，敌人进攻的凶恶性与野蛮性显然加紧。

面对如此艰难困苦的局面，抗联领导也相继采取了一些战略战术上的变化。比如，在1939年初，抗联领导干部就在牡丹江举行过一次重要会议，代表仅存的2 000多名战士，就当前形势和今后方向进行了紧急磋商。经讨论，确定以毛泽东《论持久战》为指导，实行迅速的、远距离的运动战，特别在冰雪季节，尽量避免与敌人大规模接触，在春夏或夏秋之交，对敌孤立据点，集中兵力歼灭，但绝不恋战。同时，大家一致同意周保中关于“保存力量，越界过江，到苏联远东地区野营整训”的意见。

这种灵活的游击战在一定程度上改变了以往那种与日伪军正面交锋，被动作战，屡受挫折的局面，并歼灭和瓦解了一批日伪军，缴获了一些枪械弹药和军用物资，破坏了一些日伪军事设施，还解救了一些监狱“犯人”和大批劳工。比如，杨靖宇领导的南满抗日联军，巧妙地运用“三袭、四快”战法，即半路袭击、远途奔袭、化装袭击和快集中、快出击、快分散、快转移，避开了日军锋芒，令日军困顿不堪。

但是，由于日伪的疯狂反扑和冬季恶劣的自然环境，抗联所面临的困难局面并没有得到根本性好转，主要表现在日伪的讨伐规模越来越大，手段越来越残忍，调动的部队最多达 6 万余人，而抗联才几千人，天壤之别，上有飞机，下有日伪军和特务、警察、宪兵，几乎全部动员起来了。为了断绝抗联部队与老百姓的联系，日军除进行集团部落统治外，还强迫农民收割未成熟的庄稼，甚至烧掉山间可供住宿的所有房屋。

尤其在满洲省委撤销后，东北三省党组织缺乏统一领导，在与党中央失去联系的情况下，困难局面更加复杂化。因此，抗联将士迫切希望与党中央取得联系。

想念党中央

早在 1936 年开始，东北党组织为了恢复与党中央的联系，曾多次派人到苏联寻找，但都无结果。赵尚志、周保中也先后越界赴苏，找中共驻共产国际代表，或通过苏方转达给中央的报告，也均未达目的。原因在哪里呢？

说起来话长。1934 年 10 月，中央红军开始长征后，领导白区工作的上海中央局遭到破坏，东北党组织就与中央失去了联系，而主要由中共驻共产国际代表团领导。由于中共代表团远在苏联莫斯科，鞭长莫及，难以做到全面有效领导，因而这种领导时断时续，尤其 1936 年 6 月之后更是断而不续。1937 年底，由于中央驻共产国际代表团回国，东北党组织与党中央的联系完全中断。再加上 1936 年 1 月中共满洲省委因被中共代表团怀疑有内奸（实则无）而被撤销，东北相继成立了南满、吉东、北满省委和哈尔滨特委，致使东北党组织和抗联失去了统一领导，只能各自独立，自成体系，在斗争中摸索前进。

正如抗联史专家高树桥所讲：“东北战场与关内战场相互隔绝，抗联各部队又处于日军分割包围之中，东北抗日游击战争一直处于十分艰难的境地。”这样，使东北党组织和抗联领导人深感苦恼，急切地希望与党中央取得联系。若干年后，著名作家穆青在回忆采访东北抗联第二路军总指挥周保中时说道：“从 1937 年起，他们即与中共中央及关内失去了任何联系，完全陷于孤军奋战的困境。当时，最难忍受的还不是弹尽粮绝、挨饿受冻，而是听不到党中央的消息，接不到党中央的指示。在最艰难的日子里，想念延安真像孩子想娘一样。有一次，他们搞到一份毛主席的《论持久战》，大家如获至宝，你传我，我传你，抄的抄，摘的摘，毛主席的话就像茫茫大海的指路明灯，给了他们无穷的智慧和力量”。

1937 年 1 月 16 日，在杨靖宇写给中共驻共产国际代表团的信中，可以看出他对与中央取得联系的渴望之情，信中写道：“我们自从满省时代至现在差不多两年多的时间，除了在前年冬接到一封王明同志给东北负责同志的信外，没接到一封整个指示与文件……而完全在独立的状态中进行工作。使在工作上有了很大损失，对这一问题感觉有了最大遗憾。因此，我们要求不仅现在要建立密切的联络关系，而且最好是在东北建立总的领导机关，否则建立与你能发生密切关系的机关为要”。

1939 年 10 月，冯仲云在苏联写了给中共中央长达 3 万余字的工作报告，首先回顾和总结了 4 年来的抗战历程和成绩。同时，对中共中央也提出了意见和要求。写道：“我们站在布尔什维克的自我批评立场向中央提出批评，中央三四年来与东北党，尤其是北满党没有联系，使党内各种问题不能及时的在政治上、组织上解决，使工作受到无限损失，是错误的。我认为中央某些同志应该负着错误的责任。”

第一次伯力会议

总之，抗联领导们认为，在与党中央失去联系的情况下，面对严峻的形势，孤军奋战不行，东北抗联不仅要改变游击战的斗争方式，还必须实现党的统一领导。1939 年 9 月，中共北满省委又派下江特委书记高禹民越界赴苏联系。不久，传来苏方同意北满省委常委冯仲云等前往伯力（哈巴罗夫斯克）的信息。这样，到 1939 年 12 月中旬，冯仲云、周保中、赵尚志先后越境赴苏抵达伯力。

周保中向远东边疆区区委书记兼军政委伊万诺夫通报了抗日联军面临的实际困难，要求苏方从国际主义立场出发，考虑东北抗联转移到中苏边境苏联一侧建立野营，进行阶段性休整的要求。

1940 年 1 月 24 日至 3 月 20 日，分两个阶段，中共吉东、北满省委联席会议在苏联伯力苏军远东边防军司令部召开史称第一次伯力会议。指出：抗联目前虽然遭受损失，但仍有破坏牵制日军实力，广大群众更是酝酿抗日浪潮……无论游击运动受到怎样的创伤和失败，也决不能把东北抗联看作残余势力。会议确定，

一、二、三路军改编为11个支队。其中一路军编为一、四、七支队；二路军编为二、五、八、十支队；三路军编为三、六、九、十二支队。此后，各支队多数编成。

第一次伯力会议很重要，虽然第一路军未参加，但是明确了下一步抗日游击战的方针策略，在一定程度上消除了所谓路线之争的隔阂，确定了临时接受苏联边疆党和远东军的指导合作关系。

特别是与苏方达成了一项不成文的协议，即苏方同意在不干涉中国共产党内部事务的基础上，与抗联部队建立指导性关系。同时，苏方同意各抗联部队在战斗失利或因其他原因，需要临时转移到苏联境内时，苏方应予接纳并提供方便，包括提供粮食、服装、后勤保障等支持，并建立野营基地，建立医院。

第二次伯力会议

第一次伯力会议后，抗联领导人还同苏方代表王新林、海路保持着联系，并力图通过此渠道向中央汇报情况。1940年7月23日，第二路军总指挥周保中写信给王新林。9月15日中共北满省委书记金策致书海路，大意是：要求在苏方帮助下，能从某城接到中共中央指示。另外，还有如何解决东北党组织和东北抗联统一领导问题。

1940年9月30日，苏方代表王新林给抗联领导人发出通知："在今年12月将要召集党和游击队干部会议，届时并有中共代表参加，请于会前一切军事、政治领导者赴苏参加。"这样，从1940年11月初开始，抗联领导人陆续越界抵达苏联伯力，参会的代表共11人，会议名称为"满洲全党代表会"，亦称第二次伯力会议。可遗憾的是，中共中央未能派员参加。会议从1940年12月下旬开到1941年1月上旬，苏方代表王新林参加。

1941年1月5日，会议形成议案：即全满党的领导机关由各省代表选举临时委员会，暂以3人为限，由大会直接选举书记1人，临时机关暂设在伯力城，另外请一位联共同志给予工作上的指导；组成统一的抗联总司令部，第一、二两路军暂时合并组成总指挥部，总指挥由总司令兼任，下设若干支队。

跨境入苏整训

1940年以前，东北抗联人员入苏，是个别偶然行为或小规模行动，原因是战斗失利后医治伤员，求得短暂休整，并寻求苏方支援，同时希望与中共中央取得联系。第一次伯力会议以后，也就是从1940年10月开始，抗联部分主力部队陆续入苏整训，按照抗联党委统一部署，战略转移开始。在牡丹江地区活动的第一路军从吉林珲春的防川（中、朝、俄三国交界处）顺利进入苏联；在佳木斯地区活动的第二路军第二支队从饶河越过了乌苏里江进入苏联；第三路军的战士们从逊克、孙吴越过黑龙江进入苏联。在赵尚志牺牲的第二天，也就是1942年2月13日第三路军第三支队在大兴安岭库楚河遭敌攻袭后转入苏境。此时，坚持在东北的抗联队伍除了小股部队以外，几乎所剩无几。

在苏方帮助下，越境部队在双城子和伯力附近建立了南、北两个野营，两个野营地之间相距500多公里，每个营300～400人左右。

北野营位于伯力东北75公里处的费雅斯克村，也叫A营，第三路军三支队的300余名指战员在此；南野营位于海参崴与双城子之间的蛤蟆塘，也叫B营，第一路军警卫营和二、三方面军的500余名指战员在此。那么，在异国他乡的抗日队伍，当时的主要任务是什么呢？

南、北野营示意图

据抗联老战士李敏在《风雪征程》一书中记载：初期任务，主要是集中整训，整训的科目是军事、政治和纪律。军事上，重点学习各种枪械原理和射击技艺，学习侦探、步哨、传达、勤务，学习游击队战略战术以及与正规军的协同配合。政治上，主要学习中国革命史和政治、经济、地理、游击战的经验教训及发展等。纪律上，主要学习宗旨、原则，包括服从命令、遵守规定、爱护百姓、流血牺牲等。苏联教官和抗联领导都给大家讲过课。

另两项任务是营区建设和食品供应。初期，指战员住在苏军闲置的旧营房，随着过境人数逐步增加，许多人住在临时搭建的帐篷里，根本无法应对西伯利亚的寒冷。为此，周保中号召指战员从长计议，自己动手，伐木制材，建设房舍；采石铺路，架设电线，搞好营区建设。同时，规定半天军训学习，半天生产劳动。抗联老战士单立志曾回忆："营房都是我们自己盖的，是圆木式建筑，靠着山，我们先在一条山沟里挖坑，然后就搭上木棚，里头修一个火炉子、烟筒，冬天一烧，可暖和了。"经过一个多月的努力，营房、教室、俱乐部、食堂、澡堂、厕所、桌椅、车库等全部完工，还建起了菜窖、马厩、猪舍等。

到了1941年夏，苏德战争爆发，在"一切为了前线"的口号下，指战员每天每人一公斤面包，副食品就很少了，加上训练和劳动强度大，战士们经常处于饥饿状态。针对这种情况，野营党委进行了渡难关教育，并决定开荒种地。

据李敏回忆：周保中在开荒初期就写信给虎饶地区刘雁来小部队要来了种子。1941 年—1942 年仅北营就开荒 200 多亩，还养了 10 余头猪。秋天到了，收获的喜悦布满战士们的脸庞，土豆、大头菜、胡萝卜、茄子、大葱、黄瓜应有尽有，还腌制了 19 桶咸菜，捕了 700 多公斤鱼。好多人被评为模范。

成立抗联教导旅

1942 年 5 月，抗联领导们认为，要充分认识抗日战争的艰巨性和长期性，有必要将南、北两个野营的力量集中起来，在党的统一领导下，进一步提高政治、军事训练水平，将仅存的“硕果”培养成为将来打败日本关东军的骨干力量。为此，周保中向苏方提出：“组成一个学校机构或者是教导团之类的机构，望苏方支持”。

1942 年 7 月 16 日，苏方代表王新林通知周保中、张寿篯（李兆麟），表示同意把南野营、北野营，以及留在东北坚持战斗的抗联人员统编为一个旅。同时，还提出三个要点：目的是培养东北抗日游击运动的军事、政治干部；任务是待东北转入直接战争环境时，发展积极有力的游击运动；中共党组织关系和政治路线不变更，苏方不限制其独立活动性，旅长及以下干部由现有抗联干部充任。

1942 年 7 月 22 日，苏联远东红军司令阿巴纳申科大将在伯力以司令部的名义委任周保中为中国特别旅旅长，张寿篯为政治委员。同时，还提出下列建议：（一）中国旅之成立，在于培养东北的军事干部，一旦满洲大转变处于新环境时，中国特别旅应起重大作用，成为苏联远东红军与中国红军之连锁，使东北人民从日寇压迫下解放出来。（二）教导旅的政治、军事干部，不但要领会战略战术和游击运动的原则、原理和经验，还必须精通各种现代兵器技术技能。（三）培养众多的无线电通信技术干部。

1942 年 8 月 1 日，东北抗日联军教导旅正式宣告成立。旅以下编四个步兵营、一个无线电营、一个迫击炮连、一个教导大队，每营两个连，每连三个排。每营配重机枪 6 挺，每连配轻机枪 2 挺，每排配冲锋枪 15 支。

教导旅有 1 000 余人，其中苏联红军官兵 300 余人，抗联官兵 700 余人。教导旅的装备均按苏军标准供应，正排以上干部授军衔，薪金等与苏籍军官相同。

教导旅接受了“苏联远东红旗军独立第八十八步兵旅”的正式番号，但对外番号是“八四六一步兵特别旅”。

当时，教导旅的主要任务是军事训练和政治文化学习。军事训练包括降落伞泅渡、现代军事武器使用、冬季滑雪战斗、夏季游泳训练、通信技术、前线救护等。后来，军事训练还有战斗行军，队形编组，野外拉练，行军警戒派出、搜索、遭遇战等。宿营后还要组织警戒、防偷袭等演习。炊事班要训练野炊，通讯连要架设电话线。以上科目均由苏方教官讲课。1943 年夏，在苏联伏龙芝军事学院学习结束后的刘亚楼受党组织派遣，对东北抗联教导旅进行了工作指导。政治学习的主要内容有：联共（布）党史、社会发展史及斯大林、毛泽东、朱德讲话、文章。旅部设广播电台，每天播放西线战场形势和中国抗战消息。

1943 年东北抗日联军教导旅部分指战员合影

组建中共东北特别支部局

八十八旅成立后，由于南野营、北野营有党委外，吉东、北满省委还同时存在，已不适应严酷的抗日斗争环境需要。1942 年 4 月 20 日，周保中、张寿篯根据中共中央关于“没有这样坚强统一集中的党，便不能应付革命过程中长期残酷复杂的斗争，便不能实现我们党所担负的伟大历史任务”精神，根据现有党组织缩小且分散等情况，周保中、张寿篯等草拟了《党组织彻底改组与集中领导的提案》，提出：“在吉东、北满两省委及南满党组织的基础上，建立统一的、新的中共东北党组织临时委员会，同时废止现有的吉东、北满两个省委”，并征求了苏方王新林同志的意见。

1942 年 9 月 13 日，八十八旅召开全体党员大会，周保中做了《关于留苏中共东北党组织总体状况及改组的报告》，简述了自 1940 年冬以来东北游击运动的状况及南北野营成立的经过，特别是强调了成立东北统一党组织的重要性。

周保中指出，东北统一党组织名称定为：“独立步兵旅中共东北党组织特别支部局”，亦称东北党委员会。特别支部局同联共的关系是“兄弟党的关系”。特别支部局的任务是在旅长和政治副旅长指示下，平时完成军事政治训练等工作，战时完成重要战斗任务。

总之，东北党委员会的建立，使中共满洲省委撤销后，东三省分散活动 6 年的东北党组织重新实现了统一领导。使在苏野营和留守东北的党员、干部对于统一贯彻党的抗日路线和方针政策，对于有生力量的保存，对于基层党组织的发展，尤其对于在苏部队的整训，具有重要意义。

同时经充分讨论决定，中共东北党组织特别支部局正式成立，崔石泉为书记，金日成为副书记。

1945 年 7 月，为配合苏军对日作战，将特别支部局一分为二。一部分配合苏军赴朝作战（主要是朝鲜籍人员），一部分配合苏军挺进东北作战。因此，新组成的东北党委会，亦称辽吉黑临时党委，委员有周保中、冯仲云、张寿篯等 12 人。

积极开展小部队活动

1941 年 5 月 26 日，中共东北各省省委、东北抗联各部代表在苏联野营举行会议。会上，以毛泽东《论持久战》和中共六届六中全会报告为指导，分析形势，研究斗争策略。一致决定：顾全大局，主力暂时留在苏联整训，但须不间断派遣小分队返回东北战场开展游击战。

1941 年夏，苏德战争爆发，苏军更加关注在中国东北的日军动向。为配合苏军彻底打败日本法西斯，抗日联军始终把敌情侦察当作十分重要的任务来完成，多次派小部队潜入东北侦察敌情和坚持游击战。

1941 年在南野营整训的部分东北抗联指战员

小部队的人数少则 2 ~ 3 名，多则 10 ~ 30 人不等。活动时间有十几天的，也有两三个月的，最长达一年以上。从 1941 年春到 1945 年 8 月，共派遣小部队 30 余支，累计人数 300 人以上，约计 1 260 人次，任务是收集大量日军情报和开展游击战，许多战士流血牺牲了。据不完全统计，在小部队中牺牲、失踪人员不下 200 人。

1941 年 7 月，北野营派王效明支队长率领小部队到宝清县拉磨山建立了临时住处，选择空降地点，准备联络信号，进行军事侦察，详细汇报了饶河一带的敌情及当地群众生活状况，为总指挥部提供了“最有价值的情报”。1941 年 8 月，抗联第二军第二支队支队长兼政委王效明率50多人带着电台返回东北虎（林）饶（河）地区，在图（们）佳（木斯）铁路线上的孟家岗炸毁了一列日军兵车，炸死炸伤日军500余人。1941年9月，王庆云带领郎占山、陈春树、戴有利和魏树义4人小分队，到穆棱县梨树镇飞机场进行侦察。由于机场离山较远，他们白天隐蔽在靠近屯子的几个大草垛中，到夜间再偷偷地接近飞机场，丈量了飞机跑道的长度和宽度，还把停留在那里的飞机侦察得一清二楚。

小部队的另一项重要任务是侦察日军要塞。因为，日本在侵略中国东北期间，修筑了大量堡垒、机场、军营等军事设施，对苏军进攻很不利。这些要塞大型的就有17处，总长1 000余公里，800余个永备工事。其中，虎头要塞正面宽100多公里，纵深40余公里，永备火力222个，土木火力点191个。

1941年初，抗联教导旅第三支队长王明贵率领100多名官兵踏上了朝思暮想的“黑土地”，随即奇袭了辰清站、罕达气金矿和八站腰据点，并在比拉河南岗建立了据点，日伪军以数十倍兵力封锁也未能遏制，一直打到嫩江平原，数月转战上千里，大小战斗20余次，接连攻克了震威庄、宝山镇和甘南县，再次引燃了抗日烽火。

消息传来，也让远在苏联的东北抗联教导旅官兵十分鼓舞，一首《何日熄峰何日还家乡》的歌声回荡在远东寒冷的夜空，“壮士啊，登上山啊，遥望家乡烟雾茫茫，松花立志黑水激昂，男女心中愁暗恨腔……”

此外，密山、东宁等要塞情况也相当复杂，这都是小部队侦察的艰巨任务。

1942年4月，南营派出崔贤小队，到汪清、图们、延吉一带活动，搞到日本关东军、伪满洲国、朝鲜的铁路交通图。同月，北营派金光侠和高万有小队到林口、勃利、密山、宝清地区，监视牡丹江到林口，密山到虎头之间铁路沿线日军的军事部署及运输情况。同时还有苏军直接派遣的李铭顺等人，于1940年到1945年多次到牡丹江一带侦察，搞清了宁安日军机场位置、番号、架数等。

1942年7月，抗联小分队部分人员准备返回中国东北前与前来送行的苏军官兵在中苏边境合影

此外，原第一路军的吕英俊和朴长春奉命侦察东宁县附近的日军碉堡群，通过

了三道封锁线，测量了日军碉堡的长度、宽度、厚度，对碉堡进行了画图、拍照，不但摸清了周围的情况，还敲下了一块水泥，以确认碉堡坚固程度。还实地侦察了一些机场、铁路、公路、桥梁的位置，并绘制了地图，标明了经纬度，特别是侦察了日军运送兵员、武器、粮食、物资的时间、数量、方向等。

这些有价值的情报，基本摸清了日军在中苏边境1 000多公里的十多个战略防御体系的工程结构、部队番号、兵力分布、火力配备、粮食储备、供电供水系统，以及机场、公路等情况。特别是日军后勤、运输、仓库等，并注明坐标。

1945年7月下旬，抗联教导旅侦察分队的280名指战员，组成20多支特遣队，秘密潜回中国东北境内，在牡丹江、佳木斯、哈尔滨、长春、沈阳等地降落，进行战前侦察。其中东满55人，松花江、牡丹江地区65人，北满90人，南满80人。他们为苏军统帅部及时掌握日本关东军在东北的17个筑垒地域、三道防线的布防设施情况做出了贡献。

有了这些基础，苏军出兵东北时，对日本关东军情况已了如指掌。在对日作战前夕，苏军最高统帅部绘制了边境地带日军防御工事详图，下发给连以上军官人手一册。据周保中将军的夫人、八十八旅交通营指导员、无线电营政治副营长王一知在回忆录中写道：当时，苏联远东军总司令阿巴纳申科元帅曾经十分激动地对周保中说："感谢你们用生命和鲜血换来的宝贵情报，佩服中国的英雄们！"

反攻东北前的准备

1943年12月1日《开罗宣言》公布，声明"对日作战的目的在于制止并惩罚日本侵略……将坚持长期作战并迫使日本无条件投降。"向全世界宣告了反法西斯同盟国团结合作，彻底打败日本的决心和途径。

1945年5月2日，苏军攻占柏林，德国无条件投降。同时，美军逼近日本本土。中国军队夏季攻势更是战果辉煌，共产党领导的解放区已达19个，人口近1亿。

1945年6月11日，中共七大闭幕。会后，教导旅学习了毛泽东主席《论联合政府》和朱德总司令《论解放区战场》，明确了打败日本侵略者，建立新民主主义中国的政治路线，确立了抗日大反攻的目标和方向。

这时，东北党委员会和教导旅决定：动员抗联主力部队和分散小部队，加紧准备参加全国抗战总反攻，并拟定了五项总的行动纲领：第一，东北党组织和抗日联军必须在党中央领导下，参加对日反攻作战。第二，扩大东北抗日联军。第三，发展全民族抗日统一战线。第四，恢复东北党委员会对各地党组织的领导。第五，与中共中央取得联系。

1945年初以来，八十八旅的军事训练更加严格了，跳伞、防化、反坦克，以及俄语等都列入重要课程，还进行了四次不同规模的协同作战演习和临战指挥测试。

同时，八十八旅还加紧了对日反攻作战计划制订工作，并编入苏军整体对日作战计划之中，周保中参与了全部计划拟定过程。该计划大体分为三方面：即根据预想的残酷性和长期性，拟定在东北建立6万～10万人的军队，以参加大反攻和敌后战斗。现有部队分三部分：一是敌后小部队在指定地点开展游击战，并执行战术侦察。二是派出伞降部队到敌后指定地点执行战术侦察，并配合苏军作战。三是抗联主力部队随苏军进攻。当然，在后来具体实战中，该计划也有些变动。

计划拟定后，东北党委员会于1945年7月末召开全体会议，决定东北党委会实行改组，人员一分为二，即教导旅中的中国人员和部分朝鲜人员组成新的东北党委员会，参加反攻东北的战斗。其他大部分朝鲜籍干部战士组成朝鲜工作团，参加解放朝鲜的战斗。

配合苏军反攻东北

1945年2月4日，苏、美、英三国首脑在苏联克里米亚雅尔塔举行会议，2月11日签署了《雅尔塔协定》，苏联承诺欧洲战争结束后两或三个月内参加对日作战。会后，斯大林对莫洛托夫说：“可以转告罗斯福总统，我们不会食言，等战胜德国后，我们将尽快向中国和远东出兵。对日本关东军，要打个措手不及”。1945年5月7日，德国投降。1945年7月17日，中美英在柏林近郊波茨坦举行会议，9天后《中美英三国促令日本投降之波茨坦公告》发表。但是，

新華日報

蘇聯今日對日宣戰

莫洛托夫昨天正式發表聲明

蘇聯已參加中美英三國宣言

图为《新华日报》对苏联对日宣战的报道

面对反法西斯强国的声明，日本非但不投降，反而更加嚣张，发出“不予理睬”的论调，这彻底打破了美国总统罗斯福的忍耐底线。从8月6日开始，连续向日

本广岛、长崎扔下两颗原子弹。8 月 8 日，也就是美国抛出原子弹后的第二天，苏联外交人民委员莫洛托夫召见日本驻苏大使佐藤尚武，宣布：“从 8 月 9 日起，苏联将认为其本身已与日本进入战争状态”。

8 月 9 日，延安新华通讯社广播了毛泽东主席《对日寇的最后一战》。指出：“8 月 8 日，苏联政府宣布对日作战，中国人民表示热烈欢迎。”他号召：“中国人民的一切抗日力量应举行全国规模的反攻……猛烈的扩大解放区，缩小沦陷区。”接着，朱德总司令自 8 月 10 日起一连发出 7 道大反攻的命令。8 月 13 日，冀、热、辽八路军组成“东进委员会”和“东进指挥部”，1 万兵力迅速挺进东北。

對日戰爭進入最後階段
毛澤東同志發表聲明
致電斯大林元帥將以全力
配合紅軍及盟軍作戰

《对日战争进入最后阶段——毛泽东同志发表声明》（1945 年 8 月 9 日）

苏联对日宣战和毛泽东主席声明的消息发布后，教导旅召开全体大会，周保中做《关于配合苏军作战，消灭日本关东军，争取抗日战争最后胜利》的报告。他强调：要迅速恢复与中央的联系；要与我党领导的八路军、新四军在东北会师；要贯彻党的七大路线，恢复和发展党组织，恢复和发展人民军队，建立人民民主政权。

华西列夫斯基元帅（左），马利诺夫斯基元帅（中），梅列茨科夫斯基元帅（右）

1945 年 8 月 9 日 0 点 10 分，在华西列夫斯基元帅的率领下，苏联远东军从三个方向进攻日本关东军，即马利诺夫斯基率领的后贝加尔方面军、梅列茨科夫指挥的远东第一方面军和布鲁卡耶夫指挥的远东第二方面军，越过中苏边界，从西、东、北三个方向同时向日军发起进攻。

先说说苏军情况。当时，苏联的总兵力共有 157.8 万名官兵，2.6 万门火炮和迫击炮，5 556 辆坦克和自行火炮，3 446 架作战飞机。对敌优势是：人员为1. 8 倍，坦克为4. 8 倍，航空兵为1. 9 倍。

再说说日军情况。1942 年 10 月，关东军司令部升格为关东军总司令部，增设两个方面军、装甲军、关东防卫军以及第二航空军，关东军势力达到最高峰，编有 31 个步兵师团，11 个步兵和坦克旅团，1 个敢死队旅团和 2 个航空军，800 辆坦克。兵力最多时达 85 万人，加上伪满洲国部队等，共计 120 万人。

但从 1943 年下半年起，为挽回太平洋战场的颓势，日本大本营开始陆续从关东军抽调兵力增援太平洋战场。1945 年 1 月，大本营又从关东军抽调 13 个师团和一支特设的具有高度机械化的常备兵团赴太平洋战场。4 月初，美军攻占冲绳岛，并对日本本土开始空袭，日本不得不集中兵力进行本土决战的准备，为此又从关东军抽走 7 个师团，并将关东军储备的近 1/3 的战略物资以及大批人员调回国内。

到 1945 年 5 月初，德国无条件投降后，日本关东军针对苏联军事战略逐渐转向远东地区的情况，将在东北的 25 万退伍的日本军人重新征集起来，并编成 8 个师团、7 个混成旅团、1 个坦克兵团和 5 个炮兵联队，作为临时部署兵力的补充。经过迅速补充，关东军兵力又达到 24 个师团，约 70 万人。

但是，兵力的增加只是一种表面的膨胀，武器装备和战斗素养仅仅相当于以前的 8 个半师团。特别是在各个战场连遭惨败，士气低落，关东军往日的威风已不复存在。关东军这支罪恶满盈的野蛮之花即将彻底凋谢了。

从 1945 年 8 月 9 日至 9 月 2 日，苏军分别实施了兴安岭—沈阳进攻战役、哈尔滨—吉林进攻战役和松花江进攻战役。

王一知在回忆录中写道："对苏联远东军司令部的作战部署，周保中积极配合，他决定将党交给他的这支军队用在'刀刃上'，首先派出 340 名指战员作为第一批先遣队到苏军进行训练。1945 年 8 月 8 日宣战时，有 160 人派到苏联第一方面军，有 80 人派到苏联第二方面军，有 100 人派到外贝加尔方面军，作为先头部队执行特殊战斗任务。"八十八旅先遣队员分别担任参谋、向导、翻译、突击队员，还有一部分原东北抗联战士加入了苏联远东军组成的 3 000 多个特种编外支队，配合对日作战。

虎头要塞战役是重点之一。李思孝就是先遣队的第一批队员，他经过苏军军官学校训练，还熟悉东北情况，任第一方面军参谋部参谋。他和 160 名先遣队员于 8 月 9 日 0 时，由苏滨海地区越过国境，向绥芬河、牡丹江，并哈尔滨、吉林方向对日军发动了全面进攻。特别是引导苏军在发起冲锋前向虎头日军阵地进行了 15 分钟炮击，并攻占了日军边境驻垒地域的 7 个枢纽部（山头），为左右两翼苏军向纵深进攻创造了条件。同时，先遣队引导苏军两个团由虎林东南60公里的倒木沟、东林子一带登陆，引导另一支苏军攻坚部队由虎头东南黄泥河、月牙进入虎头地区，切断了虎林至虎头的交通线。

虎头要塞位于黑龙江完达山脉中，是日军1934年开始秘密修筑的边境军事要塞，拥有庞大的进攻和防御体系，正面宽12公里，由猛虎山、虎北山、虎西山、虎啸山等五个阵地组成，纵深达6公里，地下通壕数十公里，物资、粮食储备充足，兵力达1.2万人，特别是猛虎山顶有一门榴弹炮，炮身直径为1.8米，炮口直径为41厘米，炮长约20余米，号称“亚洲第一炮”，杀伤力极为惊人，装药量为1吨，一颗炮弹竟有4米长，最大射程20公里，对即将出兵东北的苏联远东军威胁极大。但是，在苏军发动总攻前夜，也就是8月9日13时，教导旅小分队潜入日军阵地，切断了日军巨炮电源，使日军巨炮成为一堆废铁。8月10日苏军一举攻占了乌苏里江边码头和虎林镇，为最后攻陷虎头堡垒奠定了基础。8月14日，苏联远东军以猛烈炮火炸毁了猛虎山巨炮阵地和指挥部。8月26日，苏联远东军以牺牲1 000余名将士的代价攻克要塞。1 400名日军和数百名开拓团员及家属，除53人逃生外，全部被击毙。

牡丹江地区是苏军十分重视的军事要冲。八十八旅24名特遣队员，分为6组，每组4人，换上日军服装先行侦察。姜德小组跳伞降落后，孙增友不幸牺牲。8月13日，老百姓发现一伙败退下来的日军朝村里走来，进村后用枪逼着老百姓做饭吃。饭做好后，日军狼吞虎咽地吃起来。这时，特遣队商量决定，由赵魁梧和老百姓守在门外，姜德和李铭顺一脚踢开房门，3支冲锋枪一齐开火，将日军消灭，其中有个日军没死，跳窗逃跑，姜德一梭子没打中，埋伏在村公所周围的老百姓追上去，一顿铁锹就将那个日军拍死了。目睹32个日军尸体，村民倍受鼓舞，当即表示参加抗联。

1945年8月，苏联红军炮兵轰击占领中国东北牡丹江的日本关东军

8月14日，李思孝等八十八旅指战员与苏军突击队，突破了日军的防线，占领了有利地形，一面为空军和炮兵指引目标，一面引导苏军作战。9时苏空中机群对牡丹江日军阵地进行了目标轰炸，炮兵也开始集群

炮击，日军外围阵地的军事设施和交通壕全部被摧毁，日军被迫全部撤入城内。苏军两次打开了防线缺口突进城内，但坦克兵和突击部队被日军分割包围全部壮烈牺牲，其中就有二十几名抗联战士。紧接着，按照八十八旅先遣队提供的准确情报，空军和“喀秋莎”战车、炮兵对牡丹江城防阵地进行了轮番轰炸和密集炮击，基本摧毁了日军的防御工事，并杀伤了大量日军。

1945 年 8 月 14 日，姜德小组接到指令，苏军要求密切注意日军动向，他们立即决定对日军交通线展开侦察，突然发现日军大部队正准备通过海浪大桥。姜德立刻用电台向苏军发出敌情坐标，而坐标正是自己的方位。不到两分钟，苏军密集炮火就把海浪大桥拦腰炸断，为赢得牡丹江战役胜利做出了贡献。

派到东部战区的李铭顺小队于 8 月 9 日晚 10 时起飞，在牡丹江海林附近空降，监视了日军布防和调动情况，随即电告苏军目标进行轰炸。傅玺枕、刘子臣小队于 8 月 9 日晚 12 时起飞，在林口一带降落，用电台报告了日军撤退时的狼狈景象。另有徐雁辉、郭喜云小队于 8 月 10 日起飞，在东宁县大肚川空降，侦察日军部队调动情况后电告苏军。这些都为苏军分割包围日军做出了重大贡献。

担任向导的任务也是十分艰巨、危险的。这些向导要熟悉所在区域的地理情况，抗联战士王乃武、陈忠领、王庆云等 9 人与第二方面军战士乘水陆两用车直冲敌阵，向富锦、佳木斯、饶河、宝清、勃利进军，战斗中大部分抗联战士光荣牺牲了。

日本天皇裕仁通过广播发表《停战诏书》，接受盟国的《波茨坦公告》，宣布日本无条件投降

当第一方面军从东线向日军进攻时，抗联在延边的小部队立刻组织武装群众，向日本补给线出击，并且收缴了溃散日军武装。在穆棱县梨树镇附近侦察的孙鸣山小部队，发现两辆日本军车停在公路上，及时电告总指挥部，立刻有苏联飞机把正向麻山方向逃跑的满载日军士兵和弹药的军车炸毁。他们还动员伪军投降反正，发展了数百人的武装队伍，配合苏军向八面通和梨树镇进军。

王亚东（王杰忱）、冯淑艳夫妇早在 1943 年即被抗联领导派往穆棱潜伏，1945 年以劳工身份在东宁县干活，苏联对日宣战后，他们立即组织农民会等抗日武装成立抗联独立团，并歼灭了泉眼河一带的残余日伪势力。

八十八旅的先遣支队和先期潜伏在东北的地下抗联小分队，从黑龙江流域到小兴安岭，或在边界引领地面部队，或与苏联空军地空导航，使苏联空军准确摧毁了日本关东军所有的军事目标，日军经营了十数年的东北防线顷刻瓦解。但直到8月15日，日本天皇宣读《停战诏书》后，日本关东军仍在继续抵抗，直至8月27日，苏军才攻克了日军最后顽抗的堡垒——虎头要塞。

亲历这场战斗的抗联老战士王一知撰文说：“我军的牺牲是相当惊人的，自8月8日宣战以后，仅20天的时间里，我抗日联军派出的几批先遣支队，大部分为民族解放事业献出了自己宝贵的生命。”

说到八十八旅先遣部队的作用，国防大学徐焰教授指出：“如果没有抗联部队的侦察和先导，尤其是前期侦察工作，日军在东北的17个主要筑垒地带，东北抗日联军是付出血的代价才侦察清楚的……那很不容易，牺牲很多人，终于把日军17个筑垒地区的整个火力和兵力部署情况，都搞清楚了。”可见，苏军打得那么准，与人手一册军事地图关系密切。中央党校赵素芬教授说：“你不管宏观打、微观打，一打一个准。”

八十八旅作为先遣部队，突然对东北57个战略要地发动空降作战，建立桥头堡和电台，唤醒地下组织；八十八旅配合苏军攻克了日本关东军各个战略要点，先机占领了长春、沈阳、哈尔滨和佳木斯等57个大中小城市。

哈尔滨火车站参加光复战斗的苏联士兵

此时，昔日不可一世的日本关东军已成为强弩之末，日本舆论称之为“凄惨的稻草人兵团”。八十八旅配合苏军以摧枯拉朽之势，打败了号称百万的日本关东军，其扶植的伪满傀儡政权和伪满洲国军也随之土崩瓦解。伪满军队被集体缴械（后来约有10万余人参加了林彪指挥的第四野战军）。8月17日下午5时，华西列夫斯基元帅接到日本关东军司令山田乙三的电报，称关东军“奉天皇之命停止军事行动”，向苏军交出武器。晚7时，日军飞机在苏远东第一方面军驻地投下两个信筒，内有关东军第一方面军司令部有关停战的请求。从8月19日起，关东军开始有组织地向苏军缴械投降。同日，溥仪在沈阳机场被苏军逮捕，然后被押往苏联。

1945年8月19日，溥仪在沈阳机场被苏军逮捕

凯旋在黑土地上

1945年8月，举手投降的日军

1945年8月20日，中国东北光复，东北人民从长达14年的日本法西斯奴役下解放了。那些凯旋的战士们疯狂地亲吻着这块黑土地，因为这是他们的祖国，因为这是他们的家……周保中站在日本关东军司令部大楼前，以胜利者的姿态挥舞着臂膀，豪迈地说："祖国呀，你的游子回来了。党啊，我的母亲啊！"大家都哭了。是啊！为了这一天，抗联将士们14年不屈不挠，浴血奋战；为了这一天，抗联将士们忍饥挨饿，爬冰卧雪；为了这一天，抗联将士们历尽艰险，矢志不渝；为了这一天，抗联将士们马革裹尸，魂系北疆。这是英雄的泪水，这是荣耀的泪水，尽情地流吧……

反攻东北，苏联称为"远东战役"。从1945年8月9日到9月2日，历时24天，歼灭日本关东军约84 000人，俘虏包括关东军司令官山田乙三在内的将领

日军士兵把太阳旗与军旗扔在地上

148 名，俘虏关东军官兵594 000人。同时，苏军将士也伤亡32 000余名，其中阵亡8 000人。八十八旅1 000余中国将士大部分牺牲，战后生存者不足400人。1945年9月2日，日本政府在无条件投降书上签字，敲响日本军国主义覆灭的丧钟。

1945年8月23日，斯大林大元帅亲临伯力庆祝战胜日本关东军会场，并发表了热情洋溢的讲话，签署了不同寻常的372号命令：李思孝和7名苏军将士获苏联英雄称号，并对八十八旅指战员参加“远东战役”给予高度评价。华西列夫斯基元帅代表斯大林大元帅向瓦西里、伊万诺维奇、伊万诺夫等八十八旅英雄将士颁发嘉奖证书。

抗联干部李思孝
（后改名为江子华）

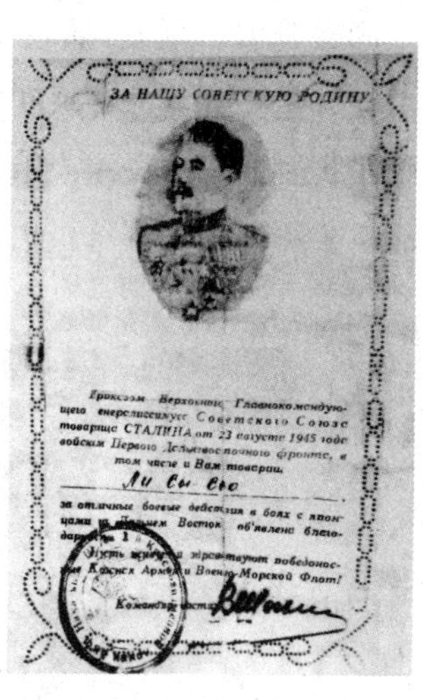

江子华荣获的嘉奖证书
（1945年8月23日）

这里我们要介绍一下李思孝，也叫江子华，因为他是东北抗联唯一荣获苏联英雄称号的抗联将士。江子华，1921年生，黑龙江安达县人。1935年参加革命，1938年1月加入抗联第三军第一师。历任战士、班长、抗联第三路军独立二师连长、第三路军总指挥部干事、第八十八旅上士后晋升为少尉、远东苏军第一方面军参谋部军事参谋。曾参加远东战役，获得苏联最高统帅斯大林嘉奖证和金星勋章，荣获苏联英雄称号。东北解放后，历任苏军阿城县卫戍副司令员兼军事管制委员会副主任、东北人民自卫军哈尔滨办事处军代表、东北人民自卫军阿城保安大队副大队长兼连长、东北人民自治军哈东军区一团一营三连连长、营长，三团代理团长、独立二师三团代理团长、团长、阿城县公安局副局长等职。享受省级待遇，1981 年 12 月 15 日病逝于哈尔滨。

话说回来，1945 年 8 月 23 日晚，周保中接到了苏远东军司令部转来的斯大林大元帅从莫斯科打来的电报。电文如下：“东北是你们中国人民的东北，苏联红军的任务是解放东北，建设东北是你们的使命。”

1945 年 9 月 10 日，冯仲云作为苏军驻沈阳的卫戍副司令，与延安取得联系是他的重要工作之一。于是，冯仲云给在长春的周保中发电报：“已经和李运昌部先头部队曾克林取得联系。”周保中随后安排王一知在长春广播八路军出关的消息，并向苏军华西列夫斯基元帅汇报。华西列夫斯基一方面命令后贝加尔方面军司令马林诺夫斯基元帅准备先飞沈阳再飞延安，一方面安排八十八旅成员维斯别夫前往沈阳，并一同去延安。延安一行，冯仲云未能同机前往，他托曾克林给延安的党中央带了信，信中提到要求中央派人来，越快越好。

1945 年 9 月，周保中在沈阳苏军卫戍司令部门前

哈尔滨市民在街头欢迎苏联红军进驻哈尔滨

1945 年东北光复，中共东北局书记彭真（中）与东北抗联教导旅领导人周保中（右）、冯仲云（左）一起合影留念

延安的反应真的很快，9 月 14 日曾克林和苏军代表到延安，9 月 15 日汇报，9 月 18 日彭真、陈云就到达沈阳开始办公，随后林彪、张闻天、李富春、吕正操等陆续到达东北，并成立中共中央东北局，9 月 20 日，周保中、崔庸健等人在沈阳大帅府向陈云、彭真移交了东北党组织的关系、档案、党费等。

1945 年 10 月 20 日，中共东北局书记彭真在沈阳听取东北抗联领导人汇报后动情地说：我们中国共产党人 20 多年领导的革命斗争中，有三件最艰苦的事，一是红军两万五千里长征；二是南方红军的三年游击战；三是东北抗日联军的十四年苦斗。

矗立在哈尔滨南岗区的苏联红军烈士纪念碑

1945 年 11 月 3 日，中共中央决定，将东北抗联与挺进东北的八路军、新四军合并，改编为东北人民自治军。1946 年 1 月改为东北民主联军，并成立总部，下设 10 个军区。至此，东北抗日联军胜利完成了 14 年抗战的伟大历史使命，开始融入解放全中国的滚滚洪流之中。

结束语

东北抗日联军（简称东北抗联）是中国共产党创建和领导的一支最早对日作战的武装力量，鼎盛时期达11个军，约3万余人。一篇文章写道：从1931年九一八事变到1945年抗战胜利，东北抗联长达14年威武不屈的战斗历程，近乎8年全面抗战的两倍；当卢沟桥事变的时候，他们已经抗战了6年；当《义勇军进行曲》谱成的时候，他们已经抗战了4年；当《大刀向鬼子们的头上砍去》传唱的时候，他们的大刀已经在日军的头上砍了两年。

说到东北抗联的艰苦卓绝。东北地处高寒地带，冬长夏短，每年冰冻季节长达半年之久，最冷时气温经常在零下三四十摄氏度，甚至四五十摄氏度。冰天雪地，寒风刺骨，山高林密，人烟稀少。东北抗联战士们孤悬敌后，没有后援，白天行走在雪深没膝的山林，夜间则坐卧于冰天雪地之中。抗联老战士单立志回忆：1939年我一个冬天没有棉衣穿，晚上在大雪堆挖个坑，架上松木烧，结果一面烤热了，另一面冻透了，只能来回翻着烤。一大部分年纪稍大的战友都被冻死了。夏季则穿行在人烟罕至的丛林沼泽之中，栖居在潮湿的黑土地上，忍受着雨淋日晒，蚊虫咬噬，以野果、草根、树皮充饥，喝雪水解渴，经常处在饥寒交迫的境地。于天放写过一件事，1938年抗联某支队行至双鸭山附近时给养断绝，并与日军发生遭遇战，由于五六天没吃饭，战士们且战且退，等到冲出包围圈，大队副李呈祥等3人活活饿死。有时，为了所需生存的粮食、服装，不得不用战士们的鲜血甚至生命去夺取。东北抗联史专家赵俊清在所著《杨靖宇传》中描写到："尽管有的群众冒生命危险把粮食、衣物、食盐、火柴等物品偷偷送来，但是往往被敌特发现，被定为'通匪罪'而遭到残害。"这样的事例数不胜数。东北抗联就是在这样恶劣的条件下与数倍于己的敌人苦斗周旋。1938年11月5日，中共中央以六届六中全会名义，向以杨靖宇为代表的东北抗日联军和全体东北同胞发出致敬电，颂扬东北抗日联军是"在冰天雪地与敌周旋七年多，不怕困苦艰难之典范"。1955年毛主席在将军授勋时对冯仲云说："你是冯仲云，是东北抗日联军的，你们东北抗联，比我们长征还要艰难、艰苦。"

说到东北抗联的威武不屈。东北抗联面对的是日军最精锐的关东军，有70

余万人，装备精良，后勤保障。东北抗联在鼎盛时期也不过有 3 万余众，而且武器落后，弹药缺乏，缺粮少药。在敌强我弱的形势下，既要打击敌人，又要防止被敌人围歼，遭遇战、突围战、阻击战时刻发生。汉奸、伪警、叛徒经常出现。特别是 1936 年以后，日伪“讨伐”如影随形。为此，东北抗联毅然放弃根据地，踏上史上最为艰苦、最为残酷的西征之路。时任中共北满临时省委书记的冯仲云在《给中共中央的工作报告》中写道：“西征是在极端空前艰苦苦难条件之下，在无钱、无米、无衣、无子弹、无任何准备之下，在敌人的重围、长追、堵击中，穿越了‘千里飞鸟稀，万山人迹绝’的小兴安岭而完成的。是跋涉了崇山峻岭，稠林丛莽，崎岖的鸟道，急湍的奔流，在大雨滂沱，山洪暴发，或雪深没腰，风寒刺骨情况之下完成的。”有文章写道：“从古至今，世界上还从来没有这样的一支军队，像东北抗联那样，他们的创建者和领导人大部分战死，其中军以上干部牺牲了 40 名；也从来没有这样一支军队像东北抗联那样，无论是总司令还是普通士兵，在十多年的时间里时刻面临着饿死、冻死、战死的威胁。”然而，东北抗联将士们并没有气馁，更没有放下武器，继续以不畏牺牲的气魄战斗着，说明东北抗联是一支打不垮、击不破、剿不灭、杀不绝、困不死的队伍。毛泽东主席曾赞扬说：“有名的义勇军领袖杨靖宇、赵尚志、李红光等，他们都是共产党员，他们的坚决抗日，艰苦奋斗的战绩是人所共知的。”毛主席还说：“这个英勇的游击战争，曾经发展到很大的规模，中间经过许多困难挫折，始终没有被敌人消灭。”

说到东北抗联的曲折复杂。日本侵略中国东北初期，正值第二次国内战争时期，国民党政府不仅采取不抵抗政策，反而对共产党领导的红军大肆“围剿”，客观上造成党中央与东北党组织、抗日联军的系统性领导中断。况且，受当时党内王明“左”倾教条主义影响，中共满洲省委被撤销，致使东北抗联在思想上一度混乱，在组织上失去统一领导，也未建立起统一的军事领导机关。又由于中共代表团远驻莫斯科，鞭长莫及，加之对东北抗日游击缺乏全面了解，因此所发指示脱离实际，甚至提出“反满抗日不并提”等错误主张，导致分散的东北党组织和抗联一些领导人面对严酷复杂局面，对代表团指示一度理解不一，互不信任，缺乏配合，各自为战，难以形成合力，严重削弱了东北抗联的战斗力，甚至损失惨重。对此，1937 年 1 月 16 日，杨靖宇曾以元海化名，写信给中央驻共产国际代表团，建议在东北建立党与军队统一的领导机关，并要求协助抗联解决军事干部问题。正如 1941 年 5 月 14 日东北抗联训练处临时党委会的意见书中提到的那样：“东北的敌人是统一的……我们则不能够以统一的计划来反击敌人。1938 年整个抗日联军及全东北地方党组织受到严重损折，谁也不能否认党和军队的不统一是其主要原因之一。”由此可见，东北抗联想念党中央的心情是多么迫切。当然，之后情况有所转变。1939 年 1 月 26 日，中共中央书记处召开会议，毛泽东主席强调同东北抗联建立联系，在延安成立东北工作委员会，并组织八路军派人奔赴东北，仅晋察冀边区就有 80 余人来到东北。

说到抗联的丰功伟绩。从全局来看，可以说大量地消灭了敌人，有力地牵制和迟滞了日本关东军主力北上或南下，客观上支援了苏联的卫国战争，也配合了全国的抗战，成为中国全面抗日战场上一个重要组成部分。据统计，从 1932 年起，东北抗日武装共出击 154 761 次，平均一天打击日军 52 次，抗日游击区曾扩大到东北 70 余县，挫败了日伪千百次“讨伐”，共毙伤日军总数达 18.47 万人，相当于日军八个甲种师团的总兵力，加上战俘不下 25 万人。在那个时期的日伪档案中，发现了这样一种异常情况，即驻东北的日本关东军在 1937 年七七事变之前，日军有 4 个师团加 2 个混成旅团共 16 万人，而到第二年底，东北抗联为配合中国全面抗战，加快加大了对日作战的频次和力度，迫使日本关东军的总兵力猛增至近 40 万人。然而，这新增的四个师团却一兵一卒也未能入关作战。究其原因，正如日伪档案所述：“东北匪患猖獗，非倾全力而不得剿之”。可见，由于东北抗联的存在，使得日本侵略者如鲠在喉、芒刺在背，日夜不得安宁，更是无法实现其“东北大后方”的梦想，相反却成为套在脖子上的绞索，成为几十万关东军的坟墓。可见，东北抗联在黑土地上一直坚持 14 年的抗日战争，是多么的悲壮，又是多么的伟大。

说到东北抗联的战略作用。正是他们配合苏军反攻东北，导致日本关东军迅速瓦解，特别是东北抗联教导旅主力部队 330 人分 4 批乘飞机返回东北，迅速抢占 57 个战略要地，其中大城市 12 个、中小城镇 45 个，并在恢复各级党组织、维护社会秩序、肃清敌伪势力，以及后勤保障、剿灭土匪、扩充队伍等方面做了大量工作，立下不朽功勋，从而为中共中央赢得了战略机遇抢占东北的先机，使东北成为全国解放的战略基地。对此，早在 1937 年 8 月下旬，在中共中央政治局召开的扩大会议（洛川会议）上，由毛泽东起草的《中国共产党抗日救国十大纲领》，就明确地将“援助抗日联军，破坏敌人的后方”作为重要内容，并在筹备中共第七次代表大会委员会中，将杨靖宇列入 25 名委员之中。毛泽东主席也曾在中共七大的一份报告里还做过远见卓识、高瞻远瞩地阐述：“从我们党，从中国革命最近将来的前途看，东北是特别重要的。如果我们把现有的一切根据地都丢了，只要我们占有了东北，中国革命就有巩固的基础。因为东北同苏联毗邻，占据东北，中国革命就可以背倚苏联，得到苏联的大力支援。”毛泽东还提议，为了防止美蒋封锁长城一线，阻断中共同苏联的联系，我们应该从现在就开始集中二三十个旅，15 万 ~ 20 万人，准备将来开到东北去，万勿失机。为此，他还建议，七大在选举候补中央委员的时候应该考虑东北籍的同志。于是，苏联出兵东北后，八路军根据延安总部的命令，开始挺进东北。日本投降后，第四野战军从东北打到海南岛，为解放全中国立下不朽功勋。

说到东北抗联的国际情谊。苏联就不再多说了，前面提到很多。现在重点说说朝鲜。早在19世纪末，甲午海战之后，朝鲜和部分中国领土（如台湾地区）即沦为了日本帝国主义的殖民地。因而，中朝两国人民对日本有着刻骨铭心的仇恨。日本侵略中国东北后，更是把两国人民反侵略、反殖民、求解放的心紧紧地连在一起，怀着满腔怒火，共同投入轰轰烈烈的抗日战争洪流之中。新中国成立后，中共中央对东北抗日斗争的中朝、中苏人民共同抗击日本侵略者的战争称之为“结成了唇齿相依，休戚与共的战斗友谊”。据不完全统计，在漫长艰难的14年抗日战争中，从各类义勇军到东北抗日联军，共有4 000余是朝鲜人，并主要集中在东满（吉林）和南满（辽宁）。抗战初期，在中共东满地区党委里，党员人数90%以上是朝鲜人。1932年4月，以朝鲜共产主义者金日成为首的反法西斯青年，在安图创建了抗日游击队。之后，中共在珲春、和龙、汪清等地的游击队，亦大多数为朝鲜籍或朝鲜族战士。1933年春，日军集中3 000余兵力“讨伐”小汪清根据地，经过3天激战，被金日成率领的游击队击溃。在抗联第二军中，朝鲜官兵居多，故牺牲的抗联朝鲜族将士也最多，据日伪当局发表的数字，从1931年9月至1936年7月，东北抗联第二军同日伪军作战23 928次，毙伤日伪军警4 321人，俘虏日伪军警18 114人。在沉重打击敌人的同时，也牺牲了许多优秀的中朝将士。李红光（朝鲜族）是杨靖宇的亲密战友，民谣传：“日本鬼要挨枪，出门碰上李红光。日本鬼运不吉，出门遇上杨靖宇”。1935年5月，李红光不幸在战斗中牺牲，杨靖宇十分悲痛，他召开会议：“向李红光学习，完成其未竟事业”。杨靖宇牺牲后，金日成在回忆录中写道：“我和杨司令，民族不同，出身也不同，但我想起同他相逢的种种情景，仍然久久地暗自流泪，好几天吃不下饭”。周保中赞扬金日成是“朝鲜同志中最优秀的干部，我们是以真诚相互尊重，以相互信赖为基础的同志关系、兄弟关系”。中朝战友甚至结成了忠贞不渝的爱情，成为相伴一生的革命伴侣，如李兆麟和金伯文、崔庸健和王玉环等。同样，魏拯民、赵尚志、李兆麟等均与朝鲜战友结下深厚情谊。正如杨靖宇创作的《中韩民族联合抗日歌》，充分

朝鲜义勇军书写抗日标语

表达了中朝民族为争取祖国独立和民族解放而团结战斗的友情。其歌词是：山河欲裂，万里隆隆，火炮的响声，帝国主义宰割弱小民族的象征。国既不保，家何能存，根本无和平，黑暗光明，生死线上斗争来决定。崛起呀！中韩民族，万不要在酣梦，既有血，又有铁，只等着去冲锋！

说到东北抗联的爱国主义。自古以来，中华民族就有同侵略者血战到底的决心和意志，正像《游击队之歌》唱的那样：“每一寸土地都是我们自己的，无论谁要强占去，我们就和他拼到底！”这种力量的源泉来自哪里？东北抗联的战斗历程和业绩告诉我们，其核心内涵就是伟大的爱国主义精神，从而抒写了一首首恢宏壮丽的爱国主义英雄史诗。抗日民族英雄赵尚志在诗中写道“献身为抗日救国真荣耀，抵挡那倭寇匪徒的残暴，纵然阵亡了无数英豪，十年血战还要争取最后一朝”。周保中面对日寇侵略在写给友人的信中讲道：“中国人民不但丧失了政治地位、经济地位，连生命也难保了。这时不急起努力革命，尚待何时。”是啊！堂堂男子汉，岂肯甘作倭寇奴，一腔热血洒中华，正是这种融在东北抗联将士血液中的精神支柱，才从滚滚的辽河两岸，到滔滔的松花江畔，从巍巍的长白山，到绵绵的兴安岭，燃起持久不息的熊熊抗日烽火。对此，在 1938 年 11 月召开的中共扩大六中全会上，向东北抗联和东北同胞发出致电。指出：“我们在过去、现在和将来都不会忘记沦陷在敌人铁蹄统治下的东北三千万同胞，我们也不会忘记在最艰难困苦的情况下，同民族死敌作长期斗争的亲爱的同志们。”这里要特别强调，东北抗联不仅对日本侵略者进行殊死搏斗，还严厉惩治了卖国主义匪贼。据不完全统计，1935 年至 1938 年，仅在黑龙江区域就毙杀伪军警宪特和汉奸、叛徒 1 300 余人。特别在日本投降后，法办了一大批罪大恶极的日本帝国主义汉奸走狗，杀无赦。抗日历史专家们认为，此史有着重要的历史意义和现实意义，尤其要对数典忘祖、认贼作父、妄图分裂国家的台独、藏独、疆独等势力，按照《反分裂国家法》严惩不贷，公布卖国贼名单，列为全民公敌，国人皆曰可杀，特别是对那些以武促独、以武拒统、“欢迎战争”的汉奸走狗、“台独”政治工作者，决不容忍，决不手软。正如习近平总书记在纪念孙中山先生诞辰 150 周年大会讲话中所提“我们绝不允许任何人、任何组织、任何政党、在任何时候、以任何形式、把任何一块中国领土从中国分裂出去！”特别对台湾问题，最终目标是依据“九二”共识两岸同属一中的原则，按照和平或非和平手段实现祖国统一。

70 年以来，随着历史风云的消磨，中国东北沦为日本帝国主义殖民地的悲惨历史，似乎已经在人们的心中有所淡漠。然而，中国人民为了民族尊严所付出的代价是永远不能磨灭的。这其中，有志士的热血，有妇女的辛酸，有儿童的早夭，有劳工的白骨，还有罄竹难书的血泪……现在，“东京审判”已经过去 70 余年了，世界已进入新世纪和平发展时期，德国对二战的反省与自责令世人理解与宽恕。然而，让世人疑惑不解的是，日本社会右翼势力阴魂不散，极力否认反人类侵略历史（如南京大屠杀），否认东京审判，篡改历史教科书，参拜供奉甲级战犯的靖国神社，实施钓鱼岛“国有化”，修改武器出口三原则，解禁集体自卫权，强推新安保法，煽动中国威胁论，收买英智库抹黑中国，蓄意制造事端，增加军演频次，逐年增长军费，引进先发制人的进攻武器，疯狂扩军备战，正试图修改和平宪法，修改防卫计划大纲，意在美日军事同盟的框架下，为虎作伥，废弃专守防卫基本方针，显露成为军事大国野心，成为可发动战争国家，恢复以武官为主体的军事指挥体制，这一切，均与九一八事变前的历史背景极其相似。一句话，日本妄图全面否定二战之后国际秩序，不能不引起亚洲各受害国的忧虑和警惕。这一切，都告诉我们，要警惕日本战争狂人的游魂魔影，要警惕日本右翼势力一路狂奔，要警惕日本军国主义死灰复燃、借尸还魂。警告日本右翼势力切莫玩火自焚、重蹈覆辙。历史告诉我们，要汲取国弱被人欺、落后要挨打、贫穷任宰割的教训，以史为鉴，奋发图强，面向未来，走向新时代。更要告诉我们的子孙后代，家国仇、民族恨一定要铭刻在心。因为，忘记历史就等于背叛。我们相信，正义终将战胜邪恶，和平一定替代战争。

最后，让我们用习近平总书记的四句话结束吧！铭记历史，缅怀先烈，珍视和平，警示未来。

东北抗日联军在十四年征战中，有上千名各级指挥员（含120余名师以上，30余名军以上干部）牺牲。可谓“名将以身殉国家，愿拼热血卫吾华。”部分牺牲的军师级将领名单如下：

第一军：杨靖宇、宋铁岩、朴翰忠、曹亚范；

第二军：王德泰、魏拯民、李学忠、陈翰章、侯国忠、童长荣；

第三军：赵尚志、许亨植、张敬山、张兰生、徐光海；

第四军：李延平、王光宇、何忠国、黄玉清、张文偕；

第五军：柴世荣、胡仁、张中华、傅显明、李光林、陶净非、李文彬、张镇华；

第六军：夏云杰、冯治纲、马德山、徐光海、吴玉光、张传福；

第七军：陈荣久、李学福、景乐亭、王汝起、姜克智；

第八军：刘曙华、金根、徐德明、姜东秀、柴荫轩；

第九军：李向阳、魏长魁、王克仁；

第十军：汪雅臣、张忠喜；

第十一军：祁致中、张中孚、高继贤、金正国、侯启刚。

伟大的东北抗联战士们永垂不朽！伟大的东北抗联精神永放光芒！

主要参考书目

1. 东北抗日联军史料编写组：《东北抗日联军史料》上、下册，中共党史资料出版社 1987 年版。

2. 东北抗日联军史编写组：《东北抗日联军史》，中共党史出版社 2015 年 9 月版。

3. 王希亮著：《日本对中国东北的政治统治》，黑龙江人民出版社 1991 年 8 月版。

4. 曹志勃著：《日本化学战史录》，黑龙江人民出版社 1998 年 3 月版。

5. 庄严主编：《民族魂——东北抗联》，吉林出版集团有限责任公司 2014 年 8 月版。

6. 童青林编著：《东北！东北!》，人民出版社 2015 年 9 月版。

7. 黑龙江省地方志编纂委员会编纂：《黑龙江省志》（军事志、经济志、交通志、农业志、教育志、文化志），黑龙江人民出版社 1992 年 8 月版。

8. 王锦思著：《图说抗联》，解放军文艺出版社 2013 年版。

9. 李敏著：《风雪征程——东北抗日联军战士李敏回忆录》上、下册，黑龙江人民出版社 2012 年 12 月版。

10. 中国人民政治协商会议黑龙江省委员会文史和学习委员会编：《黑龙江老根据地》第三十八辑、第三十九辑，黑龙江人民出版社 2007 年 12 月版。

11. 黑龙江档案春秋编委会编：《黑龙江档案春秋》（1684—1996），黑龙江人民出版社 2013 年 5 月版。

12. 中共黑龙江省委党史研究室编著：《东北抗联纪实》，黑龙江人民出版社 2010 年 9 月版。

13. 中共黑龙江省委党史研究室编：《英勇的战歌——东北抗日联军历史图鉴》，中共党史出版社 2015 年 9 月版。

14. 赵俊清著：《赵尚志传》，黑龙江人民出版社 2008 年 4 月版。

15. 赵俊清著：《杨靖宇传》，黑龙江人民出版社 2015 年 8 月版。

16. 萨苏著：《最漫长的抵抗——从日方史料解读东北抗战十四年》上、下册，西苑出版社 2013 年 6 月版。

17. 胡卓然、赵云峰著：《魂兮归来——不该忘记的十四年东北抗战》，山东画报出版社 2012 年 10 月版。

18. 江玉章著：《金戈铁马 浴血关东——东北抗联将士战史实录》，黑龙江人民出版社 2009 年 9 月版。

19. 雪墨（王洪彬）著：《梦断虎头》，哈尔滨出版社 2000 年 8 月版。

20. 哈尔滨铁路局志编审委员会编：《哈尔滨铁路局志》上、下册，中国铁道出版社 1996 年 11 月版。

21. 黑龙江省铁路集团有限责任公司编著（主笔王同良）：《黑龙江省地方铁路志》，黑新出图行审字（2008）70 号 2008 年 12 月版。

22.《中共满洲省委》编委会（主编：刘云才、邢晓莹）编：《中共满洲省委》，北方文艺出版社 2008 年 5 月版。

23. 米大伟著：《黑龙江历史——附哈尔滨城市史》，黑龙江人民出版社 2012 年 6 月版。

24. 张翔、常好礼主编：《黑龙江红色历史》，黑龙江人民出版社 2012 年 12 月版。

25.《中国抗日战争简明读本》编写组（主编：支绍曾）编：《中国抗日战争史简明读本》，人民出版社 2015 年 5 月版。

26. 李蓉、叶城林著：《抗日战争十四年全记录》上、下册，人民出版社 2015 年 7 月版。

27. 孙广文著：《中日战争内幕全公开》，中华党史出版社 2011 年 1 月版。

28. 高树桥、阎中发著：《情系魂牵黑土地》，辽宁人民出版社 1995 年 7 月版。

29. 王宗仁著：《从旅顺到东宁》，中国文史出版社 2005 年 7 月版。

30. 任炳镐著：《红色汤原》，黑龙江省汤原县老区建设促进会 2007 年 6 月版。

31. 中共哈尔滨市委党史研究室、哈尔滨市党史研究会、哈尔滨市延安精神研究会编：《哈尔滨党史研究》，2013 年 10 月。

32. 中共哈尔滨市委党史研究室、哈尔滨市党史研究会编：《星火·哈尔滨》，2012 年 9 月。

33. 杨先材主编：《中国革命史》（高等院校共同课教材），中国人民大学出版社 1989 年 8 月版。

34. 伪满皇宫博物馆、吉林省情信息开发中心、长春嘉文传媒有限公司编纂：《吉林抗日图鉴》，吉林文史出版社 2005 年 12 月版。

35. 曹保明编著：《中国母亲与日本遗孤口述史》，长春出版社2015年8月版。

36. 徐占江、王召国、赵玉霞、徐鑫编著：《苏炳文与海满抗战》，内蒙古文化出版社2011年9月版。

37. 维真著：《九一八后东北与日本》，知识产权出版社有限责任公司2016年3月版。

38. 王晓辉著：《东北抗日联军抗战纪实》，人民出版社2005年8月版。

39. 马伟著：《日本"北满移民"研究》，中国社会科学出版社2015年10月版。

40. 关捷主编：《日本对华侵略与殖民统治》上、下册，社会科学文献出版社2006年6月版。

41. 陈本善主编，孙继武、陈贵宗、苏崇民副主编：《日本侵略中国东北史》，吉林大学出版社1989年12月版。

42. 步平、高晓燕著：《日本在华化学战及遗弃化学武器伤害问题研究》，中共党史出版社2010年8月版。

43. 朱宏启著：《东北抗日救亡人物传》，中国国际图书出版社2015年9月版。

44. 文斐编：《我所知道的伪满政权》，中国文史出版社2005年版。

45. 中国人民政治协商会议辽宁省委员会文史资料委员会编：《"九·一八"纪实》，辽宁人民出版社1991年8月版。

46. 黑龙江省档案馆编：《满铁调查报告》（第一辑），广西师范大学出版社2005年5月版。

47. 伪满皇宫博物院编：《勿忘"九一八"——日本侵略中国东北史实》，吉林美术出版社2006年12月版。

后　记

2014年末，我作为一名退休公务员，被一民办传媒公司聘为总编，在日常工作的同时，拟撰写一部以东北抗日战争为主题的纪录片剧本，以纪念中国人民抗日战争暨世界反法西斯胜利70周年。

时间紧迫，刻不容缓。于是，网上、档案馆、图书馆、史志馆、烈士馆广泛收集资料，并多次采访抗联老战士及其后代，还亲赴沈阳、长春、汤原、东宁、虎林、泰来、宝清等地参观抗战遗址，邀请健在老人讲述那段悲惨且不屈的真实故事。期间，边整理素材，边奋笔疾书，边补充完善，几易其稿，于2015年5月基本完成14集脚本。不料，几个月后该传媒公司停办解体。

功夫不能白费，要继续下去。于是将原14集纪录片剧本改为16章纪实文学。王希亮老师为本书题名为《山河破碎黑土魂》，副题为“东北十四年抗日纪实文学”，共40余万字，时间起自1931年九一八事变，截至1945年八一五东北光复。重点描述和剖析了东北地区如何遭受日本帝国主义长达14年之久的残酷统治，以及在中国共产党的号召影响领导下，东北人民、各路义勇军，尤其是抗日联军进行了长达14年的抗日战争，并取得最终胜利的史实。其中，深刻揭露了日本帝国主义对外扩张侵略、残酷无耻的本性；大力歌颂了东北人民抵御外辱，共赴国难的英雄业绩。

第一至第六章，主要记录了九一八事变的简要过程，重点剖析了日本帝国主义蓄谋已久的“大陆政策”，真实地反映了原东北军爱国官兵和义勇军，冲破国民政府不抵抗政策，以“还我河山”“捐躯赴国难，视死忽如归”的民族气概，打响了“江桥抗战”“哈尔滨保卫战”“海满抗日烽火”，以及“辽南抗日怒潮”“土龙山农民抗日暴动”的真实故事，展现了东北人民不堪外辱、共赴国难、保家卫国的英勇业绩。

第七至第十章，主要记录了日本侵略者在黑土地上所犯下的种种滔天罪行。其中，不仅重现了日伪在政治上残暴镇压统治，在文化上奴化宣传教育，在经济上疯狂统制掠夺，而且记述了日伪破坏地下中共党组织，虏杀抗联战士、爱国志士，尤其是残害无辜百姓、劳工，以及“七三一”“五一六”部队和推行“慰安妇”制度、鸦片害民制度等泯灭人性的反人类罪恶，件件都是血泪史，宗宗都是民族恨，有关内容仅为本书独有，甚至首次披露。

第十一至第十六章，主要记录了在中国共产党领导下，东北抗日联军从无到有，由弱变强，特别在极端恶劣的军事、政治、经济、自然环境下，不屈不挠的抗日历程。其中，以浓墨重彩，歌颂了若干著名抗日将领的丰功伟绩，再现了东北抗日联军袭击战，伏击战，攻城战，以及殊死搏斗、英烈千秋等40余次大小战役或战斗，直至越境赴苏整训，组建八十八旅，配合苏军打败日本关东军，光复东北。历史证明，中国共产党不仅是拯救民族危亡的旗手，更是引领中华民族伟大复兴的核心。

2015年剧本（初稿）目录和第一集在《黑龙江史志》刊载，2016年哈尔滨电视台播放了对作者的专访。

本人在编著过程中，得到我的老领导孙启文同志、国家人力资源和社会保障部培训司司长宋连辉同志、黑龙江省铁路集团前党委书记兼董事长刘乃成同志、黑龙江省铁路集团党委书记兼董事长赵忠发同志、黑龙江省外贸集团总经理徐富友同志、国家一级作家（哈尔滨市文化局前局长）王洪彬先生、黑龙江省社会科学院历史所二级研究员（著名抗战史学家）王希亮先生、黑龙江省社会科学院研究员张同先生、中共黑龙江省委党史研究室张洪兴处长（抗日史专家）、《黑龙江史志》主编孙学民先生、齐齐哈尔社会科学院前院长曹志勃先生（抗日史专家、国家一级作家）和夫人申丽华女士（国家一级作家），以及黑龙江省政协前副主席、抗联老战士李敏女士，哈尔滨市公安局道外分局离休老干部、抗联老战士王济堂先生的大力支持和热情指导。著名导演李文歧先生还一度推荐拍摄纪录片。特别是长期得到省图书馆地方志部同志们的帮助。还得到年轻学友艾兰、王泽强、毛颖、师磊、付涉玲、于海月的支持。对此，本人铭记在心，深表谢意。

本书由中共黑龙江省委党史研究室副主任、研究员、抗日史专家陈玫女士和黑龙江省社会科学院二级研究员王希亮先生出具《审读意见》，并全文修改。

“新兵”水平，权作尝试，不当之处，敬请指正。

王同良

2017年12月